20세기 후반의 연극문화

유 민 영

20세기후반의연극문화

유 민 영

국학자료원

머리말

한국 현대사에 있어서 20세기 후반은 정치·경제·사회·문화적인 면에서 대단한 변화를 일으킨 시대였다. 가령 정치적으로는 군사독재가 끝나고 민주화가 이룩되었고 경제적으로는 중진국 수준으로 발돋움한 시대가 바로 20세기 후반이었다. 국제적으로도 동구 공산권이 붕괴됨으로써 냉전시대가 끝났고 그런 사이에 우리는 아시안게임과 국제올림픽을 성공적으로 치러내기도 했다. 이 말은 곧 한국이 국제교류의 교두보 역할도 했다는 이야기가 된다. 그만큼 우리는 개방화로 치달았던 것이다. 따라서 정치·경제의 영향을 절대적으로 받는 문화예술도 그 어느 시기보다 큰 변화가 이루어졌음은 두말할 나위없다. 우선 공연법 개정으로 식민지잔재를 털어버림과 동시에 백화제방의 연극시대를 열었고, 다원주의시대에 걸맞을 만큼 연극양식도 다양화되었다. 정통극, 마당극, 실험극 뮤지컬 등 갖가지 양식의 연극과 수많은 극단들이 전국에서 하루도 쉬지 않고 막을 오르내리고 있다. 70년대 중반 대한민국연극제로부터 시작된 연극페스티벌이 지금은 전국적으로 여러 개의 국제연극제를 탄생시켰으며 어린이연극제, 인형극제, 청소년연극제 등이 매년 활발하게 열리고 있다. 이는 한국현대연극사에 있어서 대단한 발전이고 동시에 변화이기도 한 것이다.

졸저는 바로 이러한 변화 발전과정을 그때그때 기록한 것이다. 즉 70년대 중반부터 『文學思想』『月刊中央』『新東亞』『月刊朝鮮』 등 잡지와 신문에 썼던 연극리뷰와 학회 등에서 발표한 논문, 그리고 20세기 연극을 정리하는 새 논문등이 망라되어 있다. 글을 정리하면서 내가 언제 이런 글을 썼나하는 놀람과 함께 여러가지 제안했던 것들이 한참 뒤에 현실화된 경우가 적지 않아서 스스로 감탄하기도 했다. 가령 식민지 잔재인 公演法에 대한 집요한 비판은 1981년 공연법 개정으로 종결되었고 지방문화 육성 필요성 주창은 지방연극제와 문화공간 확대, 관립예술단 창단 등으로 현실화되었다. 그 외에도 나는 일찍이 문화예술분야 인재양성을 위한 국립예술학교 필요성을 주장했는데, 그로부터 10여년 뒤에 한국예술종합학교 개설을 지켜볼 수 있었으며 서울연극제의 국제연극제 승격 제안도 그대로 성취되었다. 그리고 국립극장 전속단체 分散문제라든가 관광레저 붐에 따른 문화예술적 대응, 정통연극의 쇠퇴 가능성 등의 예측이 그대로 맞아 떨어지고 있다. 그러나 반대로 20여년전에 쓴 글들 중에는 시의성(時宜姓)에 맞지 않는 경우도 적지 않았다. 시의성에 있어서 동떨어지는 글도 포함시킨 이유는 그들도 역사적 기록으로서는 의미가 있다고 생각했기 때문이다.

새 세기, 새 천년을 맞아 각 분야에서 새로운 출발을 하고 있다. 그것은 연극분야에서도 마찬가지이다. 그러나 새로운 출발도 과거에 대한 철저한 점검과 반성을 토대로 해야 시행착오나 오류를 반복하지 않을 것이다. 졸저가 바로 그러한 반성의 자료가 되었으면 좋겠다.

책을 정리하는 과정에서 꼼꼼하게 전산 작업을 해준 최지연양에게 고마움을 표하고 동시에 어려운 출판사정에도 불구하고 기꺼이 책을 출판해준 鄭贊溶사장과 韓鳳淑실장 등 새미 편집부원들에게 감사한다.

1999년 12월 세기말에

柳 敏 榮

차례

Ⅱ. 극장과 공연예술

Ⅲ. 70년대 연극의 편린

Ⅳ. 80년대 연극의 표정

7

V. 90년대의 무대

Ⅰ. 20세기 연극의 회고와 반성

1. 20세기 연극의 허상과 실상

시작이 좋아야 끝이 좋다는 말이 있다. 이런 경우를 우리의 20세기 연극 발전에 대입시켜보면 오늘의 우리 연극이 타 예술쟝르에 비해서 낙후된 이유를 어느 정도 알 수 있지 않을까 싶다. 사실 지나간 역사를 되돌아보면 우리 민족은 놀이(연극)를 유난히 좋아했음을 확인할 수 있다. 각종 잡기는 문자가 생겨나기 이전부터 활발했고, 굿놀이에서부터 가면극·인형극·재담극·판소리·그림자극 등은 대중의 공연예술로서 생활을 윤택하게 만들어준 최고의 문화양식이었다. 그럼에도 불구하고 이런 유형의 연희형태를 천민의 예능으로 폄하 소외 박대해온 것이 사실이다. 이는 아무래도 유교문화와 관련이 있는 것이고 그런 잔영은 20세기를 마감해 가는 오늘까지도 짙게 남아 있다. 가령 고전문예분야에서 볼 때 연극은 회화와 음악, 문학분야 등에 비하여 질양면에서 뒤지는 이유도 바로 그러한 놀이 천시사상과 무관치 않다. 그 결과 연극분야에 탁월한 인재들이 뛰어들지 않는 분위기가 조성되었고 그런 분위기는 20세기가 시작되는 개화기에도 예외일 수가 없었다. 즉 문학만 하더라도 육당 최남선이라든가 이광수 등이 나타나서 신문학을 주도했지만, 연극의 경우는 전통극을 그대로 전수하거나 아니면 창극처럼 변형의 양식이 탄생되는 정도였고, 일본의 저질 신파극을 비판없이 수용하는 수준이었다. 소위 신문예를 주도한 육당이라든가 춘원 등을 보면 모두가 일본 유학생인데다가 지적(知的)으로도 뛰어난 인재들이었다. 반면에 명창들은 오직 판소리 외에는 모르는 외곬수의 예능인이었고, 신파극을 시작한 임성구는 초등교육을 받은 범용한 인물이었다. 따라서 지적 능력을 갖춘 연극인은 겨우 3·1운동이 지나고 나서야 등장했던 것이다.

사실 연극은 여타 예술쟝르와는 본질적으로 다른 종합예술 형태란 점에서 환경의 영향을 절대적으로 받아야 되는 숙명을 지닌다. 즉 연극은 회화나 문학 등과 같이 개인작업으로 끝날 수 없고, 작가·연출가·배우·무대미술가·조명·음향전문가 등 성격이 다른 사람들이 극장이라는 창조공간에 모여서 만들어내는 합동작품이다. 바로 그 점에서 연극은 어쩌면 풍요하고 자유스런 사회에서나 융성할 수 있는 예술양식이라 말할 수 있는 것이다. 이러한 전제하에서 20세기 우리 연극을 되돌아볼 때 대단히 어려울 수밖에 없었다는 사실을 깨닫게 된다. 즉 19세기말부터 국운이 쇠하자 일본제국주의가 침략해옴으로써 이 땅에는 빈곤과 억압만이 존재케 된 것이다. 연극이 융성할 수 있는 기본 환경이 송두리째 없어진데다가 탁월한 인재마저 외면함으로써 연극은 처음부터 낙후를 면할 수가 없었다.

다행히 문예에 일가견이 있던 고종황제가 극장(협률사와 광무대)을 개설토록 함으로써 전통공연예술이 현대에 계승될 수 있었으며 동시에 근대극이 싹틀 수도 있었다. 그러나 1910년대까지만 해도 뛰어난 연극인재가 등장하지 않았기 때문에 우리 연극은 시대에 걸맞는 예술양식을 창출하지 못했다. 다만 박승필(朴承弼)이라는 극장경영자가 등장하여 쇠퇴일로에 있던 전통극과 국악을 건강하게 계승시켰던 것이다. 그가 연극사상 최초로 극장의 효율적 경영방식을 선보였고, 신문화에 밀쳐서 어려움에 처했던 전통공연예술을 애국심으로 지켰다는 점에서 주목받을 만하다.

결국 연극의 신기운은 1919년 3·1운동이 일어나서부터였다. 현철(玄哲)이라든가 김우진, 박승희 등과 같은 선각적인 연극인들이 시대조류를 타고 등장하여 새로운 형태의 연극과 연극이론을 소개하고 또 실험도 함으로써 연극계도 세계인식을 조금씩 하기 시작했다. 이때 선구자들은 이 땅에 걸맞는 새로운 형태의 연극이 무엇이며 또 그것을 어떻게 이식할 것인가에 대해 고뇌하면서 하나하나 실천에 옮긴 바 있다. 가령 현철은 서구근대극을 이 땅에 소개하면서 인재양성에 힘을 기울였고 김우진은 대단히 앞서가는 연극사조를 이론과 창작으로 실험했으며 박승희는 극단운동으로 연극계를 변화시키려 했다. 세 사람의 운동가는 모두 현실의 벽에 부딪쳐서 좌절했지만 그들이 뿌린 근대극의 태아는 1930년대에 와서 극예술연구회로 싹이 돋았고 연극을 운동으로 해야 한다는 강한 메시지도 무언으로 남겨주었다.

이 시기에 특히 주목해야 될 것은 소위 사실주의극을 추구하는 유치진 등 일군의 본격 극작가들의 등장과 홍해성을 태두로 한 본격 연출가들이 연극계를 이끌기 시작한 점이며, 동양극장이 개관됨으로써 황철 등 좋은 직업배우들이 대중 속에서 호흡한 점이라 하겠다. 다른 한편으로는 문단의 카프조직과 함께 사회주의 이념극을 추구하던 일군의 연극인들이 동양극장을 중심으로 한 대중극 붐 속에 함몰되고 만다. 여기서 극장의 위력이 얼마나 컸던가도 나타나는데 만약 동양극장이라는 연극전용극장이 없었다면 일제의 탄압만으로 사회주의 이념극이 그렇게 쉽게 소멸될 수가 있었겠는가.

그런데 30년대의 강한 연극운동도 일제의 세계전략, 즉 대동아건설이라는 큰 목표 속에서 격심한 굴곡을 겪게 된다. 일제의 식민지 탄압과 수탈, 그리고 그 속에서의 민족의 울분과 좌절을 표출하려던 저항극은 일본경찰에 의해 가차없이 짓밟히고 대신 국민극이라는 정치목적극을 하도록 강요받음으로써 우리 연극은 급속히 저급한 상업극으로 치닫게 되었다. 그러므로 우리 근대극은 망신창이가 되어 흐느적거리다가 광복을 맞게 된 것이다.

해방공간의 연극은 그러한 상처투성이의 연극이 청산되기보다는 또다시 정치권력에 밀려서 좌우이념 대결이라는 비극적인 상황전개와 함께 저급한 상업극이 번창하는 기묘한 현상을 야기시켰다. 이러한 이데올로기 갈등과 상업극의 범람 속에서는 바람직한 연극이 진전되기 어려웠다. 다행히 1948년 정부수립과 함께 이념연극의 첨예한 대립은 소멸되었지만 함세덕, 송영, 황철 등 유능한 연극인들을 월북으로 잃어버리게 되었다.

다행히 유치진이 건재한 데다가 이해랑·김동원·이화삼·이광래·이원경·김영수 등 탄탄한 실력의 연극인들이 민족극 재건에 나섬으로써 사분

오열되었던 연극계가 곧바로 정비될 수 있었다. 즉 극협 신청련 등 극단 중심으로 연극계는 정리되어 간 것이다.

이러한 격동 속에서도 대학에서는 차세대 연극을 이끌어갈 새싹들이 돋아나고 있었다. 즉 연대·고대·중앙대·서울대 등의 연극반에서 새 시대를 준비하는 신진들이 기성 연극의 갈등을 외면하고 오직 연극창조에만 열정을 쏟고 있었다. 차범석·최창봉·박현숙·최무룡·박암·김경옥 등이 차세대를 준비하고 있었다. 그런 때에 연극사상 처음으로 국립극장이 설립됨으로써 민족극은 순항을 시작했다. 그러나 그것도 잠시 동족상잔으로 연극기반은 하루아침에 붕괴되었다. 이때부터 연극은 대구, 부산, 서울을 오가며 방황했고 서서히 세대교체도 이루어졌다.

몇 갈래의 연극계도 신협과 국립극장으로 재편되었고 이를 극복하려는 신진 제작극회가 등장함으로써 연극계는 리얼리즘극의 정착과 그 극복이라는 두 명제를 안고 나아가게 되었다. 이러한 두 가지 명제는 연극인재들의 새로운 부상과 무관치 않다. 즉 차범석·임희재·박현숙 등 극작가와 장민호·황정순·백성희 등 신예 연기자 그리고 뒤를 이어 이근삼, 김정옥 등 해외 유학파들이 가세함으로써 연극계는 새 바람이 불 수 있는 여건이 성숙되어간 것이다. 그런 때에 현대적으로 설계된 드라마센터가 개관됨으로써 연극계는 잠시나마 국립극장과 드라마센터라는 두 극장으로 재편되기도 했다. 그러나 드라마센터가 단 1년 만에 경영난을 극복하지 못하고 문을 닫자 연극계는 국립극장을 중심으로 한 동인제극단 시스템으로 전환되었다. 실험극장·산하·민중극장·자유극장·가교 등 성격이 다른 여러 극단이 있었지만 공연장은 명동 국립극장밖에 없었기 때문에 연극계는 대단히 단순했고, 다만 이해랑 이동극장이 생겨나서 연극이 지방으로도 확산될 수 있었다.

이때까지만 해도 우리 연극은 유치진·차범석 등으로 이어지는 사실주의 희곡전통에 이해랑·이원경·이진순 등의 연출이 보태지고 김동원·장민호·백성희 등의 정통연기술이 뒷받침됨으로써 리얼리즘극이라는 거대한 산맥이 형성되었다. 번역극도 이러한 기조 밑에서 주로 오닐이라든가 윌리암즈·밀러 등 브로드웨이류가 가미되는 정도였다. 그러나 이근삼·김정

옥·양광남 등 구미유학파 작가, 연출가, 배우가 등장하고 독문학, 불문학도
가 몇 명 연극계에 직간접적으로 참여함으로써 무겁기만 했던 연극계에 새
바람이 불기 시작했다. 왜냐하면 자유분방하면서도 감각적이며 템포 빠른
비희극, 또는 희극이 적잖게 공연됨으로써 극장가에 신선한 바람이 불어닥
쳤기 때문이다. 즉 우리 근대희곡은 어두운 시대에 시작된 만큼 진지하게
시대의 아픔을 묘사하는 비극류가 주조였는데 이근삼(李根三)의 경쾌한 희
극은 시대를 통렬하게 비판함으로써 젊은 관객의 공감을 불러 일으키기에
충분했다. 게다가 프랑스류의 희극과 시적 감성으로 가득찬 김정옥의 연출
은 자유극장이라는 색다른 연극기호를 제시하기도 했다. 이런 때 박조열·
윤대성·오태석 등과 같은 새로운 작가들이 등장했고, 임영웅이 「고도를 기
다리며」로 우리 연극계가 전위극도 충분히 소화해 낼 수 있을 뿐만 아니라
관객의 지적 바탕도 뒤지지 않음을 증명해 주었다.

그만큼 우리 연극이 근대성을 탈피하고 세계 현대극과 어깨를 나란히 하
는 새 시대에 진입했음을 보여준 것이다. 그런 연출상의 새 스타일은 1960
년대가 저물어가던 때에 유덕형의 「연출작품 발표회」가 신선감을 더해 주
었다. 소위 아르또, 그로토우스키로 이어지는 움직임 중심의 잔혹극류의 연
출기법은 안민수·오태석 등으로 이어지다가 민예극장의 전통예술의 재창
조 작업 및 정치성 짙은 마당극 운동과도 연결되었다. 이것이 대체로 1970
년대를 전후했던 시기로서 정치적으로는 가장 암울한 유신기(維新期)였다.

이 시기의 또 하나 특징은 각 극단들이 명동 국립극장 무대를 벗어나 보
려고 몸부림쳤던 점이다. 국립극장이 명동시대를 마감하기 이전에 이미 이
병복이 까페 떼아뜨르를 만들어 김정옥과 함께 본격 소극장운동을 전개하
기 시작하면서 이원경이 3·1로 창고극장을 이끌었고, 실험소극장·민예소
극장 등도 나름대로의 개성을 갖고 연극활동을 전개해 갔다. 가령 까페 떼
아뜨르는 소위 살롱연극이라 하여 전위적인 소품들을 선보였고 3·1로 창
고극장은 원로 이원경이 연극교육을 곁들여 아리나스테이지에 맞는 연극을
했으며, 민예소극장은 전통예술을 현대적으로 재창조하는 실험작업을 했다.
그러나 식민지시대의 흥행취체규칙이라는 전근대적 악법에 바탕한 공연법
이 언제나 소극장운동의 장애가 되었다. 문화계의 저항으로 그때그때 폐관

위기를 넘기기는 했지만 연극발전에는 적잖게 방해가 되었음은 두말할 나위없다. 그런 속에서도 운니동 실험소극장에서 「에쿠우스」가 장기공연의 새 장을 열면서 연극계에 큰 변화가 일어났다.

우선 연극사상 처음으로 한 작품을 한 극장에서 수개월씩이나 장기공연하는 새로운 공연관행이 생긴 것이다. 두번째로는 수십년 동안이나 정체되었던 연극관객이 갑자기 수만명이나 늘어나는 관객확대가 이루어졌다. 그리고 세번째로는 오랜만에 연극의 직업화가 가능해졌다. 반면에 연극이 소극장 중심으로 전개되다 보니 자꾸만 왜소화해져 갔고 관객을 의식한 감각적 번역극이 범람하는 상업주의가 급속히 확산되어 가는 부정적 경향도 나타났다.

따라서 정부는 창작극 진흥을 통한 연극 활성화를 꾀하기 위하여 대한민국연극제를 개최하게 되었고, 거기서 윤조병·노경식·이재현·윤대성·오태석·이강백 등 극작가들이 중요한 작품을 선보였다. 그런데 그것이 순전히 중앙만의 연극잔치일 뿐 불모의 지방연극과는 아무런 관계가 없었다. 그래서 생겨난 것이 다름아닌 전국지방연극제였다. 이는 곧 연극제의 이원화로서 중앙과 지방의 문화균점을 꾀한 것이기도 했다.

1979년 10월 정변으로 잠시 민주화의 봄이 왔을 때 연극계에서는 전근대적 악법이라 할 공연법 개정운동을 벌였고, 그것이 1981년에 개정됨으로써 소극장 개설과 유지가 쉬워졌다. 이때부터 전국적으로 소극장과 소형 영화관이 우후죽순처럼 생겨남으로써 연극은 소극장 중심으로 전개되었다. 대극장이 절대 부족한데다가 연극이 영세한 사설극단 체제로 전개되었기 때문에 소극장들이 대극장의 축소판으로서 본래의 실험실로서의 기능을 잃고 불건전한 상업극의 온상처럼 되어간 것도 부인할 수 없다. 한가지 다행스런 것은 5·6공에 걸쳐서 전국적으로 수 십개의 극장(문화회관)을 개설했거나 아니면 짓기 시작했다는 사실이다. 이는 무대예술의 인프라 구축이라는 점에서 장기적 안목으로 볼 때 대단히 바람직한 일이었다. 솔직히 공연장 부족이 우리 연극발전 과정에서 가장 큰 장애요인 중의 한가지였다는 점에서 극장인프라 구축은 연극제 실시와 함께 대단히 미래 지향적인 것이었다.

한편 틀에 박힌 옥내무대를 무시하는 마당극운동이 억압적인 시대상황의 안티테제로서 대학가와 산업공단 등을 중심으로 요원의 불길처럼 번져갔다. 군사독재치하의 저항운동의 한 방식으로 전개된 마당극운동의 주제는 대단히 이상주의적이었고 자유·평등·반핵·민족자주 등 대단히 보편적이면서도 이념성이 강했다. 연극양식은 전통문화 즉 무속으로부터 탈춤, 민요, 판소리, 민속무용, 농악 등의 표현틀에다가 피스카터의 정치극, 서사극 구조를 결합한 열린 연극형태라는 점에서 이색적이었다. 이러한 마당극은 독특한 시대양식으로 민중에 어필했고 상당한 호응을 불러일으킨 것도 사실이었다.

특히 1970년대초 민예극장을 중심으로 하여 전통의 현대적 계승 및 재창조라는 큰 명제가 문화예술계의 커다란 담론으로 떠올랐던 만큼 마당극은 주목을 끌 만했다. 그런데 전통의 현대적 재창조라는 명제 밑에서 새로운 연극형식을 추구하는 실험 밑에서 여러 갈래였다. 가령 허규가 추구하는 민예극장 방식과 마당극 형식, 그리고 김정옥의 열린 연극형식과 유덕형 방식, 오태석의 극단 목화 방식 등 다양했다. 그런데 이들의 공통점은 리얼리즘을 거부하고 가무를 중요 표현방법으로 삼은 것이라 하겠다. 이러한 연극계의 경향은 브로드웨이류의 뮤지컬을 쉽게 수용하는 계기도 되지 않았나 싶다. 그 결과 대극장은 가무극이 주요 레퍼토리가 되고 소극장에서는 대사 위주연극이 되기도 했다. 이처럼 정통극이 가무극에 밀리는 경향까지 나타났다.

그런 때에 극단 산울림이 신촌에 소극장을 열어서 국립극단과 함께 정통극의 맥을 이었고, 페미니즘 연극으로 중년 여성들을 관객층으로 묶기도 했다. 그 속에서 박정자·손숙·윤석화 등 스타 여배우 삼총사가 각광을 받기도 했다.

현대연극사에 있어서 1980년대 후반은 중요한 전환점이 되었는데 그 이유는 서울국제올림픽이 개최된 데다가 그것을 전후해서 동구권이 급격히 붕괴되었기 때문이다. 따라서 우리도 이념을 초월하는 개방사회로 나아가지 않을 수 없었다. 그 결과 동구권 연극이 초청되어 서울에서 자유롭게 공연되었고, 브레히트 작품도 마음대로 무대에 올려질 수 있었다. 솔직히 수준 높은 동구권 연극은 우리의 연극관객들에게 상당한 충격을 던져준 바 있다. 경직된 사회주의 목적극만 할 것이라는 막연한 추측으로 일괄했던 연극팬들이 동구권 연극의 높은 예술성에 놀라지 않을 수 없었다. 솔직히 경직된 것은 오히려 우리 연극이었고 ·세계연극 조류에 둔감했던 것도 한국연극이 었다. 동구권연극을 중심으로 한 세계연극을 체험한 우리 연극은 1990년대 들어서 여러가지 실험도 하고 나름대로의 정체성을 찾는 노력을 했다. 그러나 텔레비전·영화·비디오 등 영상매체가 워낙 발전속도가 빨랐기 때문에 연극은 그 뒤를 좇기가 어려웠다. 특히 배우들이 영상매체로부터 얻는 소득이 무대출연에서 받는 소득과는 비교도 되지 않았기 때문에 연극은 왜소화될 수 밖에 없었다. 각 대학에 연극학과가 증설되면서 연기자들은 급속히 늘어났지만 대학교육의 부실로 연극의 질적 향상은 이루지 못했다.

유능한 배우들은 대부분 영상매체로 옮겨가고 무대에는 미숙한 젊은이들만 남았다. 수준에 이르지 못한 젊은 연극인들이 상업주의에 오염까지 됨으로써 몇몇 소극장들에서는 '벗는 연극'으로 호객 행위까지 하기에 이르렀다. 연극이 타락으로 치달아간 것이다.

그렇다고 해서 우리 연극이 모두 그런 것은 아니었다. 개방사회를 맞아서 외국 연극만 들어온 것이 아니고 우리 연극도 해외에 나가서 주목을 끌기 시작했다. 가령 극단 산울림은 「고도를 기다리며」를 세계적인 아비뇽연극제에 출품하여 주목을 끌었고, 베케트 고향인 아일랜드의 베케트연극제에 초청되기도 했다. 그 외에도 오태석의 목화극단이 일본에서 동력 넘치는 연극으로 주목을 끈 바 있고, 뮤지컬붐을 타고 등장한 에이콤의 「명성황후」가 본고장 브로드웨이에서 장기공연을 갖기도 했다. 이처럼 아시아의 선두에 선 우리연극이 세계연극의 반열에 서려는 몸부림을 치고 있다. 특히 실험극 운동이 활발해서 포스트모더니즘의 기치 아래 메타연극, 공동창작, 해체연극 등 다양성을 보여준 바 있다. 그 중에서도 우리 나름의 정체성을 모색하는 노력이 가장 두드러진 현상이라 말할 수 있다. 그것은 희곡창작, 연출, 연기, 무대미술, 의상 등 여러 측면에서 동시 다발적으로 일어나고 있다. 그 결과 우리 신극도 이제 서양연극 모방 아닌 개성을 갖기 시작했지만 그것이 지나쳐서 특수성만 두드러지고 보편성이 약화되는 문제점을 낳고 있는 것이다. 그 점이 바로 세계연극 수준에서 밀리고 있는 원인 중의 한가지라 말할 수 있다. 오늘의 연극이 투명한 미래상을 보여주지 못하고 혼돈스런 이유도 거기에서 찾아야 될 것 같다. 한편 여성국극이나 악극과 같은 지난 시대의 연극양식을 좋아하는 세기말의 성인층 관객 성향도 주목할 만하다.

여하튼 한 세기 동안 발전되어온 우리 신극이 경제성장만큼이나 괄목할 만한 양적 팽창을 이루었다. 초창기에 연간 기십 편의 연극공연과 비교할 때, 전국적으로 수백개의 대소극장에서 공연되는 작품은 거의 천 여편에 이르고 연극형태도 다양할 뿐만 아니라 연간 하루도 쉬는 날이 없을 만큼 막이 오르내리고 있다.

이는 결국 외형적으로 연극이 크게 활성화되었다는 이야기가 되고 결과적으로 신극 이래 장애요인으로 반복 지적되어온 공연장 부족, 연극인재 부족, 창작극 부족, 관객부족, 억압상황 등이 해결되었다는 이야기가 된다. 연극을 할 수 있는 여건, 즉 환경개선이 되었던 것이다. 연극인들이나 극장, 극단들이 정부의 보조를 받으면서 연극을 할 수 있다는 것 자체가 일제 강점기에 신극운동을 시작했던 선구자들의 입장에서 본다면 꿈같은 일이다.

그럼에도 불구하고 왜 오늘의 우리 연극의 사회적 기능이 이처럼 왜소하단 말인가. 가령 3·1운동 직후 청년, 학생들의 전국적 소인극운동은 민족의식을 일깨웠고, 토월회 여배우의 헤어스타일은 유행의 표본이었으며 1930년대 동양극장은 대중정서의 용광로였다. 그와 비교할 때 오늘의 우리연극은 양적비대와는 상관없이 사회적 영향력은 보잘것 없다. 그럴 수밖에 없는 이유는 두 가지 측면에서 설명될 수 있다. 즉 문화현상의 외연 확대와 연극 자체가 안고 있는 한계성이 그것이다. 사실 사회의 다변화에 따라 지난 시대에 예측 못했던 상황이 우리 주변을 감싸고 있다. 과거에는 애니메이션이라든가 텔레비전·컴퓨터·게임·비디오·영화 등 영상매체가 우리 생활을 좌지우지한다고는 상상하지 못했고 스포츠를 직업으로 한다는 것도 염두에 두지 못했다. 특히 후기 산업사회를 지나 정보사회로 접어들면서 생활패턴이 바뀌었고 풍요사회와 함께 오락의 다변화는 여행 관광 등에서 볼 수 있듯이 사람들을 밖으로 내몰고 있다. 그러니까 극장에 가야 여가를 즐기면서 교훈도 얻을 수 있다고 믿었던 시대는 지나갔다는 이야기이다. 그렇다고 해서 연극이 다른 오락을 좇는 사람들을 붙잡을 만한 힘이 있는가.

연극인들은 시대감각에 맞춰서 스펙타클한 가무극을 많이 하지만 아직 감동상품이 되지 못했고 정통극은 대중을 감동시킬 만한 기량이 따르지 못한다. 이 말은 그 동안 연극인을 많이 배출했음에도 대학교육의 부실로 쓸만한 인재는 별로 키워내지 못했다는 이야기도 된다. 그나마도 재능있는 사람들은 텔레비젼이나 영화 등으로 빠져나가고 있기 때문에 연극무대에서는 미숙한 작품만 양산되고 있다. 특히 연극의 정체성을 모색한답시고 특수성만 강조하다 보니 보편성이 약하기 때문에 세계연극 수준에서 멀어질 수밖에 없다. 그만큼 우리 연극에 풍부한 상상력에 입각한 독창성이 부족한 것이다. 우리연극이 표현 형태는 어떻든 보편성을 획득해야 세계연극의 반열에 낄 수가 있다.

이런 소프트웨어를 담는 그릇이라 할 공연장만 하더라도 과거에 비해서 급팽창한 것은 사실이지만 대부분 관립이어서 경직되어 있고 비전문가들에 의해서 효율적으로 운영되지 못하고 있다. 또 몇몇 사설극장들은 대기업의 경영방침에 따라 상업적으로만 가고 있다.

이제 우리 연극은 다음 세기를 맞아서 생존의 기로에 서 있다. 영상예술이나 프로스포츠 등을 뛰어넘을 수 있는 기량을 갖추든지 영혼을 진동시킬 수 있는 투철한 정신이 있든지, 어느 하나 제대로 갖지 못한다면 연극이 살아남기가 쉽지 않으리라는 생각이다. 그것이 신극 1세기를 되돌아본 결론이다.

2. 21세기 공연예술의 전망

사회가 균형적으로 발전하려면 문화가 축이 되어야 하고, 문화가 제 기능을 하려면 전문적 인재가 고르게 퍼져 있어서 자기역할을 다 해야 할 것이다. 그러한 측면에서 보았을 때 오늘날 우리나라 문화예술계는 커다란 구멍이 나 있다고 해도 과언이 아니다. 그것은 곧 전문적 인재가 고르게 퍼져 있지 못한 점에서 그렇게 볼 수 있다. 가령 연극계를 하나의 경우로 놓고 볼 때, 배우·연출가·극작가·무대미술가 등은 있지만 연극과 대중을 연결해 주는 기획·홍보·경영자가 거의 없는 실정이다. 사실 연극의 4대 요소라 한다면 희곡·배우·관객·극장 등을 꼽을 수 있다. 그러니까 극장이 연극의 창조장이 되는 것이다. 배우는 극장무대 위에서 인생을 겪게 되는데 그것을 뒷받침해 주는 것이 극작가, 연출가, 무대미술가, 조명·음향·의상가·관객, 그리고 그 극장을 유지 운영하는 사람들이다. 이상에서 두 부류의 중요한 전문인이 떠오르는데 그것이 다름 아닌 기획 홍보전문가와 극장관리자이다. 그런데 오늘날 이 분야를 전문적으로 하는 사람들이 별로 없다는 데 문제가 있다. 극단들이 직업적으로 공연활동을 벌이고 극장들 또한 돌아가고 있으니까 기획·홍보와 운영자들이 없지는 않다. 다만 그 분야를 전문으로 연구한 사람이 없다는 점이다. 오늘의 극단실태를 볼 때 극단조직상으로 기획·홍보 전문가가 거의 없다. 그렇기 때문에 대체로 연출가나 배우들이 그 일을 대행한다. 극장사정은 어떠한가? 극장은 우선 두 종류로 대별할 수가 있는데 한 종류가 관립의 대형극장들이라고 한다면 다른 종류는 사설 소형극장들이라 하겠다. 관립대형극장들은 국립극장과 문예회관을 비롯한 세종문화회관, 예술의 전당 그리고 전국 지방도시에 산재한 시민회관들을 가리킨다. 이러한 대형 관립극장은 수십개에 이른다. 다음으로 소형 사설극장들은 몇몇 백화점들이 문화활동의 일환으로 건물내에 설치한 소극장들과 연극인들이 전세를 내어 운영하는 소극장들을 가리킨다. 이렇게 따져볼 때 전국적으로 백여개 가량의 무대예술극장이 있다는 이야기가 된다.

하나의 극장이 돌아가려면 최소한 수십명의 인원을 필요로 한다고 볼 때 오늘날 전국의 극장요원만도 천여명에 이른다고 어림잡을 수 있겠다. 이러한 극장요원들은 물론 단순한 기사, 경비원, 일반직이 상당수를 차지한다. 그렇게 볼 때 실제로 극장을 운영하는 사람이 문제로 떠오른다.

주지하다시피 국립극장과 문예회관만 문공부 산하에 있고 세종문화회관은 서울시 산하이며 나머지 시민회관을 비롯한 전국의 시민(문화)회관들은 모두가 내무부 산하에 있다. 이 말은 곧 관립극장들은 모두 문화예술과는 무관한 일반직 행정공무원이 관리 운영한다는 이야기가 된다. 앞에서도 조금 언급했지만 극장은 관리·예술·경영의 3원 체제로 되어야 하는데 오늘날 국립극장조차 예술감독과 경영인이 없는 상태이므로 지방의 문화회관은 더 말할 것도 없다. 거의 모두(관장에서부터) 비예술인들이 관리, 운영하고 있는 처지라 하겠다. 우리나라 공연예술의 침체 원인 중의 하나가 바로 이러한 극장요원의 부족인 것이다. 소형 사설 소극장의 경우는 관립 대형극장과 또 다르다. 보잘 것 없는 소극장들이므로 극단 대표가 일종의 관리·운영자 겸 예술감독이며 경영주가 되어 있다. 우리나라 극단 대표들은 대부분 연출가이거나 배우이다. 이런 기능인들이 경영을 알 리가 없고 극장관리를 제대로 할 수 없음은 두말할 나위없다. 그러니까 전속 예술단체를 두고 있는 국립극장이라든가 예술문화회관 등은 극장을 움직이는 일반 행정가들과 배우, 무용수, 음악가 등 기능인들로 구성되어 있는 셈이다. 이 말은 곧 관리와 창조자를 연결시켜서 예술을 활성화시키고 관중을 끌어들일 줄 아는 중간관리 통로가 없다는 이야기가 된다. 바꾸어 말하면 예술행정가와 예술경영자가 없다는 것이다. 이것은 대단히 큰 문제이다. 그래서 미국 같은 나라에서는 이미 학부 또는 대학원 과정에 예술경영학과를 두고 전문인재를 양성해 왔다. 그런데 이것이 공연예술분야에만 국한되는 것이 아니다. 이를테면 미술관이라든가 박물관 같은 것도 이 범주에 넣을 수 있다. 물론 박물관의 경우는 고고학과나 인류학과 출신들이 관리할 수 있다고 하지만 미술관의 경우는 화가나 미술평론가들만으로서는 충분치 못하다. 그런데 오늘날 우리나라 미술관들은 관립인 경우는 일반직 행정공무원과 미술인들이 관리하고 있는 실정이다. 적어도 문화행정가나 예술경영인은 거의 없다. 이제 숙원의 문화부도 신설되었다. 정부부서이므로 일반직 공무원들로 짜여질 것임은 두말할 나위 없다. 법학과나 행정과 또는 정치, 경제학과 출신 엘리트들이 고시를 거쳐 공무원 사회를 이루고 있는 것이 우리 실정이 아닌가. 이처럼 사회과학만을 공부한 관리들이 문화발전에 얼마나 창의성을 발휘할 수 있을 것인지 의문스러운 것이 사실이다.

바로 그 점에서 문화행정가와 예술경영자 양성이야말로 우리 사회의 시급한 과제라 아니할 수 없는 것이다. 이러한 양성문제는 두가지 측면에서 시도해야 할 것 같다. 첫째는 정부가 정책적으로 관립대학에 과를 설치해서 장기적 안목에서 양성하는 방법이다. 이럴 경우 서울대 등 우수한 대학 한두 곳에 과를 두고 체계적으로 인재를 양성하는 것이 바람직하다. 그런데 문화행정이나 예술경영에 대한 대중적 인식이 부족하므로 당장은 인기면에서 문제가 생길 수 있을지도 모른다. 그러나 오늘날 행정전반이 개발로부터 문화행정으로 바뀌고 있는 때이므로 그 인재의 활용 여하에 따라서는 대단한 인기분야로 떠오를 가능성도 없지 않다고 본다. 다음으로 사립대학에서 이 분야에 대한 특수대학을 만들거나 행정대학원 또는 경영대학원에 문화행정학과나 예술경영학과를 설치하는 일이다. 사실 아무리 행정을 잘 하고 경영이론이 밝다고 하더라도 문화예술에 대한 지식과 이해가 없으면 문화행정이나 예술경영을 제대로 할 수가 없다. 우선 몰라서 못하고 관심과 애정이 없어서 능률을 낼 수가 없다고 본다. 맡았으니까 마지못해서 하는 행정이나 경영은 능률을 낼 수가 없는 것이다.

그런데 당장 해야할 과제는 현재 문화행정이나 예술경영 담당자들에 대

한 재교육이라 하겠다. 그것은 앞서 말한대로 특수대학원이나 행정, 경영대
학원에서 그런 계통의 학과설치를 통해서 하는 일이다. 그러한 시도로서 금
년 가을 학기부터 단국대 경영대학원에서 한국 최초로 예술경영학과를 설
치한 것은 주목할 만한 일이라 하겠다. 이제 처음 학과 설치를 시도해본 것
으로서 공연예술(연극·무용·영화 등)에 중점을 두겠지만 점차 미술관, 박
물관 분야까지 넓혀지게 되리라 본다. 커리큘럼도 선진국의 방법을 참조하
고 거기에 우리 실정을 가미한 것이 될 것이다. 그러니까 우리 나라의 공연
예술과 미술, 박물관의 관리 경영 및 문화행정 전반을 커버할 수 있고 지식
전수의 커리큘럼이 되어야 하리라 본다. 환언하면 예술경영학도 서양으로부
터 도입한 학문분야지만 우리 실정에 맞도록 토착화되어야 한다. 그것을 단
국대 경영대학원 예술경영학과에서 시도해본 것이다.

　현대는 매우 세분화되고 전문화되어 가는 시대이다. 구석구석에 전문적
인재들이 박혀 있어야 사회도 문화도 발전한다. 그런 각도에서 보았을 때
문화예술분야의 전문 행정가와 경영인을 길러내는 일이야말로 시급한 일이
라 아니할 수 없다.

3. 한국연극사의 시대구분

역사에 있어서의 시대구분은 역사현상을 체계적으로 이해하는 데 있어서 필수적인 것이기 때문에 하나의 이론일 수 있으며 정확한 개념이 전제될 때 비로소 가능한 것이다. 일반사의 경우만 하더라도 이 시대구분의 문제는 언제나 논란의 대상이 되어 왔고, 지금까지도 사학자의 역사관에 따라 각자 시대구분은 다른 상태이다. 그러나 대체로 일반사의 경우는 너댓 가지 방법으로 시대구분을 하고 있지 않나 싶다. 즉 현재를 기점으로 해서 시간의 원근을 표준삼아 시대구분을 한 것을 필두로 하여 사회발전의 단계를 기준으로 한 것, 민족의 성장과정을 기준으로 한 것, 주문제(主問題)에 의한 구분법, 사회발전과 왕조를 혼합해서 구분한 것, 그리고 지배세력의 변화에 따르는 시대구분[1] 등이 바로 그것이다. 역사학자들의 이와 같은 시대구분법은 각각 장단점이 있으며 어떤 방법이 최상의 것이라고 단정지을 수도 없다. 그러나 서양사학의 영향에 의한 이와 같은 시대구분 방법 이상의 시대구분법이 있는 것도 아니기 때문에 우리나라 역사학자들은 그런 방법을 별 저항없이 받아들이고 있는 것이 현실이다. 그런데 여러가지 시대구분법 중에서도 선호되고 있는 것이 왕조와 사회발전을 혼합 절충한 방법이 아닌가

---

1) 李基白, 韓國史의 時代區分 問題, 韓國史時代區分論, 1970, pp.7-10 참조.

싶다. 여하튼 역사기술에 있어서의 가장 중요한 이 시대구분문제가 보편성
을 획득하려면 첫째, 논리적 일관성이 있어야 하고, 둘째로는 정치뿐만 아
니라 경제·사회·문화 등 모든 역사적 사실과 연관성을 가져야 함은 물론
역사적 사실들이 시간적·공간적인 종횡의 연관성을 가져야 될 것이다.2)

그렇다면 예술사의 시대구분은 일반사와 같은 것인가 하는 문제에 직면
하게 된다. 왜냐하면 적어도 우리나라에서 나온 몇 안되는 연극사서들 상당
수가 대체로 일반사의 시대구분법을 따르고 있기 때문이다. 그 대표적인 예
가 이두현(李杜鉉)의 『한국연극사』일 것이다. 사실 예술사는 일반사와 궤를
같이 할 수도 있고, 또 그렇지 않을 수도 있다는 점에서 복잡하고 애매하
다. 왜냐하면 예술은 마치 생물과 같이 탄생·성숙·소멸의 과정을 거치는
데다가 그러한 생성과 소멸이 반드시 정치 변동과 궤를 같이 하는 것은 아
니기 때문이다.

물론 정치도 생물과 같다고 이야기하는 사람도 없지는 않다. 그러나 정
치가 예술과 같이 구체적 형체를 갖는 것은 아니기 때문에 예술의 생성, 소
멸과는 구별된다고 볼 수 있는 것이다. 그 점에서 일찍이 뵐플린이 "예술은
그것 나름의 생애와 그것 나름의 역사를 갖는다"3)고 한 것이라든가 또 그
러한 견해를 토대로 하여 예술사가 "자체의 고유한 내재적 법칙에 따라 발
전하며 이것은 사회적 생활조건뿐만 아니라 예술가의 개인적인 심리적 체
질을 다 포함한다고 생각되는 외부적인 영향과 무관하다"4)고 말한 하우저
의 견해에 귀기울일 필요성이 있다. 그러니까 예술사는 정치사와 일치할 수
없고 어디까지나 예술 그 자체의 내재적 원리에 입각해서 독자적인 역사를
가진다는 이야기가 되겠다. 그렇다고 해서 예술사가 일반 정치사와 완전히
유리될 수는 없을 것이다. 왜냐하면 예술도 정치의 영향을 피할 수는 없는
것이기 때문이다. 특히 예술이 정치의 통제를 받지 않을 수 없는 전체주의
사회에서 더욱 그렇다. 그러나 예술은 정치처럼 급격한 변동을 겪는 것은
아니다. 왜냐하면 예술은 기나긴 창조과정을 거쳐야만 이룩되는 것이기 때

---

2) Ibid., pp.19-21 참조.
3) Heinlich Wölfflin, Gedanken zur Kunstgeschichte, p.24.
4) 아놀드 하우저, 황지우역, 藝術史의 철학, 1983, p.136.

문이다.

이러한 경우는 물론 예술사 일반에 해당되는 것이지만 연극사의 경우도 예외일 수는 없는 것이다. 그럼에도 불구하고 우리나라에서 출간된 연극사 서들이나 그에 준하는 책들의 경우 시대구분이 애매하거나 아니면 일반사 의 시대구분을 비판없이 수용하는 등 뚜렷한 특징이 없지 않나 하는 느낌 을 갖게 한다. 따라서 연극사 시대구분의 논리성이 약해보일 수밖에 없는 것이다. 그 점에서 구체적으로 기존의 연극사 관련 저술들의 시대구분을 검 토 분석해볼 필요성이 있을 것 같다.

먼저 개화기 이전의 고전연극사를 정리한 저술은 남북한을 통틀어 4권이 나와 있다. 그 외에 개별적인 것으로 탈춤과 판소리 역사를 다룬 것이 5권 으로 전한다.

가령 최초의 저술로 김재철(金在喆)의 『조선연극사』(1933년) 이후 북한에 서 한효(韓曉)가 『조선연극사개요』(1957년)를 냈고 이어서 권택무가 『조선 민간극』(1966년)이라는 통사적 성격의 연극발달사를 정리해 내놓은 바 있는 것이다. 그리고 1973년에 비로소 집대성된 이두현의 『한국연극사』가 정리되 어 나왔다.

우선 4권의 시대구분을 한번 검토해 보아야 될 것이다. 최초의 연극사인 김재철의 『조선연극사』의 목차는 다음과 같다.

第 一 編 假面劇
　第 一 章 三國以前의 假面劇
　第 二 章 新羅의 假面劇
　　第 一 節 劍舞
　　第 二 節 五技
　　第 三 節 處容舞
　　第 四 節 無㝵舞
　第 三 章 高麗 李朝의 假面劇
　　第 一 節 儺禮
　　第 二 節 山臺都監劇

이상의 목차를 훑어보면 대체로 시대구분이 전혀 되어 있지 않다는 것을 알 수 있다. 김재철은 연극사의 시대구분에 별로 신경을 쓰지 않은 것 같다. 물론 우리나라 연극이 서양처럼 희곡중심으로 발전되지 않았고, 또 그에 따라 연극사조라는 것이 전혀 없었던 데에도 원인이 없는 것은 아니나

---

5) 金在喆, 朝鮮演劇史, 1939.

金在喆은 거의 역사발전 법칙이라는 것을 도외시하고 연극사를 기술한 것이다. 가령 큰 목차가 시대구분 아닌 연극형태를 내세운 점에서 그것은 금방 알 수 있다. 연극형태를 내세우다 보니 자연히 시대구분은 그 속에 묻히게 될 수밖에 없는 것이다. 이 말은 곧 김재철이 연극사를 기술함에 있어서 거의 일반역사를 염두에 두지 않고 그때그때 필요에 따라 역사를 끌어들였다는 이야기가 될 것 같다. 그리고 정치사와 연극사가 아무런 연관이 없음을 보여주기도 한다. 따라서 연극사 기술도 그 발달과정을 치밀하게 분석 체계화했다기보다는 대표적 고전극이라 할 가면극·꼭두각시극·판소리의 발생배경과 공연형태, 주제 등 전체적 윤곽을 소개하는 차원에 그치고 있는 것이다.

이러한 김재철의 방법에서 크게 벗어나지 않는 것이 해방 후 북한에서 출간된 한효의『조선연극사개요』라 하겠다.

『조선연극사개요』의 목차부터 소개하면 다음과 같다. 고대로부터 1930년 대까지를 기술한『조선연극사개요』는 2부로 나누어져 있는데, 1부가 고전편이고 2부가 현대편이다.

제1편
　一, 연극이전
　　1. 원시가무
　　2. 처용무
　　3. 연극에로의 이행
　二, 가면극
　　1. 각종 바리안트들
　　2. 서로 다른 발전
　　3. 가면극의 사상
　　　ㄱ. 아름다운 것 ― 그것은 사랑이다
　　　ㄴ. 아침을 기다리는 마음
　　　ㄷ. 탈박은 훨훨 타오르는데
　三, 인형극
　　1. 꼭두각시
　　2. 두 꼭두각시극

3. 꼭두각시극의 사상
    ㄱ. 산 좋고 물 좋고 인심 좋은 곳
    ㄴ. 최초의 주인공 - 박첨지
    ㄷ. 「북망산」은 바로 문앞에 있다
四, 창극
    1. 창극의 발상
    2. 창극의 구성
    3. 창극의 바리안트들
    4. 신재효
    5. 춘향전의 사상
        ㄱ. 「금준미주」의 위대한 사상
        ㄴ. 봄의 향기인 그 이름
        ㄷ. 봉건 조선의 참회
    6. 창극의 기타대본들과 그 사상
        ㄱ. 근로와 사랑
        ㄴ. 양반과 중과 부자
        ㄷ. 착한 것과 아름다운 것의 승리
五, 간단한 결론6)

이상과 같은 한효의 『조선연극사개요』에서 느껴지는 것은 그가 김재철 이상으로 시대구분에 신경을 쓰지 않았다는 사실이다. 한효도 김재철처럼 시대구분을 순전히 연극형태로 구분했고 서술과정에서 부분적으로 일반적인 역사가 조금 배경으로 들어 있을 뿐이다.

더욱이 한효의 『조선연극사개요』는 고전극의 발전과정보다는 연극내용, 즉 극 주제에 포커스를 맞추었기 때문에 시대구분에 거의 신경을 쓰지 않은 것 같다.

그러나 우리나라 연극학의 경향처럼 한효도 발생사에 대해서는 언급을 하고 있는 것이 특징이다.

그러나 한효의 뒤를 이은 북한연극학자 권택무의 『조선민간극』은 시대구분에 적잖은 신경을 쓰고 있어 주목된다. 전체 3편으로 편성된 『조선민간

---

6) 한 효, 조선연극사개요, 1956.

극』의 목차부터 소개하면 다음과 같다.

제3편 기원전-19세기 우리나라 연극에 관한 문헌자료7)

이상이 권택무의 고전극 발달과정 서술의 시대구분인데 제1편에서부터 제3편까지 똑같이 "기원전-19세기"라고 붙인 것에 대해서 독자는 당혹할지 모른다.

그러나 그것은 단순한 반복이 아니고 제1편이 연극발전사 서술이라 한다면 제2, 3편은 자료편인 것이다. 독자가 내용을 읽어보지 않고 목차만 훑어보면 당황할지도 모른다. 그렇게 볼 때, 권택무는 고전극 발전과정을 기원전서부터 9세기까지를 제1단계로, 10세기부터 14세기까지를 제2단계로 그리고 15세기부터 19세기까지를 제3단계로 나누었음을 알 수 있다. 이러한 시대구분에 대하여 저자는 '이 책을 쓰게 된 의도와 관련하여 시기구분을 그다지 세분화하지 않고 크게 3개장으로 나누어 개괄하는 데 일단 머물렀다'면서 '앞으로 연구가 더 진전되고 집필의도 여하에 따라 시기 구분이 더욱 세분화될 수 있다는 것을 예상한다'고 서문에 적고 있다. 그러니까 권택무는 고전연극 발전을 3등분하는 것으로 그쳤다는 이야기인데 그 3등분이 다름아닌 부족국가시대로부터 통일신라말까지(제1장)와 고려시대부터 말까지(제2장), 그리고 조선시대부터 19세기까지(제3장)로 되어 있는 것이다.

사실 이러한 분류는 연극사가 일반사의 분류를 그대로 따른 것으로서 최초로 연극사를 정리했던 김재철이나 그 뒤를 이은 한효 등과도 궤를 같이 하는 것이다. 권택무가 이들과 다른 점이라고 한다면 연극형태별로 그 발전과정을 서술하면서도 그는 일반역사의 시대구분을 표면에 내세운 데다가 조선시대도 전기(14C~16C)와 후기(17C~19C)로 구분하고 있는 점이라 하겠다.

그렇다면 김재철 이후 가장 체계적이고 과학적인 서술로서 평가받고 있는 이두현의 『한국연극사』의 시대구분은 어떠한가? 우선 목차부터 소개하면 다음과 같다.

---

7) 권택무, 조선민간극, 1965.

ⅰ) 歷史的 由來
ⅱ) 特徵
(3) 統營 및 固城五廣大
ⅰ) 歷史的 由來
ⅱ) 特徵
(4) 北靑獅子놀음
ⅰ) 歷史的 由來
ⅱ) 特徵
(5) 꼭두각시놀음

第 6 章 現代의 演劇

이상에서 볼 수 있는 바와같이 이두현은 연극사의 시대구분을 일반사와
같이 했던 것이다. 그것을 순전히 편의상 그렇게 했다는 그는 연극의 분류
와 시대구분이라는 별도의 장을 설정하고 다음과 같이 설명했다.

　藝術史의 時代區分은 政治史의 경우처럼 確然한 區劃을 그을 수는
없겠으나 敍述의 편의상 演劇史의 時代區分을 一般史의 그것과 같이
하려고 한다.8)

그러니까 저자는 일반사의 시대구분처럼 부족국가시대부터 통일신라말까
지를 古代의 연극으로, 고려시대를 중세의 연극으로 보면서 원(元)에서 복
속을 중심으로 전·후기로 나누어 놓았다. 조선시대 연극을 근세극으로 본
그는 임진왜란(16C말)을 중심으로 역시 전후기로 나누었다.
이두현의 시대구분은 자신이 고백했듯이 큰 틀은 일반사를 따르고 세부
적인 부분에서만 연극의 내적 발전을 추적한 것처럼 보인다. 그리고 연극형
태를 앞에 내세운 김재철이나 한효와는 달리 이두현은 일반사의 시대구분
에 연극을 결부시킨 것이 특징이다. 따라서 이두현의 시대구분은 권택무와
가깝다고 볼 수 있다. 특히 조선시대(中世)연극을 임진왜란을 중심으로 전

---

8) 李杜鉉, 韓國演劇史, 1973, p.2.

후기로 나눈 점에서도 유사한 것이다. 그러나 이상 네 명의 학자들이 우리 연극사의 시대구분을 함에 있어서 많은 문제점을 안고 있음은 말할 것도 없으며 적어도 시대구분에 한해서는 한국연극사 정리가 아직도 초보단계에 와 있음을 보여주는 것이다.

물론 연극의 경우는 문학과 달리 기록이 아닌 공연으로 끝나는 경우가 많기 때문에 그 생성, 발전, 소멸의 과정을 추적하기란 지난한 일이다. 더욱이 한국연극은 서양연극과 달리 희곡문학 중심 아닌 연행(演行) 중심이기 때문에 기록문헌이 희소하다. 게다가 연극이 전통사회에서는 단순한 놀이로서 홀대되어 왔기 때문에 그에 대한 기록이 적을 수밖에 없었던 것이다. 가령 구체적으로 선학들의 시대구분을 살펴볼 때, 통일신라 때까지의 연극을 고대연극으로 본 것은 이해가 가지만 고려시대의 산대잡극을 중세연극으로 이름 붙일 수 있느냐 하는 데는 얼른 납득이 가지 않는다. 이는 저자가 이미 밝혔듯이 편의상 붙인 것으로 보아야 될 것 같다. 사실 굿이나 대륙전래의 탈놀이가 뒷날 가면극으로 발전한 것을 어떻게 시대구분 할 것이며 아직까지는 대륙전래로 보이는 민속인형극 발전을 또 어떻게 시대구분 할 것인가. 판소리의 경우도 예외가 아니다. 굿에서 발전된 판소리를 어떻게 시대구분할 수 있는가. 일반사에서도 중세나 근세의 시대구분이 논란이 많다. 즉 중세를 어디로 잡을 것이냐 하는 문제이다. 통일신라말에서 고려초기로 잡는 학자(김철준)도 있고 조선시대부터 중세봉건사회로 보는 학자(강진철)도 있으나 이러한 두 견해에 대해서도 이의를 제기하는 학자들이 없지 않은 것이다.[9] 이는 비단 근세의 기점문제에만 해당되는 것이 아니다. 근세의 기점에 대해서도 예외일 수가 없는 것이다. 바로 그 점에서 연극사의 시대구분을 일반사에 준하는 것은 매우 위험하다는 생각이다.

그렇다면 근대연극의 경우는 어떤가를 살펴볼 차례인 것 같다. 여기서 먼저 이야기되어야 할 것이 용어의 문제이다.

개화기 이후 적어도 신문화 이후 예술용어는 구분되지 않은 채 매우 혼

---

9) 李熙德, 中世의 起点에 대하여, 「韓國史 時代區分의 諸問題」, 학술회의 발표참조, 1992.

잡스럽게 사용되어 왔다. 그것은 특히 서구문화 수용을 일본이라는 매개체를 통해서 간접 수용하는 동안 일본식 용어를 별다른 비판 없이 그대로 써온 데 가장 큰 원인이 있다는 생각이다. 가령 문학의 경우만 하더라도 신문학, 근대문학, 현대문학이란 용어를 아무런 구분없이 써온 것이 사실이다. 그것은 연극의 경우도 마찬가지이다. 개화기 이후의 연극을 일본식으로 신극이란 말을 써왔고 학자나 평론가에 따라 근대극, 현대극이란 용어를 겸용해왔다. 따라서 신극이니 근대극이니 현대극이니 하는 용어는 엄격한 의미에서 서양연극사에서의 모던 드라마와는 성격이 다른 것이다. 왜냐하면 모던 드라마는 19세기 후반 리얼리즘극을 의미하는 것이기 때문이다. 이는 그만큼 우리나라의 신극은 고전극을 탈피한 근대적 성격의 연극을 뭉뚱그려 표현한 용어임을 인식할 필요가 있다. 그렇다면 기존 저술들의 신극사 이후의 시대구분은 어떤가를 검토해 볼 차례이다.

먼저 초창기 저술부터 검토해보려면 당연히 김재철, 한효, 이두현의 연극사를 대상에 올리지 않을 수 없다. 김재철은 『조선연극사』를 1930년까지만 썼다. 즉 신극부분 목차는 다음과 같다.

第 二 章　新劇
　　第 一 節　新劇의 草創期
　　第 二 節　土月會
　　第 三 節　그 後의 新劇
　　第 四 節　歌劇과 寸劇
　　第 五 節　各地에 일어나는 傾向演劇
　結論

이상에서 볼 수 있는 바와 같이 김재철은 신극의 기점을 1908년 원각사 설치로 잡고 그 후의 연극발전을 극단 중심으로 보고 시대구분을 했던 것이다. 따라서 1910년대 신파극 이후를 토월회를 축으로 여타 상업극단들과 경향극단으로 나누어 그들의 공연활동을 기술한 것이다. 그러나 한효의 경우는 매우 이색적이다. 왜냐하면 한효는 나름대로 객관적 역사기술이라는 대전제를 염두에 두면서도 사회주의 극운동을 중심으로 삼았기 때문이다.

즉 한효는 『조선연극사개요』 중 신극부분 목차를 다음과 같이 나누었다.

一, 현대연극에의 과도(過渡)
  1. 계몽사상과 연극
  2. 창극의 혁신
    ㄱ. 「협률사」의 혁신적 역할
    ㄴ. 창극대본의 혁신
  3. 「신파」극의 발생
二, 현대연극의 발생
  1. 노동운동의 장성과 연극
  2. 현대연극의 맹아
    ㄱ. 「씨」뿌린 사람들
    ㄴ. 「토월회」의 운명
    ㄷ. 「산유화회」와 「종합예술협회」와 「신흥극장」
  3. 그 뒤의 「신파」극
三, 현대연극의 장성
  1. 민족해방투쟁의 새로운 단계와 연극
  2. 현대연극의 새로운 발전
    ㄱ. 항일 빨치산들의 연극
    ㄴ. 카프연극운동의 앙양
    ㄷ. 극단 「신건설」
    ㄹ. 학생극운동
    ㅁ. 「三·一극장」「고려극장」「조선예술좌」
    ㅂ. 카프의 희곡
    ㅅ. 카프해산후의 진보적 연극
  3. 「조선성악연구회」와 창극
  4. 이 시기의 부르쥬아 연극
    ㄱ. 「해외문학파」의 연극
    ㄴ. 「동양극장」과 「신파」극
四, 간단한 결론

이상의 목차에서 볼 수 있는 바와 같이 한효는 1894년 동학농민혁명으로부터 1910년대까지를 항일의병투쟁기로 잡고 이 기간을 현대연극으로 가는 과도기로 잡고 있어서 주목된다. 그러니까 1902년 협률사 설치로부터 원각사의 창극운동, 그리고 1910년대의 신파극까지를 과도적 현대극으로 잡고 있다는 이야기이다. 이것은 비교적 합리적이고 연극사를 일반사와 결부시켜 보고 있는 점에서 다른 어떤 연극사의 시대구분보다 진일보했다는 생각이다. 이러한 한효의 시대구분은 1919년 3·1운동부터 현대연극으로 규정한데서도 잘 드러난다. 그러나 3·1운동 직후의 시대사상 배경을 사회주의 도입과 확산으로만 해석한 것이라든가 그러한 바탕 위에서 최초의 프로문화 단체10)인 염군사(焰群社 : 1922년)활동을 현대극의 맹아11)로 보는 데서부터 그의 좌경적 색깔이 나타나기 시작한다. 특히 그는 3·1운동 이후의 우리 현대연극이 소련의 진보적 연극의 영향에 의해서 형성되었다고 보는데서부터 객관성을 잃어가고 있다. 따라서 1920년대의 대표적 연극단체였던 토월회는 인민의 진보적 사상을 배반한 극단으로 폄하되었던 것이다. 그 대신 좌경적 색채가 강했으나 별다른 활동은 없었던 극단 산유화회(山有花會)라든가 종합예술협회 같은 단체들이 사실보다 과대평가 되고 있다. 이러한 서술 기조는 결국 1930년대의 프로연극운동, 이를테면 카프의 활동이라든가 소인극(素人劇) 수준의 항일 빨치산의 연극활동 그리고 극단 신건설 활동과 일본에서의 프로연극운동을 한데 묶어 현대연극 발전기로 보는 데서 극점(極点)을 이룬다. 그에 따라 1930년대의 주된 연극활동의 주체였던 극예술연구회나 동양극장은 부르죠아 저질연극으로 과소 평가되고 있는 것이다. 이처럼 해방전까지의 신극사를 정리한 한효는 개화기 부분을 제외하고는 순전히 프로연극 중심으로 시대구분을 하고 있어서 역사적 객관성을 상실했던 것이다.

최초로 근대연극사를 본격적으로 정리한 이두현은 1966년에 『한국신극사연구』라는 책을 펴냈다. 우선 그 목차를 소개해보면 다음과 같다.

第 一 章 協律社와 圓覺社(1902-1910)

---

10) 金允植, 韓國近代文藝批評史研究, 1976, p.30.
11) 韓曉, op. cit., pp.244-245.

이상과 같은 이두현의 근대연극사 시대구분의 두드러진 특징은 10년 주기로 끊은 점이라 하겠다. 이러한 시대구분에 대하여 저자는 '주목될 일은 신문학사의 경우와 마찬가지로 거의 10년을 하나의 주기로 하고 발전의 고비를 넘겨온 사실'[12)에 바탕을 두었음을 고백하고 있다. 이는 일리 있는 이야기이다. 실제로 우리의 신문예는 대체로 10년 주기로 새로운 단체가 생겨나거나 운동이 벌어지곤 했었다. 그것은 아무래도 일제의 침략과 그에 대한 저항이라는 도전과 응전의 매듭이 대체로 10여년 간격으로 있었다는 이야기와 통하는 것이 사실이다. 그런데 이두현은 시대구분을 10년 주기로 나누면서 그 변화의 주체를 작품형태나 작가 아닌 극장과 극단 그리고 조직을 중심으로 본 것이 특징이다. 그렇기 때문에 그의 신극 기점은 자연히 최초의 극장형태를 갖추었던 협률사와 원각사에 이르는 시간대로 잡을 수밖에 없었다. 이러한 시대구분은 예술사의 시대구분으로서는 적합하다고 보기 어려운데 그 이유는 목차만 훑어볼 때 연극 내적 변화를 거의 알아차릴 수 없기 때문이다. 사실 극장이나 극단은 연극이 존재하기 위한 하나의 수단일 뿐 연극 그 자체는 아니다. 문제는 그러한 극장 안에서 있었던 연극형태나 연극사상의 중요성이 시대구분에서 간과된 데 있는 것이다. 이러한 우(愚)는 이두현 뿐만 아니라 여타 연극사학자들도 비슷하게 범하고 있다.

　그런 측면에서 신극사의 발전과정을 사조적 측면에서 고찰했다는 장한기

---

12) 李杜鉉, 韓國新劇史研究, 1966, p.2.

(張漢基)의 학위논문 「韓國演劇思潮硏究」를 한 번 검토해보자. 이 논문의 목차는 다음과 같다.

　　이상이 장한기의 근대극 시대구분인 바 그는 개화기부터 6·25전쟁까지를 다섯 등분했고 이두현과 마찬가지로 10년 주기로 나눈 것이 특징이다. 그는 서론 부분에서 우리연극사 전체를 시대구분 해놓았는데 (1) 고대연극…삼국시대이전, (2) 중고연극…삼국시대 및 고려시대, (3) 근세연극…이조 중엽 임란이전까지, (4) 근대민속극…숙종이전 한말까지, (5) 창극…일명 구극, (6) 신파·신극…원각사이후 등으로 여섯 등분한 것이 눈에 띈다. 장한기의 한국연극사 시대구분은 선학들의 시대구분과 매우 다른데 가령 고대연극을 삼국이전으로 잡은 것에서부터 삼국시대로부터 고려시대까지의 연극을 중고연극으로 본 것과 임진란을 축으로 그 이전을 근세연극 그 이후를 근세민속극으로 규정한 것이 매우 이색적이다. 그리고 판소리 창극을 따로 떼어 구분한 것도 색다르다. 그런데 문제는 삼국시대 이전으로서 삼국시대까지의 연극이 고대와 중고연극으로 나눌만큼 달랐느냐 하는 것과 임진란 때까지의 연극을 근세연극으로 본 것, 그리고 숙종 이후의 민속극 앞에 근대란 용어를 붙일 수 있느냐 하는 것이다. 우리나라 민속극에 근대성이란 것이 있지도 않지만 어떤 나라에도 그것은 마찬가지이다. 만약 근대성이 있으면 그것은 이미 민속극일 수 없는 것이 아닌가. 사실 장한기의 시대구분도 일반사를 그대로 따르면서 나름대로의 특수성을 갖고 있으나 앞에서 지적한 대로 무리가 적지 않다.

　　특히 연극 자체의 내적 변화보다는 일반사에 무리하게 맞춰서 시대구분

을 한데다가 그만이 쓰는 특수 용어도 보편성이 희박하다는 생각이다. 그
점은 신극사의 시대구분에서도 드러난다고 볼 수 있다. 장한기는 시대구분
을 함에 있어서 나름대로의 원칙을 지니고 있었는데 그에 대하여 "劇文學
을 중심으로 新劇發達의 時代的 背景과 思想 다시 말하자면 新劇의 主潮的
인 思想 — 이를테면 ① 當時 開化思想의 일단과 ② 啓蒙主義思潮, ③ 無軌
道한 外國演劇과 思潮의 수입, ④ 當時 日帝下에 있어서 입이 막혔던 이 民
族의 욕구가 表現藝術인 演劇을 통하여 무엇을 表現하고자 했으며 ⑤ 8 ·
15解放後 自由獨立과 같은 時期에 진정한 劇團樹立에 따른 時代的 混亂과
그 整頓 등, 新劇思潮史인 면에 主目的을 두었다"13)고 했다. 이러한 그의
말을 압축하면 신극사 시대구분에 있어서 희곡의 사조를 근간으로 하고 거
기에 시대배경과 외국연극 수용 등을 가미했다는 이야기가 될 듯싶다. 그러
나 실제로 그의 시대구분을 보면 매우 혼란스럽다. 가령 근대극 기점을 전
후한 시기의 시대구분만 하더라도 그는 초창기의 연극이라 해서 협률사와
원각사 두 극장을 출발점으로 삼았고 그 후의 연극발전과정을 이두현과 마
찬가지로 10년 주기로 끊었던 것이다. 그는 서론에서 희곡문학을 축으로 시
대사상과 연극사조를 가미하여 시대구분을 하겠다고 밝혔지만 실제로는 극
장과 극단, 그리고 협회와 같은 모임체의 움직임을 중심으로 삼았던 것이
다. 그의 신극사야말로 시대구분의 어려움을 단적으로 보여주는 하나의 예
가 될 수 있을 것 같다.

　　그러나 1980년대에 들어서 연극사의 시대구분에 조금씩 변화가 일기 시
작했다. 물론 1980년대 이후 본격적인 연극통사가 아직 출간되지는 않았지
만 어느 기간의 사적 정리라든가 희곡, 극장 등의 발전사를 체계화한 저술
들은 나온 바 있다. 이들 저술에서 조금이나마 시대구분이 진전된 모습을
보여주고 있다는 이야기이다. 가령 근대극의 시발로부터 해방때까지를 정리
한 유민영의 『한국근대연극사』는 그 단적인 예가 될 수 있을 것이다. 우선
이 책의 목차부터 소개하면 다음과 같다.

---

13) 張漢基, 韓國演劇思潮硏究, 1974, p.4.

이상과 같은 유민영의 시대구분에서 눈에 띄는 것은 일반사의 궤적을 도외시하지 않으면서도 연극의 내적 변화에 포커스를 맞추려 했다는 점이다.

그러나 무엇보다도 중요한 것은 전통연극의 흐름을 주목하고 그것을 근대
연극사의 큰 틀 속에 포함시킨 것이라 볼 수 있다.

이것은 종래의 기존문예사의 틀을 바꾼 것으로서 전통은 단절 아닌 전승
이라는 차원에서 바라본 것이다. 필자는 머리말에서 "이번 연극사 기술에
특별히 역점을 둔 것은 신문학사를 처음 쓴 임화(林和) 이후 거의 고정되다
시피한 이식문예사(移植文藝史)의 관점을 혁파하는 일이었다. 이는 곧 우리
전통예술의 자연스런 흐름을 있었던 그대로 서술하는 것이 되기 때문에 전
통단절론도 소멸시킬 수 있게 되는 것"14)이라 쓴 바 있다.

그리고 주요 목차도 과거의 연극사학자들처럼 극장과 극단, 모임단체만
을 내세우지 않고 그때그때 연극흐름을 변화시킨 요인들, 이를테면 극장으
로부터 극단, 연극인, 그리고 상황변화 등을 고르게 배치한 것이다. 특히 더
중요한 것은 근대극 기점문제를 제기하고 나름대로 규정해 놓은 점이라 하
겠다. 유민영은 그와 관련하여 '19세기말부터 1919년 3·1운동 전까지를 근
대극의 豫備期 또는 準備期로, 또 3·1운동 직후를 胎動期로 보고 개화기
연극을 정리했다'고 밝힘으로써 종래의 연극사서들과 구별을 지었다. 왜냐
하면 종래의 연극사들은 막연히 원각사시대를 신극의 기점으로 잡았었기
때문이다. 그리고 신극이란 말은 개화기 이후의 연극을 통틀어 부르는 용어
일 뿐 근대극이나 현대극을 명확히 지칭하는 것이 아니다. 물론 유민영도
근대극 준비기의 출발을 협률사와 같은 극장 등장으로부터 본 것은 사실이
다. 그러나 그럴 수밖에 없는 것이 소위 일반사에서 근대의 기점을 대체로
19세기 중후반, 이를테면 1876년의 개항(開港)이라든가 1894년 동학혁명이
나 갑오개혁15) 등으로 보고 있지만 이 시기 전통극은 내적으로 아무런 변
화도 일으키지 못하고 또 서구 연극이 유입된 것도 아니기 때문에 부득이
옥내극장의 등장으로부터 이야기가 될 수밖에 없는 것이다. 바꾸어 말하면
19세기 말의 문화정황을 살펴볼 때, 근대극의 기미가 거의 없었다는 이야기
이다. 물론 긴 역사의 시간으로 볼 때 개화기 이후라는 것은 한 세기에 불

---

14) 柳敏榮, 한국근대연극사, 1996, 머리글
15) 金敬泰, 韓國近代史의 起点과 時期區分問題, 韓國史時代區分의 諸問題 심포지엄,
1992.

과한 짧은 기간이다. 따라서 시대구분이라는 것이 무의미할 수도 있는 것이
다. 다만 고전극의 종결과 근대극의 시발이 중요할 뿐이다. 그렇지만 근대
연극사 기술에 있어서 논문이나 책의 체제상 시대구분은 불가피할 수밖에
없다. 그 점은 신극사 뿐만아니라 연극의 각 부문의 발전과정을 서술하는
데서도 잘 나타나고 있다. 서연호가 쓴 『한국근대회곡사연구』나 유민영의
『한국현대회곡사』와 『한국근대극장변천사』 등이 그러한 예가 될 수 있을
것이다. 1876년의 개항으로부터 해방 때까지의 희곡 발전과정을 추적한 서
연호는 희곡사를 시대구분 함에 있어서 이두현의 『한국신극사연구』의 시대
구분법을 그대로 수용16)했다면서 다음과 같이 나누었다.

    Ⅰ. 緖論
    Ⅱ. 開化期의 演劇
      1. 劇場文化
      2. 圓覺社의 <銀世界> 公演
      3. 演劇意識
    Ⅲ. 1910年代의 戲曲
      1. 演劇史的 背景
      2. 創作戲曲
      3. 戲曲의 理論
    Ⅳ. 1920年代의 戲曲
      1. 演劇史的 背景
      2. 創作戲曲
      3. 戲曲의 理論
    Ⅴ. 1930年代의 戲曲
      1. 演劇史的 背景
      2. 創作戲曲
      3. 戲曲의 理論
    Ⅵ. 日帝末期의 國民演劇
      1. 國民演劇運動의 展開樣相
      2. 創作戲曲

---

16) 徐淵昊, 韓國近代戲曲史硏究, 1982, p.2.

3. 國民演劇의 理論
Ⅶ. 結論

이상에서 볼 수 있는 바와 같이 서연호는 19세기말부터 해방 때까지를 10년주기로 5등분한 것이다. 그런데 그 역시 근대희곡의 기점은 일단 19세기말로 잡으면서도 구체적인 싹이 없어서인지는 몰라도 실제로는 1902년 협률사극장으로부터 기술하고 있다. 그리고 희곡이 연극의 한 요소이므로 연극사적 배경을 무시할 수는 없는 것이지만 10년 주기마다 똑같이 그것을 앞에 써넣음으로써 희곡사 아닌 연극사로 오인될 가능성도 없지 않을 듯싶다. 그보다도 더욱 어려운 점은 한 작가가 3,40여년에 걸쳐서 희곡을 쓸 경우 10년을 단위로 그의 지속적 활동을 끊어놓을 경우에 생기는 일이다. 적어도 역사에 있어서 시대구분이란 변화를 전제로 하는 것이다. 그러니까 한 사람의 작가가 딱 10년만 활동하고 끝나면 그러한 분류법이 들어맞을지 모르지만 작가들은 실제로 그렇지가 않다는 데 문제가 있는 것이다. 희곡사의 시대구분이야말로 참으로 어려운 것이 바로 그러한 이유 때문이다.

따라서 유민영은 희곡사 시대구분을 시대변화에 따른 작가, 작품의 主題 변화에 기준을 두었던 것이다. 즉 유민영은 『한국현대희곡사』를 다음과 같이 시대구분해 놓았다.

제 1 부 新派劇의 受容과 그 變遷
　　新派劇의 受容
　　感傷的인 現實認識
　　土着新派劇의 構造와 本質
제 2 부 個人의 自覺과 因習에의 抗拒
　　草創期의 劇作家
　　西歐에의 眈溺과 自己破滅
　　社會變化와 主題의 擴大
제 3 부 쟝르擴大를 통한 社會參與
　　詩人・說家의 戱曲
　　프로戱曲의 明滅과 그 虛像(Ⅰ)

이상에서 볼 수 있는 바와 같이 유민영은 머리말에서 밝히고 있는 것처럼 1902년부터 1960년대말까지를 극작가들의 정신적 상황에 포커스를 맞추고 그들이 시대와 사회에 어떻게 대응해서 그것을 작품에 투영했는가를 살피고 작품 속에 흐르는 근대의식사를 캔다는 의도로 서술하고 또 시대구분도 했던 것이다.17)

그러나 『한국근대극장변천사』는 희곡사의 시대구분 자세와 전혀 다르다. 그럴 수밖에 없는 것이 극장은 일단 가시적인 건축물이기 때문에 그것이 세워지고 다시 폐관될 때까지가 하나의 매듭이 되는 것이다. 또한 극장은 단순히 건축물로서 그치지 않고 예술의 창조공간이기 때문에 극장사 연구

---

17) 柳敏榮, 한국현대희곡사, 1982, p.7.

는 곧 극장공간에서 창조된 예술의 발전사 연구도 된다. 따라서 극장사는 건축물로서의 극장과 창조의 주역인 극단의 활동과정이 자연스럽게 시대구분의 대상과 기준이 될 수밖에 없을 것 같다. 유민영의 다음과 같은 『한국근대극장변천사』시대구분은 그런 한 예라 볼 수 있다.

프롤로그 : 근대문화와 극장

I. 초창기의 극장실태
  1. 협률사와 원각사
  2. 광무대와 전통연희
  3. 장안사와 연흥사
  4. 단성사
II. 전문극장의 등장
  1. 조선극장
  2. 구소련의 조선국립극장
  3. 동양극장과 부민관
III. 광복이후의 극장문화
  1. 해방직후의 극장상황
  2. 중앙국립극장
  3. 한국연극연구소
IV. 소극장과 연극전문화
  1. 6·25직후 개설된 원각사
  2. 까페 떼아뜨르
  3. 3·1로 창고극장
  4. 실험소극장
  5. 세실극장, 기타

에필로그 : 극장에도 경영마인드를

이상에서 볼 수 있는 바와 같이 유민영은 극장사의 시대구분을 순전히 연극공간으로서의 발달과정을 추적하면서 그 부침을 기준으로 삼았음을 알 수 있다. 특히 우리나라는 서양과 달리 극장의 역사가 짧기 때문에 극장에 대한 연구가 전혀 없었고, 따라서 극장발달의 시대구분이라는 것도 생소한 것이 사실이다. 한 세기도 안되는 극장사의 시대구분이라는 것은 어떻게 보면 무의미할 수도 있다.

물론 극장도 잘 만들면 하나의 예술품일 수도 있지만 우리나라 극장들처럼 기존 건물의 개조물이거나 아니면 단순한 공연장으로 건축된 극장들은 예술품일 수 없다. 그렇기 때문에 극장사 서술에서는 자연히 극장의 사회적 기능과 전속 단체의 활동이 기술대상이 될 수밖에 없었다. 협률사로부터 동양극장, 국립극장으로 이어지는 과정을 서술함에 있어 굳이 시대구분 아닌 주요 극장들의 浮沈을 부각시킨 이유도 거기에 있다고 하겠다.

앞에서 살펴본 것은 그동안 출간된 연극사서들과 관련된 저술의 시대구분 내용이다. 그런데 초기의 연극사에서는 저자들이 시대구분에 대해서 별다른 신경을 쓰지 않았음이 확인되었다. 그들은 적어도 연극사를 일반사 기술과는 전혀 다른 차원에서 접근한 것이 아닌가 싶다. 연극의 발달과정은 커녕 그 윤곽조차 제대로 드러나 있지 않은 상태에서 연극사를 개척했기 때문에 시대구분은 신경 쓸 겨를이 없었을 것이다. 그러다가 1960년대 이후에 와서 비로소 연극사도 시대구분을 제대로 하기 위해 노력하기 시작했고 그런 조짐은 권택무의 『조선민간극』에서 나타났다. 물론 권택무의 시대구분이란 것은 일반사를 좇으면서도 사회주의사상을 거기에 맞추려는 의도성이 은연중에 나타났다. 바로 그런 측면에서 적어도 본격적인 연극사의 시대구분은 이두현에 와서 이루어진 것이다. 그러나 앞에서도 지적한 바 있는 것처럼 너무 일반사의 시대구분을 그대로 좇은 것이 흠이었다. 물론 이러한 시대구분의 한계는 누구나 부딪쳐야 할 문제이기는 하다. 왜냐하면 서두에서 지적한 것처럼 우리나라 연극은 희곡 중심 아닌 연행(演行) 중심으로 발달해와서 별다른 사조적 발전단계가 없는 데다가 연극이 문화의 중요한 부분도 되지 못하다 보니 기록된 자료마저 희소하기 때문이다. 그렇다고 해서 정치사나 일반사와 전혀 별개로 발전되어온 연극사의 시대구분을 일반사에 맞추는 것은 옳지 못하다. 연극도 생성, 성숙, 쇠락의 과정을 밟은 것이 사실이므로 연극 내적 변화에 맞춰서 시대구분을 해야 하는 것은 당연하다.

연극도 그것 나름의 생애와 역사를 지니고 있기 때문이다. 그러려면 고전극의 경우 좀더 심층적으로 자료를 추적할 필요가 있어야 할 것이다. 그리고 편의에 따라 일반사를 따르는 자세는 지양되어야 하리라 본다. 다행히 근대연극사의 시대구분에 있어서는 긍정적 조짐이 나타나고 있다. 초창기에는 무조건 극장이나 극단의 생성 소멸을 중심으로 안일하게 10년주기로 분류하는 경향이었으나 1980년대에 와서는 연극의 형태 변화나 연극사상의 변화에 맞춰서 시대구분 해 보려는 노력이 나타나고 있다.

이러한 자세는 바람직한 것으로서 근대극의 시대구분 뿐만 아니라 고전극의 시대구분에도 적용되어야 할 것이다. 그것이 전혀 불가능한 일만은 아닐 것이다. 고전극의 발전과정을 좀 더 면밀하게 조사, 분석, 체계화할 경우 시대구분도 좀더 보편성을 지닌 것이 나올 수 있으리라 본다. 그것은 다음에 나올 연극사에서 어느 정도 보일 것으로 확신한다.

4. 해방 50년의 희곡

1. 서 론

주지하다시피 문학의 3대 쟝르는 시, 소설, 희곡이다. 시는 노래의 형식이고, 소설의 이야기의 형태이며, 희곡은 놀이의 양식이다. 그런데 우리나라의 문예사를 되돌아보면 이상 세 가지 형태 중에서 희곡이 질과 양의 면에서 뒤떨어져 있다. 개화기를 축으로 해서 전후를 살펴보아도, 큰 차이가 나지 않을 만큼 희곡은 뒤져 있는 문학 양식임을 확인할 수 있다. 가령 시만하더라도 향가, 고려 속요, 시조 등으로 이어지는 풍부한 유산이 있고, 소설의 경우는 설화, 패관문학, 고전소설로 이어지는 적잖은 유산이 있다. 그러나 희곡의 경우는 가면극, 민속 인형극, 판소리 12마당 정도가 고작이다. 그나마도 서구적 개념의 희곡문학양식이 아닌 공연형태로 남아 있다. 즉 고전희곡은 시나 소설처럼 완성된 양식으로 존재하지 않는다는 이야기이다. 따라서 서구적 형태의 희곡은 적어도 개화기 이후 서양 문화의 영향을 받으면서 등장한 것이다. 예를 들면 1912년 조일재가 ≪매일신보≫에 연재한「병자 3인」이 그런 유형의 첫번째 작품이라 말할 수 있다. 그로부터 희곡이 문학의 한 양식으로 꾸준히 발전되어 오늘에 이르는 것이다. 그러나 개화기 이후 희곡문학도 질과 양의 면에서 시나 소설에 비할 바가 못 된다. 우선 양적 면에서 뒤떨어졌는데, 1910년대까지 전문적 극작가라고 이름 붙일 만한 사람이 거의 없다는 사실에서 그 점은 잘 드러난다. 3·1운동 직후에 겨우 김정진이라든가 김영보, 김우진, 김영팔, 박승희 등이 희곡을 전문적으로 썼지만, 김우진이 5편을 쓰고 죽었고, 김정진과 김영보, 김영팔 등도 극작을 업으로 삼지는 않았으며 박승희는 연극운동가였을 뿐이다.

이 시기에 김우진을 제외하고는 아무도 문학사에 남을 만한 희곡을 남기지 못했다. 그러니까 아마추어리즘을 크게 벗어나지 못했다는 이야기가 된다. 이 시기에 각종 문예지를 중심으로 수많은 소설 작품이 발표되고 낭만주의, 사실주의, 자연주의 시·소설이 꽃피었던 것과는 좋은 대조를 이루는 것이다. 십수백 편의 시와 소설이 지상을 통해서, 또는 단행본으로 발표되었지만 희곡은 어쩌다가 잡지의 한 귀퉁이에 발표되는 정도였고 희곡집은 아마추어 수준을 크게 넘어서지 못하는 「김영일(金英一)의 사(死)」(조명희 작)와 「황야에서」(김영보 작)가 출간되었을 뿐이다. 따라서 다른 문학 장르와 어깨를 나란히 할 만한 극작가가 등장한 것은 김우진 이후 유치진이 첫번째였다. 유치진의 본격적인 희곡이 발표되면서 비로소 희곡도 문학의 한 장르로 대접받을 수 있었다.

그로부터 함세덕(咸世德)·김진수·이광래·김영수·송영·박영호 등이 전문 극작가로 많은 희곡을 발표했고 신파 대중극 작가들, 이를테면 임서방·이서구·이운방·임선규·김건·김춘광 등이 동양극장시대를 수놓은 바 있다. 그런데 1930년대 이후 희곡계의 특징적인 것은 사실주의를 추구한 유치진 계열의 극작가들만이 활자화되어 발표되었을 뿐 신파 대중극 작가들의 작품들은 공연대본으로 끝났다는 사실이다. 이 말은 이들의 희곡이 문학성이 약했다는 이야기가 된다. 이러한 경향은 1945년 해방 때까지 그대로 이어지게 된다. 그런데 근대연극사의 큰 줄기는 전통연희(傳統演戱), 신파극, 서양 근대극 모방의 사실주의극 등 세 가지 지류가 합쳐진 것이지만 희곡의 맥은 오로지 사실주의극 노선의 극작가들이 이어오다시피 했다. 그렇기 때문에 1960년대까지는 사실주의 희곡이 한국희곡사의 기본이 될 수밖에 없었다. 왜냐하면 전통연희 분야는 새로운 극작가를 필요로 하지 않았고 신파극 쪽도 문학성에서는 극히 낙후되어 있었기 때문이다.

물론 공연면에서는 신파 대중극과 전통연희가 정통 신극을 능가해 온 것이 사실이다. 이러한 연극사의 분위기가 정리된 것은 1950년 한국전쟁을 겪으면서였다. 이 말은 곧 해방 직후의 희곡은 전시대의 연장선상에 놓여 있었고 다만 이념극이 풍미했던 것이 이색적 현상이었다는 이야기가 된다.

그리고 어느 정도는 개선되었다고 해도 지난 시대에 있어왔던 희곡 문학에의 홀대가 여전했다는 사실이다. 우선 희곡의 잡지 게재 기피에서부터 희곡집 출판 기피는 출판계에서 하나의 고정관념이 되다시피했고 희곡 작품은 비평 대상에서도 제외될 정도였다. 희곡이 무대 형상화되어 관객의 감상거리는 되었어도 독서의 대상은 되지 못했다. 이러한 악순환은 최근까지 지속되었기 때문에 희곡문학의 발전에 장애마저 되었다고 하겠다. 그렇다고 연극문화가 꽃피었던 것도 아니기 때문에 희곡은 타 문학 쟝르에 비해서 그 질량 발전 속도가 더딜 수밖에 없었다. 그렇다면 해방 50년의 희곡은 어떤 것이었는가?

2. 해방 50년의 희곡개념

앞에서도 조금 언급한 바 있는 것처럼 해방 직후의 희곡은 연극계의 혼란상을 그대로 반영해 주고 있다. 즉 전시대의 정리가 아닌 재현의 모습을 보여주었다고 하겠다. 가령 임화(林和), 송영 등이 주도한 해방 직후의 조선연극건설본부를 식민지 어용단체 조선연극문화협회의 재판이라고 매도한 것은 당시 연극 현실을 단적으로 표현한 말이라고 볼 수 있다. 그만큼 해방 직후는 잠복해 있던 프롤레타리아 연극만이 기세를 올렸을 뿐 식민지 시대 연극의 지속에 지나지 않았다. 이 말은 해방이 되었다고 해서 갑자기 연극이 무슨 변화를 일으키지는 못했다는 이야기가 된다. 따라서 극작가들도 대부분 식민지시대에 활동했던 사람들이 그대로 작품발표를 했음을 알 수 있다. 색다른 것이었다고 한다면 역시 프롤레타리아 극작가들이 활발하게 창작활동을 한 점이다. 즉 송영을 필두로 해서 박영호·신고송·박노아·함세덕·김남천·김승구·조영출·김사량 등이 프롤레타리아 계통의 작품을 썼

고 유치진·김영수·김진수·이광래·오영진·윤세중·진우촌 등이 우익의
입장에서 사실주의 계열의 희곡을 썼으며 이운방·이서구·김춘광 등이 대
중적인 희곡을 발표했다.

　이상의 작가군에서 확인할 수 있는 것처럼 해방 직후 5년여 동안은 1930
년대 희곡계의 재판에다가 프롤레타리아 희곡의 풍성함이 가미된 것이었다
고 하겠다. 이러한 희곡계가 변화의 조짐을 보이기 시작한 것은 1947년 말
엽부터였다. 왜냐하면 북한 정권이 수립되면서 1946년부터 남한의 연극인들
을 평양으로 불러들이기 시작했기 때문이다. 즉 박영호를 선두로 해서 신고
송·김사량(金史良)·함세덕·김승구·송영·김남천·조용출 순으로 1948년
8월 정부수립 후 프롤레타리아 극작가들은 모두 월북함으로써 남한은 전시
대 극연(劇硏) 계열의 우파 극작가들과 상업주의 극작가들만 남게 되었다.
이는 곧 정부수립과 함께 극작가들도 남북으로 양분되었음을 의미하고 그
로 인해서 남한의 극작가들이 갑자기 반감되었음을 의미한다. 가뜩이나 빈
약한 희곡계가 남북으로 양분됨으로써 남한의 희곡계는 다시 유치진의 독
무대가 되었고, 그의 그늘 속에서 이광래·김영수·김진수·진우촌·오영
진 등이 창작 활동을 했다. 그리고 이서구·김춘광·성광현·이운방 등은
동양극장시대와 마찬가지로 극장무대에만 올리는 대본을 썼을 뿐이다. 그렇
다고 신진 극작가가 나타난 것도 아니었다. 한 나라의 연극계를 너더댓 명
의 극작가들이 이끌었다는 것은 당시 연극계의 적막함을 무언으로 말해주
는 것이다. 이러한 희곡계의 적막은 대체로 10여년간 지속되었다. 특히
1950년 한국전쟁은 그나마 희곡사의 맥이 끊어지게 해 연극계를 황폐화시
켰다.

　대표적인 극작가 유치진이 지하에서 1년여를 침묵했고 다른 극작가들도
피난길 위에서 방황했다. 1953년 휴전 때까지 부산 등 피난지에서도 연극
활동은 간헐적으로 있었지만 대부분 번역 극본으로 무대를 채웠음은 두말
할 나위없다. 유치진만이 목적극과 민속 소재의 희곡 몇 편을 썼을 뿐이다.
상업극단들도 전쟁 중에 대부분 해체됨으로써 대중 극작가들도 모두 자취
를 감추었다. 3·1운동 이후 서구적인 근대희곡이 발전해 오는 과정에서
1950년대초처럼 적막한 적은 일찍이 없었다.

따라서 희곡계가 새 사람들로 세대교체 되면서 생기를 찾기 시작한 것은 10여년 뒤인 1960년대부터였다. 즉 유치진이 쇠하여 절필하는 1950년대 말엽부터 오영진이 시나리오에서 희곡으로 전환했고 차범석·하유상·이용찬·이근삼·박현숙·김자림·이만택 등이 등단케 된다. 게다가 최초의 현대적인 중형 극장 드라마센터가 문을 열었고, 실험극장·민중극장·산하 등 동인제 극단들이 10여 개 등장함으로써 창작극의 활착(活着)을 가능케 했다. 희곡계가 완전히 세대교체를 한 것이다.

그러나 이들 신진이 대부분 유치진의 영향권내에서 극작가로 성장했기 때문에 사실주의를 기본으로 삼았고, 미국에서 수업 받은 이근삼만이 자유분방한 형식의 희극(喜劇)을 내놓았을 뿐이다. 그리고 이들이 청년기를 전쟁으로 보낸 것과는 달리 전쟁 와중에 소년기를 보낸 또 다른 젊은 세대가 1960년대 중반부터 한꺼번에 10여 명이 극작가군을 이루며 등장했다. 즉 박조열을 비롯해 이재현·김의경·신명순·김용락·노경식·오태석·윤대성·윤조병·오학영 등과 중견 소설가로 색다른 희곡을 내놓은 최인훈이 가세하여 신세대 극작가군을 형성한 것이다. 이들은 일종의 전후세대 극작가들로서 차범석, 이근삼으로 대표되는 전세대를 지나치게 빨리 밀어낼 만큼 힘을 발휘했다.

희곡사상 한꺼번에 10여 명의 극작가들이 등장한 경우도 없었지만 이들은 창작활동의 다양성에서도 색달랐다. 가령 1950년대, 즉 전쟁이 끝나면서 등장한 극작가들이 이근삼을 제외하고 형태나 사조면에서도 사실주의를 창작의 기본으로 삼은 것과는 달리 1960년대 극작가들은 상당수가 사실주의 형태를 거부하는 조짐까지 보여준 것이다. 월남 극작가 박조열을 위시하여 오태석·윤대성·최인훈 등이 특히 그러했다. 그뿐만 아니라 소재 취택에서도 현실의 한계를 뛰어넘어 설화세계라든가 역사문제, 그리고 전통연희 등에서 뭔가 찾아보려는 노력을 보여 주었다. 그러니까 1960년대 극작가들에 의해서 비로소 희곡에서의 실험이라는 것이 싹텄다는 이야기가 된다. 이는 실로 40여년 만의 일로서 김우진이 표현주의극을 실험한 이래 두번째의 희곡사, 더 나아가 연극사의 전환점도 마련한 역사적 의미를 지닌다고 하겠다. 물론 이들이 활발한 창작활동을 펼칠 수 있었던 데는 주변상황도 과거보다 나아졌었다는 이점도 없지는 않다. 신진작가를 선호하는 극단들이 많았고, 몇 개의 소극장들도 생겨난 것이 큰 뒷받침이 되었음은 두말할 나위 없다. 그러나 이들의 활동을 저해하는 정치의 어두운 그림자가 드리워지기 시작했다. 군사독재의 극치라 할 소위 유신시대가 다가온 것이다. 이러한 정치상황이 극작가들로 하여금 현실을 정면으로 대해야 하는 사실주의를 외면케 했는지도 모른다.

1970년대에 특히 전통 소재 희곡과 역사물이 넘치고 형식의 실험을 자주 했던 것도 우연의 일이 아니다. 대체로 정치적 암흑기에는 작가가 탄생하기 어렵다. 그런 경우는 서양에서도 자주 볼 수 있고 우리나라에서는 일제 말엽 소위 국민연극 시대의 예에서 찾아볼 수 있다. 서양의 경우를 보면 나치 시대, 프랑코 총통시대, 그리고 공산체제하의 소련 등 동구권에서 좋은 극작가들이 배출되지 못했음을 확인할 수 있다. 그러나 우리의 경우는 극작가 배출의 여러 통로를 통해서 정치적 암흑시대에도 신진작가들이 몇 명 탄생되었다. 그런데 산업발전에 따른 문화예술의 양적 팽창에도 불구하고 극작가는 비교적 엉성했다. 이강백·이현화·이언호·이반·김상렬·최인석·정복근·오태영 등으로 대변되는 1970년대 극작가군이 때마침 열린 소극장 시대를 수놓았던 것이다. 소극장운동의 발아는 이미 3·1운동 직후부터 미미하나마 있었지만 식민지치하의 궁핍한 시대였기 때문에 극장개설이 어려웠고 1958년에 비로소 을지로 입구에 원각사라는 소극장이 생겨남으로써 소극장운동은 시작되었다. 그 후 카페 떼아트르를 위시하여 여러 곳에 소극장이 문을 열게 됨으로써 본격 소극장운동이 전개될 수 있었다. 이와같은 소극장들에서 신진극작가들이 등단하기도 했다. 이강백·오태영·이언호·김상렬 등은 주로 소극장무대에서 역량을 보인 극작가들이다. 1960년대 극작가들 중에서도 오태석이라든가 윤대성 등은 소극장에서 실험적 작품들을 많이 선보인 바 있다.

그런데 1970년대 극작가들은 대체로 이념적 성향이 강했고 형식도 열려 있었던 것이 특징이다. 물론 1960년대 극작가들 중에서도 박조열이나 오태석이 보여주었던 것처럼 열린 형태를 충분히 보여주었지만 다양성에 있어서는 소위 1970년대 극작가들에 미치지는 못했다. 그리고 1960년대 극작가들도 1970년대 들어서 더욱 형식의 실험을 많이 했다는 점을 지적할 수 있다.

우리 근대연극사나 희곡사가 대체로 10여년을 주기로 바뀌었던 것처럼 극작가들의 등퇴장도 그와 비슷한 궤적을 밟은 것이 특징이라면 특징이다. 극작가들도 시대분위기와 유행을 타는 점에서는 예외가 아니었다. 가령 어떤 극작가가 등장하면 그를 따라(?) 몇 명의 극작가들이 뒤를 잇고 그래서 극작가군을 형성한 것처럼 보이기도 한다. 근대희곡사에서 볼 때, 유치진의 등장과 함께 함세덕 · 김진수 · 김영수 · 이광래(李光來) 등이 극작가군을 형성했고 차범석과 함께 김자림 · 하유상 · 이근삼 · 박현숙 · 이용찬 등이 또한 차례의 극작가군을 형성했다. 그것은 1960년대 후반에 들어서도 그랬고 1970년대에 들어서도 비슷했다. 그러나 1980년대는 달랐다. 우선 극작가군이 형성되지 않았다. 그것은 유능한 극작가들이 별로 등장하지 않은 배경에서 찾아야 될 것 같다. 그런데 전술한 바 있듯이 정치적 암흑시대에는 좋은 작가가 길러지지 않는다. 정치적 암흑시대에는 기성 극작가들조차 주목할 만한 희곡을 내놓는 데 힘겨워한다. 각종 규제와 탄압 속에서 극작가들이 상상력을 차단당하고 무언의 압력을 받기 때문에 좋은 작품을 쓰지 못하는 것 같다. 해마다 신춘문예 등을 통해서 많은 극작가를 배출했음에도 불구하고 좋은 작품을 지속적으로 내놓는 극작가는 드물었다. 따라서 1980년대 극작가라고 꼽을 만한 사람은 이윤택 · 이만희 · 최현묵 정도이고 정우숙 · 김윤미 · 오은희 등 젊은 여성 극작가들이 1980년대 후반에 등장하여 신세대 극작가로서 기대를 모으는 정도이다. 동시대에 많은 시인, 소설가들이 문단을 변화시켰지만 희곡계는 여전히 적막하다.

사실 희곡은 시나 소설처럼 독자와 직접 만나기보다는 극장무대라는 중간 다리를 통해서 만날 뿐만 아니라 그것도 독자(觀衆) 다수가 한꺼번에 만난다는 점에서 큰 차이가 있다. 즉 희곡이 다중(多衆)을 상대로 미술이라든가 연기 · 조명 · 음향 등의 분식을 한 상태에서 다수의 독자와 마주치기 때문에 그 어떤 문학 장르보다도 외적 환경에 민감하다. 극작가가 시인이나 소설가보다 탄압을 많이 받는 것도 그 때문이다. 게다가 희곡은 무대 형상화를 전제로 해서 쓰기 때문에 특수한 창작기술을 요하기도 한다. 문화적으로 후진국에서 좋은 극작가가 배출되지 않는 것도 바로 이러한 이유 때문이라 말할 수 있다. 우리나라처럼 희곡의 전통이 부실한 곳에서는 출중한 극작가를 기대하기 쉽지 않다.

따라서 해방 이후에도 희곡의 발전은 지지부진했다. 이상에서 대충 살펴본 극작가들만 하더라도 동시대 시인들이나 소설가들에 비할 바가 못된다. 그것은 질과 양의 면에서 마찬가지이다. 질과 양의 면에서만 뒤떨어진 것은 아니었다. 사조적(思潮的) 측면에서도 매우 단조롭고 진전이 더뎠던 것을 알 수 있다. 오늘날까지도 사실주의가 희곡사조의 기본이 될 만큼 사실주의의 골격은 견고하다. 차범석이 극작가의 최고 원로로서 군림하고 있는 것은 해방 50년의 희곡계 현실을 단적으로 보여주는 좋은 예이다. 고전주의나 낭만주의 사조도 겪지 않고 이 땅에서는 사실주의부터 시작되었고 지금도 그런 사조의 틀 속에 들어 있다고 말할 수 있다. 물론 1960년대 이후 부조리극의 영향으로 그런 아류가 등장하고 초현실주의나 서사극 또는 포스트모더니즘 유형도 나타났으나, 그것은 희곡계의 한 지류일 뿐 전체의 맥은 여전히 사실주의라 말할 수 있다.

그만큼 사실주의 희곡은 70여년간 우리나라 희곡의 기반이 되어 있는 것이다. 이는 희곡계의 낙후성을 단적으로 보여주는 예라 볼 수 있다. 다른 문학 장르에 비해서 희곡분야가 뒤떨어졌다는 것은 곧 연극문화의 낙후를 짐작하게 하는 것이기도 하다.

3. 이념에 짓눌린 희곡

근대희곡이 일제 식민지치하에서 싹트고 자라면서 저항과 순응이 아니면 체념과 냉소주의에 빠진 경우가 많았고, 이런 경향은 해방 직후의 혼란 속에서 이념과잉으로 흐를 수밖에 없었다. 왜냐하면 민족 노선과 공산주의 노선의 양대 항일 정치세력이 해방의 자유로운 시대상황 속에서 권력 갈등으로 발전했고, 문화예술 역시 그러한 정치사회 분위기에 휩쓸리지 않을 수

없었기 때문이다. 가령 1945년 8월 15일 해방 하루 뒤 탄생된 조선연극건설
본부는 '조선 연극의 해방', '조선 연극의 건설', '조선 연극의 통일'을 활동
목표로 내걸고, 조선문화건설중앙협의회(文建)가 내건 연극의 기본방향은
다음과 같다.

> 첫째, 일본 제국주의에 의한 일체의 야만적이고 기만한 문화정책의
>   잔재를 소탕하고 이에 침윤된 문화반동에 대하여 가차 없는 투
>   쟁을 전개 할 것.
> 둘째, 연극에 있어서의 철저적인 인민적 기초를 완성하기 위하여 일
>   체의 봉건적 요소와 잔재의 청산을 위하여 활발한 투쟁을 전개
>   할 것.
> 세째, 세계연극의 일환으로서 민족연극의 계발과 앙양을 위하여 필요
>   한 모든 건설사업을 설계할 것.
> 네째, 문화전선에 있어서의 인민적 협동의 완성을 기하여 강력한 문
>   화의 통일전선을 조직할 것.
> — 안영일, 「연극계」, 예술연감, 1947 —

이상과 같은 연극목표를 요약해 보면 조선연극건설본부가 내건 구호와
약간의 차이가 있는데 즉 일제가 남긴 문화의 오염을 청산하고 동시에 구
시대의 봉건적 잔재일소, 세계연극과의 연계, 그리고 문화의 통일전선 확보
등에서 그렇다. 그런데 두 단체가 모두 남로당과 직간접적으로 연결되어 있
었기 때문에 '인민'에 포커스를 맞추고 있다. 물론 앞의 두 단체에는 좌경
이념과 무관한 연극인들도 포함되어 있었다. 그러나 순수 사회주의연극인들
로 구성된 조선 프롤레타리아 연극동맹(1945. 9. 28)은 또 다른 강령을 내걸
었다. 즉 첫째, 우리는 프롤레타리아 연극의 건설과 그 예술적 완성을 기한
다. 둘째, 우리는 일체의 반동연극과 싸운다. 셋째, 우리는 연극활동이 노동
자·농민의 생활력과 투쟁력의 원천이 되기를 기한다.(≪예술운동≫ 창간
호, 1945. 12) 이상과 같이 해방 직후에 탄생된 연극 조직체들의 구호는 다
분히 정치적이고 이념적이었다. 이는 사실 당연한 것이라 볼 수 있다. 왜
냐하면 현실을 외면하는 연극은 존재할 수 없기 때문이다. 강압적인 일제의

철권통치가 사라진 권력의 진공상태에서 정치인이나 예술인 모두가 정치적으로 흐르는 것은 자연스런 현상이다. 극작가들은 이러한 시대배경을 자신의 창작세계에 투영하는 것을 최고 최대의 사명으로 알았다. 가령 일제잔재청산, 봉건잔재 청산, 국수주의의 배격이 우선 극작가들의 창작 명제였다. 그것은 프롤레타리아 극작가들이나 민족 노선을 걷는 극작가들이나 다를바가 없었다. 그렇다면 일제잔재 청산은 구체적으로 어떤 것이었냐 하는 것이다. 그에 대하여 이헌종은 첫째, 일제 시대의 제도 기관 및 법률의 폐지, 둘째, 친일파 척결, 세째, 일제 문화(언어, 풍습, 습관, 가치 및 사상)의 제거라 했다. (「해방 이후 친일파 처리문제연구」, 「친일파 그 인간과 논리」, 학민사, 16쪽 참조)

그런데 이들 세 가지 중에서도 창조자는 사람인 바 이들이 그대로 버티고 있을 경우 새로운 민족국가 건설과 사회문화 재건이 어렵다고 보았기때문이다. 그렇다면 극작가들은 이러한 문제를 어떻게 희곡에 구체화시켰느냐 하는 것이다. 그런 문제를 희곡으로 구체화시킨 함세덕과 송영, 그리고 오영진의 몇 작품을 예로 들어 설명해 보기로 한다.

해방 직후 좌경화 하여 가장 활발한 창작활동을 했던 함세덕은 과거와는 결별이라도 한 듯이 이데올로기 목적극만 썼다. 그가 추구한 것은 모두가마르크스 레닌의 유물변증법에 입각한 프롤레타리아 목적극으로서 해방 직후 연극인들의 공통적 테마인 일제잔재 청산, 봉건잔재 청산에다가 국수주의 청산까지 포함되어 있다. 그의 모든 작품 속에는 이상과 같은 주제가 혼효되어 있는 것이 특징이다. 물론 이러한 작품경향은 좌익 작가들의 공통적특징이기도 했다. 그렇다면 그가 일제잔재 청산문제를 작품에 어떻게 구현했는가 하는 점이다. 그런 표본적 작품이 다름아닌 「고목(古木)」이다. 이 작품의 주인공은 두말할 것도 없이 지주와 공산주의사상을 가진 청년들이다. 지주 집 앞마당에 서 있는 고목이야말로 여러가지 상징성을 지니고 있다. 지주인 주인공이 대사 중에 "저 나무가 봉건 잔재라는 거야, 그러구 일제잔재라는 거야, (격앙하며) 그러구 날더러 봉건주의자라구, 친일파, 민족 반역자라는 거야" 운운하는 대목이 나온다. 그러니까 함세덕은 지주와 고목을일체화시켜서 젊은 공산주의자들의 타도대상으로 삼는다. 작가는 고목과 지주를 일제잔재와 봉건자재의 상징으로 설정하여 혁파(革罷) 대상으로 삼은 것이다. 그런데 흥미로운 사실은 젊은 공산주의자들이 고목을 수해 복구용으로 베어서 활용하겠다는 것이다. 젊은 공산주의자의 대사 중에 "새로운 시대에의 온갖 장애물인 일제의 잔재를 뿌리째 뽑아버리는 것두 될 겸 일석이조일 것입니다"라는 구절이 있는데, 이는 곧 일제잔재와 봉건잔재를 동시에 혁파하겠다는 의미를 지니고 있다. 그러나 지주는 위기를 모면하기 위해 묘책을 강구해서 저항한다. 즉 그는 평소 애국투사 오각하(吳閣下)를 존경하고 있었는데, 고목을 베어서 오각하의 화로를 만들어줌으로써 관직을 얻고 그로 하여 공산 청년들의 도전을 막겠다는 계산을 한다. 여기서 오각하는 이승만으로 생각되는데 그의 안간힘은 결국 대세에 밀려 무산된다. 결국 공산주의사상에 물든 마을 사람들이 몰려와서 고목을 도끼로 찍어내는 것으로 막이 내린다. 이상과 같은 내용을 요약하면, 결국 해방직후 정치세력의 양대 집단의 이데올로기를 희곡을 통해서 형상화한 것으로 볼 수 있다. 왜냐하면 식민지시대에 일제를 업고 치부한 지주세력이 해방직후 보수 우익 정치세력에 협력하고 좌익 항일투쟁 세력은 남로당 계열의 좌파세력으로 갈려서 보수 우익을 타도해 가는 과정을 묘사한 것이 「고목」이기 때문이다. 가령 고목을 도끼로 내려찍는 장면은 체홉의 「벚꽃동산」을 연상시키지만 작가는 봉건제도와 일제잔재를 동시에 청산하는 상징성을 염두에 둔 것이다. 특히 작가가 작품의 사건 진행과정에서 봉건제도와 친일 자본가로 상징되는 주인공을 사회는 물론이고 가족으로부터까지 소외되고 패퇴되도록 몰고 간 것은 좌익 작가들의 도식성을 드러낸 것이라 볼 수 있다. 함세덕의 모든 작품에서 지주나 친일세력은 부패한 전근대의 표징이고 따라서 모두가 패배함은 두말할 나위없다. 「고목」과 구성 면에서 약간의 차이가 있는 송영의 「황혼」도 주제에 있어서는 대동소이하다. 이들 두 작품의 차이라고 한다면 그것은 「황혼」이 보다 더 정치성이 강한 점이라 하겠다. 이 작품에서는 친일 사업가가 주인공으로 등장하고 그를 돕는 사람이 지주이다. 그런데 이들은 보신을 위해서 정치에 뛰어든다. 이들이 참여하는 정당은 지주와 친일세력이 다수 포진한 우익 한민당이었다. 당시 한민당은 사회주의 정당과 맞설 수 있는 유일한 보수정당이었다. 따라서 친일 사업가와 그의 친구인 지주는 사회주의성향의 청년들에게 계속 도전, 매도될 수밖에 없다. 이들 중에는 자기의 딸로부터 저항을 받기까지 한다. 가출하여 혁명 투사가 된 딸(진주)은 생존을 위해 몸부림치는 아버지에게 다음과 같은 최후 통첩을 보내기까지 한다. "아버지, 아버지께서 정말 조선 사람이실 것 같으면 모든 것을 고만두시고 피섞인 참회의 눈물을 흘려주십시오. 자 — 들어보십쇼. 건국을 위해 부르짖는 젊은이들의 노래소리를, 아버지, 아버님의 불순한 과거의 하루동안 낮도 이제는 다 저물어지고 말았습니다. (강렬한 황혼의 사양)"

이 작품의 핵심적 부분은 바로 후반에 친일파였던 아버지에게 보낸 최후 통첩성 편지라 볼 수 있다. 주인공이 주변 사람들은 물론이고 친척, 심지어 사랑하는 딸에게까지 몰림을 당하는 사면초가의 신세가 된다는 점에서 함세덕의 「고목」과 일맥상통한다. 함세덕의 작품에서 고목이 봉건주의와 일제잔재의 상징이듯이 송영의 「황혼」도 해가 서편에 지는 것, 즉 돌이킬 수 없는 조락(凋落)을 상징한다. 친일 사업가와 지주로 대변되는 일제와 봉건제도가 완전히 끝났다는 이야기이다. 송영이 「황혼」이란 작품을 통해서 말하려던 것은 한민당으로 대변되는 친일파와 지주세력의 비판과 몰락을 기정사실화하는 것이다. 그만큼 송영은 함세덕보다 정치 이데올로기성이 강한 희곡을 쓴 것이다.

반면에 오영진은 극히 순수한 입장에서 일제잔재를 극화해 냈다. 그는 사실 함세덕이나 송영 이상으로 해방직후 정치에 깊이 관여했던 인물이다. 그럼에도 불구하고 그는 자기 작품에서는 정치 이데올로기를 가급적 숨기려 했다. 일제잔재 청산의 전범적 작품이라고 말할 수 있는 장막 희곡 「살아 있는 이중생 각하」가 바로 그런 유형이다. 주인공 이중생은 아세 국척해서 치부한 모리배적인 실업가이다. 즉 일제시대에는 악질적으로 친일을 해서 치부했고, 해방이 된 다음에도 국유림을 사유화해서 제지회사를 만들고, 혼란상황을 최대한 이용하여 임업과 제지업의 독점을 꾀한 후안무치의 사업가이다. 그가 치부하는 데 얼마나 혈안이 되었는가는 자식마저 이용한 데서 잘 나타나고 있다. 가령 일제시대에는 아들을 징용에 보냄으로써 일제에 환심을 사서 치부했고, 해방 직후에는 딸을 미국인의 애인으로 붙여줌으로써 사업확장을 꾀하기까지 한다. 이처럼 그는 총독부와 미군정 양쪽에 자식을 팔아먹는 극한적 비법까지 쓰는 악덕 기업인이었다. 그러나 이러한 그의 파렴치한 야욕이 실현되기 전에 배임 횡령, 공문서 위조, 탈세 등이 드러나 전 재산이 몰수당하는 위기에 봉착한다. 약삭빠른 그는 이미 자기 재산을 사위에게 넘겨놓은 상태였다. 그렇지만 그마저 사회사업 명목으로 회수당할 처지에 놓인다. 진퇴양란에 빠진 이중생은 순발력을 발휘해서 가사(假死) 흉계를 꾸민다. 물론 그의 가짜 자살극은 성공하지 못하고 그 자신은 파멸로 끝난다. 그가 한바탕 희극의 주인공이 돼버리는 것이다.

해방된 뒤까지 조금도 회개하지 않고 떳떳이 행세하던 반민족적인 친일파의 생태를 예리하게 파헤친 이 작품은 잔도(殘徒)들의 폐부를 찌르는 사회풍자극으로서 해방과 함께 소각되었어야 할 반민족적 악령이 민족사의 전면에 재림하고 있는 병든 사회상을 고발한 것이다.

그런데 오영진의 경우, 함세덕이나 송영처럼 일제잔재 청산에는 동조했으나 봉건 잔재 청산에는 자신의 작품 테마로 삼지 않았을 뿐만 아니라 공산주의 등장을 경고한 점에서는 정반대에 서기도 했다. 가령 이중생의 아들 하포와 사위 간의 대사 가운데 이런 대목이 나온다.

"하포 형님, 고정하십쇼. 잘 알겠어요. 아버지 시대는 벌써 지났어. 형님두 이미 지나간 과거의 일을 가지구 번민할 게 뭐 있수. 형님, 우리 앞엔 우리를 새로운 권력과 독재자에게 팔아먹으려는 원수가 있어요. 나는 골고루 보고 왔어요. 할빈, 장춘, 홍남, 그러군 화태! 어 몸서리가 칩니다"

이상의 대사는 징용 갔다가 돌아온 이중생의 아들의 이야기인데 그는 구시대의 청산을 넘어 사할린 무국적 한국인들의 문제, 특히 공산주의 대두까지를 경고했다. 이는 아무래도 작가 자신의 체험에서 비롯된 것으로 볼 수밖에 없다. 해방이 되자마자 조선 민주당의 조만식 비서로서 김일성 세력과 싸우다가 패배하고 월남한 그였기 때문에 공산주의 등장을 우려하지 않을 수 없었을 것 같다. 이처럼 해방직후의 작가들이 식민지청산을 공동주제로 삼으면서도 추구하는 정치 이데올로기는 같을 수가 없었다. 여기서 필자는 대표적인 세 극작가만 예로 들었지만 상업주의 작가들을 제외하고는 대부분이 비슷했다고 보아야 할 것 같다. 다만 1947년까지는 공산주의 이데올로기를 금과옥조로 삼은 극작가들이 대부분이었다. 왜냐하면 당시는 공산주의를 부르짖어야 인텔리 작가 또는 진보적 작가로 인정받는 정치사회 분위기가 조성되어 있었기 때문이다. 그러니까 해방 직후의 극작가들이 전시대 청산을 공동목표로 삼으면서 친공, 반공으로 갈렸다는 이야기가 된다.

이러한 정치 이데올로기는 1948년 분단과 남북한 정권이 들어서면서 더욱 심화되어 작품 속에 표출된다. 그리하여 이 땅 연극문화에서 예술성을 좀먹게 한 것이다. 그런데 해방직후 극작가들의 공통적 주제가 단순히 일제 잔재 청산, 봉건잔재 청산, 국수주의잔재 청산에 그친 것만은 아니었다. 이러한 공통적인 주제 이상으로 극작가들이 선호한 것이 다름 아닌 항일 독립투쟁과 외세배격이었다. 그리고 일부 프롤레타리아 작가들이 추구한 토지개혁과 같은 사회주의 혁명적 주제도 주목할 만한 것이었다. 항일 독립투쟁을 작품의 제재로 선호한 이유는 아무래도 식민지 시대에 쓰지 못했던 것을 마음껏 써보려는 극작가들의 욕구분출에 따른 것이었다고 볼 수 있다. 그런 대표작으로는 유치진의 「조국」을 비롯해서 김남천의 「3·1운동」, 김사량의 「호접(胡蝶)」, 김영수의 「상해야화」, 박영호의 「님」, 함세덕의 「기미년 3월 1일」 등을 꼽을 수 있고 상업 작가 김춘광의 「3·1운동 후 김상옥 사건」 등도 같은 주제이다.

그러니까 해방직후 모든 극작가들은 식민지시대에 억눌렸던 일제에 대한 증오심을 폭발시켜서 희곡으로 무대 위에 형상화시킨 것이다. 그것도 거의가 애국심에 불타는 심정에서 작품화했기 때문에 목적극에 가까왔고 따라서 예술성이 떨어졌음은 두말할 나위없다. 그리고 이들이 즐겨 택한 독립투쟁 이야기도 대체로 1919년 3·1 운동에 집중되어 있는 것이 특징이라면 특징이라 말할 수 있다. 물론 상해임시정부라든가 김사량 같은 좌파 작가의 경우는 중국 공산주의운동과 연결시킨 소재를 택하기도 했다. 그러나 극작가들은 소재 취택의 범위가 지나치게 한정되어 있었던 것이 가장 커다란 취약점이었다. 또한 해방의 벅찬 감정을 이해하지 못하는 것은 아니나 작가다운 냉철성도 없이 순전히 감정에 치우쳐서 식민지시대를 반성하는 자세가 없었던 것도 크나큰 결함이었다고 볼 수 있다.

주인공은 하나같이 애국심에 불타고 항일투쟁에 혁혁한 공을 세우는 식의 목적성 짙은 시대극의 범람은 단순한 유행의 차원에 머무른 것이 아니다. 목적극은 특히 대표적 인물이라 할 유치진과 좌파 극작가들에 의해서 주도되었다. 가령 유치진의 경우는 식민지시대에 일제탄압을 피해서 현실을 우회적으로 비판하는 일련의 사극을 쓴 바 있는데, 그것이 해방직후에도 그대로 이어졌다. 「자명고」를 위시하여 「별」, 「원술랑」 등이 바로 그런 계열에 속하는 작품이다. 여기서의 현실은 남한의 경우 미군정, 북한의 경우 소군정하에 각각 놓인 상태에서 좌우익으로 정파가 갈려서 갈등 상쟁하던 해방직후의 정치사회상황을 가리킴은 두말할 나위없다.

유치진은 그러한 현실을 비판하기 위해서 설화라든가 고대사, 근세의 사색붕당사(四色朋黨史) 등을 즐겨 원용했다. 유치진이 이런 유의 계몽사극밖에 쓸 수 없었던 것은 그의 지나친 선구의식에 의한 공리적(功利的) 연극관 때문이었다. 이상과 같이 우익 민족진영의 대표적 극작가가 극히 공리적 연극관에 입각해서 당 사회현실을 우의적으로 묘사한 것과는 달리 극좌파 작가는 생경한 정치 이데올로기 구호를 외치는 식의 희곡을 쓰기도 했다. 그런 표본적 작품이 신고송의 「철쇄(鐵鎖)는 끊어졌다」라는 희곡이다. 송극(誦劇) 형식으로 된 이 작품의 일부를 소개하면 다음과 같다.

소리1　여기에 쇠사슬에 매달린 청년이 있다.
뭇소리　그것은 누구냐
소리2　그것은 조선 사람의 모습이다.
소리3　그것은 노동자다
소리4　그것은 농민이다
소리5　그것은 해방 전사다
소리6　그것은 혁명 용사다
소리7　그것은 나의 아버지이다.
소리1　묶은 놈은 누구냐
소리2　일본놈이다
소리3　일본 제국주의자다
소리4　자본가다
　　　　(……)
소리5　인민위원회를 지지한다

소리6   토지는 농민에게 분배하자.
     (……)
뭇소리   조선 혁명 만세!

이상과 같은 내용이 곧 신고송의 송극이다. 그가 내용에 있어서나 형식
에 있어서 연극성에서 대단히 뒤떨어진 작품을 쓴 이유는 그의 능력을 차
치하고라도 희곡을 정치 이데올로기 선전수단으로만 생각한 데서만이 찾을
수 있는 것이다. 신고송은 그 이후에도 도식적인 작품만을 계속 발표했다.
예를 들면 유산자와 무산자들 간의 대립갈등을 혁명적 관점에서 묘사한
「결실」 같은 희곡이 그런 유형에 속한다. 이상과 같은 경향은 분단과 전쟁
을 겪으면서 크게 변화한다. 우선 극작가들이 남북으로 양분되어 다른 국가
체제하에서 각자 정반대의 길을 걸어가게 된 것이다. 남한의 경우, 전쟁을
겪으면서 유치진 독주시대가 몇 년간 지속되고 북한도 송영·박영호·신고
송 등 월북 작가들의 시대가 전개되었다.

유치진은 전쟁 중에는 철저한 반공 이데올로기 목적극을 썼고 월북 작가
들 역시 유물변증법에 입각한 목적극만 쓰게 된다. 전자의 경우, 「나도 인
간이 되련다」라든가 「푸른 성인」 같은 작품이 대표작이고, 후자의 경우는
함세덕의 「소위 대통령」, 송영의 「금산 군수」, 한태천의 「상봉」, 남궁만의
「임산철도 공사장」, 신고송의 「목화꽃 필 무렵」, 김무길의 「을지문덕 장군」
등을 꼽을 수 있다. 유치진의 작품이 공산주의의 폭력성과 허구성을 묘사한
것이라고 한다면, 북한 작가들은 애국심 고취라든가 공산주의 혁명투쟁, 노
동자 농민의 혁명의식 개안, 노동의 신성함, 남한 정부의 부도덕성과 무기
력 등을 주제로 삼은 것이 특징이다.

그러나 전쟁이 끝나면서 남북한 양쪽에서는 급속한 세대교체가 일어나게
된다. 즉 거의 독주하다시피 하던 유치진이 「한강은 흐른다」를 끝으로 절필
한 상태였고, 시나리오 작가로서 희곡을 쓰게 된 오영진이 간간이 작품을
내놓은 것 외에는 차범석·박현숙·하유상·이용찬·이근삼 등 신진 세력
이 희곡계를 지배하기 시작했다.

북한의 경우는 전쟁직후, 일대 숙청이 일어나면서 월북작가의 상당수가

몰락하고 송영 등 몇 명과 임하주·김무길·한성·한태갑·탁진·허춘 등 신진이 전면에 나서게 된다. 따라서 이들이 추구한 작품세계도 다를 수밖에 없었다. 가령 남한작가들의 경우 목적극으로부터 서서히 벗어나는 것과 달리 북한극작가들은 더욱 더 목적극 속으로 빠져들어간 것이다.

물론 남한의 신세대 작가들이 모두 정치 이데올로기극으로부터 완전히 벗어난 것은 아니었다. 유치진과 신세대 작가들과의 중간적 위치에 있었던 오영진의 경우는 「무희」라든가 「동천홍(東天紅)」, 「모자이크 게임」 등을 내놓음으로써 식민지말엽과 해방직후의 정치격동을 이데올로기극 형태로 형상화해 낸 것이다. 즉 신무용의 개척자 최승희의 북한 체제하에서의 파멸과정을 리얼하게 그려냄으로써 공산주의의 비인간성을 드러낸 작품이 바로 「무희」이다. 그는 또 「동천홍」과 「모자이크 게임」을 통해 개화기이후 일본의 침략과정을 현실과 연결시켜 전율할 정도로 리얼하게 드러내 보여 주었다. 그 점에서 오영진은 매우 탁월하면서도 불행한 작가였다고 하겠다. 그는 이상스러울 만큼 일본에 대한 증오와 공포감에 시달렸다. 그는 일본의 한국침략과 억압이 끝나지 않은 전쟁으로 인식하였을 만큼 강한 저항감을 지니고 있었다. 가령 그가 한일협정반대의 선봉에 섰던 것은 그 하나의 좋은 본보기였다고 말할 수 있다. 그가 쓴 「동천홍」의 경우, 그것이 비록 19세기 후반 일본의 한국 침략 초기과정을 묘사한 것이지만 동쪽 하늘이 붉어온다는 것은 또 다른 침략이 시작되었음을 상징하는 것이었다. 그러니까 오영진만은 여타 작가들과 달리 일제침략과 억압을 단순한 과거로서가 아니라 현실로 인식하고 있었다는 이야기가 된다.

그 후의 작가들은 오영진을 제외하고 식민지의 그늘을 과거형으로 다루고 있다. 1970년대 이후 식민지시대의 그늘을 꽤 강하게 묘사한 작품으로서 노경식의 「소작지」와 「달집」, 윤조병의 「풍금소리」, 차범석의 「안네 프랑크의 장미」 등을 꼽을 수 있다. 그런데 이들 모두가 식민통치를 과거의 사실로서 반추하고 있는 것이 특징이다. 노경식이 묘사한 일제의 억압통치는 이땅 사람들을 골병들게 했다는 것이다. 강인한 노파를 통해서 식민지시대로부터 6·25전쟁까지의 참담한 삶을 묘사한 「달집」의 경우를 보면 주인공 간난 노파의 남편은 3·1운동에 연루되어 죽었고 장남은 징용 나가 죽었던 것이다. 그런 집안을 지키는 노파가 한국전쟁을 만나 큰손자는 부상으로 장 님이 되었고, 작은 손자는 빨치산으로 행방불명 된 것이다. 1980년대 쓴 「풍금 소리」의 경우 아버지는 징용으로, 또 딸은 정신대에 끌려갔다 온 여 주인공의 이야기이다. 1980년대 이후에는 여권 운동과 발맞춰서 정신대문제 가 희곡의 주요 테마로 부상되었다. 그런데 주목되는 것은 일제 식민지시대 를 정리하고 잊어버리자는 방향으로 흐르고 있다는 사실이다. 그런 표본적 작품이 연전에 공연된 「안네 프랑크의 장미」라 하겠다. 왜냐하면 실화를 바 탕으로 해서 징용 나간 한국인들의 생사문제를 후일담 형식으로 다룬 이 작품에서 궁극적으로 화해와 용서로서 종결짓고 있기 때문이다.

광복 반세기가 다가오고 있는데 여전히 식민지문제를 우리가 응어리로서 가지고 있어야 하느냐는 회의론이 대두되는 듯싶다. 이는 대단히 중요한 의 미를 지닌 것 같다. 왜냐하면 이제 한 시대를 정리하고 현재와 미래로 눈을 돌리자는 것이기 때문이다.

이런 차범석이지만 이데올로기 문제에서만은 전시대 극작가들의 현실 인 식태도의 잔재가 조금 보이고 있다는 점에서 오영진 이후의 과도적 극작가 라는 생각이 든다. 가령 그의 대표작이라 할 「산불」을 보면 주인공이 자발 적으로 입산하여 빨치산이 되었다가 탈출하고 반공주의자로 변신한다. 이러 한 주인공의 정신적 궤적이야말로 작품성을 떨어뜨리는 요인으로 작용하기 도 한다. 그러나 차범석은 적어도 반공 이데올로기 제시는 그 작품 정도로 끝냈다. 그가 비록 유치진에게 희곡을 사사했다고는 하지만 그것은 어디까 지나 극술일 뿐 세상을 파악하는 방식까지를 모두 배운 것은 아니었다. 그 렇기 때문에 그가 세상을 바라본 것은 유치진이나 오영진처럼 선구자적 자 세 아닌 극히 객관적 태도였다. 그 점은 한국전쟁을 바라보는 두 시각, 이 를테면 「한강은 흐른다」(유치진 작)와 「산불」에 잘 나타나 있다. 전자는 침 략전쟁에 의해서 파괴되는 우리의 삶을 묘사했다고 한다면, 후자는 식민지 시대 이후 순전히 정치 권력과 이데올로기의 폭력에 의해서 파멸하는 우리 민중을 묘사한 것이다. 그만큼 전세대와 해방 후 세대 작가들은 차이가 났 던 것이다.

한국전쟁 직후에 등장한 임희재·차범석·박현숙·김자림·하유상·이용찬·이근삼 등은 식민지잔재 청산이라는 해방직후의 작품테마에서 완전히 벗어났다. 대부분의 작가들이 리얼리스트였기 때문에 과거보다는 현실을 객관적으로 묘사하는 데 치중했다고 말할 수 있다. 이들 모두가 한국전쟁을 뼈아프게 체험했기 때문에 전쟁의 무모성과 민중의 피폐한 삶을 리얼하게 묘사했다는 공통점을 지닌다. 다만 작가마다 취향이 달랐기 때문에 전쟁이 남기고 간 상처를 서정적 측면에서 묘사하기도 했고(임희재), 근대사를 뒤덮은 정치폭력과 이데올로기에 의해 희생되는 민중을 비극적으로 그렸는가 하면(차범석), 정치권력의 허구성과 비리를 파헤친 경우도 있다(차범석·이용찬·이근삼). 그러나 한국전쟁 세대작가들의 공통적 테마는 역시 이데올로기에 의해 인간성이 얼마나 파괴되었는가에 기울어져 있다. 그런 대표적 작품이 「산불」과 「동거인(同居人)」(김자림)이라고 볼 수 있다. 앞에서 조금 언급한 바 있듯이 「산불」의 주인공은 탈출 빨치산이다. 교사를 하다가 빨치산에 지원하고 곧 공산주의에 환멸을 느끼고 탈출했지만 국군의 소탕작전 와중에서 소사(燒死)하고 만다. 「동거인」은 월남 가족이 공산 이데올로기의 노예가 되어 남파된 아들을 만나 화해하지 못하는 비극적 상황을 묘사한 작품이다.

그리고 한국전쟁세대 작가들에게 있어서 또 하나 무거웠던 주제는 분단문제였다. 물론 그곳은 이미 유치진의 「장벽」 이후 중요한 테마로 부각되었지만 한국전쟁세대 작가들에 의해서 조금 객관화되고 1970년대 작가들에 의해서 훌륭하게 묘사된다. 가령 김자림에 이어 박현숙이 여성다운 시각으로 「여수(女囚)」라는 작품을 썼고, 1970년대에 와서 이재현이라든가 박조열, 이강백 등에 의해서 분단과 이데올로기의 무모성이 객관화되고 심화되어 묘사되었다. 자선병원을 경영하다가 간첩죄로 재판정에 선 월남 여의사를 주인공으로로 한 「여수」라는 작품은 순전히 이데올로기로 인해서 순수한 인간이 파멸당하는 내용이다. 즉 여주인공이 간첩이 된 것은 순전히 한 남자와의 사랑 때문이었다. 한국전쟁 중에 만난 한 남자와의 잊을 수 없는 사랑 때문에 원치 않은 간첩까지 되고 결국 이데올로기의 희생물이 되고 만다는 내용이다. 그런데 흥미로운 것은 여류 작가들은 모두가 사랑과 이데올로기를 대비시켜서 주인공의 비극을 극대화시킨 점이라 하겠다. 문제는 여류 작가들이 지나치게 감정적으로 흐름으로써 센티멘털한 목적극을 썼다는 데 있다.

그렇게 볼 때 분단과 전쟁, 그리고 이데올로기문제는 박조열로부터 가장 냉철하고 객관적으로 묘사되기 시작했다. 단순히 객관화만 시킨 것이 아니라 통일에의 염원까지를 희곡을 통해 형상화했다는 점에서 주목된다고 하겠다. 그의 단막 희곡 「모가지가 긴 두사람의 대화」와 「관광지대」가 바로 그런 유형의 작품이다. 전자는 작품제목이 상징해 주듯이 두 사람이 망연히 오지도 않는 누군가[大將]를 기다리고 있다는 내용이다. 그러니까 이데올로기와 분단의 희생자인 작가는 통일에의 갈망을 추상화시켜 놓았다고 볼 수 있다. 베케트의 「고도를 기다리며」를 연상시키는 이 작품은 기다림의 대상에서 현격한 차이가 있다. 베케트가 좀더 보편적인 신을 기다렸다고 한다면 박조열은 실향민답게 통일을 기다리고 있는 것이다. 분단을 슬퍼하고 통일을 갈망하는 작가의 심정은 「관광지대」에서도 잘 나타나고 있다. 이 작품의 주인공은 아예 한남북(韓南北)이라는 판문점 초병이다. 전쟁 중 불타버린 주인공의 집터가 바로 휴전회담 장소이고 거기서 주인공이 보초를 서고 있는 것이다. 전쟁 중에 폭격으로 가족이 몰살당한 보초병의 집터에 정전 회의장이 들어서고 거기서 보초를 서고 있는 아이러니야말로 우리의 분단현실을 상징적으로 압축해서 묘사해 주는 것이라 하겠다. 그의 이러한 분단인식과 동족전쟁에 대한 혐오감, 그리고 통일에의 갈망이 휴머니즘에 입각해 있다는 데 주목할 필요가 있다. 그가 「관광지대」에서 남북 양쪽, 특히 북한 공산당과 미군을 동시에 회의적으로 바라보면서 양비론적 자세를 취한 것도 실은 휴머니즘에 입각한 때문이다. 인간을 속박하는 어떤 이데올로기나 제도는 그에게 있어서는 거추장스런 허위의 껍데기에 불과한 것이다. 그는 인간의 존엄성에 최고의 가치를 둔 극작가이다. 그는 이러한 관점에서 분단과 동족전쟁을 바라본 것이다. 가령 그의 대표작으로 꼽히는 「오 장군의 발톱」에서 보면 전쟁과 이데올로기라는 것이 얼마나 철저하게 인간을 파괴하는가를 절박하게 보여주고 있지 않은가. 루마니아 작가 게오르규의 「25시」를 연상시키는 이 작품은 순박한 시골청년이 인간이 만든 이데올로기와 전쟁으로 인해서 아무 의미도 없이 사격장의 허수아비처럼 수많은 총탄을 맞

고 죽어 가는 과정을 묘사한 것이다. 그런데 이 작품에서 관심을 끄는 것은
남북의 무모한 전쟁과 그에 따른 젊은이들의 죽어감 이상으로 이 땅에서의
삶 자체에 대한 짙은 회의라는 사실이다. 그는 어쨌든 통일만이 모든 것을
해결한다고 생각했다. 그런 생각을 그는 「진실과 가면」 및 「조만식은 살아
있다」에서 솔직하게 표출하고 있다. 그는 7·4 공동성명이 나온 직후에 이
들을 썼는데 기록극 형식으로 썼기 때문에 실명이 여러 명 등장한다. 딘 러
스크 미 국무장관, 이후락 중앙정보부장·허담 북한 외상 등을 등장시켜 통
일 문제를 토론식으로 짚어간다. 이 작품에 나타난 그의 통일관은 보수적이
다. 다음 작품 「조만식은 살아 있다」에서도 김일성·치스챠코프·로마냉
코·최용건 등이 등장한다. 이들의 토론을 통해서 통일이 왜 안 되는가를
밝히고 있다. 그는 통일문제를 낭만적으로 본다든가 감상적으로 접근하는
것을 경계한다. 그가 남북 양쪽을 다 체험해 보았기 때문에 내용을 객관적
으로 바라볼 수 있는 눈을 지닌 것이다. 그는 주인공 조만식을 통해서 자신
의 민족주의적 자세를 내비치기도 한다. 조만식의 대사 중에 "이제 와서 난
우리가 일치 단결했더라도 분단이 불가피했으리라 생각이 드오. 하지만 우
리는 단결해 보지도 않았다는 것을 기억하오. 우리는 민족끼리 손잡는 걸
거절하고 외세와 손잡았소. 그 순간부터 한반도 분단은 결정된 거요"라는
구절이 있다. 이처럼 그는 분단과 통일문제를 단순한 감상으로 접근하는 것
이 아니라 매우 냉철하게 분석해 내고 있는 것이다. 아마도 가족을 모두 고
향에 두고 전쟁의 물결에 휩쓸려 내려온 그만큼 통일에의 갈증을 느끼는
작가는 없을 것이다. 그럼에도 불구하고 그는 분단과 통일문제를 지적으로
접근해서 근원을 캐내고 치유해 보려는 의지를 작품에 투영한 것이다.

　이재현의 경우는 박조열과 달리 유년시절에 전쟁을 겪고 월남했기 때문
에 다분히 감정적이다. 그는 데뷔작 「바꼬지」라든가 「해 뜨는 섬」 등에서
보여주고 있는 것처럼 회향적(懷鄕的) 성격이 강한 것이 특징이다. 그 역시
뭔가 기다리고 찾아 떠난다는 점에서 분단과 통일문제를 은유적으로 묘사
했다고 말할 수는 있다. 그러나 이들 작품에서 주인공이 어딘가 찾아 떠남
은 두고 온 북쪽 고향에의 그리움 이상은 못된다. 작가가 이처럼 정감적으
로 현실에 접근하다 보니 반공 목적극에 가까운 작품을 쓰게 된 것이 아닌

가 싶다. 그가 1970년대에 쓴 대표적인 3부작 「포로들」, 「어둡고 긴 터널」, 「적(赤)과 백(白)」이 바로 그런 유형에 속한다고 보겠다. 거제도 수용소에서 인민군 포로들 간의 격렬한 노선투쟁을 리얼하게 묘사한 「포로들」은 공산주의 이데올로기의 폭력성과 무모성, 더 나아가 인간의 어리석음과 맹목성까지를 심층적으로 천착한 것이라 하겠다. 그는 점차 반공성향이 강한 작품을 썼다. 「어둡고 긴 터널」, 「적과 백」 등이 바로 그런 유형이다. 대부분 실화를 바탕으로 하고 있기 때문에 목적성에 가까운 작품들임에도 생동감이 있고 또한 설득력도 지닌다.

반면에 이강백은 북한체험과 전쟁, 이산의 아픔을 겪은 박조열과는 다른 시각에서 분단과 이데올로기 문제에 접근하고 있다. 그는 전쟁을 겪어보지 못하고 또한 이데올로기의 무모성이나 폭력성을 체험해 보지 못한 신세대 작가답게 분단문제를 객관화시켜 본 것이다. 따라서 그가 보는 분단문제는 순박할 정도이다. 그 좋은 예가 「호모 세파라투스」라는 작품이다. 과거 동서 베를린처럼 어느 가상의 도시가 양분되어 있는 상태에서 이야기가 전개되는 이 작품에서 그가 보는 것은 분단도 사람들의 노력에 따라 쉽게 무너뜨릴 수 있다는 것이다. 그런데 그것은 집단이나 대응되는 어떤 이데올로기로서가 아니라 개인끼리의 만남과 사랑으로서 가능하다는 논리다. 가령 남자 주인공 중의 한 청년이 분단 저 너머에서 탈출한 여자와 결혼하는데, 그 여자는 이미 박제되어 있었던 것이다. 북한의 유일사상과 남한의 경직된 반공 이데올로기를 동시에 비판한 이 작품은 반세기에 가까운 우리의 냉전사고에 충격을 가하겠다는 작가의 의지가 스며 있다고 하겠다.

그런데 1980년대 후반 들어서 공산주의가 퇴락하고 동구권이 무너짐으로써 우리 사회를 짓눌렀던 냉전사고도 연화되기 시작했고 개방 쪽으로 나아가기 시작했다. 따라서 분단과 이데올로기 갈등을 보는 시각도 달라질 수밖에 없었다.

더욱더 객관적으로 보면서 우리 자신의 경직된 의식을 비판의 도마 위에 올려놓기도 한 것이다. 그런 작품이 다름아닌 「칠산리」라 하겠다. 이 작품에서도 남북한의 이질성이라든가 획일성, 이데올로기 박제화 같은 작가의식이 나타나면서 특히 남한의 과격한 반공논리가 비판의 대상이 된다. 그런 전형적 인물이 주인공 이장(里長)이다. 부역한 사람은 그 유골도 자기 고장에 들 수 없다는 이장은 묘지에 도로를 낸다. 이장의 생각은 적어도 빨치산만은 뿌리뽑아야 한다는 것이기 때문에 용서라든가 화해 같은 것은 있을수 없다는 것이다. 적어도 남북한 관계라든가 이데올로기 대립에서는 이기고 지는 것밖에 다른 방도가 없다는 것이 이장의 군건한 신념이다. 여기서 남한의 극우 논리를 비판하려는 작가 의지가 보인다. 이처럼 1980년대 후반즉 동구권이 무너지고 독일의 통일이 이루어지면서 한국 사회가 개방으로나갔고 이 시기 작가들은 분단과 이데올로기문제를 객관적이면서 비판적으로 보기 시작했다. 이와 같이 우리 자신 속에 도사리고 있는 냉전사고라든가 이데올로기의 무모성 및 폭력성에 대한 비판은 오태석에 의해서도 이미이루어진 바 있다. 「산수유」 「자전거」 「운상각(雲上閣)」 등 일련의 1980년대 작품이야말로 그런 계열에 드는 것이라 말할 수 있다. 그런데 오태석이유년시절에 겪은 한국전쟁은 극히 부정적인 것이다. 따라서 그는 이데올로기보다는 인간본성의 잔인성에 초점을 맞춘 것이 특징이다. 「산수유」에서도보면 지리산 골짜기에서 인간이 이데올로기의 노예가 되어 맹목적으로 사람을 살육한다. 인간의 우매성과 잔인성이 적나라하게 드러나고 있는 것이다. 반면에 「자전거」나 「운상각」에서는 한국전쟁이 하나의 잠재된 상혼으로서 떠올려지고 있다. 「자전거」의 경우에서도 주인공(윤서기)은 한국전쟁의악몽에 시달리는 인물이고 「운상각」에서도 주인공은 한국전쟁의 상처를 잊지 못해서 방황한다. 그러나 그는 한국전쟁의 상혼을 될 수 있는 대로 관용과 화해로 어루만지려 한다. 가령 「자전거」에서 한국전쟁 비극의 책임을 주인공 자신에게 돌린다든가 「산수유」와 「운상각」에서처럼 해원의식(解寃儀式) 같은 것이 곁들여지는 사실에서 작가의 관용의도가 나타난다. 이처럼두 작품은 전쟁 동안 살기 위해서 이데올로기의 가면을 쓰고 살인 하수인노릇을 하고 오랜 시간에 걸쳐 그 죄업을 고통스럽게 치르는 내용이다. 왜냐하면 「자전거」는 주인공이 인민군의 사주로 자기가 살기 위해서 무고한양민들을 학살한 뒤 양심의 가책을 받다가 자살하는 이야기이고 후자의 주인공도 비슷한 죄업으로 정신이상자가 되어 방황하는 내용이기 때문이다. 그런데 궁극적으로 오태석이 보는 분단이나 동족전쟁, 이데올로기 등은 망각의 대상이라는 사실이다. 그가 한국전쟁을 하나의 상처로서 건드리는 것은 곧 해원상생(解冤相生)의 자세로 접근해야 한다고 보기 때문이다. 민족의 불행으로서 오늘날까지 우리 생활과 연결되어 있는 분단과 이데올로기 문제를 오태석처럼 한 발 나아가서 재조명한 경우는 거의 없다.

그런데 흥미로운 사실은 1970년대까지는 뭐니뭐니 해도 사실주의를 표방하는 극작가들이 희곡계를 주도해 온 점이라 하겠다. 분단, 전쟁, 이데올로기 문제도 대체로 사실주의 계열의 작가들이 주로 도전한 테마였다. 그러나 이들을 짓누른 외적 악조건이 은연중 사실주의 희곡의 발전을 저해한 사실도 간과할 수 없다. 사실주의 희곡의 장애의 첫 번째 요인은 역사, 정치, 사회 상황이었다. 좌우익 이데올로기 갈등, 동족 전쟁, 군사독재로 이어져 온 격동의 외적 상황은 작가들에게 은연중에 표현의 자유를 제약시켰다고 보아야 한다. 사실주의란 당대의 사회적 역사적 현상 가운데 본질적인 것까지를 끄집어내어 객관적으로 묘사하는 것을 의미한다. 그런데 해방직후 프롤레타리아극이 풍미하고 혁명적 분위기가 팽배해 있던 상황을 사실대로 묘사하기란 쉬운 일이 아니었다. 그 후 군사독재시대에는 그나마 표현의 자유마저 제약받았기 때문에 현실을 객관적으로 묘사할 수가 없었다. 뿐만 아니라 반공 이데올로기가 지배하던 냉전시대에 이데올로기 문제나 분단문제를 제대로 묘사할 수 없었던 것도 당연하다. 두번째로는 분단이라든가 이데올로기와 같은 거대한 문제를 희곡이라는 형태에 담는 훈련이 극작가들에게 없었던 점을 지적할 수 있다. 기껏해야 저항과 폭로가 사실주의극인양 생각한 식민지시대 선배 극작가들을 비판은 커녕 모방이나 해온 것이 해방 후 작가들이었으므로, 민족의 최대문제였던 분단·전쟁·이데올로기를 작품으로 뛰어나게 승화시키기에는 역부족이었다고 하겠다. 분단 이데올로기를 다룬 상당수 작품들이 목적극에 머문 이유도 바로 거기에 있는 것이다. 세번째로는 사실주의 극작가의 절대수 부족과 자질 부족도 문제라 아니할 수 없다. 사실주의 극작가들이 자연과 인생에 대한 깊은 통찰이 없었기 때문에 비극적 인간상 창조에 실패했고, 작품에 메시지 삽입 같은 유치한 희곡을 양산한 것이다. 적어도 사실주의 작가들은 인문학적 사고를 해야 하고 그런 속에서 당시대의 총체적 삶을 희곡작품으로 형상화해 낼 수 있어야 하는

것이다. 그렇지 못했기 때문에 범속한 작품을 남기게 된 것이다. 그리고 아
쉬운 점을 또 하나 지적하면 작가를 뒷받침해 줄 수준 높은 극장이나 연극
단체가 없었다는 사실이다. 신협(新協)이라든가 국립극단 정도가 있었지만
이들의 창작희곡 소화능력은 약했던 것이다. 그 결과 현실 모순의 극복이라
는 사실주의정신이 미약할 수밖에 없었고, 그것은 대부분의 작품들이 현실
모사 차원에 머무르게 된 요인이 되었다. 진정한 사실주의는 현실에 존재하
는 현상의 겉모습 모사에 그치는 것이 아니라 그 이면에 숨겨져 있는 보다
깊은 의미를 캐내는 일이다. 그래야만 현실의 변형 내지 변혁의 비전도 제
시할 수 있는 것이다. 이 땅에 제대로 된 사실주의희곡이 뿌리를 내리려면
일찍부터 서구 사실주의극에 대한 철저한 탐구가 있어야 했다. 그렇지 못하
고 외형만 모방 답습한 결과 근대극이 1세기에 가까와지도록 사실주의극
전통 하나 제대로 세우지 못한 것이 아닌가.

그러나 사실주의를 목표로 한 극작가들이 해방 50년의 희곡을 주도한 덕
택으로 몇 가지 문학적 성과를 올렸다고 하겠다. 첫째, 토속어를 조탁해서
우리말을 아름답게 다듬음과 함께 또한 풍성하게 했다는 것, 둘째 해방 이
후 격동의 현대사를 희곡이라는 문학형식에 담아냈다는 것 등을 꼽을 수
있다. 하지만 사실주의극 반세기 동안에 한 시대를 대표할 만한 인물 하나
창조해 내지 못한 것은 부끄러운 일이다.

그렇다면 이 시기에 북한의 희곡은 어떻게 발전해 갔는가. 북한 희곡은
남한과 달리 철저한 당정책의 반영을 그 최대의 목표로 삼은 것이 특징이
다. 따라서 극작가들은 그때그때 김일성과 당이 내리는 교시에 따라 주제를
달리 할 수밖에 없었다. 가령 전쟁 중에는 군사 목적극이 주종을 이루었고
종전 직후에는 전후 경제 복구가 주테마였다. 군사 목적극은 김일성의 교시
에 따라 (1) 인민의 숭고한 애국심 고취 (2) 인민군의 영웅성과 완강성 묘
사 (3) 반미, 반핵적인 것만을 주제로 삼아야 했다. 송영의 「모두 다 전선」,
박태영의 「우리나라 청년들」, 한태천의 「명령 하나밖에는 받지 않았다」같은
작품이 그런 유형의 대표작들이다. 모두가 인민군 병사가 주인공이고 미군
과 국군을 격퇴시키고 승리한다는 천편일률적인 내용이다.

그러나 군사 목적극도 1953년 휴전과 함께 끝나고 폐허화된 전후 경제

복구를 주제로 한 작품이 쏟아져 나왔다. 이 시기의 대표작으로는 류기홍의 「그립던 곳에서」를 비롯하여 이동춘 · 이서향의 「위대한 힘」, 오운선의 「새 탄맥을 찾아서」, 신고송의 「선구자들」등을 꼽을 수 있다. 이들 작품의 주인공은 모두가 말단 노동자들로서 타성에 빠져 있는 간부들과 대결하여 이들을 박축하고 공장을 새롭게 건설한다든가 사회주의 공업화를 위해서 개인을 희생하고 가정보다 혁명을 우선하는 대중적 영웅주의를 고취한 내용이다.

그러니까 이들의 공통적 주제라고 한다면 조국의 앞날의 이상을 실현하려면 당의 정책을 수행하는 혁명적 투쟁 속에서만 개인적 행복을 찾을 수 있다는 것이다. 이러한 주제도 오래 가지 못하고 소위 천리마운동이라는 노동당 정책이 나오면서 1957년 또다시 궤도수정을 강요받게 된다. 김일성은 「천리마에 맞는 문학예술을 창조하자」(1960. 11)라는 교시를 통해 "우리의 혁명 전통 교양과 계급 교양을 위하여 항일 무장투쟁 시기의 우리 혁명가들의 불굴의 투쟁과 민주혁명시기, 전후 복구건설시기의 우리 인민의 영웅적 투쟁을 보여주는 작품들을 계속 많이 창작하여야 합니다"라고 지시한 것이다. 이처럼 김일성은 현시대 영웅들의 생활과 지향을 형상화한 작품을 생산할 것을 강조하면서 식민지시대부터 한국전쟁, 그리고 전후 복구까지의 인민투쟁과 실생활을 생생하게 극화하라는 것이었다. 이런 계열의 작품으로는 리종순의 「조국 산천에 안개 개인다」라든가 「공산주의자」(남궁만), 「조국의 아들」(박근혁), 「견습공의 일기」(김형) 등을 꼽을 수 있다.

당초부터 사회주의 예술관에 입각해서 연극을 무기화해 버린 북한 작가들은 해방 전후에는 사회주의 리얼리즘 창작방법으로 소위 부르조아 미학사상 타파를 부르짖다가 1950년대 후반에 천리마 기수의 전형 창조로 바뀐 것은 벌써 네번째의 변화였다. 북한희곡은 다른 예술과 마찬가지로 혁명의 이익과 당의 노선을 떠나서는 존재할 수 없다. 오직 김일성 선집에 기술되어 있는 대로 오직 당의 노선과 정책에 의거한 혁명적 문화예술만이 진정으로 인민대중의 사랑을 받는다고 믿고, 인민을 공산주의 혁명정신으로 교양하는 당의 힘있는 무기로 활용한 것이다. 이는 곧 북한 사회주의 목적극의 특징으로 작품에서 개인적 상상력이 배제됨은 두말할 나위 없다. 북한에서는 희곡뿐만 아니라 창작의 바탕이라 할 개인의 상상력을 점차적으로 배제해 갔다. 그리하여 극작가를 당의 충실한 도구로 만들어 간 것이다. 1960년대 들어서는 소위 주체사상에 입각한 혁명적 대작 방식이라는 것이 등장했다. 혁명적 대작은 종래와 같이 공산주의 이데올로기와 김일성사상을 작품화하되 그것을 역사적으로 또 서사형식의 대하물로서 만든다는 점에서 차이가 난다. 즉 "위대한 역사적 사건들을 배경으로 하여 준엄한 계급투쟁과 공산주의 운동사를 전면적으로 폭넓게 반영하며, 투쟁 속에서 성장 발전하는 혁명투사의 전형적 세계관 형성에 이바지하는 작품"(「북괴 문예 작품 창작성향의 시대별 변천과정」44쪽)이 바로 혁명적 대작이라는 것이다. 그런데 여기서 주목할 만한 사실은 혁명적 대작의 창작 의도 속에 숨겨져 있던 것이 다름아닌 김일성 우상화와 신격화였다는 점이다. 따라서 1960년대 들어서는 대부분의 희곡작품은 김일성 우상화와 연결되었다. 특히 시대배경을 1930년대로 설정, 항일 무장투쟁에 김일성을 결부시켜서 항일투쟁은 곧 김일성이라는 등식을 고착시킴으로써 그에 대한 개인숭배사상의 합리성을 부여했다. 「조국 산천에 안개 개인다」가 그런 유형의 작품이다. 이때부터 소위 집단 창작방식이 등장함으로써 작가 개성에 따른 작품시대는 끝나게 된다. 결국 극작가는 집체 창작단의 일원으로서 희곡을 조립해 내는 창작공장의 공원(工員)으로 전락했다. 이때부터 극작가의 완전 세대교체가 이루어졌다. 월북 작가는 거의 사라진 것이다.

1970년대 들어서 김일성 우상화는 주체사상, 유일사상이라는 이름으로 더욱 심화되었다. 이때 등장한 것이 다름 아닌 혁명가극이라는 것이다. 1971년부터 혁명가극이라는 것이 등장했는데 이것은 혁명적 대작을 스펙터클화한 것에 불과하다. 이 시기에 발행된 월간지 ≪조선예술≫에 보면 "문학예술은 우리 근로자들을 위대한 수령님의 권위에 대한 절대화, 위대한 수령님의 교시에 대한 신념화, 위대한 수령님의 교시 집행에서 무조건성을 기본요구로 하는 위대한 수령님과 당 중앙에 대한 끝없는 충성심을 깊이 있게 반영한 혁명적 작품을 창작하는 것은 중요한 의의를 가진다"(1976. 1)라고 쓴 글이 게재되어 있다. 이처럼 1970년대에 와서는 사회주의 이데올로기 부식(扶植)이 주가 되지 않고 유일사상의 절대화가 주 테마가 된 것이다.

혁명가극의 5대 대표작이라는 「피바다」, 「밀림아 이야기하라」, 「꽃파는 처녀」, 「당의 참된 딸」, 「금강산의 노래」등도 이 시기에 확고한 레퍼토리로 굳어진 것이다. 이런 혁명가극에 대하여 북한에서는 무대미학의 혁명이라고까지 자찬하고 있다.

4. 형식의 다양성과 주제의 다변화

우리나라 근대극운동의 목표는 어떻든간에 서구 근대극, 즉 19세기 후반 유럽에서 번성한 리얼리즘극을 이 땅에 정착시켜 보겠다는 것이었다. 그것은 3·1운동 직후 젊은 지식층과 학생을 중심으로 한 소인극(素人劇) 운동으로부터 시작되어 극예술연구회, 신협 등으로 이어진 신극의 큰 맥을 이룬 것이었다. 따라서 극작가들도 리얼리즘을 최고의 연극형태로 삼아서 현실과 그 이면에 도사리고 있는 본질을 객관적으로 묘사한 희곡을 써왔다고 하겠다. 이른바 사실주의극이라는 것이다. 이러한 흐름은 해방 이후에도 그대로 이어져서 지금까지도 그런 연극형식이 주조를 이루고 있다.

그런데 우리 현대극에 절대적으로 영향을 주어온 서양의 연극조류가 전쟁 후에 크게 바뀜으로써 우리 연극도 완만하나마 변화의 조짐을 보여주기 시작했는데 그것이 대체로 1960년대 후반부터였다. 가령 사르트르라든가 카뮈의 실존주의문학과 함께 소위 앵그리 영맨을 내세운 전후문학이 잠깐 무대를 스쳐갔고, 1960년대 초두에 부조리극이 소개되면서 극작가들에게 충격을 주기 시작했다. 가령 대학극 출신의 모임체라 할 실험극장이 이오네스코의 희곡을 무대에 올린 것이라든가 베케트의 「고도를 기다리며」와 같은 작품이 무대에 올려진 것, 또한 이념적으로 금기시된 브레히트의 연극론이 소개된 것도 극작가들을 자극했던 것이다.

그 결과 감각이 매우 예민한 극작가들이 탄생되고 종래에 볼 수 없었던 새로운 형식의 희곡작품이 하나둘씩 발표되기 시작했다. 즉 1967년 박조열이 「목이 긴 두 사람의 대화」 및 「저승에서 만난 부부」등을 발표했고, 오태

석과 윤대성이 각각 「웨딩드레스」와 「출발」을 갖고 등장함으로써 희곡계에
변화의 조짐이 나타나기 시작했다. 그 변화의 조짐이란 탈사실주의(脫寫實
主義)란 말로 정의할 수 있지만 변화를 일으킨 세 극작가들의 방향도 세부
에 들어가서는 서로 달랐다. 즉 박조열이 부조리극 형식에 가까왔다고 한
다면, 오태석은 부조리극과 초현실주의극으로 나아갔고, 윤대성은 서사극
방향이었다. 이러한 세 극작가의 탈사실주의 반란은 1970년대에 들어서는
더욱 폭넓게 확산되어 갔다. 소설가 최인훈이 극작가로 변신하여 뒤늦게 신
화문학방법을 제시했고, 그런 흐름은 전통수용과 변용이라는 대명제로 연극
계를 풍미했으며, 그것은 마당극이라는 이색적인 연극 양식을 탄생시키기도
했다. 이러한 흐름과 함께 우화극 기법도 등장했는데 이는 아무래도 당시의
정치상황과 무관하지 않을 성싶다. 여기서 정치 상황이란 유신으로 대변되
던 군사독재의 지속을 의미한다. 이러한 흐름은 1970년대로 끝난 것이 아니
다. 유신은 1970년대로 막을 내렸지만 또 다른 군사독재가 지속됨으로써 창
작극은 위축되고 탈리얼리즘 희곡형태는 1980년대까지 뻗어갔다.

이러한 희곡형태의 다양성은 급기야 포스트 모더니즘이라는 새로운 연극
사조의 큰 틀 속에 놓이게 된 것이다. 시대상황에 의해서 연극인들이 추구
해 온 사실주의가 퇴조하면서 다양한 희곡형태가 탄생될 수 있었던 것은
매우 특이한 일로서 외국에서는 찾아보기 어려운 경우였다고 보겠다. 물론
그때그때 서양에서 유입된 문예사조의 영향도 무시할 수는 없다. 어떻든 다
양한 희곡형태의 등장은 단조롭던 연극 무대를 혼란스럽게도 했지만 다른
한편으로는 풍요롭게도 만들었다.

그렇다면 탈사실주의 작가들의 형태실험은 어떤 것이었는가? 새로운 희
곡 형태 실험은 비슷비슷한 시기에 박조열과 오태석, 윤대성 등에 의해 시
도되었다. 박조열이 초기에 실험한 것은 부조리극 형식이지만 「행진하는 나
의 분신들」에서 보여주는 것은 거의 마당극 형식이다. 그만큼 사실주의극의
고정된 틀을 깨는 열린 형식이다. 이것은 다시 기록극으로 이어진다. 그
는 부조리극 형식에서는 현실을 추상화하는 여러가지 표현기법, 즉 상징이
나 은유, 알레고리 같은 것을 활용했지만 기록극에서는 역사자료를 충실히
이용했다. 그는 또 대표작 「오 장군의 발톱」에서는 우화극 수법을 쓰기도

했다. 기록극을 선호한 작가로는 동시대의 윤대성도 있다. 그러나 그는 당초 서사극을 신봉했었다. 서사극과 기록극을 접목시킨 작품이 바로 「출세기」이다. 그러나 그는 개방적인 작가답게 어느 한가지 형식에 머무르지 않는 것이 특징이다. 그의 두번째 작품인 「망나니」를 보면 조선시대의 탈춤형식을 취했음을 알 수 있다. 사실주의극의 틀을 완전히 깨뜨린 형식인 것이다. 그러나 거기서 그치지 않았다. 그가 초기에 쓴 「미친 동물의 역사」에서 보여주듯이 미국에서 1960년대 중반에 하나의 연극운동으로 일어났던 리빙 씨어터에 닿아 있기도 했다. 그러니까 그는 리빙 씨어터의 정신처럼 관객에게 연극을 구경만 하고 있는 대신 행동하도록 자극을 주기 위해 이 작품을 쓴 것이다. 이 시기 그는 급진적인 정치사상을 지녔었기 때문에 리빙 씨어터에 기울어졌던 것 같다. 그는 유덕형이 미국에서 배워온 아르토의 잔혹극 기법에 충격을 받고 그런 유형의 작품을 쓴 것이 아닌가 싶다. 그러나 그는 거기서 머물지 않았다. 전통 예술에의 회귀 붐이 일어나면서 그는 탈춤과 함께 굿에 관심을 갖게 되었다. 그래서 나온 작품이 「너도 먹고 물러나라」인데 이것은 과거 황해도 지방에서 전승되었던 한량굿 장대장내굿을 토대로 현실을 풍자한 희곡이었다. 그후 그는 「신화 1900」이 보여주듯이 기록극에 관심을 가진 바 있다. 가령 「출세기」가 매몰 광부를 모델로 한 것이라면 「신화 1900」은 김기창이라는 실존인물을 극화한 것이다. 이처럼 그는 서사극의 바탕 위에 전통연희를 끌어들이기도 하고, 기록극·사이코 드라마 등 다양한 형태의 실험을 한 극작가이다.

이들과 달리 부조리극에 근접하다가 초현실주의로 일관하는 작가가 다름 아닌 오태석이다. 그가 초기에는 주로 의식의 흐름을 희곡으로 실험한 바 있다.

가령 「유다여 닭이 울기 전에」라든가 「롤라스케이트를 타는 오뚝이」 등이 그런 유형의 작품이다. 그러나 「쇠뚝이놀이」에서는 탈춤을 활용했고, 「초분」에서는 상징주의를 실험했으며, 「춘풍의 처」부터 열린 형식을 취하기 시작했다. 그로부터 지금까지 초현실주의를 견지하고 있는데, 소재는 역사·설화·굿·고전소설·시가 등에서 광범위하게 취하고 있다. 주지하다시피 초현실주의 작품의 특징은 무의식에 떠오르는 생각들의 받아쓰기이고 꿈과 광기를 하나의 방법론으로 삼으며 오브제를 즐겨 활용한다. 그뿐만 아니라 집단놀이를 즐겨 쓰며 블랙 유머가 장기이다(신현숙). 그러니까 초현실주의자는 인간은 본질적으로 자유로운 존재라는 인식 위에 출발하기 때문에 부조리하고 잔혹한 현실에 대항해서 파괴까지도 두려워하지 않는다. 경직된 기존틀에 맞추다 보니 무질서해 보이고 초논리적이고 해체를 기본으로 한다. 이는 곧 오태석의 모든 작품의 특징인 것이다. 그러니까 그가 꾸미는 희곡의 틀은 의식과 무의식, 삶과 죽음, 정상과 광기, 현실과 악몽이 혼효되어 있는 것이다.

이들의 뒤를 이어 등장한 극작가들도 형식의 실험을 많이 했다. 소설가로서 희곡을 쓰기 시작한 최인훈은 첫 작품 「놀부뎐」에서 보여주듯이 판소리처럼 서사극 형태에 가까운 작품으로 시작했다. 그러나 곧 설화를 바탕으로 해서 일련의 희곡을 씀으로써 일찍이 오영진이 시도했던 전통소재의 형식을 정립했다. 최인훈과는 다르지만 연출가 허규는 소위 한국적 희곡 형태를 실험한 바 있다. 「다시라기」라든가 「물도리동」에서 보여주듯이 그는 탈춤이라든가 장례의식, 굿 등을 현대적으로 재창조하는 작업을 했다. 이러한 그의 작업은 젊은층의 마당극운동의 밑받침도 되었다. 마당극은 1970년대부터 1980년대 중반까지 반체제 정치극운동으로서 큰 역할을 했다. 언로가 완전 차단되었던 시대에 대학가와 공장 지대를 중심으로 번성했던 마당극은 "개방된 연극 즉 연희자와 관중이 한 덩어리이고 연희 마당과 관중석이 서로 통하며 관중이 주인이 되는 연극"(임진택)을 말한다. 그래서 마당극은 "공연 장소를 극장이나 폐쇄된 실내 공간이 아닌 야외의 마당으로 설정하고 등장인물의 전형화나 장면과 장면의 연쇄적 연결, 풍자적이고 회화적인 대사와 동작·재담·춤·노래·욕설·고함·연설·시위·마임·의식(儀式)의 도입 등 전통 민속의 공연기법을 원용"(정치상)한 그야말로 열린 형식의 희곡이었다. 그러다 보니 농악·굿·노래·거리극·기록극·서사극·사실주의극 등 우리 고유의 전통연희와 서양의 근·현대극이 모두 종합된 형태가 되었다. 따라서 개인 창작보다는 집단창작이 선호되기도 했다.

마당극은 많은 극작가들에게 음양으로 영향을 미쳤지만 전문 극작가들은 다른 길을 택했다. 그러니까 직설을 피해 내면화한 것이다. 좋게 말하면 고도의 예술성을 자기 희곡에 부여하려 한 것이다. 예를 들면 마당극 시대에 자기 세계를 확고히 다진 이강백과 이현화가 바로 그런 경우에 속한다. 이강백은 소위 우화극이라는 독특한 형식을 굳혔고, 이현화는 부조리극과 잔혹극 기법이 종합된 형태를 창안해내기도 했다. 그런데 이강백의 우화극은 대체로 두 가지 형태로 나타났다. 한 가지는 독재정치를 풍자하기 위해서 활용한 방편이었다면 다른 한 가지는 「봄날」이라든가 「팔곡병풍」, 「물방울」 등에서 보여준 것처럼 동양적 사유세계를 그려내는 데 활용한 점이라 하겠다.

그러나 이현화는 많이 다르다. 그는 현실의 단면을 잘라내어 그 심층을 파고 들어가는 작업을 한다(신현숙). 그는 인간심정의 저 밑에 깔려 있는 무의식 세계를 무섬증으로 표출한다. 「누구세요?」, 「쉬-쉬-쉬잇」, 「우리끼리만의 만남」 등은 현대사회를 공포 자체로 파악한 작품들이다. 그는 상징과 알레고리, 메타포의 표현기법으로 우리가 살아온 현대를 파악한다. 그는 핀터의 감각에 아르토의 기법을 가미한 극 형식을 창안해 냈다. 그리고 역사극에서는 제4의 벽을 허물고 역사를 오늘과 연결시키는 기법을 쓰기도 했다. 세조의 왕위찬탈 이야기인 「카텐자」는 일종의 반사극(反史劇)이라고 말할 수 있을 정도로 재래사극의 틀을 깨버린 형태이다. 가령 사육신을 고문하는 장면에서 갑자기 객석에서 관객을 끌어들여 함께 고문함으로써 연극과 현실을 일치시키기도 한다. 그는 지난 역사를 단순한 과거로 보지 않고 오늘의 우리들에게까지 책임을 묻는 방식을 취한다. 그것은 시민의식을 일깨우기 위한 방편일 수 있다.

오태석, 이현화 등을 종합한 듯한 신예작가 이윤택은 일단 초현실주의 계열의 극작가로 분류해야 될 것 같다. 그의 데뷔작 「오구-죽음의 형식」이 비록 부산지방의 산오구굿의 재구성이라고 하더라도 일단 인간 무의식의 세계를 현재화(顯在化)한 것이라든가 몽환구조(夢幻構造)를 십분 활용한 점 등에서 초현실주의극임을 알 수 있다. 이후 그는 「불의 가면」이라든가 「청바지 입은 파우스트」, 「문제적 인간 연산」 등에서 초현실주의 색채를 강하게 나타내고 있다. 1980년대 말엽에 와서는 포스트 모더니즘극 논의가 미약하나마 일기도 했다. 그러나 포스트 모더니즘극의 개념조차 불분명한 상태에서 그런 유형에 꼭 들어맞는 희곡을 쓴 작가를 골라내기란 쉽지 않다. 다만 서양에서는 모더니즘 이후의 새로운 연극형식을 광범위하게 포스트 모더니즘으로 규정하고 탈자연주의예술을 포스트 모더니즘극술로 보는 경향이 있는 만큼 우리의 경우는 박조열이라든가 오태석 이후의 탈현실주의극 작업을 통틀어서 포스트 모더니즘극으로 규정할 수도 있을 것이다.

우리의 희곡이 1960년대 후반부터 이상에서 언급한 것과 같은 새 형식의 실험이 광범위하게 일어난 데 반해서 북한은 전혀 반대방향으로 흘러갔다. 북한에서는 레닌의 주장에 따라 연극(희곡)을 정치 이데올로기 선전 수단으로 철저하게 이용한다. 따라서 목적극을 최고로 생각한다. 목적극의 틀은 자연주의극이 기본이 될 수밖에 없다. 왜냐하면 관중에게 메시지를 정확하면서도 명료하게 전달할 수 있는 것은 자연주의방식 이상은 없기 때문이다. 북한 연극의 바탕을 이루는 것은 두 가지이다.

우선 남한에서 프롤레타리아극을 하던 사람들과 신파극을 하던 연극인들이 월북을 해서 북한 연극의 바탕을 이루었고, 그들이 연극 모델로 삼은 것은 오로지 소련의 사회주의 리얼리즘극이었던 것이다. 그런 북한이지만 소련 작품을 번역해서 공연하는 것은 1960년대초에 끝내고 그후는 창작 희곡만 무대에 올리고 있다. 또 북한에서는 정치 이데올로기나 정책의 변화 때마다 연극으로 그것을 국민에 홍보했기 때문에 형식의 변화는 있을 수 없었다. 더욱이 남한과 미국을 적대시하고 증오심을 불러일으키도록 작품을 구성해야 했기 때문에 선인과 악인이 대결하는 권선징악 구조의 멜로드라마를 선호했음은 두말할 나위없다. 그러한 천편일률적인 목적극이 관중을 사로잡기란 대단히 어려운 일이다. 따라서 관객을 시청적(視聽的)으로 현혹시킬 수 있는 스펙터클과 수준 높은 무대기술을 창안해 냈다. 그것이 다름 아닌 혁명가극이라는 특수연극형식인 것이다. 즉 음악과 무용을 중요한 표현수단으로 삼고 배우의 높은 기량과 웅장 화려한 무대 장치, 조명, 의상 등에 치중한 것이다. 그것도 대형 무대로 꾸밈으로써 관중을 현혹시키기에 충분했던 것이다.

연극이 그런 유형 한 가지밖에 없기 때문에 희곡형식에 진전이 있을 수 없었고, 따라서 대단히 단조로울 수밖에 없다. 북한에서는 아직도 혁명 가극을 홍보할 때, 과거 신파극시대에 항용 썼던 "눈물 없이 볼 수 없는 연극"이라고 말한다. 그만큼 북한 희곡은 적어도 형식에 있어서는 답보 내지 후퇴의 상태에 머물러 있다. 이런 현상은 남한의 다양한 희곡형식의 실험과는 좋은 대조를 이루는 것이다. 그렇다면 50년 전에 함께 같은 조건에서 연극을 했던 사람들이 남북으로 갈려 전혀 다른 희곡문학을 갖게 된 이유는 무엇일까? 그것은 아마도 두 가지에서 원인을 찾을 수 있을 것 같다. 첫째로 양쪽 체제의 차이에서 온 것으로 볼 수 있다. 남한이 자유로운 민주사회이기 때문에 극작가들이 자기가 쓰고 싶은 작품을 마음대로 실험할 수 있었던 데 반해서 북한은 연극이 당의 통제 밑에 놓여 있기 때문에 획일적인 선전희곡만 써왔다는 것, 둘째로 남한은 개방사회이기 때문에 서양과의 교류도 많았다. 즉 서양희곡을 읽고 또 무대공연도 접할 수 있기 때문에 그들과 비슷하게 호흡할 수 있었다. 반면에 북한은 폐쇄 사회이기 때문에 서양의 선진문화를 모르는데다가 1960년대 중반부터 집체창작이라 하여 극작가 개개인의 상상력을 원천적으로 봉쇄해 온 것이 그들의 현실이었다. 이처럼 희곡형태만 보더라도 50년 동안에 남북한이 전혀 이질적으로 고착되어 있는 것이다.

5. 결론 — 형식은 내용으로부터

예술작품의 형식이 내용으로부터 나온다는 것은 상식에 속한다. 이 말은 곧 1960년대 후반에서부터 탈사실주의극 형식이 대두된 이유를 찾는데 꼭 필요한 화두가 된다. 물론 극작가들의 새로운 형태 실험이 반드시 주제의 변화에서만 찾을 수 있는 것은 아니다. 왜냐하면 앞에서도 서양 연극의 새로운 사조가 우리 극작가들에게 상당한 영향을 미쳤다는 이야기를 한 바있기 때문이다. 그러나 1960년대 후반부터 극작가들이 사실주의 극의 틀만 가지고는 현실을 담아내기 어렵다고 느낀 것이 사실이다.

그것은 군사독재정치와 무관하지 않다. 군사문화는 경직된 냉전 사고를 그 특징으로 삼았다. 따라서 반공 이데올로기를 통치이념으로 삼고 국민을 탄압하기 시작했다. 극작가들이 표현의 자유를 제약받았음은 두말할 나위없다. 이 시기는 또 경제개발이 커다란 사회덕목으로 되어 있어서 노동자들의 인간적 삶도 실종되어 갔다. 극작가들은 현실을 있는 그대로 객관화시킬 수 없는 처지에서 여러가지 표현기법을 창안해내기 시작했다. 박조열의 부조리극 방식이나 열린 형식, 그리고 오태석의 초현실주의 기법도, 윤대성의 리빙 씨어터나 서사극 방법도 그런 속에서 나온 것이다. 마당극이나 이강백, 이현화의 우의적 극술도 그런 정치사회 배경에서 나온 것이다. 그렇다면 이들의 새로운 기법까지 창안하면서 자신들의 회곡에 담으려 한 것은 무엇일까. 첫째로는 역시 분단 통일문제이다. 가령 박조열이 「모가지가 긴 두 사람의 대화」를 부조리극 기법, 즉 상징과 알레고리로서 표현된 배경에 대하여 "통일문제가 타부시되었던 시기에 그 벽을 뚫는 방법을 모색한 결과"였다고 술회한 바 있는 것이다. 1980년대초에도 이강백은 우화극으로 통일문제를 건드린 「호모 세파라투스」를 발표한 바 있다. 그러나 1970년대 들어서 극작가들의 최대 관심은 독재 권력의 인권침해가 아니었나 싶다. 권력의 인권 침해는 대체로 세 가지 형태로 나타난다. 그 첫째가 「오 장군의 발톱」에서 보이는 인간파괴에 대한 증언이다. 물론 「오 장군의 발톱」은 전쟁과 이데올로기의 폭력성에 대한 것이다. 그러나 작가는 단순히 전쟁만을 다룬 것이 아니다. 전쟁의 배경은 정치권력일 수밖에 없는 것이다. 따라서 작가는 맹신적 정치 이데올로기가 인간성을 얼마나 철저하게 파괴하는가를 고발한 것이다.

한편 1971년 「다섯」이란 희곡을 갖고 등단한 이강백은 소위 유신독재를 가장 본격적으로, 또 다각적으로 분석해내고 비판했으며 정치적 암흑시대에 있어서 개인은 무엇인가를 형상해 낸 대표적 극작가이다. 가령 대뷔작 「다섯」만 하더라도 밀항선이 무대로 되어 있고 포악스럽기까지 한 선장과 다섯 명의 밀항자간의 관계를 통해서 정치적 암흑시대의 고통스런 삶과 개인의 선택 문제를 흥미롭게 묘사한 작품이다. 그러니까 방향을 알 수 없는 암흑시대에 개인이 어떻게 대처해야 하느냐 하는 의문을 제기하면서 용기와 신념의 중요성을 강조한 것이다.

그는 이어서 「알」이라는 작품으로 불확실성시대를 조장해 놓고 권력유지를 해가는 독재자의 위선을 풍자했고, 「파수꾼」을 통해서는 공포 정치, 정보정치의 무섬증과 폭력성을 고발했다. 그는 또 고대사를 빌어서 유신독재의 본질을 파헤치기도 했다. 즉 신라시대의 실성왕과 눌지의 독재정치를 통해서 불의를 추구하든 정의를 추구하든지간에 통치자의 독단이야말로 대단한 위험성을 지닌다고 경고한 것이다. 그는 유신 통치가 종말을 고할 때까지 「미술관에서의 혼돈과 정리」, 「개뿔」등의 작품을 통해서 독재권력의 악덕에 대한 비판을 끈질기게 전개했다. 그가 무서운 유신 독재에 희곡으로 맞서는 표현무기로서 즐겨 사용한 것이 메타포와 알레고리였고 이것은 1980년대에 들어서 우화극으로 굳어지기도 했다.

이강백이 이처럼 개인적으로 군사독재에 맞서서 희곡을 썼다면 마당극 운동가들은 집단으로 맞섰다고 볼 수 있다. 마당극의 기본정신은 역시 민주주의에 대한 열망과 인간의 존엄성 회복, 불의에의 저항정신으로 요약할 수 있다. 따라서 마당극 주도자들은 유신독재에 항거하는 한편 산업사회에서의 소외계층, 이를테면 노동자와 농민의 곤비(困憊)를 적나라하게 묘사해 내곤 했다. 정치의 횡포와 경제부조리를 풍자한 작품으로는 역시 안종관의 「토선생전」을 꼽을 수 있다. 그리고 해직근로자의 문제에서부터 열악한 노동조건, 농촌파탄, 언론탄압 등을 대단히 구체적으로 떠올려서 우리 모두의 문제로 가져오는 형식을 취하기도 했다. 그러니까 마당극은 지금, 여기서 일어나고 있는 문제를 전통민속의 집단놀이로 표현했기 때문에 민중에 친근하게 다가갈 수 있었다. 그런데 마당극은 그 표현방식의 집단성과 놀이성 때문에 정치권력 풍자에 있어서 진지성이 부족한 흠도 없지는 않았다. 그런 면에서 광주에 살면서 광주문제를 정면에서 진지하게 다루고 있는 박효선이 주목을 끌 만하다. 그는 재학시절 광주 민주화운동에 뛰어들어 군부탄압에 저항하다가 옥고까지 치른 극작가이다. 따라서 그가 묘사해 낸 광주문제는 단순한 상상력의 산물이 아니고 증언에 가까울 정도로 리얼하다. 그런 그의 작품으로 「금희의 오월」과 「모란꽃」을 꼽을 수 있다. 중앙에 있는 작가들도 1990년대 들어 광주 문제를 자신의 희곡 속에 담으려 노력하고 있으나 체험이 뒷받침되지 않아서 극히 피상적으로 취급하거나 아니면 주제의 한 갈래로서 다루는 정도이다. 그런 중에서도 박구홍의 「시민 조갑출」은 그런 대로 정면에서 묘사해 보려 애쓴 작품이다. 광주문제는 워낙 방대하고 복잡다단한 것이어서 좀더 시간이 흘러야 좋은 작품이 나오지 않을까 싶다.

동시대에 정치권력에 대한 풍자는 이현화가 또한 색다르게 접근해서 희곡으로 형상화해낸 바 있다. 앞에서도 언급한 바 있듯이 그는 부조리 극작가 헤롤드 핀터처럼 현대상황을 막연한 공포로 받아들이고 있는데 이는 아무래도 유신독재의 공포정치시대를 가로질러 뛰면서 느낀 이현화의 감각적 반응으로 파악해야 되리라 본다. 왜냐하면 그는 작중인물의 막연한 공포감의 근원에 대해서 전혀 해석의 빌미를 주지 않고 있기 때문이다. 그는 또 「오스트라키모스」라든가 「라마삭다니」 같은 독특한 알레고리의 제명으로 군사독재시대의 병리와 부조리를 메타포로서 표출해 내기도 했다. 1980년대 들어서는 역시 5공 정권이 빚은 각종 정치 사회악이 희곡의 테마로 떠올려지게 된다. 그 중에서도 5·18 광주 민주화운동이 가장 큰 주제가 되고 인권탄압, 경제개발에 따른 환경오염 등이 그 뒤를 따르게 된다. 광주문제는 특히 앞에서도 언급한 것처럼 마당극에서 광범위하게 다루어졌는데 군부독재가 민주주의를 열망하는 민중을 어떻게 압살했는가를 리얼하게 묘사했다. 분명히 마당극은 "진실에의 통로가 차단되고 유언비어만이 무성한 어두운 시대의 광야에서 진실을 외치는 외로운 목소리"(정지창) 역할을 충분히 해 낸 것이다.

5공시대의 권력남용과 인권탄압문제는 여러 작가들이 다룬 바 있다. 가령 윤대성의 「신화 1900」은 군사독재시대의 전반적인 인권탄압문제를 실화에 바탕을 두고 쓴 작품이라면, 윤조병의 「아버지의 침묵」은 삼청교육대의 피해자를 통해서 신군부 독재체제의 인권침해를 우의적으로 묘사한 작품이라 하겠다. 작품에서 폐인으로 등장하는 아버지는 삼청교육대에 끌려가 구타로 인해서 백치가 된 것이다. 윤대성과 윤조병이 다같이 인권탄압문제를 다루었지만 접근방식에는 차이가 있다. 즉 전자가 재판하는 방식으로 기록극을 쓴 반면, 후자는 정통 사실주의극 방식으로 쓴 점에서 그렇다.

1980년대 이후 희곡의 경향 중에 간과해서는 안 될 것이 환경문제와 붕괴된 도덕성문제에 대한 관심이었다고 하겠다. 환경오염문제를 희곡으로 끌어들인 쪽은 역시 마당극 운동가들인데 그 첫번째 작품이 「나의 살던 고향은 ……」과 「청산리 벽계수야」이다. 이들은 대체로 임진택 주도로 집단구성한 것이 특징이다. 공해 귀신 마당 등 5부로 구성된 「나의 살던 고향은 ……」은 산업사회가 빚어내는 각종 환경공해와 한반도의 가장 민감한 문제라 할 핵까지를 건드리고 있다. 그리고 「청산리 벽계수야」는 고시조의 제명과는 아무 상관없이 여천 공업단지 주변의 매연과 폐기물이 인체와 농작물에 얼마나 피해를 주는가를 구체적으로 다룬 작품이다. 이들은 공해문제의 심각성을 사실적으로 전달하기 위해서 슬라이드와 해설까지 곁들임으로써 연극이 단순한 오락으로 끝날 수 없음도 보여주고 있다. 산업재해와 환경오염, 자연파괴 등에 대해서는 여러 작가들이 주제로 끌어들인 바 있는데, 오태석의 경우는 수은 중독환자를 작품 속에 끌어들여 산업사회의 심각한 폐해를 「비닐하우스」라는 작품을 통해 문제 제기를 하고 있다. 뿐만 아니라 윤조병은 탄광 근로자인 규폐증 환자를 「초승에서 그믐까지」, 「모닥불아침이슬」 등에서 등장시키고 있다.

그러나 근자 극작가들의 관심은 산업사회에서의 윤리의 피폐성문제일 것 같다. 핵가족으로 바뀌어 가는 과정에서 윤리의 붕괴는 현대사회의 가장 큰 문제 중 하나다. 특히 전통윤리의 붕괴에 따른 가치관의 혼란은 인명경시풍조까지 낳았고 각종 사회악의 파생은 현대사회를 위기로 몰아 넣고 있다. 따라서 오태석은 「부자유친(父子有親)」에서 세대간의 갈등을 묘사했고 「심청이는 왜 인당수에 몸을 던졌나」에서는 현대인들의 양심 마비와 도덕성의 황폐를 경고했다. 이처럼 오태석은 근자 모랄리스트로서 오늘의 정신적 위기를 희곡으로 묘사하고 있다.

이상에서 살펴본 바와 같이 해방 50년의 희곡은 양과 질에 있어서 해방 이전 50년과는 비교할 바가 아니다. 사실주의극만이 최상인 줄 알던 극작가들이 1960년대 후반부터 탈사실주의극을 시도하기 시작함으로써 부조리극·초현실주의극·서사극·마당극 등 다양한 형식을 창안해 냈다. 이와 같은 형식의 다양성을 통해 복잡한 사회현상을 희곡이라는 문학적 틀로 감싸 안을 수가 있었던 것이다. 반면에 북한은 경직된 정치체제로 인해서 식민지 유산인 신파악극을 사회주의 리얼리즘에 접목시킨 혁명가극만을 유일한 연극형식으로 갖게 된 것이다. 그러니까 남북한은 정치체제만이 다른 게 아니라 희곡 형식도 그 이상으로 이질적이다.

물론 남한의 경우, 열린 사회만큼이나 희곡이 다양하지만 어느 한 형태도 확고하게 정립시킨 것은 아니다. 특히 마당극이 1970~80년대에 풍미했음에도 불구하고 하나의 희곡형태로 정립되지 못했고, 뮤지컬은 오늘날 무대를 점유하다시피 하지만 그런 희곡을 제대로 쓰는 작가 한 사람 없는 실정이다. 따라서 해방 50년의 희곡은 사실주의극 정립 노력과 탈 사실주의운동이라는 두 가지 흐름이 상충, 공존해 온 과정이었다고 하겠다. 물론 북한희곡은 이와는 별개의 것이다. 특히 주목할 만한 것은 해방 50년 중 25년 동안은 사실주의 일변도였고 그후 25년 동안은 사실주의희곡의 극복이 최대의 변수였다는 점이다. 역시 사회가 다변화, 다원화함에 따라 그것을 담아낼 희곡형태도 다양화되었다는 사실에서 알 수 있듯이 문학 형식도 그 사회변화를 거역할 수 없다는 것을 확인할 수 있었다. 그 점에서 해방 50년의 희곡은 곧 해방 50년의 사회사 내지 정신사의 궤적 그 자체였다고 하겠다.

5. 한국 사실주의극의 반성

— 1945년 해방이후를 중심으로

해방이후의 연극은 식민지시대 연극의 연장이고 그 이상도 이하도 아니
었다. 왜냐하면 해방이후 연극의 사적 맥락이 그 이전과 크게 달라지지 않
은데다가 지난 시대의 연극행위에 대한 혹독한 자기비판과 그 극복의 용트
림 없는 상태에서 계승 발전되었기 때문이다. 가령 해방직후 연극계를 주도
한 사람들이 새 인물들이 아닌 구시대 인물들이었다. 그것은 연극창조의 주
역들, 이를테면 극작가·연출가·배우 등이 대부분 식민지시대 무대를 장식
한 인물들 그대로였다. 아니면 새 세대 역시 전세대의 비판자들이라기 보다
는 추수자(追隨者) 들이었기 때문에 해방이후의 연극이 크게 달라질 수 없
었던 것이다. 그 결과 연극의 큰 줄기는 극예술연구회·현대극장·극협·신
협·국립극단 등으로 이어지는 근대 사실주의극일 수 밖에 없었다. 물론
1960년대 들어서 동인제극단시스템이 등장하고 서구의 탈사실주의극의 영
향을 받은 극작가들이 등장하여 새로운 형식을 실험하면서 여러 가지 연극
조류를 만들어 보려는 노력도 없지는 않았지만 우리 연극의 큰 줄기는 여
전히 사실주의극이었다고 해도 과언이 아니다. 가령 해방연극 50년의 대표
적 극단과 극작가를 추려보더라도 극협·신협·국립극단·실험극장·산
하·민중극장·여인극장·성좌·산울림 등을 꼽을 수 있고, 극작가만 하더
라도 유치진·차범석·이재현·노경식·윤조병·이강백 등이 사실주의 노
선의 굳건한 지지자들이라 볼 수 있다. 그만큼 사실주의극은 해방이전은 말

할 것도 없고 해방이후도 그 중심권을 벗어나지 않는 것이다. 그렇기 때문에 50년을 맞아 사실주의극이 하나의 연극사조로서 또 형태로서 얼마나 굳건하게 자리잡았으며 또 예술적 성취를 이룩했는가를 살펴보는 것은 대단히 중요하다.

우선 희곡분석에 앞서 연극 전반의 사실주의극의 한계랄까, 벽 같은 것을 검토해 볼 필요가 있다. 즉 우리 사실주의극이 제대로 정착 성숙될 수 없었던 이유가 몇 가지 있다. 그 첫째가 정치·사회상황이다. 식민지·민족해방·분단·전쟁·군사독재로 이어져온 우리 현대사의 소용돌이 속에서 극작가들은 상당한 제약을 받지 않을 수 없었다. 가령 식민지시대에는 있는 그대로의 현실을 묘사했을 경우 일제의 조선민족 탄압의 실상이 적나라하게 드러날 수 밖에 없었기 때문에 여러가지 제약을 두고 극작가를 감시 탄압했다. 초창기 사실주의 극작가의 대표라 할 유치진이 단 몇 편의 작품으로 끝남으로써 사실주의극의 정착을 지연시킨 것이 그 하나의 좋은 예이다.

이러한 유사한 일은 해방이후에도 성격만 다른 채 반복되었다. 구체적 예로서 해방직후 좌우익연극의 갈등에서 나타난 첫번째 경우를 꼽을 수 있다. 그 첫 번째 경우란 좌익극이 무조건 사실주의극을 프롤레타리아극과 동일시한 점을 의미한다. 그들은 가급적이면 무산계급을 주인공으로 내세워야 했기 때문에 무대는 언제나 궁상맞은 현실일 수밖에 없었다. 그에 대한 반발로서 우익민족극을 대변한 극협의 무대는 대체로 화려하게 꾸며지곤 했다. 주인공이 아무리 비천해도 그의 옷이 화려했던 것도 그 때문이다.

그러니까 민족극 진영에서는 좌익극을 의식해서 현실을 있는 그대로 묘사하는 것을 의도적으로 회피했다는 이야기가 된다. 실제로 해방직후 민중의 사회변혁의식이 강했던 것이 사실이었던 만큼 그것을 사실 그대로 묘사했을 경우 프롤레타리아극이 될 가능성이 농후했었다. 반공의식이 강했던 민족노선 연극이 그런 것을 의도적으로 기피함으로써 우리 사실주의극의 진전이 답보상태에 빠졌던 것이다. 1950년 6·25전쟁이 발발하면서 반공목적극이 기승을 부린 것도 사실주의극의 후퇴를 초래한 경우였다. 그 후에 자유당 독재가 등장했고 곧이어 군사독재체제가 30여년 동안 지속되었다.

따라서 사실주의극은 각종 압박을 받으면서 그 진전이 지지부진하게 된 것이다. 두 번째로는 서두에서도 조금 언급했지만 과거에 대한 반성과 극복 노력 없이 거의 그대로 답습 계승한데서 찾을 수 있다. 그 좋은 예가 해방 이후에도 전시대의 아마추어리즘에 가까운 연극운동 방식을 취택한 점이다. 우선 극예술협회라든가 신극협의회 같은 경우는 전시대의 극예술연구회의 연장적 성격을 지녔었고 실험극장과 같은 동인제극단 시대의 선두주자도 앞 세대의 신극정신을 계승한 것으로 볼 수 있다.

물론 역사는 계승되고 지속되는 것이다. 그러나 올바른 역사는 언제나 전시대를 뼈아프게 반성하는 토대 위에 서 있기 마련이다. 그럼에도 불구하고 우리의 연극운동은 그런 자성의 기회를 갖지 않았던 것이다. 세 번째로는 우리의 사실주의극을 획기적으로 발전시킬 수 있는 단체나 인재가 부족했다는 점을 지적할 수 있다. 우선 극단을 살펴보더라도 해방 이후 사실주의극을 표방한 단체가 거의 없었다. 그래도 신협이나 국립극단, 산하 등과 같은 극단이 사실주의극을 기초로 했지만 신협은 이름만 남아 있고 산하는 해산되었으며 국립극단은 성격을 잃어버리고 방황하고 있다. 해방 이후 수백개의 극단들이 부침했지만 사실주의극을 지속적으로 해온 단체는 거의 찾아볼 수 없는 처지이다.

극작가만 해도 그렇다. 대부분의 작가들이 사실주의 계열의 작품을 썼지만 그때그때의 주변상황에 따라 작품기조를 바꾸곤 했다. 고집스럽게 자신의 연극관을 지킨 예를 찾아보기 어렵다. 사실주의극을 기조로 삼고 있는 극작가들이 갑자기 낭만성 짙은 몽환극을 쓰는가 하면 뮤지컬 대본도 쓰는 등 갈팡질팡함으로써 스스로 개성을 파괴한 경우가 적지 않았다. 극작가 다음으로 중요한 연출가의 경우도 유사하다. 해방전에 연극을 시작했던 연출가들, 이를테면 이해랑·이진순·이원경 등은 당연히 사실주의극의 신봉자들이다. 이들에게서 연출을 배운 임영웅·권오일·김도훈·김상열·윤호진·정진수 등도 대체로 사실주의극을 신봉한다고 볼 수 있다. 그러나 이들 중 사실주의극을 끝까지 고수한 연출가는 이해랑·이진순·이원경 등 원로 세대뿐이고 그 다음 세대는 매우 잡다하다. 이들은 사실주의와 반사실주의를 왔다갔다 한다. 그만큼 연출가의 개성이 부족하다는 이야기가 된다.

해방이후 세대 연극인들의 특징은 개방사회에 대한 적응력이 좋다고 할

까, 아니면 확고한 연출관의 결여라 할까, 여하튼 일관성의 부족만은 틀림
없는 사실이다. 우리 신극이 근 한 세기에 걸쳐서 사실주의극의 완성을 기
하지 못한 이유도 바로 그런 데에 기인한다고 볼 수 있다.

다음에는 희곡 몇 편을 통해서 사실주의극의 반성을 생각해 볼 차례이
다. 대체로 해방 50년의 희곡계는 여전히 사실주의극이 그 중심을 차지하
고 있는데, 수백 편의 작품 중에서 주목을 끌만한 사실주의희곡을 고른다면
아무래도 차범석의 「산불」, 천승세의 「만선」, 노경식의 「달집」, 그리고 윤조
병의 「풍금소리」 등이 아닐까 싶다. 물론 이들 네 작품이 해방 50년의 대표
희곡이라는 이야기는 아니다. 다만 해방이후 사실주의극을 회고 해보자니
한 시대를 대표했던 희곡들을 거론하지 않을 수 없는 것이다. 이들 네 작
품은 사실주의를 가장 충실하게 구현했다는 점에서 여러 편의 희곡 중에서
선정한 것이다. 네 작품 중 두 작품은 60년대에 씌어졌고 한 작품은 70년대
에 씌어졌으며 또 한 작품은 80년대의 것이다. 그러니까 이들 네 편은 1960
년대 이후 1980년대까지의 사실주의희곡을 대표한다고 말할 수 있다.

이들을 쓴 네 작가 중 천승세만 소설가고 세 사람은 극작가로서 일가를
이루었다고 볼 수 있다. 네 작품은 작가들만큼이나 제재는 매우 다르다.
가령 「산불」이 6·25전쟁과 분단 이데올로기를 제재로 한 것이라면 「만선」
은 어촌을 배경으로 해서 불굴의 어부상을 묘사 한 것이고, 「달집」은 전라
도 농촌을 배경으로 하여 한 가정의 파탄을 묘사한 것이다.

그리고 「풍금소리」는 식민지세대가 해방이후 어떤 삶의 궤적을 밟는가를
그려낸 것이다. 식민지세대의 현재적 삶을 묘사한 점에서 「달집」은 「풍금
소리」에 닿고, 6·25전쟁을 작품 중심에 놓은 점에서 세 작품은 공통성을
지닌다.

먼저 소설가의 희곡 「만선」은 여러 면에서 여타 세 작품과 다르기 때문
에 먼저 언급해 보기로 한다. 희곡으로서는 비교적 완성도가 높은 작품이
지만 작가가 단막극 두 편 외에는 모두 소설만 남겼기 때문에 「만선」은 매우
특이한 경우에 속한다고 볼 수 있다.

바다에서 고기잡이에 생애를 바치고 있는 강인한 어부(곰치)와 그 가정
의 파탄을 박진감 넘치게 묘사한 이 희곡은 삼면이 바다인 이 땅에서 매우

돋보이는 작품이다. 특히 바다(자연)와의 싸움에서 불굴의 의지를 보여주는 주인공 곰치의 인물창조는 우리나라 희곡사상 찾아보기 힘든 예에 속한다.

그러나 이 작품이 과연 당대사회의 총체적 모습과 전형적인 인물 또는 상황과 갈등을 희곡 속에 구체화시킨 것이냐 하는 점에서는 고개가 갸우뚱해진다고 하겠다. 왜냐하면 이 작품이 생산된 1960년대는 군사독재에 의한 개발붐이 조금씩 일던 때였다. 그것은 어촌에도 그대로 불어닥쳤음은 두말할 나위없다. 바로 그 점에서 이 작품은 당대 사회현실의 객관적 묘사로 보기가 어렵다는 것이다. 사실주의작품이란 당시대의 사회적·역사적 현상 가운데 본질적인 요소들을 재현한 것이라 말할 수 있다. 그렇게 볼 때 이 작품은 바닷가 사람들이 늘상 살아왔던 이야기를 리얼하게 묘사했을 뿐 이 작품이 생산된 1960년대를 과학적이면서 동시에 정감적으로 묘사했던 것은 아니라는 이야기다.

물론 이 작품이 토속적인 언어의 구사와 자연주의적 박진성, 서정적이면서도 상징적인 표현을 함축하고 있다는 측면에서 볼 때, 사실주의극의 커다란 성취라고 평가해도 무방하리라 본다.

반면에 「산불」은 일단 해방이후 사실주의극의 최고봉에 놓일 만한 작품으로 볼 만하다. 왜냐하면 이 작품은 훌륭한 사실주의극이 갖춰야 할 요소들을 대부분 지니고 있기 때문이다. 가령 6·25 전쟁을 배경으로 하여 탈출공비를 통해서 분단된 민족의 상처를 묘사한 이 작품은 6·25전쟁을 비교적 객관적으로 분석해내고 있는 점에서 돋보이는 것이다. 특히 이 작품에서 돋보이는 부분은 이데올로기와 전쟁이라는 것이 얼마나 철저하게 인간을 파괴하는가와 극한상황의 외중에서도 인간의 원초적 본능이 어떻게 살아 꿈틀거리는가를 자연주의적 박진성과 서정성을 묘파한 사실에서 잘 나타나고 있다. 주지하다시피 주인공(규복)은 교사출신으로서 얼떨결에 공산주의자가 되었다가 회의를 느끼고 탈출하여 대나무숲에 은신 중 전쟁통에 남편을 잃은 과부들과 삼각 애정갈등에 직면하고 국군이 그 지역을 탈환하면서 소사(燒死)한다는 내용이다. 특히 주인공들간의 대사가운데 「말이야 바른 말이지만 누가 빨갱이고 누가 노랭이고 있어? 그저 못 먹고 못 배운게 흠이지. 미련한 백성이야 어느 백성이 되어도 매일반이야. 이리 가

라면 이리 끌리고 저리 가라면 저리 흔들리고 안 그랬어?」「우리가 언제
제 주견대로 살아왔던가? 안 그래? 왜정시대는 어떻고 해방 후는 어떻고…
누가누구 잘못을 캘 필요도 없어, 그래 봐야 제 낯에다가 침 뱉기지…… 그
러니 그만들 덮어둬요!」운운하는 것이 나온다. 과거부터 우리 민중이 뚜렷
한 주견 없고 무기력하게 살아온 적나라한 현실을 정직하게 표현한 것이다.
그리고 주인공 규복이는 그러한 전형적 인물이다. 뚜렷한 철학적 신념도 없
이 공산주의혁명에 가담했다가 곧바로 회의하고 탈출했으며 탈출 중 여인
들을 만나 사랑을 느껴서 애욕에 자신을 태운다. 그가 불타죽어도 관객의
동정을 받거나 연민의 정을 느끼지 않게 되는 것도 바로 그러한 주인공의
행적 때문이다. 작가 자신은 집필동기에서 「일정한 방향이나 의식도 없이
끌려 다니는 무지한 사람들의 애정의 원색은 곧 적나라한 인간의 모습이기
도 한 것」이라는 생각에서 썼다고 술회하고 있다.

　바로 여기서 한국 사실주의극의 한계가 드러난다. 그것이 다름 아닌 비
극적 인간상 창조의 실패라는 사실이다.　이러한 비극적 인간상의 창조 실
패는 이미 유치진에게서도 나타나지만 그것이 그대로 다음 세대로까지 계
승된 것이 아닌가 싶다. 이 작품에서 나타나는 또 하나의 결함은 메시지의
삽입에 있다. 가령 주인공이 한 과부와 대화하는 중에 「그래 점례 말대로 ·
나는 죄인이야, 그 산이 싫어서 도망쳐 나온 나더러 다시 도망가라니! 그놈
들은 내게 죽음으로 맞아줄 거야! 점례! 그러니……」하는 이야기가 나온다.
어제까지 공산주의혁명을 외치던 주인공이 애욕에 빠지고 반공주의자가 된
것이다. 물론 주인공을 반공주의자로 만들 수 밖에 없었던 냉전상황을 이해
못하는 것은 아니다. 그러나 이러한 외적 상황을 벗어나 시대를 객관적이면
서도 과학적으로 그려내는 것이 사실주의라 볼 때 우리의 사실주의극의 취
약성을 알 수 있는 것이다.

　이러한 문제점은 유치진이 해방후에 쓴 작품에서 심하게 나타나고 70년
대 이후의 사실주의극에서도 반복되어 표출된다. 노경식의 「달집」을 살펴보
자.　이 작품은 그의 또 하나의 대표작 「소작지」와 마찬가지로 식민지시대
이래 농촌의 몰락과 민중의 궁핍상을 묘사한 점에서 우리나라 근대사실주
의극의 적자에 속한다고 볼 수 있다. 등장인물 대부분이 여성들인 점에서

이 작품은 여성을 통해서 비극적 현대사를 형상화한 희곡임을 알 수 있다. 여주인공(간난노파)의 생애는 곧 우리의 굴절된 현대사인데, 남편은 3·1운동 때 잃고 큰아들은 징용 나가 탄광에서 죽었으며 큰손자는 6·25전쟁 중에 부상당한 상태이다. 반면에 작은손자는 빨치산으로 행방불명이고 만주로 돈벌러 갔다가 돌아온 둘째아들 및 손자며느리와 살고 있다. 둘째아들이 혼자된 것은 부인이 로스께에게 겁탈당한 사실을 안 간난노파의 학대로 자살했기 때문이다. 그런데 업친데 덮친 격으로 손주며느리마저 빨치산에게 겁탈당한다.

간난노파는 역시 그것을 용납하지 않고 추방하려 하자 손자며느리가 목매어 자살하고 만다. 그런데 비극은 여기서 그치지 않는다. 부상 당한 큰손자는 장님이 되어 돌아왔고 빨치산을 따라갔던 작은손자는 피살당한 것이다. 그럼에도 불구하고 간난노파의 강인한 생명력은 조금도 수그러들지 않는다. 이러한 다분히 외적 상황에 의해서 한 가정이 파멸 당하는 과정에서 간난노파는 희망을 포기하지 않는다는데 주목할 필요가 있다. 즉 간난노파는 장님이 되어 돌아온 큰손자를 장가보내는 꿈을 꾼다는 사실이 잘 나타내준다고 하겠다. 사실주의를 가리켜 이상주의적인 측면이 있다든가 현실과 가능의 변증법이라고 정의하는 학자들이 있음을 볼 때, 「달집」은 우리나라 사실주의극의 조그만 진보라고 말할 수도 있다. 그런데 문제는 이 작품이 모순에 가득찬 현실에 대항해서 더 나은 사회를 관객의 머리 속에 그려주고 있느냐 하는 점이다. 그리고 간난노파라는 매우 특수한 성격의 인물도 문제이다. 간난노파는 순전히 전근대적 정조관념에 병적일 정도로 사로잡혀 있는데다가 가정보전을 위해서 며느리들을 희생시켜도 무방하다는 신조를 지닌 노파이다. 그리고 인물설정에 있어서도 개연성이 부족하다. 비극적 상황을 극대화시키기 위해 그렇게 일부러 설정한 느낌마저 준다. 작위적인 냄새가 난다는 이야기이다. 따라서 이 작품은 사실주의극이 지니는 전형성을 자연스럽지 못하게, 즉 어거지로 만든 꼴이 된다고 보겠다.

윤조병의 「풍금소리」도 「달집」처럼 식민지시대로부터 동족전쟁 그리고 그 이후의 민족적 곤비(困憊)를 리얼하게 묘사한 작품이다. 두 여주인공은 죽마지우지만 한 여인은 일제 앞잡이였던 아버지의 덕으로 평탄한 삶을 누렸고 또 한 여인은 아버지는 징용을, 또 자신은 정신대에 끌려가 고통스런 삶을 살았다. 이 두 노파의 갈등과 화해를 통해서 식민지시대로부터 오늘에 이르는 삶과 사회를 객관적으로 묘파해 보겠다는 것이 작가의 의도였다. 그런데 이 작품도 「산불」이나 「달집」과 마찬가지로 일제, 분단, 이데올로기, 대립, 전쟁 등으로 점철된 현대사를 함축하고 있다는 점에서 대동소이하다.

이들 작품의 긍정적 공통점은 첫째 토속어의 아름다움을 십분 활용했다는 것, 둘째로 사실주의의 공식에 여러면에서 근접해 있다는 것, 셋째 경험을 바탕으로 해서 우리의 삶과 사회를 객관적 입장에서 정직하게 묘파한 것 등을 꼽을 수 있다. 반면에 반성적 차원에서 볼 때는 첫째 해방 후의 사실주의극도 전시대, 이를테면 유치진 중심의 사실주의극이 지녔던 결함을 거의 그대로 반복한 점을 지적할 수 있다. 그 예로서 비극적 인간상 정립에 실패한 것이라든가 메시지 삽입 등을 꼽을 수 있다.

두 번째로는 현실 모순의 극복이라는 사실주의 정신이 약하다는 점을 지적할 수 있다. 그러니까 우리나라 사실주의극의 공통적 특징이라 할 현실모사 차원을 넘어서지 못했다는 이야기이다. 사실 진정한 사실주의는 현실에 존재하는 현상의 겉 모습 모사에 그치는 것이 아니라 그 이면에 숨겨져 있는 보다 깊은 의미를 캐내야 하는 것이다. 그래야만 현실의 변형 내지 변혁의 비전도 제시할 수 있는 것이다. 우리의 사실주의극이 이 정도의 수준에 머무를 수 밖에 없었던 것은 네 가지에 원인이 있지 않나 싶다. 첫째 현대사를 뒤덮은 폭력적인 정치사회의 외압이 극작가들의 상상력을 마모시켰고, 두 번째는 극작가들의 자질이 문제였으며, 세 번째는 사실주의극 전통이 일천, 미약했으며 네번째는 서구 사실주의극에 대한 철저한 탐구 없이 외형만 모방한 것 등으로 요약할 수 있다. 그 결과 우리 신극사가 근 1세기 가까이 도달하는 데도 단단히 사실주의극의 뼈대조차 제대로 세워놓지 못하는 처지에 놓이게 된 것이다.

6. 한국연극의 해외소개
― 1910년대부터 1970년대까지

　유럽과 미국에도 동양연극을 전문으로 연구하는 연극학자가 많이 있다.
그런데 그들이 연구하는 대상은 거의가 일본이나 중국이나 인도 또는 인도
네시아나 이란과 같은 나라들의 연극에 한정되어 있다. 한국연극을 본격적
으로 연구하는 서양학자는 한 사람도 없는 실정이다. 그것은 단순히 한국연
극이 일본이나 중국이나 인도의 연극만큼 연구할 만한 가치가 없어서라기
보다도, 일찍부터 우리 연극이 유럽과 미국에 제대로 알려지지 않은 데에
더 큰 원인이 있다. 이는 물론 연극에만 국한된 문제가 아니고 우리 문화
전체의 해외인식도와도 관계된 것으로, 깊이 검토되어야 할 과제라고 하겠
다.
　몇년 전에 나는 윤이상(尹伊桑)의 창작 오페라인 「심청」의 무대와 옷이
중국과 일본의 그것을 적당히 뒤섞은 것임을 보고 놀란 일이 있다. 아마 그
오페라를 본 독일의 관객들은 한국문화가 중국과 일본의 문화를 흉내낸 것
쯤으로 생각했으리라. 「심청」의 무대장치는 하나의 우스꽝스러운 보기이지
만, 실제로 많은 서양인들은 한국문화를 모르거나 그릇되게 알고 있다. 그
러므로 우리 문화를 그릇되게 소개하는 일이 없도록 크게 조심해야 될 듯
하다. 연극에서도 또한 그러하다.
　그런데 우리 연극은 해외에 얼마나 알려졌을까? 대답부터 말하면 일본이
나 중국이나 인도와 같은 나라들에 견주어 매우 보잘것없다. 그렇지만 우리

연극도 학술이나 공연이나 개인 활동이나 희곡의 번역 따위의 몇 갈래를 통해서 조금씩 소개되어온 것만은 사실이다. 역사적으로 훑어보면 그 시작은 1910년대로 거슬러 올라간다. 연극의 활동이나 존재는 두드러지지 않았지만 한국의 연극인으로서 처음으로 해외에서 활동한 사람은 현철(玄哲)이었다. 그는 처음으로 이 땅에 배우학교가 세워지기 전인 1917년에 중국 상하이로 건너가 중국사람인 구양여청과 함께 성기연극학교를 운영했다.

현철 다음으로는 홍해성(洪海星)을 꼽을 수 있다. 홍해성은 일본대학의 문과에 다니다가 일본 신극의 요람인 츠키지(築地)소극장에 들어가서, 로망 롤랑의 「이리」란 작품에 출연하여 한국인으로는 처음으로 외국 극단의 배우가 되었다. 그는 계속해서 막심 고르키의 「밤주막」과 같은 작품을 비롯한 수십편에 조연급으로 활약하다가 1930년에 귀국하여 극예술연구회와 동양극장에서 연출가로 활약했다.

1930년대에 들어와서는 우리 유학생들을 중심으로 우리 작품을 일본에서 몇 편 공연했다. 곧 삼일극장이 1934년에 유치진의 「빈민가」를 츠키지소극장에서 공연했고, 동경학생예술좌가 1935년에 또한 유치진의 「소」와 「춘향전」, 주영섭의 「나루」와 같은 작품을 재일동포를 상대로 츠키지소극장에서 공연한 적이 있다. 그리고 몇몇의 신파 유랑극단들이 북한 일대를 돌아다니면서 공연하다가 만주까지 간 것이 한국연극의 해외활동의 모두였다. 벌써 1900년초에 중국의 고전극단이 경극을 가지고 와 서울에서 공연을 했고, 같은 때에 일본의 고전가극인 가부키와 함께 신파극단과 신극단이 이 땅에 들어와서 새 연극을 옮겨주었는데, 이로부터 한국과 일본과 중국 세 나라의 연극이 해외소개의 차이가 드러난다.

해방이 되기 전에 있었던 학술활동으로는, 송석하가 1929년에 일본말로 쓴 「조선의 인형지거」를 시작으로 해서 안 확(安廓)이 일본말로 몇 편의 논문을 써서 일본학자들에게 한국의 전통극을 단편적으로 알린 정도였다.

이와 같은 몇 선구자들의 일련의 작업으로 일본인들이 한국연극을 그 테두리나마 알게 된 실마리가 되었고, 결국 일본 사람의 손으로 한국연극사가 씌어지게 되었다. 1944년에 와세다대학의 교수인 인남고일(印南高一)이 쓴 「조선의 연극」이 바로 그것인데, 이는 김재철의 「조선연극사」와 정노식의

「조선창극사」와 송석하의 논문을 그대로 간추려서 낸 책이다. 따라서 외국인의 손으로 처음으로 저술된 이 책은 지은이의 한국연극에 대한 무지와 편견에 의한 표절의 수준을 넘지 못하였다. 그 뒤로 일인 학자들은 그 책을 토대로 한국연극을 논해왔기 때문에 우리 연극을 제대로 들여다보지 못하고 많이 그릇되게 판단했다.

위에서 볼 수 있듯이, 식민지시대에서의 한국연극의 해외활동은 일본에 국한되어 있었으며 또한 미미하기 이를데 없었다. 실제로 한국연극은 6·25 전쟁이 끝난 뒤에 와서야 제대로 조금씩 소개되기 시작했다. 곧, 1958년에 국제극예술협회인 "ITI"에 회원국으로 정식으로 들면서 이 기구를 통해 세계 연극인들에게 우리 연극을 알려갔다. 국제극예술협회를 통한 우리 연극의 알림은 극히 객관적인 것이었고, 전통극보다는 근대 희곡이 몇 편씩 번역되어 소개되었다.

우리의 희곡이 처음으로 영어로 옮겨진 것은 1952년에 발표된 유치진(柳致鎭)의 「조국」이다. 그 뒤로 유치진의 「소」와 오영진의 「맹진사댁 경사」가 유네스코에서 펴내는 「코리언 저널」지에 영어와 불어로 실렸고, 유치진의 「나도 인간이 되련다」가 영국의 「아담」지에 실렸다. 이는 한국작가의 작품이 외국 잡지에 실린 첫번째의 것이었다. 이 작품은 덴마크의 극작가인 린데만과 영국의 비평가인 톰 그린웰로부터 "직업적인 유럽과 미국의 극작 수준보다 뛰어난 작품", 또는 "사르트르의 「네크라소프」나 카뮈의 「칼리귤라」에 견줄 만한 작품"이라는 평을 받기도 했다. 사르트르의 희곡을 철학적인 멜로드라마라고 볼 때에 유치진의 그 작품은 이념적인 멜로드라마이므로 외국인의 눈에는 어떤 공통점이 보였는지도 모르겠다. 이밖에도 유치진의 작품으로는 「춘향전」이 영어와 불어로 옮겨졌고, 「제사」가 영어로 옮겨져서 하와이대학의 무대에 오르기도 했다.

유치진의 작품으로서 유럽과 미국에서 공연된 것은 「제사」밖에도 「소」와 「나도 인간이 되련다」가 미국의 조지아대학에서 공연되었다. 유치진의 작품 수에 못지 않게 이근삼의 작품도 여러 편 영어로 옮겨졌다. 그가 영문으로 쓴 두 편의 희곡인 「끝없는 실마리」와 「다리 밑에」가 각각 1958년과 1959년에 캐롤라이너극단에 의해 공연되었고, 「대왕은 죽기를 거부했다」가 영어로 옮겨져서 실리었다. 그밖에도 「국물 있사옵니다」를 비롯한 세 편이 「코리언 저널」지에 영어로 실렸다. 다음으로 차범석의 희곡 다섯 편이 영어와 일어로 옮겨졌다. 곧 「밀주」가 1960년에 일본의 천리대학에서 공연된 뒤로 「스카이라운지 강사장」과 함께 「모던니뽕」 잡지에 일어로 실렸고, 「불모지」를 비롯한 세 편이 「코리언 저널」지에 영어로 실린 적이 있었다.

이들 말고는 박현숙의 「땅 위에 서다」와 김자림의 「유산」, 김진수의 작품 한편들이 펜클럽 한국본부에서 펴내는 영문으로 된 잡지에 실리었다. 젊은 작가의 희곡으로는 유일하게, 오태석이 쓴 「초분」과 「태」가 영어로 옮겨져 나왔을 뿐이다. 그리고 미국에 있는 작가 강용홀이 「궁정에서의 살인」을 영어로 발표했다.

전통극의 대본으로는 봉산탈춤과 양주별산대놀이가 한국의 유학생에 의해 석사논문으로 미국에서 영어로 발표되었고, 민속인형극인 꼭두각시놀음이 또한 영어로 옮겨졌다. 이와같이 전통극은 모두 세 편이 영어로 옮겨졌고 근대극은 여덟 작가들의 작품 스물네편쯤이 주로 영어로 옮겨진 상태에 있다.

이처럼 우리 희곡은 띄엄띄엄, 또는 어떤 친분관계를 통해 영어로 옮겨진 것이 거의 모두이고, 불어로 옮겨진 것은 두 편이며, 독어가 하나, 그 밖의 말로 옮겨진 것은 거의 없다. 그것도 거의가 외국에서 발간되는 영향력 있는 잡지가 아닌, 나라 안에서 발행되는 영문잡지에서 실렸기 때문에 외국 연극인들에게 한국의 희곡을 알리기에는 미치지 못했다고 하겠다.

다음으로, 공연 쪽에서의 해외활동은 더없이 쓸쓸하다. 우리 연극단이 해외의 초청을 받아 공연을 나갔던 일은 지금까지 꼭 한번 있었다. 1962년에 우리의 창극인 「춘향가」가 파리에서 열린 세계민속예술제에 참가한 경우이다. 그리고 개인의 역량을 인정받아서 외국에 나가 연출한 적이 두 번 있었다. 새로운 연극을 추구하는 유덕형이 1972년에 필리핀에서 열렸던 제3세계 연극제에서 「알라망」을 연출하여 눈길을 끌었고, 1974년초에는 뉴욕의 전위 극단인 라마마의 초청으로 「초분」을 연출하여 「뉴욕타임즈」로부터 평가를 받아 한국 연극인의 능력이 인정되었다. 만일에 그 공연이 한국의 출연진에 의해 이루어졌다면 우리 현대극의 수준을 해외에 알리는 좋은 계기가 되었으리라.

이와같이 한국 연극진에 의한 한국작품 공연의 해외활동은 창극 한편 뿐이었고, 근대극은 전혀 없었다. 그러나 올해에는 두 개의 극단이 우리의 작품을 가지고 해외에 초청되어 나간다. 극단 가교가 미국 기독교 촉진회의 공식 초청으로 4월말에서부터 6월초까지 홍콩과 필리핀·대만·일본 등과 같은 동남아시아의 네 나라로 돌아다니며 공연을 하게 되었는데 작품은 오영진이 지은 음악극 「맹진사댁 경사」이다. 가교의 해외순회공연은 우리의 세 극단이 나가는 첫번째의 것이 된다. 극단 가교에 이어서 동랑레퍼토리 극단이 유엔의 초청을 받아서 5월말부터 7월초까지 밴쿠버·뉴욕·워싱턴·댈러스·로스엔젤레스·호놀룰루·도쿄를 거치는, 미국과 동남아를 잇는 순회 공연에 오르게 될 듯하다. 세계연극의 새 흐름을 동양의 처지에서 받아들여서 실험하고 있는 동랑레퍼토리 극단이 갖고 나가는 작품은 가교의 것과는 달리 「초분」과 「태」와 같은, 새기법으로 출연된 작품이라는 것이 특징이다. 두 극단은 외국인들의 눈길을 끌게 될 것이다.

그리고 전통극으로는 한국 가면극들 가운데에서 가장 뛰어난 것이라고 할 봉산탈춤이 미국의 아시아협회의 초청으로 다음해의 3월 1일부터 4월 30일까지 두달 동안에 걸쳐 미국의 각 주립대학에서 공연하게 되었다. 봉산탈춤의 해외공연은 가면극단으로서는 처음으로 갖는 해외공연이고 예능보유자들을 통해 전 과정을 소개하는 데에 큰 뜻이 있다.

콜로라도대학 교수인 중국 출신의 다니엘 양이 조사한 것을 보면, 1920년부터 1966년까지 50년에 가까운 동안에 미국에서 공연된 동양의 작품이 120편인데 그 가운데에서 한국작품은 오직 1편뿐인 것으로 나타났다. 일본이 73편으로서 가장 많고, 중국이 31편이며 인도가 24편인 것에 견주어볼 때에 한국연극을 해외에서 얼마나 알고 있느냐를 짐작할 수 있으리라. 동양연극으로서 서양에서 처음으로 공연된 것은 1904년에 미국 스미드대학에서 공연된 인도의 고전극인 「샤쿤달라」였다.

한국연극을 해외에 소개하는 데에 공연 못지 않게 중요한 것으로 학술활동이 있다. 왜냐하면 외국인들이 한국연극에 대해서 전혀 아는 바도 없이 한국연극에 관심을 가질 턱이 없기 때문이다. 이제까지 영어나 독일어로 쓰인 한국연극통사 한권도 제대로 나오지 않은 것이 우리의 실정이다. 해방이 되기 전에 일본인이 쓴 「조선의 연극」이 단행본으로 나온 뒤로는 발표된 논문이 한편도 없다가 1960년대에 들어서 외국에서 공부한 유학생들에 의해 조금씩 우리 연극의 역사가 체계있게 소개되기 시작했다. 지금까지 한국 연극을 연구하여 외국에서 학위를 받은 사람은 정원지·손재준·조오곤·김호순·정병희의 다섯 사람인데, 이들은 모두가 한국 연극 역사의 어느 한 부분만을 다루었다.

따라서 본격적 저술은 아니라고 하더라도 전통극의 네 가지 종류 가운데에서 가면극과 인형극이 독어와 불어로 소개되었고 판소리와 그림자극은 소개되지 않았다. 근대극도 손재준·김호순·조오곤이 원각사가 세워진 뒤부터 1960년대까지를 영어와 독어로 소개한 셈이다.

이 밖에도 우리 연극에 관해 쓴 것으로, 깊이 있는 연구서는 못되지만 재일동포인 김양기의 「한국의 가면」에 관한 책 두권이 일본에서 출판되었다. 그리고 빈대학의 킨더만 교수가 편집한 「극동의 연극」이란 책에서 정원지가 「한국연극」을 썼고, 필자가 요즈음 빈에서 발간되는 「외교계」지에 「한국연극사」를 연재하고 있다.

외국에서 한국연극에 관해 쓸 때에 이를 올바로 쓰지 못한다면 쓰지 않음만 못할 것이다. 그 하나의 보기로 「극동의 연극」 속에 발표된 정원지의 글을 가리킬 수 있겠다. 일본과 중국과 인도와 인도네시아의 학자들이 모두 자기 나라 연극의 역사에 관해서 쓴 526페이지의 이 책에서 「한국연극」은 다만 10페이지를 차지하고 있을 뿐이다. 다른 학자들이 자기 나라의 극을 분명하고 자세하게 쓴 데에 견주어 한국연극은 가면극과 인형극만이 조금 이야기되었고 그것도 중국 연극의 영향으로 한국연극이 이루어졌다는 식으로 씌었을 뿐이다.

학술 쪽에서의 해외소개는 국내 학계의 두드러진 진전이 있고나서야 가능함은 말할 것도 없다. 연극이 그만큼이나마 소개된 것도 요즈음에 이루어진 것이다. 따라서 미국이나 유럽 학자들이 쓴 세계 연극사에는 거의 한국연극에 대한 항목이 없거나 있어도 아주 간단히 겉핥기로 씌어졌으며, 그것도 엉뚱하게 씌어졌다. 미국·독일·프랑스·영국의 이름난 대학에서는 동양연극에 관한 강좌를 새로 설치하였다. 그런데 모두가 일본이나 중국이나 인도와 같은 나라의 연극만을 강의하고 있다. 요즈음에 오스트리아의 빈대학과 서독의 보쿰대학에 한국연극사 강좌가 새로 마련이 된 정도다. 이제 우리도 우리의 연극을 해외에 올바르게 소개할 때가 되었다. 그 소개는 옛날처럼 단편적이고 겉핥기 식이며 흐트러진 꼴이 아닌, 본격적이고 체계있는 소개여야 함은 말할 것도 없고, 학술과 공연과 작품의 번역과 같은 여러 면이 함께 어우러져야 한다. 그러려면 첫째로, 제대로 씌어진 한국연극에 관한 연구서를 영어·불어·독어·일어로 옮겨서 출간하거나, 여러 사람이 저마다의 분야에서 외국어로 새로 출판해야 한다.

둘째로는, 야외극인 우리 민족 전통극이 해외무대에서 공연될 때를 대비해서 좀더 연극미학적으로 다듬어져야 한다.

세째로, 전통극의 대본이 외국어로 번역되어야 함과 함께 가려서 뽑은 현대작가의 희곡집도 외국어로 옮겨져서 출간되어야 한다. 그런데 우리가 더 힘써야 할 방향은 현대극보다는 전통극 쪽이어야 하며 그 가운데에서도 창극 쪽에 역점을 두어야 할 듯하다.

7. 한국연극의 해외등정

금년은 한국연극의 수준과 기량이 구미인들에게 평가받는 매우 중요한 해다. 왜냐하면 이번 3월부터 우리 전통극 중의 한 쟝르인 가면극과 현대극이 미국과 유럽에서 각각 공연되어지기 때문이다. 미국 아세아협회의 초청으로 떠나는 해서형 가면극인 봉산탈춤은 3월 1일부터 두달동안 미국전역을 돌게 되며, 록펠러재단 I.T.I 라마마극단은 3월 8일부터 미국과 유럽에서 순회공연을 갖는다. 그들은 떠나기에 앞서 각각 시연회를 가졌는데 봉산탈춤은 2월 9일 국립극장에서 그리고 동랑레퍼토리극단은 두 작품 중 하나인 <태>(오태석작·안민수연출)를 시민회관별관에서 공연했다.

사실 서양인들은 한국연극에 대해서 거의 모른다. 그들이 알고 있는 동양연극은 일본고전극인 가부끼(歌舞伎)·노오(能)·분라꾸(文樂)·교오겡(狂言)과 중국의 경극, 그리고 인도의 카타칼리, 인도네시아 그림자극(와양프루와 와양쿨리)정도다. 약간의 연극학자들 외에는 한국에 고유의 연극이 있는지조차 모른다. 더구나 신극에 있어서는 더 말할 나위도 없는 실정이다.

우리에게 고유의 전통극이 있으면서도 그 동안 서양인들에게 소개되지 않은 이유는 국력과 문화 수준이 뒤따르지 못한 데 있었다. 한국연극이 서양에 조금이나마 소개되기 시작하기는 해방 이후고 그것도 문헌을 통한 단편적인 것이었다. 그리고 첫 해의 공연은 1962년 파리에서 열렸던 국제극예술(데아뜨르 데나시옹) 대회의 창극 「춘향전」이었다. 그 이후 판소리가 음악으로 조금씩 소개되었고, 금년에 전통극의 대표적 쟝르인 가면극을 선보이게 된 것이다. 그런데 해외공연에 있어 가면극 중 봉산탈춤을 택한 것은 잘한 일이다. 왜냐하면 봉산탈춤은 산대도감계통극 중에서 가장 극적으로 짜임새 있고 세련되었으며 활달하기 때문이다. 가면극이 훌륭한 연극이지만 서양인들의 눈에는 그렇게 비치지 않을 것이다. 그들은 양식화된 일본과 중국전통극을 높이 평가하고 예이츠나 끌로델, 브레히트 같은 극작가들이 깊은 영향까지 받았다고 볼 수 있다. 따라서 야외민속극인 우리 전통극을 서양에 갖고 갈 경우, 무대화하지 않을 수 없는 입장에 놓이고, 무대화에 따른 양식화를 꾀하지 않을 수 없는 것이다.

단순히 해외소개가 아니라도 서구화한 오늘에 있어서 무대화는 숙명적인 것이기까지 하다. 그럼에도 불구하고 가면극은 그동안 별다른 연극미학적 고찰없이 근대극을 하는 극장에서 공연되곤 했었다. 그러나 가면극들을 일단 서양에 선보임에 있어 원형 전달이 불가능하기 때문에 연극적 손질은 불가피하다. 따라서 이번의 봉산탈춤 시연회는 그 나름대로 무대화한 것을 보여준 공연이었다는데 중요한 의미가 있었다. 그런데 해외공연에 앞선 시연회로서는 여러 가지 문제점이 노출되었다.

첫째로 봉산탈춤이 매우 미화되었다는 점이다. 그건 우선 칙칙하던 의상이 밝아졌고 가면도 장식이 붙어서 찬란해졌다. 가면과 의상이 종래에 비해 대단히 칼라풀해진 것이 관객의 시선을 끌었다. 둘째로는 상징성이 강한 탈춤이 극화되면서 사실화되었다는 점을 들 수 있다. 일찍이 구비문학으로 전승되어 오던 탈춤을 채록한 선구적 학자들은 연극을 모르는 국문학도거나 민속학도들이었기 때문에 처음 채기(採記)할 때 대사에만 치중, 탈춤이 갖고 있는 연극성에서는 종래에 볼 수 없었던 디테일에 상당히 신경 쓴 흔적이 나타났다. 이는 바람직한 작업이다. 이에 따라 사실화한 점도 보였다. 예를 들면 파계승과장의 신장수놀음에서 신장수가 점구(占具)를 사용하는 것이라든가, 원숭이가 편지를 갖고 오는 것 등을 지적할 수 있다. 세번째로는 시간단축이다. 밤새껏 하던 야희(野戱) 전과장을 그대로 살리면서 1시간 30분으로 짜임새있게 줄여논 점이다. 이것도 무대화하고 현대화하는데 있어

어쩔 수 없이 해야 할 작업이다.

이상은 주로 긍정적인 면을 지적한 것이지만 반면에 재고되어야 할 문제점도 드러났다. 즉 가면극을 미화함에 따라 서민들이 하던 민속극으로서의 거칠고 소박한 데서 오는 자연미라든가 야성미의 상실이 가장 큰 문제점이었다. 그러나 이 점도 실은 우리의 우려일지 모른다. 왜냐하면 미에 대한 관점은 시대에 의하여 변하고 민족에 따라서 다를 수 있기 때문이다. 두번째로는 춤의 약화였다. 연희자들, 그 중에서도 나이 어린 전수자들의 연습 부족으로 탈춤이 갖고 있는 활달성이 없었고, 따라서 멋들어짐이 없어진 것이다. 즉 탈춤이 퍽 왜소화되었다는 이야기다. 세번째로는 평면적 조명으로 가면의 입체성과 생동감이 적어졌다. 원래 횃불을 피워놓고 하던 야희라서 이글이글 타는 횃불에 비치는 가면은 종교성과 함께 매우 생동적이었다. 그러므로 밑으로부터 치솟는 안각(眼角)의 조명이 필요했으나 시연회는 그렇지 못했다. 야외극의 무대화가 하루 아침에 만족스러울 수는 없다.

한편 야성미나 자연미의 상실도 어쩔 수 없이 겪어야 될 민속놀이의 시련이 될 것이다. 왜냐하면 결국 이들은 시대추세와 환경변화에 따라 무대화되어야 하는 숙명을 지니고 있기 때문이다. 그러니까 전통극도 원형보존과 무대화에 따른 현대화라는 이원의 길을 걸어야 될 것이다. 여기에는 반드시 현대적 안목에서 무대미학적 손질이 가해지게 되고 이와함께 원형이 깨지는 아픔이 뒤따르게 마련이다. 봉산탈춤이 서양인들에게 민속무용으로서가 아니고 한국고전극으로 보여졌으면 좋겠다. 그러나 다분히 민속무용으로 보여질 공산이 크지 않을까 싶다.

한국신극에 대해서 서양인들은 거의 모르는 것은 물론, 안다 하더라도 서양극의 서투른 모방 정도로 생각하고 있다. 그러나 이 근래에 와서 연출가 유덕형(柳德馨)이 개인으로서 재능을 인정받았고, 그가 하고 있는 연출작업을 주목하는 이들이 있다. 필리핀에서 열렸던 제3세계 연극제에서의 「알라망」 연출이라든가 1974년 뉴욕의 라마마극단 초청의 「초분」 등은 유덕형 개인이 인정받은 경우였다. 그러나 본격적인 우리 현대극이 창작에서부터 연극·연기·조명 등 전체가 서양에서 시험당하는 것은 이번이 처음이다. 이번에는 유덕형의 연출기법과 맥을 같이 하면서도 디테일에 있어서

나 예술관에 있어서 현격한 차이가 있는 안민수(安民洙)의 작품이 시험대에
오르게 되었다. 「태」는 실존적 고뇌로 방향하는 부조리적인 극작가 오태석
(吳泰錫)의 사극이다. 생명의 근원을 끈질기게 추구하는 오태석은 사육신의
참수와 단종의 비극을 오늘의 시점에서 재조명, 인간의 근원악을 노출시키
면서도 따뜻한 인간애로 감싼다. 여태까지 작품 속에서 악인으로 그려졌던
세조나 신숙주를 퍽 휴머니스틱하게 처리한 것이 그 한 예라 할 수 있다.
종래의 사극의 틀을 깬 「태」의 역사 속의 인물을 새로운 각도에서 재해석
했다는 점에서 사극으로서의 가치를 지닌다. 험난한 역사의 격랑 속에서도
끈질기게 이어져 내려오는 생명력과 이를 위한 모든 희생과 인종을 감내하
는 인간의 존엄성을 묘사한 「태」는 원작보다는 안민수의 연출작업이 주목
을 끌었다. 안민수도 유덕형처럼 아르또 이후 그로토우스키 등에 의해 시도
되었던 동작 중심의 연극인 반사실주의에 영향을 받은 연출가다. 현대연극
을 추구하는 이 새로운 연출기법에 있어서는 희곡보다도 빛과 소리와 움직
임을 중요시한다. 동작과 조명, 효과를 중요시한다는 것은 그만큼 시각적이
고 청각적이며 회화적이라는 말이다. 그로토우스키 이후의 새로운 연극에서
인간의 극한적인 몸짓을 뽑아내는 이유는 배우(인간)의 가장 깊은 내면의
진실을 가리우는 사회적 우상, 도덕적 거짓 표정으로부터 해방시키려는 데
있는 것이다. 아르또가 주장하는 엄숙한 제의연극, 인간의 권리에 못지 않
게 인간의 의무에 공헌하는 연극을 창조하는 데는 먼저 수천년 동안 인간
에 낀 때(垢)를 벗기는 것이 선결 요건이기 때문이다. 끝없이 움직이면서
아우성치고 신음하고 울부짖는 것은, 사실 긴 인간고로부터 벗어나 낙원으
로 돌아가고 싶어하는 인간의 진면목을 연극으로 표현하려는 것인지 모른
다. 그렇게 볼 때 에덴동산을 암시적으로 속삭여 주는 클로드 반 이태리 같
은 작가는 우리에게 많은 것을 시사해준다. 그런데 안민수는 이러한 서양의
새로운 연극을 한국적 입장에서 수용하며 재창조한다. 막과 막을 연결하는
데 판소리를 도입한 것은 매우 뛰어난 착안이다. 서양의 잔혹극의 영향을
받았으면서도 거기에 머물러 있지 않고 이를 넘어서는 것은 안민수대로 뚜
렷한 자기세계를 형성해 가고 있기 때문이다. 동작을 극대화시켜 조형시로
만들어 가려는 시도도 안민수의 창의성이다. 이즈음 그는 「하멸태자」를 통

하여 자기세계의 확대와 함께 또다른 면모를 보여주고 있다. 안민수의 「하
멸태자」와 「태」는 분명히 서양인들에게 특이한 인상을 남길 것이다. 그들은
「태」를 통해서 아르또 이후의 새로운 연극론이 동양에서 어떻게 수용·반
사되는가에 주목할 것이다. 그리고 그런 형태의 연극이 서양보다는 동양에
알맞은 형식이라는 것도 깨달을지 모른다. 그들은 한국인들의 재능을 과소
평가만은 못할 것이다. 또한 그들은 한국 연극이 단순히 서투른 서양극의
모방이라고 말할 수만도 없을 것이다. 왜냐하면 우리 신극이 서양극을 받아
들인 것만은 사실이지만 우리대로의 입장에서 사상(捨象)하고 재창조할 능
력을 갖고 있기 때문이다.

　봉산탈춤과 동랑레퍼토리의 「태」, 「하멸태자」의 구미순연(歐美巡演)은 한
국의 전통극과 현대극의 수준이 서양인들에게 한꺼번에 평가받는 기회가
되는 것이다.

8. 86 아시안게임 문예축전

— 연극분야 평가

1.

역사상 최초의 국제적 스포츠행사를 맞아 연극인들도 나름대로 준비에 신경을 썼다. 그러나 연극제만이 무대를 압도했을 뿐이다. 그럴 수밖에 없는 것이 순수연극인들은 자유롭게 사용할 수 있는 공연장이 여러 면에서 제약을 받음으로써 처음부터 관주도의 연극행사에 밀리지 않을 수 없었다. 그것은 오늘날 우리의 공연장 사정이고 또 관립과 사설의 불균형을 단적으로 보여주는 것이기도 하다. 이러한 사정으로 인해서 아시안게임을 위한 연극축제는 처음부터 문예회관 집중화로 단조로움을 벗어날 길이 없었다. 이말은 연극이 한곳에서만 지루하게 진행되었고, 시설이 나쁜 다른 소극장들에서는 예년과 별다름없이 공연활동이 지속되었다는 이야기가 된다. 그 점에서 이번의 평가도 자연히 문예회관의 연극제 공연에 국한될 수밖에 없다. 이것은 사실 당초의 기획과 어긋난 것이다. 왜냐하면 당초에는 아시안게임을 전후하여 여러 곳에서 다양하면서도 활기찬 공연을 구상했었기 때문이다. 이러한 불균형, 집중화 현상은 대도시에 걸맞지 않을 만큼 초라한 문화시설로 비칠 수도 있어 앞으로 시정해가야 할 사항이다. 웅장한 관립극장과 왜소한 사설 소극장의 불균형은 오늘의 우리 문화상황을 단적으로 나타내주는 것이기도 하다.

이러한 불균형은 공연장의 전문화와 사설극장의 지원을 통해서만 극복될 수 있을 것 같다. 이처럼 공연장 한가지만 보더라도 지난번 연극제전이 획일적으로 흐를 수밖에 없었던 것이다. 그 점에서 근자 올림픽 시설의 일부를 공연공간으로 활용하자는 주장이 나오고 있는 것을 환영하고 그런 주장을 과감하게 받아들였으면 좋겠다. 이는 공연장의 확산뿐만 아니라 올림픽을 시민운동으로 승화시켜나가는 데 있어서도 바람직하다. 왜냐하면 올림픽 시설이 시민과 친숙해질 것이기 때문이다.

그리고 덧붙인다면 공연장시설에는 조명이라든가 음향시설도 필수적으로 딸려 있는 것이므로 그런 것에 대한 철저한 점검도 있었어야 했다.

그러나 결과적으로 그렇게 되지를 못했다. 때로는 시설이 되어 있었음에도 그것을 제대로 조정할 줄 아는 예술기사가 없어서 무용지물이 되는 경우도 없지 않았다.

2.

다음으로는 기획적 측면에 대한 것이다. 이번의 기획은 대체로 괜찮은 편이었다. 우선 과거의 창작일변도에서 벗어난 것으로부터 경연식이 아닌 축제식으로 가져간 것이 좋았다.

그 결과 12개의 참가극단들 중에서 신작 4편, 신극사의 대표작 5편, 번역극 1편, 외국 초청작품 2편 등이 고르게 편재되었고, 외형적으로 일단 다양하면서도 변화있게 보였다. 그러나 작품선정이 제대로 되지 않아서 당초의 기획은 소기의 성과를 거두지 못하게 되었다. 가령 신극사의 대표작으로 선정된 4편 중에서 오영진(吳泳鎭)의 「맹진사댁 경사」만 공감이 갈 뿐 나머지 3편은 아무래도 잘못 선정된 것이 아닌가 싶다.

우선 3편이 모두 1970년대에 발표된 최근작이므로 아직 연극사적으로 평가가 이른 작품들이다.

그리고 네 작품 모두가 설화적이거나 역사극이다. 현대를 묘사한 신선한 작품이 하나도 끼어 있지가 않다. 「물도리동」(허규 작)만 하더라도 하회가면제작에 얽힌 설화가 낡은 형태로 형상화된 것이고, 오태석(吳泰錫)의 「태」도 희곡적으로는 결함이 많은 사극이며, 「어디서 무엇이 되어 만나랴」는 온달설화극으로서 최인훈 희곡 중에서 비교적 떨어지는 작품이다. 근대희곡사는 뭐니뭐니 해도 유치진·오영진·차범석 등으로 이어져온 것인데 두 사람의 대표작가가 빠져있다. 또 선정된 네 작가 중 두 작가만 전문 극작가고 두 사람은 전문극작가로 보기도 어렵다. 그런 것이 문제가 되지 않는다면 선정된 극작가의 대표작만이라도 뽑혔어야 했다. 그런데 유감스럽게도 그렇지를 못 했다. 그렇다면 출연배우나 연출가들이 새로웠느냐 하는 것이다. 그 분야에서도 기대치를 벗어났다.

따라서 이번 연극제는 출발부터 성공하기 어려운 것이었다. 다행히 외국 초청공연과 원로연출가가 번역극을 보여서 연극제의 만네리즘을 나락으로부터 벗어날 수 있게 했다.

3.

출품된 작품들이 관중과 감동으로 만나질 수 없었던 것은 이상과 같은 몇가지 악조건과 함께 참가자들의 열성부족도 한몫 했다. 우선 극단들이 연극제에 임하는 자세가 달라진 것이 없었다.

극작가나 연출가들이 내세운 새로운 예술철학이 없었고 연습기간도 별로 길지 못했다. 예년의 연극제와 똑같이 행사치르기에 급급한 감을 주었다. 신인들이 온통 무대를 채운 것은 우리 연극실정이기도 하지만 연출가들이 새 작업을 위해서 범연극계에서 배우들을 과감하게 기용하는 경우도 더러 있어야 했으나 그런 성의도 보이지 않았다. 이것은 스포츠 쪽과 좋은 대조를 이룬 경우이다. 스포츠는 금메달을 목표로 수백일 작전이니 뭐니해서 강훈련을 해왔다. 그러나 연극쪽에서는 어떤 작품을 만들어내었느냐 하는 것이다. 바로 그 점에서 웬만한 자극에도 끄떡하지 않고 깊은 늪에 빠져 있는 연극계의 상황을 그대로 노출시킨 것이다. 한마디로 지난 연극제는 계획만 요란했을 뿐 예술철학도 희미했고 치밀성도 부족했다.

그리고 이번 연극제를 답답하게 한 또 하나의 요인은 너무, "고유의 우리것을 보여주겠다"는 아집이었다. 문화란 보여주는 것이 아니라 삶의 구조에서 자연스레 표출되는 것이다. 따라서 특수성만 노출되었을 뿐 보편성을 살리는 데는 실패했던 것이다. 그 점은 민속소재의 작품들에게서 두드러지게 나타났다.

연극제 전체의 민속평향에서부터 작품 하나 하나에 이르기까지 구태를 씻지 못한 것이다. 마치 인습만 보여주고 전통을 보여주지 못한 것과 흡사했다. 극단 황토의 「물보라」만 하더라도 지방연극이긴 하지만 과거의 풍속만 있을 뿐 현대성이 없었고 실험극장의 「맹진사댁 경사」는 핵심인 희극성을 살리지 못했다.

아시안게임에 대비한 작품임에도 과거의 공연만도 못했다. 민예의 「물도리동」도 무대미술과 연기력만 돋보였을 뿐 구태의연했다. 재공연을 과거와 비슷하게 한다면 별 의미가 없다. 시대가 바뀌고 감각이 바뀌었으면 작품해석도 바뀌어야 함은 당연하다. 그 점에서 「물보라」와 「물도리동」은 우리 현대극의 답보를 보여주는 것이다. 바꾸어 말하면 이들 작품들이 전통수용 방법론의 혼란을 그대로 보여주었다는 이야기이다. "되풀이보다 신기가 낫다"는 엘리옷의 말처럼 과거가 낳은 예술적 성과를 맹목적으로 좇는 것은 무의미하다. 그것은 전통숭상에 지나지 않는 것이다.

전통예술의 변경없는 계승은 진정한 계승도 현대수용도 아니므로 그 내적 질서를 현대감각에 맞게끔 수정해서 현상화해야 할 것이다. 전통은 어디까지나 생명원천이다. 생명원천의 혼(根本)은 변할 수 없어도 그것이 만들어낸 질서, 즉 형태는 변화하게 마련이다. 그럼에도 불구하고 우리 연극인들은 소재주의에 빠져서 전통예술의 본질을 외면하고 형체에만 매달려 왔다. 형체에 집착하다 보면 전통의 재현에만 그치게 된다. 이러한 것은 아시안 게임 전야제와 개폐회식에서도 그대로 나타났다.

민속예술을 나열하는 데 그친 점에서 그러하다. 우리가 살고 있는 것은 어제가 아니라 오늘이다. 선조들의 문화적 유산을 보여주는 것도 좋지만 그

것이 오늘과 정신적으로 연결되면서 창조적으로 계승되어야 한다.

운동장이나 무대가 골동품의 전시장이 되어서는 안될 것이다. 로스엔젤레스의 올림픽전야제나 개회식은 그 점에서 시사하는 바가 있다. 왜냐하면 그들은 자기들이 좋아하고 자랑하는 한편의 뮤지컬을 만들어냈기 때문이다. 그 점에서 우리의 전야제나 개폐회식은 장대했으나 한편의 현대적 작품은 되지 못했던 것이다.

이번 아시안게임을 위한 연극축전도 현대적이기보다 전통의 재현에 치우친 감이 없지 않다. 이는 사실 오늘날 우리 연극이 겪고 있는 혼돈을 사실대로 보여준 것이라 말할 수 있다. 왜냐하면 우리 연극계는 아직 전통의 현대수용에 대한 방법론을 제대로 찾지 못하고 있기 때문이다. 그런 가운데 극단 목화의 「태」(오태석작·연출)와 일본 스코트극단의 「트로이의 여인들」(스즈끼 연출) 그리고 국립극단의 「비옹사옹」(이승규연출) 등은 주목할만 하다. 오태석의 「태」는 역사적 내용을 구태스럽지 않게 초현실적 수법까지 활용한 데다가 한국인의 삶을 극동의 역사와 연결시킨 점에서 전통성이 약했음에도 돋보인 무대가 되었다.

「태」는 그 어떤 작품보다도 연출가의 실험적 노력이 나타난 수작이었다. 「비옹사옹」도 작가의 개성을 연출가가 능가한 작품이었다. 「태」와는 달리 「비옹사옹」은 진가쟁주(眞假爭主)를 바탕으로 한 설화극이기 때문에 매우 단순한 희곡임에도 연출가가 볼거리로 만들어 놓았다. 이승규는 작품 형상화에 있어서 언어나 스토리보다도 시청각화에 주력했고 따라서 매우 신선한 아이디어에 의한 다원적 작품을 만들어냈다. 특히 작품진행을 원초적 설화시간 순서에 따라 봄·여름·가을·겨울 등 사계에 맞춰 생성→성숙→소멸의 순환론과 통과의례로 해석한 것은 좋았다. 그래서 무대는 한폭의 한국화 같았다. 그러나 작품에서 너무 많은 것을 보여주려다 보니 조그만 전시장에 과다하게 물건을 전시한 것처럼 보였다. 미적 일관성과 정통함이 부족한 것이다.

반면에 일본의 「트로이의 여인들」은 고전을 어떻게 현대적 시각에서 재창조해야 하느냐를 하나의 모델로서 보여 주었다. 그러나 지나치게 일본의 입장에서 세계대전을 봄으로써 정치색이 짙었던 바 그것이 오히려 치열한 장인의식으로 비추기도 해서 신선한 충격을 주기도 했다.

그리고 일본인들의 특유한 민족주의를 엿볼 수도 있었다. 그 점은 우리
의 연극에서 민족정신이 제대로 나타나지 않은 것과 좋은 대조를 이루는
것이었다.

4.

88올림픽에 대비해서 몇가지 제안한다면 우선 '고유한 우리것'을 보여준
다는 생각을 버려야 한다. 과거의 역사를 딛고 세계를 호흡하는 오늘의 한
국을 보여준다는 입장에서 접근해 가야 할 것이다. 그렇게 하려면 전통을
현대적 감각에 맞게 재창조하는 쪽으로 방향을 잡아야 한다. 그렇게 되면
우리의 연극이 나아갈 방향도 투명하게 드러나게 될 것이다. 이는 곧 이번
기회를 우리 연극의 질적 수준을 향상시키는 계기로 삼겠다는 의지와 연결
시키야 한다. 그러려면 우선 문화적 개방사회로의 지향이 앞서야 할 것이
다. 지난번 연극제에서 성좌의 「초승에서 그믐까지」는 광부의 인권문제를
조금 다루었다고 해서 일부가 공륜(公倫)에 의해 삭제되었다고 한다.

이것은 생명있는 연극이 존재할 수 없도록 분위기가 경직되어 있음을 단
적으로 보여주는 것이다. 정부는 다음 올림픽 때 미수교국의 예술단도 초청
할 준비가 있는 터에 민감한 현실적 문제를 부분적으로 터치했다고 해서
도려내는 식으로 한다면 다음에도 여전히 생명없는 가화(假花)만이 펄럭일
것이다.

그래서 필자는 올림픽에 맞춰서 세계연극제 개최를 제의하고 싶다. 국제
극예술협회에는 공산권도 들어 있으므로 이번 기회에 세계연극을 이 땅에
한번 불러모음직하다. 이는 문화교류, 더 나아가 정치·경제교류에도 영향
을 미칠 것이지만, 예술적 측면에서 볼 때도 우리의 타성적 연극계에 적잖
은 충격을 줄 것으로 예상된다. 세계의 다양한 연극경향을 타산지석으로 해
서 우리 연극의 좌표도 찾아지리라 생각된다. 예술은 자유를 먹고 자라는

나무와 같은 것이므로 이번 기회에 분위기 조성에 용단을 내려야 할 것이다.

예술인들에게 큰 테두리를 정해주고 자율규제토록 하는 것도 생각해 봄직하다. 우리 연극도 이제 성년의 단계에 와 있으므로 관이 연극내용이나 형태에 직간접으로 간여해서는 안될 것이다. 환경개선이야말로 올림픽 제전을 앞두고 당장 해결해야 할 사항이다. 장애물을 제거하는 일이 시급하다.

두번째로는 전야제로부터 폐회식에 이르는 과정을 하나의 작품으로 꾸미는 일이다. 전통과 현대를 혼란스럽게 뒤섞어 혼재시키기보다는 그 이질적인 것을 유기적으로 융화시키는 작업이다. 이는 전술한 바 전통의 현대적 재창조와도 연결되는 이야기이다. 전야제도 그렇지만 특히 하이라이트라 볼 수 있는 개회식에 주안점이 주어져야 한다. 올림픽에는 종족이 다르고 국경이 다르며 이념이 다른 사람들이 수많은 장벽을 넘고 넘어 만나는 것이다. 올림픽 그 자체가 하나의 드라마인 것이다. 그러므로 개회식은 화합이라든가 평화라든가 뚜렷한 주제를 가진 한국적 뮤지컬이 되어야 할 것이다.

개회식은 아무래도 무용과 음악이 주가 되므로 우리의 역사와 전통을 응축시켜서 예술적으로 장엄하게 형상화시킨 작품을 만들어야 할 것이다. L.A올림픽 개회식도 하나의 참고가 될만하다.

결론적으로 말해서 민족정신이 담긴 오늘의 우리 삶과 문화를 표현해야 한다는 점이다. 적어도 골동품 전시장과 같은 유기성 없는 나열은 지양되어야 한다. 그것만이 세계 속의 현대한국을 알리는 일이다. 그렇기 때문에 전야제 및 개폐회식은 뚜렷한 예술시나리오가 먼저 나온 다음에 그 구체적 표현작업이 진행되어야 한다.

세번째 연극의 경우는 다양성을 위해서 쟝르의 벽을 허물고 좀 더 광범위하게 제전을 벌였으면 좋겠다. 적어도 연극제에는 수십개 단체가 직간접으로 참여토록 해야 한다. 특히 「토로이의 여인들」과 같은 번안극을 꼭 넣었으면 좋겠다. 왜냐하면 우리가 꾀하는 동서양의 만남과 고전과 현대의 만남을 연극의 입장에서 보여줄 수 있기 때문이다.

그보다 더 시급한 것은 공연장의 전문화와 분산이다. 한 곳에서 서너달씩 일렬종대로 펼칠 것이 아니라 여러 극장에서 한달 가량 올림픽축제 공연을 동시 다발적으로 벌였으면 좋겠다. 외국인들이 연극제 작품을 다 보기 위해서 몇 달씩 머무를 것도 아니니까 밀도있게 날짜를 조종했으면 좋겠다. 각 사설극장들도 축제 극장으로 모두 가동하면 예술제 다우리라 생각된다.

우리 연극기반의 취약성은 익히 아는 바지만 특히 조명 등 무대기술자들이 태부족이다. 정교한 예술을 하려면 그러한 부분의 양성에까지 신경을 써야 할 것이다.

끝으로 이번 기회에 진정한 우리의 현실과 현상·생과 사, 우주관과 인생관을 제대로 담은 창작극을 만들어보자는 것이다. 그러려면 유능한 작가 몇 사람을 선정해서 충분한 시간을 주고 작업을 시킬 필요가 있다. 오페라 「아이다」가 탄생한 과정은 좋은 예가 되리라 본다. 이제는 민족정신이 배어 있으면서도 세계성을 띤 창작극을 캐내야 할 시점에 와 있다. 그것은 올림픽을 위해서가 아니라 우리 연극이 꼭 해결해야 할 과제이다. 시민극이면 시민극대로 농민극이면 또 그것대로 독특한 양식과 주제를 가져야 할 것이다. 전통예술을 현대적으로 재창조하는 일도 이번 기회에 뚜렷한 방법론을 찾으면 좋겠다. 그것은 한국연극이 반드시 뚫어야 할 과제이기 때문이다. 그런 측면에서 지난번처럼 잘 알려진 성인극단들에만 혜택을 베풀 것이 아니라 감각면에서 신선하다고 볼 수 있는 젊은 층에게도 실험작업을 시킬 필요가 있다. 그것은 곧 문화계 내부에서 자주적으로 용솟음치는 에너지를 분출시켜 보는 일이기도 한 것이다.

9. 한국 극작가의 세계인식
— 유치진과 오영진의 경우

우리는 지금 원하든 그렇지 않던 간에 소위 국제화시대에 살고 있다. 무역장벽이 무너지면서 외국상품이 물밀듯 쏟아져 들어오고 있으며, 그를 뒤따라 문화도 들어오고 있다. 그런데 외국상품과 문화가 일방적으로 들어오는 것만은 아니고 상호주의에 의해서 우리 것도 밖으로 내보내고 있다.

이제 적어도 세계는 하나의 지구촌으로서 국경이라는 것이 점차 희박해지고 있다고 해도 과언이 아니다. 특히 국제화시대에 있어서 문화라는 것은 한민족의 개성을 넘어 상품으로서도 단단한 역할을 해야 하는 때가 된 것이다.

그러니까 국경을 넘나드는 상품의 포장(산업미술)에서부터 선전(영상예술, 공연예술)에 이르기까지 문화가 차지하는 비중은 대단하다. 한 나라를 떠받치는 것이 경제라고 한다면 경제를 뒷받침하는 것은 문화라고 말할 수 있다.

이런 때에 우리 연극, 그 중에서도 기본이 되는 희곡문학과 그의 창조자인 극작가를 한번 돌아보는 것도 의미있는 일이라 하겠다. 한국 극작가들 중에서도 전시대의 대표격에 속하는 유치진과 오영진을 세계인식의 차원에서 검토해 보는 것은 반성과 전망을 위해서 바람직하리라 본다. 을사보호조약(1905년)을 강제로 맺은 해에 태어난 유치진과, 일제의 한국병합 6년 뒤

(1916년)에 태어난 오영진과는 10년 차이가 나지만, 두 작가간의 가정환경과 교육배경에서는 현격한 차이가 있다. 즉, 유치진이 남쪽 해안의 평범한 가정에서 자라 동경에서 예술학을 전공한 반면, 평양의 부유한 독립지사 아들로 태어난 오영진은 국내에서 고전문학과 민속학을 공부했다.

이 두가지 배경만 보더라도 유치진과 오영진의 작품성격과 세계관 같은 것이 크게 다르리라는 것을 짐작할 수 있지 않을까 싶다. 그뿐이 아니다. 유치진이 식민지시대에 주로 문제작을 쓴 반면에 오영진은 해방 이후에 대표작들을 썼다는 차이점도 있다. 이러저러한 두 사람 간의 배경적 차이 때문인지는 몰라도 유치진의 작품주조가 비극적 비젼을 대표하고 오영진은 희극적 비젼을 대표하고 있는 것이다. 그러나 두 극작가가 모두 소위 저항문학을 했다. 두 작가가 저항한 대상은 물론 일본의 군국주의이다. 다만 오영진이 군사정권도 일본군국주의 선상에 놓고 비판한 점에서 유치진과 약간의 차이가 있다. 이런 점을 염두에 두고 극작가들이 쓴 작품의 세계성을 살펴보는 일은 흥미있는 일이라 생각한다.

적어도 작품에서의 세계성이란 보편성을 의미하는 것으로 해석해야 하리라 본다. 보편성이란 인문학적 발상에서 출발하는 것이다. 우주 속에서의 인간존재에 대한 깊은 성찰로부터 비롯된다는 이야기이다.

그렇다면 이들 두 극작가의 수업배경을 좀더 살펴볼 필요가 있다. 유치진이나 오영진은 당초 어떤 울분 때문으로 해서 작품을 쓰겠다는 생각을 갖게 되었다. 가령 유치진의 경우 3·1 독립운동이 계기가 되어 신식공부를 하게 되었고, 관동대진재(關東大震災)라는 민족학살을 체험함으로써 극작가의 길을 택하게 된 것이다.

오영진도 도산(島山)과 부친의 독립운동을 지켜보면서 계몽의 수단으로 영화와 연극을 생각했고 또 시나리오와 희곡도 쓰게 된 것이다. 두 사람 모두 인문학적 발상과는 거리가 먼 상황에서 작품을 쓴 것이 특징이다. 물론 두 사람 모두 편협하다거나 정중와적(井中蛙的) 사고에서 벗어나지 못했다는 이야기는 아니다. 유치진만 하더라도 영문학을 공부했기 때문에 셰익스피어를 필수과목으로 수강했고, 특히 숀 오케이시 등 애란문예부흥기 작가들에 심취했다. 가령 그의 대표작으로 일컬어지는 「토막」「버드나무 선 동네 풍경」「소」 등이 모두 숀 오케이시나 씽그 작품들의 모작이라 할만큼 절대적 영향을 받은 것이다. 그 뿐이 아니다. 「마의태자」를 비롯하여 「대추나무」,「별」,「원술랑」 등 일련의 역사극들은 셰익스피어의 영향을 받은 작품이다. 그가 해방 직후까지만 해도 일본이나 만주 정도밖에 여행을 못 해 보았으므로 견문이 넓은 것은 아니었다. 그가 세계여행을 해 본 것은 겨우 1957년도였고 그 뒤에 쓴 「한강은 흐른다」 정도가 넓은 안목을 갖고 쓴 작품이랄 수 있다.

그렇다면 오영진은 어떤가? 그는 국내(경성제대)에서 고등교육을 받았고 그것도 국문학을 전공했기 때문에 외국문학은 개인적 독서 차원을 넘지 못했다. 다만 영화에 심취했었기 때문에 프랑스의 낭만주의적 영화라든가 러시아의 형식주의 계열 영화를 많이 접했다. 그 역시 일본이나 중국 정도가 외국 체험 범위였던 것이다. 적어도 그가 서양을 직접 체험한 것은 유치진과 마찬가지로 1950년대 후반이었다. 오영진의 이러한 수업배경은 유치진과 거리가 먼 작품을 쓴 경우가 된다. 즉 고전문학과 민속학을 공부한 사람답게 그의 주요 작품들의 대부분 우리의 설화세계를 소재원천으로 삼고 있는 것이다. 그의 초기작인 「배뱅이굿」,「맹진사댁 경사」,「한네의 승천」 등은 통과의례 3부작이고,「허생전」이나 「나의 당신」,「모자이크 게임」 등은 고전소설과 고전극의 현대적 재창조 물들이다. 그의 작품을 관통하는 것은 한국인의 생활양태인데 그것도 극히 공리적이거나 실리적인 모습을 그렸다는 것이다. 유치진이 식민지치하의 고통스런 삶을 농촌현실을 통해 보여주거나 왜곡된 역사 형태를 통해 민족현실을 재음미시킨 것과 퍽 대조를 이룬다고 볼 수 있다.

그렇다면 좀더 구체적으로 설명해 보자. 우선 유치진의 경우 희곡사 내지 연극사에 하나의 이정표를 세웠다는 작품들은 역시 초기 희곡과 역사극이다. 소위 리얼리즘극의 한국정착을 시도한다는 「토막」,「버드나무 선 동네 풍경」,「소」 등을 보면 일제의 수탈과 억압에 따른 1930년대 우리 농촌의 붕괴와 농민의 몰락이 주제이다. 가령 처녀작 「토막」만 하더라도 주인공 명서는 끼니조차 어려운데다가 병마까지 겹쳤고, 일본으로 돈벌러 간 아들마저 유골로 돌아온다는 내용이다. 빈궁문학의 극치라 할 만큼 빼앗기고 곤

궁해서 죽어가는 사람들의 이야기인 것이다. 이 작품에서 작가가 말하려는 것은 일제 식민지 피압박 민족의 경제적 궁핍과 정신적 좌절인데, 그것을 농촌의 참담한 실상을 제시함으로써 구체화한 것이다. 유치진의 목표는 식민지사회의 구조적 모순을 드러내자는 것인데, 이것은 결국 일제통치에 대한 문학적 저항 이외 다름 아니다.

이것을 다른 각도에서 보면 유치진의 목표가 시대에 대한 사회과학적 접근임을 알 수 있다. 그 다음 작품도 마찬가지이다.

즉 「빈민가」의 경우 비록 중국 상해를 무대로 하고는 있지만 당시 한국 노동자들의 생존투쟁이다. 이 작품에 등장하는 인물들을 보면 농지를 빼앗기고 노동자가 된 사람들이고 또 폐병환자가 끼어 있다. 저임금으로 생계조차 어렵기 때문에 이들의 저항은 필사적일 수밖에 없다. 적어도 이들이 궁극적으로 원하는 것은 생계해결과 함께 최소한의 인간조건 충족이었다. 그만큼 주된 것은 식량과 같은 물질적인 것이었다. 다음 작품인 「버드나무 선 동네풍경」과 「소」 역시 처녀작인 「토막」과 동궤의 희곡이다. 호구지책을 위해서 딸까지 팔아먹어야 하는 한 농가의 절박한 이야기나 소가 유일한 자산인 소작농에게서 소까지 빼앗아 가는 이야기의 작품 「소」 역시 식민지 농민의 참담한 패배를 주제로 하고 있다. 조금 성격이 다른 유형의 「자매」와 「제사」는 전통 모럴과 근대모럴간의 괴리와 갈등을 묘사한 작품이다. 극히 도덕적인 작품인 것이다. 이후 유치진은 시대극으로 방향전환을 했는데, 신라패망의 「마의태자」를 비롯해서 조선시대의 사색당쟁에서 힌트를 얻은 「별」, 당나라에 저항하는 화랑도의 투혼을 묘사한 「원술랑」 등은 모두가 외세에 대한 저항을 주조로 한 작품이다.

이후에 쓴 작품은 전쟁기간의 반공계몽극과 「처용의 노래」「가야금」「남사당」과 같은 민속소재의 희곡들이다. 그렇다면 유치진 희곡을 관통하는 것은 무엇인가? 한마디로 이념적이며 민족주의적이라 말할 수 있다. 그는 평생 작품을 쓰면서 이 범주를 별로 벗어나지 않았다. 적어도 그의 작품에서는 자연이라든가 우주 또는 인류를 찾을 수가 없다.

인문학적 고뇌가 없다는 이야기이다. 유치진은 역사적으로 과도기에 살았고 과도기적 고민도 했다. 전통의 붕괴와 서구적 근대정신의 형성기 중

간에 끼어 있었다. 「자매」나 「제사」를 쓴 것도 그런 연유에서 비롯된 것이
다. 그 점에서 러시아의 안톤 체홉과 비슷한 처지였다고 볼 수 있다. 체홉
의 「벚꽃동산」이나 「세 자매」도 그러한 과도기의 러시아 사회를 묘사한 것
이다. 그럼에도 두 작가의 차이는 매우 크다. 가령 유치진이 시대적 위골
을 윤리적 상충으로 묘사한 데 반해서 체홉은 인간내면의 천착으로까지 파
고들었던 것이다. 바로 여기서 소위 지역성과 보편성이 판가름난다고 볼 수
있다. 따라서 유치진의 작품은 시대변화와 함께 그 생명력을 잃은 반면 체
홉의 작품은 시공을 초월한 고전으로서 모든 나라에서 무대에 올려지고 있
는 것이다. 그만큼 유치진의 작품은 적어도 세계성에 있어서 뒤져 있는 것
이다. 작가가 인문학적 사유에 바탕을 두고 인간본질에 접근하려는 끈질긴
노력 없이는 보편성 있는 작품을 쓰기 어렵다.

　물론 유치진이 지역성만은 잘 그려낸 극작가이다. 처용설화를 극화한 것
이라든가 가야금 이야기를 형상화한 것, 그리고 유랑예인 집단 남사당패의
극화 등이 그러한 예이다. 사실 보편성과 특수성 그리고 세계성과 지역성이
라는 것은 동전의 앞뒤와 같을 수도 있다. 일찍이 민족적인 것이 세계적이
라고 말한 괴테도 그 점을 지적한 것이었다. 그런 점에서는 유치진의 희곡
을 평가해 줄 수도 있다. 그러나 역시 그는 시대와 지역을 초월한 인류 보
편적 문제를 사유하지 못한 국지적(局地的) 작가에 불과했다고 말할 수 있
다.

　그 점에서 오영진도 예외가 아니다. 앞에서도 조금 언급한 바 있듯이 그
는 한국 고전문학을 공부했고, 또 민속학에 관심이 많았으며 대학시절 그
분야의 수강에 열의를 보였었다. 그가 졸업논문으로 「영남의 내방(內房)가
사 연구」를 쓴 것만으로도 관심분야가 무엇이었던가를 짐작할 수 있는 것
이다. 물론 그 역시 동양의 식민지 약소민족으로서 서양문명에 귀 기울였
던 것도 무시할 수 없는 것이다. 따라서 그의 작품세계를 관통하는 것은 전
통적인데 소재원천을 두고 서구적인 프레임을 차용한 것이었다. 가령 그의
대표작 중의 하나라 할 「한네의 승천」은 그 좋은 예가 되리라 본다. 통과의
례 중 제례에 속하는 이 작품에는 동양적 만남과 이별의 등식에다가 탈춤
을 삽입했는가 하면 하우프트만의 자연주의 희곡 「한네의 승천」의 플롯을

차용한 듯 보이기도 하는 것이다. 그러나 그가 진정으로 추구하는 것은 역시 한국적 희극세계 구축이었다.

그 대표작인 「맹진사댁 경사」는 근대희곡사에서 희곡의 전범이 될 만하다. 전통혼례를 소재로 반상제도의 허구성과 인간의 진실을 묘사한 이 작품은 오영진의 대표작일 뿐만 아니라 한국 근대희곡사의 대표작이기도 하다. 우리가 추구하는 것이 가장 민족적이면서도 세계성을 띤 작품이라고 할 때 「맹진사댁 경사」야말로 가장 근접된 희곡이 아닐까 싶다. 그러나 이 작품에도 세계인식이라는 측면에서는 어딘가 허한 데도 없지 않다. 왜냐하면 이 작품의 기조는 역시 풍자정신이고 진정한 사랑은 신분을 넘어선다는 극히 교훈적 주제이기 때문이다. 같은 사랑의 본질을 다루면서도 운명적인 데까지 끌어올리지 못한 것이다. 사실 고전적인 세계명작들을 보면 사랑을 영혼의 구원으로까지 승화시킨 경우가 적지 않다. 도스토엡스키의 「죄와 벌」은 그 좋은 본보기라 할 수 있다. 우리나라 희곡사상 가장 지적(知的)이었던 오영진도 거기에까지는 이르지 못한 것이다. 가령 「맹진사댁 경사」 이후에 쓴 작품들은 그 점에서 더욱 먼 것이 아닌가 싶다. 「살아 있는 이중생각하」는 해방 직후 친일잔재를 매도한 것이고 「해녀 뭍에 오르다」는 금욕과 애욕이 얼마나 인간을 파멸시키는가를 묘사한 작품이다. 이후 그는 군사정권과 일본에 대한 증오심을 작품화 했고 반공적인 이념극도 썼다. 그런 작품으로서 「허생전」 「아빠빠를 입었어요」 「모자이크 게임」 「동천홍」 「무희」 등을 꼽을 수 있다.

그러나 오영진도 세계인식의 차원에서 볼 때 역시 협애한 감이 없지 않다. 몇 작품에서는 그런대로 보편성도 없지 않으나 대부분의 작품들은 극히 국지적이다. 우리만이 지닌 특수성에서 벗어나지 못한 것이다.

그 점에서 유치진과 오영진에 큰 차이가 없다. 문명개화가 늦은 한반도에서 태어나 식민지라는 특수상황 속에서 성장했고 우여곡절의 역사를 체험하다 보니 작가들이 당장 몸에 다가오는 환경과 인간조건과 싸우느라 인간본질과 영혼을 사유하지 못한 것이다. 앞에서 유치진과 오영진의 작품이 정신적이라기보다는 물질적이라고 말했던 것도 그런 맥락에서 이해하면 될 것이다.

그 결과 작품들이 지역성과 특수성이라는 좁은 범주 속에 은폐될 수밖에 없었고, 시대가 바뀌고 감각이 변하면서 생명력이 사라진 것으로 볼 수 있다. 현대에 와서 이들의 작품이 거의 선호되지 않은 이유도 거기에 있다.

사실 예술작품이 생명력을 지니려면 특수성보다는 보편성·지역성보다는 세계성을 지녀야 한다. 그래야만 시공을 초월한 고전으로 남을 수가 있다. 바로 그 점에서 유치진이나 오영진은 당대성 극작가로 그칠 수밖에 없는 것이다.

자기의 모국어와 풍정을 지니면서도 이 우주 속에서 인간존재란 무엇인가라는 인문학적 사유를 할 때만이 세계성을 지닌 희곡을 쓸 수 있을 것이다.

10. 한국연극과 음악극

　사실 연극은 처음부터 음악과 무용을 신체의 한 부분으로 갖고 태어난 예술양식이라 말할 수 있다. 그것은 아무래도 연극이 의식(儀式)에 그 뿌리를 두고 있기 때문이다. 특히 동양연극의 경우 연극이 신에의 공여로서 그 출발점을 삼고 있는 데서도 그 점은 더욱 분명해진다. 따라서 동양연극은 대부분 표현수단이 일상언어보다는 음악과 무용에 의존하고 있다. 인도에서부터 터어키에 이르는 중동지방의 고전극이나 중국, 일본을 비롯한 동남아 연극들이 대부분 가무극임은 다 아는 사실이다.

　가령 우리나라 연극의 경우만 하더라도 신라시대의 월전으로부터 조선시대, 그리고 근대까지 이어져 온 거리의 재담극을 제외한 모든 전통극 양식은 음악과 춤을 주된 표현수단으로 삼고 있다. 이를테면 원형연극으로 이야기되는 굿놀이로부터 시작해서 탈춤·꼭두각시극·판소리·창극 등이 모두 그러하다. 바로 이런 점 때문에 적어도 한국 더 나아가 동양에서는 음악극이라는 별도의 개념을 내세우지 않는 것이다. 바꾸어 말하면 당연히 음악을 한 부분으로 지니고 있어서 따로 음악극이라는 말을 쓰지 않았다는 이야기다. 이처럼 음악극이라는 쟝르개념은 어디까지나 서구적인 것이다.

　가령 창극이란 말을 쓰는 것도 1930년대 이후라는 것을 상기할 필요가 있다. 그런데 창극의 모태가 판소리인 만큼 우리나라 전통극은 역시 음악극이 주류를 이루고 있다. 우리 전통극이 모든 쟝르의 주된 표현수단이 음악일 뿐만 아니라 조선시대 후기에 판소리가 대표적인 대중연극으로 군림했던 사실에서도 설명된다고 하겠다.

그렇다면 우리나라 전통극에서 왜 그처럼 음악이 주된 표현수단이 되거나 또 아예 음악이 줄기차게 연극문화의 한가운데를 가로질러 올 수가 있었을까 하는 의문이다. 그것은 아무래도 두 가지 측면에서 설명될 수 있을 것 같다. 그 하나는 서두에서도 조금 언급했던 것처럼 우리 전통극이 종교의식이나 농경의식에 그 연원을 둔데다가 오랫동안 자연발생적으로 민중 속에서 성장해온 때문이고, 다른 하나는 우리 민족의 독특한 심성에 있다고 볼 수 있다. 이 말은 무슨 뜻인고 하니 우리 민족이 천성적으로 가무를 유독 좋아하는 데서 음악극이 번성할 수 있었다는 이야기이다.

이를테면 고대 중국인들이 한반도의 여러 부족들의 생활상을 묘사해 놓은 『동이전(東夷傳)』을 보면 여러 부족의 풍속상의 차이점에도 불구하고 한 가지 공통점은 조선족은 모이기만 하면 밤새워 노래하고 춤춘다는 내용이다. 결국 이러한 민족성이 담화극(談話劇)보다는 음악극을 전통극의 기본이 되게 했는지도 모른다.

이러한 성향은 개화기 이후에도 이어져서 한국 근대극의 정체와 발전을 좌우하는 요소까지 작용한 것이다. 그러니까 연극의 표현수단으로서 음악을 중시한 경우는 대중의 호응을 받았고, 그렇지 못한 경우는 대중으로부터 멀어진 것이다. 즉 연극에 있어서 문학성이나 정통성을 떠나 음악을 많이 활용한 경우는 대중의 절찬을 받았고, 연극표현에 있어서 음악에 무지했거나 음악을 도외시한 경우는 대중으로부터 외면 당했다는 이야기이다. 가령 청년 학생들의 소인극에서부터 1930년대의 극예술연구회, 해방직후의 극예술협회, 신협, 그리고 1960년대 이후의 소위 동인제 극단들의 연극이 과연 광범위한 대중의 지지를 확보했었던가? 그렇지 않다. 이들의 연극은 학생층이나 일부 지식층의 공감을 샀을 뿐이다. 그러나 음악을 적절히 사용한 초창기 신파극·토월회연극·동양극장연극·악극·여성국극등은 한때나마 대중으로부터 절찬을 받았다. 다만 이들이 몰락한 것은 음악 때문이 아니라 시대 감각을 좇지 못한 내부적 낙후성 때문이었던 것이다.

이에 대한 구체적인 설명에 앞서 혹시 이들의 연극이 음악극의 범주에 들 수 있느냐에 대한 의구심을 갖는 사람도 없지는 않다. 그러나 음악극이라고 해서 특별한 것이라 생각지 않는다.

음악극은 광의와 협의로 나누어 생각할 수 있을 것이다. 좁은 의미로는 서양의 오페라나 오페레타, 뮤지컬 그리고 우리의 창극 등을 일컬을 수 있다. 이들은 모두가 작품 전체에 음악적 요소가 차지하는 비중이 절대적일 뿐만 아니라 음악을 부각시키는 데 극적 요소나 무용적 요소가 부수적으로 따라붙는 경우이다. 그러나 작품에 있어서 극적인 분위기를 돋구는 데 양과 관계없이 음악이 절대적인 역할을 하는 경우도 있다고 볼 때, 이들은 넓은 의미에서 음악적인 극으로 보아도 크게 어긋나는 것은 아니라는 생각이다. 가령 셰익스피어 희곡의 경우 순간의 감정을 강조해주거나 행동을 진행시키지 않으면서도 연극의 아름다움을 통해 관중에게 행복을 안겨주려고 삽입한 노래들을 비롯하여 아더 밀러의 「세일즈맨의 죽음」이라든가 손톤 와일더의 「우리 마을」에서는 작가가 그때그때 장면에 필요한 음악의 곡명까지 제시하고 있다. 이는 대체로 막이 열리기 전후에 내보내는 부수음악과는 차이가 있다. 부수음악은 기분을 돋구고 감정을 고양하며 장면과 장면을 연결해주는 일을 주로 하는 것이기 때문이다. 따라서 음악극의 큰 테두리로서 작품 전체에서 음악이 주가 되는 경우, 음악과 연극·무용이 평형을 이루는 경우, 음악이 연극의 부수적인 요소가 되면서도 작품 전체를 좌우할 수 있을 만큼 역할이 큰 경우 등으로 나누어 볼 수 있다는 이야기이다.

이러한 세 경우를 우리나라 근대연극사에 적용해 보면 흥미로운 결과가 나타난다. 즉 창극(여성국극 포함)과 서양에서 직수입된 오페라, 뮤지컬 등은 아무래도 부인하기 어려운 음악극이고, 재래의 악극이 그 뒤를 이으며, 토월회연극, 동양극장류의 연극, 마당극 등이 음악적 요소가 크게 강조된 세번째 경우의 연극이라 볼 수 있겠다.

우선 세번째의 경우부터 이야기해 본다면 1910년 신파극무대에서의 음악 사용이다. 물론 초창기 신파극 무대에서 음악이 많이 사용된 것은 아니다. 그러나 일본 신파극 방식을 답습한 우리 신파극단이 1916년에 톨스토이 원작 「부활」을 공연할 때 바이올린과 퉁소의 합주로 주연 여형배우(高秀喆)가

슬픈 주제가를 부름으로써 관중의 호응을 얻은 적이 있는 것이다.

이러한 방식은 물론 1915년에 내한공연을 가졌던 시마무라호케쓰(島村抱月)의 예술좌가 주연 여배우(송정수마자)가 불러서 히트했던「캬추샤」노래임은 두말할 나위없는 것이다. 신파극단에서 주연배우가 주제가를 부른 것은 처음 있는 일이었는데 관객의 호응이 좋았기 때문에 다른 극단들도 관심을 가졌으나 역부족이었다. 결국 무대에서의 음악활용은 1920년대 중반에 와서 극단 토월회에 의해 본격 시도될 수 있었다. 동경 유학생들의 아마추어극단으로 출발한 토월회는 1년여 뒤 전문극단으로 변신하자마자 무대에 음악을 도입하기 시작했다. 즉 1924년 제5회 공연작품인 톨스토이 원작의「산송장」때 주제가(갈까부다 말까부다 오로라 밑으로)를 삽입하여 주연 배우로 하여금 부르게 했는데, 역시 관객의 반응이 좋았다. 물론 토월회가 모든 작품에서 음악을 사용한 것은 아니었다. 그러나 음악을 도입한 작품이 대중의 호응을 많이 받음으로써 광무대극장을 전속으로 쓰게 되는 1925년부터는 아예 음악극을 주요 레퍼토리로 삼았고, 따라서 배우를 선정할 때도 연기보다 음악성을 더욱 중요시하기까지 했다. 당대의 소프라노 가수 윤심덕(尹心悳)까지 주연배우로 영입했던 것도 바로 토월회였던 것이다. 그런데 더욱 흥미로운 것은 양악과 국악을 동시에 활용한 것이다.「동도」라든가「사랑과 죽음」같은 서양 작품에서는 양악을 썼고「춘양전」과 창작품에서는 판소리를 활용했다. 개화기의 4대 명창 김창용까지 토월회 무대에 서서 도창(導唱)을 불러준 바 있는 것이다. 이 땅에 정통신극 이식을 부르짖고 등장한 토월회가 세계 가극기예주간까지 설정하여「카르맨」이라든가「데아보로」, 그리고 심지어 안톤 체홉의「곰」까지를 음악극으로 만들어 무대에 올린 것이다. 따라서 토월회는 전속악단이 필요했고, 모스크바 유학생 박세면(플룻)을 주축으로 홍재유(바이올린), 피아노(러시아 여인), 최호영(첼로) 등 토월회 오케스트라를 둔 바 있다. 이때가 1924년이었는데 토월회 출발 후 1여년 만의 일이었다. 그로부터 토월회는 극단조직에서 음악부를 두게 되었고, 이것은 그 뒤의 주요 상업극단들에서도 활용되기 시작했다. 1920년대말부터 동양극장이 개관될 때까지 대중연극을 이끌었던 극단 조선연극사(演劇舍)는 그 대표적인 경우였다.

그리고 토월회는 음악극 시도뿐만 아니라 1930년대 이후 6·25때까지 대중을 사로잡는 소위 악극이라는 독특한 연극 쟝르를 배태시킨 선구적 극단이기도 하다. 이 말은 무슨 뜻인고 하니 토월회가 막간극이라는 것을 처음 시작했다는 이야기이다. 당대 넌센스의 대가 임생원(林生員)이라든가 신인 가수 신카나리아 등을 막간에 등장시켜서 촌극도 하고 노래도 부르게 했는데 이것이 1930년대 들어서 악극으로 발전한 것이다. 물론 악극이 나름대로의 연극성을 갖추는 데는 일본의 여성악극이라 할 타카라츠카의 영향도 무시할 수 없다. 특히 타카라츠카 극단이 내한 공연을 가짐으로써 1940년대부터는 우리 악극의 독자성을 가질 만큼 수십 개 악극단들이 연극계를 석권하기도 했다.

이러한 악극의 기세는 해방 직후는 물론 6·25전쟁 때까지 뻗친 바 있다. 그런데 악극은 그 질적 수준으로 인해서 연극계를 타락시켰다는 비난을 받은 것도 사실이지만 대중을 광범위하게 극장 안으로 끌어들인 공로만은 무시할 수 없다.

이러한 악극의 맥은 5·16직후 예그린악단으로 이어지고 이것은 다시 세종문화회관 설립과 함께 시립가무단으로 연결되어 지금까지 변형된 모습으로 활동을 멈추지 않고 있다.

그리고 악극은 신파극인 대중극에도 나름대로의 영향을 주었다고 볼 수 있다. 그것은 문학적 자극이 아닌 음악 활용면에서 였다. 물론 악극도 신파극의 한 변태적 갈래이긴 했지만 나름대로 독자성을 가지면서 신파극과 서로 영향을 주고받은 것이다. 즉, 동양극장의 전속극단 청춘좌와 호화선이 자기들의 공연 작품에서 수시로 서양의 명곡을 사용한 것도 그러한 악극에서 자극받은 것으로 볼 수 있다는 이야기이다. 사실 사라사데라든가 타이스, 슈베르트의 음악들이 동양극장무대에 올려진 작품의 테마와 맞을 리 없다. 그러나 전체적인 작품 주제와 상관없이 「명상곡」이라든가 「트로이메라이」같은 감미로운 명곡의 가락이 관중을 현혹한 것 같다.

음악극의 위세는 악극만이 아니라 전래의 판소리가 파생시킨 창극도 그에 못지 않았다. 원각사 무대에서 탄생된 창극은 1910년대 이후 신파극에 밀려서 주로 포장굿 형태로 수십년간 지방으로 떠돌아다니기도 했지만

1934년 조선성악연구회 발족을 계기로 중앙무대에서도 큰 활약을 시작한
것이다. 특히 동양극장설립에 따라 제대로 된 무대에서 창극다운 작품을 선
보일 수 있었다. 이때부터 초기의 협률사란 명칭도 떼어버리고 창극단이라
는 명칭을 갖게 되었다. 유랑창극단시절에는 주로 지방을 다니면서 부녀자
들이나 신식교육을 받지 못한 장년층의 민족적 한을 달래주는 역할을 했다.
그러다가 해방 직후 여성국극(女性國劇)이라는 특수 창극단이 등장하면서
창극이 대중을 광범위하게 끌어들일 수 있었던 것이다. 즉 1948년 가을 명
창 박록주를 중심으로 30여명의 여류 명창들이 기존 창극단에서 이탈하여
여성국악동호회라는 것을 조직 「옥중화」를 공연함으로써 발을 내딛게 된
여성국극은 상당한 대중호응을 얻었다. 여성국극은 한번에 남녀혼성의 창극
을 능가함은 물론이고 전통적인 연극까지 압도했다.

비단 무대예술뿐만 아니라 연극을 짓누르던 미국영화까지 능가할 정도였
다. 여성국극은 1960년대초까지 15년 정도 인기를 누린 특수 음악극인데 그
시기에 6·25전쟁이 끼어 있음에 유의할 필요가 있다. 전통적인 창을 바탕
으로 하고 민속적 춤과 사극적 제재가 어우러진 여성국극이 대중의 호응을
얻은 이유는 여러가지 요인이 있을 것이다. 그러나 대체로 대중의 전근대
적 의식과 환상적이면서도 센티멘탈한 분위기가 전쟁을 겪은 대중을 달래
준 것이 아닌가 싶다. 사실 대중은 지적 모험을 기피한다. 대중은 새롭고
낯선 문화현상에 의한 충격을 꺼려하고 익숙한 전통적인 놀이의 표현(행복
하고 감상적인)에 의해 현실을 잊고 쉽게 즐기려 한다. 그런 데서 마음의
평정을 찾는 것이다. 바꾸어 말하자면 대중은 달콤하면서도 감상적인 것을
좋아하며 이를 현실도피의 출구로 삼으려 든다. 그런 측면에서 보았을 때
여성국극이야말로 전후의 가장 적합한 무대예술양식이 아니었나 싶다. 또한
여성국극이 급격히 소멸한 원인도 거기서 찾을 수 있을 것이다. 그러니까
전쟁이 끝나고 시간이 지나면서 대중의 마음상태는 물론이고 감각도 달라
졌는데, 오직 여성국극만이 달라지지 않았기 때문에 급격히 쇠퇴한 것이다.
그러니까 여성국극이 인기에 도취한 나머지 시대와 사회변화를 감지하지
못하고 자체개발에 소홀함으로써 스스로 자멸의 길로 들어선 것이다.

여성국극 쇠퇴에 때맞춰 국립극장에서 겨우 명맥을 유지하던 창극이 소

위 정립위원회를 통해 재기하기 시작했다. 그러나 재래의 창극이 텔레비전 시대의 대중을 움직일 수 없었다. 장충동으로 국립극장이 옮겨오면서 창극의 대형화를 꾀했는데 이때부터 조금씩 장년층 관객을 모으기 시작한 것이다. 그러나 창극은 브로드웨이류의 서양풍 뮤지컬과 역동적 마당극에는 당해낼 수 없었다.

주지하다시피 마당극은 1970년을 전후해 전통문화를 되찾는 과정에서 자연적으로 군사독재 체제에 저항하는 연극으로 탄생된 것이다. 마당극은 억압적 삶을 타파하는 이념적 제재를 골격으로 하면서 표현수단으로는 우리의 전래 세시풍속·민속극·민속놀이·전통의식을 차용한 것이 특징이다. 즉, 굿놀이라든가 민요, 탈춤, 판소리 등의 표현형식을 빌은 것이다. 따라서 노래와 춤이 연극성을 능가할 때도 있었다. 이러한 마당극은 문호근이나 김광림(金光林)등이 주도한 노동현장을 무대예술로 승화시킨 소위 노래극 운동으로 나타나기도 했다.

그러나 어찌된 일인지 90년대 들어서 마당극은 말할 것도 없고 노래극 운동마저 주춤한 상태이다. 따라서 음악극은 자연히 서구풍의 뮤지컬이 주류를 이루고 있다. 사실 서양풍의 뮤지컬은 두 가지 흐름으로 진행되고 있다고 이야기 되어져야 할 것 같다. 그 하나가 자생적인 악극이 서구풍으로 변형된 시립가무단의 가무극형이고 다른 하나가 브로드웨이 뮤지컬의 직수입형이라 하겠다.

가령 1960년대 중반 예그린악단이 공연한 「살짜기 옵소예」(최창권 작곡, 임영웅 연출)가 그러한 본보기가 될 수 있지 않을까 싶다. 전통적인 「배비장전」에 현대적인 가요를 투입해서 만든 이 작품은 대단한 호응을 얻었다. 예그린악단이 시립가무단으로 개편된 뒤에도 창작가무극을 해온 전통을 이어오고 있다. 물론 「지붕위의 바이올린」 같은 브로드웨이류 뮤지컬도 올린 바 있다. 그러나 시립가무단은 각본과 작곡가 및 전문 연출가의 부재로 아무런 개성도 갖추지 못한 채 방황하고 있는 실정이다.

결국 음악극은 브로드웨이류 뮤지컬의 필요성을 가장 먼저 주창한 연극인은 선구적 극작가 유치진이었다. 6·25직후 세계연극시찰을 했던 그는 음악극만이 한국연극의 정체를 극복할 수 있는 길이라 믿었다. 그리하여 자기 딸(仁馨)로 하여금 1967년 드라마센터에서 전통 뮤지컬 「포기와 베스」를 공연케 했다. 이 땅에서 브로드웨이류 뮤지컬의 첫번째 무대였던 「포기와 베스」는 어려운 여건에서도 대중에게 신선한 충격을 안겨주었다. 본격 뮤지컬을 처음 연출한 유인형은 미국에서 뮤지컬도 여러 편 관극한데다가 연출도 제대로 공부했었기 때문에 처녀작품치고는 성공적이었다. 그녀가 그 작품으로 동아연극상(연출상)까지 수상했던 사실에서도 알 수 있듯이 최초의 본격 뮤지컬공연으로서는 나름대로 갖출 것은 다 갖춘 경우였다. 그러나 역시 훈련된 배우가 없고 또 드라마센터의 재정적 어려움 때문으로 인해서 정통 뮤지컬을 더 지속해서 제작할 수가 없었다. 그러다가 1970년대에 들어 산업사회로 전환되면서 자본도 축적되고 또 대학의 양적 팽창으로 연극을 할 수 있는 음악, 무용학도들이 배출됨으로써 정통 뮤지컬을 할 수 있는 여건이 조금씩 성숙해 갔다. 그럼에도 불구하고 연극은 자꾸만 소극장 중심으로 왜소해 가기만 했다. 그런 때에 극단 현대극장이 대형 음악극을 시도했고, 뒤이어 민중극장, 광장 등이 브로드웨이류의 뮤지컬을 공연하기 시작한 것이다. 그것이 대체로 1970년대 후반부터였는데 시간이 지날수록 뮤지컬공연이 증가해 갔고 어떤 극단은 아예 뮤지컬 전문으로 나서기도 했다. 연극의 왜소화(矮少化)와 타성에 젖어 있는 연극을 외면해온 대중도 음악과 무용이 주가 되어 있는 뮤지컬에 관심을 갖기 시작한 것이다.

뮤지컬은 현란하고 템포도 빠를 뿐만 아니라 오락성이 강하기 때문에 생각하기 싫어하는 현대인의 감각에 맞는 연극양식인 것 같다. 더욱이 서두에서도 조금 언급했던 것처럼 한국인은 생태적으로 노래와 춤을 좋아하는 민족이기 때문에 뮤지컬을 선호하는 것 같다.

가령 근대 연극사 이후 적어도 수용층을 기준으로 삼아볼 때 음악극이나 연극에 음악적 요소를 많이 도입한 연극이 주류를 이루어 왔다고 해도 과언이 아니다. 이처럼 우리 연극사에 있어서 음악극은 대중흡인의 절대적 기능을 해 온 것이다. 그러나 거기에 또한 음악극의 함정도 내포되어 있었다. 가령 토월회 연극이 그랬고 악극이 그러했으며 여성국극도 마찬가지였다. 그렇다면 왜 그랬을까? 그 해답은 그렇게 오랫동안 음악극을 해왔어도 음악사에 남을 만한 아리아 한 곡 없다는 사실이 말해주고 있다. 그러니까 우리나라 음악극이 자체적으로 음악을 개발하지 않고 수입음악이나 아니면 기존음악을 마구잡이로 활용하는 데 그친 것이다. 거기다가 음악극에 맞는 극본을 내놓지 못한 것이다. 그렇다고 배우들에게 음악극을 할 수 있을 만큼 훈련 받을 기회가 주어진 것도 아니었다. 특히 자체적으로 독창적 음악 개발 없이 음악극이 발전할 수는 없는 것이다. 따라서 오늘날 우리 연극계를 석권하고 있는 수입형 뮤지컬도 머지않아 과거의 음악극이 몰락한 운명에 직면할 가능성이 농후하다. 수입품, 특히 예술수입품만은 곧바로 대중에게 식상을 안겨줄 것이기 때문이다.

11. 시대변화와 연극 패러다임 변화 모색
― 1988년도 연극결산

1.

현대사에 있어서 지난 한두 해는 격동이라 부를 만큼 대단한 변화가 있었고, 아직도 그러한 변혁의 선상 위에 놓여 있다. 그것은 60년대 이후의 정치·문화 청산을 위한 몸부림이고, 그에 따른 사회 각 분야의 자정작용 (自淨作用)이 상당한 부산물을 배설하면서 진행되고 있는 것이다. 민주화 일정에 따른 두 차례의 선거와 권위주의의 배격은 민중의 광범위한 의식변화와 무관하지 않으며, 이것이 문화계에까지 파급됨으로써 연극분야는 상당한 진통을 겪었다. 가령 어떤 분야보다도 표현자유의 제약을 심하게 받아온 연극의 경우는 금년에 접어들자마자 「매춘(賣春)」이라는 한 작품을 갖고 문화계에 커다란 파문을 일으킨 바 있는 것이다. 즉 바탕골소극장은 매춘행위를 통해 사회적 모순을 고발한다는 취지로 「매춘」(吳泰榮 작·蔡昇勳 연출)을 공연윤리위원회에 대본심의를 제출했는데 공연불가를 받은 것이다. 물론 외설적이며 저속한 표현 때문이었다. 거기에 반발한 바탕골소극장은 서울시에 공연신고를 않고 작품을 무대에 올렸다. 시당국과 감정적으로 대립되면서 공연정지를 받은 것은 당연한 일이었다.

이때부터 시당국과 바탕골소극장은 공연정지불복과 등록취소, 행정소송

과 승소 재공연의 숨바꼭질을 한 것이다. 여기서 주목되는 것은 바탕골소극
장이 행정소송을 제기함에 있어서 변호사측이 밝힌 소송제의의 목적이다.
즉 변호사측은 소송을 제기함에 있어서 "이번 사건이 공연법이라고 하는
실정법을 위반했다고 하지만 공연법 자체가 예술의 자유를 보장하고 있는
헌법(22조 1항)에 위배되는 것이므로 예술창작의 자유를 위해서라도 끝까지
시비를 가리는 데 두겠다"는 것이었다.

  이러한 연극인들의 표현자유 획득 투쟁은 즉각적으로 광범위한 호응을
불러일으켰는데, 전국에 산재한 28개의 마당극 운동단체가 「매춘」공연을 지
지하면서 대본의 사전 심의제도폐지까지 주장하고 나선 것은 주목되는 일
이었다. 중앙에서 활동하는 반체제 마당극단 아리랑과 연희광대패를 필두
로 해서 전국의 28개 단체들은 성명을 통해 "이번 바탕골 사태를 지켜보면
서 자율화라는 미명 아래 예술활동에 대한 정부당국의 위헌적 탄압행위가
자행되고 있는 사실에 참을 수 없는 분노를 느낀다"면서 "사전심의라는 검
열제도는 즉각 철폐되어야 하며, 서울시측은 바탕골측에 대한 부당한 행정
명령(공연정지)을 즉각 취소하고 공개사과하라"고까지 했다.

  연극계의 이러한 거센 반발은 바탕골소극장이 행정소송에서 이김으로써
문화계 전반으로 파급되어 갔다. 즉 극장측의 가처분 신청을 이유있다고 받
아들인 서울고등법원 제2특별부는 "등록취소처분의 집행으로 회복하기 어
려운 손해를 입은 것을 예방하기 위하여 긴급한 필요가 있다고 인정되고
달리 공공복리에 중대한 영향을 미칠 우려가 있는 때에 해당한다고 인정할
만한 자료가 없었으므로 신청을 받아들인다"고 밝힌 것이다. 6·29선언 이
후 사법부뿐만 아니라 사회전반이 민주화로 가고 있음을 단적으로 보여준
해프닝이었다. 결국 하나의 외설스런 작품공연과 그 정지사건이 발단이 되
어 대본의 사전심의 제도는 폐지되기에 이르렀다.

  「매춘」사건이 있은 직후(1월 20일) 정부와 여당은 당정회의를 통해서 공
연법·영화법·음반에 관한 법 등 세 가지를 공연예술에 관한 법률로 통합
제정키로 의견을 모으고 공연예술의 대본 사전심사제도를 완전 철폐시키기
로 했다. 이는 식민지 치하에서 일본제국주의가 문화탄압을 해온 잔재를 해
방 42년 만에 완전히 청산하는 것으로 우리나라 예술사에 있어서 획기적인

일이었다. 관의 대본심사제도철폐는 궁극적으로 공연예술인들에게 자율책임으로 넘긴 것이기도 했다.

물론 대본의 사전심사제도철폐가 기존의 공연윤리위원회(公演倫理委員會) 폐지로 연결된 것은 아니었다.

그렇기 때문에 연극계에서는 공륜(公倫)의 존폐문제가 강하게 대두되기도 했다. 그러나 연극계내에서도 윤리성문제는 사법처리가 불가능하므로 자율기구 형태로서 공연윤리위원회는 상당기간 존속되어야 한다는 주장이 강했다.

2.

이러한 표현자유 획득은 연극계 일각에서 공산권 작품 공연 계획으로까지 확산되어 갔다. 가령 민중극장이 소련의 현역작가의 「아, 체르노빌」이라는 탈이데올로기 작품을 무대에 올리기 위해 공연윤리위원회에 타진해본 것이라든가 극단 미래가 중국작가 파금(巴金)의 「가(家)」를, 또 국립극단이 「뇌우(雷雨)」(曹禹작)를, 몇몇 극단은 브레히트의 희곡을 공연하겠다는 의사를 표명하고 나섰다. 그러나 관계기관에서는 이들 작품을 공산권관계 공연물에 대한 전반적 허가지침이 나올 때까지 기다려 달라는 반응을 보였다. 그러자 한국연극협회와 ITI 한국본부가 공동으로 공산권작품에 대한 개방조치를 촉구하고 나섰다. 즉 이들 단체는 건의문에서 "새 정부 출범 이후 납북문인들의 작품해금과 공산권 음악인의 국내초청 등 일련의 개방조치가 이루어지고 있으나 연극분야에서는 공산권 희곡은 내용에 관계없이 공연윤리위원회로부터 심의통과가 안되고 있다"면서 "올림픽을 앞두고 공산권과의 문화교류 확대라는 차원에서 사상적으로 국내법에 저촉되지 않는 작품에 대해서는 국내상연이 허용되어야 한다"고 주장했다. 이러한 연극계의 요구도 정부당국에 의해서 곧바로 받아들여졌다. 즉 공연윤리위원회는 연극계의 건의가 있은 한달여 뒤 공산권 연극 영화의 경우도 예술성 높은 탈이데올로기 작품은 수용하기로 방침을 세웠던 것이다. 그리고 6월 들어서는 북한 등 공산권 자료의 대폭개방도 선언했다.

민주화과정과 또 국제올림픽을 앞두고 정부가 대폭적인 개방정책을 펴나가기로 한 것이다. 이는 참으로 상상을 초월하는 변화였다. 이러한 정치·문화계의 격변 속에서 소극장들은 동면기를 넘기는 1인극 공연을 적잖이 가졌다. 중견배우 주호성(朱虎聲)이 산울림소극장에서 「술」을 공연하는 것을 시발로 하여 박정자(朴正子)·최주봉·권병길·김종엽 등이 연속적으로 겨울에서부터 초봄까지 모노드라마 행렬을 이루었다. 1인극 붐이 오랜 만에 다시 일어난 것이다.

그러나 뭐니뭐니 해도 상반기 연극의 특색으로 나타난 것은 연극인들이 대본사전검열 폐지에 맞춰서 그동안 자유롭게 하지 못했던 현실고발극을 집중적으로 공연한 점이라 하겠다. 연극인들의 현실에 대한 관심은 주로 광주민주화운동문제와 노동문제에 집중되어 있었다. 가령 연우무대가 초봄 무대에 올린 「새들도 세상을 뜨는구나」(黃芝雨詩 각색)를 필두로 해서 「금희의 5월」등이 광주의 아픔을 묘사한 것이라면 「꽃피는 아이」를 비롯해서 「우리 땅에 우리가 간다」·「횃불」·「한춤」·「대결」·「구로동연가」 등은 산업사회에 있어서의 고달픈 근로자들의 삶을 다룬 작품들이라 하겠다. 특히 금년 봄에 연극계의 주목을 끌었던 것은 독일의 현대 극작가 프란츠 크뢰츠의 희곡 2편을 공연한 일과 전국의 마당극단체 18개가 미리내소극장에서 달포간 연속공연을 가진 점이라 하겠다. 크뢰츠의 희곡 「수족관」과 「거세된 남자」 공연을 주목하는 까닭은 크뢰츠의 희곡이 산업사회에서 적응하지 못하고 질서밖에 쫓겨난 소외계층의 문제를 격조높게 묘파한 것들이기 때문이다. 독일의 서민비극으로 일컬어지는 크뢰츠의 작품이 공연됨으로써 우리의 현장적인 노동문제극들을 한번쯤 여과시키는 계기를 마련할 수도 있었던 것이다.

왜냐하면 기성연극계보다는 아마추어적인 단체들이 노동현장을 고발의 자세로 무대화하다 보니 자연 직설적이고 의도적이어서 생경할 수밖에 없었기 때문이다. 그러니까 연극예술로서 여과 내지 승화되지 않아서 무대를 통해 노동현실을 들여다볼 수는 있지만 예술적 체험은 할 수가 없었다. 그만큼 의도상이나 사회의식 같은 것은 강렬할지 몰라도 예술작품으로서는 거칠고 조잡했다는 이야기이다.

이러한 문제점은 노동문제극뿐만 아니라 정치·사회 현실을 다룬 젊은 연극인들의 작품에서 고르게 나타났다.

마침 민주화과정에서 표현의 자유를 획득한 연극계에서는 다투어 현실비판극을 무대에 올림으로써 하나의 유행 비슷하게 흐르는 경향마저 없지 않았다. 즉 광주사태를 비롯해서 기생관광·노사분쟁·산업재해와 실직에 따른 인간소외, 고문 및 인권문제 등을 다양하게 취급하기 시작했다. 이와 같은 연극의 흐름은 주로 대학의 마당극 출신과 재야극단들에 의해 주도되었다. 금년 봄에는 이들이 서울의 미리내소극장에 집결하여 달포간 민족극 한마당을 꾸미기도 했다.

전국의 마당극 단체들이 사회현실문제를 집요하게 파고든 이유는 우선 정치적인 대항수단으로서의 연극활용이라는 큰 테두리에서 파악되어야 하지만 현실외면의 상업적인 기성연극에 대한 반발심도 적지 않게 작용한 것이라 볼 수 있다. 따라서 민족극 한마당은 대학생을 중심으로 젊은층 관객의 호응을 어느 정도 얻었던 것이다.

이러한 우리 사회의 부조리를 폭로하는 젊은 재야극단들의 기세와는 달리 기성극단들은 사회변화에 적응하지 못하고 안이한 상업주의 타성에서 재탕공연만을 즐기는 경향이었다. 의도성이 강한 정치·사회문제극과 저질 상업극이 풍미하는 때에는 관객이 적을 수밖에 없고, 연극은 불황을 면키가 어려웠다. 규제가 풀리면서 한꺼번에 쏟아져 나온 사회비판극도 그 예술성 부족 때문에 곧 관객을 식상시켰음은 두말할 나위없는 것이다.

그런 가운데서도 상반기에는 지방연극만은 활기를 띠었다. 충남 대전에서 열린 제6회 전국연극제에 나서기 위한 각 지역의 예선이 치열했는데, 이것도 요 몇년 전에 비하면 놀랄 만한 변화라 볼 수 있다. 왜냐하면 지방연극제를 처음 시작할 때(1983년)만 해도 부산·대구·광주·청주·전주 등 대도시를 제외하고는 변변한 극단 하나 없었기 때문이다. 그러나 지방연극제가 5년여 지나면서 웬만한 소도시에도 극단 하나쯤은 갖게 된 것이다. 그리하여 이제는 각 지역마다 예선을 거쳐야 전국연극제에 참가할 수 있게 된 것이다. 이러한 지방연극의 발전은 전국연극제에서 집약적으로 나타난다. 금년의 지방연극제만 하더라도 예년에 비해 진전된 면을 보여 주었는데, 그것은 연극을 만드는 진지한 자세에서부터 나타났다. 전만 하더라도 작품선택에서부터 그 형상화과정에 이르기까지 미숙하기 이를데 없었는데, 금년부터는 예선과정을 거쳐서 그렇기도 하겠지만 무대미술·연출·연기 등이 비교적 안정되었음을 확인할 수가 있었다. 물론 아직도 중앙의 연극수준에 비해 수십년 정도 뒤떨어진 벽지도 없지는 않았으나 전주의 황토극단이라든가 경기도 안양예술극장의 연극은 서울의 웬만한 기성극단보다도 진지하고 성실한 무대를 만들었다. 강원도 속초 같은 오지의 연극도 관심을 끌 만했다. 그렇지만 지방연극은 전문 연극인의 부족과 대중의 고급예술에 대한 인식부족, 그리고 재정·무대 등 여건이 되어 있지 않아 아마추어리즘을 벗어나기가 쉽지 않을 것 같다. 최근 몇몇 도시에 시립극단이 생겨난 것도 사실이지만 관의 재정지원이 미약해서 아직 제구실은 하지 못하고 있는 실정이다.

3.

지방연극인들의 최대잔치인 전국연극제가 끝나면서 무더운 여름에 접어들었고 연극계의 움직임도 무거워졌다. 즉 공연이 적은 대신 올림픽을 대비한 준비로 바쁜 여름을 맞고 있었던 것이다. 그러나 8월 16일 서울국제올림픽을 위한 국제연극제의 막이 오르면서 연극계는 격동하기 시작했다. 서울국제연극제에 초청된 라틴아메리카(브라질)와 동구권연극, 세 편이 여름의 정적에 싸여 가수(假睡)상태에 빠져 있던 연극계뿐만 아니라 문화계 전체를 강타한 것이다.

마침 국제연극제에 참가한 외국의 여섯 단체 중에서 현대극이 축제를 주도한 느낌이다. 즉 브라질의 마쿠나이마 극단은 제3세계의 실험극답게 주제도 식민지문제를 다루었을 뿐만 아니라 개방적인 연극형태를 보여주어서

우리 관객을 즐겁게 했다. 현대극 3편 중에서도 동구권작품이 대중을 사로
잡았는데, 그 첫째 이유는 탈이데올로기의 주제를 지니고 있었다는 점과,
두번째로는 뛰어난 실험정신, 그리고 마지막으로 고도의 기술에서 비롯된
것이었다.

몇달 전까지만 해도 비수교국가들인 체코슬로바키아와 폴란드의 연극작
품을 구경한다는 것은 상상조차 할 수가 없었다. 이미 30여년 전에 죽은 브
레히트의 세계적인 명작조차 공연할 수 없었던 우리나라에서 적성국가의
연극작품을 구경할 수 있었다는 것은 정부의 개방정책과 올림픽 때문이긴
했지만 사회변화를 실감시키는 일이었다. 우리 관중은 두 나라 작품을 매우
호기심과 의구심을 갖고 지켜보았다. 그러나 막이 올랐을 때, 우리의 예상
을 완전히 뒤집는 예술세계가 펼쳐진 것이다. 정치이데올로기는 찾아볼 수
가 없고 오히려 자기들의 경직된 이데올로기 체제를 비판하고 인류의 화합
과 인간의 구원문제 같은 고차적 주제를 진지하게 추구함으로써 우리 관중
을 충격에서 헤어나지 못하게 한 것이다. 가령, 단 두명이서 병원 침대 두
대만 놓고 하는 체코슬로바키아 스보시 극단의 「충돌」은 그 현실성과 상징
성, 연극기교 등에 있어서 단연 돋보였다. 우선 주인공이 말을 하지 않는
점에서부터 사고당해 병원침대에 묶여 있는 처지, 그리고 이들이 치료과정
에서 벌이는 갖가지 에피소우드는 폐쇄사회의 문제점을 은유적으로 표현한
것이다.

그런데 이 작품이 더욱 관객의 주목을 끌었던 것은 배우들의 뛰어난 기
량 못지 않게 작가와 연출가의 보편적 예술철학이었다. 그러니까 이들은 두
운전사의 교통사고라는 범용한 사건을 갖고 이념과 종교가 다른 인간대 인
간, 민족대 민족간의 갈등과 화해를 시적으로 표현했던 것이다. 폴란드의
가르지니차 극단은 한 차원 높여서 「아바쿰」이라는 한 사제의 순교를 통해
인간영혼의 구원을 표출하여 관중으로 하여금 신선한 충격을 느끼게 했다.

특히 폴란드 작품 「아바쿰」에 출연한 배우들은 실험극답게 출연배우들이
혼신의 열연을 보여주어 관중으로 하여금 연극과 삶의 치열함을 느끼게끔
해주었다. 잠시도 쉬지 않고 부단히 움직이면서 노래와 춤으로 독특한 순교
분위기를 만들어가는 과정은 하나의 용광로와 같은 에네르기의 분출 그 자

체였다.

이처럼 동구권 연극이 이데올로기의 수단으로 전락하기는커녕 자유세계 이상으로 높은 예술성을 보여주자 매스콤이 적극적으로 보도했고, 그것은 곧바로 대중의 광범위한 호응으로 나타났다. 따라서 외국작품은 어느 곳에 가도 초만원을 이루는데, 이는 그만큼 대중이 수준 높은 작품에 목말라 있다는 것을 단적으로 의미하는 것이라 볼 수가 있다.

근자에 우리나라 대중도 인텔리층의 형성으로 고급문화에 대한 향수욕구도 강해진 것이다. 사실 서울국제연극제의 폭발적 열기는 냉랭하던 올림픽 분위기를 고조시키는 데도 기여했다고 볼 수 있다.

이러한 현대극에 못지 않게 뒤따라 공연된 외국의 고전극 세 편도 대단한 호응을 받았다. 가령 첫번째로 선을 보인 그리스 국립극단의 「오이디푸스왕」은 그 장중하면서도 엄숙함이 한껏 비극적 분위기를 살려주었고 코러스의 활용을 적절하게 함으로써 처지기 쉬운 고전극을 생동하게 만들어 주었다. 특히 무대미술의 활용과 고전에 현대감각을 부여한 연출기법 그리고 배우들의 열정적 연기가 인상적이었다. 그러나 무엇보다도 우리를 감동시킨 것은 우주적 차원에서 인생을 바라보게 한 연출가의 시야 넓은 안목이었다.

이와 대조적인 코미디프랑세스의 「서민귀족」도 서양의 정통적 희극을 보여주었다는 점에서 관중을 흡족케 했다. 프랑스 희극도 그리스 비극 못지않게 우아하면서도 세련된 조화미를 보여주었는데, 그것은 무대장치·의상·대소도구·음악·조명 등이 고르게 만나져서 이룩된 것이었다. 배우들의 연기는 그리스 국립극단과 마찬가지로 기초가 탄탄하고 세기(細技)가 완벽하게 다듬어져 있었다. 하나의 예로서 그들의 발성은 대극장 구석구석까지 들렸고 그들의 노래와 춤은 가수나 무용수에 비해 손색이 없었다.

그 점은 일본 가부끼(歌舞伎) 「추신구라(忠臣藏)」에서도 마찬가지로 나타났다. 당초 아시아권에서는 중국의 경극을 초청하려 했으나 여의치 않아 가부끼만 불렀었다. 일본과의 관계는 문화적으로 미묘해서 가부끼의 내한공연이 조심스러웠던 것도 사실이지만 한국관중은 포용력을 갖고 예술성에 공감했던 것이다. 일본은 가부끼를 보내는 전초작업으로 초여름에 우리 연출가들을 초청하여 분위기를 조성하기도 했다. 그리하여 일본은 자기들의 대표적 전통극이라 할 노오(能) 분라꾸(文樂)와 함께 가부끼까지 한국에서 공연시킨 셈이 된다.

주지하다시피 가부끼는 노오와 마찬가지로 철저하게 양식화(樣式化)된 것으로서 회화미와 형식미를 특징으로 삼는 연극이다. 그것은 무대미학에서 부터 의상·대소도구·배우술 등에 있어서 일본의 전통성과 민족성을 매우 정제시켜 표현해 주고 있다. 그러나 지나치게 일본적인 것이 오히려 우리에게는 이질감을 느끼게도 했다. 가령 「추신구라」에서 무사가 의리와 명예를 위해 할복자살하는 극적 장면에서 일본인들처럼 우리는 미적 충동을 느낄 수가 없는 것이다.

그러나 여하튼 우리와는 달리 서양이나 일본은 고전극을 매우 잘 다듬고 세련시켜서 격조 높은 예술품으로 보존시켜 오고 있음을 확인시켜준 것만은 부인할 수가 없다. 예나 지금이나 한 나라의 전통극의 품격은 훌륭한 민족정신을 바탕으로 정제된 가운데 조탁(彫琢) 세련되어 나타나는 것이다. 그 점에서 우리는 그리스 비극과 프랑스 희극, 일본 가부끼를 하나의 타산지석으로 삼아야 하리라 본다. 왜냐하면 우리는 근자에 전통의 현대화라는 그럴듯한 명분하에 고전을 마구잡이 파괴·훼손시키고 있기 때문이다. 그것은 이번 국제연극제의 우리 참가작에서도 나타났다. 마당놀이니 가무극이니 하는 것이 모두 그러한 경우인 것이다.

4.

전체적으로 외국 참가작들이 각 나라의 민족성과 생활을 고도의 예술로 승화시켜 하나의 국민예술로서 높은 가치를 지니고 있음을 보여준 데 비해 우리 참가작들은 아직도 문화의 소외지대에서 몸부림치고 있음을 확인시켜 주었다.

우선 신작의 경우, 「팔곡병풍」(國立劇團) 「젖섬」(星座) 「술레잡기」(作業) 「즐거운 한국인」(市立歌舞團) 「아리랑, 아리랑」(88예술단) 등에서 볼 수 있는 바와 같이 희곡·연출·연기·무대기술 등에서 너무 낙후되었음이 극명하게 드러났다. 극작가와 연출가는 인생을 통찰하는 철학적 깊이와 시대감각이 부족했고 배우는 기초가 약했다. 무대미술가·조명가·의상가 등도 인적 자원의 빈곤이라는 점에서는 마찬가지였다. 선진국의 무대미술이 우리 자신을 투명하게 바라볼 수 있게끔 시범을 보여주고 간 셈이 되었다. 그래서 연극인들은 많이 반성하면서 배웠던 것이다.

이번 국제연극제는 외국과의 예술교류가 얼마나 중요한가도 일깨워주었으며, 연극인들로 하여금 거듭 태어남을 다짐시켜 주기도 했다. 그러나 그러한 뼈아픈 자기반성도 잠깐이었다. 대중이 올림픽이 끝나고 두 달도 되지 않아서 올림픽의 성공적 개최를 완전히 잊어버린 것처럼 연극계도 늦가을부터는 국제연극제의 흥분과 열기를 망각하고 상반기 형태로 복귀한 느낌마저 주었다. 즉 정치계가 국정감사다, 청문회다 해서 지나간 시대의 정치적 과오를 캐고 매도하면서 그 청산을 위한 부산한 움직임 속에 놓여 있듯이 연극단체들도 정치극을 주로 공연한 것이 하반기 연극계의 특징적 현상이었다.

가령 연희광대패의 「대통령 아저씨 그게 아니어요」를 비롯해서 비룡 웃음연구실의 「대왕은 죽기를 거부했다」, 홍익소극장의 「7장 8절을 거부한 여인」, 엘칸토 소극장의 「코리아 게이트」, 그리고 「보통 고릴라」 등이 그러한 정치극 계열에 드는 작품들인데, 유신이후 권력자들의 무모한 욕망과 그것이 파생시킨 각종 인권탄압, 도덕성붕괴, 비리 등이 풍자의 표적이 되고 있다.

그러니까 제3공화국과 제5공화국의 최고권력자들이 정면으로 다루어지고 또 희화화되고 있다는 점에서 문화계의 표현자유가 얼마나 자유로와졌는가를 실감케도 한다. 그런데 과거의 엄청난 정치적 비리를 무대화함에 있어서 상업성이 가미되어 너무 피상적이고 천박하게 묘사될 경우 관중의 욕구불만 해소 이상의 기능은 못할 것 같다. 적어도 제대로 된 정치극이라면 지나간 시대의 정치적 과오를 역사의 준엄한 심판으로 떠올려서 예술적 감동으로 전달해야 되지 않을까 싶다.

이러한 하반기의 정치풍자극의 범람 속에서도 극단 신시(神市)가 창단되어 멕시코 이주 한인을 정면으로 다룬 「애니깽」을 공연했는가 하면 극단 사조는 베르히만의 유명한 영화 「가을 소나타」를 공연하여 연극팬들을 감동시키기도 했다. 연극인들의 레퍼토리 선정만 보더라도 기성층과 젊은층의 성향이 선명하게 구분되는 것을 확인할 수 있다. 즉 젊은 세대가 현실적인 문제에 보다 민감한 데 비해 중견연극인들은 예술에 치중하는 느낌이다.

여하튼 금년 한 해는 한국연극사에서 일찍이 볼 수 없었던 획기적 사건의 연속이었는데, 그 첫째가 80여년 만에 비로소 연극이 표현의 자유를 획득한 것이고, 두번째가 올림픽을 맞아 사상 유례없이 많은 외국의 유명한 연극단체들이 초청되어 국제연극제를 가진 것이라 하겠다.

이와 같은 두 가지의 커다란 연극이슈는 우리 연극이 타성과 안일, 그리고 정체성으로부터 벗어나는 계기를 만든 것이 사실이고, 그에 따라 껍질이 깨지는 아픔도 겪게 되었으며, 엄청난 현실을 소화해내지 못하는 미숙성도 노출시켰다.

그러나 외국의 훌륭한 연극작품들은 우리 연극인들로 하여금 눈을 번쩍 뜨게 한 것만은 부인할 수 없는 사실이므로 그 효과가 앞으로 서서히 나타나리라 본다. 바로 그 점에서 1988년의 연극은 한국연극사에 있어서 대전환점이 된다고 하겠다.

12. 서울국제연극제 종합평가

1. 기획과 운영

이번 서울국제연극제는 이름 그대로 국제성을 띤 연극페스티벌이기 때문에 외국인과 내국인을 관중으로 삼아서 기획될 수밖에 없었다. 따라서 기존의 서울연극제를 계승 확대하는 데 있어서 86년도에 실시한 아시안게임의 연극제전 방식을 모델로 삼았다. 그 결과 외국작품과 우리 작품을 극단 사정에 따라 8월 16일부터 10월 5일까지 몇 극장에서 겹치기로 공연할 수 있도록 장소와 일자를 맞추게 되었다. 또한 국제연극제가 단순한 공연만으로 그치지 않고 이론적 근거도 갖출 수 있도록 페스티벌기간 중에(8월 31일-9월 3일) 국내외 연극이론가들(72명-국내 53명, 외국 19명)을 초청하여 연극의 만남이라는 주제로 국내의 19개 극단이 달포간 연극페스티벌과 학술토론회를 가진 것은 건국 이래 최대규모의 행사였다고 말할 수 있다. 그리고 실제로 행사내용에 있어서도 이미 정평 있는 국제연극제 수준에는 못 미쳤지만 수량면에서 매우 다양하고 알찬 것이었다. 우선 참가단체를 성향별로 살펴보면 외국작품 6편 중에서 유럽으로부터 4개 단체가 왔고, 라틴아메리카(제삼세계대표)와 일본단체가 각각 한 개씩 참가했다. 구미계통은 접할 기회가 많기 때문에 이번 연극제에서 제외했으나 지나놓고 보니 박력 넘치는 아프리카 연극이나 미국의 뮤지컬 한편쯤 초청했더라면 좋았을 것 이라는 생각도 든다. 왜냐하면 이번에 우리나라 참가단체들 중 뮤지컬 성향 의 작품이 5편이나 되는데다가 뮤지컬이 세계연극의 한 경향이기도 하기 때문이다. 6개의 외국작품들은 고전 3편(그리이스 비극, 프랑스가극, 일본전 통극)과 현대 3편(폴랜드·체코·브라질)으로 편성되어 외형적으로는 균형 을 이루었지만 고전이 서양에 편중되었고, 현대극은 너무 실험적인 것에 치 우치지 않았느냐는 이의도 나올 수가 있다. 물론 처음에는 중국경극 초청을 시도한 바가 있었으나 성사되지 못한 것이다. 그러나 전체적으로 보았을 때 기획이 성공했다고 보는 것은 이번 서울올림픽의 동서화합의 정신을 따라 동구권연극 두 단체를 초청한 점에서 그렇다. 동구권연극 두 작품은 뜻밖에 도 이데올로기를 훨씬 뛰어넘는 높은 예술성을 보여줌으로써 한국관중과 매스콤을 흥분시켰고, 그 결과 냉정하던 서울올림픽 분위기를 단번에 열기 로 전환시키는 계기도 마련했던 것이다. 그러니까 단 두 편의 동구권연극이 이데올로기장벽을 무너뜨리면서 동시에 예술과 스포츠는 국가간의 정치적 적대관계를 초월하고 인류가 추구하는 보편적 진실과 가치는 동일하다는 점을 인식시켜주었다는 이야기이다.

한편 연극제에 참가한 국내 작품을 보면 고전으로서는 창극 한편이 선보 였고 나머지 12편은 모두가 현대물이라 볼 수 있다. 즉 고전이지만 현대연 극인 「춘향전」, 마당놀이 「심청전」, 뮤지컬 「아리랑, 아리랑」과 「즐거운 한 국인」, 구작으로서 「산불」과 「불가불가」, 신작으로서는 「팔곡병풍」 「젖섬」 「술래잡기」 그리고 번역·번안작품인 「고도를 기다리며」, 「피의 결혼」 등이 참여한 것이다. 국내작품의 경우 우리의 대표적인 전통극이라 할 가면극과 꼭두극, 판소리 등을 정식으로 초청하지 않은 것이 아쉬움으로 남는다고 하 겠다. 그리고 외국의 정통적인 고전극과 실험적인 전위극들에 비해서 우리 작품들은 정통고전도 현대실험도 아닌 너무 평범한 작품들이 아니었느냐 하는 감도 없지 않다. 바로 그 점에서 젊은층을 좀더 참여시킨다든가 정책 적인 작품을 하나쯤 만들었더라면 하는 아쉬움이 있다. 특히 축제라는 것을 앞세워 88예술단이니 시립가무단이니 마당놀이니 등을 참가시킨 것은 국제연극제의 격을 떨어뜨린 것이 아니었느냐 하는 비판을 받을 수도 있었다. 그러나 한편 우리 연극의 수준을 적나라하게 보여주는 좋은 계기로 볼 수도 있는 것이다.

이상과 같이 서울국제연극제는 동양과 서양, 한국과 제3세계, 고전과 현대, 공산권과 자유세계가 무대위에서 만나는 인류의 축제가 될 수 있게 했다는 점에서 기획에서 대성공이었다고 하겠다. 한편 운영면에서는 몇가지 문제점이 나타났는데 지나친 관주도에서 온 병폐로서 경직제한된 예산은 운영위원들의 독자성을 제한했고, 너무 늦은 출발로 준비기간이 짧았다는 것과 완벽한 종합프로그램 하나 못 만들지 못한 것 그리고 외국단체의 공연횟수가 적었고 지방공연을 시키지 못한 것 등이 지적받은 사항이었다. 또 원어로만 공연한 외국작품에 대한 사전 홍보와 자세한 설명도 있었어야 했다.

2. 공연내용

이번 서울국제연극제의 첫 테이프는 브라질의 마쿠나이마극단이 끊었고, 이어서 체코슬로바키아, 폴랜드 극단순으로 이어져서 유럽과 라틴아메리카의 현대극이 연극제를 주도해갔으며 한국연극과 서양, 일본의 고전극이 그 뒤를 따랐다.

이러한 공연순서가 치밀한 계산에 의해서라기보다는 각 나라 극단사정에 따른 것이었지만 결과적으로 연극제를 풍성하면서 생기 넘치게 만들었다는 점에서 운(運)도 따랐다고 말할 수 있다. 가령 우리의 실정에서 연극이라는 것은 대중의 관심사항이 아니다. 그럼에도 불구하고 동구권의 소규모 연극 두편이 의구심으로 가득찬 일부 연극팬과 매스콤에 폭탄을 던짐으로써 연극제는 말할 것도 없고 연극 자체에 대해서 국민적 관심을 불러일으킨 것이다. 이것은 곧바로 올림픽 열기로까지 연결되었다고 보아도 무방할 것이다. 이것은 이번 서울국제연극제의 최대성과였다. 왜냐하면 국제연극제를 통해서 연극의 사회적 기능이 중요시되고 또 격상된 것이기 때문이다. 그렇다면 브라질이나 동구권 연극이 어떠했길래 우리 대중을 정서적으로 자극했느냐 하는 점이다. 그것은 몇 가지로 요약할 수가 있을 것 같다. 첫째, 세 나라 연극이 모두 실험성이 강하면서도 자기의 민족성과 역사·사회적 조건을 포괄적으로 표현하고 다시 그것을 보편성으로까지 끌어올린 점을 지적할 수가 있다. 대체로 동구권과 제삼세계 연극을 거론하면 우선적으로 이데올로기를 떠올리겠지만 이들 세 나라 연극은 그렇지를 않고, 민족적 정체성이야말로 이데올로기에 앞서 예술로서의 연극이 추구해야 마땅한 목표라는 것을 선명하게 보여주었던 것이다. 실제로 우리가 이들 나라 연극을 보고자 하는 것도 이데올로기가 아니라 그 나라 민족의 정신적 태도와 멘탈리티이며 그들의 삶의 방식과 정서의 표면이며 그러한 표현이 얼마나 예술적으로 잘 성취되었는가 하는 점이었다. 이데올로기는 변하는 것이지만 민족의 정신과 정서는 항구적인 것이기 때문이다. 특히 동구권은 특정한 이데올로기가 지배하는 사회이고 따라서 연극도 그러한 사회양상을 반영하리라 예측했는데 그것이 우리의 편견이고 오해라는 것이 확인되었다. 물론 그들 나라에 그러한 연극도 없지는 않을 것이다. 그러나 이번의 동구권 연극은 사상과 이념을 초월하고 매우 높은 예술성을 보여줌으로써 우리 관중의 호응을 얻은 것이다. 두번째로는 이들 연극이 모두 개성이 강하고 전문성을 띠고 있었다는 점이다. 브라질연극은 마당극적인 표현방식과 역사적 주제를 제삼세계연극의 한 흐름을 보여주었고, 처한 상황을 은유적으로 표현했으며, 폴란드 연극은 구원이라는 종교적 주제를 강렬한 에너지로 표출해 주었다. 그리하여 정치이데올로기가 인간정신마저 구속할 수는 없음을 보여준 것이다. 바로 그 점에서 적어도 동구권 연극인들은 예술로서 진정으로 자유를 획득했음을 보여주었다. 세번째로는 배우들의 자세가 진지하고 열정적이었다는 점이다. 그들 나라라고 해서 연극환경이 좋을 리가 없을텐데도 오로지 예술적 완성도를 위해서 자신을 던지는 자세가 곳곳에서 보였다. 이처럼 세편의 현대극에 나타난 공통점은 교조적 이데올로기는 퇴색하고 대신 인간의 삶의 보편성과 진실성이 강조되고 있었으며, 연극을 연극답게 하라는 것이 무엇인가 하는 미학적 관심이 고조되고 있음을 보여주었다고 하겠다.

한편 그리스비극, 프랑스가극, 일본전통극은 또 다른 예술체험을 우리에게 안겨주었다. 그들 연극은 배우술에서부터 의상, 무대미술, 대소도구, 조명, 효과음악 등 모든 면에서 절제와 세련, 고상함과 우아함, 균형과 조화의 완벽한 아름다움을 표현해주었다. 특히 그리스와 일본전통극의 형식미와 회화미는 놀랄 만했다. 즉 「오이디푸스왕」은 엄숙하고 장중한 비극적 톤을 조금도 흐트리지 않는 가운데 희랍의 대리석 조각같은 여러 인물조상을 도처에 배치하고 코러스대원으로 하여금 그 조상(彫像)과 어울려 갖가지 극적인 분위기를 표현하도록 하는 연출기법은 그리스 문화의 특징이라 할 대칭과 균정의 형식미를 완벽하게 무대위에 실현시킨 것이어서 관중을 탄복시켰던 것이다. 또한 제2의 오이디푸스를 설정하여 오이디푸스왕의 행동과 자각을 지켜보도록 한 연출기법도 고전을 원형대로 보존하면서 현대인들에게 자연스럽게 접근시킨 것이어서 주목되었다. 배우들의 기초가 잘 닦인 연기 또한 관중을 압도했다. 국립극장에서는 마이크 없이 연극할 수 없다는 우리의 고정관념을 일시에 깨버릴 정도로 그들의 발성은 객석 구석구석까지 스며들었다. 그것은 세종문화회관에서 공연한 코메디프랑세스나 일본가무극 배우들에서도 똑같이 나타났다. 코메디프랑세스의 경우는 불성실한 면도 없지 않았으나 역시 세계적인 극단답게 전체적으로 부드럽고 섬세한 연기, 세련된 색조전문가 수준의 음악과 무용의 우아, 잔잔한 무드 등은 프랑스고전극에서나 맛볼 수 있는 것이었다. 일본 가부끼(歌舞伎)는 노오(能)와 분라꾸(文樂)에 이어 세번째로 내한공연을 가졌다. 일본연극에 대해서는 민족감정과 정치적 이유 때문으로 미묘한 문제들이 제기될 수가 있었지만 대중은 거부감 없이 포용했다. 따라서 한국관중의 반응도 대체로 긍정적이었다. 그것은 일본문화와의 접촉 때문이라기보다 가부끼가 지닌 완벽한 형식미 때문이었다. 처음 접하는 일본의 색다른 전통극에 호기심도 발동했겠지만 상당수 관중은 그 독특한 연극미에 매료된 것 같았다. 물론 할복자결을 미의 극대화로 처리한 주제에 대해서는 상당한 이질감도 느낀 것이 사실이다. 그러나 어쩌면 그렇게 전통극을 잘 정제, 세련시켜 보존하고 있는가 하는 것에 놀라지 않을 수 없었다. 이상과 같이 고전극 세 편은 전통의 힘과 고전의 무게를 새삼 일깨워주었다. 이들은 연극의 품위와 격조를 느끼게 해주었

고, 인생을 우주적 관점에서 바라볼 수 있도록 안목을 넓혀주었으며, 억제
와 정제야말로 예술의 최고경지라는 것을 일깨워 주었다.

반면에 우리의 작품들은 여러 면에서 낙후되었음을 확인할 수 있었다.
우선 현대극의 경우 철학·기술·감각 등에서 후진을 면치 못했다. 우선 형
태상으로 볼 때, 고전의 어설픈 현대화라든가 소재주의에 얽매여 있는 것,
초보적 리얼리즘 정신에서 맴도는 것, 뮤지컬이라는 이름으로 진지한 예술
정신을 흐트러뜨리는 등의 자세를 보여주었다.

국내작품들은 궁극적으로 상대적 빈곤감을 더욱 강하게 드러냈고 타작
(駄作)조차도 완성된 작품을 보이려는 열의가 부족한 것이 국내작품의 공통
성이다. 그것은 희곡·연출·연기·무대미술·의상·조명·대소도구 등 디
테일에서 공통적으로 나타났다.

우리의 신구극에서 표출된 문제점은 생을 보는 깊이와 무대형상화의 기
술·표현력·감각 등에서 낙후되었다. 그러니까 낡고 진부한 사실주의 풍에
서 벗어나지 못한 채 그 속에 갇혀 방황하고 있었다는 이야기이다. 바꾸어
말하면 작가나 연출가들이 어떤 고정관념에서 탈피하지 못하고 매양 신선
함 없는 반복만을 계속 했다는 이야기이다. 특히 국내작품의 다수를 차지한
뮤지컬을 볼 때 네 가지 문제점을 노출시켰다. 첫째, 뮤지컬을 아는 극본이
없다는 것, 둘째, 작곡의 문제가 심각하다는 것, 세째, 스펙타클을 창조하는
안무가와 무대예술가가 태부족이라는 것 등이다. 그리고 한국적 뮤지컬하면
오만가지 전통연희를 모아놓지 않으면 커스츔플레이나 장기자랑이나 하는
것이 고작이었던 것이다. 네번째로는 일부 작품에서 나타난 고전의 마구잡
이 파괴행위 같은 것은 문제라 아니할 수 없다. 게다가 언론마저 국내작품
에 대해서 무관심했기 때문에 연극인들이 더욱 무력감을 느꼈으리라 본다.
이번 연극제에서 외국의 초청작품과 우리 연극과의 낙차는 유독 희곡과 연
극기술, 연극정신 등이었는데 앞으로 여러 측면에서 집중적인 육성, 지원책
을 시급히 강구해야 한다. 우리 연극이 외국연극작품들에 비해 낙후될 수밖
에 없는 것은 이번에 국내작품들에 겨우 8천만원밖에 지원하지 않은 점에
서도 짐작할 수 있다고 본다.

3. 결과와 문제제기

결과적으로 이번 국제연극제를 놓고 볼 때, 첫번째로는 대중의 수준이 높아졌고, 세계수준의 연극으로 개안(開眼)이 되었기 때문에 연극종사자와 정부의 업무가 커졌다고 하겠다. 두번째로는 연극의 국제교류가 더욱 활발해져야겠다는 것이다.

가령 매년 열리는 서울연극제나 전국연극제에 외국극단 한두 단체를 초청해보는 것도 바람직하다. 그리고 외국의 저명한 연출가를 초청하여 국내에서 작품을 만들어보는 일도 시도해볼 만하다. 그러나 더 이상적인 것은 국제연극제를 격년제 정도로 정기화하는 일이다. 새로운 연극과의 만남은 한국연극의 창조적 충격이 되며 발전의 모멘트가 되는 것이다. 이질문화와의 접촉이 없을 때, 그 문화는 정체하고 타락해간다는 것은 그 동안의 우리 예술이 실증적으로 보여주었다고 하겠다. 세번째는 연극이 연극다와야 한다는 점이다. 저간의 우리 연극은 무거운 역사의 멍에를 지고서 메시지 전달에 매달린 감이 없지 않다. 아무리 이념적으로 또는 관념적으로 훌륭하다고 하더라도 그것이 형식미(정서적으로 여과된)를 갖추지 못한 것은 좋은 연극이 못된다. 그러므로 우리 연극은 배우술은 물론이고 무대미술·의상·조명·효과음악·대소도구 등 모든 면에서 아름다움과 조화를 찾아야 한다. 그러기 위해서는 재능있는 연극예술가가 많아져야 한다. 한국연극의 최대 취약점은 무대에서 일하는 이같은 예술가가 희소하다는 점이다. 그 점에서 문예진흥원에서 기획한 무대장치, 대소도구, 의상 등의 제작소는 하루빨리 만들어져야 한다. 그리고 진흥원에서 하고 있는 무대기술자들의 교육도 내용과 기간 등에서 내실화되어야 할 것이다. 그 점에서 연극의 개성주의를 파괴하는 정부지원의 획일, 인색도 시정되어야 한다. 네 번째로는 극단측에도 전문매니저가 있어서 극단운영뿐만 아니라 언론접촉 같은 것을 꾀할 때가 되었다. 결론적으로 말하면 이번 연극제는 어떻든 매우 획기적인 것으로서 우리 연극인들에게 뿐만 아니라 대중에게도 정신을 번쩍 들게 한 행사로서 한국연극이 하나의 전환점을 만드는 계기를 마련해주었다고 하겠다.

바로 그 점에서 한국연극은 타성과 안일을 벗고 새로 태어나야 한다고 생각한다.

13. 세계연극제 의미와 한국연극

대체로 공연예술계의 밖의 일반대중은 현재 서울에서 열리고 있는 세계연극제에 대해서 잘 알지 못한다. 즉 그것이 왜 갑자기 서울에서 그처럼 뻑적지근하게 판을 벌이고 있으며, 또 그 의미는 무엇인지에 대하여 어리둥절하거나 무관심한 것 같다. 왜냐하면 외국 극단의 초청공연장을 가보면 연극인과 무용인들이 주관객이고 나머지는 그 분야 전공학생들, 그리고 화제작 몇 개를 빼고는 일반관객이 별로 많지 않기 때문이다. 관객의 호응도에 있어서는 88 서울 올림픽의 문화축전공연에 훨씬 떨어짐을 느낄 수 있었다.

그런데 여기서 우선 소개해야 될 것은 서울의 세계연극제에 관한 것이다. 연극인들의 친목단체 비슷한 국제극예술협회(ITI)는 대체로 전세계의 70여 개 국가가 가입해 있다. 격년으로 열리는 총회에서는 회장을 뽑고 회장 국가에서 다시 총회가 열리며 동시에 세계연극제를 개최하는 것으로 알려져 있다. 지난번 남미 베네수엘라에서 우리나라 중진연출가 김정옥(金正鈺)이 회장에 선출됨으로써 국위를 선양한 바 있고, 이번에 제27차 총회가 서울에서 열리는 가운데 세계연극제가 펼쳐지고 있는 것이다. 이번 세계연극제는 경기도의 세계마당축전과 연계되어 열림으로써 우선 양적으로 풍부하고 잔치기분을 극대화시킬 수가 있었다. 따라서 초청된 작품도 대단히 많다. 게다가 부수 행사로 치러지는 대학연극축제까지 곁들여짐으로써 극장가를 더욱 풍성하게 했다. 개략적으로 살펴보더라도 외국 초청 공연은 연극과 무용이 24편이고 대학극이 9편이며 마당극이 15편이다. 그러니까 통털어서 50여편 가까운 외국의 공연예술단이 온 것이고 외국 연극인들 수백 명이 북적거리고 있다고 보아야 한다.

이러한 현상은 한국 연극사상 초유의 일로서 당분간은 이만한 행사를 치르기 힘들 것 같다. 이번 세계연극제의 규모가 그만큼 크다는 것을 말하는 것이다. 그뿐만 아니라 우리의 극단과 무용단들도 함께 축제를 벌이는 것이기 때문에 9월 1일부터 10월 중순까지 달포 동안에 100개 이상의 공연이 여기저기서 벌어지는 것이다. 그렇기 때문에 연극팬들은 부지런히 뛰어다녀야 찾아볼 수 있고, 2·3회 공연으로 그치는 외국 단체들은 놓치기가 십상이다. 서울이 워낙 넓고 공연장들이 분산되어 있는데다가 교통혼잡까지 겹침으로써 100여 편을 다 본다는 것은 거의 불가능할지도 모른다. 국제적인 연극제가 몇개 있는데 그 중에서도 프랑스 남부 도시의 아비뇽 연극제는 20여 일 동안에 400여 개 극단 공연을 소화해내고 있음에 비추어볼 때 달포 동안의 100여 개 공연이 대단한 것은 못된다.

여하튼 서울뿐만 아니라 동양에서 처음 열린 세계연극제로 인해서 한국은 적어도 연극·무용에 있어서 중심 국가로 인식하게 되었고 서울은 아시아 무대 예술의 거점도시로 발돋움할 수가 있는 것이다.

이번 세계연극제를 통해서 얻어질 것으로 예상되는 몇 가지를 예거한다면 역시 그 첫번째가 무대예술의 위상 제고라 말할 수 있다. 사실 이 땅에서 연극이나 무용 같은 것은 하잘 것 없었다. 배우는 '광대(廣大)'라 하여 천시되었고 연극이나 무용은 '딴따라'라 하여 폄하되어 왔었다. 개화기 이후 우리의 공연예술이 지지부진했던 것도 실은 전통사회 속에서의 천대가 그 주원인이었다. 그래서 개화기 이후에도 공연예술은 생활과 밀착되지 못하고 유랑했으며 그 여파는 지금까지 이어지고 있다. 그런 저간의 사정에 비추어볼 때 이번의 세계연극제 개최는 특별한 의미를 지니는 것이다.

두번째로는 깊은 침체의 늪에서 허덕이고 있는 우리 연극인들에게 커다란 자극제가 될 것이고 연극팬들에게는 세계연극의 새로운 흐름을 알게 해

줄 것이다. 이번의 외국작품들은 특히 우리의 연출가와 배우들에게 충격을 주고도 남음이 있으리라 본다. 왜냐하면 언어극에 익숙해 있는 우리 연출가와 배우들에게 연극은 움직임이라는 새로운 메세지를 전달해 주었기 때문이다. 물론 그들이 외국공연에 있어서 언어소통의 문제를 해결하는 방편으로 묵극성(默劇性)이 강한 작품을 들고 왔다고 볼 수는 있다. 그런데 실제로도 서양의 전위극은 동작의 극대화를 꾀하는 작품이 많다. 이러한 동작중심의 연극이 우리 연극인들과 팬들에게 신선하면서도 충격적으로 다가오는 것은 그동안 진부한 언어극에 식상해 있었기 때문이다. 특히 철두철미하면서도 힘이 넘치는 연출과 연기가 타성에 젖어 있는 우리 연극인들에게 자극제가 되는 것은 두말할 나위도 없다.

이러한 새로운 경향은 분명히 팬들에게도 신선한 충격으로 받아들여지고 있지만 다른 한편으로는 국내 연극장을 텅 비게 만들고도 있다. 우리 연극인들이 수익상으로는 고전을 면치 못할 것이지만 이번 기회에 왜 그런지를 자성해야 할 것으로 본다. 이것이야말로 가장 큰 소득이 될 것이다. 이번 행사를 지켜보면서 느낀 몇 가지 소회는 긍정·부정 양면에 걸쳐 있다. 앞에서 예거한 두 가지는 물론 긍정적인 측면에 속한다. 거기에 한 가지 덧붙인다면 우리 연극인들의 안목과 기획력과 추진력 등이 돋보였다는 것이다.

반면에 몇 가지 문제점도 내포하고 있다는 생각이다. 그 첫번째가 방만성이다. 너무 일을 크게 벌인 게 아닌가 싶다. 요즘 나라꼴이 말이 아닌 것은 누구나 아는 사실이다. 정치는 혼란스럽고 경제는 파탄지경이라고 아우성이다. 이런 때에 수십억원이라는 거금을 들여 연극잔치를 벌여야 하는 것인지 의구심이 드는 것이 필자만은 아닐 듯 싶다. 판을 너무 방만하게 벌이다 보니 외국작품들 중에는 수준미달도 끼여들어 올 수 있었고, 한편에서는 주최측의 작품 고르기에 문제가 있다는 소리도 나오고 있다. 마당극 종사자들이 불쾌해할지 모르겠지만 세계마당극 잔치는 독립 아닌 부수행사로 꾸몄더라도 비용 절감을 할 수 있었을 것이라는 생각이다.

두번째로는 관객 서비스에 문제가 있는 성싶다. 대사가 많은 연극은 관중을 답답하게 만들곤 했다. 물론 내용은 다 아는 것이라 하더라도 그리스말로 하는 실험극은 관중을 답답하게 만들었다. 그것은 비단 희랍어만이 아니다. 영어·독어·불어·인도어·스페인어 등을 몇 사람이나 알아듣겠는가. 결론적으로 말해서 자막 처리를 했어야 하지 않았는가 하는 점이다. 이제 겨우 반 정도 지났으므로 끝까지 지켜보겠지만 처음 치러 보는 세계연극제 행사에서 여러가지 문제점이 드러나리라 본다. 홍보는 비교적 잘된 것 같으나 연극을 대중에 밀착시키는 방안은 없을까 연구 과제이다.

다음은 공연작품에 대한 평가로 들어가야 될 것 같다. 필자가 9월 23일까지 관극한 중에서는 그리스 아티스극단의 「안티고네」(소포클레스 작)와 뉴욕 라마극단의 「트로이의 여인들」, 다국적 배우들이 공동 제작한 「리어 왕」, 그리고 헝가리 부다페스트 칸토나요제프극단의 「두개의 초상」 및 「신비한 중국인」 정도가 인상에 남아 있다. 필자가 미처 보지 못한 작품들 중에도 수작이 있었을 것이다. 우선 전체적으로 보아서 실험극이 주류를 이루었다. 사실 연극제에서는 새로운 실험극들이 선보여야 하는 것이다. 왜냐하면 연극제는 새로운 연극의 창조장이어야 하기 때문이다.

두번째로는 연극의 무용화(舞踊化)와 무용의 연극화(演劇化) 현상이 뚜렷했다는 점이다. 그 좋은 예가 헝가리 극단의 작품이고 프랑스의 마기마랭무용단의 「메이비」 공연일 듯싶다. 물론 연극과 무용이 한 뿌리에서 나온 예술 쟝르인 만큼 이상할 것은 하나도 없다. 다만, 그동안 연극과 무용이 제각각의 길을 걸어 왔던 것인데 최근 두 쟝르가 근접해 있다는 것을 이번의 초청 작품들이 극명하게 보여 주고 있다는 이야기이다. 세번째로는 실험극에서도 민족의 정체성을 뚜렷하게 보여 주었다는 점이다. 가령 그리스 극단은 그들의 고대 회화에 뿌리를 두고 있었으며 헝가리 연극도 그들의 민족성을 강하게 내뿜고 있었던 것이다. 또 프랑스 작품은 자신들의 독특한 미학을 현대화시켜 보여 주었다고 하겠다. 이는 실험극이라고 하면 으례 국적 불명의 요상한 작품만 내놓는 우리 연출가들이 주목해야 할 부분이다. 네번째로는 작품의 완벽한 예술성 추구와 함께 무대예술에서 음악과 음향의 중요성을 일깨워 주었다는 사실이다. 그리고 다섯번째로는 배우들이 한결같이 움직임의 극대화를 통해서 언어로 표현할 수 있는 이상의 자기 감정과 메시지를 강렬하게 전달하고 있었다는 사실이다. 그러한 표현은 대단한 연기 훈련이 되지 않고서는 불가능하다.

이상과 같은 외국작품을 좀더 구체적으로 언급해 보겠다. 먼저, 그리스의 「안티고네」의 경우는 너무나 극단적으로 절제되고 양식화되었으며 기하학적 구도로 짜여져서 말을 알아듣지 못하는 우리들은 어리둥절할 수밖에 없었다. 그뿐만 아니라 표현양식을 자신들의 고대미술을 바탕으로 형상화했고 독특한 배우들의 발성법도 그리스 고대언어의 운율을 따랐기 때문에 우리에게 생소하게 들릴 수밖에 없었다. 그럼에도 불구하고 이 작품이 관객에게 다가올 수 있었던 것은 강렬한 시청각 표현과 잘 훈련된 배우들의 에너지 넘치는 연기력, 그리고 지극히 제의적이면서도 감각적이며 상징적이고 회화적인 무대 때문이 아니었던가 싶다. 분명히 그들의 공연은 숨막힐 정도로 인간의 비극성을 극대화시켜 주었으며 관객의 상상력도 확대시켜 주기에 부족함이 없었다.

라마마극단의 「트로이의 여인들」은 서양과 한국(동양)의 만남의 기본 위에서 만들어진 작품이다. 우선 생음악으로 효과와 음악을 가미했는데, 거기에 쓰인 악기들은 대부분 우리의 민속악기였다. 따라서 음악에서도 한국적인 분위기가 물씬 풍겼다. 그뿐이 아니다. 의상도 절충된 것이었고 동작 역시 동·서양이 조화된 것임은 두말할 나위가 없다. 당초부터 라마마극단은 전세계 12개 국가의 배우들이 참여할 정도로 다민족 정서를 용광로에 섞어넣어 주물(鑄物)을 만들어온 단체이다. 이번 공연에서도 그런 분위기가 풍겼는데 그러한 다양한 표현기법으로 인생의 원초적 제의성과 비극성을 조화시키고 극대화시켜 놓았다. 훈련이 잘 되고 무대활용도 제대로 된 작품이어서 장면 하나하나가 마치 움직이는 조각처럼 보였다. 특히, 이 작품에서 관중을 당혹스럽게 만든 것은 연출가가 입체적으로 무대를 이끌어가면서 전쟁을 은유적으로 표현하고 주연 여배우들을 전라(全裸)로 노출시킨 것이라 하겠다. 그럼에도 불구하고 작품이 추하지 않고 아름다웠던 것은 고도로 승화시켜 놓았기 때문이다. 그러니까 연출가는 비극의 절대성을 미의 극치로 표출해 주었다는 이야기가 되겠다.

우리나라의 극단 유와 극단 자유가 공동으로 제작한 「리어왕」도 일종의 다국적 작품이라고 볼 수 있다. 왜냐하면 이 작품에도 미국·독일·일본 등 여러나라 배우들이 등장하여 각자 자기 나라 언어로 표현을 했기 때문이다.

따라서 표현상 통일이 되지 않아 어색하기는 했지만 연출가 김정옥의 철학이 곳곳에서 묻어났기 때문에 매우 이색적인 작품이 된 것만은 사실이다. 특히 김정옥의 독특한 죽음관에 입각해서 우리 고유의 장례의식을 부분적으로 도입한 것은 인상적이었다.

헝가리 극단의 소품 두 개는 연극의 무용화라 할 만한 묵극(默劇)이었는데 「두개의 초상」은 인간의 성숙문제를 다룬 것이고, 「신비한 중국인」은 동·서양의 이질적인 남녀의 만남과 사랑을 통해서 두 세계의 충돌을 관능적으로 표현한 이색 연극이다. 두 민족 의상을 현대화한 독특한 의상과 동양 가면의 착용, 그리고 자로 잰 듯한 배우들의 동작선, 아크로바틱한 움직임, 음산한 조명과 현대적인 음악 등이 절묘한 조화를 이룬 공연이었다.

그와 반대로 프랑스 무기마랭 무용단의 작품은 무용의 연극화를 잘 보여 준 경우였다. 데카르트의 실존적인 철학사상을 바탕으로 인간운명의 다면성(多面性)을 묘사한 「바테르조이」는 매우 잘 조탁되고 연마된 작품이었다. 인간의 내면 의식과 감정을 군더더기 하나 없이 입체적이면서 정교하게 표현해 낸 작품으로서 관중의 환성을 자아내고도 남았다.

14. 창극정립에 대한 몇가지 생각

창극은 판소리를 모태로 해서 출발한 것이지만 옥내(屋內)무대화된 독특한 연극양식이다. 즉 판소리는 어느 장소이든 병풍 정도의 무대장치만 있으면 공연될 수 있지만, 창극은 옥내무대가 갖춰야 될 장치라든가 조명, 대소도구 등이 있어야 제맛을 낼 수 있는 연극형태인 것이다.

이 말은 곧 창극이 수십년에 걸쳐서 발전되어 오는 동안 은연중 서구식 연극형식에 영향을 받아 정립되었다는 이야기도 된다. 그럼에도 불구하고 오늘날의 창극이 과연 바람직한 모습이냐 하는 데 의견이 분분하고 새롭게 양식화되어야 한다고 주장하는 사람들이 꽤 있는 것 같다. 현존하는 창극이 잘못된 것이라고 주장하는 사람들이 특히 못마땅하게 생각하는 부분은 역시 연출쪽이 아닌가 싶다. 그들은 왜 창극을 신극 연출가들이 하느냐는 데 의문을 가지고 있다. 판소리를 제대로 모르는 신극 연출가들이 창극을 실험대상으로 삼아서 망쳐놓는다는 극언까지 서슴지 않는다.

비판자들의 그러한 주장에 일리가 없는 것은 아니지만 그렇다고 연극 연출전문이 아닌 민속학자나 명창에게 무대연출을 맡길 수도 없지 않은가. 바로 여기에 오늘날 창극의 고민이 있는 것이다. 오늘의 창극을 비판하는 사람들은 흔히 중국의 경극이나 일본의 가부끼 및 노오(能)와 비교한다. 경극이나 가부끼, 노오가 훌륭하게 양식화되었으니 창극도 그렇게 만들어야 한다는 주장이다. 그래서 20여년 전 어느 연출가는 「수궁가」를 연출하면서 중국의 경극을 부분적으로 차용해서 실험한 적도 있었다. 이러한 주장과 실험에 전적으로 동의하는 사람들이 적지 않았다. 그러나 한발짝 뒤로 물러나서 생각해볼 때 우리의 창극을 경극이나 가부끼처럼 양식화시킬 수 있을까? 여기서 간과해서는 안될 것이 두세 가지가 있다.

첫째는 경극이나 가부끼는 상당히 오랜 시간에 걸쳐서 정립되었다는 것과 둘째로는 경극이나 가부끼는 서양문물이 밀려들어오기 전의 전통사회 속에서 양식화되었으며 세째 경극이나 가부끼 등은 전통사회 속에서도 의욕적으로 그것들을 세련, 양식화시켜 온 전문예능인들이 있었다는 점이다. 반면에 창극은 전통사회 아닌 근대사회 속에서 진전, 정립되었다는 점에서 경극 가부끼 노오의 정립과 비교하기 어렵다고 하겠다.

여기서 창극의 성립과정을 더듬어볼 필요가 있을 것 같다. 주지하다시피 창극은 개화기인 1905년경에 중국 경극에서 힌트를 얻어 발아되기 시작했다. 즉 1904년 서울 청계2가 일대에 상가를 형성하고 있던 중국인들이 청국관이라는 극장을 개설한 바 있는데 여기에 경극단이 수시로 와서 공연을 한 것이다. 이동백(李東伯) 강용환(姜龍煥) 등 명창들이 그것을 구경하고 판소리를 분창하여 대화창 형태의 창극을 실험하기 시작했다. 1908년부터는 백포장 무대장치와 함께 원근산천을 그린 무대배경에다가 수두어족(獸頭魚族)의 형체까지 만들 정도로 리얼한 분장까지 한 창극을 선보이기까지 했다. 1910년 한일합방 직후에는 김창환(金昌煥) 송만갑(宋萬甲) 등 명창들이 호남으로 내려가서 창극단을 만들어 수년간 공연활동을 벌이기도 했다. 한편 서울에서도 무대를 중심으로 전통연회를 거의 연중무휴로 공연했는데 레퍼토리 중에는 창극이 자주 무대에 올려졌다. 그러나 1910년대 초반까지는 원각사의 창극 수준만도 못하다가 중반에 이르러서야 태산준령을 그린 화폭배경과 가옥을 만들어 세울 정도의 무대장치와 군무까지 등장시키는 창극을 시도했다. 그러니까 명창들이 당시 경쟁상대였던 신파극무대를 의식하면서 부분적으로 그것을 모방하기도 했다는 이야기이다. 심지어 신파극단과 합동연극을 한 적도 있었다. 그러나 워낙 이질적인 사람들이었기 때문에 몇 달만에 헤어져서 각자의 길을 가게 되었는데 그 와중에서 창극이 신

파극에 적잖은 영향을 받은 것이다. 가령 여류명창이 이도령역을 하는 변장
까지 했던 것은 신파극의 온나가다(女形俳優)를 거꾸로 모방한 것으로 볼
수 있다.

그런데 1920년대에 가서는 소위 신구절충극이라 하여 명창들이 신파극을
배워 연기하면서 사이사이 창을 곁들인 매우 요상한 창극을 하기까지 했다.
그때까지만 해도 명창들이 연극을 제대로 모르는 상태에서 인기있는 신파
극을 맹목적으로 추종했고 그 결과 신파도 창극도 아닌 중간형태의 이상한
연극을 양상해 낸 것이다. 따라서 그래도 창극이라고 이름붙일 수 있는 작
품을 만든 것은 조선성악연구회시대였고 특히 서대문에 동양극장이 세워지
면서부터였다. 그러니까 1930년대 후반인 동양극장시대에 그런대로 창극이
정립될 수 있었던 이유는 다섯가지에서 찾을 수 있다. 첫 번째로는 명창들
이 원각사 30여년 동안 수없이 시행착오를 해오면서 창극에 대한 어느 정
도의 노하우를 쌓았다는 것과 두 번째로는 성악연구회라는 결사체에 대부
분의 유능한 명창들이 모두 모여들었다는 것, 세번째로는 나체극장 아닌 잘
설계된 동양극장무대를 만날 수 있었다는 것, 네번째로는 본격적인 상업극
장인 동양극장에서 홍해성·박진 등과 같은 창극을 어느정도 이해하는 전
문 신극 연출가를 만날 수 있었다는 것, 그리고 다섯번째로는 김용승(金容
承) 같은 전문각색 연출가와 원우전 등 무대미술가의 도움을 받을 수 있었
다는 것 등으로 요약해서 설명할 수 있다. 이것을 좀더 구체적으로 설명한
다면 아무래도 성악연구회 조직부터 이야기해야 되리라 본다.

주지하다시피 성악연구회는 명창 김초향(金楚香) 후원자인 순천갑부 김
종익(金鍾翊) 투자로 해서 1934년에 조직된 것이다. 따라서 뿔뿔이 흩어져
서 활동하던 명창들이 모두 집결하게 되었다. 성악연구회는 최고의 명창들
이 모인데다가 재정적 뒷받침도 받았기 때문에 우선적으로 「춘향전」 등 주
요작품을 5시간을 소요하는 완성된 창극으로 만들었다. 당시 관극평을 보면
"백발이 성성한 노명창들이 농기를 펄렁거리며 농부가를 주고받는 노련한
목청으로 부르는 느린 중모리조는 소리예술의 극치였다"는 것이다. 그런데
이때부터 극본이 시대감각에 맞도록 윤색되고 대사를 많이 삽입함으로써
창극이 소리 위주에서 대사본위의 연극으로 바뀌었다. 이어서 성악연구회는

그동안 맥이 끊겼던 「숙영낭자전」 「배비장전」 등을 발굴, 복원공연도 가졌고 「편시춘」이라는 새 창극도 만들어 무대에 올렸다. 이때 몇 번의 지휘까지 맡았던 이동백은 한 신문과의 인터뷰에서 "요사이 연극이라는 것은 어떻게 공이 드는지 격식을 몰라서 쩔쩔매겠습니다. 그러나 지금은 한두번 해온 일이 아니고 여러번 이렇게 연습을 해오니 그래도 원리를 알게 됩니다." 라고 술회한 바 있다. 여기서 이동백의 말을 인용한 것은 창극 발전의 한 단서를 그 속에서 찾아낼 수가 있기 때문이다. 바꾸어 말하면 창극지도자의 한 사람이었던 이동백이 동양극장시대에 와서야 겨우 무대극 원리를 조금 터득했다는 이야기가 된다. 1937년 당시 또 하나 중요한 기록을 보면 성악연구회가 공연한 「춘향전」을 전부 개작하기로 되어서 각색 연출자 김용승의 지도로 연일 연습중이라는 기사가 나와 있다. 창극계에 처음으로 각색과 연출을 전문으로 하는 사람이 등장한 것이다. 그러나 김용승이 창극정립에 그렇게 큰 영향을 미친 것 같지는 않다. 창극에 절대적인 영향을 끼친 인물은 토월회 때부터 신극연출을 해온 동양극장 전속연출가 박진(朴珍)이었다. 그는 창극지도와 관련하여 다음과 같이 회고한 바 있다.

"새삼스럽게 말할 것 없이 「춘향전」은 원래 노래로써 백수십년전에 이미 가극으로서 완성되었던 것인데 점점 퇴보했던 것이다. 이것을 다시 복구 시켜보겠다는 것이 그때의 포부였다. 그러나 창에 있어서는 저들이 전문가요 국창급 사람도 수삼인이었지만 연기력이 없는 것이 애로가 아닐 수 없었다. 그렇다고 그냥 내버려 둘 수가 없어서 당시에 그네들이 조직하여서 모이고 가르치고 하는 조선성악연구회라는 모임으로 하여금 창극단을 조직케 하고 먼저 「춘향전」을 연습시켰다. 이들에게 연기지도할 때 땀을 뺀 것은 그때나 지금이나 다름없지만 이 창극이 일반에게 환영을 받자 그후 우후죽순처럼 창극단이 생겨났다."

이처럼 창극의 성립과정에서 명창들은 신극연출가의 연기지도를 받았고 무대형상화 과정에서 하나에서 열까지 신극의 틀을 그대로 닮을 수밖에 없었다. 그런데 창극이 신극방식의 연기지도만 받은 것이 아니다. 동양극장때 배우를 했던 고설봉은 다음과 같이 증언한 바 있다.

"심청전이나 「춘향전」 등을 공연할 때 이동백·송만갑·김창룡·정정렬 같은 국창들을 모셔다가 무대 뒤에서 창을 부르도록 했다. 연극 중간에 창이 나오는 대목에서 관객의 반응이 좋자 박진·홍해성 같은 분들이 성악연구회의 이름으로 「춘향전」 등을 창극으로 공연하기도 했다. 의상이나 분장, 소도구 등은 동양극장 스탭들이 맡아 작업을 했고 성악연구회에 동양극장이 경제적인 지원도 해주었으며 지방순회 때는 동양극장 스탭진이 극장 날짜잡기, 교통편 예약 등 실무도 담당했다."

이상과 같은 증언을 요약하면 첫째 판소리 대본이 동양극장시대에 와서 무대극본으로 다듬어졌다는 것, 둘째 신극연출가들이 창극에 관심을 갖고 연기 연출을 지도했다는 것, 세째 무대미술·분장·의상 심지어 대소도구까지 모두 신극전문가들이 해주었다는 것, 네째 흥행기술과 경영기법까지 동양극장 스타일로 가르쳐 주었다는 것 등이라 하겠다. 따라서 당시 성악연구회의 창극을 보고 쓴 평을 보면 비교적 긍정적이었는데, 그 요점은 첫째 창극을 현대의 새로운 무대와 연결시킨 것이 좋다는 것., 둘째 연기에 있어서는 사실적인 것과 신파극의 과장연기가 혼재했는데 신파조는 거슬렸다는 것 등이었다. 그러니까 평론가나 관중은 신극과 신파극의 절대적 영향을 받아 정립된 동양극장시대의 창극을 높이 평가한 셈이다. 대중의 절대적 호응을 얻은 창극은 이때부터 여러 개의 창극단으로 분산되어 직업극단이 된 것이다.

창극이 직업연극이 되면서 전래되어온 극본은 말할 것도 없고 「옥루몽」「항우와 우미인」, 「팔담춘몽」, 「봉덕사의 신화」, 「망부석」, 「유충렬전」 등 중국과 우리 고전을 창극화했고 신파극작가들에게 의뢰하여 「고란사의 종소리」, 「보은표」, 「농군」, 「어촌야화」 등을 공연함과 동시에 창극단들이 다투어 출연자들에게 화려한 의상을 입혔고 대규모 국악관현악단 생음악연주까지 시켰다는 사실이다.

이러한 창극은 해방직후까지 그대로 계승되어 왔다. 그러니까 해방직후에는 혼돈상황이었기 때문에 창극을 발전시켰다는 것은 참으로 어려운 일이었고 명맥만 잇는 것만도 다행스런 처지였다. 명창들은 국극사(國劇社)에 모여서 공연활동을 벌였는데 그나마 여류명창들이 따로 떨어져 나가 여성국악동호회를 조직함으로써 창극은 급속도로 위축되었다. 게다가 1950년

6·25전쟁까지 발발하여 창극은 잠시 명맥조차 끊기는 처지에 놓이게 되었다. 1953년 국극사가 재건되기는 했지만 유명무실했고, 1962년에 국립창극단(단장 金演洙)이 발족되면서 겨우 제자리를 찾을 수 있었다. 이때부터 창극은 김연수 연출로 공연되기 시작했는데 「춘향전」을 관극한 성경린은 해방전의 창극에서 조금도 나아진 것이 없다고 평가했다. 김연수는 명창출신답게 도창(導唱)·대창(對唱)·입체창 등을 적절히 구사하는 소리위주의 무대를 만든 것이다. 그러나 다음 작품부터는 동양극장출신 연출가 박진이 맡으면서 극적인 재미에 포커스를 맞춰갔다.

박진에 이어 역시 신극 출신의 이진순이 연출을 맡으면서부터는 동양화적인 무대미술을 선보였다. 창극이 이처럼 방황하자 연극인·명창·국악학자등 12명의 전문가들로 1968년에 창극정립위원회라는 것을 구성케 된 것이다. 이 정립위원회의 목표는 판소리에 내재된 독자의 형식을 찾아내어 그것을 체계있게 정립하자는 있었다. 그리하여 이들은 수 차례의 토론을 거쳐서 세가지 방향을 제시했다. 첫째 종래의 창극에서는 고수나 악사를 서양연극의 음향효과처럼 간주하여 이를 무대에 노출시키지 않았지만 위원회의 견해로는 고수나 악사는 판소리의 일부분으로 무대의 한구석에 자리를 마련하여 추임새를 제대로 할 수 있도록 할 것, 둘째 창극이 서구식으로만 가는 때에는 극의 진행이 대화창으로만 이루어지는 것이어서 판소리의 여명창은 그만 무대에서 소실될 위기에 놓이게 되므로 판소리 본연의 특징을 살리기 위해서라도 연창이라 이름하여 역시 무대의 한구석에 자리 마련을 해줄 것, 세째 판소리 연출은 도연(導演)이라 이름붙여야 마땅한데 그 이유는 판소리 연출은 창조가 아니라 그 양식대로의 연기를 지도하는 데 그쳐야 그 양식이 무너지지 않고 전수보존된다는 것이었다.

여기서 주목되는 것은 악사의 노출과 도창의 활용이고 판소리원형 전수에 포커스가 주어져 있는 점이라 하겠다. 정립위원회는 곧바로 이본(異本)들을 모아서 정본(正本)을 만드는 작업을 했고, 우선 「정립춘향가」를 만들어냈다. 「정립춘향가」를 만드는 데 있어서 사설의 표준화, 작곡의 표준화, 너름새의 표현설명 등에 주안점을 두었다. 강한영(학술)·서항석(각색)·김연수(작곡)·박진(연출) 등이 만든 「정립춘향가」를 관극한 사람들은 대단히 부정적이었다. 관중은 젊은 이도령의 창보다는 도창을 한 김연수·김소희·박초월의 창만을 들으려 했다는 것이다. 이 말은 곧 당시 관중이 연극성보다는 창에 더 관심이 있었다는 이야기가 된다. 그러나 시대가 바뀌고 대중의 취향이 달라지는 마당에 창극을 어떻게 정립할 것인지를 1970년대까지만 해도 발견해내지 못했다. 특히 이 시기에 창극연출을 전담하다시피했던 이진순은 경극이라든가 가부끼, 노오 등을 염두에 두고 창극 실험을 하는 시행착오만 거듭하다가 타계했다.

이어서 허규(許圭)가 바톤을 받아 몇가지 실험을 해서 찬반의 반응을 얻은바 있는데, 그가 생각하는 방향은 첫째 소리와 춤극이 잘 조화되는 무대, 둘째 조명은 밝고 건강한 분위기를 주며, 셋째 장치·분장·의상·소품 등은 설명적이 아니고 표징적으로 하고, 넷째 의상은 가능한한 화려하고 세련되어야 하며, 다섯째 일상성과 감상주의에서 벗어나 높은 예술성을 지닐 수 있도록 해야 한다는 것이다. 허규의 창극관은 동양극장시대의 창극방식의 일부와 창극정립위원회의 주장 일부를 수용, 진전시키기도 했지만 전체적으로는 재래의 창극방식을 변증법적으로 종합한 것으로 비춰지지 않았나 싶다. 그렇다면 오늘의 시점에서 창극을 어떻게 해야 하는가? 제일 먼저 창극을 경극이나 가부끼, 노오 등과 비교해서 생각해서는 안될 것이라는 점이다. 서두에서도 밝힌 바 있듯이 같은 고전이라 하더라도 생성배경이 크게 다르다. 모든 분야에서 정보화시대에 걸맞게 템포가 빠른 이 시대에 어떻게 봉건시대 연극을 만들 수 있느냐 하는 점이다.

바로 그 점에서 창극은 경극이나 가부끼, 노오보다는 유럽의 오페레타를 모델로 삼는 게 어떤가 하는 생각이다. 결론적으로 말해서 창극이 일단 판소리로부터 분리되어 나온 연극쟝르라는 인식을 갖고 현대인의 감각에 맞는 음악극으로 세련시키는 일이다. 따라서 이제와서 판소리 본연의 자세로 되돌아가자는 것도 바람직스럽지 않고 신극 연출가마다 마구잡이로 실험하는 것도 경계해야 한다. 동양극장시대, 창극정립위원회시대, 허규시대로 이어져오면서 왜곡 굴절된 것을 바로잡고 그 장점만을 추출해서 현대에 맞는 전통적 가무극으로 고정시켜가는 것이 중요하다는 생각이다. 그러려면 1960년대의 창극정립위원회 같은 것을 다시한번 만들어서 추스려 보는 것이 어떨까.

15. 지방연극의 발전과 그 한계

어느 나라나 정부가 들어서 있는 중앙과 그렇지 못한 지방이 있게 마련
이다. 정부가 들어서 있는 중앙에는 정치·경제·문화가 집중되게 마련이
고 별 특색 없는 지방은 소외되는 것은 필지의 사실이다. 그런데 선진국의
경우는 중앙과 지방의 격차가 적고 후진국은 그 격차가 큰 것이 특징이다.
그렇다면 우리는 어느 쪽인가? 적어도 중앙과 지방의 격차에서 볼 때는
분명 후진국에 속한다. 금년에 들어서야 겨우 지방자치제가 실시되었으니
정치는 선진국 문턱에 들어섰다고 말할 수 있을지 모르지만 적어도 문화와
경제는 아직도 중앙에 몰려 있는 실정이다. 사실 현대문화는 도시문화이고
도시문화는 공연장이라든가 전시장 같은 문화공간에서 창조 보급되는 것이
특징이다. 개화기 이전까지만 해도 우리 문화가 지방에서 오히려 활발했던
이유는 농경사회였기 때문이다. 그러나 개화의 물결에 따라 전통문화는 급
격히 붕괴 쇠퇴하고 도시형 서양문화가 들어오면서 한국문화는 거의 중앙
에 몰리게 되었다. 이 말은 곧 한 나라의 뿌리가 되는 지방문화가 소멸되다
시피 했다는 이야기가 된다. 그런데 연극의 경우를 놓고 볼 때, 6·25전쟁
까지만 해도 지방관객을 충족시킬 만한 중앙극단들의 순회공연이 꽤 활발
했었다. 그러나 전쟁이후 소위 상업극단들의 소멸로 인해서 지방의 연극관
객도 함께 소멸했다. 특히 영화와 텔레비전의 발달로 인해서 지방의 연극기
반은 불모 그 자체로 바뀌었다. 1980년대초까지만 해도 대구·광주·부산·

인천 등 대도시 몇 군데에 아마추어극단 몇 개가 있어서 연간 한두번 공연
하는 것으로 지방 연극애호가들의 갈증을 채워주는 정도였다. 그러다가
1983년 드디어 전국지방연극제가 실시되기에 이르렀다.

제1회 연극제에서 느낀 소감은 세 가지였다. 첫째, 연극을 제대로 할 수
있는 시설이 없다는 것, 강당같은 시민회관에서 공연했지만 부실하기 그지
없었다. 두번째로는 지방에 이렇다고 할 극단이 없었기 때문에 교사·은행
원·사업가·방송인 가운데서 평소 연극에 관심을 가진 아마추어들이 연합
해서 연극을 구성해 가지고 온 경우가 태반이었다는 것, 세번째는 지방에
전문 극작가·배우·연출가·무대미술가 등이 없었기 때문에 연극수준은
대단히 미숙한 아마추어였다는 것, 게다가 자기 고장의 특성을 살린답시고
설화를 바탕으로 한 엉터리 희곡이 두세편씩 끼어 있었다. 그리고 모든 작
품이 중앙의 저명 극작가들이 과거에 써서 수없이 울궈먹은 것들이었다.
물론 인천거주의 윤조병(尹朝炳)이 자주 신작을 내주어서 그런대로 지방연
극의 가능성을 내비춰주는 정도였다. 특히 3·1운동 직후에나 있었을 법한
수준의 연극을 두세 곳에서 가지고 나와서 눈살을 찌푸리기도 했다. 그런
지방연극이야말로 중앙연극과는 완전 단절상태에 있는 곳이었다. 이러한 경
향은 3, 4년 지속되었다. 심사위원들과 중앙의 연극인들이 지방연극제에 간
접적으로 참여하여 여러가지를 충고하고 가르치는 일도 했다. 특히 중앙연
극과의 교류를 권장했다. 그러나 5, 6회 지나면서 지방연극의 변화가 생기
기 시작했다. 그 첫번째 변화는 각 지역에서의 극단 출현이었다. 대도시는
말할 것도 없고 중소도시에서도 극단이 생겨나기 시작했다. 시도립극단의
태동조짐도 보였다. 두번째로는 전문연극인이 극히 소수이지만 생겨나기 시
작했다. 물론 그들이 지방에서 연극으로 생계를 유지할 수 있는 것은 아니
었다. 그러나 어떤 도시에서는 부실하나마 소극장도 꾸몄다. 세번째로는 연
극수준의 향상 조짐을 보여주었다. 즉 레퍼토리 선택에 대한 안목은 말할
것도 없고 연출·연기가 무엇인지도 모르고 하던 지방 연극인들의 연극의
식이 극히 미약하나마 향상되기 시작한 것이다. 네번째로는 자신들의 연극
수준을 깨달으면서 중앙과의 긴밀한 협조체제를 갖추는 곳도 생겨났다. 지
나친 경우는 중앙 연출가를 초빙하여 아예 연습을 전담시킴으로써 다른 지

방연극인들의 원성을 사는 경우까지도 없지 않았던 것이다.

그런데 지방연극의 문제점도 하나둘씩 나타났다. 그것은 순전히 연극외적인 것에서 불거져 나온 것인 바 다름아닌 지역간의 경쟁심리의 폐해라 말할 수 있다. 그것은 특히 각 지역 공무원들에서 나타났고 그러한 지방관리들의 공명심이 연극인들을 음양으로 압박한 것이다. 그럴 수밖에 없는 것이 각 지역에 돌아가는 연극상이 그들 담당 공무원들의 고과표에 오르게 되고 그것은 곧 진급에 영향을 주기 때문이다. 관리들이 연극지원에는 인색하면서도 공명심에서는 뒤지지 않는 행태를 보여주고 있는 것이다. 염불에는 뜻이 없고 잿밥에만 뜻을 두는 꼴이라 말할 수 있겠다. 이것은 지방연극 발전에 상당한 폐해로 나타나고 있다. 왜냐하면 지역연극인들이 자기 고장의 연극문화진흥에 대한 장기적 발전책을 세워서 레퍼토리를 취택하고 스탭을 구성해야 됨에도 불구하고 당장 수상에만 매달리는 경향마저 보여주기 때문이다. 그러니까 지역연극인들이 항상 고식지계에 빠져 있다는 이야기가 된다.

여하튼 연극제 10여년이 지나면서 지방연극이 크게 향상되고 있음은 부인할 수 없다. 우선 초창기와는 달리 지역간의 편차가 줄어들었음을 확인할 수가 있다. 지방연극제를 실시하고 수년이 흐르는 동안 지역간의 수준차는 너무나 컸었다. 어느 중소도시 극단은 신극 초창기 연극을 하고 있었는가 하면 또 다른 지역은 동양극장시대 연극을 했고 좀 괜찮다는 지역이 1960년대 연극을 하고 있었던 것이다. 그런데 더욱 문제점은 소위 새로운 실험극을 한다는 곳이라 하겠다. 70년대에 드라마센터에서 한 것이거나 아니면 민예극장에서 전통극 현대화 작업이랍시고 했던 실험을 매우 치졸하게 모방하는 것이 이따금 눈에 띄었다. 물론 지방연극의 주조는 진부한 리얼리즘에 틀림없는 것이다.

레퍼토리 선정만 하더라도 적잖은 문제점을 지니고 있다. 물론 창작극만 무대에 올릴 수 있는 제약이 없는 것은 아니지만 지역 연극인들의 무감각이다. 상상력 결핍에서도 문제는 드러난다. 가령 레퍼토리를 훑어보면 신작과 구작으로 되어 있다. 중앙 작가들이 좀처럼 신작을 주지 않고 있다는 것이다. 그 결과 지방연극은 여전히 아마추어리즘에 빠져있을 수 밖에 없고 중앙연극의 조류에서 2, 30년 뒤에 처져있게 마련이다. 따라서 지방연극제 10년이 지났어도 지방도시에 연극관객층이 형성되고 있지 않다. 그 결과 동원 관객밖에 없고 그것도 중학생들이 주류이다. 물론 지방도시에 전문연극이 없었으므로 관객층이 형성되지 못했다고 말할 수 있다. 그러나 십수년만에 자기고장에서 벌이는 전국 규모의 연극축제에 시민들이 별 호응을 보이지 않는 것은 작품 수준에도 상당한 책임이 있다는 생각이다. 영화와 텔레비젼의 발달로 인해서 지방사람들의 감각도 중앙사람들에 뒤지지 않음에도 불구하고 연극수준만은 지나치게 낙후되고 진부하기 때문에 시민이 관심을 보이지 않은 것이다. 지방연극제가 10년을 넘겼어도 변변한 번안작품 한편 나오지 않았다는 것이 그 점을 단적으로 보여주는 예라 하겠다. 지방에는 사실 연극이 존립할만한 바탕이 되어있지 못하다. 수년전까지만 해도 공연장부재·정책부재·연극 인적·자원부재·관객부재 등 그 어느 한 가지도 충족되는 것이 없었다. 그러나 10여년이 흐르면서 여러 부분에서 개선이 되었다. 우선 각 도시에 훌륭한 시설의 공연장이 세워졌다. 관의 지원도 과거보다는 많이 나아졌다. 배우 등 연극인도 늘어났다. 관객층도 생겨나고 있다. 경기, 인천 등에는 관립극단도 생겨났다. 지방대학에 연극과가 생겨나고 있기 때문에 인적 자원도 완만하나마 풍부해져 가고 있다. 중앙연극과의 활발한 교류도 지방연극을 진전시키고 있다. 그런데 가장 큰 문제는 지방연극인들의 연극에 대한 식견부족과 감각의 고루함이라 말할 수 있다. 실제로 지방연극지도자들 대부분이 연극교육을 제대로 받아보지 못한 사람들이다. 그 결과 레퍼토리 선정에서 가장 큰 문제가 드러난다. 지방 연극의 주조는 사회문제극이라는 사실에서 지방연극인들의 예술인식과 감각을 알 수 있는 것이다. 물론 여기에는 역사의 멍에에서 벗어나지 못하고 있는 우리 극작가들에게 근본적인 원인을 돌릴 수도 있다.

그러나 레퍼토리 선택폭이 좁은 것만은 아니다. 이 말은 지방연극인들이 아직도 전시대의 신극정신에서 전혀 벗어나지 못하고 있다는 이야기와 연결된다. 그러니까 연극이 저항과 폭로 비판의 가능만을 한다고 믿고 있는 것이 아닌가 싶다. 물론 연극은 곧 사회의 기록이라고 주장하는 사람들이 있었다. 그러나 연극의 오락적 교양적 기능에도 눈을 돌릴 필요가 있는 것이다. 만약 연극이 과거사나 들추고 비판기능에만 머문다면 관객은 극장을 찾을 필요없이 집에 앉아서 역사책이나 읽으면 될 것이다. 지방연극인들은 바로 이 대목에 귀를 기울일 필요가 있다. 만약 지방연극인들이 변함없이 경직상태에 머무르게 된다면 연극은 존립하기 어려울 것이다. 왜냐하면 감각적으로 앞서가는 시민이 외면할 것이기 때문이다. 지방연극인들은 국민소득 1만달러 시대에 살면서도 연극의식은 2, 30달러시대의 연극감각을 지니고 있다. 그렇지 않다면 어쩌면 그렇게 딱딱하고 재미없는 연극만 하고 있단말인가. 우리 사회가 풍요로워지면서 각종 프로스포츠가 생겨났고 영화·텔레비전·비디오·시디롬 등 다양한 영상매체가 대중의 눈을 현혹시키고 있다. 그뿐만 아니라 사람들이 이목을 끄는 관광레저 산업의 발달도 극장문을 차단하고 있다. 이런 틈새를 비비고 지방연극이 어떻게 살아남을 수 있단 말인가.

그러나 너무 절망할 필요는 없다. 연극은 배우의 표정과 호흡을 목전에서 느낄 수 있는 매력적 예술쟝르이므로 제대로만 하면 사람들을 끌어당길 수 있다. 우선적으로 지방연극은 중앙에 대한 콤플렉스에서 벗어나야 한다. 첫째로 지방연극이 존립할 수 있으려면 인천이나 경기도 등에서 볼 수 있는 것처럼 시·도립극단이 계속 생겨나야 한다. 직업으로서 연극을 하는 사람들이 모여야 지방연극이 살 수 있기 때문이다. 두번째로는 프로야구 등과 같은 경우에서처럼 기업이 각 지역에 전문극단을 둘 경우 지방연극이 활성화될 수 있다. 그러나 이것은 꿈 같은 이야기이다. 세번째로는 지방연극인들이 중앙과 교류를 더욱 확대해야 한다. 저명한 연출가나 배우를 초빙해서 세련된 작품을 만들어내는 노력을 할 필요가 있다. 네번째로는 지방연극인들의 연극의식이 혁명적으로 바뀌어야 한다. 그러니까 전근대적인 연극의식에서 탈피해야 한다는 이야기다. 앞에서도 조금 언급했지만 식민지시대적 신극정신에서 벗어나야 되고 다음에는 지역주의에서 탈피해야 한다.

자기고장의 특색을 보여준답시고 알아들을 수 없는 방언의 남용은 물론이고 설화나 인물, 역사적 사건을 승화시키지 못한 채 어설프게 미화해 놓는 것도 문제이다. 예술이란 특수성과 보편성이 있는 것이고 특수성이란 것도 보편성을 살리기 위한 수단에 불과한 것이다. 이는 비단 지방연극에만 해당되는 것이 아니고 한국예술 전반에 관한 것이지만 우리 연극인들은 인문학적 고민을 해야 한다. 그러니까 이 광대무변한 우주 속에서 인생의 의미는 무엇이며 인간은 무엇을 할 수 있는가 하는 문제와 씨름해야 한다는 이야기이다. 다섯번째로는 제작기술의 향상도 꾀해야 한다. 무대미술·음향·효과·대소도구 제작·의상, 그리고 기획과 홍보, 경영능력까지 키워야 연극이 전체적으로 살 수 있다고 본다. 이는 물론 한국연극이 안고 있는 문제이기도 하다.

16. 시민연극과 대중극의 차이

어느 민족이나 대체로 극형태의 예술은 갖고 있으며, 그 발생원리 또한 대동소이하다. 다만 차이라고 한다면 각 민족의 환경이나 정서의 차이에서 오는 표현형태의 차이가 있을 뿐이다. 가령 서양연극과 동양연극 특히 우리 연극과의 차이라고 한다면 다 같이 축제적 성격의 종교의식에 그 태반을 두고 있음에도 서양극이 그 태반을 일찍 털어버린 데 비해서 동양연극(한 국연극)은 아직까지 그것을 매달고 다닌다는 점이라 말할 수 있다. 그렇게 된 배경에는 시민사회와 농경사회라는 양쪽의 다른 외적 환경이 도사리고 있었음에 주목할 필요가 있다. 그러니까 서양에서는 일찍이 도시가 발전함 으로써 연극형태를 변화시키고 세련시켜 왔던 데 반해서, 동양은 근세까지 농경사회가 지속됨으로써 도시라는 개념이 정립되지 못했고 그에 따라 연 극양식도 극히 농촌적이었다. 그것은 특히 우리나라처럼 서구화가 낮은 사 회에서 더욱 심했다.

서양의 경우는 도시가 발전함으로써 시민계층이 일찍부터 형성되었고 그 들의 생활방식이라든가 욕구·정서·꿈 등을 담은 연극양식을 만들어간 것 이다. 반면에 우리나라는 농경사회가 거의 식민지시대까지 지속됨으로써 소 위 시민계층이라는 것이 형성되지 못했고 연극양식도 극히 민속적인 것이 그대로 계승되어 온 것이다. 그리하여 조금씩 도시화가 되는 과정에서 서양

연극도 동양연극도 아닌 어정쩡한 신파극이 들어오고 신파극에서 파생된 악극, 그리고 민속극의 일종인 판소리 분창형태의 창극(여성국극 포함) 등 이 소위 시민층을 사로잡기에 이르른 것이다. 이 말은 곧 근대에 와서 갑자 기 형성된 소위 도시민층의 지적 정서적 수준이 농민의 그것과 큰 차이가 없었음을 의미하는 것이다.

그렇다면 우리의 농경사회의 연극은 어떤 것이었나? 한 마디로 민속극인 데, 그것은 곧 대중극이었다고 말할 수 있다. 예능화된 굿놀이를 비롯하여 가면극·꼭두각시극·판소리 등이 그들인데 이들은 제의성을 탈피하지 못 한 대중극이다.

이들을 필자가 서슴치 않고 대중극이라 지칭하는 것은 민속극이 다수 사 람들(農商工人)의 미감(美感)과 욕구를 반영하고 있기 때문이다. 그러니까 우리 민속극은 농민이 주가 되는 전통사회의 사상·정서·생활 등을 재미 있는 놀이형태로 표현한 연극양식인 것이다. 가령 풍자성이 강한 가면극은 불교사상이라든가 계층간의 갈등, 그리고 전제군주 사회의 가족해체 등을 파르스적인 표현형태로, 꼭두각시극 역시 중세사회의 가정파탄을 유불선의 고차원적으로 표현하고 있으며, 음악극 형태인 판소리는 중세사회의 대중의 꿈을 노래로서 표출하고 있다. 그럼에도 불구하고 이런 형태의 연극이 근대 이후 신파극이나 창극 및 신극 등에 밀리게 된 이유는 우리도 어느 정도 시민층이 형성되어 가고 있었기 때문이다.

여기서 주목해야 될 것은 우리의 시민계층이라는 것이 어중간해서 가면 극이나 꼭두극보다는 신파와 악극을 또 판소리 대신 창극을 선호했다는 사 실이다.

그런 시기에 서양극이 지식층 중심으로 수용되기 시작했지만 아직까지 이 땅에 깊숙이 착근되었다고 보기 어렵다. 우리가 3·1운동 이후 서양근대 극을 70여년 동안 실험했지만 오늘날까지도 그것이 시민층에 뿌리를 내리 지 못하고 있는 것이 사실이다.

오늘날까지 시민계층이 서양근대극보다는 대중극화된 신파나 악극 등에 재미를 느끼는 것에 주목할 필요가 있다. 사실 어느 사회든 그 사회의 심미 적 수준은 사회의 여타부분과 서로 연관되어 있는 것이다. 농어민이 지니는 미의식, 예술, 여가는 오늘날 산업근로자들이나 지식인들의 미의식, 예술, 여가 등과는 간격이 클 수밖에 없다. 우리 조상들이 그처럼 좋아했던 가면극이나 꼭두극, 판소리 등이 요즘의 시민들에게 이질감을 주는 것도 그 때문이다.

사실 민속극이 전통사회의 대중극으로서 비판자들이 지적하는 대로 길거리의 벽돌 정도로 심미적 요소를 지니지 못했는가? 그렇지 않다. 앞에서도 언급한 것처럼 우리 민속극은 중세사회의 사상과 생활형태 갈망 등을 다양한 예술적 표현방식으로 충실하게 반영함으로써 대중에게 카타르시스 기능을 해주었던 것이다. 좀더 구체적으로 설명한다면 전통적인 민속극이 불교라든가 무속 도가적(道家的)인 종교사상에서부터 중근세사회의 구조적인 병폐, 가정의 해체, 그리고 척박한 상황의 몽환적 구조 등에 이르기까지 매우 광범위하게 상황을 짚어주면서 오락적으로 해소시켜 주었던 것이다. 그들이 즐겨 쓴 표현방식은 춤과 노래였고 가면과 인형의 활용이었다. 그럼에도 불구하고 요즘 사람들이 민속극에서 이질감을 느끼는 것은 서구문예에 익숙해져 있는데다가 비극장적(非劇場的)인 공연방식 때문일 것이다.

반면에 셰익스피어가 당시 영국에서 대중극으로서 제 역할을 다 하고 고급예술의 반열에 올라설 수 있었던 것은 셰익스피어 작품의 세련된 극장성일 듯싶다. 이처럼 대중극과 소위 예술지상주의극과의 차이는 그렇게 큰 것이 아니다. 비판자들은 대중극에 대해서 통속적이라 폄하하면서 완벽함·영속성·심오함·복합성 등이 부족하다고 말하지만 우리 민속극이나 셰익스피어극 등에서 볼 수 있는 것처럼 전혀 그렇지 않다. 또 혹자는 대중극은 감각을 쫓고 예술극은 정신을 추구한다고도 말한다. 그렇기 때문에 대중극은 현실 기피나 망각의 기능을 하고 예술극은 인식에의 끊임없는 추구를 멈추지 않는다고도 말한다.

그러나 이상과 같은 구별은 옳지 못하다. 물론 대중극이 표현기법에 있어서 오락적이고 감각적인 것은 사실이다. 그러나 셰익스피어나 우리의 민속극 등에서 볼 수 있는 바와 같이 심오성이나 영속성이 부족한 것은 아니다. 그뿐만 아니라 현실에 대한 직시 역시 강하다. 다만 차이라고 한다면 대중극이 수용자 지향적이라고 한다면 예술지상주의극은 창작자 지향적이라 말할 수 있다. 그렇기 때문에 소위 예술지상주의극은 엘리트주의에 빠지게 되고 동시에 자기만족에서 벗어나지 못한다. 1930년대 극예술연구회 이후의 신극정신이라는 것이 바로 그런 것이었다. 특히 시대변동에 따라 동양극장 중심의 대중극이 일부 고답적 지식인들에게 항상 비판의 표적이 되어오다가 6·25 전쟁을 전후해서 무대로부터 사라짐으로써 우리의 무대를 오로지 극예술연구회류의 예술지상주의극만 남게 되었다.

우리 사회에서 예술극이란 것은 언제나 아마추어리즘의 큰 틀에서 벗어나기 어려웠고 대중을 찾아나설 때는 언제나 가차없는 매도를 당했다. 다원주의사회가 도래했어도 연극은 언제나 고답적인 예술극만 존재해야 했고 그것만이 연극이라고 문을 닫아걸었다. 그만큼 연극계는 배타적이었고 폐쇄적이었다. 그러다 보니 연극은 시민사회가 형성되었어도 현실적 삶과 동떨어진 이야기만 외쳐왔다고 해도 과언이 아니다. 따라서 최근 일부 현실적인 연극인들은 이미 무대에서 사라진 지난 시대의 복고풍 연극을 갖고 대중과 조우하려는 노력들을 하고 있는 것 같다. 그러나 그것도 차선책일 뿐 최선책으로 보여지지는 않는다. 왜냐하면 그들이 만들어 내놓은 작품들이 복고적인데다가 순전히 관능적이거나 센티멘탈리즘의 당의정을 씌워 놓은 통속작품들이기 때문이다.

그런 상황에서 새로 창단된 시립극단이 소위 시민연극이라는 캐치프레이즈를 내걸고 나온 것은 주목된다. 필자가 시립극단에게 바라는 시민연극이란 과연 어떤 것인가를 무대극으로 표현해보라는 것이다. 다음으로는 시민의식에 대한 색다른 접근이 필요할 것이라는 점이다. 전술한 바 있듯이 우리나라 도시들은 근세에 와서 형성되었고 현대에 와서 급팽창된 것이다.

가령 서울시만 하더라도 6백년의 역사를 지니고 있지만 개화기까지도 겨우 20만 정도의 소도시였다. 서울시가 1천만명 이상의 세계적 대도시가 된 것은 산업사회가 전개된 1960년대 이후에 이룩된 것이다. 이 말은 서울인구 구성원의 주류가 농상어민층과 그 후예들이라는 이야기가 된다. 그렇다면 그들의 정서바탕은 어떤 것일까? 물론 오늘날 서울인구의 과반이 청소년층이므로 정서적 바탕을 한마디로 설명할 수는 없다. 그러나 분명한 것은 시민사회의 구성원 태반을 이루는 계층이 얼마 전까지 농상어민층이었다가 공상분야로 바뀐 계층이라는 점은 분명하다. 따라서 야외에서 벌어지는 이벤트행사를 볼 때 농악대가 있는 곳에는 기성층이 몰리고 째즈 소리가 울려퍼지는 곳에는 청소년들의 함성이 있다. 이것은 토착정서와 서양정서의 괴리와 갈등을 암시적으로 보여주는 것이어서 시사하는 바가 크다.

여기서 바로 시민연극이 풀어야 하는 세번째의 문제점이 드러난다고 볼 수 있는데 그것은 토착정서와 서양정서의 중간지점 혹은 절충지점에 포커스를 맞춘 작품을 만들어내는 것이어야 한다는 생각이다.

그렇다면 그런 연극은 어떤 것인가 하는 네번째의 문제가 야기된다. 그러나 네번째의 문제는 그렇게 어렵게 생각할 필요가 없다. 전통적인 가치관이 서양적인 가치관에 의해 붕괴, 와해 교체되어 가는 과정을 여러 측면에서 표출해주는 것이 곧 시민연극의 큰 주제일 수 있다는 이야기이다. 이번에 시립극단이 대중성 있는 소설 「아버지」를 창립 레퍼토리로 삼은 것도 그런 측면에서 이해할 수 있다.

주지하다시피 식민지시대에 동경유학생들이 서구근대극을 이상으로 삼은 저항적 리얼리즘극을 하면서 동양극장류의 대중극을 매도 폄하했었다. 따라서 아직도 상당수 연극인들이 그런 지사적(志士的) 신극정신을 고수하고 있지 않나 싶다. 그러나 시대는 놀랄 만큼 바뀌었고 가치관도 변했으며, 감각은 더 말할나위 없다. 그런 때에 시립극단의 공연문법은 무엇이어야 하는가? 해답은 쉽게 나오리라 본다. 다원화된 시민의식의 예술적 표출이 중요한데 그러려면 우선 과거의 고답적 예술정신의 극복, 지양이 중요하다. 연극을 위한 연극, 예술을 위한 예술, 배타적이면서도 자기도취적인 연극은 지양되어야 한다. 시민, 더 나아가 대중을 끌어안지 못하는 연극은 살아남을 수 없다. 안방극장에 꼭꼭 들어앉아 있는 시민을 극장무대로 끌어낼 수 있는 연극이 절실히 필요하다. 그런 연극, 즉 오늘의 시민정신과 풍정을 담아내는 연극이 곧 시민연극이다. 그점에서 시민연극은 맹목적인 상업성만을 추구하는 풍속적, 복고풍의 대중극과 큰 차이가 있다고 생각한다.

17. 남북한 공연예술교류의 자세

오늘날 우리 민족의 최대 숙원은 통일이고 통일 이후의 복된 삶이라 말할 수 있다. 따라서 우리가 정부차원이든 민간차원이든 남북교류가 시급한 것이고 그것이 정치·경제든 문화든 궁극적으로는 하나가 되기 위한 노력이라 하겠다. 그런데 정치·경제·문화교류 중 정치의 경우는 하나의 국가를 목표한 것이고 경제교류는 균형적 삶을 추구하려는 것이며 문화예술교류는 정서적으로 민족의 동질성을 회복시키자는 데 있다고 하겠다. 사실 정치도 사람이 하는 것이고 경제행위도 사람이 하는 것이다. 그렇기 때문에 무엇이든 정서적 동물이라 할 사람이 전제되지 않고는 아무 것도 이루어질 수 없다. 즉 사람들 사이의 얼어붙은 마음이 녹지 않고는 어떤 교류도 불가능하고 또 설사 부분적으로 교류가 이루어진다고 하더라도 그것은 일시적이거나 형식적일 수 있는 것이다. 그리고 또 정치변화에 따라 급격히 통일이 이루어진다고 하더라도 반세기 동안 단절된 삶 속에서 형성된 정서적 이질성 때문에 상당한 갈등과 혼란이 야기될 수도 있다는 생각이다.

북한을 연구해 보면 다른 민족 이상으로 전혀 딴 세상이다. 마르크시즘과 김일성 주체사상이 교묘하게 결합되어 특이한 종교집단과 같은 사회이다. 우리 사회 안의 이단종교의 광신도들과도 대화가 안되는 판에 하물며 김부자(金父子)를 유일신으로 신봉해온 북한사람들과 대화하기란 정말로 어렵다는 생각이다. 특히 전후세대로 내려갈수록 그런 간극이 심하다. 바로 그런 측면에서 가장 먼저 이루어져야 될 것이 문화교류이고 그 중에서도 다중을 상대로 정서에 스파크를 가할 수 있는 공연예술이 아닐까 싶다.

가령 문학이나 학술 같은 분야는 어디까지나 개별적인 것이므로 단기간에 성과를 얻을 수 없으나 단기간에 성과를 얻을 수 있는 것은 수백수천의 관중을 상대로 하는 동시에 정서에다가 감동이라는 무기로 호소하고 설득할 수 있는 쟝르가 바로 음악·무용·연극 같은 무대예술일 것이다. 북한에 존재하는 예술은 거의 목적예술이다. 그들의 체제를 미화하고 홍보하는 예술이 전부이다. 그들을 미화하고 옹호하는 것은 이해할 수 있으나 남한 사회를 증오, 폄하, 경계하는 내용으로 되어 있다는 데 문제의 심각성이 있으며 그런 주제가 남북한간 이질화(異質化)의 골을 깊게 한 것이다. 북한예술의 목적성은 현대예술에 국한되는 것도 아니다. 그들은 하다못해 전통예술마저 변질시켜놓고 있다. 가령 민속 악기의 변조에서부터 민속무용의 변형, 민요의 리듬과 가사변조, 그리고 김일성이 싫어한다고 해서 남한 사람들이 좋아하는 판소리까지 도외시하는 정도이다.

따라서 남북예술교류를 통해서 우리가 성취하려는 것은 북한사람들을 '본래의 한국인', '정상적이 한국인'으로 되돌려놓고자 하는 데 있다고 하겠다.

그러나 이런 일이 쉽지가 않다. 왜냐하면 예술이라는 것이 권력의 손아귀에 들어가 있기 때문이다. 더욱이 북한처럼 예술이 당의 명령하에 획일적으로 움직이는 체제에서는 교류가 정치성을 띨 수밖에 없다. 연전 남북문화교류가 성사될 듯하다가 깨진 것도 북한이 굳이 대표적인 체제예술이라 할 혁명가극 「피바다」 공연을 고집했기 때문이다. 남한의 경우 예술에 관한한 자유를 구가하고 있지만 남북교류에 관해서만은 정부통제를 받아야 한다. 분단이라는 특수상황 때문이다.

결국 남북 문화교류에 관한 정부의 기본방침이 확고하게 세워져서 예술인들에게 제시되어야 하는데, 그 기본자세가 형님답게 북한의 선전일변도식을 탈피해야 한다. 북한과 같은 자세라면 남북교류는 번번이 깨질 수밖에 없다. 그렇기 때문에 남북예술교류에 있어서 남한의 자세는 세 가지, 즉 첫째로 예술을 가지고 상대방을 이기려고 하지 말 것, 둘째, 자랑하지 말 것, 세째, 상대방을 설복시키려 하지 말 것 등을 기본자세로 제시코자 한다. 작품선정이라든가 교류단원 선정 등에 있어서 정부의 지나친 간여는 일을 어렵게 하고 또 빗나가게 할 수 있다. 그러한 실책은 지난 시대에 여러 번의 시행착오가 잘 가르쳐주고 있다.

그렇다면 공연예술교류는 어떻게 무엇부터 해야 하느냐는 것이다. 쟝르 상으로 이야기한다면 음악과 무용부터 하는 것이 좋을 듯싶다. 왜냐하면 기악과 무용은 우선 대사가 없어서 상대방의 감정을 건드리지 않기 때문이다. 따라서 언어로 내용을 전달하는 연극 같은 쟝르는 그 다음 단계로 밀려날 수밖에 없다. 물론 춤사위나 리듬으로도 얼마든지 사상과 이념을 전달할 수는 있다. 그러나 그런 방법은 일종의 우의적이거나 상징적인 것이기 때문에 단번에 많은 사람들을 설득시키거나 이념무장화시킬 수 없는 것이다.

다음으로 현대예술보다는 전통예술이 교류의 우선 대상이 되어야 한다. 현대예술의 경우, 북한예술 거의가 목적예술이고 남한의 현대예술도 이데올로기로 오염된 것이 없지 않다. 그렇기 때문에 가능하면 개화기 이전에 형성된 고유의 전통예술부터 교류가 이루어질 수밖에 없다. 몇 년 전 국제교류가 상당한 성과를 거둔 것은 좋은 본보기가 될 수 있으리라 본다. 사실 앞에서도 조금 말한 바 있듯이 북한은 전통예술마저 거의 변조했다는 데 문제가 없지 않다. 그러나 이것저것 다 가리다 보면 교류는 불가능하다. 그리고 현대예술의 교류도 다음 단계에서 교류가 이루어져야 하는데 북한은 또 목적예술을 고집할 것이다. 우리가 그것을 과감하게 수용해야 한다. 저들은 또 그것밖에 없다. 혹자는 북한의 목적예술이 대중을 사상적으로 오염시킬 걱정을 할지 모른다. 그러나 남한 대중의 의식수준이 낮지 않다는 것을 알아야 한다. 그동안 텔레비전이나 비디오, 영화 등을 통해서 우리 국민의 정서, 감각 등이 대단히 발달해 있다. 따라서 북한의 혁명예술 몇번 구경한다고 해서 마음이 흔들릴 사람은 별로 없을 것이라는 생각이다.

그보다 더 중요한 것은 우리는 어떤 작품으로 응하느냐인데, 그것은 두 말할 것도 없이 다양성과 순수예술성으로 대처해야 한다. 남쪽은 세계예술 사조와 어깨를 나란히 하고 있다. 동서양·고전·현대예술이 어우러져 있

다. 창작예술만 존재하는 폐쇄적인 북한 예술계와는 딴판이다. 북한의 획일
성과 남한의 다양성은 대결 아닌 대비가 되리라 본다.

첫번째 교류는 역시 예술단의 왕래이고 다음 단계는 개별적인 교류이다.
그러니까 예술인들이 왕래하면서 연주활동이나 창작활동을 함께 해보는 일
이다. 남한의 지휘자가 북한 교향악단을 지휘할 수도 있고 그 반대의 경우
도 가능할 것이며 범위도 연주가, 연출가, 배우, 그리고 예술학자 등으로 확
대해 볼 수 있다. 다음으로는 남북관계가 정치적으로 미묘하고 복잡하므로
그럴 경우에는 제삼국을 통해서 교류하는 방법도 있다. 그런 직교류 아닌
우회로(迂廻路)는 몇번의 성사가 있었다. 2년 전 일본에서 있었던 남북 음
악인의 만남이 그런 성공 케이스라 볼 수 있다. 일본 말고도 우리 동포가
많이 살고 있는 알마타, 타쉬킨트, 그리고 키르키스의 수도 비스케크 등은
좋은 만남의 장소가 될 수 있다고 본다. 그러나 문제는 적어도 예술인들에
게 있어서만이라도 불순한 의도를 저버릴 수 있느냐 하는 점이다. 예술교류
는 이데올로기를 훨씬 뛰어넘어 순수한 민족애와 그런 바탕 위에서의 통일
에의 갈망이 전제될 때 가능하다는 생각이다.

18. 「한국현대희곡사」 저술의 배경

아리스토텔레스 이후 문학의 삼대 쟝르는 분명 시·소설·희곡이었음에
도 이 땅에서만은 그런 분류가 통하지 않았다. 그것은 조윤제의 『국문학사』
나 백철의 『신문학사조사』 조연현의 『현대문학사』 등을 들추어보면 금방
확인할 수다. 이 땅에서 희곡이 문학대접을 받지 못한 이유는 대체로 두 가
지에 있었던 것 같다. 첫째로 놀이문화를 천시한 유교적 전통에서 그 원인
을 찾을 수 있고, 두번째로는 직업으로서 연극전통이 확립되지 않았던 데
있지 않나 싶다. 따라서 이 땅에는 개화기 이전에 극장이라는 것이 없었고
극작가라는 직종 또한 없었다. 가면극이니 꼭두극이나 하는 것이 모두 구비
문학 속에 포함되고 판소리는 판소리계 소설이라는 묘한 분류 속에 들어
있었던 것이다. 이미 기원 4세기 전에 소포클레스나 유리피데스를 가졌던
서양과 너무나 동떨어져 있었던 것이다. 따라서 우리가 서양적 개념의 희곡
이라는 형태의 문학쟝르가 생긴 것도 개화기였으니 겨우 90여년의 일천한
역사를 지닐 뿐이다. 바로 이런 연유로 해서 희곡은 학자들의 연구대상에서
언제나 제외되었다고 말할 수 있다. 그러나 3·1운동 이후 우리가 서양문화
의 직접적 영향을 받으면서 극장문화도 형성되어 갔고 희곡이라는 문학쟝
르가 조금씩 자리 잡아갔다. 전문적인 극작가도 이때부터 비로소 문인으로
서 대접받을 수 있었다. 따라서 문예지에 희곡이 시나 소설과 함께 게재되

기 시작했고 희곡집도 두세권 출간되었다. 그렇다고 해서 희곡이 소설이나 시만큼의 비중으로 대접받은 것은 물론 아니다. 또한 극작가도 소설가나 시인들에 비해서는 비교도 안될 만큼 엉성했다. 그런 전통이 지금까지 이어지고 있지만 조금씩이나마 더 나아진 것만은 사실이다. 그럼에도 불구하고 문학사나 문예비평가들은 여전히 희곡을 홀대했고 좀처럼 3대 쟝르로 취급하지 않았던 것이다. 임화(林和)의 『신문학사』로 시작되는 백철, 조연현의 문학사 속에 희곡에 대한 언급이 한 줄도 없는 것이 그 단적인 예라 하겠다.

이에 필자는 희곡사 정리가 필요함을 절감했는데 그 이유는 세 가지에 있었다. 첫째는 앞에서 이야기한 대로 문예사가들이 희곡을 연구대상으로 삼지 않는 데는 연극문화에 대한 이해부족에서 비롯되므로 그에 대한 인식을 제고시킬 필요가 있었다는 것, 둘째 일단 희곡사를 정리해 놓으면 문학사가들이 외면할 수 없을 뿐만 아니라 자기들이 쓰는 문학사에 포함시키기 수월할 것이라는 점, 그리고 세번째는 그동안 한두권 나온 연극사가 공연사임에도 희곡탐구에 소홀했기 때문에 올바른 연극사 정립을 위해서는 희곡사가 먼저 정리되어야 한다는 생각에서였다.

그런데 막상 희곡사 정리에 들어가 보니 난감할 수 밖에 없었다. 첫째로 선행 저서나 논문이 전무한 상태였으므로 우선 기댈 언덕이 없었다. 문학분야의 경우는 임화·백철·조연현 등의 저서와 수많은 논문들이 있었으나 희곡분야는 필자의 서울대 석사논문 외에 단 하나도 없었다. 희곡이 아닌 연극분야의 저술도 김재철의 『조선연극사』(1939년)와 이사현의 『한국신극사연구』(1968년)와 논문으로 박노춘의 『한국신연극 50년사』와 장한기의 『한국신극약사』, 그리고 서항석의 「원각사 이후의 연극」 정도가 고작이었다.

두 번째로는 1차자료의 문제였다. 희곡은 시나 소설과 달리 우선 양적으로 적을뿐더러 희곡집 또한 몇권 나와 있지 않았다. 수백권의 시집과 소설집에 비하면 희곡집은 없는 것이나 마찬가지였다. 해방 전에 출간된 너댓권의 회곡집과 해방 이후 발간된 10여권이 전부였다. 희곡이 문학 쟝르로 대접받지 못한데다가 극작가 수효도 적었고 또 출판한다고 해도 판매가 되지 않기 때문에 출판사들이 외면해 왔던 것이다. 그것은 지금도 비슷한 처지이다. 따라서 희곡사를 정리하려면 지난 시대 각종 잡지와 신문 귀퉁이에 간헐적으로 게재된 작품(거의 단막희곡)들을 찾아 읽어야만 했다. 그것은 참으로 어려운 일이었다. 왜냐하면 우리나라에는 자료센터가 없어서 어디 한군데서 자료를 찾기가 어렵다. 더욱이 식민지시대에 발간된 잡지들은 희귀본으로서 개인소장이 많았고 여기저기 도서관에 분산되어 있었다. 필자가 자료를 찾아 읽고 정리할 때인 1960년대로부터 1970년대 중반까지는 복사시설도 되어 있지 않았다. 그렇기 때문에 여기저기 도서관과 개인 소장자들을 찾아 그 자리에서 희곡을 읽고 메모를 해야 했다. 교통시설도 좋지 않았던 시절, 또 참고문헌 하나 없던 시절에 희곡사를 정리한다는 것은 모래사장에서 금부스러기를 찾아내는 것이나 다름없을 만큼 참으로 어려운 작업이었다. 그 책을 쓰는 데 장장 20여년 걸린 이유도 거기에 있었다. 세 번째는 희곡사가 출간된 희곡집이나 잡지 신문에 게재된 희곡만으로 정리되는 것도 아니라는 점이었다. 즉 희곡은 문학으로서보다도 무대공연을 염두에 두고 쓴 것이기 때문에 대본(臺本)으로 만들어져서 곧바로 무대에 올려지고 마는 경우가 많았다. 그러니까 공연대본으로 그친 희곡들을 찾아내어 읽어야 하는 것이 또한 어려운 점이었다. 이 또한 참으로 난감한 일이었다. 우리 풍토가 자료보관을 잘할 줄 모르는데다가 6·25전쟁으로 상당수 소실되어 공연대본으로 그친 희곡작품을 찾아내는 일은 대단히 어려운 일이었다. 필자는 연극 선구자들을 일일이 방문해서 얼마 정도의 대본을 찾아 읽을 수가 있었다.

그 과정에서 1920년대 중반 목포의 하늘에서 잠시 반짝이다가 사라진 천재 극작가 김우진(金祐鎭)의 발굴도 기억되어야 한다. 그는 탁월한 문예비평문과 5편의 실험적 희곡을 남겼지만 최초의 소프라노 가수 윤심덕과 현해탄에서 정사하는 통에 유족에 의해 강제 매장당한(?) 처지였다. 즉 그의 비평문은 신문 잡지에 대부분 발표되어서 누구나 구해볼 수 있었지만 희곡의 경우는 한두편을 제외하고는 유고로서 유족이 갖고 있었다. 장롱 속에 깊숙이 감추어져 있었던 것이다. 명문가의 장남이 신여성과 정사함으로써 자주만 인구(人口)에 회자되는 것을 가족이 기휘(忌諱)했기 때문이다. 필자는 김우진의 아들인 언어학자 김방한(金芳漢)을 설득하여 2년여에 걸쳐 그

의 유고를 정리 발표했다. 이 때부터 김우진은 희곡사와 연극사, 그리고 더
나아가 근대문학사에서 중요한 자리를 차지하게 된 것이다.

이렇게 해서 1, 2차 자료를 찾아 모으고 섭렵하는 과정을 힘겹게 치러낸
것이다. 때마침 여석기(呂石基)가 주관하는 계간전문지 ≪연극평론≫에서
게재요청이 와서 1972년부터「한국희곡사연구」시리즈를 발표하기 시작했
다. 그러나 그 잡지도 경영란으로 폐간됨으로써 그 뒷부분은 여기저기 학술
논문집에 분산 게재했고 나머지는 생원고로 정리하여 출간을 했다. 2백자
원고지 3천 여장으로 정리했는데 시기는 1960년대말까지로 정했다. 특히 이
희곡사를 정리하면서 상상을 초월하는 고생을 겪었기 때문에 후학의 고생
을 덜어주기 위한 작업도 했다. 그것이 다름아닌 작품년보를 부록으로 붙인
일이었다. 근 한 세기 동안 희곡을 발표한 작가들의 작품을 발표연대순으로
작성하고 희곡의 게재지와 공연극단 등을 상세히 기술한 것이다. 희곡집이
엉성하고 또 자료센터가 없는 이 땅에서 후학들이 필자의 고생을 반복하지
않도록 배려한 것이었다.

사실 당시 희곡사를 쓴다는 것은 호미로 황무지를 개간하는 일에 비유할
수 있었다. 선행연구가 전무한 상태였기 때문에 문자 그대로 無에서 有를
창조하는 일이었다. 당시 필자가 이 책을 쓰는 자세로서 세 가지를 밝힌 바
있는데 그것을 여기에 소개하면 다음과 같다. 그 첫째가 시대구분 문제인데
그것은 개화기로부터 1960년대말까지를 하나의 큰 획으로 긋고 그 중간 단
계는 작가 중심으로 구분했다는 것, 둘째는 작품을 취사선택하지 않고 일단
희곡형태로 씌어졌거나 무대에 올려진 것은 모두다 서술의 대상으로 삼았
다. 왜냐하면 가뜩이나 빈약한 희곡유산을 선별 우열처리하여 수준미달 작
품들을 제외시킨다면 희곡사는 그 골격조차 세우기 어려웠기 때문이다. 따
라서 필자는 저인망(底引網)으로 고기를 훑듯이 작품을 긁어모아 뼈대를 세
웠다는 것, 셋째 필자는 작가들의 정신의 흐름에 초점을 맞추어서 그들이
시대에 어떻게 조응하여 희곡으로 형상화했나를 고찰함으로써 작품 속에
흐르는 근대정신사의 맥을 잡아보려 했다. 이처럼 의식의 진전이라는 측면
에서 희곡사를 체계화한 것은 에리히 슈미트가 일찍이 지적한 바 있듯이
문학사는 곧 국민의 정신생활사로 볼 수 있었기 때문이다. 그 결과 우리 현

대희곡사가 다름아닌 민중의 지리한 생존의 갈구였음을 밝히게 되었다는 것 등이다.

가령 필자가 희곡사를 서술함에 있어서 하나의 시관(史觀)을 지닐 필요가 있었고 그 결과 근대희곡이 인습의 질곡으로부터의 해방과 압제의 질곡으로부터의 해방이라는 두 축을 지켜왔다는 것을 밝혀내는 성과도 올리게 된 것이다. 물론 이러한 사관도 우리의 민족사관과 맥을 같이하는 것으로 볼 수 있다. 필자는 희곡사가 문화사의 한 지류에 불과한 것이라는 신념을 갖고 있었다. 연극이나 문학, 미술, 음악 같은 예술쟝르는 한 나라 문화의 핵심적 요소다. 그리고 문화사라는 것도 일반역사와 분리해서 생각할 수 있는 것이 아니다. 따라서 필자는 한국근대사의 성격을 먼저 탐색했고 거기서 우리 민족의 고단한 생존투쟁을 읽어낼 수 있었다. 결국 극작가들도 그러한 삶의 기록을 희곡이라는 문학적 또는 연극적 장치로 그려냈다고 본 것이다. 이러한 필자의 생각은 모든 작가의 희곡작품을 읽으면서 쉽게 확인할 수 있었다. 물론 예술작품을 한 줄로 꿸 수 있는 것은 아니다. 작가마다 배경이 다르고 취향이나 감각, 예술관이 다르기 때문에 작품세계는 다양하고 형형색색임은 두말할 나위없다. 또한 연극사조라든가 양식도 복잡했던 것이 우리 근대연극사이다. 가령 전통극이 개화기 이후 창극의 모습으로 대중 앞에 선 것으로부터 시작해서 침략을 전후해 일본으로부터 신파극이 들어왔고 3·1운동 이후에는 서양의 근대극을 수용 모방한 소위 정통신극의 줄기도 생겨난 것이다. 그뿐이 아니다. 창극은 여성국극이란 것을 낳았고, 신파극은 악극을 파생시켰으며, 정통신극은 프롤레타리아연극으로 양분된 것이다. 그에 따라 극작가들의 성향도 그 어느 나라보다도 다기다양한 것이 특징이다. 희곡양식도 달랐음은 물론이다. 그러나 대중적이든 순수적이든 궁극적으로 그들의 시대적 삶이 동질적이었기 때문에 생존권 투쟁이라는 공동광장의 한가운데 있었다는 것을 희곡작품을 읽으면서 확인할 수 있었다. 우리의 근대희곡이 계몽적이고 저항정신을 기조로 했던 것도 그 때문이었다.

이러한 희곡사의 파악에 문제점도 없지 않다는 것을 필자는 알고 있었다. 즉 문학작품이 이념의 도구도 아닐 뿐더러 각 작품들이 미학적 틀로 얽

어져 있기 때문에 연구자는 그 미세한 정서적 부분도 천착해 내어야 하는
것이다. 지나치게 이념적 잣대로 그 맥을 짚어나가다 보니 극작가의 상상력
이라든가 정서를 간과하기 일쑤였다. 그러나 필자는 희곡작품론을 쓴 것이
아니고 어디까지나 희곡사를 쓴 것이므로 극작가들의 정신적 맥을 짚어나
가는 데 주안점을 두었던 것이다. 작품론은 후학들이 할 일이고 필자는 일
단 기초작업으로서 희곡사의 기본틀을 마련한다는 선구자적 사명감으로 임
했다.

그리고 희곡은 문학의 3대 쟝르의 한 가지이며 동시의 연극의 기본 요소
이다. 그만큼 희곡은 어디까지나 무대위에서 완성되는 문학형태이다. 즉 극
장무대·배우·관중이 희곡을 받아들여 공연물이 되는 것이다. 따라서 필자
는 희곡사를 연극사 정리의 전초작업으로 진행한 것이다. 희곡사에 이어 극
장사나 극단사를 썼던 것도 그러한 일련의 작업선상에 있었다고 하겠다. 이
웃 일본에서는 이미 1950년대에 정리되었지만 이 땅에서는 겨우 1980년대
초에나 가능했던 것이다. 필자의 희곡사가 출간됨으로써 시사, 소설사와 함
께 문학의 3대 쟝르가 정리된 것이며, 거기에 김윤식(金允植)의 비평사까지
추가되어 명실상부 한국문학사가 제대로 자리잡아 갈 수 있었다.

19. 활발해진 연극학연구

우리의 연극사를 돌이켜보면 외국, 특히 서양과 두드러지게 다른 점을 한가지 발견할 수 있게 된다. 그것은 곧 이 땅에서는 일찍부터 연극을 예술로 보지 않고 풍류나 아니면 저항의 한 수단 정도로 생각해 온 점이다.

이처럼 연극이 대수롭지 않은 것으로 홀대되었기 때문에 학문의 대상으로 취급된 것만도 극히 최근의 일이고, 따라서 연극이 발전하는 데 이론적 뒷받침을 전혀 받지 못한 것이 사실이다. 모든 예술이 반드시 학문의 뒷받침을 받아야 발전하는 것은 아니라 하더라도 적어도 연극은 심오하고 종합적이어서 음악이나, 무용 이상으로 상당한 이론적 뒷받침이 필요하다.

연극학에 관한 학술발표회니 강연이니 논단이니 하는 것도 60년대 이전에는 거의 없었던 일이고, 최근까지만 해도 1년에 한두번 있을까말까 했는데, 금년 들어서는 3월 한 달 동안에 세번이나 열렸다. 즉 한국연극학회의 정기학술발표회(11일)와 실험극장주최의 월요논단(21일), 그리고 ITI한국본부가 해마다 세계연극의 날에 갖는 기념강연(26일) 등이 한 주일 간격으로 열린 것이다.

연극학회에서는 「브레히트의 서사극」(宋東準)과 「덧뵈기연구」(巫世中)가 발표되어 현대극에 새로운 이정표를 세운 브레히트의 사상적 배경 작품세계, 그리고 그의 독특한 연극이론이 심층적으로 분석 검토되었다. 브레히트에 관한 연구는 송동준이 효시는 아니다. 벌써 60년대 이후 간간이 독문학도들의 석사논문으로 부분적이나마 학내에서 발표되었었다. 단지 대외적인 공개강좌가 처음일 뿐이다. 이 발표회에서 문제점으로 설왕설래된 것은 브레히트가 학문적으로는 연구되면서 희곡은 왜 유독 우리나라에서만 공연이 안되느냐 하는 점이었다. 발표자의 답변은 브레히트가 유물론자이기 때문에 곤란할 것이라고 했지만 그 이유만이라면 궁색한 답변일 수밖에 없었다. 왜냐하면 유물론자는 자유세계에도 많기 때문이다. 또 연극을 통해 사회개혁을 주창한 브레히트는 레닌상을 받았고, 동독에서 죽었지만 자유세계에서 상도 받은 작가다. 그는 서사극이라는 새로운 연극의 장을 연 매우 중요한 사람이고 또 지나간 시대의 극작가이기 때문에 한국연극의 다양한 발견을 위해서 그의 몇 작품은 신중히 검토해 볼 여지가 있지 않을까 싶다. 브레히트의 작품을 보지 못한 연극학도들에게 그의 연극론만이라도 들을 수 있었다는 것은 큰 도움이 되었으리라.

그 발표회에서 또한 주목을 끌었던 것은 탈춤을 주역(周易)으로 풀어 보려 시도한 무세중의 「덧뵈기 연구」였다. 탈춤에 대한 이 철학적 어프로치는 종래의 발생사적 연구나 미학적 연구보다 이색적인 것으로서 본질 규명에 있어 주역의 적용이라는 철학적 방법도 한번쯤 시도해볼 만한 것이었다.

지난해 12월부터 시작되어 매월 열리고 있는 실험극장 월요논단의 이번 테마는 대학극의 제문제였다. 이 땅에 처음으로 서구의 근대극을 도입하고 신극정립에 원천적 몫을 한 대학극을 오늘의 시점에서 검토해 본 그 논단에서는 여러 가지 문제점이 노출되었다. 「대학극과 신극」(유민영), 「대학극의 실태」(이반) 「대학극의 방향」(정병희) 등으로 나누어서 발제강연을 한 연사들은 한결같이 대학극의 퇴조현상을 힐난하였다. 어쩔 수 없는 시대상황이라 하더라도 대학극은 6·25전쟁 이후 선구성과 이념마저 잃고 기성연극을 모방하는 데만 급급하다고 비판한 첫 발제자에 이는 두번째 발표자(이반)는 대학극 부실의 원인이 기술, 지도자, 재정지원의 부족에 있다고 지적했다. 여기에 「대학극의 방향」을 말한 정병희는 대학극이 외래문화 수용에 있어 주체성의 결핍으로 무모한 번역극만 축제행사로 한다고 나무랐다. 그 논단은 분명히 대학극이 방향탐색과 좌표 설정을 하는 데 도움이 될 수 있는 모임이었다.

1977년도는 한국연극사에 있어서 중요한 해가 될 것이다. 왜냐하면 우리
의 전통극과 현대극이 한꺼번에 초청을 받아 서양나들이를 했기 때문이다.
물론 1962년에 창극 「춘향전」이 파리공연을 한 적이 있고, 극단 가교가 지
난 해 「맹진사댁 경사」로 동남아순연을 했지만 이번만큼 대대적인 것은 못
되었다. 그리고 탈춤의 해외소개, 그것도 미국 공연은 최초의 일이다. 봉산
탈춤을 직접 인솔하고 갔던 이두현은 예상과는 달리 의외로 미국에서 한국
탈춤에 대한 반응과 평이 좋았다고 보고했다. 이 강연에서는 전통극의 서양
소개와 관련하여 우리 극작가가 현대에 있어서 전통성을 자기 작품 속에
어떻게 구현할 것인가에 대한 발표(한상철)도 있었다. 「서구연극의 도입과
전통성의 보존」이라는 한상철의 강연에서는 「맹진사댁 경사」, 「허생전」 등
을 쓴 오영진(吳泳鎭)이 모델로 등장했다. 오영진은 분명히 우리 극작가가
무엇을 어떻게 써야 할 것인가를 제시한 뛰어난 극작가였다.

이상과 같이 3월 한달 동안에 세 군데서 벌어진 발표회에서는 서구의 현
대극 이론으로부터 전통극, 신극 등이 심층적으로 분석 소개되어 연극인들
뿐만 아니라 일반에게 연극에 대한 지적 폭을 넓혀준 것이다.

연극인이 정체에 빠지지 않으려면 끝없는 연구와 고민을 해야 함은 더
말할 나위없다. 연구발표장마다 기성연극인들의 발 그림자가 적다는 것은
곧 한국연극의 답보와 직결되는 것이 아닐까.

20. 근대무용의 기점에 대하여

한 나라의 예술이란 것은 시대정신의 표현형태이니 만큼 그 나라의 정치·경제·사회, 그리고 문화구조와 깊은 연관이 있는 것이다. 이 말은 곧 예술사의 시대구분도 정치·경제·사회·문화사와 떼어서 생각할 수 없다는 이야기가 된다.

가령 근대무용의 기점문제만 하더라도 한국근대사 전체적 맥락 속에서 규명될 때만 설득력을 지닐 수 있을 것이다. 물론 예술사의 시대구분이 일반사와 궤를 같이 하는 것은 아니다. 왜냐하면 예술은 권력이동과는 달리 내용과 형태를 갖고 나타나는 것이기 때문이다. 그리고 예술이 정치의 영향을 받으면서도 정치사와 시대구분을 같이 못하는 것은 기나긴 창조과정이 있을 뿐만 아니라 예술도 하나의 생명처럼 생성·성숙·쇠락의 과정을 밟는다고 보기 때문이다. 따라서 새로운 예술양식은 항상 정치변동 뒤에 나타나고, 그 다음의 정치변동 뒤까지 계속되는 것이 하나의 상례이다. 그런데 한국예술사, 특히 근대예술사의 시대구분은 매우 까다로운 문제이다. 왜냐하면 우리나라에서 '근대'라는 용어 자체도 애매모호하게 사용하고 있는데다가 일반사에 있어서도 근대의 기점에 대해서 학자들간의 논란이 심한 때문이다. 우선 일반사에서 근대를 보는 시각은 대체로 네 가지로 요약될 수 있다. 첫번째가 18세기 영·정조, 특히 정조 16년 이후부터 보는 견해이다.

그 이유는 상업계층의 성장에 따른 서민계급의 대두와 제도상의 변혁 그리고 자본주의의 싹이 돋아나고 지배계층의 가치관을 흔드는 조짐이 보인 때문이라는 것이다. 두번째로 19세기 중반, 즉 1860년대로 보는 견해이다. 그 이유는 1860년대에 비로소 유럽 세력의 도전에 응전한 자주독립의식이 사상이나 정치면에서 강하게 나타나기 때문이라는 것이다. 이 시기 외세의 침입으로 우리나라 민중의 역사관과 가치관이 급격히 달라지고 최수운의 인내천사상(人乃天思想)도 출현하게 되었다는 것이다. 세번째 견해는 19세기 후반, 즉 병자수호조약으로 인한 개항(開港)(1876년)으로 보는 입장이다.

그리고 네 번째로는 최근 가장 설득력을 지니는 갑오개혁과 동학혁명(1894년)으로 보는 견해이다. 이때는 근대시민세력이 민중 속에 발을 붙이는 시기로서 토지제도라든가 화폐제도 등이 바뀜은 물론이고 노예제도도 없어졌으며 민권운동, 계몽운동, 기업활동도 활발하게 일어나기 때문이다.

그런데 역사학자들의 근대개념은 역시 인간가치의 중시, 합리적인 사고, 민주적인 정신 등에 맞추고 있음을 알 수 있다. 그렇기 때문에 유럽사의 근대기점을 르네상스에서 찾는데, 이는 역시 서양사에서 그 개념을 가져왔음을 확인할 수 있는 것이다.

이에 따라 그 동안에 우리나라 예술사가들은 거의 일반사의 기준에 맞춰서 예술사를 기술해왔고 근대예술의 기점을 막연히 개화기로 잡아왔던 것이다. 이 말은 곧 근대화 = 서구화의 등식으로 아무런 비판없이 이해해왔다는 이야기가 된다.

바로 그 점 때문에 이식문화론 같은 비판이 대두된 것이다.

가령 문학사를 놓고 볼 때, 임화(林和)로부터 백철·조연현 등에 이르기까지 초창기에 문학사를 쓴 이들은 하나같이 19세기 말의 창가로부터 근대문학의 기점을 잡아왔고 연극사라든가 음악사 등 공연예술의 경우도 이들과 궤를 거의 같이 해왔다. 이는 곧 철저한 작품분석 없이 막연히 남들이 해온 것을 별다른 저항없이 수용해 온 것이다. 다만 중견 문학평론가 몇 사람이 한 때 근대문학의 기점을 18세기 영·정조때까지 소급한 적이 있을 뿐이다. 그런데 이들이 극복하려던 점은 근대화 = 서구화라는 문화이식론의 배격으로서 구체적으로 근대 문학의 기점을 보려한 것이다. 따라서 이들은 18세기에 번성했던 사설시조·탈춤·판소리 등에서 근대문학의 맹아를 찾는다는 사실이다.

그러니까 이들은 양식보다는 순전히 주제에서 근대문학의 맹아를 찾는 어리석음을 범한 것이다. 지배계급을 풍자비판 했다고 해서 탈춤을 근대예술로 볼 수 있을까.

그럴 수는 없다. 만약 그런 식으로 본다면 근대무용의 기점을 18세기 영·정조대로 잡아야 되지 않겠는가. 주지하다시피 탈춤이나 판소리는 가장 원시적인 또는 고전적인 형태의 예술양식으로 보아야 한다.

그렇다면 근대무용의 기점을 어디서부터 찾아내야 할 것인가? 그것은 세 가지 측면에서 논의될 수 있다.

첫째 근대라는 용어를 개화용어(開化用語)라는 '신'의 의미로 포괄적으로 사용한다면 옥내극장이 생겨나는 20세기 초반, 즉 1902년 협률사로부터 광무대·원각사·연흥사 등에 이르는 기간(1902년~1919년)으로 넓게 잡아보자는 것이다. 사실 이 기간의 무용은 큰 변화 없이 재래의 궁중무용과 민속무용이 옥내무대에서 연회되었을 뿐이다. 그러나 주로 야외에서 연회되던 것이 제한된 옥내무대로 옮겨지면서 약간의 제약을 받았을 것이다. 보다 더 중요한 것은 궁중무용과 민속무용이 한 무대 위에서 혼재했었다는 사실이다. 그리고 이 시기에는 환등(幻燈)에서부터 영화가 들어온 시기였으므로 서양무용단이 들어오지는 않았지만 영상을 통해서 서양무용을 보았을 것으로 추측할 수 있다. 서양의 극영화에서는 이따금 무용이 곁들여지므로 화면을 통해서나마 당시 대중이 서양무용을 접했을 것으로 추측된다. 더욱이 1910년대에는 영국 등지로부터 세익스피어 작품까지 영화화되어 수입된 바 있다.

연극의 경우를 살펴볼 때, 이 기간에는 옥내극장의 등장과 함께 창극이 발생하고 일본으로부터 신파극이 들어와서 자리를 잡게 된다. 따라서 갑오개혁으로부터 1919년까지를 근대무용의 준비기로 보는 것이 합리적이지 않을까 싶다. 물론 이 시기에는 일본의 덴가쓰(天勝)곡예단이 내한공연을 갖는다. 그러나 덴가쓰(天勝)곡예단이 근대적 무용을 한 것은 1920년대 중반 미국에서 연수를 한 뒤부터로 보아야 할 것 같다.

두번째로는 3·1운동 직후부터 근대무용의 기점을 잡아볼 수 있다. 1921년 4월에는 재소동포의 내한공연이 있었다. 1924년에는 조택원(趙澤元)이 극단 토월회 무대에서 서양계통의 춤으로 볼 수 있는 러시아 민속 무용을 보여준 때이다. 토월회가 제3회 공연으로 조선극장에서 공연한 러시아의 무용가극 「사랑과 죽음」에서 조택원이 우크라이나 계통의 민속춤을 작품 전체 속에서 보여준 바 있다. 마침 그때는 러시아 여자피아니스트와 모스크바에서 공부한 박세면(朴世冕)이 플룻을 반주해주는 토월회전속 오케스트라도 갖추어져 있었다. 그런데 여기서 파생되는 문제가 조택원의 춤형태와 수업과정에 대한 의문이다. 이에 대해서는 안제승(安濟承)교수가 잘 밝혀주고 있다. 즉 1921년 4월 우라디보스톡 조선학생음악단 일행 내한 공연 때 동포 세묜 박이 코팍춤을 선보인 바 있었고, 그것에 매료된 조택원이 세묜 박에게서 코팍춤을 사사 받았다는 것이다. 토월회무대에서 춘 것이 바로 민속적인 코팍춤인 것이다. 이 시기 러시아에서는 혁명무용이 등장할 때이다. 물론 여기에서는 다음과 같은 두가지 의문이 제기될 수 있다. 그 하나는 서양춤=근대무용이냐 하는 것과 다른 하나는 연극작품에서 일부 보여준 서양 민속춤을 근대무용의 기점으로 삼을 수 있느냐 하는 것이다. 만약 춤의 형식에서만 찾는다면 재래의 우리 전통무용과는 다른 양식이 분명히 서양춤이다. 마치 근대극을 창극 아닌 신파나 신극에서 찾는 것과 마찬가지이다. 그렇게 볼 때 3·1운동직후 유행한 러시아풍의 춤은 일단 주목되어야 한다. 일본무용가 이시이바쿠(石井漠)가 1926년에 내한공연한 것으로부터 근대무용의 기점을 생각해보는 것보다는 3·1운동 직후 유행한 북방춤이 오히려 설득력을 지닐 수도 있지 않을까. 다음으로 춤이 연극무대에서 추어진 것은 별로 문제가 되지 않는다.

그 작품은 무용극이었기 때문이다.

가령 우리나라 영화사의 효시로 삼고 있는 1919년 김도산(金陶山)의 연쇄극 「의리적 구토」만 하더라도 신파극에서 부분적으로 영화를 이용한 것에 불과했다.

따라서 만약 서양춤을 순전히 형태적인 측면에서 근대무용으로 규정한다면 이시이바쿠의 1926년 공연보다는 3·1운동 때 유행한 북방계 춤을 더욱

눈여겨 볼 필요가 있을 것이다. 이시이바쿠와 조택원류의 차이라고 한다면 전자가 유럽에서 이사도라 덩컨류의 현대무용을 직접 배운 것이고, 후자는 북방계 민속춤을 배운 점일 것이다. 그리고 이시이바쿠와 연관시켜 볼 때 제자 최승희의 공연(1927년)도 기억할 필요가 있다. 비록 그것이 일본무용가의 찬조발표장이었다고 하더라도 새로운 춤을 제대로 보여준 것이기 때문에 간과할 수 없다.

세번째로는 내용(意識)과 양식이 함께 변화된 경우이다. 그것이 다름아닌 1928년 4월의 배구자(裴龜子)고별 음악무용회이다. 레퍼토리를 보면 「유모레스크」, 「집시댄스」, 그리고 자작무용 「아리랑」 등이었는데 이는 서양춤과 창작무용으로 짜여졌음을 알 수 있다. 특히 민요의 근대무용화가 주목된다고 하겠다. 당시의 평가도 좋았다. 한 평론가는 배구자의 창작무용에 대하여 "민요곡 아리랑을 자작한 것은 그 동기로부터 우리는 감사하고 싶다. 순진한 시골처녀로 분장하여 아리랑의 기분을 무용으로 나타내었는데 그 얼마는 확실히 성공하였다"(매일신보(1928년))라고 쓴 바 있다. 그녀는 다음해(1929년)에 개인 무용연구소도 개설되었다.

뒤 이어서 최승희가 창작무용연구소(1930년)를 개설하고 발표회도 가졌다. 배구자와 1·2년 상관인데 레퍼토리를 보면 「인도인의 비애」, 「애수의 을녀」, 「해방을 구하는 사람」 등이다. 이처럼 근대적인 창작무용은 1928년 배구자로부터 1930년 최승희에 이르는 기간에 그 모습을 드러낸 것이다. 그런데 근대 무용사에서 최승희만큼 배구자가 평가되지 못하는 것은 배구자가 최승희만큼 일관되게 무용을 하지 않은 데 근본적 원인이 있지 않나 싶다. 배구자는 악극단을 만들고 동양극장도 설립해서 운영했기 때문에 무용가로서의 정통성을 지키지 못한 것이다. 생전에 소설가 김동인도 최승희에 비해 배구자가 제대로 평가되지 않는다면서 "그러나 지금 또 회상되는 배구자의 무용에서 받은 감격을 무엇으로 설명할 수 있을 것인가?"(每日申報 1932년)라고 개탄한 바 있다.

결론 삼아 근대무용의 기점을 이야기한다면 다음과 같이 규정해 볼 수 있을 것 같다. 즉 19세기말 갑오개혁으로부터 1919년 3·1운동 직전까지를 근대무용의 준비기로 보고, 3·1운동 직후부터 1927년까지는 북방 민속춤의 유행과 이시이바쿠의 신풍으로 근대무용의 발아기이며, 1928년의 배구자 창작무용과 1930년의 최승희 창작무용을 한데 묶어서 근대무용의 본격 시발기로 삼아볼 수 있다는 것이다. 따라서 근대무용의 선구자는 어떻든 조택원·배구자·최승희 세 사람이 되는 것이다.

21. 윤백남과 논문 「연극과 사회」

주지하다시피 尹白南(1888~1954)은 그가 지녔던 의식이나 삶의 편력 등으로 미루어 볼때 전형적인 개화인이다. 조부와 부친(尹始炳) 모두 무과에 급제하여 병사의 관직을 역임한 양반이고, 외조부 역시 무과 급제 후 병사(兵使)를 역임한 양반(평양 趙氏) 출신이다. 충남 논산에서 태어난 그는 3남 1녀 중 둘째였다. 여섯살 때 부친의 임직에 따라 서울로 이사온 그는 명동성당 부설의 경성학당에 입학하여 신학문에 접하게 된다. 두뇌가 명석하고 적극적이었던 그는 나이보다도 대단히 조숙했다. 당시의 조혼제도에 따라 15살에 연상의 서순자와 결혼은 했지만 소용돌이치는 개화의 물결은 그를 유학의 길로 내몰았다. 즉 그는 결혼 직후 단신으로 현해탄을 건너 일본 유학길에 오른 것이다. 그가 유학길에 오른 동기는 극히 간단명료했다. 장차 "官路에 나가는 것이 싫어서"(회고의 글 「昔世今世」)였다. 물론 그가 단순히 관직에 나가지 않으려고 유학을 떠난 것으로만 보이지 않는다. 일본 침략이 노골화되고 국제정세가 소용돌이치던 1890년대 초 그는 분명히 새로운 문명을 호흡하고 싶었을 것이다. 그가 도일하자마자 반성중학(盤城中學)을 거쳐 와세다대학 정치과에 진학한 것만 보아도 그는 문예보다는 사회과학에 관심이 있었지 않나 싶다.

와세다대학 관비유학생이었던 그는 일제의 강압으로 전공을 바꿀 수 밖

에 없었고, 결국 동경고상 상학과를 졸업하게 되었다. 그가 도일한 지 만 6
년만의 일이었다. 그때는 이미 일제가 한국을 병탄한 직후였지만 그는 치욕
을 안고 귀국길에 오른 것이다. 그런데 여기서 한 가지 간과해서는 안될 것
은 그가 비록 정치학과 상학을 전공했지만 감수성이 풍부한 문학청년답게
일본의 대중예술에 깊이 경도되었었다는 사실이다.

그가 일본 대중소설을 읽고 신파와 활동사진을 구경하면서 연극인 小織
桂一郎에게 개인적으로 신파극을 따로 공부도 했다고 한다. 그러나 가정을
이루고 있던 그는 귀국과 동시에 식산은행 전신인 관립한성수형조합에 입
사케 된다.

순전히 일본인들로 구성된 수형조합에서 자유분방하고 자존심 강한 그가
버텨낼 수 없었음은 자명하다. 그는 적성에도 맞지 않는 은행원생활을 단번
에 청산하고 경성고보와 보성전문 강사로 나섰다. 그 시기에 임성구가 일본
신파를 어깨너머로 공부해서 한국 최초의 신파극단을 조직했다. 대중문화에
민감한 그는 친구 조일재와 함께 신파극단 문수성을 창단했다(1912년). 극
본을 번안하고 제작까지 하면서 신파극을 했지만 관객 호응도는 그리 높지
못했다.

그는 황성기독교청년회전수학관 교사로 생계를 꾸리면서 영화에 관심을
기울이는 한편 신문에 단편소설 (「贋造花」「施酒」「奇緣」 등)을 발표하면서
때를 기다렸다. 1919년 3·1운동이 일어나면서 그의 생활과 의식이 조금씩
바뀌기 시작했다. 우선 소설보다는 희곡을 쓰는 한편 민중극단도 조직했다.
그리고 그 무렵 희곡 「운명」을 희곡집으로 출간하여 극작가로서 자리를 굳
혔다. 그러나 그보다도 우리의 주목을 끄는 것을 1923년에 최초로 「월하의
맹세」라는 창작영화를 만든 점이라 하겠다. 여기서 한가지 우리의 시선을
끄는 대목은 그의 동경고상 친구인 森吾가 그로 하여금 연극제작에 나서게
하고 영화도 찍도록 하여 그의 이름이 알려지자 조선키네마 주식회사가 그
를 영입함으로써 이듬해에 「운영전」도 만들어낼 수가 있었다. 역사 영화였
던 「운영전」은 춘사 나운규가 가마꾼으로 처음 데뷔한 영화이기도 하다. 조
선키네마주식회사는 일본인들이 자본을 대서 운영한 영화사였는데 어느 날
일본인 간부가 「운영전」에 주연으로 출연한 이채전을 술자리에 불러놓고

수작을 부리는 것을 보고 분노한 나운규가 술상을 뒤엎는 사건이 일어나면
서 윤백남이 당장 손을 뗀 것은 두말할 나위없다. 윤백남은 곧바로 상경하
여 한국인들만으로 영화를 만들어야 한다는 사명감으로 을지로 5가에 윤백
남 프로덕션 간판을 내걸었다. 거기서 그들은 극영화 「심청전」을 만들어냈
다. 그는 춘원의 소설 「개척자」도 영화화하는 등 초창기 한국영화의 선구자
역할을 톡톡히 하고 역사소설가로 변신, 동아일보에 촉탁으로 출근했다.
「大盗伝」, 「海鳥曲」 등을 연재하기 위해서였다. 그는 일본의 츠키지소극장
배우로 활약하다가 귀국한 홍해성(洪海星)의 생활을 도와주려고 극예술연구
회 조직에도 가담했고, 경성방송국의 중견간부로 초빙되어 나가다가 시간낭
비라면서 단 몇 달 만에 뛰쳐나온 기인이기도 하다. 안정된 직장을 배겨나
지 못하는 바람끼는 결국 그를 야담꾼으로 변신시켰다. 그는 수년간 전국의
장터나 공회당을 돌아다니며 구수한 야담으로 대중을 사로잡았다. 박춘재
등과 또 다른 근대형 재담꾼이었다. 일찍이 그와 가까웠던 김우현목사가 추
모사에서 회고한 바 있듯이 그는 연극도 영화도 역사소설 쓰기도 야담과
순전히 애국충정에서 한 것이었다. 일제 식민통치시대를 울분으로 보내고
있던 그는 결국 1936년 가솔을 이끌고 만주로 훌쩍 떠나갔다. 그리고 해방
직후 귀국할 때까지 9년여 동안 외지에서 인고의 생활을 보낸 것이다. 그는
두드러지게 독립투쟁을 벌이기보다는 문예를 통해서 민족의 자각을 꾀하려
했다. 재만(在滿) 조선농민문화향상협회 상무이사로 있는 동안에는 독립투
쟁 혐의로 옥고를 치르기도 했다. 그가 해방직후 신익희국회의장의 요청으
로 비서실장에 영입되었던 것도 과거의 삶이 훌륭했던 데 따른 것으로 볼
수 있다. 이후 그는 좌우익 예술인들의 대립 속에서 우익민족진영의 선봉장
으로 활약했고, 부산피난지에서는 장택상총리의 정책자문위원도 지낼 만큼
정관계에서 그를 끌어들이려 했다. 그러나 그의 관심은 어디까지나 문화예
술이었고 과거 그가 해왔던 대로 후진양성에 있었다. 서라벌예술대학이 세
워졌을 때, 초대학장으로 흔쾌히 취임했던 것도 바로 그런 그의 인재양성
의욕에 따른 것이었다.

　　그런데 필자가 본고에서 이야기하려는 것은 그가 3·1운동 직후 동아일
보에 발표한 장문의 논문 「연극과 사회」에 관해서이다. 여기서 굳이 그 논

문에 대해서 이야기하는 이유는 두 가지에 있다. 첫째는 그것이 신극사상 최초의 본격적인 연극론이라는 점과 두 번째로는 그 논문이 윤백남의 수업 과정이나 생애와는 대단히 동떨어지는 점에서 흥미를 넘어서는 것이기 때문이다. 그 논문을 읽어보면 윤백남이라는 한 인물의 박식, 호방하고 열린 의식과 선구자적 자세가 너무나 잘 나타나 있다. 우선 자기가 10여년 가까이 해온 신파극에 대해서 혹독한 비판을 가한 것이 눈에 띈다. 사실 그런 것은 범인으로서 하기 힘든 것이다. 왜냐하면 혹독한 자가비평이기 때문이다. 그럼에도 불구하고 그는 마치 신파극과 거리가 먼 평론가처럼 신랄한 비판을 하고 있는 것이다.

그러나 그보다도 더욱 흥미로운 것은 그가 격에도 맞지 않는 고돈 크레이그의 주저라 할 『극장예술』에 논거를 두고 있는 점이라 하겠다. 주지하다시피 고돈 크레이그는 아돌프 아피아와 함께 20세기초 최고의 무대미술가였다. 입체무대를 주창한 그는 「햄릿」(모스크바 예술극장)이라는 대단히 환상적이고 입체적인 무대미술을 창조해낸 인물이다. 그는 반사실주의극, 더 나아가 비자연주의극을 주창한 선구적 예술가였다. 그의 빛나는 명저들 중에 『극장예술』은 오늘날까지도 생명력이 있는 책이다. 그런데 윤백남이 그 논지를 그대로 『연극과 사회』에 인용했던 것이다. 가령 그의 글을 보면 연극은 미술인 동시에 예술이라면서 무대미술의 정의와 관련하여 "제1의 과동작이니 이것은 곧 연기의 정신이요 기교의 자체라 하였고, 제2는 백(言句)이니 즉 극의 본체라 하겠고, 제3은 線及 色이니, 이는 무대의 중심을 작하는 것이요, 제4는 리듬(절주)이니 이는 무용의 요소가 되는 것이다. 이 4.요소가 종합하여 성한 것이 연극이라는 예술을 작한 것"이라 했다. 이러한 그의 무대예술론은 고돈 크레이그의 저서 『극장예술』의 핵심부분에 해당되는 내용이다. 일찍이 크레이그는 연극은 여러가지 예술과 기술들의 종합이라 갈파했다. 즉 그는 연극은 곧 희곡·연기·무대미술·조명·음악·무용 등의 결합이라 본 것이다. 사실 이러한 연극관은 리얼리즘극시대에는 대단히 앞선 것이고 반사실주의라 할 만큼 선진적인 것이었다. 그런데 문제는 윤백남 자신이나 그의 시대는 반사실주의는커녕 신파극도 일본 아류를 크게 벗어나지 못한 수준의 연극만 했었다는 데 있다. 이 말은 곧 그가 자신

과 자신의 연극시대보다 두 단계나 뛰어넘는 고돈 크레이그의 연극론을 소
개하고 주장했다는 이야기가 된다. 이는 참으로 흥미로운 일이다. 물론 그
가 유학한 일본에서는 이미 고돈 크레이그의 연극론이 번역 소개된 터였다.
따라서 그가 크레이그의 「극장예술」에 근거한 주장을 편 것은 두 가지 측
면에서 설명될 수 있을 것 같다. 그 한 가지는 막연히 일본의 크레이그 번
역서에서 읽은 것을 여과하지 않고 옮겼을 가능성이고, 다른 하나는 그것의
본질적인 의미가 무엇인지도 제대로 이해하지 못한 채 인용했을 경우이다.

필자가 그렇게 보는 이유는 그가 크레이그의 반사실주의 연극과는 너무
나 동떨어진 삶과 연극활동만을 했던 데 따른 것이다. 그가 초창기 신파극
운동의 주역 중의 한 사람이었고, 그가 쓴 소설이나 희곡 또한 그런 수준에
서 크게 벗어나지 않았으며, 후기에는 야담 구연가로서 전국을 떠돌지 않았
던가. 그는 극단활동에서나 작가로서 또 선구적 영화감독으로서 단 한번도
사실주의를 뛰어넘기는커녕 사실주의 예술 자체를 스스로 시도해 보지도
못 했던 것이다. 그럼에도 불구하고 그는 대단히 앞선 주장을 당당히 폈던
것이다. 그런 유사한 인물로 현철(玄喆)을 꼽을 수 있는데 그 역시 민중연
극론을 주창하고 본인은 뒷날 박하분장수 비슷한 행각을 했던 것으로 전해
지고 있다.

이처럼 개화기의 선구자들 중 상당수는 잡다한 서양지식을 섭렵하고 제
대로 육화시키지 못한 채 마구잡이로 쏟아냄으로써 정신문화진보에 혼선을
빚게 한 경우가 적지 않다. 윤백남의 경우만 하더라도 개화 지식인으로서
대단히 박식하고 다방면에 걸친 행동폭이 타인의 추종을 불허할 정도였다.
그의 폭넓은 식견은 「연극과 사회」라는 논문에 너무나 잘 나타나 있다. 그
러나 그의 백화점식 지식과 활동에도 불구하고 그가 어느 한 분야에서 남
긴 업적이 과연 무엇일까를 곰색여 볼 때, 시의에 맞지도 않는 고돈 크레이
그의 「극장예술」 이론을 서슴없이 썼던 그의 의욕을 유추해 볼 만도 하다.
물론 그것은 윤백남에만 국한되는 문제가 아니다. 대체로 우리 나라 개화기
선구자들의 실체와 한계도 바로 그런 것이 아니었을까 싶다.

22. 쉽게 쓴 희곡론
— 희곡의 본질

1

희곡은 시, 소설 등과 함께 문학의 한 쟝르인 동시에 연극의 한 요소이다. 바로 그 점에서 희곡은 다른 문학형식과 커다란 차이점을 지니고 있다. 희곡이 다른 문학형식과 갖는 차이점이란 그것이 문학화(文學化)해서 읽히도록 되어 있기보다는 무대 위에서 움직이도록 만들어진 점이다. 즉, 문자화되어 있는 것을 행동화·시각화·시청화시키는 것을 의미하는 것이고, 이는 곧 극장에서의 공연을 의미한다. 희곡(drama)이란 말이 당초 그리스어의 행해지는 것(dromenon)이란 뜻에서 왔다는 사실에서도 그것은 확인된다고 하겠다. 물론 읽음으로써 끝나는 레제드라마도 없는 것은 아니나 적어도 희곡은 당초부터 무대상연을 전제로 해서 쓰여진 것이기 때문에 문자로서 존재하기보다는 배우의 말과 행동, 그리고 음향, 조명을 배경으로 하여 무대 위에서 전개될 때 비로소 진정한 희곡으로 완성된다고 볼 수 있다. 그러니까, 하나의 텍스트로서의 희곡이 '누워 있는 형식'의 문학이라고 볼 때, 극장 무대 위에서 완성되는 희곡은 '일으켜 세워진 상태'의 문학이라 볼 수가 있다. 바꾸어 말하면 희곡이란 눈앞에서 걷고 말하는 문학작품이라는 뜻이다.(M. Boulton, 『해부의 희곡』).

적어도 희곡은 극장안에서 그것을 감상하고, 그것이 주는 정서적 체험을 자기의 것으로 하여 거기에 동화하는 관객을 전제하지 않고서는 완성된 문학작품이 되지 못하는 것이다. 이처럼 하나의 문학형식인 희곡은 문학과 또 다른 예술양식인 연극에 의해서 비로소 성취되는 것이다. 따라서 문학의 한 쟝르이고 동시에 연극의 기본요소라는 이중적 성격을 지닌 희곡은 그것을 쓴 작가 이외 사람들(연출가, 장치가 등)에 의해서 많은 첨가가 있게 마련이다.

이 말은 곧 희곡작가가 당초부터 연출가·배우·무대미술가 등이 할 일을 제쳐놓는다는 이야기이다. 가령 희곡 형식에서 중요시하는 압축이라든가 생략, 절약(節約)이라는 것도 거기서 비롯된다고 볼 수 있다.

이러한 관점에서 볼 때 희곡은 두 개의 힘, 즉 희곡 작가가 제공하는 창조적인 힘과 연출가·배우 등 극장 전문가들이 만들어내는 해석적(解釋的)인 힘을 합친 하나의 살아 있는 경험이라 하겠다. 즉, 희곡은 문학의 한 형식이자 동시에 극장의 연극예술이라는 이원적 성격을 그 본질상 지니지 않을 수 없는 것이다.(여석기, 「희곡론」 참조).

따라서 희곡은 인간성의 생생한 이미지라든가 압축이라는 측면에서 시와 거리가 있고, 스토리를 지니고 있다는 점에서 소설과 비슷하지만 서술이 아닌 구성을 중요시한다는 점에서 소설과 멀다. 희곡에서는 주인공의 심리묘사가 없다. 희곡에서 지문이 장황하게 많다면 그것은 미숙한 작가의 부족한 작품인 것이다.

왜냐하면 희곡에서의 주인공의 심리묘사라든가 작가의 인생관까지도 배우가 연기로써 다 해주기 때문이다. 같은 장면의 설명이라 하더라도 소설의 서술과 희곡의 디렉션이 나타내는 효과는 다르다. 하나의 예로서 C. P. 테일러 작 「착함(Good)」이라는 작품의 무대 디렉션을 놓고 볼 때, 한 벌의 나치 군복이 무대에 놓여 있다는 한 줄의 지문은, 뒤에 주인공이 그 군복을 입음으로써 상황을 180도 바꾸어 놓는데, 그것은 도저히 소설에서는 나타날 수 없는 엄청난 시각적 효과이다. 소설가는 혼자서 희곡작가·연출가·배우·무대 미술가 등 극장인들이 하는 일을 전부 하지만 그것은 순전히 독자의 상상력에 던지는 것일 뿐 연극이 나타내는 효과에 미치지 못한다. 그 점에서 소설은 서술의 한계를 지니는 것이다. 또한 희곡은 인간 의지의 행동과 그 반응을 앙상하게 뼈대만 적어놓은 것이다. 또한 희곡은 공연을 전제로 한 것이기 때문에 한정된 시간을 염두에 두어야 한다. 그러므로 작품 속에서 일어나는 일이 아무리 거창한 것이라 하더라도 그것은 대체로 시간 내의 현실적 시간 속에서 일어나도록 만들어야 한다. 그리고 소설처럼 장소의 잦은 이동과 복잡함도 되도록 피해야 한다. 그만큼 희곡은 제약을 많이 받는 문학형식인 것이다.

이러한 여러가지 희곡적인 특성 때문에 읽을 때는 소설 이상의 상상력과 구도력(構圖力)을 요하고 무대를 머리 속에 그려야 되기 때문에 답답스럽게 느껴질 때가 많다. 우리의 삶을 무대공간 속에 압축해서 재현하고 재창조해 놓자니 자연 여러가지 형식적 제약이 따르지 않을 수 없는 것이다.

희곡에 대한 이론을 가장 일찍 제시한 아리스토텔레스는 희곡을 '모방된 인간 행동'이라 정한 바 있다. 물론 이것은 주로 비극을 두고 정의한 말이지만 희곡의 본질이기도 한 것이다. 그런데 희곡에서 말하는 행동이란 것이 단순히 배우들의 움직임, 즉 등·퇴장이라든가·몸짓·표정·발성 같은 연기적 상황만을 일컫는 것은 아니다.

그러한 배우들의 무대 움직임도 중요한 희곡의 행동에 들어가지만 희곡이 담고 있는 내용 그 자체가 행동적이라는 뜻도 강하다. 그러니까 소설의 경우는 현재 일어나는 일도 과거의 일로서 전해지는 것이 사실이다. 그러나 희곡의 경우는 그 반대로 과거 역사적 사건도 무대 위에서 언제나 진행 중인 것으로 취급된다. 지나간 사건의 인상이라 하더라도 현재 일어나고 있는 것, 관객의 눈앞에서 일어나는 것으로 되어 있다. 심지어 회상장면까지도 무대 위에서는 현재로서 표현되어야 하는 것이다. 희곡의 발생 자체부터 이 행동이란 것은 그 본질이 되어 있다.

그리고 행동이라는 것이 희곡의 핵(核)을 이루고 있다는 것은 상극과 갈등이라는 측면에서도 설명될 수 있다. 가령 어떤 소녀가 창가에 앉아서 조용히 책을 읽고 앉아 있다면 그녀는 희곡의 주인공이 될 수 없을 것이다. 왜냐하면 '희곡은 갈등'인데, 그 소녀에게는 외견상에서 갈등을 찾아볼 수 없기 때문이다. 만약에 그 소녀가 불안과 분노에 차서 방 안을 분주히 왔다갔다 한다든가 울고 있다면 그것은 충분히 희곡이 될 수 있다. 그 소녀의 마음속에 갈등이 있기 때문이다. 희곡은 좀더 흥미진진하고 의혹적이며 신기하고 맹렬한 것을 전달하려는 문학형식인 것이다. 즉, 고양된 열정, 운명의 성쇠, 의지력의 갈등, 불행과 재난, 용감한 행위와 언어, 폭행과 승리인 것이다. 이것은 인간생활의 내용 그 자체인 것이다. 가장 복잡하고도 고양된 인간의 활동적인 마음속에서 우리는 근원적인 갈등을 보는 일이 가능하다. 예컨데 「햄릿」 속에서 볼 수 있는 갈등은 사랑과 미움, 욕망과 거부가 주변을 맴돌고 있음을 알 수 있다. 이같은 갈등 때문에 상승과 하강이 생기고, 작중인물들은 갈등과 충돌을 맛보며, 행동과 반작용이 생기는 것이다.(G. B. 테니슨, 『연극개론』 참조).

이러한 심층 심리 속에서 지진처럼 일어나는 미묘한 움직임, 정서적인 반응, 이념 사이에서 상극, 고조된 긴장이 빚는 내적 중압 등이 희곡의 밑바탕을 이루고 있는 것이다. 이러한 인간체험의 위기적 순간을 극적인 것으로 표현해 주는, 눈에 보이지 않는 행동은 외형적 행동이 가지는 박력으로서 비교도 되지 않을 만큼의 무게를 나타낸다. 오히려 가장 압도적인 극적 행동 가운데는 외형으로서의 표시를 거의 나타내지 않는 경우가 많다(呂石基).

희곡이 대사와 몸짓에 의하여 직접 표현된 행동, 또는 서로 밀접하게 연결된 행동의 제시이기 때문에 그 나름대로 어떤 개연성과 필연성, 일관성과 가망성을 지녀야 함은 두말할 나위없다. 왜냐하면 희곡 속에서는 모든 것이 어떤 목적을 위해 형성되고 방향이 설정되기 때문이다. 희곡에서의 행동은 배우들의 대사에서도 강하게 표현된다. 희곡은 우리의 삶을 생동감 있게 보여주는 것이기 때문에 행동이 없으면 희곡도 함께 없어지는 것이다.

바로 여기서 희곡의 행동이 무엇을 모방한 행동이냐 하는 문제가 제기된다. 그것은 두말할 것도 없이 우리들의 실인생(實人生)의 모방이다. 극작가는 우리들과 같은 인물을 설정해서 말과 동작을 통해서 무대 위에 재현해 놓는다.

그리하여 무대 위에서는 우리의 삶과 매우 유사한 생활이 펼쳐진다. 그리고 종종 그것을 실생활로 착각하기도 한다. 그러나 그것은 어디까지나 희곡작가의 상상 속에서 탄생한 허구적 삶이고 예술세계에 불과하다. 이처럼 희곡이란 것이 하나의 환각이지만 그 삶 자체는 실생활 이상의 질서와 진실을 지녀야 한다.

희곡이 있는 이유가 바로 거기에 있기 때문이다. 즉, 희곡은 인생의 법칙을 따라야 하는 것이다. 그렇지 못할 경우, 희곡은 의미있는 인간의 행동을 모방이라는 여과 장치를 통해 관객에게 보여 줄 수가 없기 때문이다.

2. 작품의 예

출발(1막)

윤대성 작

나오는 사람들

사내

역원

오래 내버려 둔 낡아빠진 의자며 회칠이 군데군데 벗겨져서 흙이 드러난 벽이며 가이 대합실의 분위기를 음산하게 해주고 있다. 대합실 한가운데에 벤치가 하나 놓여 있고 벽을 따라 긴의자들이 붙어 있다.

정면에 플래트폼으로 나가는 두 짝으로 된 엉성한 유리문이 있고 벽 오른쪽에 문이 닫힌 매표구가 있다.

한밤중 플래트폼의 가로등이 희미하게 켜져 있고 실내는 그 불빛으로만 윤곽을 알 수 있을 정도로 어둡다.

차차 어둠에 눈이 익게 되면 왼쪽 벽에 붙은 의자 위에 한 사내가 쓰러진 듯 누워 있는 것이 보인다.

잠시 후 플래트폼으로부터 역원 차림의 텁수룩한 남자가 등을 손에 들고

온다.

누워 있는 사내를 보지 못하고 벤치 앞으로 와서 등을 의자에 내려놓고 그 옆에 앉는다.

손수건을 꺼내어 이마의 땀을 닦는다.

사내 (누운 채) 여보세요?

역원 누, 누구요?

사내 지금 몇 시나 됐죠?

역원 여기서 무얼 하고 있소? 여긴 잠자는 데가 아니오.

사내 자고 있는게 아닙니다. 몇 시나 됐습니까?

역원 나도 모르겠소. 시계가 있어야 말이지. 여기선 시계가 소용이 없어요. 시간을 알 필요가 없으니까……. 도대체 시간을 알아서 무얼하시려오?

사내 전 시간을 알고 싶습니다. 얼마나 더 기다려야 할지…….

역원 사람을 기다리는 거요?

사내 아니, 기차를 기다립니다.

역원 아…… 기차 말이오? 그렇군…… 당신은 기차를 기다리고 있었군…….

사내 승무원이십니까?

역원 ……네 그렇죠. 그렇게 되죠. 난 이 역을 지키고 있으니까. ……그런데 어디서 오셨소?

사내 저……저 너머에서 왔습니다.

역원 저 너머라니?

사내 저 길, 길 말입니다. 저 산 너머에 있는 길 끝에서 왔어요. 어디서 부터인진 저도 잘 모르겠습니다.

역원 아, 뭐 좋습니다. 당신이 어디서 왔든지 내가 상관할 일이 아니니까. 그저 버릇으로 물어 본 거요. 그런데 여기가 어딘지 알고 있소?

사내 정거장이죠.

역원 간이역이요. 하지만 좀 우스운데. 근래에 이 역에 온 사람은 없어요. 당신을 빼놓고는. 이 역에선 기차가 서지 않으니까.

사내 기차가 서지 않는다구요?

역원 벌써 오년째 기차가 서지 않습니다.

사내 저기 저렇게 시간표까지 있는데?

역원 5년 전 시간표지요. 사실 기차는 지나간답니다. 정각 0시에. 단지 서지 않는다 뿐이지······.

사내 저기 시간표대로라면 일 분간은 서야 하지 않습니까?

역원 시간표대로라면 그렇죠. 근래에 기차가 서는 걸 못 보았어요. 아, 한 번 기차가 선적이 있지······ 웬 부인이 자살을 했을 때······그것도 십 분간이나.

사내 부인이요?

역원 예, 이년 전이던가? ······그 외엔 서지 않습니다.

사내 그 부인이 왜 죽었습니까?

역원 자살했다니까요? 그 이유를 내가 어떻게 알겠소.

사내 젊은 여자였나요?

역원 그래, 그런가 봐요. 밤중이라 어두워서······

사내 그게 언제쯤이죠?

역원 이년 전이라고 하지 않았소. 왜 그 부인을 아시오?

사내 아 아닙니다. 부인이 죽었다기에······ 더구나 자살이라니······그 전에도 기차가 서지 않았던가요?

역원 아니죠. 기차가 섰어요. 십년 전만 해도 이 역은 제법 번창했어요. 간이역이긴 하지만 장사꾼들도 제법 드나들었고 여름엔 도시에서 피서도 오곤 했죠. 꽤 살기 좋은 마을이었는데, 낮에 지나시다 혹시 보셨는지 모르지만 저쪽 둑 너머에 지금은 말러 늪이 돼 버렸지만, 꽤 경치 좋은 호수가 있었어요. 호수가엔 하얀 돌벽의 교회가 있었죠.

사내 지금은 무너진 돌벽만 남았군요.

역원 보셨군요. 그래요. 꽤 아담한 교회였죠. 지금도 그 교회 종소리가 들리는 것 같애요. 뎅그랑뎅그랑, 바람이 몹시 불 때면 여기서도 들렸죠.

사내 네 들리는군요.

역원 무슨 소리가 들립니까?

사내 교회 종소리가 들리지 않습니까? 뎅그랑뎅그랑 줄이 풀려 있군요. 꼭 매라고 일렀는데.

역원 여보, 정신차리시오. 당신은······

사내 아 아닙니다. 내가 꿈을 꾸었나 봐요.

역원 여기에 와 본 적이 있소?

사내 여긴 처음입니다.

역원 그러시다면?

사내 얘길 들었어요.

역원 그래요? 꽤 좋았답니다. 얘길 들어서 아시겠지만 그 교회 뒤론
　　빽빽하니 밤나무 숲이 있었어요. 겨울엔 토끼, 사슴들이 마을에
　　까지 내려와선 애들과 뛰어 놀았고요. 호수엔 들오리가 날고 또
　　거기엔 동네 처녀들이.

사내 마리아!

역원 네? 뭐라고 했소?

사내 아무 말도 안했습니다.

역원 지금 누구를 부르지 않았소?

사내 기도를 드렸어요.

역원 마리아라고 한 것 같은데?

사내 마리아에게 기도를 드렸어요.

역원 난 또……이 마을에 마리아라는 여자가 있었어요.

사내 있었군요.

역원 당신은 누구요?

사내 아무도 아닙니다. 그저 지나가는 나그네입니다.

역원 마리아를 아시오?

사내 아니, 전혀. 기도를 드렸다니까요.

역원 하나님을 믿소?

사내 하나님은 주무시고 계시다는 걸 믿습니다.

역원 그럼 기도는 왜 하오? 하나님은 듣지도 못할 텐데.

사내 버릇으로 남았어요.

역원 그래요. 모두들 버릇으로 하나님을 찾지, 사실 그런 건 없소.
　　있는 건 사람뿐이오.

사내 아니, 하나님은 계십니다. 단지 대답하시질 않을 뿐이지.

역원 아니, 그런 건 없소. 이 마을이 폐허가 될 때도 마을 사람들은
　　하나님의 진노 때문이라고 했지만 그건 벼락이었소. 벼락과 산
　　불이 교회며 숲을 태워 버린거요. 어느 해 여름이었소. 호수에서
　　들오리가 자취를 감추더니 호수가 마르기 시작하는 거요. 벼락
　　이 치고 불이 나고 하루밤 새에 이 마을은 폐허가 됐단 말이오.
　　하나님이라고요? 천만에. 그 호수가에 아이의 시체가 뜨던 날이
　　었소.

사내 사내 아이의 시체라뇨?

역원 아, 아무 것도 아니오. 아이가 빠져 죽었지요. 교회가 불타버린 것도 그 얼마 후였으니까. 모두들 하나님이 벌을 내리신 것이라고 했지만 그건 사람이었소.

사내 네?

역원 벼락이 치던 밤에 사람이 교회를 태워 버린 거요.

사내 그런 일이?

역원 있었지요. 그래서 이 마을에서 기차가 서는 일도 없게 되고.

사내 그래서 모두들 떠나 버렸군요.

역원 그렇다오. 모두……

사내 마리아도……

역원 마리아? 어느 마리아 말이오? 당신의 마리아? 또는 나의 마리아?

사내 당신의 마리아?

역원 물론이죠. 좀 늦긴 했지만 그럴 이유가 있었지요. 꽤 어여쁜 여자였소. 이 마을에선 제일 가는 미인이었지, 당신도 보면 반했을 거요. 난 아주 미쳐 있었으니까. 아니 가시려오?

사내 네, 가봐야겠습니다.

역원 이 밤중에…… 조금 있으면 기차가 오는데……

사내 서지 않는다고 하지 않았습니까?

역원 그렇지요. 기차는 서지 않습니다.

사내 안녕히 계십시오.

역원 여보 손님, 잠깐만, 어디로 가려는 거요?

사내 다음 역으로 가야죠.

역원 다음 역엔 기차가 서지. 그런데 도대체 어디까지 가시는 거요?

사내 아무 데로나. 기차가 머무는 곳 아무 데로나……

역원 그렇지만 어디 목적지가 있을 게 아니오?

사내 네, 종점까지 갑니다.

역원 핫하, 종점은 여기랍니다.

사내 네?

역원 이 기찬 순환열차요. 뱅뱅 돌죠. 그러니까 당신이 출발한 곳이 곧 종점이 되는 거요.

사내 그렇게 됐습니까?

역원 옛날엔 종점이 따로 있었지만 지금은 없어졌어요. 양끝에 맞붙여 연결해 버렸거든요.

사내 모두 그렇게 되어 버렸군요. 출발해도 소용이 없군요.

역원 여기서 쉬었다가 날이 밝거든 떠나시오. 가실 곳이 있으시다
　　　면.(역원 매표구 쪽으로 들어가려 한다)

사내 어디 가십니까?

역원 침구를 가져와야죠.

사내 그만두십시오. 전 가야겠습니다. 제 걱정 마시고 어서 주무십시
　　　오.

역원 이 밤중에 길도 어두운데 갈 수 있겠소?

사내 기차길을 따라 걷지요. 전 늘 그래 왔습니다. 달빛이 기차길을
　　　비춰 주니까 그 달빛만 따라가면 되겠죠.

역원 그렇지만 아무리 기찻길을 따라 걸어도 결국 도착하는 덴 여길
　　　텐데.

사내 아, 그렇게 되겠군요.(단념한 듯 앉는다)

역원 어디로 다녔습니까?

사내 아무 데로나 발가는 데로.

역원 재미있었었겠군요.

사내 아니, 무서웠어요.

역원 뭐가요?

사내 다음이, 다음에 올 정거장이.

역원 아무도 없습니까? 가족이라도?

사내 아무도 없습니다.

역원 그래도 발 붙일 곳이라도 있을 게 아니오?

사내 있었어요. 옛날엔.

역원 결혼했소?

사내 못했습니다.

역원 그렇게 떠돌아 다니니 그렇지. 여자 같은 것에라도 인연을 가
　　　졌어야 뿌리가 박히는 거요. 구르는 바위엔 이끼가 끼지 않는다
　　　는 말도 있지 않소? 한 곳에 눌러 붙어 있어야 하는 법이요.

사내 그래서 여기에 있습니까? 기차도 서지 않는 역에?

역원 아니, 난 여기서 기다리는 사람이 있답니다.

사내 기다리는 사람?

역원 그럼요. 내게도 기다리는 사람이 있어요.

사내 기차도 서지 않는데?

역원 그래도 올 사람이 있었지요. 아마 틀림없이 올 거요. 지금 오고 있을지도 모르지.

사내 부인?

역원 아니, 내 처는 죽었소.

사내 죽었군! 왜 죽었나요?

역원 기차에 죽었지요. 내가 죽였소.

사내 당신이?

역원 그렇소. 아무도 믿지 않았지만. 사람들은 나를 미친 놈으로 알고 있으니까. 내 처가 미쳤듯이 말이오.

사내 미쳤다니요?

역원 당신은 지금 올바른 정신을 갖고 있소?

사내 그렇다고 말씀드린 적은 없습니다.

역원 그래, 누구도 올바른 정신을 갖고 있다고 말할 수는 없지. 모두가 무언가에 미쳐 있거든요. 당신이 끝도 없이 기찻길을 따라 다니는 것처럼 난 여자의 치맛자락을 따라다녔소. 난 미쳐 있었어요. 그것도 삼 년 동안이나.

사내 삼년?

역원 그 여자, 아니, 마리아를 따라 다닌지 삼년. 그것도 딴 남자에게 미쳐 있는 여자를 말이오. 젊은 전도사 때문에.

사내 전도사요?

역원 그렇소. 이 마을 교회에 나타난 그 전도사가 그 여자의 마음을 뺏어간 거요. 서로 좋아했는지도 모르지. 난 미칠 것 같았소. 그런데 말이오. 어느 날 그 전도사가 없어져 버렸소.

사내 죽었군요.

역원 갑자기 어느 곳으론가 떠나 버렸소. 올 때처럼 소식 없이. 무슨 일이 있었는지 모르지만 난 잘 됐다고 좋아했죠. 이젠 그 여자를 내 것으로 할 수 있다고 생각했거든요. 그 삼년 동안 …… 내겐 그 삼년 동안이 인생의 전부였던 것 같소. 기다린다는 건 정말 괴로운 일이더군요.

사내 그래서 결혼을 하셨군요?

역원 아니, 그렇게 쉽지는 않았지. 당신도 여자를 좋아해 본 적이 있소?

사내 네, 있습니다. 오래 전에…… 죽어 버렸지만.

역원 오…… 당신도 …… 안 됐구려…… 왜 죽었소?

사내 기차에, 기차에 죽어 버렸소. 자살을 했습니다.

역원 당신 때문일거요.

사내 내가 못난 놈이었어요. 제가 죽인 거나 다름 없습니다.

역원 인생이란 그런 것인 모양이오. 몇 년 전만 해도 인생은 그저
　　　그렇고 그런 것이라고 자신 있게 말할 수가 있었는데 역시 간다
　　　는 건 그런 것인 모양이오. 내 처는 삼 년 동안이나 그 젊은이
　　　를 기다리고 있었소.

사내 그 여잔 잊어버리지도 않았던가요? 그 못난 사나이를.

역원 죽을 때까지 생각하고 있었다오. 결혼을 해서도.

사내 바보! 바보!

역원 한밤중 기적소리만 나면 그 여자가 있는 곳은 바로 여기였소.
　　　당신이 앉아 있는 그 자리에, 그리곤 기다리고 있는 거요. 왜,
　　　어디가 편찮으시오?

사내 아, 아닙니다. 전 원래 눈이 나빠서 어두운 곳에 오래 앉아 있
　　　으면 눈이 피곤해져서요.

역원 여기에 와 본 적이 있다고 했지요?

사내 아니, 여긴 처음입니다. 얘길 들었을 뿐이에요.

역원 처음일 테지. 그런데 도대체 무엇 때문에 이렇게 해매고 다니
　　　는 거요?

사내 무엇 때문에?

역원 그렇소 누구를 찾아다니는 거요. 아니면……

사내 찾아 다녔습니다. 그런데 그건 아무것도 아니였어요. 제가 찾
　　　는 것은 언제나 거기에 있지 않더군요. 아무것도 없는데 난……

역원 당신도 미쳐 있군요.

사내 미쳐 있었습니다. 곧 손에 잡힐 것 같은, 무지개처럼 찬란한 외
　　　양에 미쳐 있었던 겁니다.

역원 하여간 잘 돌아왔소!

사내 네, 종점이군요.

역원 그래서 우린 결혼했습니다.

사내 네? ……아.

역원 삼 년 동안이나 참아 왔지만 더 기다릴 수가 없었소! 그래서
　　　난 어느 날 밤 기차가 막 지나가 버렸을 때 바로 여기서 그 여
　　　자를 내 것으로 만들어 버렸지요. 강제로.

사내 오!

역원 그런데 말이오, 결혼을 했는데도 그 여잔 내 것이 아니더군요!

사내 네?

역원 내가 소유하고 있었던 것은 그 여자의 몸뿐이었단 말이오.

사내 그럼 당신은 무엇을 더 원했습니까?

역원 마음까지.

사내 마음?

역원 난 그 여자의 전부를 원하는 거요. 한 여자의 일부분만을 소유
     하고 있는 비극을 아시오?

사내 비극이라고?

역원 그렇소, 그건 비극이오. 갖지 않는 것보다 더한 비극인 거요.
     그래서 난 그 여자에게 난폭하게 굴었소. 그 여자의 침묵과 복
     종이 불안했단 말이오. 이 여잔 지금 내 품에서 누구를 그리고
     있는가? 이 여잔 지금……

사내 그건 욕심입니다. 그 여잔 당신에게 충실했을 겁니다.

역원 충실했소. 내게 아이까지 낳아 주었으니까.

사내 아기까지 있었군요!

역원 사내 아이였어. 도마. 그 여잔 그 애에게 도마란 괴상한 이름을
     붙여 주었소. 도마!

사내 토마스, 토마스요!

역원 그래 그건 당신의 이름이었군!

사내 아니, 전 아닙니다. 난 이름없는 나그네. 그 토마스란 이름을
     알 뿐이에요. 전 아닙니다. 그래서 그 아이는 지금 어디에 있습
     니까?

역원 제 어미와 같이 있지요.

사내 …… 네?

역원 아이가 생기자 내 존재는 그 여자의 안중에 없었소. 난 이제
     그 여자의 마음뿐 아니라 몸마저 아이에게 뺏기게 되었던 거요.
     난 고민하기 시작했소. 질투, 그건 틀림없는 질투였소. 토마스라
     는 그 사나이에게 대한 것과 비슷한 질투, 그것을 아이에게 느
     꼈던 거요. 난 부쩍 의심이 나기 시작했소.

사내 의심이라뇨?

역원 이 자식은 내 아이가 아니라는 의심이.

사내 그럴 리가 없습니다. 그건 틀림없는 당신의 자식입니다.

역원 아니 내 처가 기다리던 그 사람의 아이임에 틀림없어!

사내 그 사나인 그럴 사람이 아닙니다. 절대로 그건 아닙니다.

역원 도마란 이름을 붙였는데도?

사내 그렇지만 당신은 그 사나이가 떠난 지 삼 년 후에나 결혼하셨
다구 하지 않았습니까?

역원 아 …… 그랬었지. 그건 틀림없는 사실이야. 그런데 왜 그것이
믿어지지 않을까? 틀림없다고 확신하면서도 내 마음 한 구석엔
알지 못할 그 무엇이 정말 어처구니 없게도 그게 날 꼭 잡아 매
고 있었어. 난 곧잘 내 아이를 무릎 위에 안고 뚫어져라 살펴보
곤 했지. 그런데 아무리 뜯어봐도 나를 닮은 데라곤 한군데도
없더란 말이오.

사내 저를 닮지도 않았을 것입니다.

역원 그래, 지금 보니 당신을 닮은 것도 아니군.

사내 그래서 그 아이는 어떻게 됐습니까?

역원 에미없는 새 호수에 띄어 버렸소. 갈대 숲 속에다. 그 조그마
한 동물이 물 속에서 몸부림치는 걸 난 가만히 들여다보며 웃고
있었소. 미친 놈 처럼, 핫하.

사내 악마! 잔인한 사람! 어떻게 그럴 수가 있어! 자기 자식을!

역원 당신의 자식인 줄 알았거든.

사내 오! 하나님!

역원 내 처는 미쳐 있었소. 종일 아이의 이름을 부르면서 찾아 헤맸
지. 도마! 내 도마하면서.

사내 토마스. 토마스!

역원 당신을 불렀던 거요! 죽는 날까지.

사내 마리아!

역원 아들의 시체는 호수에 떠 있었어. 그 여자, 아니 당신의 마리아
도 물에 뛰어들었소. 그렇지만 죽을 수가 없었지. 물은 허리에
까지밖에 차지 않았으니까. 호수가 마르기 시작했거든. 그래서
난 대신 그 여자를 …….

사내 그만! 이제 제발 그만두시오!

역원 그래서 난 대신 그 여자의 원을 풀어 주었던 거요. 왜 그 여자
를 버렸소?

사내 아닙니다. 버린 게 아닙니다. 다시 돌아오려던 것이…… 저 너
머에 …… 저 산 너머에 그것을 찾아 떠났던 거예요. 여자를 버
린 게 아니랍니다.

역원 그래서 그것을 찾았소?

사내 황무지와 폐허를 발견했을 뿐이오.

역원 아, 그래서 이제야 돌아왔군! 허지만 너무 늦었소. 그 여잔
......

사내 죽어 없더군요.

역원 죽어 버렸소! 당신을 기다리다 미쳐서. 그래서 난 내 처 대신
여기서 당신을 기다리고 있었던 거요. 난 당신을 만나고 싶었소.
당신이 누군가 알고 싶었단 말이오. 난 당신이 언젠가는 여기에
오리라는 걸 알고 있었으니까. 내 생각대로 당신은 결국 돌아왔
소. 그런데 이게 어떻게 된 셈이오? 그 많던 원한과 질투가 이
제 당신을 만나니 도리어 반가움으로 변하다니. 도대체 당신은
누구요? 그 젊은 전도사가 바로 당신이오?

사내 아닙니다. 그 사람은 벌써 죽어 버렸어요. 십 년 전 이 마을을
떠날 때 죽어 있었던 거예요.

역원 떠나지 말 길을 당신도 떠났던 거예요. 어디 가나 종점이란 없
지요. 내가 있는 곳, 내가 발붙인 곳, 여기가 바로 종점이란 말
이오. 당신은 결국 종점에 돌아왔소. 허지만 이미 늦었지 ·······.
한 번 떠난 사람에겐 종점은 없으니까. 당신은 다시 떠나야 하
오.

사내 떠나야겠습니다.

역원 기차를 이용하겠소?

사내 네. 기차가 곧 도착하겠지요.

역원 기차는 서지 않습니다.

사내 알고 있습니다.

역원 그럼 결심했소?

사내 네, 다시는 돌아오지 않을 테니까요.

역원 그 여자도 기차를 이용했소. 그 여잔 자는 듯 아주 조용히 선
로 위에 누워 있었다오. 정말 잠깐 동안에 끝났지.

사내 기차가 오지 않습니까?

역원 정말 기차가 오는군. 산을 돌고 있소. 5분 후면 이 앞을 통과하
지.

사내 자, 그럼 준비를 하십시오. 제단을 마련합시다.

역원 (개찰구의 문을 열어 젖힌다) 혼자 할 수 있겠소?

사내 물론입니다. (문에 다가선다)

역원 두렵지 않소?

사내 아니 전혀, 제가 바라던 일인데요. 제 종점으로 다시 출발하는 일인데요. 제가 기다리고 있었던 거예요.

역원 그랬었군! 당신도 기다리고 있었군.

사내 그 여자 옆에 가까이 할 수 있는 길은 그 길밖에 없지 않습니까?

역원 오, 당신이야말로 잔인한 사람이오. 죽음 속에서도 그 여자와 같이 있기를 원하는 거요? 이 남편을 비켜 놓고 말이오! 도대체 당신은 누구요? 무엇이요? 무엇을 가졌소? 당신의 무엇이 그 여자로 하여금 당신을 기다리게 했느냐 말이오?

사내 꿈! 꿈을 가졌습니다.

역원 꿈?

사내 그렇습니다. 난 꿈을 갖고 있었습니다. 저 너머, 저 산 너머에 황무지와 폐허만이 가득 차 있는 그 곳에 말입니다.

역원 그랬었군! 당신은 꿈을 갖고 있었군. 그 여자도 꿈을 갖고 있었지. 당신의 꿈을. 꿈을 갖는다는 건 끔직한 일인 줄도 모르고. (기적소리 가까워진다)

사내 기차가 옵니다. (개찰구로 나가려 하자 역원이 막아 선다)

역원 잠깐. (품 속에서 봉투를 꺼낸다) 자, 이걸 받으시오. 그리고 분향할 준비를 해요. 우리 제사를 지냅시다. 이건 여자의 전부요. 자 어서.

사내 (얼떨결에 봉투를 받으며) 어쩌자는 겁니까?

역원 난 저 기차를 타야겠소.

사내 기차는 서지 않습니다.

역원 알고 있소.

사내 그럼 당신도? (기적 소리 점점 가까워진다)

역원 난 당신이 그 여자와 같이 있는 걸 원하지 않소. 그 여잔 내꺼요. 알겠소? 내꺼란 말이오. 자 …… 그럼 …… 잘 있으 …… 오.

사내 여보세요, 여보! (기차의 불빛과 소음이 휩쓸리는 사이로 역원 사라진다. 사나이 뛰어나가다가 기차가 지나가 버리자 문에 기대에 얼굴을 기둥에 묻는다. 요란하던 기차 소리가 점점 멀어지고 적막이 감싼다. 사나이가 움켜쥐고 있는 봉투에서 떨어지는 흰 뼈 가루가 바람에 스산히 날려 흩어지는데 幕이 내린다)

3. 희곡에 대한 분석

앞에 예시한 윤대성(尹大星)의 단막 희곡 「출발」에서 볼 수 있듯이 희곡
은 우선 기록되어 독자 앞에 나타난 외형의 모습부터 시나 소설과 같은 다
른 문학쟝르와 커다란 차이가 난다. 가령, 작품 제목 다음에 적혀 있는 것
이 등장인물이고 그 다음이 무대의 장면 설정이다. 제목 다음에 곧바로 작
품이 시작되는 시나 소설과 본격적으로 다른 것이 희곡이라는 것을 알 수
있을 것이다. 이것은 곧 희곡이 배우들에 대입되어 무대 위에서 행위되어
보여 주는 동적(動的) 문학양식이라는 것을 단적으로 보여주는 것이다. 그
리고 또 하나의 큰 차이라고 한다면 지은이 혼자서 이야기하는 시나 지은
이와 등장인물들이 동시에 이야기하는 소설과 달리 희곡은 등장인물들만
이야기할 수 있다는 사실이다. 그런데 흥미로운 것은 이야기하는 화자(話
者)의 자세에도 미묘한 차이가 있는 점이다. 가령 시가 흥분된 감정으로 이
야기되는 것이라면 소설은 객관적 입장에서 이야기를 풀어 나가며 희곡은
극히 주관적인 상태에서 이야기를 전개해 간다는 사실이다. 시가 노래이고
소설이 얘기이며 희곡이 놀이라는 본질 때문일 것이다. 이것을 이야기를 끌
어가는 화자에 놓고 볼 때, 시가 '나'라고 한다면 소설은 '그'이고 희곡은
'너'가 주체가 되는 것이다. 따라서, 이야기되는 시제(時制)는 시가 현재일
수밖에 없고 소설은 지난 일이므로 과거이며 희곡은 현재와 동시에 미래라
는 관계를 가정한다. 바로 그 점 때문에 시에서는 감동을 즉각적으로 느끼
게 되는 것이고, 소설에서는 삶의 전체를 관찰 내지 조망케 되는 것이며,
희곡에서는 긴장을 하게 되는 것이다.

이러한 희곡의 특성을 염두에 두고 앞에 예시한 작품을 분석해 보면 매
우 흥미있는 결론을 얻을 수 있을 것이다.

등장인물이 남자 둘뿐인 이 작품의 무대는 도시 변두리의 초라한 간이역
이다. 어쩌다가 조그만 완행열차나 서는 간이역이 황폐할 정도로 낡고 초라
하며 쓸쓸할 것은 명약관화할 것이다. 그것도 사건이 벌어지는 시간이 한밤

중인 점에서 이 작품은 처음부터 비극적 분위기를 내포하고 있음을 알 수 있다. 거기서 두 남자가 벌이는 이야기가 밝은 것이 될 리도 만무하다. 텁수룩한 차림의 역원은 간이역이 직장인 남자이고 딱딱한 나무 의자에 누워 있는 남자는 분명 뿌리뽑힌 나그네임을 알 수 있다.

사실 역이라는 것은 떠나고 도착하는 철도교통의 가장 작은 관문이다. 따라서 거기는 만남과 이별의 인간감정의 표출장소이기도 한 것이다. 이것은 곧 기쁨과 슬픔의 교차점이기도 하고, 현실과 이상의 분기점이기도 하다. 그러나 역은 아무래도 인간에게 만남의 환희보다는 이별의 슬픔과 허허함을 안겨주는 장소의 의미를 지닌다. 그런 쓸쓸한 시골 간이역의 딱딱한 나무의자에 그것도 야밤중에 혼자 누워 있는 주인공(사내)은 뭔가 정처를 찾아 방황하고 있음을 암시하고 있다. 삶에 좌절하고 의욕마저 상실한 남자의 초라한 모습을 주인공이 극명하게 보여주고 있다. 이야기를 풀어 나가기 전에 이 작품을 쓴 작가의 마음상태와 이런 작품을 창조해내게 된 배경을 먼저 살펴본다면 독자에게 큰 도움이 될 것 같다.

작가(尹大星)는 이 작품이 탄생된 배경을 다음과 같이 회고했다.

내가 이 작품을 쓴 시기는 은행원으로 근무하며 드라마센터 극작 워크숍에서 희곡을 공부하던 때다. 그때 나는 27세의 총각으로 한 여행원과 연애중이었다. 그러나 결혼을 할 수는 없었다. 나는 작가가 되어야 했기 때문에 여자의 가족들로부터 압력이 가중되었다. 결국은 헤어지자는 통보가 왔다. 내가 결혼을 해서 평범한 가정을 이루며 사는 은행원으로 남느냐 아니면 불확실한 미래만이 보이는 작가의 길을 선택할 것이냐 그런 기로에서 고민했다. 그 여자와 헤어지는 마지막 만남은 교외선을 타고 가다 창동 근처의 어느 야산에서 이루어졌다. 지금은 도시로 변했으나 1965년에는 한적한 농촌 들판이었다. 돌아오는 길의 간이역은 한산했다(이 작품의 무대가 된다). 나의 현실, 나의 육체는 땅을 딛고 평범한 삶을 살고 싶었다. 그러나 나의 정신은 작가가 되어야 한다는 꿈속을 헤매고 있었다. 「출발」 역원은 나의 육체를 대변하는 인물이며 사내는 나의 꿈을 대변하는 인물이다.

나는 사랑하는 여인과 결혼도 해서 현실에 발 붙이고 사는 평범한 사람이 되고 싶었다. 그러나 나의 꿈은 나를 그렇게 내버려 두지 않왔다. 한번 출발한 사람(꿈을 갖는 사람)은 영원히 신기루를 쫓아야 한다. 그에게는 종점이란 없다. 예술가는 부단히 창조하는 속에서만 존재의 의미를 갖는 사람이니까…… 만일 꿈을 갖고 출발한 사람이 그 꿈을 이루지 못한다면 어떻게 될 것인가? 그는 이 작품의 사나이 처럼 꿈도 사랑도 잃어버린 패배자로 영원히 방황하게 될 것이다. 꿈을 갖는다는 게 끔찍한 일임을 알게 되고…… 역무원처럼 현실을 선택한다면 그는 사랑을 얻을 수 있을 것이다. 그러나 꿈 없는 육체만을 소유한다면 과연 행복할 것인가? (이 작품에서 神은 인간의 꿈을 상징한다) 결국은 이상과 현실의 갈등 괴리를 주제로 한 작품이다. 이 상주의자는 결국 죽음조차도 선택할 수가 없다. 현실에 발을 디딘 자가 죽음도 선택하고 사랑도 차지하기 마련이다.

이상은 작가가 「출발」을 쓰게 된 배경, 동기 그리고 주제까지를 압축해서 설명한 내용이다. 작가의 진실한 고백적 설명을 토대로 해서 이 작품의 희곡적 의미를 캐보는 것은 매우 흥미있는 일이라 생각하지 않을 수 없다.

우선 하나의 작품이 탄생되는 데 있어서 체험의 문제가 제기되지 않을 수 없다. 대체로 문학작품이란 인생체험의 그림자라고 말해지기도 하는데 이 「출발」도 예외가 아니다. 그리고 문학작품이 상상력의 산물이라고도 말한다. 가령 이 작품의 경우를 놓고 볼 때, 만약 작가가 결혼문제에 부딪히고 좌절하지 않았으면 적어도 이런 제재의 작품을 탄생시킬 수는 없었을 것이라는 생각이다. 흔히들 말하기를 한 작가가 평생에 걸쳐 작품을 쓸 때, 대체로 초기에는 자기 인생을 묘사하고 중기에는 남의 인생을 그리며, 말기에 가서는 다시 작가 자신으로 돌아온다고 한다. 물론 이러한 패턴이 모든 작가에게 적용되는 것은 아니다. 그런데 여기서 흥미로운 일은 「출발」이라는 희곡이 윤대성의 처녀작이라는 사실이다. 그러니까 윤대성도 일반적인 작가의 패턴을 닮기라도 한 듯이 자신의 이야기부터 쓰기 시작한 것이다.

1. 플롯

그렇다면 먼저 이 작품의 플롯부터 설명해볼 필요가 있다. 은행원이었던 작가 자신이 연극에 매료되어 극작가로서의 이상을 실현해볼 것이냐 아니면 평범한 지아비로 머물 것이냐의 갈림길에서 고뇌하다가 결국 잘 잡히지 않는 이상의 길을 택해 가는 과정을 처연하게 그려본 것이 바로 「출발」이다.

그러한 이야기를 윤대성은 유토피아를 찾아헤매이는 한 사내와 아내를 잃고 망연히 기다리며 살고 있는 어느 간이역의 역무원간의 하룻밤 이야기로 엮은 것이 이 작품이다. 그런데 더욱 흥미로운 것은 이 작품이 결코 잡힐 수 없는 원무(圓舞)처럼 되어 있다는 사실이다. 이 말은 무슨 뜻인고 하니, 「출발」은 무대설정에서부터 인물성격, 그리고 등장인물들이 추구하는 것 등에 이르기까지 하나의 원처럼 시작도 끝도 없고 또 도달할 수도 없으며 잡을 수도 없는 형태로 되어 있다는 이야기이다. 가령, 이 작품의 경우 한 거대한 도시를 빙빙 도는 교외선 열차의 간이역이 무대로 되어 있다. 따라서 출발지점이 곧 종착점이요, 종착역이 곧 출발역이기도 한 것이다. G.B. 테니슨의 말에 따르면 플롯이라는 단어는 본래 토지(土地)라는 단어에서 유래했다는 것이고 플롯의 진정한 뜻은 평면도나 지세도(地勢圖)라 말할 수 있다(테니슨, 李泰柱 역, 『연극원론』, p.33 참조). 우리말로 쉽게 풀어 쓰면 플롯은 일종의 판짜기인 것이다.

우리가 판을 짤 때 판에서 벌일 일을 머리에 두고 짜게 마련이다. 즉 어떤 사람들이 그 판에서 무슨 일을 벌일 것인가를 미리 알고 짠다. 그러므로 판짜기만 보면 대체로 주제에서부터 언어, 등장인물 등을 인식할 수 있게 되는 것이다. 그러니까 플롯 속에는 책략, 선택, 질서, 목적, 연속과 행동이 내포되어 있다는 이야기이다. 「출발」의 경우를 놓고 볼 때, 적막한 교외선의 간이역에서 벌어지는 이야기이다. 여기서 어떤 일이 왜 발생하는지를 보여 주려는 것이 이 작품의 플롯이다. 우리는 흔히 플롯과 구조를 혼동할 때가 있는데 이 두 용어는 사실 동전의 앞뒤와 같다. 어떤 학자는 플롯을 구조 그 자체라고 주장하기도 한다. 사실 플롯 속에는 이야기 줄거리와 그 외의 요소가 함께 얽혀 있다. 세익스피어가 있었던 이야기들에 소재 원천을 두면서도 기존 이야기들과 다른 맛을 내는데, 그 원인이 바로 플롯, 즉 판짜기를 잘한 때문이다. 우리가 플롯을 이야기하면서 흔히 차이점을 드는 것이 문학이론가 E.M. 포스터의 다음과 같은 예이다.

- 스토리 …… 「임금이 죽었다. 그 뒤 왕후도 죽었다.」
- 플 롯 …… 「임금이 죽고나서 그 뒤 왕후도 슬픔 때문에 죽었 다.」

앞의 방점 부분에서 알 수 있듯이 플롯에서는 스토리에서와는 달리 임금이 죽은 뒤에 왕후가 죽은 이유가 분명히 밝혀져 있다는 사실이다. 그것을 가리켜 동인(動因)이라고 말하는데, 건축에 비유한다면 이음새가 될 것이다. 희곡은 스토리를 기본으로 하는 소설과는 달리 무대 위에서 행동으로 보여주는 것이어서 동인이 없으면 안된다. 동인이 있어야 결과가 나오기 때문이다.

우리가 플롯을 논할 때, 주인공과 그에 맞서는 인물을 말하지 않을 수 없다. 「출발」에서 주인공인 사내의 적대 인물은 역무원이다. 이 작품에서는 더 이상의 인물이 등장하지 않으므로 사내와 역원간의 생생한 갈등으로 사건도 만들어지고 전개되어 갈 수밖에 없다. 보통 갈등도 세 가지 기본형이 있는데, 그 첫번째 유형이 타인과 갈등을 빚는 경우, 둘째 자신의 내면과 갈등을 빚는 경우이고, 세번째는 외부적인 힘, 또는 상황과 갈등을 빚는 경우이다. 그렇다면 이 작품에서 주인공 사내는 누구와 갈등을 빚는가? 그것은 두말할 것도 없이 적대인물 역원과 대립관계에 있는데 윤대성의 고백에 의하면 역원은 곧 사내의 다른 측면, 즉 분신이므로 결국은 내면적 갈등임을 금방 알 수 있다. 플롯은 시대에 따라 그 면모가 달라지지만 대체로 단순한 것과 복잡한 것, 단일한 것과 이중적인 것, 느슨한 것과 팽팽한 것 등으로 분류할 수 있다. 간결명료한 그리스극이라든가 복잡한 중세극, 단순한 현대극처럼 플롯도 시대에 따라 변모해 왔던 것이다. 그러나 희곡은 어디까지나 "단선적으로 완벽해야 하며 어떤 고결성을 지녀야 한다"는 아리스토텔레스의 말은 변할 수 없는 진리인 것 같다. 이러한 기준에 맞춰 「출발」의 플롯을 보면 매우 잘 짠 희곡임을 알 수 있다. 두 남자가 조그만 시골 간이

역에서 조용히, 그것도 별다른 사건을 일으키지도 않으면서 자기들의 인생을 걸만큼 한바탕 투쟁을 벌이도록 만든 것은 여러가지 측면에서 평가될 만하다. 사실 플롯은 본질적으로 관객에게 정보를 제공하면서 다음에 닥쳐 올 문제를 기다리도록 해야 한다. 그러니까 관객들이 극장을 떠나기 싫도록 어떤 기대를 갖게 하거나 흥미를 불러 일으키게 해야 한다는 이야기이다. 그런 측면에서 보았을 때, 「출발」은 매우 잘 짜여진 플롯을 지니고 있음을 알 수 있다. 왜냐하면 두 주인공, 특히 사내의 거동이나 가끔씩 던지는 말들은 뭔가 호기심을 일으킬 뿐만 아니라 어떤 일을 저지를 것만 같다. 그뿐만 아니라 사내의 적대인물인 역원마저 차츰 사내의 거동과 유사한 처신을 하게 함으로써 관객으로 하여금 끝을 보지 않고는 극장 문을 나서지 못하도록 만들고 있다. 대체로 플롯은 희곡 자체가 하나의 참다운 인생의 축소판이므로 시작과 중간과 끝이 있게 마련이다.

G.프라이타크 같은 희곡 이론가는 일찍이 고전극을 분석하여 장막 희곡을 전개, 절정, 종결로 구분한 바 있는데 「출발」의 경우를 놓고 볼 때, 이러한 3단계가 분명하게 나와 있다. O.브로케트가 일찍이 지적한 것처럼 희곡은 지금까지 몰랐던 장소와 사람을 만나는 것과 같다(O. 브로케트, 金潤哲 역, 『연극개론』, p. 37 참조). 그럴 수밖에 없는 것이, 희곡은 작가가 만들어 놓은 제3의 인생이기 때문이다. 그러니까 관객은 극장에서 낯선 인생과 만나서 색다른 체험을 하게 된다는 이야기이다. 따라서, 플롯의 첫 꼭지는 판을 벌이는 장소, 주역인 등장인물, 상황제시, 기분, 개연성의 계획 등으로 되어 있을 수밖에 없다.

「출발」에서 보면 맨앞의 시골 간이역의 내면 풍경과 사내, 역원 두 등장인물, 주변 분위기(분위기 속에는 시간도 내포되어 있다), 그리고 낯선 두 남자간의 대면 등이 플롯의 첫 꼭지, 즉 시작이 되는 것이다. 이러한 시작은 두 남자가 상대방의 정체를 알아보려 애쓰고 그 다음에 상대방의 의지를 확인하는 데까지가 시작 부분이 된다. 그러니까 과거에는 그 간이역에도 사람이 북적댄 때도 있었는데 그것은 호수 옆에는 울창한 숲이 있어서 피서지로는 이상적이었다고 한다. 호수가엔 하얀 벽돌 집 교회까지 있어서 종소리도 들을 수 있었다는 것이다. 그만큼 과거에는 간이역이 있는 그 마을

이 하나의 유토피아였음을 암시해 주고 있다.

그런데 두 남자간의 대화 중 마리아라는 여인의 이야기가 나오면서부터 서서히 갈등이 시작되는데, 여기서부터가 중간부, 즉 분규부분이 되는 것이다. 이 작품이 재미있는 것은 두 남자가 찾는 여자가 동일한 인물이라는 사실이다. 사랑하는 여인(마리아)를 두고 유토피아를 찾아 떠난 사내는 수 년 동안 방황했고, 그 사이 역원은 그 여인과 결혼하여 아이까지 낳았지만 끝내 사내를 못 잊은 채 죽고 만다. 이상향을 찾아서 떠돌던 사내는 절망만 안고 귀향하지만 그 여인은 이미 죽고 없었던 것이다. 그 사내를 기다리고 있는 사람은 여인이 아닌 그녀의 남편(역원)이었다. 사내는 역원을 통해서 자기를 끝내 기다리다가 죽어버린 여인에 대해서 자세히 알게 된다. 그렇다면 역원은 왜 끝내 자기를 사랑하지 않고 유토피아를 찾아 떠난 사내만 기다리다가 불행하게 죽은 여인의 연인이었던 사내를 기다리고 있었던 것일까. 그것은 그 여인의 진심을 그 사내에게 알리고 뼈가루를 전달하기 위해서였다.

여기서부터가 결말 부분이 되는 것이다. 그러니까 사내와 역원이 상대방이 누군가를 확인하는 데부터가 진정한 만남인데 이 부분 또한 중간 분규이며 여인의 삶을 알려주고 뼈가루까지 사내에게 전달한 뒤 달리는 기차에 뛰어들어 자살하는 마지막 장면까지가 결말부분이 된다는 이야기이다. 가령 중간부분이 행동의 방향을 바꿔 주는 여러가지 요인이 발생하는 곳이라고 한다면 결말부분은 사건의 꼬인 가닥을 풀고 서두에서 제시되었던 질문에 응답하는 것이다. 가령 이 작품에서 역원은 자기 아내(여인)가 뭘 원했고 또 누구를 사랑하고 기다렸는지 확인한 다음에 모든 것을 깨달은 듯 제사(祭祀)라는 의식까지 치른 뒤 사라짐(자살)으로써 대단원이 끝나는 것이다.

대체로 플롯은 단순한 것과 복잡한 것으로 나눌 수 있고, 단일한 것과 이중적인 것으로 분류할 수 있으며, 느슨한 것과 팽팽한 것으로도 나누어진다. 그렇게 볼 때, 이 「출발」은 단순, 단일, 느슨한 플롯을 지닌 희곡이라는 것을 알 수 있다. 그런데 이 작품의 플롯이 재미있는 것은 서두에서도 조금 언급한 바 있는 것처럼 하나의 원무(圓舞)와 같게 만든 점이다. 우선 순환열차의 간이역을 한 시점으로 삼은데다가 이상과 현실, 사랑과 좌절이 꼬리를 물고 이어져 감으로써 그것도 하나의 원을 그려 주고 있다. 즉, 사내는 유토피아를 좇고 여인은 유토피아를 좇는 사내를 기다리며 역원은 그런 여인을 사랑하고 현실에 좌절하고 만다. 물론 패배한 사람은 역원뿐이 아니라 사내도 마찬가지이며, 등장하지는 않지만 여인(마리아)도 마찬가지다. 이러한 원무형(圓舞型) 플롯은 매우 드문 경우로서 이상만을 좇는 젊은이들의 방황과 패배라는 주제를 묘사하는 데서 매우 적절한 플롯이라는 생각이다. 10년 만에 도착한 어느 사내의 심상치 않은 행동으로 시작해서 사내를 기다리고 있는 연적(戀敵)인 역원과 만나 갈등을 빚는 중간 과정을 거쳐 자살로 반전되는 종결이라는 매우 정통적 플롯을 지닌 것이 바로 「출발」인 것이다.

2. 인물성격

우리가 희곡이 무엇인가를 정의할 때, 곧잘 욕망이 강렬한 어떤 사람의 이야기라고 말한다. 그만큼 희곡은 소설처럼 단순한 것이 아니고 한 인물의 성격과 야망, 그리고 심리 상태에 따른 움직임의 압축인 것이다. 그만큼 인물성격은 희곡에서 플롯 못지않게 중요한 것이다. 왜냐하면 플롯이라는 것도 실은 인물성격이 만들어내는 거미줄이나 건축설계도와 같은 것이기 때문이다. 아리스토텔레스는 일찍이 『시학』에서 플롯을 희곡의 중심으로 보았지만 현대극에 와서는 인물을 더욱 중요시하는 경향까지 있다. 혹자는 근대극을 가리켜 한 인물의 성격분석 또는 성격변천사라고까지 말할 정도이다. 그렇다고 고전극에서 인물을 소홀히 보았다는 이야기는 아니다. 희곡이야말로 한 인물의 살아가는 이야기인 만큼 어느 시대나 인물은 중요시되는 것이다. 고전극에서나 근대극에서 주인공의 이름을 작품제명으로 사용하고 있는 점에서도 그런 사실은 확인할 수 있다. 주인공 이름을 작품제명으로 사용하는 것은 희곡이 본래부터 한 사람의 이야기로부터 비롯되었기 때문이다. 당초 희곡의 탄생은 신화와 무관하지 않을뿐더러 희곡이 지니는 여러가지 제약조건으로 말미암아 희곡은 운명적으로 한 사람의 이야기인 것이다.

다만 그 한사람의 성격을 부각시키기 위해서 부수적인 인물을 배치한 것에
불과하다. 윤대성의 「출발」은 가장 좋은 예가 될 수 있을 것이다. 왜냐하면
「출발」은 작가 자신도 고백했듯이 주인공인 사내 한 사람의 이야기이다. 그
렇다면 역원은 누구란 말인가? 역원은 사내의 현실적 분신이다. 작가라는
유토피아를 찾아 헤매는 아이디얼리스트(自我)가 사내라고 한다면 현실에
굳건히 발을 딛고 평범하게 살고 싶은 또 하나의 자아가 역원인 것이다. 그
러니까 한 인간의 양면성, 즉 이상주의적인 측면과 현실안주의 측면이 사내
와 역원으로 분리되어 나타난 것이라는 이야기이다. 이것을 다른 말로 표현
하면 정신적인 측면이 사내이고 육신적인 측면이 역원이다.

그렇다면 인물성격을 작가는 어떻게 관객에게 보여주느냐 하는 것이다.
그것은 소설과 달리 순전히 대사와 행동으로 보여 줄 수밖에 없다. 물론 무
대 지시문으로도 어느 정도 표현해 줄 수 있을 것이다. 그러나 궁극적으로
작가는 인물성격 표현을 대사와 행동으로 보여주어야 한다. 그런데 말과 행
동은 따로 노는 것이 아니라 엉켜 있다. 말 따로 행동 따로 있을 수는 없
다. 예를 들어 햄릿의 우유부단한 성격을 알려면 그가 중대 고비 때마다 주
저하면서 내뱉는 독백만 들어보아도 금방 짐작할 수 있다. 그런데 인물성격
은 그 자신의 언어와 행동을 통해서 알 수 있는 것이지만 적대인물의 대사
를 통해서도 알 수 있다.

인물 성격을 드러내는 것은 대사 행위뿐만 아니라 외모를 통해서도 한
다. 마르고 살찐 것, 표정, 의상과 같은 차림새를 통해서도 드러낸다. 그렇
다면 「출발」의 주인공 사내를 한번 들여다보자. 사내는 인적이 없는 시골
간이역의 야밤에 딱딱한 나무 의자에 누워 있다. 바로 여기서 사내의 행색
이라든가. 생활, 갈망 같은 것을 짐작할 수 있게 한다. 사내는 뭔가 성공한
인물은 아니고 떠도는 나그네, 그것도 인생에 낙오된 인물임을 알 수 있게
한다. 사람이 와도 일어나지 않고 누운 채 시간을 묻는 것으로 보아 사내는
흔한 손목시계조차 갖고 있지 않은 가난한 남자라는 것을 알 수 있다. 그나
마 기차도 서지 않는 간이역에서 망연히 기차를 기다리고 있다는 점에서
현실성이 없는 남자임을 짐작할 수 있다. 이런 대사도 있다.

사내 아무 데로나. 기차가 머무는 곳 아무 데로나…….

이처럼 사내는 발 가는 대로 떠도는 방랑아이다. 그리고 아무데서나 누워 있는 것으로 보아 인생에 패배하고 지친 사나이라는 것도 알 수 있다. 그러나 사내는 시적 서정성을 지닌 시적 로맨티스트라는 것을 다음과 같은 대사에서 짐작할 수 있다.

사내 기차 길을 따라 걷지요. 전 늘 그래 왔습니다. 달빛이 기차 길을
　　　비춰 주니까 그 달빛만 따라 가면 되지요.
역원 아무도 없습니까? 가족이라도?
사내 아무도 없습니다.

이처럼 주인공인 사내는 혈육도 가정도 가진 것도 없는 실의의 인물이다. 그렇다면 이러한 인물을 희곡에서는 어떤 유형에 집어넣을 수 있을까. 희곡에서 인물을 창조할 때는 대체로 두 가지 측면에서 조립한다. 그것이 다름아닌 유형적 인물과 개성적 인물이다. 「출발」에 등장하는 두 남자는 유형적 인물에 들 것이다. 대체로 유형적 인물이란 수전노·사기꾼·실연자·실업가·책략가·방랑자·상사병자 같이 상투적 인물이다. 이러한 유형적 인물들은 우리가 일상적으로 살아가는 데 있어서 언제 어디서나 득실대는 족속들이다. 따라서 이들이 만들어 내는 일이란 대체로 범속하고 일상적일 수밖에 없는 것이다. 이들 유형적 인물들이 만들어내는 사건을 작품화할 경우 우리는 그것을 멜로드라마가 아니면 웰메이드 플레이라고 부를 때가 많다. 물론 유형적 인물이 반드시 멜로드라마의 주인공만이 되는 것은 아니다. 현대의 문제를 안고 있는 전위적 작품의 주인공도 얼마든지 될 수 있다.
「출발」에서도 보면 사내나 역원은 둘 다 실연자들이고 또 사내는 방랑자이기도 하다. 그러나 「출발」이 멜로드라마나 웰메이드 플레이일 수 없다. 우리들이 주변에서 흔히 만나고 함께 생활하는 유형적 인물과 대비되는 것이 다름아닌 개성적 인물이다. 개성적 인물은 유형적 인물보다 개성이 보다

강렬한 인물일 것임은 두말할 나위 없다. 이들은 지적인 면에서나 정적인 면에서 또 더 나아가 세계를 바라보고 대처해 나가는 데 있어서 범상치 않은 인물들일 것임에 틀림없다. 이러한 개성적 인물은 그리스 비극이나 셰익스피어의 희곡들에 많이 등장한다. 햄릿이라든가 오셀로, 오이디푸스왕, 허생이나 홍길동 같은 인물이 바로 개성이 강렬한 인물이다.

적어도 이런 개성적 인물은 한 시대 또는 한 사회를 집약적으로 표현해 주는 인물들이기 때문에 시대와 역사를 수용하는 감수성이 남다를 뿐만 아니라 지향하는 바 역시 강렬하다. 사실 이런 개성적 인물은 고전극에서나 만날 수 있을 뿐 현대극에서는 창조되기 어렵다.

그렇다면 극작가가 인물을 창조하는 데 있어서 어떤 기준을 척도로 삼는가 하는 점이다. 대체로 네 가지 표준을 적용한다. 그 첫째가 신체적 또는 외형적인 것으로서 우선적으로 남녀 성별, 나이, 크고 작기나 피부색 같은 것을 정해주는 일이다. 그런데 「출발」의 경우를 놓고 볼 때, 성별만 제시해 주었을 뿐 외양 이외에 있어서 다른 것은 알 수가 없다. 그러나 사건이 전개되면서 이들 주인공의 나이나 크기, 외양 같은 것은 충분히 짐작할 수 있어서 작품제작에 들어갈 경우 어떤 배우를 배치할 것인가를 알 수 있게 만든다. 가령 「출발」에서 두 남자의 연령이 밝혀져 있지는 않았지만 마리아라는 한 여자를 사랑했다는 점에서 비슷한 또래라는 것을 알 수 있으며, 여인과 헤어져 10년만에 귀향했다면 대체로 30대 중반을 넘지는 않았을 것이라는 사실을 짐작케 한다.

두번째로는 사회적인 것이다. 그러니까 등장 인물의 직업으로부터 종교, 가족관계, 경제적 여건 등 현재 그의 환경을 예시해 주는 일이다. 그럼에도 불구하고 많은 작품에서는 그것을 제시하지 않고 암시해 줄 뿐이다. 「출발」에서 보더라도 역원은 직업명이 밝혀져 있으니까 알 수 있지만 주인공인 사내는 단순한 떠돌이로만 알려져 있을 뿐 그에 대한 구체적 사회신분은 밝혀져 있지 않다. 그리고 이 작품에서 사건 진행과정을 지켜볼 때, 경제적 상태가 매우 열악한 인물들이라는 것을 알 수 있다. 그뿐만 아니라 등장인물 두 사람 모두 가족이 없이 하루하루 살아가고 있음도 짐작할 수 있다.

세번째로는 심리적인 것이다. 이는 등장인물의 습관이라든가 기호, 욕구

등 행동에 선행하는 정서적 지적 내면 심리를 드러내 주는 것을 말한다. 이러한 내면적인 심리상태라 할 감정이나 사유(思惟) 같은 것은 갈등을 유발시키는 바탕이 되므로 신체적 조건이나 사회적 조건을 드러내 주는 것보다 더욱 중요한 요소라 볼 수 있다. 「출발」의 경우를 놓고 볼 때, 이러한 심리적 상태가 앞부분에서는 제대로 드러나 있지는 않지만 차츰 이야기가 진행되면서 두 등장 인물의 욕구가 부각되기 시작한다.

네번째로는 도덕적인 것이다. 훌륭한 문학작품이란 높은 도덕성을 지닌 것을 말한다. 그 도덕성이 주인공의 인생관이나 세계관에 의해 표현되는 것은 두말 할 나위없다. 희곡의 어떤 등장인물도 도덕성을 지니고 있게 마련이다. 그러나 희극의 등장인물들만은 조금 다르다. 희극은 비극과 달리 웃음이나 풍자를 중요시하기 때문이다. 「출발」의 경우 등장인물의 도덕성은 투명하지 않다. 왜냐하면 등장인물 두 사람이 사회적 존재로서가 아니라 순전히 개인적 존재로서만 행동하기 때문이다. 그렇지만 두 인물이 사회적 해독을 끼치지는 않는다는 점에서 선하다는 것만은 알 수가 있다.

그런데 극작가가 인물을 묘사할 때 가장 유의해야 할 점이 다름아닌 절약(節約)이라 하겠다. 아무리 복잡한 성격의 창조자라 하더라도 극작가는 직접적인 묘사나 설명을 하는 것은 바람직하지 않다. 그것은 소설에서나 가능한 것이다. 그렇기 때문에 인물묘사는 여러가지 사건과 그런 사건들이 만들어내는 국면 가운데서 인물을 부각시켜야 되는 것이다. 가령 「출발」에서 보면 매우 절제된 인물묘사를 하고 있음을 알 수 있다. 이미 잃어버린 여인에 관해서 두 남자는 다음과 같이 이야기를 주고 받는다.

역원 한밤중 기적 소리만 나면 그 여자가 있는 곳은 바로 여기였소.
    당신이 앉아 있는 그 자리에. 그리곤 기다리고 있는 거요. 왜,
    어디가 편찮으시오?
사내 아, 아닙니다. 전 원래 눈이 나빠서 어두운 곳에 오래 앉아 있
    으면 눈이 피곤해져서요.

두 남자(역원, 사내)가 마리아라는 한 여인을 사랑하는데 사내는 영원히

잡히지 않는 신기루(蜃氣樓) 같은 이상을 좇다가 10년 만에 돌아왔지만 그
녀는 이미 죽고 없었다. 모든 것에 패배하고 좌절한 사내에게 역원은 그 마
리아가 끔찍히도 사랑했음을 알려주고 있는 것이다. 그것을 눈치챈 역원이
사내의 거동을 물었을 때, 사내는 단지 눈이 나빠서 눈을 비빌 뿐이라는 말
로 복받쳐오르는 슬픔을 감춘다. 이런 것이야말로 절제된 인물묘사의 본보
기가 될 수 있을 것이다. 인물묘사에서 제일 경계해야 될 것이 장황한 설명
이라 하겠다.

3. 언 어

희곡에 있어서 주제·인물·플롯이야말로 가장 기본이 되는 요소들이다.
그런데 이러한 기본 요소들이 관객에게 전달되는 데는 두 가지 수단, 즉 소
리와 스펙터클에 의해서만 가능하다. O. 브로케트의 말대로 소리의 핵심은
언어이고 그 다음이 음향이며 스펙터클의 요소는 조명·의상·장치·무용
같은 것들이다. 19세기 리얼리즘극까지만 해도 연극이 배우의 예술이었으므
로 언어가 주된 표현이지만 현대극에 와서는 연출이 주가 됨으로써 춤이라
든가 무용, 음악, 조명 같은 것이 연극에서 큰 비중을 차지하고 있다. 그럼
에도 불구하고 궁극적으로 희곡은 언어 없이 성립되기 어렵다. 그만큼 언어
야말로 연극사조의 진전과 관계없이 희곡의 최대 표현수단이다. 언어는 지
문(地文)과 대사로 이루어지지만 역시 주된 것은 다이얼로그, 즉 대사(臺詞)
이다. 희곡에 내포된 깊은 사상도 대사에 의해 전달될 수밖에 없고 인물
성격 묘사나 플롯도 오직 지문과 대사로서만 묘사되어 전달된다. 고전극에
서는 지문이 적고 대사 위주인 데 반해 현대극은 지문도 큰 비중을 차지한
다. 물론 그것은 작가의 성향에 따라 차이가 있다. 현대 극작가들 중에도
지문을 거의 사용하지 않는 경우가 있는가 하면 최인훈(崔仁勳)같이 지문을
시화(詩化)한 경우도 없지는 않다. 그러나 지문은 희곡언어의 본질이 못 되
고 방계에 불과하다. 그만큼 희곡의 언어란 어디까지나 등장인물간에 주고

받는 대사가 주된 것이라는 이야기이다. 그렇다면 희곡에서의 언어의 기능은 무엇인가 하는 점이다.

그에 대해서는 일찍이 O. 브로케트가 자기의 저서인 『연극개론』에서 여섯가지로 나누어 설명한 바 있다. 그 첫째가 바른 정보전달이다. 이 말은 무슨 뜻인고 하니 극작가는 언어를 통해서 사건이나 사상, 그리고 등장인물들의 감정적 상태를 알린다는 이야기이다. 두번째로는 언어가 인물성격창조에 쓰인다. 그러니까 관객은 등장 인물의 대사를 통해서 그들의 정서와 지적 수준, 동기, 반응 등을 살필 수 있다.

작품 「출발」에서 보면 이러한 대화가 나온다.

> 역원 그래요? 꽤 좋았답니다. 얘길 들어서 아시겠지만 그 교회 뒤론
>   빽빽하니 밤 나무 숲이 있었어요. 겨울엔 토끼, 사슴들이 마을에
>   까지 내려와선 애들과 뛰어 놀았고요. 호수엔 들오리가 날고 또
>   거기엔 동네 처녀들이.
> 사내 마리아!
> 역원 네? 뭐라고 했소?
> 사내 아무 말도 안 했습니다.

이상은 야밤중에 간이역의 어둑컴컴한 대합실에서 사내와 역무원간에 주고받는 대화의 한 토막이다. 이 대화를 보면 역무원은 우리가 평소 알고 있는 시골 간이역의 극히 범상한 역원들과는 너무나 다르다는 것을 알 수 있다. 이 역무원은 매우 감수성이 예민하고 낭만적이며 자연에 대한 친화력도 강한 인물임을 알 수 있다. 대체로 시골역의 역원들은 교육수준도 높지 않을뿐더러 최말단 교통공무원들이기 때문에 극히 평범하고 일상적이며 사무적일 수밖에 없는 것이다. 그러나 단 몇 마디 대사를 통해서 「출발」에 등장하는 역원은 특수한 인물이고 뭔가 큰 일을 저지를 것 같은 암시를 던지고 있는 것이다. 왜냐하면 사내가 툭 던진 한 마디 '마리아'라는 말에 깜짝 놀람으로써 이 역원이 가슴에 대단한 여인의 한을 품고 있음을 짐작할 수 있기 때문이다. 그뿐만 아니라 역원의 성격도 대충 짐작할 수 있지 않는가.

상처입은 이상주의자 같다는 것을 알 수 있게도 한다.

세번째로 언어는 전체적인 판짜기의 요소들에 관심을 이끄는 데 쓰이기도 한다. 그러니까 언어가 갈등을 유발시킨다든가 의혹을 불러일으키게 한다든가 아니면 미래를 예측케도 한다는 이야기이다. 네번째로는 희곡에서 언어는 주제, 즉 작가의 사상을 전달하는 데 쓰인다. 그것은 물론 시나 소설에서도 예외일 수가 없다. 따라서, 「출발」에서 극작가는 자기의 사상은 어떤 것이고 이 작품에서 전달코자 하는 메시지는 무엇인가를 살펴보는 일은 흥미로울 것 같다.

> 역원 하나님을 믿소?
> 사내 하나님은 주무시고 계시다는 걸 믿습니다.
> 역원 그럼 기도는 왜 하오? 하나님은 듣지도 못할 텐데.
> 사내 버릇으로 남았어요.
> 역원 그래요. 모두들 버릇으로 하나님을 찾지. 사실 그런 건 없소.
>   잇는 건 사람뿐이오.
> 사내 아니, 하나님은 계십니다. 단지 대답하시질 않을 뿐이지.

이상 두 등장인물이 다 같이 감성적이고 이상주의적이라는 공통점에도 불구하고 본질적으로 사상만은 판이함을 알 수 있다. 단도직입적으로 말하면 사내는 기독교도이고 역무원은 무신론자로 보인다는 사실이다. 물론 사내가 독실한 기독교인은 아니다. 늘 하던 버릇대로 어려움에 직면할 때마다 기도를 하지만 하나님의 응답을 기대하는 것은 아니다. 사내는 대화 중에 '하나님은 주무시고 계시다는 것'을 믿는다고 했다. 그러니까 사내는 하나님의 침묵을 생각하고 있다는 이야기이다. 극작가 윤대성은 감수성이 가장 예민한 청소년 시절에 6·25를 겪으면서 프랑스로부터 들어온 실존주의 사상에 매료되었을 가능성이 많다. 그가 기독교 신앙을 갖고서 까뮈나 사르트르의 실존주의 작품들에 심취하면서 가브리엘 마르셀의 유신론적(有神論的) 실존주의 사상으로 기울었을 가능성이 많은 것이다. 주인공 사내는 바로 그런 인물이다. 반면에 역원은 무신론자이기 때문에 쉽게 절망하고 허무주의에 빠질 수 있었을 것이다. 그가 마지막 장면에서 플래트폼에 들어오는 기차를 향해서 그것도 야밤중에 뛰어나갔다는 것은 무엇을 의미하는가? 그 앞에 놓인 것은 죽음뿐이다.

> 역원 그래서 난 대신 그 여자의 원을 풀어 주었던 거요. 왜 그 여자를 버렸소?
> 사내 아닙니다. 버린 게 아닙니다. 다시 돌아오려던 것이…… 저 너머에…… 저 산너 머에 그것을 찾아 떠났던 거예요. 여자를 버린 게 아니랍니다.
> 역원 그래서 그것을 찾았소?
> 사내 황무지와 폐허를 발견했을 뿐이오.

두 남자의 대화에서 느낄 수 있는 것이지만 주인공 사내는 철두철미한 이상주의자이고 역원은 이상주의적 성향이 강하면서도 현실주의자이다. 영원히 잡히지 않는 신기루를 좇아 끝없이 방황하는 이상주의자는 죽을 권리조차 없고 이상적 현실주의자만이 쉽사리 죽을 수 있다. 이처럼 극작가는 언어를 통해서 자기의 사상을 관객에게 전달한다.

다섯번째로 언어는 가능성과 작품의 색조를 알려준다. 작품이 희극인지 비극인지를 알려주는 것도 순전히 언어의 분위기를 통해서 알려줄 수밖에 없다.

> 역원 이 밤중에 길도 어두운데 갈 수 있겠소?
> 사내 기찻 길을 따라 걷지요. 전 늘 그래 왔습니다. 달빛이 기차 길을 비춰 주니까 그 달빛만 따라가면 되겠죠.
> 역원 그렇지만 아무리 기찻 길을 따라 걸어도 결국 도착하는 덴 여길 텐데.

극작가가 이상과 같은 두 사람의 대화를 통해서 보여주고 있는 것은 희곡작품이 일상과 다르다는 사실이다. 그 차이를 보여주기 위해서 승화된 시적 표현을 활용하고 있는 것이다. 항상 달빛 따라 기찻 길을 걷는다는 것은 예사 사람들의 행위는 아닌 것이다. 마치 이효석(李孝石)의 단편소설 『메밀꽃 필 무렵』의 주인공 장돌뱅이가 나귀에 짐을 싣고 으스름 달밤에 고개를 넘어 다음 장터로 향하듯이 말이다. 이런 언어야말로 작품의 분위기를 돋구고 또 명징하게 알려주는 것이기도 하다.

끝으로 언어는 작품의 템포와 리듬을 조절하고 정하기도 한다. 작품진행의 속도 조절인 것이다. 희곡은 무대 위에서 행동으로 보여주는 것이기 때문에 관객의 시선을 항상 붙들고 있어야 한다. 그래서 강약이 필요하고 리드미컬해야 하며 맺고 끝는 것이 분명해야 한다. 특히 희곡의 언어는 제한된 공간과 시간 속에서 이루어지는 것이기 때문에 매우 절제되고 압축된 것이어야 한다. 우리가 흔히 희곡을 쓰려면 먼저 시를 알아야 한다고 말하는 것도 그 때문이다. 간결하면서 함축적인 언어야말로 희곡의 언어가 요구하는 것이다. 그리고 대사는 행동을 동시에 떠받쳐 주어야 한다.

> 역원 …… 아니 가시려오?
> 사내 네, 가봐야겠습니다.
> 역원 이 밤중에…… 조금 있으면 기차가 오는데…….
> 사내 서지 않는다고 하지 않았습니까?
> 역원 그렇지요. 기차는 서지 않습니다.
> 사내 안녕히 계십시오.
> 역원 여보 손님, 잠깐만, 어디로 가려는 거요?
> 사내 다음 역으로 가야죠.

이상 두 사람의 대화는 매우 간결하지만 사내의 조바심과 역원의 당황스런 표정과 행동이 엿보이며 곧 격렬한 행동이 뒤따를 것 같은 분위기를 잘 나타내 주고 있다. 이처럼 등장인물의 대사는 관객으로 하여금 상상력을 불러일으키도록 해주어야 할 것이다.

대사는 일반적으로 등장인물들간에 주고받는 것이 주종을 이루지만 혼잣말, 즉 독백도 있고 등장인물이 관객에게만 하는 방백(傍白)도 있다. 그런데 방백은 등장인물이 관객에게만 하는 것이 아니다. 무대에 나와 있는 인물들

가운데, 몇 사람만을 선택해서 말하는 것도 방백이다. 방백은 독백처럼 흔히 양식화된 희곡에서 자주 쓰는 것이 특징이다. 방백은 셰익스피어가 어릿광대를 통해서 곧잘 활용하는 수법이다. 물론 현대극에서도 이따금 쓰이지만 우리 극작가들의 희곡에서는 좀처럼 찾아보기 힘들다.

4. 주 제

흔히 사상이라고 일컬어지는 것으로서 하나의 희곡작품의 기본요소라고 말할 수 있다. 사실 예술가는 작품을 통해서 자기의 사상을 전달하기 위해서 창조행위를 한다고 말할 수 있다. 주제는 그만큼 예술작품의 원천이 되는 것이고 동시에 중심축이기도 하다. 결국 하나의 작품의 가치는 그 속에 내재한 주제의 깊이와 무게에 의해 좌우된다고 보아도 무방하다. 가령「출발」의 경우를 놓고 볼 때 작가 스스로가 밝히고 있는 것처럼 현실과 환각의 갈등이다.

작가 자신의 젊은 날의 방황과 고뇌를 형상화한 이 작품은 이상을 좇다가 좌절하는 한 사내의 삶과 죽음을 묘사하고 있다. 그러니까 평범한 은행원으로 출발한 그가 작가가 되고 싶은 욕망 때문에 사랑하는 여자까지 버리고 방황하던 모습을 그렸다는 이야기이다.

역원 …… 그런데 도대체 무엇 때문에 이렇게 헤매고 다니는 거요?
사내 무엇 때문에?
역원 그렇소. 누구를 찾아다니는 거요. 아니면 ……
사내 찾아 다녔습니다. 그런데 그건 아무것도 아니였어요. 제가 찾
　　 는 것은 언제나 거기에 있지 않더군요. 아무것도 없는데 난……
역원 당신도 미쳐 있군요.
사내 미쳐 있었습니다. 곧 손에 잡힐 것 같은, 무지개처럼 찬란한
　　 외양에 미쳐 있었던 겁니다.

혼히 희곡을 가리켜 강렬한 욕망을 가진 인물의 이야기라고 부르는 것처럼 「출발」도 꿈을 찾아 끝없이 떠도는 인생의 덧없음을 묘사하고 있는 것이다.

그런데 주제는 두 가지 측면에서 생각할 수 있다. 「출발」에서 보여 주고 있는 것처럼 지역과 종족, 시대를 초월해서 인간이면 누구나 직면할 수 있는 꿈의 추구라는 주제는 매우 보편성을 지니는 것이다.

이러한 것 외에도 죽음의 문제라든가 사랑과 증오, 가족 윤리, 종교적 신념 등과 같이 종족이나 시대와 관계없는 인간의 본질적 문제를 다루는 것이 보편성이다. 반면에 특수한 시대상황이라든가 권력 이데올로기, 그 시대 그 종족만이 지니는 관습 같은 것은 특수성이고 개별성에 속한다. 가령 오영진의 작품 「맹진사댁 경사」를 놓고 본다면 소재가 우리의 전래 민담에서 취택된데다가 고유의 혼례풍속이라든가 부모와 자식, 양반과 하인의 관계 등은 우리들만의 독특한 풍습이라 보아야 할 것이다. 그 점에서 이 작품은 인간의 진실한 사랑은 모든 관습을 뛰어넘고, 진실이 허위를 이긴다는 보편성에도 불구하고 특수성이 강한 희곡임을 알 수 있다.

주제는 마치 과일 속의 달콤한 영양소와 같이 작품 전체 속에 녹아 있어야 한다. 미숙한 희곡일수록 생경한 주제나, 메시지가 툭툭 불거져 나오는 것이다. 궁극적으로 모든 작가는 위대한 철학자가 되어야 한다는 말은 예술작품에서 사상성, 즉 주제가 얼마나 중요한가를 잘 말해 주고 있다고 하겠다. 물론 소극(笑劇)이나 경박한 멜로드라마처럼 깊은 주제보다는 재미나 풍자에 비중을 두는 경우가 있는가 하면 희곡을 순전히 이데올로기 선전의 수단으로 삼는 사회주의, 전체주의 나라들도 없지는 않다.

그러나 이런 작품들이 걸작이 될 수는 없다. 따라서, 극작가가 되려는 젊은이들은 기교를 터득하는 이상으로 넓고 깊은 체험과 사색을 통해서 나름의 뚜렷한 인생관과 세계관을 갖출 필요가 있는 것이다. 왜냐하면 작품이란 어차피 작가의 사상의 편린일 수밖에 없기 때문이다.

5. 희곡의 형태

모든 예술작품이 그러하듯이 희곡도 독특한 형식이 있다. 그리고 그러한 형식도 내용에 따라 모양을 달리 하는 몇 가지 모습으로 나타난다. 어차피 형식이란 내용으로부터 나오는 것이므로 어떤 재료에 의해서 어떤 주제를 표현할 것이냐에 따라 형식도 결정된다고 하겠다.

그러니까 내용과 주제에 따라 희곡의 유형이 갈린다는 이야기이다. 물론 아일랜드의 극작가 숀 오케이시처럼 희곡의 형태구분을 무의미하게 생각하는 사람도 없지는 않다. 그의 견해에 의하면 희곡이란 것이 인생의 반영인 만큼 슬픔과 기쁨, 고통과 쾌락, 눈물과 웃음이 항상 함께 얽혀 돌아가는 것이 아니냐는 것이다. 이러한 숀 오케이시의 생각은 그 자신이 쓴 희곡은 말할 것도 없고 세익스피어나 유치진의 작품에서 잘 나타나고 있다.

매우 심각한 작품들에서 폭소가 터져나오는 경우가 적지 않기 때문이다. 그만큼 희곡의 형식을 구분하기는 쉽지가 않다. 그러나 옛날부터 희곡은 크게 비극과 희극으로 나뉘어 왔고, 더 세분해서는 비극과 멜로드라마, 희극과 소극으로 분류해 오고 있다.

비극은 두말할 것도 없이 주인공이 불행하게 됨으로써 이야기가 슬프게 끝나는 희곡을 일컫는다. 슬프게 끝난다는 것은 대체로 죽음을 뜻한다. 죽지 않더라도 주인공이 어떤 절대적인 힘에 의해 참담한 패배의 쓰라림을 겪는 이야기다. 바로 그 점에서 비극은 대립정신에 의해 파생되는 것임을 알 수 있다. 동양에 대단한 비극이 없는 것도 이 대립정신의 부재에 따른 것이다. 동양사상에는 일찍부터 절대적인 것(이를테면 자연 같은 것)에 대항하는 정신이 없기 때문이다.

그런데 여기서 유의해야 할 것은 주인공의 죽음이나 좌절에 있어서 하찮은 존재일 경우는 극적 정감이 솟지 않는다는 점이다. 그만큼 우리들이 비극에서 기대하는 것은 일상생활에서나 또는 지극히 불행한 상황에서 흔히 부딪히는 것과는 좀 다른 고귀성과 중요성의 재확인이라 하겠다. 이 점과 관련하여 볼 때, 아리스토텔레스가 일찍이 비극은 '하나의 완전하고 적당한 크기의 장중한 행동을 모방한 것'이고 관객에게 '연민과 공표의 감정을 불러일으키며' 그것으로 '감정을 정화(淨化)시킬 수 있다'고 정의한 것은 옳은 것이다. 그래서 흔히 비극의 주인공은 왕이나 장군, 귀족 등과 같은 고귀한 인물이어야 한다는 고전적 개념을 지니게 된다. 이러한 거인(巨人)의 몰락을 통해서 관객은 깨어나게 되는 것이며 도덕적 각성도 하게 된다.

그러나 현대극에 와서는 사회변화와 함께 비극의 개념도 많이 바뀌었다. 시민 사회의 주역은 역시 소시민이기 때문에 이들의 재앙에 찬 삶의 모방이 비극일 수밖에 없다. O. 브로케트가 지적한 대로 비극의 주인공이란 어떤 가치 있는 목표를 추구하던 중 그로 인해 재앙을 만나게 된다. 그러니까 주인공이 하나의 이상을 따르다가 자신을 압도하는 외부적 환경, 이를테면 사회의 도덕적 룰과 부딪히게 된다. 가령 「출발」의 경우를 놓고 볼 때, 주인공 사내는 자기를 사랑하는 여자(마리아)를 뿌리치고 하나의 이상향을 찾아헤매다가 결국 아무것도 얻지 못하고 귀향한다. 그는 사회적 통념으로 보았을 때, 마리아와 결혼해서 가정을 꾸리고 평범하게 살았어야 했다. 그것을 사내는 위반하고 거부한 것이다. 물론 사내로 보아서는 사회적 통념을 거부하고 유토피아를 찾는 일이 가치 있는 목표의 추구였을 것이다. 나름대로 절대적 가치추구를 위해 몸부림치는 비극의 주인공이 관객으로부터 동경과 흠모를 받는 것도 그 때문이다.

반면에 희극은 성공에 따른 즐거운 희곡을 일컫는다. 따라서 희극은 비극처럼 인간의 운명에 대해서 조명하고 있는 것이 아니라 인간의 우매함과 결점, 그리고 악덕에 촛점을 맞추고 있다.

희극이 강한 풍자성을 띠고 비판 정신에 바탕하는 것도 그 때문이다. 그렇다면 희극은 비극처럼 정화작용이 없는가? 그렇지가 않다. 희극은 비극의 연민에 입각한 정화작용처럼 희극적 감정, 즉 공감과 조소의 카타르시스가 있다. 희극의 주인공은 실패만 하는 비극의 주인공과는 달리 그의 행위와 관계없이 승리만 한다. N. 프라이가 그의 『비평의 해부』란 책에서 '비극은 이상적인 것에서 형식적인 것으로의 이행(희망에서 실망으로의, 이상화된 세계에서 현실의 규범으로의 이행이라는 평범한 의미에서)을 지칭하고,

희극은 현실적인 것에서 이상적인 것으로의 이행을 지칭한다'고 정의한 것
도 바로 이러한 맥락에 따른 것이라 하겠다. 그렇다면 희극의 기능은 무엇
인가?

그것은 세상을 이상향으로 만들겠다는 것이 희극작가의 궁극적 목표이
다. 그렇게 되니까 자연히 희극은 이 세상을 나쁘게 만드는 족속들, 이를테
면 수전노·위선자·권력자 등이 비판의 대상이 될 수밖에 없는 것이다. 그
만큼 희극작가들은 인생의 선함과 아름다움을 좀먹는 정치·경제적 폭력이
라든가 사회적 위선, 기만 등과 맞서기 때문에 희극을 가리켜 건전한 사회
를 좀먹는 위선의 독기를 제거하는 특효약이라고 하는 것이다.

비극과 희극의 사이에 끼여 있는 형식으로서 멜로드라마와 소극이 있다.
타락한 비극으로 불리기도 하는 멜로드라마는 우리가 텔레비전이나 영화에
서 흔히 접하는 슬픈 이야기들이다. 선정적이고 센티멘탈한 점에서 비극에
가깝지만 비극만큼 진지한 것은 아니다. 그리고 멜로드라마는 비극처럼 반
드시 불행으로 끝나지도 않는다. 이를테면 세상을 깜짝 놀라게 할만큼 공포
스러운 사건도 아주 쉽게 우스꽝스러운 일로 끝나는 예도 비일비재하기 때
문이다.

따라서 멜로드라마의 인물과 내용은 대체로 쫓고 잡히는 것, 투옥과 도
망, 무고, 냉혈한, 죄 없는 고통, 덕(德)의 승리, 영원한 의리, 연인들의 화
해, 사기 폭로, 적의 격퇴 같은 것으로서 우리 주변에서 매일매일 일어나고
있는 일들이다.

그만큼 멜로드라마의 영역은 매우 광범위한 상류층의 부정폭로에서부터
졸부의 속물근성비판, 가난한 자의 성실성, 부자라는 단 하나의 이유 때문
에 사랑을 포기해야 하는 가난한 집 처녀의 슬픔에 이르기까지 넓다. 그러
나 근본적으로 멜로드라마의 도식은 선한 주인공과 악한 적대자의 대립으
로 되어 있고, 비극처럼 불행한 내용이지만 비극의 주인공처럼 내면적 성격
의 자기 모순에 의하지 않고 외적 힘에 의해서 불가항력으로 파국을 맞는
것이 특징이다.

여기서 외적 힘이란 사회적 인습이나 사기사건 같은 돌발적인 일을 말한
다. 식민지시대 동양극장에서 인기를 끌었던 화류비련극(花柳悲戀劇)의 주

인공(예, 紅桃)들이 인습과 가난 때문에 불행을 당하는 것이 그런 예에 속한다. 오늘날에 유행하는 텔레비전 연속극도 대부분 멜로드라마에 속한다고 볼 수 있다.

이처럼 멜로드라마가 비극에 비해서 천박한 것과 같이 소극도 희극의 한 갈래로서 조야한 형태라 말할 수 있다. 왜냐하면 소극은 희극만큼 강한 풍자·비판 정신이 있기보다는 깊은 생각 없이 과장된 방법을 동원해서라도 관객만 웃기면 되기 때문이다. 따라서, 소극에서는 과장된 인물과 사건이 중요한 수법이 된다. 개연성이나 필연성 같은 것을 소극에서는 별로 문제 삼지 않는 이유도 바로 거기에 있다. 그렇지만 세익스피어의 희곡이 멜로드라마에 가까울 정도로 권선징악적이라는 점에서 멜로드라마도 수작이 많다. 소극만 하더라도 수작이 적지 않은데, 현대 부조리극의 대부인 이오네스코의 일련의 희곡들도 소극이 아닌가.

이상과 같이 훌륭한 작품은 희곡의 형식에 좌우되는 것만은 아니다. 작품의 가치는 순전히 예술적 깊이와 넓이에 달려 있기 때문이다.

23. 조선후기의 연극

　국사학계에서는 조선조 시대구분을 전·후기로 이등분하거나 전기·중기·후기로 삼등분하는 두 가지 방법을 쓰고 있는 것 같다. 전·후기로 나눌 경우 후기는 아무래도 17 - 19세기로 보아야 할 것이다. 그런데 조선후기는 임진왜란, 병자호란 같은 외침으로 나라 전체가 흔들리기도 했지만 그보다도 3백여 년 지속된 정치·사회·경제 체제에 커다란 균열과 변동이 일어났던 시기였다. 이 시기에 문예를 숭상하는 영조·정조와 같은 학식 높은 왕이 등장해서 부패한 정치·사회를 바로 잡으면서 문예부흥에 진력한 것은 역사적 의미가 크다. 그러나 조선시대의 문예부흥기에 진력한 것은 역사적 의미가 크다. 그리고 조선시대의 문예부흥기를 조성한 영조·정조였지만 영조는 18세기 중엽에 궁중 나례(儺禮)를 폐지했고, 정조는 소위 우문정치를 내세워 패관소설류를 비하·배격하고 정학으로 사회 기강을 잡아나갔다. 따라서 겨우 국가의 보호 아래 연명해 가던 예인(藝人)들은 민간의 떠돌이꾼으로 전락할 수밖에 없었다. 게다가 사찰에 대한 조정의 다각적인 압력, 즉 사원 폐쇄와 승려의 감축 같은 억불정책으로 인해서 하급승려들이 떠돌이 광대패로 나서기도 했다.

　특히 중인계급이 지적 활동과 부의 축적으로 신분상승을 꾀하기 시작한 것은 18세기였다. 그들이 도시의 발달과 실학사상 등의 영향으로 자아각성

을 하기에 이르렀기 때문에 신분 제한에 대한 저항과 불만은 극히 자연스
런 발로였다. 이러한 중인계급의 분위기는 떠돌이 광대, 재인, 악공, 기생,
무당 등 천민계급 사람들에게도 전달되어 그들이 주가 된 연예작품에 투영
되었던 것으로 추정해 볼 수 있다. 더욱이 19세기 들어서는 중인 신분의 상
층부를 형성하였던 기술직중인은 의식의 고양(高揚)과 자기 역할의 증대를
통해 점진적인 성장을 계속하여 쇠미해 가는 양반사대부 계층에 필적하는
사회세력으로 부각됨은 물론이고, 양반층에 대해서도 불평을 넘어 신랄한
비판을 가하기에 이르렀다(정옥자, 224 - 225쪽). 그만큼 조선후기는 사회계
층도 지각변동을 일으키지만 지배층에 대한 저항의식도 고조된 시기였다.

그러나 무엇보다도 조선후기에 주목되는 것은 연극판도의 변화와 양식의
정립이라 하겠다. 특히 국가에서 나례를 폐지하여 재인·광대가 공연장과
생활터전을 잃고 거리로 나서는 것은 중세 서양에서 연극이 교회로부터 쫓
겨나 거리극을 하게 되는 것과 비교될 수 있어 흥미롭다. 그 후 서양에서는
교회극이 세속극으로 변하게 되는데 그 계기가 바로 연극의 교회로부터의
추방이었다. 그로부터 유럽연극은 극장이 생겨날 때까지 거리극으로 떠돌았
는데, 이러한 자유분방성은 세태풍자, 정치·사회비판 같은 민감한 주제도
연극이 끌어안을 수 있게 만든 것이다. 이러한 중세 사양연극의 거울에 우
리의 조선후기 연극을 비추어 보면 여러 가지 시사받을 수 있는 사항이 적
지 않을 듯 싶다. 그런데 불행한 것은 복잡 다단하게 움직인 연극에 관한
기록이 희소하다는 사실이다. 나례 폐지 이후 19세기 말까지 여러 형태의
연극과 그것을 생활수단으로 삼아 떠돌던 연희집단이 수 없이 많았어도 그
것이 하층문화라는 운명으로 인해서 문헌으로 기록할 수 있는 식자층이 도
외시했던 것이다. 역사의 일차 자료는 기록이다. 이 말은 곧 조선후기 연극
의 구체적인 움직임과 변화 등을 명료하게 규명해내기 어렵다는 이야기가
된다.

II

조선후기, 즉 개화기 이전의 고전연극을 논할 때 최근에는 무당굿 놀이를 하나의 원초적 형태의 연극으로 보는 경향이 강하다. 반면에 서양연극을 공부한 일부 연극학자는 굿놀이는 말할 것도 없고, 심지어 탈춤이나 꼭두각시극까지 연극사에 포함시키지 않으려는 이도 있다. 이는 아무래도 르네상스 이후 유럽연극의 경우에서 볼 수 있는 것처럼 언어와 심리분석에 절대적 기준을 둔 연극형태만을 염두해 둔 때문이다. 그러나 이러한 리얼리즘적인 연극개념은 앙토냉 아르또에 와서 그 폭이 크게 확대되었다. 아르또는 연극의 절대적 기준을 심리분석이나 말의 언어표현을 넘어 공간과 몸짓의 언어에 비중을 두었다. 아르또는 연극을 심리학이나 인정미에 대한 예속에서 벗어나 대사, 동작, 표현의 형이상학을 창조하는 것으로 개념화하고 있는 것이다. 이와 같이 연극의 개념을 확대하면 작가가 대본을 써서 배우에게 연습시켜 무대에 올려야 비로소 연극이 된다는 서구의 근대적 개념은 사라지게 된다. 오히려 우리의 고전극이 원형적인 연극의 모습으로 크게 부각되는 것이다. 그 결과 우리의 고전연극, 특히 조선후기의 연극이 대단히 다양해지지 않을 수 없다.

탈춤과 꼭두각시극은 누구나 인정하는 우리의 대표적인 고전극으로서 연구도 많이 진척되었다. 그리고 아직까지도 쟝르 규정상 논란이 그치지 않는 판소리를 필자는 음악극으로 보려고 한다. 그렇다면 이 세가지 연극만이 존재했는가. 그렇지 않다. 이들 세 가지 연극 양식 외에 번창했던 것으로서 거리극과 그림자극이 있었다. 거리극은 화극적(話劇的)인 면이 강하지만 판토마임도 없지는 않았다.

그런데 엄밀한 의미에서 우리 고전극은 모두가 거리극의 성격을 지닌다고 볼 수 있다. 왜냐하면 농경사회가 오래도록 지속되면서 옥내극장(屋內劇場)이라는 것을 가져본 적이 없는 우리 고전극은 사람이 많이 모이는 곳이면 어디서나 공연을 가졌기 때문이다. 정자나 시장터, 잔치집 마당 등이 공연장이었다. 그런데 여기서 거리극이라는 것은 어느 정도 양식화된 탈춤이나 꼭두각시극, 판소리 등에서 보이는 가면, 인형, 소리 등과 같이 독특한 표현수단을 쓰지 않고 주로 이야기 위주로 하는 극을 의미한다. 일찍이 신라시대(月顚)부터 있어온 것으로 보이는 거리극은 대체로 세 가지 갈래로 전래된 것이 아닌가 싶다. 그 하나가 별신굿놀이에서 보이는 재담형태의 거리굿이고, 두 번째는 배우들이 일정한 인물과 사건에 관련된 주제를 전개하는 연극(李朴鉉)으로서의 소학지희 형태이며, 세번째는 전기수의 경우에서 볼 수 있는 바와 같이 아야기꾼 형태의 모노드라마라 하겠다. 1인극 형태는 전기수 뿐만 아니라 별신굿에도 들어있다. 그러니까 거리굿은 주무 등 여러 명이 하는 것도 있고 혼자서 일인다역으로 하는 것도 있다. 거리굿을 거리극으로 보려는 것은 별신굿의 훈장거리라든가 과거거리, 봉사거리 등에 나타난 희극적 구조와 무당의 연기를 기준으로 한 것이다. 가령 훈장거리에서 보면 지덕을 겸비한 훈장을 하잘 것 없는 존재로 비하시킴으로써 관중에게 해학적 즐거움을 안겨준다. 과거거리와 관례거리 같은 것도 유교 도덕률에 억눌려 있던 하층민들이 놀이를 통해서 경직된 사회규범을 카리카츄어해서 혁파시켜 보려는 데 초점이 맞춰져 있었던 것이다. 사실 연극이란 별 것이 아니다. 인간생활의 순간들을 상상력이라는 여과장치로서 정서가 풍부한 장면들로 환치해 놓은 것에 지나지 않는다. 이렇게 볼 때 별신굿의 거리굿이야말로 세련되지 않은 고전적 형태의 연극임을 확인할 수 있는 것이다.

그리고 일찍이 임형택(林熒澤)이 강담사(講談師), 또는 강독사(講讀師)로 지칭한 바 있는 거리의 직업적 이야기꾼 전기수야말로 전형적인 거리극 배우로 볼 수 있다. 조수삼(趙秀三)이 쓴 『秋齋集』 권7 「기이」에 보면 "이야기주머니 금옹은 이야기를 아주 잘 하여 듣는 사람들은 누구없이 포복절도했다. 그가 바야흐로 이야기의 실마리를 잡아 살을 붙이고 양념을 치며 착착 자유자재로 끌고 가는 재간은 참으로 귀신이 돕는 듯 했다. 가히 익살의 제일인자라 할 것이다. 그리고 가만히 그의 이야기를 씹어보면 세상을 조롱하고 깨우치는 뜻이 담겨 있음을 알게 된다."(임형택 번역 참조)고 씌어 있다. 여기서 이야기꾼 김옹은 희극배우임을 알 수 있다. 경직되고 근엄한 중·근세 사회에서 관중을 포복절도케 할 정도였으면 신기(神技)에 가까울 정도의 연기력이 있었음을 짐작할 수 있다. 내용도 중세 거리극의 공통적 특색이라 할 세태풍자였다.

이런 형태의 거리 이야기꾼이 전형적인 배우였음은 이업복(李業福)과 또 다른 이야기꾼의 연기술과 분장술에서도 잘 나타난다. 가령 이업복의 경우를 보면 "아이적부터 언문 소설책을 맵시있게 읽어서 그 소리가 노래하듯이 원망하듯이 웃는 듯이 슬픈 듯이 가다가는 웅장하여 영걸의 형상을 나타내기도 하고 가다가는 곱고 살살 녹아서 예쁜 계집의 자태를 짓기도 하는데, 대개 그 소설의 내용에 따라 백태(百態)를 연출하는 것이었다. 그래서 부자로 잘 사는 사람들이 그를 서로 불러다 소설을 읽히곤 했다."(『동원삽화』이형택 논문 참조)고 한다. 여기서 주목되는 것은 이업복의 빼어난 연기력과 프로근성이다. 그는 일인다역의 변화무쌍한 배우술로 관중을 휘어잡았고 마치 중세 서구의 거리극 배우들처럼 상류층의 부유한 잔치집 같은데 불려다니면서 생업을 이었다는 점이다. 또 이들은 분장을 했다. 구수훈(具樹勳)의 『이순록』『패림』에 보면 "근년에 한 상놈이 십여세적부터 눈썹을 그리고 얼굴에 분을 바르고서 여자의 언서체(諺書體)를 배웠다. 그리고 소설을 잘 읽었는데 목소리조차 여자와 똑 같았다.(임형택, 재인용)고 씌어 있다. 화장품이 별로 발달되지 못했던 시대에 거리극의 배우들은 분장술에 눈을 떴고 남성들이 여역까지 해냈던 것이다. 이들이 전형적인 직업배우였음은 조수삼의 『秋齋集』에 다음과 같이 잘 나타나 있다.

> 叟居東門外 口誦諺課稗說 如淑香 蘇大成 沈淸 薛仁貴等 傳奇也 月初一日坐第一橋下 二日坐第二橋下 三日坐梨峴 四日坐橋洞口 五日坐大寺洞口 六日坐鍾樓前 上旣自七日沿下而上 上而又下 其月也 改月役如之 而以善讀故傍觀匝圍 夫至最緊甚可聽之句節 忽默而無聲 人慾聽其下回 爭以錢投之 曰比乃邀錢法云

이상에서 알 수 있는 바와같이 전기수는 동대문에서부터 종각까지를 6일 간격으로 오르내리면서 관중을 모아놓고 공연을 가졌다. 그러니까 공연장소가 정해져 있었고 레퍼토리도 대체로 지정되어 있었다. 극본은 있었으나 낭독한 것이 아니라 멋지게 구연하는 형식을 취했다. 출입구가 없는 야외 무대에서 입장료를 받자니 자연히 관객의 심리상태를 이용할 수 밖에 없었다. 즉 클라이맥스에 이르러 공연을 중단함으로써 관객의 궁금증을 극대화시킨 것이다. 그것을 가르켜 요전법이라 했다. 마치 무당이 굿 끝마무리에서 하얀천으로 길떠남을 연출하는 것과 비교될 수 있지 않을까 싶다. 전기수는 장터라든가 점포 약국 앞 등 관중이 모이는 장소에서 공연을 가진 것이다. 이들의 뛰어난 연기력은 때때로 관객으로 하여금 연극과 현실을 착각케 할 정도였다. 이덕무의 추정유고 권3 은애전의 다음과 같은 기록은 그 점을 잘 보여주고 있다.

전에 한 남자가 종가의 연율에서 어떤 사람이 패사를 읽는 것을 듣다가 영웅이 극도로 실의에 빠진 대목에 이르러 문득 눈을 부릅뜨고 입거품을 내뿜더니 담배 써는 칼을 들어 패사를 읽던 사람을 찔러 즉사시킨 일이 있었다.(임영택 논문에서 재인)

이상은 강담사 강독사가 단순한 거리 이야기꾼이 아닌 거리극 배우였음을 극명하게 보여주는 예이다. 이야기꾼이 아무리 잘 읽어도 작품과 현실을 착각하지는 않는다. 이따금 초보적인 관객이 연극을 현실로 착각하여 불상사를 일으킨 경우가 있었던 것이다. 따라서 전기수와 같은 조선후기의 이야기꾼들은 우리의 거리극 배우였고 그들이 관중을 모아놓고 벌인 이야기놀이는 곧 거리극 이었다고 하겠다. 이런 측면에서 보면 명창은 거리의 가극 배우로 규정해도 크게 어긋나지 않을 것 같다. 명창들 역시 극장이 없던 시대에 마을의 정자나 사정 등에서 공연을 가졌고 배우들은 관중의 박수소리와 같은 호응도가 곧 척도였다. 전기수나 명창들은 즉흥성에도 능해서 그때 그때 상황에 따라 작품내용을 변개 첨삭하기도 했다. 그 점은 박지원이 픽션으로 묘사해낸 민옹전이 잘 보여주고 있다. 그의 열하일기를 보면 중국 여행중에 극장을 본 소감이라든가 관극기도 들어있는 것으로 보아 민홍전은 오히려 논픽션일 가능성도 없지 않다.

그리고 중국 문헌과 동국세시기(東國歲時記)에 영회희(影繪戱)나 영회로 묘사되어 있는 것은 인형극과 또 다른 형태의 그림자극으로 규정해야 한다. 그림자극과 인형극을 한 뿌리로 보는 연극학자도 없지는 않으나 그들은 다른 양식의 연극이다. 이런 그림자극이 조선후기에 사찰을 중심으로 해서 성행했음은 동국세시시에 잘 나타나 있다. 즉 그림자등(燈)이 있는데 안에 돌리는 기구를 설치하고 종이로 만든 말탄 사냥꾼, 매, 개, 호랑이, 이리, 사슴, 노루, 꿩, 토끼 등의 형상을 불꽃이 움직임에 따라 거기에 비친 그림자를 구경토록 했다」는 것이다. 이것은 곧 만석중놀이인 바, 이에 대하여 김재철은 인형극의 또 다른 형태라 했고 송석하만이 그림자극 비슷하게 보았다. 이들이 그림자극으로 이것을 자신있게 규정하지 못한 것은 동양연극에 대한 폭넓은 식견이 없었기 때문이다. 사실 인도와 중국을 중심으로 고전극의 대표적인 형태 중에 인형극과 그림자극이 아주 오래전부터 존속되어 왔다. 그림자극의 기원에 대하여는 인도기원설(P Thieme)과 중국기원설(liu mau Tsai)이 병존하는데 인도네시아, 미얀마, 타이, 베트남, 등에 널리 퍼져 있는 것은 인도의 고대신화가 주제로 되어있고 중국 것은 불교와 시정 이야기로 되어 있어서 성격이 크게 다르다. 조선후기에 번창했던 그림자극은 순전히 불교적인 주제의 단조로운 작품이었다. 특히 승광대만이 그림자극을 연출하다보니 포교극의 범주를 못 벗어났던 것 같다. 탈춤은 사찰로부터 벗어나 세속화되면서 승려풍자 같은 주제를 지녔지만 그림자극은 1920년대 소멸 할 때까지 중광대가 연출했기 때문에 포교극으로 끝났던 것이다. 그림자극 공연 때는 승무의 일종인 운심계작법과 화청(和請)이라는 노래까지 곁들여졌다.

이상과 같이 조선후기에는 몇가지 갈래의 풍부한 거리극과 함께 탈춤 꼭두각시극 판소리, 그림자극 등 다양한 연극형태가 세속과 사찰 등지에서 활발하게 연행되고 있었다. 또한 희곡도 습작되고 있었던 것 같다. 18,9세기에 발표된 것으로 보이는 「동상기」라든가 「만강홍」 같은 희곡이 그러한 본보기라 말할 수 있다 「만강홍」은 조금 후대에 씌여진 것으로 보이지만 「동상기」는 1791년에 창작된 희곡이다. 1791년이면 박지원이 중국을 몇번 다녀와서 열하일기를 낸 때이다. 연암은 중국의 극장이라든가 관극에 대한 이야기를 자신의 일기에 기록한 바 있다. 여하튼 18세기 들어서 중국 연극의 영향을 받아 미숙하나마 「동상기」와 같은 희곡의 습작이 있었던 것만은 분명하다. 사실 이것도 조선후기 연극의 한 가지 특징이라 볼 수 있을 것 같다.

앞장에서는 조선후기에 주로 어떤 형태의 연극이 존재했을까 하는 것을 살펴본 것이다. 그렇다면 조선후기에는 앞 장에서 거론된 연극 형태들이 어떻게 변모되었을까를 살펴볼 차례이다. 우선 대표적 민중예술로 꼽히는 탈춤의 경우를 볼 때 가장 큰 변모를 겪은 연극 양식이 아닌가싶다. 탈춤의 기원에 대해서는 여러 주장이 있지만 이것 또한 아시아 문화권과 동떨어진 것으로 보는데는 무리가 따른다. 삼국 시대부터 있었던 탈춤이 하나의 연극 양식으로 정립되는 데는 천수백년이 걸렸겠는데 사원 중심으로 연행되던 불교극 성격의 탈춤이 민속극으로 크게 변모되는 것은 아무래도 태종때의 사사혁파 정책에 따라 탈춤을 하던 승광대들이 환속하여 직업 배우로 탈바꿈한 것이 가장 큰 계기일 듯싶다. 중광대가 절에서 좇겨나서 탈춤을 민속극으로 정착시키면서 불교의 교훈극이 불교 풍자극으로 바뀌었을 것이다. 이러한 예는 중세 유럽 연극에서도 찾을 수 있다. 가령 교회에서 신부와 수녀, 그리고 일반 배우들이 중심이 되어 하던 연극을 교회로부터 추방하자 기독교 교훈극은 당장 종교풍자극으로 바뀌었다. 이러한 유럽 중세연극의 세속화 경우는 탈춤의 세속화 설명에 좋은 시사를 던져준다고 하겠다. 가령 17세기중엽에 이르러 나례마저 폐지됨으로써 탈춤은 더욱 세속화 되어갔을 것이다. 이 시기에 도시형 탈춤이 번성했던 것도 우연의 일이 아니다. 그뿐만 아니라 조선후기는 정치 사회변동이 극심했던 시기였다. 즉 노비가 반기를 드는가하면 상공인 등 중인계급이 기층민과 더불어 정권을 지향하기도 했으며 승려세력이 한양의 서류와 결탁하여 왕권을 극복하려는 움직임마저 보인 시기였던 것이다. 정석종(鄭奭鍾) 양반이 급격히 몰락하고 유랑지식인이 전국에 편만함으로써 기층민의 자각을 촉진시키기도 했다. 소위 민중예술이라 일컬어지는 탈춤과 판소리가 번창한 시기가 바로 이때였다. 17세기 호남의 무속에 기반을 두고 창우집단에 의해 발생한 판소리가 12바탕을 확립하고 양반층까지 그 향수층으로 끌어드린 것은 19세기였다. 신재효라는 천재적 극자가겸 연출가가 등장함으로써 판소리는 세련된 음악극으로 대중을 사로잡게된다. 가무에 능한 기생들에게 판소리를 교습시켜 20세기의 대표적 전통예술인 창극을 낳게 만든 이도 신재효였다. 그리고 삼국 시대부터 있었던 꼭두각시극이 탈춤이나 판소리 등과 함께 풍자극으로 변모한 것도 역시 조선후기에 와서였다. 고려말 이규보의 꼭두각시놀음 관주시에 나타나 있는 것을 보면 인형극의 내용과 주제는 인생관조와 초월적인 것으로서 노장사상이 짙게 깔려 있었다. 이처럼 박첨지라는 한 인물의 가족사적인 내용이 조선조에 접어들어서 탈춤 등과 같이 세속화된 것이다. 그 좋은 예 가운데 하나가 꼭두각시극의 평안감사 장면이라 하겠다. 고려 시대에는 평안감사 제도 자체가 없었을 뿐만 아니라 적어도 관찰사를 정면으로 풍자할 수 있었던 것은 조선후기에 와서 가능했 잖은가 싶다. 그리고 거리극은 앞에서도 조금 살펴본 바 있는 것처럼 중세 유럽의 거리극과 마찬가지로 세태풍자가 주제였다. 소학지희나 무당굿놀이, 전기수가 하던 거리극의 모든 형태는 거의가 그런 주제를 지니고 있었다. 박추당하고 소외된 떠돌이 놀이패가 세상의 불만을 그런식으로 비판하고 매도한 것은 우리나라나 유럽이 다를 수 없었다. 그런데 여기서 우리가 간과해서는 안될 부분이 조선후기 연극의 주제에 대한 천편일률적인 해석이다. 모두가 한결같이 조선후기의 정치 사회변동과 중인계급, 기층민의 경제력 축적에 따른 저항의식의 분출만을 주목하고 있는 듯싶다. 그러나 중인계급이나 기층민중이 절대 왕권을 무너뜨리거나 위기 국면까지 몰고 간 일은 없었다. 그들은 절대권력이나 양반층을 비아냥거리는 정도로 끝났다. 여기서 우리는 탈춤 대사에 자주 나오는 자연예찬과 심청가, 춘향가 등 판소리의 몽환구조에 주목할 필요가 있다. 일찍이 호이징가는 모든 시대에는 이상적 삶에 이르는 세 가지 길이 있다고 했다. 그 첫째가 현실거부의 길이고 두 번째가 변혁의 길이며 세 번째가 꿈의 길이라 했다. 중세 종교시대가 추구한 것이 현세부정의 길이었다면 19세기로부터 20세기 중엽까지가 변혁의 길을 추구한 시대였다. 우리의 경우는 중근세에 이르기까지 꿈의 길을 찾아 헤맸다고 볼 수 있다 현실은 척박하고 세계를 거부하기는 너무나 힘겨워하는 민족이 추구하는 것이 바로 꿈의 길인 것이다. 환상과 엑스타시 속에서 고통으로 가득찬 현실을 잊자는 것이다. 이런 민족은 자연 속에 묻혀사는 기쁨에 시선을 고정시킨다. 따라서 우리의 고시가나 탈춤 대사의 상당 부분을 차지하는 자연찬탄은 북한 학자들이 주장하는 것처럼 단순히 「산수 좋고 인심 좋은」 이 땅에의 애국적 예찬으로만 볼 수 없는 것이다. 「심청가」와 「춘향가」도 현실과 몽환이 반반이 아닌가. 사실 목가적 테마와 몽환구조, 그리고 희극세계는 연결되어 있는 것이다. 어쩌지 못하는 척박한 현실로부터 벗어나는 것은 풍자와 도피 외에 다른 길이 없다. 민속극이나 고소설의 해피엔딩은 궁극적으로 당시 사람들의 갈망을 나타낸 것으로 보아야 한다, 그것이 꿈이나 자연귀의로 표현된 것이다. 개인이나 민족이 좌절하고 절망할수록 퇴폐로 흐르거나 꿈을 꾸기 마련이다. 3.1운동이 일제의 총칼로 좌절된 뒤 시인들이 절망적이면서 퇴폐적인 시가 아니면 목가풍의 자연시를 많이 썼던 것도 우연의 일이 아니다.

이상에서 필자는 조선후기 연극에 대해서 기존 연구를 검토하면서 몇 가지 새로운 해석을 시도해 보았다. 그리고 조선후기 연극을 동양연극사와 세계연극사의 큰 틀에 올려놓고 객관화 시켜보려고 노력했다. 그렇지 않고는 선학들에 의해 천착되고 규명된 기존 연구를 뛰어넘을 수 가 없었다. 특히 연극이 하층문화라는 속성 때문에 유식층에 의해 도외시되었고 그것은 극히 적은 기록만을 남기게 된 것이다. 오늘날 남아있는 문헌기록 가지고서는 조선후기 연극을 제대로 규명할 수가 없다 해석상의 비약은 오로지 새로운 시각으로 접근해보려는 필자의 염원에 따른 것임을 밝혀둔다.

Ⅱ. 극장과 공연예술

1. 연극사 속에 사라진 대극장들

극장은 연극 발전에 있어서 결정적인 역할을 한다. 그렇기 때문에 극장이 연극의 4대 요소 중의 하나로 자리잡을 수 있었던 것이다. 이런 것을 감안할 때 극장 발전이 늦은 우리 연극이 적어도 양식 면에서 낙후될 수밖에 없었던 이유를 알 수 있으리라 본다. 가령 전통극은 아예 극장 없이 야외에서 연행되어오다 보니 형태상 세련화 될 기회를 갖지 못했고 근대극은 일제 식민지 탄압 속에서 진행되느라 발전이 더뎠다고 볼 수 있다. 물론 원인을 더 거슬러 올라가 찾아본다면 우리의 오랜 농경사회 지속과 도시 발달의 지지부진과도 무관하지 않다. 그러니까 도시보다는 부락 중심 사회이다 보니 극장보다는 유랑예인집단이 발전했고 그에 따라 연극이 미학적인 측면에서 덜 세련되게 되었다는 이야기가 된다. 다 같이 산업사회가 늦었던 일본만은 예외로 이미 3백여 년 전에 극장이 건립됨으로써 고전극도 고도로 세련될 수가 있었다.

극장 발전이 늦었기 때문에 극장 건축 전문가도 없었고 무대기술도 거의 부재했던 것이 우리의 실정이었다. 적어도 극장 건축술은 근자에 와서야 그 중요성이 부각되었을 뿐 드라마센터가 건립되는 1960년대 이전까지만 해도 우리나라에는 극장 전문건축가가 부재한 상태였다. 사실 극장은 고도의 건축술을 요할 뿐 아니라 공연예술 창조보급의 전진기지(?)도 되기 때문에 운

영의 기술도 그에 못지 않게 중요하다. 이처럼 극장은 건축미학과 경영기술
이라는 두 가지 측면에서 접근해야 하는 것이다.

그러나 우리나라 극장사는 이 두 가지를 모두 결여한 상태에서 진전되어
왔기 때문에 극장의 부침도 유독 심했고 연극 침체도 가져온 것이다. 건축
적 측면에서 보면 우리나라 극장은 기존 건물을 개조해서 쓰는 초기 단계
와 정교한 공연을 감안하지 않고 영화관 짓듯이 건물을 세우는 제2단계, 어
느 정도 공연미학을 염두에 두고 건축된 극장의 단계, 그리고 1960년대 이
후의 예술극장 단계 등 4단계의 과정을 거쳐왔다고 말할 수 있다.

초기단계의 극장들에 속하는 것으로서 19세기말에 개설된 아현무동연희
장을 비롯하여 용산무동연희장, 협률사(協律社)(1920년), 초창기 광무대, 장
안사, 초기 단성사 등을 꼽을 수 있고 제2단계에 속하는 극장으로 연흥사라
든가 이전한 광무대, 새로 지은 단성사, 그리고 조선극장 등을 꼽을 수 있
으며 제3단계에 속하는 극장으로서는 동양극장과 부민관(府民館)을 꼽을 수
있다. 그리고 제4단계의 예술극장으로는 드라마센터를 위시하여 장충동 국
립극장, 세종문화회관, 문예회관, 예술의 전당, 호암아트홀 외에 지방 대도
시의 몇 개 문화예술회관들이 포함될만하다.

그런데 제3단계 극장에 속하는 것들 중 새로 지어 현재까지 영화전용관
으로 사용되고 있는 단성사와 시의회의사당으로 변질된 부민관을 제외하고
모든 극장들은 흔적도 없이 연극사 속으로 사라져 버렸다. 수백 년씩이나
된 극장들이 적잖은 서양의 여러 나라와 비교할 때 우리나라 극장문화의
일천함과 빈약함을 개탄하지 않을 수 없다. 일찍부터 선조들은 연극을 고급
예술로서가 아닌 천박한 놀이로 취급해 왔기 때문에 극장을 지어 그곳에서
공연을 한다는 생각을 해본 적이 없었던 것 같다. 다만 도시가 발달하면서
옥내무대의 필요성을 느낀 광대들이 허술한 기존 건물을 일부 개조해서 무
동장(舞童場)이라는 명칭으로 19세기말에 서울의 한 두 곳에 개설한 것이
전부다. 그러다가 20세기에 접어들면서 서양견문의 고관대작 몇 사람이 선
진국 문물을 소개하는 글을 썼고, 시대감각도 있으면서 예술을 애호한 고종
(高宗)황제가 최초의 관립극장 협률사와 광무대를 개설토록 함으로써 역사
상 처음으로 극장시대를 열게 된 것이다. 협률사는 민속, 즉 전통예술을 전

승시키도록 했고, 광무대는 활동사진(영화)을 보급토록 한 것이다. 두 극장 모두 신축 아닌 기존 건물을 개조한 것이 특징이었다. 가령 협률사는 내무부 봉상시 건물을 터서 극장으로 개조한 것으로서 5백 석 정도의 중형극장이었고 광무대는 동대문 밖 전차차고의 한 귀퉁이를 임시로 무대화한 것이었다. 시설 면에서 극장이라 이름 붙이기 곤란한 수준이었다.

협률사와 광무대의 뒤를 이어 사설극장 몇 개가 등장했다. 연흥사와 장안사, 단성사 등이 바로 그런 유형의 사설극장이었다. 모두가 중형 정도의 극장이었는데 연흥사는 그래도 새로 지은 극장 같고 나머지 두 극장은 기존 건물을 극장으로 개조한 것으로 보인다. 그런데 주목할 만한 사실은 관립이든 사설이든 극장이 생겨남으로써 개화기의 공연예술계에 적잖은 변화가 일어난 점이라 하겠다.

그 첫 번째 변화는 연극 자체에서 일어났다. 가령 옥내 무대에 적합치 못한 가면극이라든가 꼭두각시극 등은 급속도로 쇠퇴해간 반면에 판소리라든가 재담극, 무용 등은 급속히 발전했다. 무용과 재담극은 닫혀있는 공간에서 공연이 이루어짐으로써 예술형식을 갖추어 갔고 판소리의 경우는 분창 형태의 창극을 파생시키기도 했다. 따라서 서양 신문화의 유입 속에서도 판소리, 창극, 무용, 재담극 등은 더욱더 번창할 수 있었다. 그 뿐만이 아니다. 옥내 극장이 생겨남으로써 일본 신파극과 서양의 근대극도 쉽게 수용할 수가 있었다. 만약 당시에 극장이 없었다면 소위 신문화의 발전은 어려웠을 것이다. 특히 옥내 무대가 없으면 상영키 어려운 환등(幻燈)과 영화의 발전도 어려웠을 것이다.

두 번째의 변화는 관중의 변화였다. 극장이 생겨나면서 고관대작이 극장을 사교장으로 활용했고 극장 안에서 자연스럽게 신분계층이 붕괴되었으며 남녀유별도 희석되었다. 물론 극장에는 상석과 하석이 구별되어 있었지만 그것은 입장요금의 차등이었지 신분 차등은 아니었으며 남녀석이 구별되어 있었지만 엄격하지 않았다. 그렇기 때문에 젊은 남녀가 극장 안에서 자연스럽게 어울리기도 했다. 협률사 극장에서 윤리문제가 야기되었던 것도 모두 그 때문이었다. 오죽했으면 정부 고위관리(봉상시부제조 이필화(李苾和)가 고종황제에게 극장 내의 윤리문제를 걸어 폐관상소문을 냈겠는가. 결국 그 문제로 인해서 최초 유일의 관립극장 협률사가 문을 닫는 사태까지 몰고 왔다.

사실 극장이 생기면서 극장운영측과 관객층이 긴장관계로 들어갔던 것도 주목할 만한 일이었다. 물론 전통극도 가면극이나 인형극, 판소리 등에서 관중의 참여는 공연을 완성시키는 데 절대적인 요소였다. 그러나 연극창조자와 관중이 팽팽한 긴장관계는 아니었다. 그런데 개화기에 극장이 생겨나면서 극장측과 관객층은 긴장, 대립관계로 변모되었다. 가령 한 가지 예로써, 원각사가 신연극을 한다고 광고를 한 후에 창극을 무대에 올리자 관중이 들고일어났던 것이 한 예이다. 사기 공연이라는 항의였다. 그와 동시에 관중은 원각사 공연을 거부한 일까지 생겨났었다. 그 후로도 관객은 공연이 부실하거나 지나치게 비윤리적일 경우는 여러 통로를 통해서 비판 항의를 했다. 이와 같이 관중이 연대의식까지 형성하자 일본제국주의자들이 주시하게 되었고, 1907년 즉, 을사보호 직후부터 극장감시를 시작했다. 저들은 윤리를 내세워 극장 감시를 넘어 통제했고, 1922년 10월에 드디어 흥행취체규칙이란 악법가지 만들어 극장 발전을 제약했던 것이다.

극장이 생겨나면서 우리 연극도 서양의 공연문화 행태를 닮아가기 시작했는데, 그 첫째가 공연시간의 고정이며, 두 번째로는 극장경영에 대한 관심이었다. 사실 전통극은 시간이 고정된 것이 아니었다. 대체로 저녁에 시작하면 새벽녘에 끝났으나 극장이 생겨나면서는 그렇게 할 수 없었다. 물론 원각사시대까지만 해도 거의 새벽녘까지 공연했으나 점차 밤 12시 이전으로 줄어들었으며 2시간 내외로 정착되어간 것이다. 그렇게 되는 데는 1935년 12월 동양극장(東洋劇場) 시대까지 무려 30여년이 소요되었다. 그리고 극장은 반드시 설립운영자가 있게 마련이기 때문에 경영문제가 대두될 수밖에 없었다. 관립극장이었던 협률사가 장봉환(張鳳煥) 총무로 하여금 입장수익을 올려 군의장대 비용을 마련하려 하자 내외로부터 비판을 받고 결국 문을 닫았다. 민간 극장들은 수지타산이 맞는 경영을 위하여 노력하지 않을 수 없었다.

그러나 기존 건물을 개조해서 만든 초기 극장들은 경영부실에 따라 대부분 단명했고 한 두 개 극장은 주인을 바꿔가면서 유지할 수 있었다. 후술하겠거니와 극장은 경영자의 능력에 따라 그 수명이 좌우되었다.

초기 극장은 아무래도 시설의 불비가 가장 큰 문제였다. 우선 극장 구조를 모르는 사람들이 극장을 만들었기 때문에 무대의 넓이와 깊이도 문제였지만 조명이라든가 음향, 등퇴장의 통로, 연습실, 분장실 등 공연에 필수적인 시설들이 되어 있지 않았다. 이런 시설 불비는 결국 연극발전을 더디게 만들었고 안일한 재탕공연으로 일관하게 했다. 그런 대표적인 레퍼토리가 다름 아닌 판소리, 창극, 민속무용, 궁중무용, 재담, 무속, 그리고 전통음악 연주였다. 이들 레퍼토리는 특별한 조명기술도 필요 없었을 뿐만 아니라 무대장치라든가 음향, 등퇴장의 문제 등에 있어서 별 지장을 받지 않았다. 극장 시설의 불비에도 불구하고 전통예술이 별다른 지장을 받지 않고 오늘날까지 번창하고 있지 않은가.

초창기 극장 가운데서 연흥사만이 일본에서 들어온 신파극 무대가 되었던 것은 연흥사가 그래도 내부시설이 조금은 나았던 때문이다. 그러나 그 연흥사마저 개설한 지 7년만인 1914년에 너무 건물이 낡아서 경찰서로부터 폐관 명령을 받고 연극사 속으로 사라졌던 것이다.

극장이 초창기의 부실한 기존 건물개조 시대를 거쳐서 신축극장을 갖게 되는 제2단계는 3·1운동이 지나고였다. 그것이 다름 아닌 조선극장과 신축 광무대(光武臺)였다. 즉 당초 연극전용극장으로 지으려다가 영화전용관으로 변질된 조선극장은 1922년 11월에 문을 열었다. 조선총독부가 1935년에 세운 부민관을 제외하고 1960년대 말까지는 우리 손으로 1천 석이 넘는 대극장을 가져보지 못했는데, 조선극장의 경우도 7, 8백 석 규모의 극장이었다.

그리고 전통 있는 광무대가 세번째로 장소를 옮기면서 새로 극장을 지은 것이 1923년 10월이었다. 이처럼 우리는 1920년대 들어서야 겨우 새로 설계해서 지은 극장 두 개를 가질 수가 있었다. 그러나 불행하게도 설계도가 남아있지 않을 뿐만 아니라 내부시설에 대한 그 어떤 기록도 없다. 사실 그때까지만 해도 우리나라에는 전문 극장건축가도 없었고 일본에도 역시 비슷했다. 그렇기 때문에 두 극장 모두 무대와 객석만 구분된 영화관 비슷하지 않았나 싶다. 그만큼 정교한 내부 시설이 되어있지 않았다는 이야기가 된다. 그렇기 때문에 두 극장에서 새로운 연극양식이 탄생되지 않았고 따라서 전통예술 공연장으로서 무난하게 지속될 수가 있었던 것이다.

다만 한가지 주목되는 사실은 극장경영이라는 새로운 문제가 대두된 점이다. 그것은 순전히 박승필(朴承弼)이라는 한 인물에서 비롯되었다. 흥행사이면서도 애국심이 투철했던 박승필은 신문화에 밀려서 쇠퇴의 길을 걷던 전통예술을 끝까지 지켰을 뿐만 아니라 여러 가지 경영기법을 처음으로 선보이기도 했다. 가령 당시로서는 아무도 꿈꾸지 못했던 후원회 조직과 함께 후원자들을 위한 리셉션 개최 등 여러 가지 인센티브 제공, 그리고 입체적인 광고와 기업을 극장경영에 끌어들이는 등 다양했다. 그렇기 때문에 광무대가 박승필 경영으로 인해서 1930년 5월까지 일관되게 23년 동안이나 장수할 수 있었던 것이다. 대부분의 극장들이 10년을 넘기기 어려웠고 수시로 운영자를 교체하면서 험난한 길을 걸어왔던 이유도 바로 경영의 미숙에 있었다고 말할 수 있다. 극장사에 있어서 그래도 전문극장 시대는 동양극장과 부민관이 세워지는 1935년 말서부터였다.

제2기 극장 때부터 일본자본가들이 극장을 장악했고 다만 운영자만이 한국인일 뿐이었다. 본격 전문극장 시대의 시발이라 할 제3기의 스타트는 1935년 11월에 준공된 동양극장이었다. 동양극장은 서대문 네거리에 대지 4백 88평, 건평 3백 72평 2층 건물로 지은 것인데, 객석이 6백 48석이므로 대형극장으로 볼 수 있다. 극장사상 최초로 회전무대에다가 호리전트까지 가설할 정도의 근대식 극장이었다. 그만큼 조명시설도 갖추었다는 이야기이다. 게다가 극장 뒤편에 분장실, 대 소도구실, 그리고 합숙실까지 두었을 정도로 당시에는 앞선 극장이었다. 따라서 동양극장의 등장으로 20여 년간 떠돌던 신파극이 토착화한 대중극으로 꽃 필 수 있었던 것이다. 그러니까 동양극장의 개관으로 인해서 연극이 본격적인 직업화의 길을 걸을 수 있었다는 이야기이다. 제대로 된 극장의 등장으로 인해서 직업배우와 전업작가, 연출가, 무대미술가들이 자리를 잡았고 비록 대중극이긴 하지만 세련된 작품과 고정 관객층도 형성될 수가 있었다.

동양극장과 비슷한 시기에 세워진 부민관은 순전히 총독부의 서울 사람들을 위한 오락장으로서 만들어진 것이었다. 태평로에 대지 1천4백86평, 건평 1천7백17평의 지하 1층, 지상 3층의 대형건물로 세운 다목적 공간이었다. 대극장은 좌석 1천8백 석이었고 중극장은 4백 석이었으며 1백60석의 소극장도 갖춘 대형극장이었다. 그 외에도 휴게실, 다실, 담화실, 식당, 이발관까지 있었으며 조명, 음향 시설 등도 갖추었다. 부민관의 등장으로 극예술연구회 등 당시 연극단체들이 대형극장에 맞는 큰 작품을 제작하기 시작했고 무용 공연도 활기를 찾을 수가 있었다. 이것은 분명히 연극 무용 발전에 있어서 대단히 중요한 의미를 지니는 것이다. 특히 당시로서는 최신 시설을 갖춘 극장 두 개가 문을 엶으로써 극작가, 연출가, 무용가들의 창작의욕이 솟구치기도 했다. 창작의욕만 솟구친 것이 아니다. 무대시설이 갖추어 지면서 창극이 정착되고 일반 연극도 급속도로 세련되어 갔다. 초창기 극장들과는 달리 화장실, 휴게실 등이 갖추어졌고 난방시설까지 갖춤으로써 관중은 쾌적한 상태에서 공연을 관람할 수 있었던 것이다. 그러므로 관객들이 적어도 극장시설에 대해서만은 불평을 않게까지 되었다. 그러나 이런 극장들도 모두 역사의 무대에서 사라졌다. 동양극장은 1970년대까지 영화전용관으로 사용되다가 헐렸고 부민관은 최초의 국립극장으로서 1950년에 반년 여 사용되었다가 지금은 시의회의사당으로 완전 탈바꿈했다. 국립극장이 환도 후에는 명동의 시공관을 사용하게 되었는데 이마저 일본사람 이시바시(石橋)가 1935년에 영화관으로 지은 것이었다. 명동의 중심 대지 5백5평에 건평 7백49평, 객석 1천1백80석의 대형극장인 시공관이 국립극장으로 사용되기 시작한 것은 1957년부터였고 장충동에 신축 극장이 개관되기 전인 1972년까지 15년 동안 한국연극의 중심지가 되었다.

연극중흥을 내걸고 출범했던 드라마센터가 1년 여만에 문을 닫자 명동의 국립극장이 소위 동인제 극단시대의 활동무대로서 충실한 역할을 했으며 60년대 연극사의 본류가 되었다. 명동의 국립극장은 연극뿐만 아니라 음악, 무용, 국악, 오페라 등의 활성화에도 절대적으로 기여했을 뿐만 아니라 한국문화의 메카로서도 기능을 다했다고 말할 수 있다. 그러나 명동의 국립극장이 장충동으로 이전하면서 국립극장이 주도했던 한국문화도 여러 갈래로 분산된 것이 사실이다. 즉 국립극장은 전속단체의 활동으로 제한될 수밖에 없었고 여타 예술단체들은 대소극장으로 분산되어갔다.

이상과 같이 극장은 한 나라 공연예술의 양과 질을 좌우할 뿐만 아니라 문화풍토까지 좌우한다는 사실을 사라진 극장들이 잘 보여주고 있다.

2. 현대연극사와 실험극장

개화기 이후 소용돌이 현대사에 있어서 네 번의 큰 변환점이 있지 않나 싶다. 가령 1910년 일제의 한국병탄으로부터 시작해서 1919년 3·1운동 1945년 민족해방, 그리고 1950년 한국전쟁과 1960년 4·19 민주혁명 및 군사쿠데타로 이어진 과정 등이 바로 그러한 전환점이었다고 말할 수 있다. 그러한 네 번의 큰 고비가 우리의 정치, 경제, 사회, 문화에 적잖은 변화를 가져왔음은 두말할 나위 없다. 그런 중에서도 1960년 민주혁명의 특징은 낡은 것과 새것의 교체, 구세대의 몰락과 새 세대의 등장이라는 역사적 의미를 갖고 있다. 이는 대체로 정치세력보다는 사회문화분야에서 두드러지게 나타났다고 볼 수 있다. 우리시대의 대표적 극단 중의 하나인 실험극장만 하더라도 그러한 사회 변화의 큰 흐름에 편승해서 탄생된 것이라 볼 수 있다. 가령 1950년대 후반에 대학에서 아마추어극 활동을 한 젊은 지식인들이 우연히 극단을 만들었다기 보다는 낡은 연극의 틀을 깨고 새로운 연극의 틀을 짜보겠다는 젊은이들의 변환욕구의 산물로서 실험극장이 탄생된 것이라는 이야기이다. 그런데 흥미로운 사실은 실험극장이 1930년대의 극예술연구회나 해방직후의 극예술협회처럼 상업주의와 사회주의 이데올로기극에 대한 반발로써 민족주의적 기치를 내걸고 출발한 것과 달리 기성연극에 대한 반역이나 전통의 거부 같은 것을 내걸지는 않았다는 점이다. 실험극장 창단공약은 언뜻 보면 지난 시대의 연극에 대한 반역이라기보다는 순응처럼 보일 정도였다. 그렇기 때문에 실험극장은 출발 초기에 기성연극들의 사랑을 받았고 또 한때 심하게 요동친 것도 부인 할 수 없다. 그러나 좀더 깊이 들여다보면 극예술연구회나 극예술협회 등에 못지 않게 기성연극에 도전한 것이고 동시에 그에 대한 거부로부터 출발하고 있음을 알 수 있다. 즉 그들이 캐치프레이즈로 내건 소위 「실험」이란 것은 전후 프랑스를 중심으로 일어난 연극 또는 부조리극과 맥이 닿는 것이었고 이는 곧 3·1운동 이후 지식층 연극이 추구해온 사실주의에 대한 반역이기도 했다. 가령 실험극장이 기성연극의 대표적 극단이라 할 신협을 직접 거론하거나 비판하지는 않았지만 대학시절 서구의 아방가르드 문예에 이끌렸던 젊은이들로서는 체질적으로 이미 신협류의 진부한 사실주의극에 거부감을 지녔던 것도 부인할 수 없다. 더욱이 젊은 주역들이 소년시절 6·25 전쟁을 겪음으로써 쉽게 환멸의 비애를 느끼고 저항의식에 불탔던 것도 사실이다. 이런 젊고 지적인 신진대학극 출신들이 입단할만한 극단이 마땅치 않았다. 전쟁을 겪으면서 신협이 독주하는 상황이었고 그와 차별화를 시도한 제작극회를 위시한 민극(국립극장전속), 동인극장, 햇불극회, 원방각, 청포도극회, 토월극회 등이 간헐적으로 공연활동을 벌였지만 신진 기예들이 들어가서 꿈을 펼칠만한 단체는 없었다. 이와 같은 연극계 상황이 실험극장을 등장하지 않을 수 없게 만든 배경이라는 이야기이다. 실험극장은 이미 1950년대 말엽부터 몇몇 대학연극인들간에 조금씩 이야기가 되었지만 본격 태동은 1960년 초여름이었다. 서울대 출신의 김의경(金義卿)과 최진하(崔鎭河)가 중심이 되어 세 규합에 나서서 김의경의 고교동문인 양태조, 한경완이 가세했고 최진하의 고교동문 서동철, 조광해가 모여 실험극회라는 모임체가 먼저 생겨났다. 거기에 함께 대학극 운동을 한 허규, 이순재, 유달훈, 배병권, 박순명 등과 벌써부터 태동하고 있었던 이기하, 이진행등 신예세력이 합세했다. 이들 13명은 5월 28일 서울의 청동다방에서 첫 모임을 가졌고 그로부터 매주 1회씩 정기모임으로 시안 마련을 위한 세미나를 열었다. 그리하여 시작한지 3개월여만인 9월 5일에 구체적 초안이 마련되었고 10월 2일에 청년문제연구소에서 발기총회를 갖기에 이르른 것이다. 이때 김동훈(金東勳), 황운진등 서울대 중심의 뗴아뜨르릴리크 세력이 가담했다. 주로 서울대, 연대, 고대출신의 실험극회가 중심이었던 발기동인은 고천산, 김의경, 배병권, 서동철, 양태조, 유달훈, 이기하, 이순재, 최진하, 한경완, 황운진 등이었다. 그리고 곧이어 창단대회를 가졌는데 이때에도 김성옥, 유용환, 양우성, 피세영 등이 가담했다. 15명이 넘는 창단멤버들은 여러 갈래의 대학극인들의 결합체라 볼 수 있다. 즉 막 대학문을 나선 연극인들과 뗴아뜨르 리브르와 관련을 가졌던 소장 연극인, 대학극에 관여했다가 졸업 후 다른 직업을 가진 사람들, 그리고 대학 재학생들이었다. 이와 같이 복잡한 인적 구성이 초기에 이합집산 하게 된 가장 큰 원인이었다. 그들은 창단대회에서 5조 10항으로 된 선언문을 발표했는데, 그 내용은 첫째 우리는 능력있고 열성있는 연극인의 실험도구가 될 것을 맹세하며 실험극장을 결성한다. 둘째 우리는 연극을 사랑하고 연극을 위해서 자기 인생조차 감수할 동인으로써 구성한다. 셋째 우리의 목적은 연극을 통한 실험무대의 구축과 이념에 찬 연극을 이 땅에 수립하는데 있다. 넷째 우리는 우리 자신의 회비로서 실험극장을 키워간다. 다섯째 우리의 기본적 운영방법은 아래와 같다. 1. 연극의 모든 부분에 일반 이론을 지양하여 작품의 무대화를 중심으로 실험적이며 구체적인 지식, 경험을 추구한다. 2. 무대수법, 연출수법의 구도 목표를 계획한다. 3. 실험무대를 통하여 동인각자는 자기 재능을 발견 육성한다. 4. 상연작품은 동인 작품에 우선권을 주고 외국작품인 경우 희곡 작법상 또는 무대이론상의 시도적 작품을 선택한다. 5. 실험무대 외의 다른 상세한 모든 사항은 임원회의 결의에 의한다.

이상과 같은 창단 선언문을 자세히 분석해보면 대체로 두 부분으로 나뉘어질 것 같다. 우선 창립단원들의 청년적인 열정과 순박함, 그리고 이상주의적인 성향을 감지할 수 있다. 가령 '열성있는 실험도구'가 되겠다든가 '연극을 위해서 자기희생까지 감수하겠다'든가 더 나아가 '우리자신의 회비로써 실험극장을 키워나간다'라는 등의 구절에 그 점이 잘 나타나 있다. 다음으로는 극단의 목표로서 제3의 '연극을 통한 실험무대의 구축과 이념에 찬 연극의 정립'이라는 구절에 담겨 있는 합의이다. 여기서 이념에 찬 연극이 무엇이냐 하는 점이다. 여러 가지 측면에서 해석될 수 있지만 일관된 목

표를 지향하겠다는 것과 소극장 운동의 궁극적 목적이라 할 새로운 연극
사조의 창조를 지향하겠다는 의지로 해석될 수 있지 않을까 싶다. 그러니
까 실험성을 추구한다는 것인데 그런 내용이 제5조 1항에 '작품의 무대화
를 중심으로 실험적이며 구체적인 지식, 경험을 추구한다'는데 투명하게 나
타나 있다. 이들이 19세기 후반 서구의 소극장 운동 방식을 많이 염두에 두
었다고 보는 것은 '우리 자신의 회비로서 실험극장을 키워간다'는 구절이
다. 그러니까 실험극장 멤버들이 회원제를 채택하고 동인제시스템을 지향
하겠다는 이야기가 된다.

　이러한 극단의 목표는 당시로서 대단히 앞선 것임은 두말할 나위 없다.
그들은 극단이념을 구체적으로 보여주기 위해서 창립공연 레퍼토리로 부조
리극의 기수로 알려진 외젠 이오네스코의 「수업」을 택했던 것이다. 극장도
역시 실험성을 추구하는 극단답게 대학(동국대) 소강당을 택했다. 1960년
11월 27일 창립동인 허규연출로 무대에 올린 이 작품은 일단 기존 연극계
에서는 충격적일 정도로 이색적이고 또 주목을 끈 것은 부인할 수 없다.
그러나 전문가들로부터 '머리만 앞서고 손발이 움직이지 않는 안타까움'(車
凡錫)이란 부정적 평가를 받았다. 그럴수밖에 없는 것이 부조리극의 무대를
전혀 접해 보지 못한 연출가나 배우, 무대미술가, 의상, 음향, 조명가들이었
기 때문에 창조과정에서 한계에 봉착했으리라는 것이다. 그러나 이들은 위
축되지 않고 다음해(1961년) 정월에 역시 대학 소강당에서 사로이언의 「거
기 누구 없오?」를 김의경 연출로 공연했고 몇 개월 뒤 동국대 중강당으로
옮겨 제3회 공연을 대외공연으로 가졌는데, 이때의 레퍼토리는 아서 밀러의
「다리위에서의 조망」(이기하 연출)이었다. 이때는 이틀동안 1천 7백여명 이
라는 관중을 동원할 정도로 연극계의 시선을 끄는 일까지 벌어졌다. 그 공
연에 대해서도 '벅찬 실험정신이 헛된 구호에 그치지 않고 무대 위에 구상
화하는 기회를 포착한 것'(金正鈺)이라는 비교적 긍정적 평가가 내려졌다.
조금 자신을 얻은 실험극장은 매우 아카데믹한 자세로 연극활동을 전개해
갔다. 따라서 그들은 작품을 무대에 올리기 전에 반드시 토론회라든가 강연
회 등을 가지고 작가와 작품에 대해서 충분히 검토, 소화해서 공연하는 연
극인의 자세를 지킨 것이라 볼 수 있다.

그리하여 실험극장은 창단한지 1년도 되지 않아 연극계의 주목받는 젊은 극단으로서 자리잡아가는 듯 했다. 그러나 실험극장은 첫 번째 시련에 봉착케 된다. 왜냐하면 극단 내부로부터 변화의 욕구가 분출되었기 때문이다. 즉 출발 당시의 아카데미즘 내지 소극장적인 성격을 벗어나 전문적인 체제를 갖춘 직업극단으로 탈바꿈하자는 개편론이 거세졌기 때문이다. 이런 분분함은 5·16군사쿠데타에 따른 집회금지 조처로 몇 달 동안 되 잠복되었다가 제4회 공연과 함께 폭발하고 말았다. 이는 실험극장이 신선한 극단으로 부상되면서 자연스럽게 부닥친 현실론이었다. 당초 실험극장의 구성원들이 '연극을 학문으로서 공부하고 연극을 직업으로 하려는 사람들'의 집합이라는 이념에 다가가는 것으로도 볼 수 있다. 내부의 격렬한 토론을 거쳐서 결국 민예라는 전문극단과 아카데믹한 실험극장이라는 이원조직을 갖기로 합의했다. 이는 곧 극단 내부에 도사리고 있던 현실주의와 이상주의를 공존시키기로 한 것이다. 그러나 아무래도 현실주의로 무게가 실린 셈이 되었다고 보겠다. 가령 1962년 공보처주최 신인예술제에 '新人'이라는 딱지가 붙어 실험극장이 참여하지 않은 것이 그 단적인 예라 하겠다. 그러던 차에 KBS 텔레비전이 생겼고 또 본격 전문극장인 드라마센터가 설립되어 단원들이 양쪽으로 대거 이동함으로써 전문극단인 민예의 꿈이 사라짐은 말할 것도 없고 실험극장 자체가 존폐의 기로에 서게 되었다. 창단 이후 1년반만에 최대 시련에 봉착한 것이다.

그러나 실험극장을 끝까지 고수한 최덕수, 황운진, 허규, 유달훈, 김의경 등과 군에서 제대한 이순재, 정해창, 사상완 그리고 미국유학에서 돌아온 이낙훈, 새로 가담한 김현영, 신명순, 등과 힘을 합쳐 극단 재건에 나선 것이다. 실험극장으로서는 제2의 탄생이었다. 이들은 재기의 제5회 공연 준비에 착수하여 10월 명동 국립극장에서 피이치의 「시나리오」와 휘거슨의 「죽음보다 위대한 것」을 허규와 황운진 연출로 각각 무대에 올렸다. 재기공연은 젊은 관객을 상당수 동원했고 '대학에서 엄숙하게 강의를 듣듯이 관객이 무대를 바라보며 숨소리 조차 작게 한 진지하고도 예리한 감각의 표현은 실험극장 멤버들의 젊음과 지성의 결정의 소치이리라. 아무튼 실험극장의 공연은 황량한 연극풍토에 진지라는 찬바람을 일으키고 지나갔다'(李源

庚)는 평가를 받았다. 이상의 평가에서도 볼 수 있는 바와 같이 실험극장의
공연은 대체로 아카데믹하다는 것이었다. 이는 신협 중심의 연극 풍토가 대
중적으로 흐르는 것과 대조가 된다는 평가라 볼 수 있다. 이런 실험극장이
었지만 시간이 흐르면서 현실에 뿌리 내리려는 공연에 치중했다. 일종의
점진적 노선 수정이라 볼 수도 있는 것이다. 가령 1963년초에 가진 「안과
밖」(高二桑 각색, 허규 연출)이라든가 「위대한 실종」(李根三 작 許圭 연출)
「애욕의 우화」(金義卿 작 崔鎭河 연출) 등이 그런 변화를 보여주는 작품들
이라 하겠다. 그러다가 결국 제9회 공연으로 영국의 추리작가 크리스티의
「열개의 인디언인형」(黃雲鎭 연출)으로 본격적 직업극단임을 선언한 것이
다. 사실 그들은 시연회 성격을 띤 제2회 공연까지만 아방가르드적인 연극
을 실험했을 뿐 본격 실험극만을 추구하려는 굳건한 의지는 없었다. 그렇
지만 타성적인 저널리즘을 거부하고 뭔가 진지하고 참신한 무대를 만들어
보겠다는 의지만은 굽히지 않았다. 그러나 그들의 실력으로나 당시 연극계
현실로 보아서 실험극의 한계는 어쩔 수 없었던 생활과 예술, 현실과 이상
이라는 이원의 길에서 고뇌하지 않을 수 없었다. 이와 같은 생각은 주역들
이 나이를 먹어갈수록 더해 갈 수밖에 없었다. 그들도 생활인이었기 때문이
다. 낭만적으로 또는 여가선용이나 취미활동으로 연극을 하는 것은 아니었
기 때문이다. 그들이 초기에 결심한 이합집산의 소용돌이에 휩싸였던 이유
도 실은 이와 같은 현실과 이상의 괴리와 인맥상의 부조화에 기인한 것이
었다. 당초 그들은 '연극을 위해서 자기희생조차 감수한다'든가 '우리 자신
의 회비로서 실험극장을 키워간다'등 전혀 현실성 없는 선언을 했지만 그
것은 어디까지나 낭만적이고 이상주의적인 구두선에 불과한 것이었다. 실험
극장의 궤도수정은 1920년대 토월회가 3회 공연으로 완전 궤도 수정했던
것과 비교할 수도 있지 않을까 싶다. 물론 실험극장의 궤도수정이 내부로부
터의 반발을 사지 않은 것이 아니다. 당초의 목표를 고수해야 한다는 단원
들도 여러 명 있었다. 실험극장은 창단 1, 2년 사이에 여러 고비의 내부 진
통에 시달렸다. 젊은 단원들간의 주도권 다툼도 한몫 했다. 가령 두 번째
고비라 할 소위 산하파동이 그러한 예가 될 것이다. 즉 노선 수정으로 재정
적 궁핍을 면해보려고 한 「열개의 인디언 인형」 공연이 적자를 본데다가

주도권 다툼이 겹쳐서 극단이 흔들릴 때, 일부 단원들이 극단 산하 발족에 참여한 것이다. 그리하여 이구하, 이순재, 오현경, 김성옥, 이낙훈, 고천산, 김의경, 허규등 실험극장의 핵심단원들이 극단 산하로 옮겨가게 되었다. 그들은 1963년 극단 탈퇴의 이별 공연 작품으로 쟝 아누이의 「안티고네」 (허규 연출)를 국립극장 무대에 올렸다. 이별공연은 실험적인 한 극단의 안착이라는 평가를 받았지만 산하파동으로 입은 상처를 치유받기에는 역부족이었다.

다행이 산하 창단에 가담했던 허규와 김의경이 다시 복귀함으로써 실험극장은 재기할 수 있었지만 공연활동은 부진했다. 1964년 접어들어 때마침 셰익스피어 탄생 4백주년 행사가 벌어져서 실험극장은 「리어왕」(허규 연출)으로 기사회생 할 수 있었다. 신예배우 이락훈과 여운계가 호연을 해주었기 때문에 전후 최고라는 7천여명의 관객을 동원한 것이다.

그러나 다음공연인 창작극 「갈대의 노래」(김의경 작 최진하 연출)가 크게 실패함으로써 기반 약한 실험극장을 세 번째 위기로 몰아갔다. 극단이 빚을 크게 진 것이다. 실험극장이 연말 총회를 열었을 때, 극단 해체론이 대두되었고 그 방향으로 흐름이 잡혀갔던 것도 사실이다. 그런 때 또 다시 회생의 계기가 마련되었는데, 그것이 다름아닌 동아일보사 주최의 동아연극상이었다. 즉 제1회 동아연극상에서 실험극장이 그랑프리를 받고 이낙훈이 남우주연상을 받은 것이다. 이처럼 하나의 연극상이 실험극장 해산론을 잠재웠고 따라서 세 번째 위기를 넘기는 계기가 될 줄은 아무도 몰랐던 것이다. 여러 번의 고비를 넘기는 동안 아카데미즘과 실험극이라는 당초의 이념도 퇴색해 갔고 단원들이 젊다는 것 외에는 여타 극단들과 차별화가 되지 않았다. 우선 레파토리 선정만 하더라도 초기와는 달리 현대극 일변도로부터 벗어나 고전극과 창작극 등으로 넓혀졌다. 물론 실험극장이 완전히 진부한 기성극단들과 보조를 맞춘 것은 아니었다. 가령 의식있는 청년들이 모여 있어서 연구적인 자세를 견지하여 강연회, 세미나 등을 계속 가짐으로써 공부하는 극단임은 여타 극단들보다 선진적인 것이었다.

실험극장은 동아연극상 수상기념으로 창작극 「청혼소동」(韓路檀 작 許圭 연출)을 무대에 올렸는데 관객도 적었지만 혹평을 들을 만큼 참패를 했다.

그로 인해 실험극장은 또 다시 깊은 슬럼프에 빠져들었다. 그럴 때마다 극단 내부의 외침이 일곤했다. 즉 일부로부터 출발정신의 회복을 외치는 단원들이 있었던 것이다. 이 외침은 곧바로 '순수한 아마추어리즘을 표방한 단막공연의 필요성'으로 나타났고 결국 土曜살롱공연이라는 새로운 공연방식을 만들어낸 것이다. 1965년 6월부터 시작된 토요살롱은 「15일간」(자이거 작), 「신생공화국」(申明淳 작) 「旅人들」(오혜령 작) 「팔려간 골동품」(하경자 작) 「햇빛 밝은 아침」(퀸테르형제 작) 「마춤오바」(맨코윗츠 작) 등을 6주간에 걸쳐 공연하여 새바람을 일으켜 보려 했으나 배우, 연출가 등 인적 자원의 빈곤과 전후의 경제사정 등으로 한달 반을 넘기지 못하고 말았다. 단원들은 문화 각계 선배들과 우리 연극 발전의 새로운 방향을 모색하는 모임을 갖는 등 지혜를 얻는데 힘을 기울이기도 했다. 그들은 당시 연극계에서는 비교적 신선한 막스 프리쉬의 서사극 「안도라」를 무대에 올렸지만 주목을 끌지는 못했다.

다음해(1966년)에는 「바꼬지」로 데뷔한 신진작가 이재현을 비롯하여 김성원, 안은숙, 사미자, 우소연 등 신인 배우들이 새로 가담했다. 단원보강을 마친 실험극장은 연간 4회 공연을 하기로 결정하고 그 첫 작품으로 신예 신명순의 기록극 「증인」을 준비했으나 공연 3일전 문공부로부터 공연중지 명령이 내려지는 사건이 발생했다. 창작극 「증인」은 6·25전쟁중 한강대교 폭파사건으로 사형 당한 최창식(崔昌植)대령의 실화를 극화한 것인데 유족측이 반발하고 나섰기 때문에 중지명령을 받은 것이었다. 그 사건으로 인해서 현대의 역사적 인물을 극화할 경우에는 반드시 관계자의 승인서를 첨부해야 한다는 관례가 생기게 되었다. 그 공연이 무산됨으로써 아서 밀러의 「아들을 위하여」를 대타로 무대에 올렸고 「해뜨는 섬」(李載賢)과 이어령(李御寧)의 소설 「무익조」두편의 창작극을 공연하여 성과를 올렸다. 그 여세를 몰아서 더욱 대중에 가까이 다가가는 방향으로 나아갔고 프랑스의 멜르드라마 작가 빠뇰의 「화니」와 뮤지컬 「라만차의 영웅」(레일워써만 작)을 무대에 올렸다. 그들은 대중성 짙은 두 작품을 공연하는 명분으로서 '지나치게 딱딱하고 멋 없는 작품에 식상한 관객들에게 즐거움을 주는 일도 극단으로서는 마땅히 해야할 일'이라는 것이었다. 그들은 결국 1969년에 들어서자마자 "전문극단으로의 발전"이라는 것을 솔직하면서도 공공연하게 내걸게 되었다. 그들은 곧바로 「피가로의 결혼」(보마르셰 작)과 「맹진사댁 경사」(吳泳鎭 작)를 무대에 올려서 큰 호응을 얻을 수 있었다. 사기가 충전한 실험극장은 젊은 세 작가의 신작 「무지개 쓰러지다」(정하연 작) 「상아의 집」(申明淳 작) 「사할린스크의 하늘과 땅」(李載賢 작)등을 연속적으로 공연했고 그 공로로 한국일보 주최 연극영화대상을 받기도 했다. 그 결과 실험극장은 창단 10여년만에 연극계의 대표적인 극단으로 자리잡을 수 있었다. 그 동안 극단 대표가 이진행, 최덕수, 허규, 김의경, 김용완 등 다섯 번이나 바뀔 만큼 실험극장은 동요가 심했던 것도 사실이다. 특히 실험극장이 동요 해온데는 재정적 취약성이라든가 이질적인 구성원간의 갈등 같은 것에 원인이 있었지만 주요 단원들의 잦은 이탈도 한 몫 했다. 마치 1950년대의 신협이 영화에 인재를 빼앗겼던 것처럼 실험극장은 텔레비전에 빼앗겼다.

따라서 그들은 인재보충에 신경을 쓰지 않을 수 없었고 그것이 방학기간을 이용한 연극지망생 연수사업이었던 것이다.

그들은 명동에 까페떼아뜨르가 생기자 과거에 하다가 중단했던 살롱드라마로서 김동훈의 모노드라마 「롤라스케이트를 타는 오뚜기」(吳泰錫 작)를 8개월간 (한주1회)이라는 기록적 공연도 했다. 한편 10주년 기념으로 오영진의 신작 「許生傳」(허규 연출)을 공연해서 처음으로 2백여만원의 순이익을 올리기도 했다. 그들은 그 여세를 몰아 1973년에는 하나의 꿈이었던 소극장을 비원 옆에 마련하여 20여회의 공연을 가졌다. 그런데 그 소극장은 너무 협소한데다가 위치상으로도 좋지 않았기 때문에 운니동 덕성여대 옆에 1백50석의 실험소극장으로 옮겨갔다. 실험극장 창단 15여년만에 안정기를 맞게 된 것이다. 때마침 1970년대 초에는 김영열, 윤호진, 정진수 등 젊은 지망생들이 극단에 모여들었기 때문에 활기가 넘쳤다. 본격 소극장을 마련한 실험극장은 1975년 여름에 개관공연으로 피터 쉐퍼의 「에쿠우스」(신정옥 역 김영열 연출)를 무대에 올렸다. 「에쿠우스」는 막이 오르자마자 폭발적인 인기를 끌었다. 연극계에서는 그때까지 없었던 사건들이 벌어지기 시작했다. 즉 관객이 매일 장사진을 이루고 예매제도가 정착될 정도로 선풍적 인기를 끌었던 것이다. 공연기록 경신이 시작되었다. 우선 전후에 어느 극단도 대소극장에서 1만명의 관객을 동원해보지 못했는데, 실험소극장이 관객동원의 벽이라는 1만명을 간단히 뚫고 1만 3천여명을 돌파한 것이다. 그런데 느닷 없이 공연법에 저촉된다고 막을 내리도록 명령이 떨어진 것이다. 젊은 여주 인공의 팬티가 너무 짧다는 것이 중요한 이유였던 것 같다. 물론 얼마 후에 공연은 지속되었다. 그리하여 장장 6개월여 연속공연을 가질 수 있었다. 물론 그 이전에도 김동훈의 모노드라마 「롤라스케이트를 타는 오뚜기」가 8 개월 동안 했지만 그것은 1주일에 한번 공연한 것이므로 매일 공연으로 계 산하면 1개월 남짓밖에 되지 않는다.

따라서 「에쿠우스」의 6개월 장기공연은 연극계, 더 나아가 문화예술계에 하나의 큰 사건으로 받아들여질 수 있는 것이었다. 특히 1972년 말에 새로 대표직을 맡아서 소극장을 마련한 김동훈은 개인적 승리이기도 했다. 결국 이때부터 실험극장은 동인제극단의 허울을 벗고 1인체제의 본격 전문극단 시대를 연 것이다. 그리고 「에쿠우스」가 성공한데는 몇 가지 내외적 조건이 맞아떨어진 것으로 볼 수 있다. 우선 현대적인 정신상황을 특이한 기법으로 형상화해낸 원작 희곡이 좋았다는 것과 감각적 연출이 맞아 떨어졌고 대관 아닌 자체 소극장을 가졌던 것도 장기공연을 가능케 했다. 그 다음으로는 사회변화를 무시할 수 없다. 그때는 마침 경제개발로 보리고개를 극복한 시 기였고 산업사회에 따른 인텔리계층이 확대되었으며 중산층도 형성되어 가 는 과정이었다. 그러니까 인텔리 중산층이 고급문화를 갈구하는 시기였다는 이야기이다. 그런 때에 문제성 있는 연극작품이 터진 것이라 말할 수 있다. 「에쿠우스」가 단번에 만수천명으로 관객 확대를 이룩하자 연극계에서는 세 가지의 큰 변화가 일어났다. 첫째는 십수년 동안 하나의 공연방식으로 굳어 진 1주일 내외의 단기공연체제가 혁파되었다. 다른 극단들도 좋건 나쁘건 장기공연을 갖기 시작한 것이다. 물론 작품성 때문에 도중 하차하는 경우도 적지 않았다. 사실 단기 공연 체제는 공연공간이 절대부족 상태에서는 어쩔 수 없는 것이었다.

두 번째로는 연극계가 소극장시대를 연 것을 꼽을 수 있다. 우선 소극 장이 여러 곳에서 생겨났고 극단들도 가급적이면 소극장에서 장기공연 하 는 것을 선호하는 방향으로 나아간 것이다. 물론 당시 극단들의 영세성과 공연법의 전근대적 제약 등으로 소극장이 많이 생겨나기는 쉽지 않았다. 그러나 1980년 유신 직후 잠깐 동안의 자유화 바람을 타고 공연법(公演法)이 개정됨으로써 누구나 쉽게 소극장을 열 수 있었다. 이러한 소극장 중심의 연극 구조에 부정적 측면도 없지는 않았다. 가령 소극장이 당초의 목적대로 새로운 연극 창조의 실험실이 되지 못하고 대극장의 축소판이 된 것이라든가 소품화 추세로 흐른 것도 중대한 문제였다. 그 시대의 모노드라마 붐도 하나의 단적인 예가 될 것이다. 그러나 소극장 중심의 연극도 장기공연 등으로 상당수 관중을 동원할 수 있었기 때문에 중요한 세 번째의 변화. 즉 연극의 직업화를 어느 정도 마련한 것이다. 사실 1970년대 초반까지만 해도 배우가 개런티를 받는다는 것은 거의 생각할 수 조차 없었다. 한 예로 모노드라마로 성가를 올렸던 추송웅(秋松雄)의 배우 생활 15년 동안 받은 돈이 기십만원에 불과했다는 고백은 과장된 변명이 아니었다. 그렇던 그가 모노드라마 「빠알간 피터의 고백」한편의 장기공연으로 집과 가재도구를 마련할 수 있었던 것은 유명한 일화이다.

이러한 소극장 중심의 연극 직업화가 가져온 부작용도 적지 않았다. 연극인들이 예술창조보다는 영리 추구에 관심을 기울이면서 한국연극이 건전한 방향으로 발전해가지 않은 것이 가장 큰 문제였다. 우선 각 극단들의 레퍼토리 선택이 대중영합으로 흐르면서 창작극을 기피한 것은 물론이고 연정물이라든가 탐정물, 코메디 등이 선호된 것이다. 이상과 같은 연극계의 흐름은 실험극장이 「에쿠우스」로 바람을 일으키면서 야기된 것으로 볼 수가 있다. 그러나 실험극장은 그동안 지켜온 연극정신을 고수하려 노력했고 그것을 구체적으로 레퍼토리를 통해 표출했다. 가령 「에쿠우스」에 이어 무대에 올린 남아공 인권문제작 아돌 후가드의 「아일랜드」(윤호진 연출)가 그 단적인 예가 될 것이다. 1970년대 후반(1978년)즉 유신시대에 「아일랜드」가 무대에 올려지면서 「에쿠우스」 못지 않은 반향을 불러일으킨 것은 아무래도 우리의 경직된 정치 상황을 우회적으로 비판한 것으로 받아들여졌다고 볼 수 있다. 그리하여 「아일랜드」는 연속 6개월의 최장기 공연 기록을 남겼다. 그후 몇 편의 후가드 작품들이 실험소극장과 다른 소극장들에서 공연된 바 있다. 그러나 유신시대가 끝나면서 후가드의 희곡도 인기가 시들해졌다. 두 힛트 작품 이후로는 창작극도 몇 편 올리고 호암아트홀등 대극장에 진출해서 대형 공연물도 적잖이 무대에 올렸다. 그러나 크게 성공을 거둔 작품은 드물었다. 1980년대 들어서는 공연법 개정으로 소극장이 급격히 늘어났고 실험소극장의 회소가치도 사라졌다. 그런 때에 실험극장은 다시 대힛트 작품을 하나 만들어 냈는데, 그것이 다름아닌 「神의 아그네스」(존 필미어 작 윤호진 연출)공연이었다. 1983년에 무대에 올려진 「신의 아그네스」는 무려 10개월의 최장기 공연기록을 수립할 만큼 대단한 반향을 불러일으켰다. 한 가톨릭수녀 이야기를 통해서 신의 문제를 다룬 이 작품은 여주인공 윤석화의 열연도 관객들의 마음을 흔드는 요인이 되었다. 그로부터 한동안 실험극장은 침체기에 들어섰다. 얼마 뒤 윤호진이 미국 유학길에 오르면서 연출자 부족으로 더욱더 침체의 수렁으로 빠져들었다. 그가 유학에서 돌아와 「死의 찬미」(윤대성 작 윤호진 연출)등 창작극을 무대에 올려서 주목을 끌기도 했지만 그후로는 이렇다 할만한 작품을 내지 못했다. 1980년대 말엽부터 실험극장은 깊은 침체의 늪에 빠지기 시작했는데, 그 원인은 여러 측면에서 고찰될 수 있을 것 같다. 우선은 그동안 연극계가 상당히 변화되어 있었다는 점을 지적할 수 있다. 소극장은 말할 것도 없고 대극장도 여러 개 생겨났으며 극단은 수 없이 늘어났다. 실험극장의 독주시대는 끝난 것이다. 그렇다고 자주 히트 작을 낼만큼 희곡이나 연출가 배우가 있는 것도 아니었다. 다음으로는 김동훈 대표 체제가 너무 오래 지속되었던 것도 극단 침체의 한 요인이 되었다고 하겠다. 게다가 대표가 연극협회 이사장이라는 외도(外道)를 했고 대학 출강 등 극단 운영에만 열정을 쏟지 못한 것도 침체요인이 되었다고 볼 수 있다. 연출을 주로 맡았던 윤호진의 대학 출강도 마찬가지이다. 그런 때에 극단에 결정타를 가한 것이 운니동 실험극장의 폐쇄였다. 古宮復元이라는 서울시의 도시계획에 따라 우리 연극의 메카처럼 되었던 운니동 소극장이 10여년만에 헐려버린 것이다. 결국 1993년 2월에 연극사상 유례를 찾아 볼 수 없는 극장폐관식(?)까지 치르므로서 실험극장의 전성기도 그 막을 내렸으며 7개월후인 1993년 9월에 강남구 압구정동에 새로 소극장을 마련하고 재기의 시동을 걸었다. 그러나 이상스럽게도 관객이 찾아주지 않았다. 실험극장은 압구정동 소극장 개관기념 공연으로 아서 밀러의 최신작을 무대에 올렸지만 관객의 반응은 열띠지 않았다. 결국 명배우시리즈도 시도해 보았다. 우리시대의 명배우들이라 할 박정자, 손숙(孫淑) 등이 실험소극장 무대에 섬으로써 그런대로 중년 주부 관객을 모을 수 있었다. 그러나 그것도 곧바로 한계에 부닥칠 수 밖에 없었다. 실험극장은 몇 년동안 기업(캠브리지 멤버스)의 후원도 받았지만 오랫동안 지속되지 못했다.

그런 때에 25년여 동안 실험극장을 이끌어온 대표 김동훈이 타계함으로써 소극장도 폐쇄되었고 지금은 명맥만 유지되는 처지에 놓인 것이다.

그렇다면 1960년 가을에 닻을 올려서 37년 동안 한국연극의 중심을 지켜온 실험극장이 현대연극사에 남긴 것은 무엇일까. 그에 대해서는 대체로 여섯 가지로 정리해 볼 수 있지 않을까 싶다. 첫째 실험극장이 소위 同人制극단 시대를 열었던 점을 꼽을 수 있다. 물론 실험극장 이전에도 극예술연구회라든가 제작극회 등과 같은 유사한 단체가 없었던 것은 아니나 본격 동인제 시스템은 아무래도 실험극장으로 보아야 하지 않을까 싶다. 이처럼 실험극장은 연극계의 구도를 새롭게 만드는 촉진제 역할을 했다고 볼 수 있다. 두번째로는 극예술연구회와 新協으로 이어진 소위 사실주의 연극 일변도를 혁파하고 연극형태의 다양화를 촉진한 것이 실험극장이었다. 가령 창립공연 레퍼토리로 부조리극을 선보인 것으로부터 시작해서 다양한 시조와 여러 형태의 작품을 무대에 올림으로써 여타 극단들에 상당한 자극을 준 것이다. 특히 아카데믹한 자세는 여타 극단들에도 연구풍토를 마련해 주었고 그것이 연극풍토 쇄신에 기여한 것으로 볼 수 있다. 실험극장 이후에 각 극단들의 레퍼토리 선택의 폭이 넓어졌고 사실주의를 거부하고 새로운 형태의 희곡을 쓰는 작가도 몇 명 탄생한 것이다. 세번째로는 현대적인 경영마인드를 도입한 점을 들 수 있다. 가령 회원제 확대를 통해서 연극가족 1萬名운동을 벌인 것이라든가 기업의 후원을 끌어낸 것도 실험극장이었다. 그 점에서도 매우 선구적인 극단이었다. 네번째로는 경영마인드 도입과도 연결되는 것이지만 실험극장이 본격 전문극단 시대를 정착시킨 공로가 있다. 즉 1975년 「에쿠우스」 공연이후 장기공연 체제를 고착시킨 것과 함께 관객확대를 꾀했고 직업으로서의 연극이라는 인식도 심었다고 보겠다.

　다섯 번째로 실험극장이 지속적으로 가장 오랫동안 연극활동을 벌인 극단으로 기록될 수 있다는 점이다. 물론 신협은 전신인 극협(劇協)부터 계산하면 50년이 되었고 제작극회도 40여년이 되지만 이들은 중간중간 활동을 중지했었기 때문에 연수는 그렇게 중요하지 않다. 그 점에서 실험극장은 단연 최장수 극단이다. 한 극단이 37년 동안 정기공연만 1백 32회를 공연한 것은 대단하다.

　여섯번째로는 실험극장이 수많은 인재(人材)를 배출했다. 창립단원들과 초창기 멤버들은 연극계를 이끄는 중추세력이 되었고 방학을 이용해서 단기과정으로 키워낸 연극인도 적지 않다.

　이상과 같이 실험극장(實驗劇場)은 현대연극사에 있어서 우리 연극의 量과 質을 한 단계 끌어 올린 공적이 있는 대극단으로 기록될 것이다.

3. 연극 전문화의 촉진

— 실험소극장 18년

실험극장이 운니동 소극장 문을 닫음에 따라 그동안 해온 예술창조 작업은 무엇이었던가의 평가를 해보고 의미를 되짚어볼 때가 된 것 같다. 극단 실험극장이 운니동에 사무실겸 소극장을 연 것은 창단 15년만인 1975년 초 가을이었다. 그로부터 길다면 긴 18년 동안 운니동 시대를 보내게 되었는데 이것은 실험극장사의 제2기에 해당된다고 보아도 무방할 것 같다. 왜냐하면 1960년 가을부터 명동시대라 할 15년의 활동과 운니동 시대라 할 18년 간은 여러면에서 성격이 다르기 때문이다. 즉 명동시대 15년이 소위 동인제 극단운동의 한 획을 그은 것이라고 한다면 운니동 18년은 전용소극장시대를 정착시켰다는 점에서 그렇다. 사실 소극장이 연극 전문화의 길을 열었다는 것은 세계연극사에서는 드문 경우로서 한국연극의 특수상황을 역설적으로 보여주는 것이기도 해서 이색적인 것이다. 그러나 영세한 사설극단 중심의 한국 연극현실에서 필연적으로 맞을 수 밖에 없었던 것이 전문소극장 시대였고 그 주도적 역할을 실험극장이 해준 것이다. 이러한 실험극장의 역할이 한국 연극 발전에 플러스적인 기능을 했느냐 아니면 마이너스적인 기능을 했느냐 하는 것은 좀 더 지켜보아야 하겠지만 현재로서는 마이너스보다는 플러스적인 면이 강하지 않느냐 하는 생각을 하고 싶다.

그렇다면 먼저 운니동 18년의 창조작업을 분석해 볼 필요성이 있을 것 같다. 물론 실험극장은 운니동 소극장에서만 연극을 한 것은 아니다. 여타 극단들처럼 수시로 대극장 공연을 가지면서 소극장 공연을 병행했다. 따라서 공연량이 여타 극단들보다 배이상 많았다. 운니동 소극장에서만 18년 동안 49회 공연을 가졌는데 이것은 극단 33년 동안의 1백 24회 공연의 3/1 가까이 되는 회수이다.

그러나 실제로 소극장 49회를 제외한 75회의 대극장 공연이란 모두 일주일 안팎의 단기공연들이므로 운니동 소극장의 장기공연에 비해서 날짜상으로는 몇십분의 일도 되지 않는 것이다. 그만큼 운니동 18년은 극단 실험극장이 가장 밀도있게 연극활동을 한 시기였다.

18년 동안 올려진 작품은 모두가 33편으로서 번역극이 26편이고 창작극은 7편에 불과하다. 이러한 비율이야말로 70년대 이후 우리나라 연극공연의 현황과 거의 일치하는 것이다. 번역극의 성향을 보면 슈니츨러로부터 핀터와 다리오 포에 이르기까지 자연주의로부터 부조리극까지 레퍼토리의 폭이 넓은데 그것은 연극사조뿐만 아니라 구미극작가들을 비교적 고르게 선택했으며 비극과 희극, 희비극을 가리지 않고 무대에 올렸다.

그런데 이들 작가들 중에서 헤롤드 핀터의 작품이 4편으로써 가장 많았고 아돌 후가드 3편, 아이라 레빈 2편순이다. 그렇게 보면 구미작가는 20여명이 소극장 무대에서 선을 보인 셈인데 관객이 가장 좋아한 작품은 단연 「에쿠우스」와 「신의 아그네스」로서 「에쿠우스」가 6번 리바이벌 되었고 「신의 아그네스」가 3번 무대에 올려졌다. 그리고 「티타임의 정사」 3번 「아일랜드」 3번, 「카사블랑카여 다시 한번」이 2회 「그리고 리어고든양은 조금씩 마시기 시작했다」가 2번순이다. 이러한 횟수와 관계없이 소극장을 주로 메꾼 작품은 「에쿠우스」와 「신의 아그네스」였다.

창작극을 보면 모두 7작품 중 이어령 작품이 2편이고 나머지는 이문열(李文烈), 이재현, 오태석(吳泰錫), 윤대성, 강월도 등의 작품으로서 모두 1편씩인데 오태석의 작품은 구작이므로 실제로는 5명의 작가들만 소극장에서 선을 보인 셈이다. 이는 곧 운니동 소극장이 작가발굴에 소홀했다는 이야기가 되고 동시에 소극장 운동의 본래의 취지에서는 멀리 떨어져 있었음을 단적으로 보여주는 것이기도 하다. 그런데 여기서 특기할 것 중의 하나

는 「에쿠우스」와 「신의 아그네스」에 버금가는 인기를 남아공의 아돌 후가
드가 끌었다는 사실이다. 이것은 특히 유신시대(維新末期) 말기로부터 제5
공화국 기간이었다는 점에서 주목되고, 다음으로는 「에쿠우스」와 「신의 아
그네스」인데 이것도 역시 정신적으로 불안정한 시대상황과 연관이 있지 않
나 하는 생각이다.

여하튼 이들 작품의 폭발적 인기로 인해서 한국 연극은 역사적 획을 그
을 만한 변화를 일으켰는데 그 첫째가 장기공연체제의 확립으로 한국신극
의 고질적인 정체성을 혁파시킨 것이다. 결국 장기공연은 관객의 확대를
의미하는데 이는 두 번째의 변화라 할 연극전문화의 길을 튼 것이 된다.

운니동 소극장이 문을 열기 전까지만 해도 연극관객층은 형성되지 않았
었다. 기껏 기천명의 여대생들이 호사취미로 극장을 드나드는 정도였다.
그러나 「에쿠우스」 이후 관객이 기성층으로 확대되었고 그 숫자는 기만명
으로 늘어난 것이다. 따라서 수십년 동안 내려온 아마추어리즘이 자연스럽
게 극복된 것이다. 세번째로는 레퍼토리시스템의 전단계로 볼 수 있는 고정
레퍼토리가 생겨난 것이다. 실험극장은 이미 60년대 후반부터 그러한 것을
시도했었지만 공연장 등 여러 가지 사정으로 뜻을 이루지 못하다가 운니동
에 와서 그것을 성취할 수 있었다.

가령 「에쿠우스」가 6번이나 무대에 올려지고 「신의 아그네스」도 3번이나
올려져서 몇 년 동안 관중을 사로잡았던 것이 그 단적인 예라 하겠다. 결
국 한국연극이 레퍼토리시스템으로 가야된다는 것을 암시적으로 보여준 것
이다. 네 번째로는 운니동 소극장이 표현의 자유를 확대시켰다. 우선 정
치적 암흑기에 아돌 후가드의 작품을 공연하여 우회적으로나마 인권문제를
깊숙히 거론한 것이다. 이것은 연극의 사회적 기능을 저버려서는 절대로 안
된다는 것을 보여준 경우이기도 하다. 표현의 자유를 그러한 사회적 발전의
확대와 함께 배우들의 미적 표현의 극대화도 시도했다. 가령 「에쿠우스」에
서 여주인공 질의 성적노출이라든가 「욕탕의 여인들」에서의 과감한 노출같
은 것도 실험소극장이 가장 먼저 시도한 것이었다.

다섯 번째로는 연극인재 양성을 빼놓을 수 없을 것 같다. 해마다 여름과
겨울에 연극지망생을 선발해서 교육을 시킴으로써 신인양성을 해온 것은

30년대 신극운동의 주역이었던 극예술연구회가 했던 것과 유사한 것으로서 중요한 의미를 지니는 것이고 무대를 통해서 여러명의 스타도 배출했다. 가령 연출에 윤호진(尹浩鎭)을 위시하여 연기의 윤석화, 송승환, 강태기, 서인석 등 오늘날 무대와 스크린을 주름잡는 스타들 중 상당수가 운니동 소극장에서 처음 각광을 받은 사람들이다.

그리고 여섯 번째, 공연외적인 것으로는 비록 초창기에 그치긴 했지만 연극심포지엄을 자주 개최하여 대중으로 하여금 연극에 대한 인식을 제고시킨 것도 평가될 만하다. 왜냐하면 실험소극장이 대중과 무대를 작품외적인 것으로 연결시키는 일을 했기 때문이다. 또 하나 공연외적인 것으로 일곱 번째는 예술과 기업의 접목을 시도한 점이다.

그 단적인 예가 소극장 개설부터 꾸준히 지원한 한국생사(韓國生絲)와 최근에 돕기 시작한 캠브리지멤버스의 경우이다. 이러한 실험극장과 기업의 만남은 기업의 예술후원 단초를 연 경우로서 궁극적으로 한국문화가 가야될 방향을 제시한 것으로서 높이 평가되어야 할 것이다.

이상과 같이 극단 실험극장의 운니동 시대는 비록 18년의 길지 않은 시기였고 또 1백 50여석의 터전으로 활동했지만 6·25전쟁 이후 신극운동의 기본적인 틀을 혁파했고 아마추어리즘을 탈피시켰으며 양과 질에 있어 우리 연극현실에 있어서 변화를 가져오도록 만든 것이다.

물론 오늘날 한국연극이 소극장 중심으로 전개될 수 있도록 영향을 미친 것이라든가 소극장이 실험이라는 본래의 의미를 퇴색시킨 것 등은 하나의 역사적 책임이랄 수도 있다. 그러나 앞에서 말한 것처럼 실험소극장이 한국연극 발전에 부정적 역할보다는 긍정적 기능을 했다는데 아무도 이의를 제기할 수 없을 것이다. 일찍이 프랑스의 명배우 장 루이바로는 연극을 가르켜 '영원한 떠돌이'라고 말한 바 있지만 이 풍요의 시대에 전통있는 실험극장이 황량한 도시의 겨울 거리를 방랑하도록 방치해야 할 것인지 자못 안타까울 뿐이다.

4. 정통속의 실험정신
― 산울림 30년

우리나라 근대극 발전과정을 되돌아보면 매우 흥미로운 현상 한 가지를
발견케 된다. 그것이 다름 아닌 10년을 주기로 연극, 특히 극단들이 번성했
다가 다시 위축 또는 쇠퇴하는 현상을 보여준 점이라 하겠다. 가령 초창기
신파극이 그렇고 1920년대의 土月會, 30년대의 극예술연구회가 또한 그러했
다. 해방 이후에도 그러한 현상은 반복되었는데 新協의 50년대 활동, 그리
고 동인제극단 시대가 신협시대를 대체해서 60년대를 장식했다. 극단 산울
림이 창단 될 무렵인 1969년은 동인제극단들이 등장 초기의 당당하던 기세
가 한풀 꺾일 무렵이었다. 극단 산울림을 주도한 임영웅(林英雄)이 그 시절
유행했던 동인제 시스템을 거부하고 프로듀서 시스템이라는 새로운 방식을
제창하고 나온 것이야말로 변증법적 역사 발전의 한 현상이었다고 말할 수
있다. 이는 곧 예민한 감각의 소유자 林英雄의 시대분위기 간파 능력과 함
께 개성 강한 그 자신의 성품도 잘 나타내 준 것이기도 하다. 실제로 60년
대 말엽은 연극계가 극도의 침체기에 들어선 시기였다. 물론 우리 연극이
크게 번창해 본 적도 없긴 하지만 그래도 의욕만은 충천한 적이 여러 번
있었다. 그러나 1969년도는 10여개 극단의 의욕이 꺾여 있었고 유일한 國立
劇場은 정부로부터 매각 추진 중에 있었으며 우리 연극의 새 전기를 만들

어 줄 것 같았던 드라마센터는 전통예술 복원운동과 인재양성 쪽에 기울어
져 있던 시기였다. 그만큼 당시는 연극계가 조그만 위기에 처해 있었다. 그
러나 대기업이 위기에 처할 때, 중소기업이나 벤처기업이 새로이 활로를 열
듯 연극계에도 까페 떼아뜨르라는 소극장이 나타나서 희망의 불씨를 지피
기 시작했다. 극단 산울림도 바로 그 조그만 아궁이에서 불을 지피게 된 것
이다. 창단 준비작품이라 할 「덤 웨이터」(H.핀터 作)를 6월에 까페 떼아뜨
르 무대에 올린 것이야말로 극단 조직의 예고편이었다고 말할 수 있다. 이
작품은 주도자인 임영웅이 연출하고 배우 김성옥(金聲玉)과 재능 넘치는 咸
賢鎭이 출연했다. 소위 유럽에서 풍미하기 시작한 부조리극작가의 한 사람
인 헤롤드 핀터의 최신작을 무대에 올림으로써 연극팬들의 주목을 끌게 된
것이다.

그런데 산울림의 창단이나 성격은 일단 그 주도자 임영웅에서 찾아야 되
지 않을까 싶다. 왜냐하면 산울림이 동인제 시스템이 아닌 프로듀서 시스템
이기 때문이다. 주지하다시피 임영웅은 몇 개 신문사 문화부의 민완기자 출
신에다가 당시 동아방송의 PD로서 이미 상당한 연출 경력을 갖고 있었다.
특히 문화부 기자를 했기 때문에 연극계는 말할 것도 없고 세계 문화의 흐
름과 한국 문화계 전반을 잘 알고 있었고 시대감각에 있어서 남보다 한발
앞서 가고 있었다. 그가 몇몇 동지와 극단 조직준비운동으로서 핀터의 작품
을 선택한 것이나 창단 신고 비슷한 공연으로 베케트의 대표작 「고도를 기
다리며」를 무대에 올린 것이어야말로 임영웅의 치밀하면서도 예민한 시대
감각과 성향의 일단을 보여준 것이었다. 창단신고식 공연이라 이름붙일 수
있는 「고도를 기다리며」는 60년대 연극의 한 사건이랄 수 있었다. 그 이유
는 세 가지에서 찾을 수 있지 않을까 싶다. 첫째 당시로서는 난삽하기 이를
데 없는 이 작품에 의외로 많은 관객이 몰려들어서 연극계에 충격을 던져
준 점을 들 수 있고, 두번째로는 70년대 이후의 연극운동은 동인제보다 프
로듀서시스템이 적합하다는 점을 인식시켜주었으며, 세번째로는 극작가와
배우 중심연극으로부터 연출자의 존재를 크게 부각시켜준 공연이었다는 점
에서 그렇다.

모든 일에 매우 조심스런 임영웅은 「고도를 …… 」 공연으로 일단 자신감

을 얻음으로써 연극계 노크로부터 문을 활짝 열어젖히고 나서서 創團公演
「비쉬에서 일어난 일」(아더밀러作)을 갖고 국립극장무대에 나서게 된다. 이
처럼 그는 소극장 두 곳(까페 떼아트르와 한국일보소극장)에서 새로운 방식
의 극단 조직과 운영이 가능할 것인가를 타진해 본 직후 창단공연에 나서
는 치밀함을 보여준 것이다. 그동안 임영웅은 친구 황운헌(黃雲軒)과 김성
옥, 함현진, 김인태 등과 수 없이 토론을 거듭하면서 극단 준비를 해온 것
이다. 그런데 그가 창단공연 인사말에서 밝혔듯이 당초 극단을 조직할 생각
은 없었던 것 같다. 그저 「뜻맞는 사람들끼리 모여서 하고 싶은 연극, 좋은
연극을 할 생각」이었다고 한다. 그러나 뜻맞는 사람들끼리 좋은 연극을 만
드는 일이 당시 상황에서는 여의치 않았다. 그것은 순전히 公演法 때문이었
다. 그래서 만부득이 극단을 만들 수 밖에 없다는 것이었다. 따라서 산울림
은 1971년 2월 창단케된 것이다. 임영웅은 친구 황운헌을 초대 대표로 내세
우고 자신은 뒤에서 일을 도맡아 했다. 황운헌대표의 말대로 산울림이 탄생
되는데는 3년이라는 숙성기간이 있었다. 창립공연 레퍼토리 「비쉬에서 일어
난 일」에는 女性단원이 한 명도 출연하지 않았다. 남자만 등장하는 작품이
었기 때문이다. 그래서 당초 그런 작품이 흥행성이 있겠는가 라고 의문을
제기하는 단원도 적지 않았다. 그러나 지도부에서 밀어붙였는데 그 이유는
작품주제가 「오늘의 우리들의 問題」였기 때문이다. 극단측에서는 「관객의
수가 아니라 우리들이 만드는 연극」이어야 하고 「연극은 무성의하게 또는
적당히 만들면서 관객의 수를 생각한다는 것은 주객의 전도」현상이라고 외
면한 것이다. 그동안 많은 극단들이 수준 낮은 작품으로 관중에게 너무 많
은 폐를 끼쳤던 만큼 좋은 작품으로 봉사할 때가 되었다고 본 것이다. 임영
웅은 연출노트에서 「우선 우리가 할 일은 관객을 생각하는 시간에 연극을
생각하는 것」이라 했다.

그렇다면 극단 산울림의 목표라 할 「좋은 연극」이란 어떤 연극을 가리키
는 것일까? 그것은 두말할 나위없이 完成度높은 연극을 가리킬 것이다. 임
영웅은 그것을 '人生이 스며나오는 무대'로서 '관객과 사회에 영향을 주는
무대'라고 압축해 설명했다. 창단공연도 「고도를 ……」 못지 않을만큼 관중
의 주목을 끌었는데 이 작품이야말로 임영웅의 연출컬러의 일단을 보여준

경우라 말할 수 있다. 가령 중진 연극평론가 呂石基는 「지나치리만큼 정통적인(때문에 요즘 연극에서 경원당하기 알맞은) 작품을 속임수를 일체 섞지 않은 우직하리만큼 정통적인 입장에서 다룬 그 자세와 끈기에 대해 평자는 단순한 인사가 아닌 경의를 표하는 바」라고 쓴 것이다. 여기서 '우직하리만치 정통적인 연출'이야말로 임영웅 연출의 일단이라 하겠다. 창단공연을 가진 산울림은 신선한 창작극을 선보이기 이해서 서울신문사와 공동으로 40만원 고료 장막희곡 공모에 들어갔다. 창작극 응모기간에도 산울림은 영국 작품 「꽃 피는 체리」(로버트 볼트 作)와 「헨리 8세와 그의 여인들」(헬만 그레시어커 作)을 각각 무대에 올림으로써 연간 3편 공연이라는 의욕을 보여준 것이다.

이에 창단신고 작품이라 할 「고도를 기다리며」로 한국연극영화예술상과 한국문화대상을 휩쓴 바 있는 산울림은 제2회 작품인 「꽃 피는 체리」로서 두 번째 한국문화대상을 받는 영광을 안게 되었다.

제4회 공연까지 6편의 번역극만을 무대에 올린 산울림은 제5회 공연을 드디어 장막공모 당선작인 「부정병동」(金容洛 작)을 공연케 되었다.

그런데 여기서 한 가지 주목되는 사실은 산울림은 치밀한 계획하에 작품을 선택하고 공연을 해간다는 점이다. 가령 그 동안 공연한 번역극의 경우가 「現代作家시리즈」의 일환이었다고 한다면 창작극 「부정병동」은 「한국현대작가시리즈」의 일환으로 일단 무대에 올린 경우였다는 사실이다. 이때부터 산울림은 번역극, 창작극을 가리지 않고 작품을 널리 구하기도 했다. 그만큼 공개적으로 작품을 선택하기로 한 것이다. 그리고 또 하나 산울림이 극단경영을 대단히 합리적으로 한 것이 눈에 띈다. 가령 신문사와 공동주최를 한다든가 기업의 협찬을 얻는 등 여러 가지 방도를 강구한 점이다.

다음해에 접어들어서는 번역극 「겨울사자들」(제임스 골드맨 작) 한 작품 더 공연하고 한해를 마감했다. 이 작품 역시 주연연기상을 수상할만큼 호평을 받았음은 두말할 나위없다. 이듬해(1973년)에는 잠시 휴식기간으로 삼아 「고도를 기다리며」 재공연 한편으로 마감하는 정도였다.

그러나 1974년 들어서는 창작극만 공연하는 의욕을 보여주었다. 즉 신예 인기소설가 崔仁浩의 첫 희곡 「가위 바위 보」와 趙海一의 「건강진단」 두편

만을 무대에 올린 것이다. 그런데 이때 주목해야 될 것은 여타 극단들과는
달리 창작극에 새로 작곡된 음악을 활용한 점이라 하겠다. 우리 연출가들
중에서 가장 음악을 잘 아는 사람으로 평가되는 임영웅이 작곡가 김정길
(金正吉)에게 의뢰하여 「가위 바위 보」에 새로운 효과음악을 불어넣었던 것
이다. 그로부터 김정길은 여러 편의 연주, 무용작품에 효과음악을 제공한
바 있다.

그러나 창작극은 흥행면에서 그동안 번역극이 보여주었던 열기와는 너무
나 동떨어진 것이었다. 산울림은 그런 것에 구애받지 않았다. 흥행과는 상
관없이 앞으로도 창작극과 번역극의 균형을 맞춰나간다는 방침을 굳혔다.
따라서 다음 공연도 창작극으로 정하고 신예극작가 오태석(吳泰錫)의 본격
장막극인 「환절기」를 과감하게 국립극장 무대에 올린 것이다.

「환절기」는 극단 산울림이 경향신문사와 공동으로 공모해서 뽑은 작품인
데 마침 문화부장으로 있던 김진찬이 제2대 대표가 되었기 때문에 가능했
다. 이 작품은 리얼리즘극이 주류를 이루고 있던 시기에 선보임으로써 연극
인들의 주목을 끌었는데 그 이유는 반사실적(反寫實的) 경향 때문이었다.
그러니까 당시 통용되던 연극문법과는 좀 색다른 맛을 보여준데 따른 것이
었다는 이야기이다. 산울림은 창작극 3편을 연달아 공연한 후에 번역극 「블
랙 코메디」(피터 쉐퍼 作)를 무대에 올린 직후 처음으로 지방순회공연, 그
것도 문화불모지 강원도지방을 돌게 된다. 물론 춘천지방에는 한번 갔던 적
이 있지만 새 창작극인 「무지개 쓰러지다」(鄭夏淵 작)를 갖고 지방도시만을
순회공연한 것은 처음이었고, 여타 극단들에게서도 좀처럼 찾아보기 힘든
경우였다. 그런데 산울림이 두 번째로 강원지방 순회공연에 나선 것은 문화
예술이 서울중심으로만 펼쳐지는데 대한 반발에 따른 것이었다. 이는 곧 임
영웅의 문화관의 일단을 보여주는 것도 되기 때문에 주목된다.

창작극을 집중 공연한 산울림이 1976년부터 수년간은 프랑스 작품을
중심으로 번역극을 주로 무대에 올리게 된다. 즉 산울림은 1976년 5월에
오늘의 「밤으로의 긴 旅路」공연 이후 1982년 가을 대한민국연극제에 참
가하기까지 6년 동안 「홍당무」(르나르 作) 「코뿔소」(이오네스코 作) 「바다
의 침묵」(베르꼬르 作) 「목소리」(쟝곡토 作) 등 프랑스 작품들과 「여우와

포도」(휘게레도 作)「마리떼레즈는 말이 없다」(M. 뒤라스 作) 등을 집중적
으로 무대에 올린 것이다.

70년대 후반부터 80년대 초반까지의 이러한 작품경향에는 극단 산울림의
내적 변화가 작용한 것이다. 우선 실질적인 리더였던 임영웅이 제3회 대표
로서 전면에 나섰고 그의 부인인 불문학자 오증자(吳證子)가 본격 후원자로
서 발벗고 나섰으며 제자로 훈련시켜온 채윤일(蔡允一)이「홍당무」로 연출
가로서 데뷔한 사실이다. 그리고 또 한가지 특징적인 것은 생각해오던 사무
실겸 전용연습장을 마련했을 뿐만 아니라 정기회원제까지 만들었기 때문에
30여개 극단들 중에서는 가장 탄탄한 내실을 기한 극단 중의 하나로 우뚝
서게 되었다는 사실이다.

극단 산울림의 공연은 해마다 국내의 몇 가지 연극상에서 대상, 작품상,
연기상, 연출상 등을 수상할만큼 公信力을 얻었는데 이는 그만큼 산울림이
창단목표에서 밝힌 '좋은 연극만들기' 약속을 지켰음을 의미하는 것이다.
물론 산울림은 이 기간에 창립동인 중의 한사람이었던 함현진을 잃었고 좋
은 번역대본을 제공하던 朴英姬마저 잃었다.

그러나 산울림은 연극사상 최초로 브라질의 희곡을 소개하기도 했고
1985년에 대한민국연극제의 대상을 받음으로써 명실상부 최고의 극단으로
군림하기에 이르렀다. 이 시기에 꿈에 그리던 소극장까지 마련함으로써 산
울림은 군소극단에서 벗어나 한국연극의 한 축으로 발돋움할 수 있는 계기
까지 마련했다. 즉 극단 산울림은 창단 15년만인 1985년 3월에 대망의 소극
장을 마련한 것이다.

다행히 제5공화국 들어서 공연법이 선진적으로 개정됨으로써 1980년대
초부터는 東崇洞을 중심으로 소극장들이 급속히 늘어났는데 산울림이 임영
웅 대표의 사재를 털어 지은 소극장이 위치(신촌)상으로는 불리한 점도 없
지 않았다. 그러나 임영웅의 뚝심으로 일단 문을 열고 김숙자(金淑子)의 살
풀이춤, 朴東鎭의 판소리, 이동안(李東安)의 발탈 등 전통예술과 현대무용
등으로 3월초 오프닝세레모니를 가졌다.

산울림소극장의 오프닝세레모니는 앞으로 등장할 소극장들의 참고모델로
서도 중요한 의미를 갖고 있기 때문에 소개하면 이러했다. 즉 3월 3일 김덕

수 사물놀이의 「민속의 밤」을 시발로 해서 「전통무용의 밤」 김숙자, 강석
희, 백병동, 김정길의 「현대음악의 밤」, 김복희, 김화숙 무용단의 「현대무용
의 밤」 박동진의 「판소리의 밤」, 「현대문학의 밤」 등으로 화려하게 전개되
었다. 그리고 1주일 째에 「연극의 밤」이라해서 산울림의 간판 레퍼토리라
할 「고도를 기다리며」로 개관공연의 서막을 연 것이다. 그런데 기존의 팬들
을 제외하고는 과거의 열기는 없었다. 바로 그 시기는 연극계가 극도의 침
체현상을 보이던 때였기 때문이다. 안정적 연극을 해보려 사재까지 털어 세
운 소극장의 앞날이 밝지만은 않다는 예감이 들 정도였다.

산울림은 고심했다. 프로듀서 시스템의 정착과 몇 개의 고정레퍼토리를
갖는 것을 목표로 출발한 산울림은 여성관객개발에 나섰다. 마침 문화계에
서는 페미니즘이 중요한 이슈로 부각될 때였기 때문에 여성자각의 문제를
소극장에서 여과시켜주는 것을 생각케 되었다. 그렇게 되면 1960년대 이후
대학을 다니면서 연극장을 드나들었던 중년여성들도 끌어낼 수 있다고 본
것이다. 따라서 산울림은 개관 다음작품으로 보봐르의 여성자각소설 「위기
의 여자」를 무대에 올리게 된 것이다. 얼핏 보기에는 한 여자의 사랑과 좌
절의 이야기 같지만 자세히 들여다보면 여성의 자기발견과 정체성을 찾는
고통의 이야기가 바로 「위기의 여자」였다. 이 작품은 산울림이 당초 예상했
던 이상의 충격적 반향을 불러 일으켰다. 아파트 안에 꽁꽁 묶여있던 30대
이상의 중장년 여성들이 연일 장사진을 이루었고 주연을 맡은 박정자는 하
루 아침에 대스타로 떠올랐다. 이주실, 손숙 등도 예외가 아니었다. 이 작품
은 단번에 1백회 공연을 넘어섰고 열기는 전국으로 확산되어갔다. 오랜만에
연극계에 하나의 사건이 만들어진 것이다. 그런데 여기서 간과해서는 안될
것 중의 하나가 산울림이 어려운 속에서도 개관프로에서 볼 수 있는 바와
같이 1주년 기념공연 「위기의 여자」 개막전야제로서 자매예술과의 교류를
가진 점이었다. 즉 김남윤, 이경숙의 듀오리사이틀을 시작으로 해서 박동진
의 판소리, 서정자의 물이랑발레단 공연, 김복희·김화숙의 현대무용, 김숙
자·하마노의 한일춤 등 다채롭게 꾸며졌다. 이러한 방식은 개관 3주년까지
지속되다가 재정난으로 더 이상 지속시키지 못했다.

따라서 산울림소극장은 한국소극장운동의 모델이 될만한 기수로서 우뚝

서게 되었다. 연극운동사에 기록될만한 또 하나의 이색적인 것은 산울림이
관객개발에 적극적으로 나선 점이다. 관객개발 방식은 대체로 두 가지 측면
에서 접근했는데, 그 한가지가 치밀한 관객성향조사라고 한다면 다른 한·가
지는 관객과의 대화라는 방식을 택한 점이라 하겠다. 이러한 노력은 산울림
관객의 고정화(固定化)와 확대에 크게 기여했다.

결국 이러한 노력이 산울림소극장만 붐을 일으키는 기현상을 빚기도 했
다. 「위기의 여자」 한편으로 1년 가까이 전국적 붐을 조성한 산울림은 「홍
당무」 리바이벌로 잠시 휴식을 취한 후 「숲속의 방」(강석경 소설) 「유토피
아를 먹고 잠들다」(이강백 작) 「술」(이석영 작) 「웬 일이세요 당신」(정복근
작) 「금수회의록」(安國善 신소설) 등 창작극 5편을 연달아 올리면서 2년여
내실을 기하기도 했다.

그리고 88서울국제올림픽 문예축전에 「고도를 기다리며」로 참여한 산울
림이 세계적인 부조리극 이론가 마틴 에슬린의 호평을 받음으로써 그 작품
이 국제적인 수준에 올라있음을 확인한 셈이다. 여세를 몰고 세계적인 연극
제라 할 프랑스 아비뇽연극제에 참가하여 드디어 국제적인 공인을 받아내
는데 성공했다. 마틴 에슬린과 아비뇽연극제로부터 독특한 개성의 「고도를
…… 」이 세계적 공인을 받음으로써 작가의 고향 아일랜드의 베케트페스티벌
에 초청받아 공연했고 수준 높은 연극고장 폴란드로 초청되어 공연토록 배
려해 주었다. 그만큼 「고도를 기다리며」는 林英雄 연출의 최고봉을 넘어 한
국연극도 세계연극과 어깨를 나란히 할 수 있다는 것을 보여준 경우가 되
었다.

1989년과 90년 2년여에 걸쳐서 서구에 한국연극의 우수성을 소개한 극단
산울림은 다시 여성문제를 다룬 작품 「하나를 위한 이중주」로 尹石花를 스
타로 끌어올리고, 다리오 포의 작품과 「산울림 실험무대」라 하여 오태석의
창작극을 공연했으며 「딸에게 내는 편지」로 윤석화를 반석 위에 올려놓기
도 했다.

그동안 번역극을 많이 공연했다고 생각한 산울림은 김광림(金光林), 李康
白, 정우숙 등 젊은 극작가들의 신작을 무대에 올리고 다시 여성극 「러브
차일드」 「테레사의 꿈」 등을 공연했다. 여기서 또 한 가지 주목해야 할 대

목은 산울림이 오늘의 한국연극을 새롭게 점검하고 새로운 진로를 모색해 보는 「새 작품 새 무대」라는 시리즈 무대를 만들어 실천한 점이다.

이는 곧 우리 연극계가 만네리즘에 빠져서 헤어나지 못하는데 대한 반성과 그 극복을 위한 모색작업이었다. 이러한 산울림의 진지한 자세가 솔직히 흥행성과와는 전혀 상반되는 것이었다. 즉 여성연극에 몰렸던 중년주부관객들이 썰물처럼 소극장주변을 한적케 만든 것이다. 그럼에도 불구하고 산울림은 우리 연극에서 차지하는 위치를 망각하지 않고 사명을 다 하려는 노력을 포기하지 않았다. 따라서 소극장 유지가 어려워지게 되고 폐관까지 검토할 정도의 위기를 맞기도 했다.

그러나 林英雄대표의 특유의 뚝심으로 여러차례 고비를 넘겼고, 그 때마다 간판 레퍼토리 「고도를 기다리며」라든가 「위기의 여자」 「엄마는 오십에 바다를 보았다」 孫淑의 「담배피우는 여자」 등 여성연극으로 장애를 돌파하곤 했다. 극단 산울림은 그러면서 30년이라는 짧지 않은 연륜을 쌓게 된 것이다.

그동안 산울림이 공연한 작품은 대체로 55편 정도가 된다. 이들 중 고전은 두 세편에 불과하고 대부분 현대 작품이었으며 소극장이었음에도 불구하고 거의 장막극만을 무대에 올렸다. 번역극과 창작극은 꽤 균형이 잡혀져 있다는 생각이다. 혹자는 산울림의 林대표에 대하여 흥행의 귀재라고 부러움인지 비아냥인지 알쏭달쏭한 말로 평가하지만 실제로 55편 중 흑자를 기록한 공연은 아마도 ⅓도 안될 것이다. 다만 「고도를 ……」과 여성연극 몇 편이 수익을 올려주었을 뿐이다. 산울림의 작품분포를 보면 창작극 20편에 번역극이 35편이다. 창작극의 경우 특징적인 것은 신진작가가 많다는 점이고 소설가들이 쓴 희곡이나 소설각색극이 5편이나 되는 점에서 산울림이 느낀 창작극의 빈곤 강도가 얼마나 컸던가를 짐작할 수가 있게 한다. 이는 그대로 우리나라 창작극 빈곤과 그 극복을 위한 안간힘을 표현해 주는 것이기도 하다. 창작극의 경향은 사회성이 강한 것이 특징인데, 이는 곧 산울림이 시대의 한 복판을 뚫고 지나오면서 뭔가 발언을 해야겠다는 사명감에서 비롯된 것으로 볼 수 있다. 번역극의 경향도 비슷한데, 다만 女性自覺의 테마가 큰 줄기를 이룬 것이 조금 다를 뿐이다. 산울림이 특별히 여성문제를 많이 다룬 것은 소위 페미니즘이란 화두가 전 세계의 사회문화계를 휩쓸 시기였다는 점에서 중요한 의미를 지닌다. 그런데 이는 솔직히 林英雄대표의 주부관객 개발의욕과 그의 동반자인 불문학자 吳證子의 뒷받침이 절묘하게 맞아떨어졌기에 가능했다고 볼 수 있다.

가령 번역극의 분포만 보더라도 전체 55편 중 프랑스 작품이 14편이나 될만큼 압도적인 것도 吳證子와 무관하지 않다. 프랑스작품 다음으로 영국 작품이 6편이고 미국작품이 4편이다. 그리고 흥미로운 사실은 산울림이 처음으로 브라질, 아르헨티나, 호주, 카나다 작가들을 이 땅에 소개한 점이다.

산울림이 소극장에서 현대 전세계의 연극을 수용이라도 하려는 듯이 비교적 광범위하게 극작가들을 섭렵한 것이다.

그 결과 국내의 대부분의 문화예술상, 연극상을 단체나 개인이 휩쓸기도 했다. 그만큼 노력한 代價가 주어진 셈이다. 그렇다면 극단 산울림이 현대 한국연극에 어떤 공로를 남긴 것일까?

첫째로 정치 사회적으로 가장 어려운 시기에 연극의 사회적 사명을 어느 정도 해낸 점을 꼽을 수 있다. 둘째로는 상업주의 경향과 실험극이 횡행하는 저급연극시대에 변함없이 높은 수준의 극예술작품을 줄기차게 창조해 냄으로써 한국연극의 수준을 세계연극수준과 맞춰준 점을 들 수 있다. 세 번째는 역시 관객개발을 게을리 하지 않았고 중앙연극의 지방확산을 도모했으며 중년여성층을 고정관객으로 만든 것은 세계연극사에서도 찾아보기 힘든 경우이다. 네 번째는 번역극과 창작극을 균형적으로 조화시킴으로써 우리 연극의 건강성을 지켜주었고 앞으로 한국연극이 나아가야 할 방향을 제대로 잡아준 점이다. 끝으로 필자는 과거에 연출가 林英雄論(월간 <文學思想>)을 쓴 적이 있는데 그 때 그를 압축해서 「보수속의 진보정신」이란 말로 표현한 적이 있다.

따라서 필자는 다시 극단 산울림의 성격과 정신을 「正統속의 실험정신」이란 말로 압축, 표현코자 한다. 소극장 정신도 잘 지키면서 대극장 역할까지 함으로써 한국연극의 큰 축이 된 산울림의 무궁한 발전을 축원한다.

5. 민족극 정립을 향한 열정

— 극단 민예 10년

극단운동은 언제나 어려웠지만 전쟁 후는 더욱 그러했다. 그나마 쌓아왔던 연극전통이 한꺼번에 파괴된데다가 경제사정이 여의치 않아서 연극사는 그야말로 몇 개 극단이 맥을 이어가는 것 같았다. 그것이 대체로 1970년대 초까지의 일이었다. 물론 드라마센터 같은 현대식 전용극장이 세워져서 연극부흥에의 몸부림도 없었던 것은 아니다. 전후의 황폐한 경제사정은 그런 연극인들의 소박한 꿈을 현실화시켜주지 못했던 것이다.

그러나 전쟁이 끝나고 10여년이 흐르면서 서양문화가 급속도로 밀려왔고 젊은 대학원 출신들은 신선한 서구문화를 마음껏 호흡할 수 있었다. 즉 구미유학생도 늘어나고 또 외국문학을 전공한 신예학도들이 대학과 문단, 연극계 등에서 활동하면서 미국연극 일변도로부터 벗어나 유럽쪽의 첨단적 작품들을 많이 번역 소개했다. 이오네스코, 베케트, 듀렌마트, 프리쉬 등등 전후의 극작가들이 자주 무대에 고개를 내밀었다.

또한 그런 작가만 소개된 것이 아니다. 1960년대 말엽부터는 그로토우스키나 피터 부르크 같은 연출가와 함께 브레히트의 敍事劇도 부분적으로 우리 극작가와 연출가들을 자극하기 시작했다. 유덕형(柳德馨), 김현일, 허규, 윤대성 등이 바로 가장 민감하게 움직인 사람들이다. 1969년에 있었던 유덕형의 연출작품발표라든가 실험극장의 「망나니」 공연 등은 그러한 조짐의 시발이었다.

그런데 이들 중에서 연출가 허규(許圭)만은 색다른 것에 눈을 뜨고 있었다. 브레히트의 敍事的 방법에 공감하면서도 그것의 우리적 적용을 신중하게 검토하고 있었던 것이다. 그는 특히 극작가 오영진의 희곡에 매료되면서 「우리劇樣式」을 깊이 생각한 것이다. 물론 그것이 무엇인지는 그 자신도 몰랐다. 다만 서양극 답습의 신극전통에 회의를 느꼈을 뿐이다. 그런데 흥미로운 사실은 그가 브레히트를 조금씩 알아가면서 오히려 서양극 방식에 회의를 느꼈다는 사실이다.

실험극장공연의 「許生傳」(吳泳鎭작) 연출은 그러한 그의 관심을 단적으로 표현한 것으로 볼 수가 있다. 그러나 그는 더 이상의 진척을 보이지 못했다. 동인제 극단의 일원이면서 방송국직원이었던 그로서는 그 정도의 실험으로 만족할 수밖에 없었다.

다행히 그의 연극철학에 공감하는 신인들이 실험극장내에서 생겨나기 시작했다. 吳承明이라든가 鄭賢 등이 바로 그들이었다. 이들 신진 배우들은 실험극장의 「망나니」에서 중요한 역을 맡음으로써 가면극이라든가 판소리 같은 전통극의 맥에 닿을 수 있었고 새로운 가능성에 눈뜨기 시작했다. 마침 그가 직장에 얽매이지 않아도 되었던 것이다.

그 자신으로서는 하나의 시련기이기도 했지만 그는 그것을 전화위복으로 삼으려 암중모색했다. 그것은 곧 독자적인 극단창립이고 새로운 연극운동의 진입이었다. 그는 자기의 연극이념에 동조하는 배우들을 끌어 모았다. 실험극장에서 자기가 손수 가르친 이념의 동지들을 불렀다. 그리고 조연출로 서라벌藝大 출신의 손진책(孫桭策)을 포진시켰다.

그는 1973년 5월 정통새문화스튜디오에서 드디어 극단을 발전시켰다. 民藝劇場(略稱 民藝)이라 이름붙였다. 許圭 자신이 대표가 되고 朴圭彩, 崔佛岩, 정현, 吳承明, 金興基, 이도련, 孔昊錫, 손진책 등을 모아 창립공연 준비를 서둘렀다.

마침 극단 에저또에서 젊은 연극제가 열렸고, 민예는 신소설을 각색한 「금수회의록」(安國善작)과 창작인형극 「진짜를 찾습니다」(張笑賢作)를 갖고 참가했다. 민예로서는 준비공연이 되는 셈이다. 그리고 다음과 같은 선언문도 발표했다.

첫째, 우리는 연극예술을 통하여 인간의 진실을 탐구하고 관객과 함께
자기를 개발하고 초극하기를 열망한다.

둘째, 우리는 우리민족 고유의 극예술을 창조하기 위하여 독창적인 연극
기호를 연구 창안한다.

세째, 우리는 이제까지 인류가 이루어놓은 모든 연극의 역사와 기술을
창조의 소재로서 수용한다.

네째, 우리는 이념, 행동, 기술의 삼위일체로서의 자기 능력을 연마하여
인간의 자유의지의 영원한 승리를 확신하는 적극적 행동으로서의 연극을
행한다.

다섯째, 우리는 관객을 진정한 사랑으로 고무시켜 감동하도록 최선을 다
한다.

여섯째, 우리는 서로의 개성을 존중하고 창의력을 신뢰하여 총화의 노력
으로 예술무대를 창조한다.

위의 선언은 궁극적으로 인간성 회복과 아울러 연극의 독자적인 예술성
을 탐구하고자 하는 것이며, 나아가 극예술의 성스러움, 신비함, 존엄함을
확인하고 수호함으로써 민족과 인류문화 발전에 공헌할 것을 믿어 자기희
생의 결의가 되어 있음을 밝히는 바이다.[1]

극단 실험극장에서 몇 년간에 걸쳐 잉태된 태아는 실로 수년만에 민예라
는 이름으로 모습을 들어낸 것이다. 그렇다고 민예가 실험극장의 분신이라
는 이야기는 아니다. 앞에 열거한 여섯항목의 선언문에서도 알 수 있듯이
민예는 실험극장과 전혀 이념을 달리하고 오로지 우리 교육의 연극전통 위
에 새로운 민족극을 수립하겠다는 것이었다. 그러면서도 제3항목에서 밝힌
대로 그동안 인류가 이루어놓은 연극을 외면하지 않겠다고 하여 예술의 보
편성을 강조했다.

바꾸어 말하면 민예의 지표가 전통극(민속예능 포함)의 현대적 수용에
입각한 민족극 수립이지만 결코 외래연극을 배타하지 않겠다는 것이다.

---

1) 극단 민예극장 창립공연 팜플레트

이는 곧 1930년대 극예술연구회 이후 서양극 이식을 통한 신극정립이라는 명제에 대한 정면 도전으로서 한국연극에 어떤 전환점을 만들어보겠다는 의지의 표현이라 볼 수 있는 것이다. 왜냐하면 민예가 극예술연구회 이후 소위 근대 극단들이 일관해온 서구연극의 맹목적 모방 내지 답습에 반기를 들었기 때문이다. 이러한 민예의 연극이념은 단원들의 워크숍의 열기로 나타나기 시작했다. 가면극의 춤사위와 민요, 창의 가락으로 몸동작과 대사를 익히기 시작한 단원들은 전통극의 드라마투루기 탐색에 몰두했다.

그리고 극단조직도 매우 근대적으로 구성했다. 연수원과 후원회를 두고, 연수원 밑에는 무대예술학원, 소극장, 인형극단, 아동극단을 두었으며 총무부, 제작부, 기획부로 나누어 극단을 움직여가도록 만들었다. 사업계획도 화려할 정도로 대단했다. 즉 공연, 교육, 극작워크숍, 극장건립, 출판, 인형극개발, 민족극예술연구소, 외부공연지원 등 8개항으로 나누어져 있었다. 연3회 이상의 대공연과 10회 이상 실험공연을 갖고 우수공연을 선정하여 지방순회공연을 가진다는 것으로부터 시작하여 극장건립에 이르기까지 당시 연극상황으로서는 실현 불가능한 청사진을 내걸었다.

민예는 아현동 언덕바지에 소극장을 마련하고 산파역 허규대표의 매니아적 집념에 따라 전통극의 삼대장르인 가면극, 인형극, 판소리를 연구 연습했다.

반년여동안의 연습 끝에 그해 초겨울 매우 개성적인 과작의 극작가 김희창(金熙昌)의 「高麗人떡쇠」(許圭연출)를 예술극장에서 상연함으로써 고고의 성을 울렸던 것이다. 주인공 떡쇠의 우직스러울 정도로 군건한 신념과 그 신념구현을 향한 불굴의 생존방식은 그대로 민예의 연극이념과 통하는 것이다.

그렇지만 민예의 이상은 쉽게 실현될 수 있는 것은 아니었다. 우선 창립공연도 예상만큼 성공적인 것은 못되었다.

특히 수익면에서 그러했다. 그렇다고 민예의 공연평이 좋았다는 이야기는 아니다.

가령 한상철(韓相喆)의 「高麗人떡쇠」평에서 이 극은 사극이라기보다는 하나의 픽션으로서 민중과 나라의 이익을 대변하는 떡쇠와 그와 정반대 되

는 이숭(李崇)과의 갈등을 통해 그 나름대로의 하나의 인간상을 그리고자
한 연극이다. 그러나 「이 극의 성과는 인간의 전체상을 보여주지도 못했을
뿐만아니라 떡쇠의 남성상도 제대로 전달이 되지 못했다」2)고 한 것에서도
확인할 수 있다.

그러나 대표인 허규(許圭)는 자기가 벌이고 있는 선구적 작업에 호응이
적을 수도 있을 것이라는 사실을 예측이라도 한 듯이 배수진까지 쳐놓고
있었다. 가령 민예 창단사에서 그가 밝힌 다음과 같은 구절은 그점을 잘 나
타내주고 있다.

극단을 새로 만들었읍니다. 이름을 민예극장이라 하였습니다 .... 우리들
에겐 아직 연극다운 연극이 없었지만 연극을 사랑하고 아끼는 사람들은 있
기 때문이며 연극은 어느 시대 어떤 환경에서도 있어왔고 또 영구히 연극
적 행동이란 있을 것으로 믿고 있기에 극단을 만들었습니다. (中略) 참배자
없는 사원을 홀로 지키는 성직자가 그의 신앙을 알리기 위해 시간이 되면
종을 울리고 기도하듯 비록 대중이 거들떠 보지 않는 극장일지라도 그 시
공속에 인생의 무한한 가능성과 생명의 존엄함과 우주의 오묘한 이치를 탐
구하기 위해 우리는 끊임없이 종을 울릴 것입니다.3)

이상과 같은 허규대표의 결연한 의지에 맞춰 민예는 이듬해(1974년) 봄
에 재미작가 강용홀(姜鏞訖)의 희곡 「궁정에서의 살인」을 허규 연출로 두
번째 공연을 가졌다.

이 작품도 고려가 시대배경이고 다만 상류층이 주인공으로 많이 등장한
다는 점에서 「高麗人떡쇠」와 공통점과 차이점이 있는 것이다. 그러나 고려
인들을 주인공으로 삼은 작품들을 계속 선택했다는 점에서 민예의 민족주
의적 색채를 짐작할 수가 있다. 그런데 민예는 그러한 오소독스한 희곡에만
집착할 수는 없었다. 표현방식에 새로운 변혁을 꾀할 방도를 찾기 시작했

---

2) 韓相喆 : 「떡쇠」의 男性像 전달 불충분, 「中央日報」 1973. 12.12.
3) 許圭 : 자기犧牲으로 자기超克을, 창립공연 팜플레트

다. 창단 1년여 동안에 단원들은 전통극의 춤사위나 가락에 어느 정도 익숙해져 있었다.

따라서 제3회 공연에서는 민예의 연극이념을 주제로서가 아닌 형태로서 보여주기도 했다. 그것이 소위 1974년 4월 공연의 「서울말뚝이」(張笑賢작, 孫振策연출)였다. 전통적인 가면극의 형식을 따르면서도 희곡만은 새로 쓴 것으로서 이른바 新創作假面劇이었다. 이는 분명히 현대적 계승실험이었다. 1백20여회나 공연했으므로 그 작품이 대중으로부터는 상당한 호응을 얻은 것도 사실이지만 성공작이라고는 볼 수가 없는 것이었다.

왜냐하면 그 작품이 가면에서부터 내용에 이르기까지 모두 창작이라 하더라도 현대적 양식이 아니라는 점에서 현대극을 지향하는 민예로서는 재창조의 난점에 부딪친 것이기 때문이다. 그리고 정통가면극의 세 가지 주제라 할 승려이야기, 양반이야기, 처첩이야기 중에서 양반과 서민의 갈등만을 그 주제로 삼았다는 점에서 「서울말뚝이」가 보편성을 적게 지녔던 것이다.

그러나 정치체제가 경직화되고 근대화과정에서 사회불균형이 심화되었던 당시로서 그 작품의 강한 풍자성은 관객으로부터 크게 공감을 불러 일으켰었다. 전국적으로 백수십회의 공연도 그래서 가능했던 것이다.

마치 19세기 말엽에 일본에서 시도되었던 新歌舞伎劇運動과 비슷한 민예의 실험은 다시 창극쪽으로 확대되어갔다.

즉 같은 해 5월에 최인훈(崔仁勳)의 판소리체 소설인 「놀부뎐」을 창극으로 각색하여 무대에 올린 것이다.

야외 민속극 형식을 극장으로 끌어들이는 두 번째의 실험인 「놀부뎐」도 전통 판소리 「흥보가」를 뒤집었다는 점에서 우선 관객의 시선을 끌만했다. 그러니까 근면한 놀부를 긍정적 인물로 설정하여 흥부의 무능과 의타심을 맹공한 것이다. 그리고 다시 한번 역설적으로 사회를 고발한 것이다.

표현형식에 있어서도 판소리기법을 연기술에 확대 응용했다든가 가면, 화술, 공간처리를 새롭게 다듬은 점에서 종래의 고루한 창극과 구별되었다.

새로운 스타일의 창극에 자신을 갖게된 민예는 산장극장에서 「裵裨將傳」(金相烈작)을 선보였고, 연출도 孫振策에게 재량권을 주었다. 그러니까 허규 일변도 연출에서 손진책으로 확충된 것이다. 단원도 제대로 짜여져 있었다.

이때의 단원은 36명으로서 허규를 대표로 하여 기획부에 구자은, 이명규, 제작부에 손진책, 李弘鍾, 연기부에 朴圭彩, 崔佛岩, 이대근, 朴光男, 金基一, 趙敬煥, 吳承明, 鄭賢, 김홍기, 李度練, 孔昊錫, 姜仁德, 오유강, 孫欌睦, 李光洙, 崔鉉吉, 박중원, 李銀九, 金永哲, 許錫, 김진천, 崔珍澤, 金惠子, 鄭惠先, 柳明玉, 鄭永淑, 張允丁, 변경희, 金英美, 趙美熙, 千玉姫 등이었다.

민속극워크샵을 개최하여 한국민속놀이연구회까지 발족시킨 민예는 연 3회 이상의 대공연 약속을 충분히 이행해갔다. 오히려 그 이상의 의욕을 보여주었다. 거의 매월 대공연을 하다시피한 민예는 제6회 공연으로 역시 창작극으로 신명순(申明淳)의 우화극 「우보市의 어느 해 겨울」(許圭연출)을 예술극장에서 공연했다. 막스 프리쉬의 「안도라」를 연상시키는 이 작품은 상황에 대한 메타포를 깊게 간직하고 있었다.

공식적으로는 여섯 번째 공연이지만 지방순회라든가 교도소 등의 초청공연까지 합치면 만1년만에 98회를 기록할만큼 눈부신 활약을 했다.

물론 민예가 당초 추구하는 독창적인 연극기호를 찾은 것은 아니었다. 그들은 창작극에만 몰두해있지 않고 번역극에도 손을 댔다. 그 다음 달(74년 10월)에 공연한 므로체크의 「탱고」(許圭연출)가 바로 그것이었다.

민예가 처음으로 동구권 작품을 공연한 뒤에는 지난 1년 결산으로 아현동 소극장에서 다시 전통극의 계승작업에 열중했는데 같은해 11월서부터 12월에 걸쳐 「沈淸歌」, 「배비장전」(金相烈작), 「꼭두각시놀음」, 「서울말뚝이」 등을 레퍼토리 시스템으로 공연한 것이 바로 그러한 것이다.

이들 작품 중에서도 특히 「꼭두각시놀음」이 돋보이는데 이는 민예가 가면극과 판소리로부터 다시 인형극으로 확대해갔기 때문이다. 그러니까 민예는 출발한지 1년반만에 전통극의 삼대 쟝르를 모두 실험해본 것이 된다. 그런데 「꼭두각시놀음」공연만은 「서울말뚝이」나 「놀부뎐」 등과는 달리 재창조된 것이 아니라 원형 그대로였다. 민속인형극의 현대적 재현이었던 것이다.

1975년 들어서 까페 떼아뜨르에서 이언호(李彦鎬)의 모노드라마 「허풍쟁이」(吳承明출연)를 공연하고 「탱고」를 예술극장에서 리바이벌한 민예는 심한 재정난 속에서도 자체 소극장에서 「덜덜라리」(張笑賢작), 「5일간」(헨리라이거작), 「당신을 찾습니다」, 「불구경」(신근수작), 「적」(李英圭작), 「偉大한 失踪」(李根三작), 「고대상사모양도」(金熙昌작) 등을 연달아 공연했다. 약 반 년간에 걸친 자체 소극장 공연이었다. 그러는 사이에 김세중과 합동으로 덕 수궁에서 야외마당극제도 가졌다.

그런데 연말이 다가오면서 과거 국립극장이었던 예술극장이 완전히 문을 닫는 비운을 맞게 되었다. 민예는 예술극장 폐관기념공연으로 연전에 작고 한 오영진의 대표적 시나리오 「한네의 昇天」(孫振策연출)을 제18회 공연으 로 무대에 올렸다.

통과의례인 관혼상제 중 드라마가 없는 관례만 빼고 혼례(「맹진사댁 경 사」), 喪禮(「배뱅이굿」), 제례 등 3부작의 하나인 「한네의 승천」은 부락제와 남사당놀이, 가면극을 자연주의적 플롯트에 융합시킨 작품이기 때문에 민예 로서는 입에 맞는 레퍼토리였던 것이다.

신예 국악작곡가인 金永東의 음악에다가 정병호(鄭昞浩)안무로 된 「한네 의 승천」은 순수 국악기에 의한 음악극이어서 관객의 주목을 끌었다. 아현 동 자체 소극장에서 공연을 벌이는 동안 약간 침체했던 민예도 예술극장의 마지막 폐관공연으로 어느정도 활기를 되찾았다. 특히 「한네의 승천」이 한 국적 뮤지컬의 가능성을 제시했다고하여 韓國演劇映畵藝術賞이 주어졌기 때문이다. 따라서 쉬지 않고 자체공연을 가질 수가 있었다. 이언호의 「구세 평전」이라든가 張潤煥 극본의 인형극, 「허생전」공연이 바로 그런 것이다. 특히 「허생전」은 창작인형극으로서 창단준비공연 때의 「진짜를 찾습니다」 를 크게 개선한 것이었다. 민예로서는 이제 전통극의 세 가지 쟝르를 모두 현대적으로 실험해본 셈이 되었다.

이는 극단 창립 1년반만의 일이었다.

그러나 민예도 다른 극단들처럼 레퍼토리 빈곤에 봉착하지 않을 수 없 었다. 특히 창작극을 주로 하는 극단이었기 때문에 작품선택은 더욱 어 려웠다. 따라서 한겨울을 쉰 민예는 이듬해(76년) 4월에 「한네의 승천」을 리바이벌하고 부산공연까지 했다. 그리고 이어서 세 번째 번역극으로 「삼각 모자」(알라르꼰작)와 네 번째 번역극 「우체국」(타골作)을 연달아 무대에 올 렸다. 민예로서는 매우 곤궁에 처한 시기였다. 민예는 창작가면극으로서

「서울말뚝이」에 이어서 「창포각시」(許圭, 張笑賢 공동작)를 문화체육관무대
에 올렸지만 별 진전이 없었다.

민예는 곧이어 복중에 車凡錫 작 「쌍둥이의모험」을 갖고 경북일원을 순
회공연을 했는데 이는 정부의 극단지원 정책에 따른 것이었다. 그해 가을
들어서 민예는 김희창의 두 번째 장막극 「바보와 울보」를 허규연출로 제26
회 공연으로 시민회관별관에서 무대에 올렸다. 온달설화를 소재로 한 이 작
품은 활달하고 강건한 고구려인의 기상을 통해 남성적 연극을 만들어보려
는 의도에서 이룩된 것이었다. 이는 허규 자신의 연극철학과도 상통되는 것
이다. 민예는 이처럼 허규의 독자적인 연극이념과 인생관, 세계관에 입각해
서 움직여지고 있었던 것이다.

그런데 의외로 「바보와 울보」는 관객의 큰 호응을 얻지는 못했다. 우리
나라 창작극이 대부분 그렇듯 수지상으로 적자만을 안겨준 것이다. 민예는
다시 번역극 「門」(카르카作)과 「탈광대」, 「멋꾼」, 「정신해부학특강」 등 몇
개의 창작극을 갖고 자체 소극장에서 연속적으로 공연을 가졌고 광화문에
세실극장이 생기자 「소금장수」(李彦錫작)를 무대에 올렸다. 그리고 「서울말
뚝이」와 「놀부뎐」의 리바이벌로 창립4주년 공연을 가졌다.

許圭대표는 4주년을 맞아서 소감과 앞으로의 진로를 다음과 같이 피력했
다.

민예극장은 창단한지 4년에 제32회 공연을 맞이하게 되었습니다. 1年에
평균 8회의 공연을 해온 셈입니다. 그 가운데는 재공연도 상당수가 됩니다
만 「탱고」를 비롯한 3편의 외국작품을 빼고는 모두가 창작극을 공연해 왔
습니다.

좋은 창작극본이 안 나온다는 우리나라 연극계의 형편에서 또 창작극 공
연에는 관객이 안 모인다는 타부도 무릅쓰고 창작극을 고집해왔습니다. 우
리들이 오늘 서른 두번째의 공연을 하기까지에는 전 단원들의 인내와 집념
과 뜨거운 땀이 밑거름이었으며 우리의 고유하고 독창적인 연극을 수립하
려는 극단 목표에 뜻을 함께 해주신 연극애호가 여러분의 격려와 물심후원
에 힘입었던 것입니다. 그래서 우리들 극단 단원들은 금년 목표를 지금까지

의 모색단계에서 얻어진 여러 가지 결과와 자료를 토대로 하여 우리나름대
로 바람직한 한국연극, 우리나라 사람만이 쓰는 언어, 음율, 동작 그리고 연
극적 표현양식을 바탕으로 한 순수한 한국적 현대극장 예술정립을 위한 정
리작업에 들어가려 합니다.[4]

 이상의 포부에서 볼 수 있듯이 민예는 4년동안에 일단 모색단계를 넘겼
다고 생각하고 나름대로 정립작업에 임한다는 것이었다.

 그러한 결의는 곧바로 실천되었다. 마침 대한민국연극제가 실시되면서
허규대표는 직접 희곡을 써서 독자적인 연극양식을 창출해보기로 한 것이
다. 그것이 다름아닌 「물도리동」이었다. 허규는 이미 1972년말엽부터 우리
나라에서 가장 유명한 하회가면을 직접 만들어본 경험이 있었기 때문에 하
회가면극의 구조를 잘 알고 있었다.

 따라서 그 자신도 작품배경에 대해서 「하회탈 제작자로 알려진 허도령
전설과 현지에서 청취한 서낭설화(월내 마을에서 시집온 심시과부서낭)와
하회별신굿 탈놀이 내용과 탈들의 역할, 그리고 탈들이 주는 느낌 등을 소
재로 삼아 창작한 것이며 연출면에서는 굿(祭儀)의 연극적 기능을 분석하고
실험하면서 우리의 영원한 과제인 참된 죽음과 참된 삶, 그리고 참된 자유
가 어떤 것인가를 다면경(多面鏡)으로 살피면서 생각하고 느껴보자는 것」[5]
이라 밝혔던 것이다.

 하회가면제작에 얽힌 許도령전설을 극화한 이 작품은 김영동(作曲), 鄭昞
浩(안무)가 가담하여 매우 수장한 음악무용극으로서 형상화되었다. 그러나
뜻밖에 이 작품에 대해서는 찬반으로 의견이 갈렸다. 다행히 민예의 높은
의욕이 긍정적으로 받아들여져서 제1회 대통령상을 안는 영광을 누렸다. 이
는 또한 연출가로 일관해온 허규가 극작가를 겸하는 계기도 되었다.

 이듬해(78년) 봄 제1회 대한민국연극제 대통령상 수상기념공연으로 설씨
(薛氏)여설화를 바탕으로 한 「嘉實이」(申明淳作)를 공연했다. 「가실이」공연

---

4) 許圭 : 創團四週年의 整理作業, 제32회 공연팜플레트
5) 許圭 : 5年間의 準備, 「물도리동」공연 팜플레트

을 민예의 제2단계의 출발로 잡은 허규대표는 첫단계에서 전통극과 무가, 시조, 가곡 등을 마스터했기 때문에 제2단계에서는 현대의 한국적 연극을 창조하겠다는 결의를 표명했다.

그런데 제2단계 목표달성을 위해서는 첫째, 전통예능을 빠르고 정확하게 익히기 위한 과학적인 훈련법 개발, 둘째, 현대에 있어서의 연극개발의 독자성 모색과 그것의 극장예술화에 따른 창작(작품, 연출, 무대, 미술 등 포함)실습, 셋째, 기존공연작품 중 제2의 목표에 적합한 작품의 재창조 작업, 넷째, 우수 창작극의 발굴 공연과 해외공연 추진을 해야 된다는 것이었다.[6]

이상에서 볼 수 있는 바와같이 민예는 어느 정도 자신감을 갖기 시작한했다. 민예는 許圭가 밝힌 대표 공연작품의 재창조작업의 일환으로 「물도리동」을 국립극장무대에 다시 올렸고, 역시 허규자신이 쓴 보수적인 「바다와 아침등불」(李弘鍾연출)로 제2회 대한민국연극제에 참가했다. 역사와 사회의 변천을 목선(木船)을 통해 표현하면서 전통의 가치를 중시한 이 작품은 감각상의 문제로 호평을 못 받았다. 그러나 민예의 색깔과 허규의 전통숭상정신은 잘 표현한 공연이었다.

재정적인 어려움을 겪은 민예는 다시 소극장 공연으로 방향을 돌렸다. 「캐롤」(므로체크作)과 「놀부뎐」, 「알비장」 등이 바로 그러한 공연이었다. 민예는 다음해에 창단6주년 기념으로 「한네의 승천」을 대폭 손질해서 세종문화회회관별관에서 재공연했다. 「처음으로 국악기에 의한 한국적 음악극을 시도해보려 했다」(孫振策)는 이 작품은 어느새 민예의 고정레퍼토리가 되어 있었다. 6년이 흘러가는 동안 민예단원들도 세대교체가 되었다. 창단멤버들 중에는 吳承明, 정현, 孔昊錫, 이도련, 柳明玉 등 10여명 미만이 남았고 金星女, 천옥희, 김현숙, 車惠影, 우홍숙 등으로 와일더의 「우리 邑內」를 번안(李英圭)공연한 민예는 가을 들어서는 다시 자체 소극장에서 단막극들을 공연하면서 시간을 보냈다. 그리고 막바지에 珍島 장례의식인 「다시라기」를 허규가 재구성한 것을 갖고 대한민국연극제에 참가했다. 민족무용과 음악에 익숙한 민예단원들은 판소리 전수자까지 끌어들여 매우 즐거운 무대를 만

---

6) 許圭 : 제2단계 시작앞에서, 「嘉實이」 공연 팜플레트

들었다. 그러나 민속의 재현에 그친감도 없지 않아 찬반의 반응을 나타내기
도 했다. 초겨울에는 자체 소극장에서 시낭송과 시극도 시도하여 연극과 문
학의 만남도 시도했다.

1980년도에 들어서도 민예의 의욕은 조금도 시들지 않았다. 겨울동안 시
극과 「춤추는 말뚝이」 등을 공연한 민예는 초봄에 세종문화회관별관에서
세익스피어의 「十二夜」를 공연하고 창립7주년 기념으로 朴星宰의 「배뱅이
굿」(許圭연출)을 세실극장에서 공연했다. 역시 관객을 웃기는 신명 가득한
무대였지만 민예로서는 일종의 슬럼프를 표출한 공연이었다. 許圭대표도 시
인했지만 민예는 어떤 한계점에 다다른 것을 조금씩 느끼는 듯했다. 그렇다
고 개성이 강하고 집념이 강한 민예가 궤도수정을 할 리가 만무했다. 연극
을 한 차례 시도한 뒤 민예는 마당극 스타일을 그대로 밀고 나갔다. 제4회
대한민국연극제 참가작품으로 許圭자신이 쓴 「애오라지」(孫振策연출)를 무
대에 올렸다. 도깨비들을 통해서 삶의 진실을 캐보려한 「애오라지」도 「다시
라기」와 연결되는 연극스타일이다. 그해 연말에 번역극인 「깨어진 항아리」
(클라이스트작)를 한차례 공연하였으나 민예로서는 역시 재미 못 본 번역극
이었다. 「애오라지」를 리바이벌하고 81년 겨울을 맞아 소극장에서 시낭독회
를 가지면서 봄공연을 준비했다. 민예는 「말뚝이전」을 신축 문예회관에 올
리고 다시 공간사랑(空間舍廊) 등 소극장에서 「약장사」(吳泰錫작), 「금오신
화」(이하륜작) 등을 공여하고 실험극장이 새로 개설한 운현극장에서 「배뱅
이굿」을 리바이벌 공연했다.

그러나 민예로서는 리더였던 허규가 국립극장장으로 옮겨감에 따라 커다
란 시련을 맞게 되었다. 돛대 잃은 배가 되었기 때문이다. 민예는 허규의
정신적인 뒷받침을 받으며 정현(鄭賢)을 대표로 앉히고 그들의 연극이념을
지속시켜 나가기로 했다. 그리고 민예소극장에서 「서울말뚝이」 등을 재공연
하면서 대작을 준비했다. 그리하여 1982년 6월에 노경식의 「井邑詞」(정현연
출)로 제64회 대공연을 가졌다.

역시 마당극스타일의 옥내형(屋內型)이었고 소위 한국적 음악극이었다.
민예의 전통극 탐색과 그 현대에의 재구적 계승작업은 젊은 연극인들과 대
학가에 커다란 영향을 주었고 참여적인 마당극붐을 일으키기도 했다. 그만

큼 민예의 작업은 문화계에 커다란 파장을 불러일으킨 것이다.

민예는 자체내에 인형극회인 꽃동네를 두고 몇 개의 창작인형극과 전통적인 「꼭두각시놀음」을 독자적으로 공연하여 인형극술을 완벽하게 익히기도 했다. 그러니까 인형극에도 자신을 얻은 것이다. 1983년은 민예로서는 역사적인 해였다. 왜냐하면 창단10주년을 맞는 해였기 때문이다. 민예는 10주년기념공연으로서 민예가 자랑하는 창작음악극 「한네의 昇天」을 대폭 손질해서 무대에 올리기도 했다. 그동안 전담 연출가였던 신예 손진책(孫振策)이 해외연수로 기량을 닦은데다가 정현의 이민 뒤에 맡은 대표직을 새로운 디딤돌로 삼은 도약의 공연이기도 했다. 대표이며 연출자이기도 한 손진책(孫振策)은 기념사에서 민족극이라는 어떤 특정한 모형이 있는 게 아니므로 민예의 작업을 사안시해서는 안되고 계속 긍정적인 눈으로 보아달라고 했다.

그러면서 창단10주년 큰 잔치의 의미도 「10년 결산이라기보다는 다가올 새 10년을 대비하기 위한 제2의 출범이라는데 더 큰 비중을 두고자 하는 것」이고 「서구문화척도로서 우리의 연극을 평가하지 말고 또 복고 취향적인 시선으로 우리 작업을 바라보지 않았으면 하는 것」[7]이라고 했다.

국립극장 대극장에서 공연한 10주년 기념공연은 성황을 이루었고 대공연 사이에 로비에서 공연한 창작인형극 「변가웅가」(金漢泳극본)도 큰 인기를 얻었다. 판소리 「변강쇠가」를 각색한 「변가웅가」는 꽃동네를 주도한 공호석(孔昊錫)의 솜씨있는 연출의 개가라 볼 수 있다. 이 인형극의 성공으로 가을부터는 신촌의 민예소극장에 상설무대까지 설치하여 2일 동안 연속공연을 하기도 했다. 따라서 인형극도 그동안 10여회의 공연을 가진 셈이다.

민예는 구희서(具熙書)가 지적한 바[8]대로 연기자의 변동이 심하지 않은 것도 특징인데 이는 그만큼 민예가 이념으로 뭉친 집단이라는 것을 알 수 있다. 민예는 공간소극장에서 오태석(吳泰錫)의 「이식수술」, 「사막이 꽃이 되리라」(崔仁碩作) 등을 공연하고 가을에 노경식의 「오돌또기」로 대한민국

---

7) 孫振策 : 창단10주년을 맞으며, 「한네의 昇天」 팜플레트
8) 具熙書 : 민예극단에 기대한다. 제10주년기념공연 팜플레트

연극제에 참가하면서 제72회 공연을 가졌다. 만10년 동안에 공식적으로 72 회 공연을 갖고 전국을 순회하면서 수백회의 공연을 했으니 민예로서는 불 황기에도 대단한 활약을 한 셈이다.

그러나 민예의 앞길에는 너무나 높다란 장벽이 가로 놓여 있다. 우선 윤 곽이 잘 잡히지 않는 민족극이라는 것을 창조하기 위하여 과거에 해왔던 대로 가야 할 것인가 하는 문제다. 왜냐하면 민예가 전통극과 민속예능에 내재되어 있는 연극성을 캐내고 민족고유의 심성이라는 물줄기를 잡아낸 것은 사실이지만 현대예술로 형상화하는 것은 어딘가 미진하기 때문이다. 전통에 맥을 대는 것만으로는 부족하다. 현대적 감각이 가미된 재창조가 절 실한 것이다.

민예는 이제까지 민족극 정립의 기반조성 작업을 해왔다고 볼 수 있다. 따라서 앞으로는 시야를 넓혀서 자타가 공인하는 민족극을 창조해가야 할 것이다. 민예는 이제 제3단계에 접어들었다고 볼 수 있다. 그만큼 민예는 민족극 정립을 위한 험난하고 긴 도정에 놓여 있다.

그리고 민예는 차제에 처음 내걸었던 화려하고 거창한 계획을 얼마큼 실 천했는가를 한번쯤 재검토해볼 필요가 있을 것 같다. 왜냐하면 15년동안 고 집스러울 정도로 창단이념을 퇴색시키지는 않았지만 극장건립 등 실천 못 한 것도 많기 때문이다.

6. 드라마센터 개관 20주년 행사

남산중턱에 자리잡고 있는 드라마센터는 우리 연극사상 현대극을 전문으로 공연하기 위해 설립된 최초의 연극장이다. 물론 드라마센터 이전에도 동양극장(東洋劇場)(1935년 설립)과 국립극장(1950년 개관)등이 있었으나 동양극장은 신파, 즉 상업극을 전문으로 한 것이었고 국립극장은 연극뿐만 아니라 무용, 음악등 공연예술 전반을 위해 설립되었던 것인 만큼 첨단적인 현대극만을 위해 당초부터 설계된 드라마센터와는 성격이 달랐다. 이와같은 드라마센터가 미국의 록펠러 재단의 원조에다가 유치진(柳致眞)의 사재를 털어서 1959년부터 짓기 시작하여 1962년 4월에 개관했으니 금년으로 20년이 되는 셈이다.

한국연극의 중흥을 내걸고 출범한 드라마센터는 그동안 많은 우여곡절을 겪었다. 즉 관객부재로 인해 개관 첫해에 문을 닫아야 했고, 그 후로는 빚과 건물 유지를 위해 영화와 대중가요 발표장으로도 대여했었으며 한때는 앞건물을 결혼식장으로 빌려준 일도 있었다. 그러한 파란곡절 속에서도 附設연극아카데미가 오늘날 한국 유일의 예술전문대로 발전했다.

그런데 드라마센터는 누가 뭐라고 하든 선구적 연극인 유치진의 집념이 아니었더라면 세워지지 못 했을 것이다. 따라서 드라마센터는 금년에 20주년을 맞아서 다채로운 기념행사를 4월 12일부터 1주일 동안 가졌는데 설립자 유치진의 공로에 맞춘 행사였다. 왜냐하면 학술강연을 비롯한 전시회 공연 연극상 부활 등이 모두가 유치진에 맞춰져 있기 때문이다. 가령 기념공연만 하더라도 유치진작 「處容의 노래」이고 전시회는 주로 유치진의 활동에 관한 것이며, 학술강연도 동랑(東朗) 유치진의 업적을 재조명하는 것이었다. 즉 「동랑의 생애와 인간」(車凡錫)으로부터 시작해서 「동랑의 희곡세계」(李泰柱), 「동랑의 연극 교육」(呂石基)등으로 짜여져 있다.

사실 드라마센터 20주년기념행사가 아니었더라도 東朗 유치진의 업적은 한 번쯤 재평가해볼 때가 됐다. 그가 작고(1974년)한지도 벌써 8년이 지났기 때문이다. 동랑은 1905년에 태어나서 릿교대학(立教大學) 영문과 졸업직후인 1931년부터 연극계에 투신, 1974년까지 거의 반세기에 걸쳐 연극일선에서 눈부신 활약을 한 선구적 연극이었다. 신파극이 판을 치던 1930년대에는 해외문학파회원들과 함께 본격적 신극단체인 극예술연구회를 주도했고, 1941년부터 현대극장을 이끌었으며 해방후에도 극협(劇協), 신협(新協) 등의 막후조정자였다. 그는 극단활동뿐만 아니라 극작가, 연출가, 연극교육자로서 더욱 커다란 족적을 남겼다.

이번 20주년기념행사에서는 그와같은 유치진의 생애와 업적이 여러 측면에서 재조명됨으로써 문화계의 관심을 끌었다. 그중에서도 특히 그동안 중단되었던 드라마센터 제정의 한국연극상이 동랑연극상(東朗演劇賞)이라는 이름으로 부활된 점이다. 왜냐하면 동랑연극상은 연극계의 숨은 공로자들에게 주는 독특한 상이었기 때문이다. 이번으로 제7회가 되는 동랑연극상은 이원경(李源庚)이 받았다.

아무튼 이번 드라마센터 20주년 기념행사는 연극계 뿐만 아니라 문화예술계에 중요한 의미를 던져준 것이었다.

7. 예술극장 「판」의 개관

삭막한 신흥도시의 아파트 빌딩 숲 속에 소극장 「판」이 생겨나서 강남주
민들을 즐겁게 하고 있다. 제3한강교 동쪽 압구정동 현대아파트 앞 5층 건
물에 자리잡은 판이 사물놀이패의 꽹과리소리에 맞춰 문을 연 것은 지난 7
월 1일 오후 8시였다.

연극을 비롯하여 음악, 무용 등 모든 무대예술을 포용, 알찬 무대를 꾸며
많은 예술인들과 관객이 친밀하게 만날 수 있는 생활 속에 문화를 심는 가
교 역할을 다 할 것을 다짐하면서 문을 연 예술극장 「판」은 강남 제1호 소
극장이 되는 셈이다. 그만큼 개발붐을 타고 일어난 신흥도시 강남에는 예술
공간이 전혀 없이 음식집, 호텔, 목욕탕, 술집 등 먹고 마시고 자는 유흥가
만 형성되어 있었다.

따라서 예술극장 판의 탄생은 불모지에 정신의 조그만 묘목이 심어진 것
으로 규모는 작지만 매우 값진 것이다.

이들은 개관기념공연으로 풍물굿으로부터 시작하여 김소희(金素姬) 판소
리, 김숙자(金淑子) 등의 전통무용, 윤윤석의 전통음악, 유진규(柳鎭奎)의 판
토마임, 巫世中의 전위극, 강태환의 재즈, 윤복희(尹福姬)의 뮤지칼 하이라
이트, 윤치호의 성악, 실내악, 李貞姬의 살풀이춤, 남정호의 현대무용, 국수
호(菊守鎬)의 연극, 그리고 인형극단 초란이의 어린이인형극 등으로 한달간

의 시리즈를 끝냈다. 소극장으로서는 실로 대단한 프로그램이라 아니할 수 없다. 예술극장 판은 고전에서부터 현대에 이르기까지 연극, 음악, 무용, 영화까지 두루 공연한 것이다. 판은 어떻게 보면 공간사랑과 비슷하다. 아니 공간사랑보다 훨씬 다양하다.

70년대 중반에 공간사랑이 등장하여 소극장운동에 전기를 만들었듯이 판도 그런 야심을 갖고 출발한 듯싶다. 그러나 판은 너무 욕심이 앞섰다. 강남에 무대예술 공간이 없다고 해서 소극장 하나로 일거에 모든 예술을 해결할 수 있는 것은 아니다. 판은 그것이 개성이라고 생각하는지는 몰라도 너무 잡다한 것은 개성이기보다 과욕이다. 공간사랑이 오늘날 진정한 소극장인지 분간할 수 없게 된 것은 지나치게 여러 가지 예술을 포용하려 했기 때문이다.

따라서 판도 공간사랑의 전철을 밟지 말고 어느 분야를 집중적으로 공연하는 개성있는 소극장이 되어야 할 것이다. 그렇다고 폐쇄적이 되라는 말은 아니다. 한 종류를 주로 하고 다른 것은 가끔 보여주면 된다. 연극이 주가 되어야 함은 두 말할 나위 없다. 앞으로도 계속 극장은 또 생길테니까.

8. 소극장 공간의 확대

개화기 이전에는 마당이 극장공간이었지만, 20세기에 들어와서는 옥내극장이 등장함으로써 전통극도 옥내로 들어와 변화를 일으키는 등 소위 극장시대를 열어갔다. 이는 서양문명에 따른 도시화의 추세와 발맞춘 것으로서 연극문화의 새로운 전개를 의미하는 것이기도 했다. 그런데 극예술에 대한 인식이 부족했던 데다가 일제침략에 따른 수탈적 저질 상업문화가 판을 침으로써 극장문화가 제대로 꽃필 수가 없었다.

이처럼 연극이 극장의 유무에 따라 좌우되는 것은 동서고금을 통해서 마찬가지다. 우리 신극사를 보더라도 동양극장시대에 연극이 잠깐 전문화되었다가 국립극장이 설립되면서 안정기를 맞았었다. 그러나 전쟁으로 국립극장이 대구로 옮겨졌고, 따라서 연극도 수년간 방황했다. 그러다가 드라마센터 걸립으로 다시 중흥기를 맞는 듯 했는데, 그것마저 학교강당으로 변질되면서 연극은 정처를 못찾고 극단중심의 행상식으로 흐를 수밖에 없었다. 그런 시기에 까페 떼아뜨르라는 다방극장이 등장하여 소극장운동시대를 열고 창고소극장, 실험소극장, 공간사랑 등이 나타나서 연극의 소극장화가 이루어졌다.

이상과 같이 극장공간에 따라 연극의 행태뿐만 아니라 성쇠도 좌우된다. 그런데 우리나라는 항상 극장공간의 절대부족으로 연극이 제대로 성장해오지 못했다. 다행히 70년대 이후 정부당국의 문화육성책에 따라 대형극장이 한둘 생겼으나 50여개 극단들이 활용하기에는 절대 부족하고, 따라서 사설 소극장 몇 개가 공연장 구실을 하고 있는 실정이다.

그런데 근자 견실한 소극장이 중앙과 지방에 생겨나서 연극계의 앞날에 희망적 조짐을 보여주고 있다. 가령 지난해 연말에 개관한 대구의 한 백화점 8층에 개설된 동아문화예술센터라는 소극장과 연출가 임영웅이 사재로 마련한 소극장 산울림이 바로 그것이다. 대구에는 아직 연극이 활성화되지 못해서 잘 시설된 동아문화예술센터소극장을 제대로 활용치 못하고 있는 듯하나, 서울 신촌의 홍익대 앞에 세워진 산울림은 반원형 소극장으로서 1백 50석 내지 2백석 규모인데, 공연조건을 제대로 갖추었기 때문에 연극계에 커다란 활기를 불러 일으킬 것 같다. 1주일 동안의 개관공연만 보아도 모든 예술의 만남장소로서의 면모를 보여주기에 충분했다. 이런 형태는 과거 6·25전쟁 직후에 잠깐 있었던 을지로 입구의 원각사나 까페 떼아뜨르, 공간사랑 등도 그런 식으로 선을 보였었다. 시간이 가면서 극장의 개성이 변해갔지만 소극장이 기존 공연예술에 새로운 변화를 일으켜보려는 야심만은 모두 갖고 있었다. 그렇게 볼 때 소극장 산울림만은 매우 훌륭한 공연장으로서 연극발전에 크게 기여하리라 본다. 왜냐하면 산울림은 연극계에서 뼈가 굵은 전문연극인이 세운데다가 그것도 어려운 사재를 몽땅 털어서 연극을 위해 마련한 것이기 때문이다. 문제는 임영웅(林英雄)이 어떤 안목을 갖고 한국연극을 위해서 자신을 끝까지 불태우느냐에 달려 있다.

9. 극장중심 공연체제

지난 해에는 또한 인형극이 상당한 기능을 한 바 있다. 소극장 공간사랑
이 어린이들을 상대로 인형극을 전문적으로 공연했을뿐더러 10월에는 파랑
새극장이라는 전문적인 인형극장이 탄생되기도 했다. 공간사랑이나 파랑새
극장의 개설을 주목하는 이유는 우리 연극이 극장중심체제로 조금씩 바뀌
어가는 듯한 조짐을 보여주기 때문이다. 그점은 엘칸토소극장의 탈바꿈에서
도 잘 나타났다. 즉 명동에 자리잡고 있는 엘칸토극장은 금년 2월부터 부활
(復活)(대표 李允榮), 뿌리(金道勳), 춘추(春秋)(文高憲) 3개 극단의 전용무대
로 탈바꿈한다는 것이다. 국립극장이 장충동으로 이전하여 연극공백이 되었
던 명동에서 그런대로 대중의 연극욕구를 메꿔주던 엘칸토소극장이 그간
군소극단들의 저질작품공연으로 이미지가 흐려지고 있었다.

그러던 차에 사무장 이윤영이 주축이 되어 과감한 전환을 시도한 것이
다. 이들 세 극단은 「건전하고 수준높은 작품」으로 각각 1개월씩의 장기공
연체제를 갖추겠다고 선언했다. 그러니까 3개 극단이 돌아가면서 연간 4편
정도씩 레퍼토리시스템으로 무대에 올린다는 것이다. 그것이 바로 연극계의
일각에서 이루어지고 있는 것이지만 장차 다른 극단들에게도 파급될 것 같
다. 극장을 못 가진 극단들이 서둘러 소극장을 갖추는 시대가 닥칠 것 같
다. 마침 연출가 임영웅이 신촌에 소극장을 건립 중에 있으므로 극장중심체

제는 확산되어 가는 조짐이다.

그렇게 되면 여기저기 극장을 빌어 한주일 정도 공연하고 막을 내리는 보따리 행상식 연극행위는 점차 바뀌어가리라 본다. 사실 극장중심체제가 정상적인 연극방식이다. 행상식 연극은 직업화도 안될뿐만 아니라 극술의 정립도 불가능하다.

그러나 극단수효에 비해서 극장무대가 너무 적어서 당장은 다른 극단들에게 타격을 줄 것 같다. 그렇기 때문에 공연장 확대는 시급하다. 올림픽을 앞두고 수백억을 들여서 예술의 전당을 건립하고는 있지만, 사설극단중심으로 되어 있는 우리 연극인들에게는 작으나마 여러개의 극장이 필요한 실정이다.

따라서 일본처럼 우리도 대형건물에는 의무적으로 소극장을 설치토록 건축법을 고쳐보는 것도 생각해 봄직하다. 그것은 문화공간의 확대라는 차원에서 바람직할 성싶다.

10. 바람직스러운 공연장의 확대조짐

우리나라 연극환경의 좋지 않은 조건 가운데 공연장부족이 하나 들어있다. 사설 극단이 40여개나 되지만 그들이 자유로이 쓸 수 있는 공연장은 3백여석의 세실극장 하나 밖에 없었고 몇 극단이 갖고 있는 전용소극장과 1년에 한 번 정도 빌어 쓸 수 있는 국립극장소극장, 세종문화회관 별관, 드라마센터 정도가 거의 전부였다.

그런데 금년 들어서 공연장 조건이 약간 좋아지는 조짐이 보이는 것은 매우 다행한 일이다. 우선 문예진흥원이 지은 문예회관(文藝會館)이 개관을 서두르고 있고 그동안 연극회관으로 쓰던 세실극장이 민간인으로 넘어가 새롭게 운영되고 있으며, 병원과 개인이 소극장을 마련하고 있는 것이 그것이다.

그동안 문예진흥원이 막대한 자금을 들여 새운 무대예술인의 전당이라 할 문예회관은 7백5석의 대극장과 2백석의 소극장을 가진 최신식 극장이다. 과거 3백석의 좁은 연극회관에만 의존하던 극단들로서는 좋은 여건에서 연극을 할 수 있게 된 셈이다. 다만 아쉬운 점이라면 극단들이 빌어 쓸 수 있는 기간이 짧은 것이다. 과거 연극회관은 연극인들만이 사용한데 비해 문예회관은 무용발표회라든가 음악회 같은 것도 만만찮게 열릴 것이기 때문이다. 가장 이상적인 바램은 각 분야별 전용극장이 세워지는 것이지만 당장은 어려운 상태, 그러나 공연장은 하나 늘어난 셈이 되었다. 과거 연극회관에서 빼낸 전세금으로 연습실과 극단사무실로 쓸 「연극인의 집」을 마련중에 있으니 말이다.

그리고 그 동안 연극회관으로 써오던 세실극장은 다행히 이영윤(李永潤)이 대표로 되어 있는 마당기획실이 인수하여 공연장으로 운영하고 있다. 극단 맥토, 우리극장, 우리가락마당, 민속악회시나위 등 단체와 제휴고 있는 마당기획실은 매우 의욕적인 자세로 세실극장을 운영하고 있어서 찬사를 받고 있다. 즉 그들은 제휴극단을 중심으로 연간 10편 정도의 창작극을 공연하며 문화의 균형화를 기하기 위해 세실극장 공연작품을 전편 지방공연한다는 것이다. 또한 그들은 현대극만에 그치지 않고 전통예능도 사이사이 공연할 예정인 것같다.

극단 에저또의 의욕도 만만치 않다. 지난해 미국에서 연수하고 돌아온 에저또 대표 방태수(方泰守)는 순전히 사비로 아현동에 30평규모의 리허설극장을 준비하고 있다. 1백5십명이상 수용할 수 있는 리허설극장은 순전히 연습공연만 하는 것이 특징이다. 그 이유에 대해 극장 축은 관객, 배우, 연출가의 대화(對話)를 내세우고 있는데 수입 없이 극장을 지탱해나가기가 어려울 것이므로 일반공연도 해보는 것이 좋을 듯 싶다. 그렇게 되면 공연법상 애로점이 뒤따를 것이다. 에저또는 리허설극장 개관기념으로 「한국실험연극의 방향」이란 주제를 놓고 세미나를 벌이며 유진규(柳鎭圭), 김성구(金成九)의 팬터마임 공연도 갖는다고 한다.

금년에는 매우 특수한 소극장이 두 개가 생기는 것같다. 우선 우리 연극 사상 처음으로 이대(梨大)부속병원이 정신질환자 치료를 위한 사이코드라마 전용 소극장을 준비하고 있다. 사실 梨大부속병원은 지난 70년대초부터 사이코드라마를 간헐적으로 해온 바 있었다. 마침 당시 그 병원에 입원 중이던 故吳泳鎭이 극본을 제공하여 「무늬」(에저또공연)와 「나의 당신」(架橋공연) 등을 공연하여 효과를 얻은 바 있었다. 따라서 2백석 정도의 전용소극장 개설은 극히 자연스런 발전이라 볼 수 있는 것이다. 이러한 경우가 다른 종합병원으로 확산되어갔으면 좋을 것 같다.

공연장문제에 있어서 더욱 관심을 끄는 것은 건축회사 한신공영(韓信工

營)이 강남아파트단지의 뉴코아쇼핑센터 내에 연극전용소극장을 둔다는 이
야기다. 순전히 영리를 목적으로 하는 건축회사가 문화 예술에 관심을 가졌
다는 것은 획기적인 일로서 문화예술의 장래를 밝게 한다. 문제는 얼마나
제대로, 또 지속적으로 할 것이냐는 점이다. 이상과 같이 금년 연극계는 밝
은 전망 속에 나아가고 있다

11. 국립극장장의 교체와 기대

지난 달에 국립극장장의 바톤이 정연구(鄭然九)로부터 허규(許圭)로 넘어
갔다. 1950년 봄 국립극장이 설립된 이래 극장장은 평균 1년꼴로 바뀌어 왔
으므로 이번의 교체도 예사로운 일로 그냥 지나칠 수도 있는 것이다.

그러나 鄭然九는 문공부의 정통관리고 許圭는 재야연극인이었다는 점에
서 이번의 교체는 주목되는 것이다.

즉 정부는 그동안 전문직에는 전문인을 앉힌다는 방침아래 법개정을 해
왔고, 그 결과 국립극장, 현대미술관 등에 전문인을 앉혔다. 법도 시대추세
에 맞아야 하므로 이번 조처는 매우 잘한 일이라 생각한다. 전문직에 정통
적인 관리가 앉을 경우 행정은 잘 하겠지만 전문적인 일에는 아무래도 전
문인만은 못할 가능성이 많다. 가령 그것이 예술분야일 경우는 더욱 그렇
다.

자문위원을 둔다 하더라도 위원들의 안목이 중구난방이므로 최종적인 결
정은 결국 長이 내려야 한다. 바로 여기서 長은 안목과 함께 비존이 필요케
되는 것이다. 국립극장만 하더라고 그동안 20년 가까이 정통관료가 이끌어
오면서 많은 시행착오가 있었고, 관주도에서 오는 예술인들의 소외는 심각
한 것이었다. 극장이라면 예술의 전당인데, 예술인이 숨을 죽이고 비예술인
이 군림한다면 예술이 위축될 것은 명약관화한 일이다.

국립국장이 재구실을 못해온 데는 관주도가 큰 원인 중의 하나가 되었었다. 1960년대초까지 극작가 柳致眞과 서항석(徐恒錫)이 초대, 2대를 맡았었다. 그러던 것이 20여년동안 일반관리들이 극장을 운영해왔다. 그것이 이번에 바뀐 것이다. 그런데 들리는 말에 의하면 그 자리가 복수직(複數織)이라고 한다. 행정관리도 앉을 수 있고 전문인도 앉을 수 있다는 뜻인 것같다. 그러니까 이번의 전문인 등용은 하나의 시험케이스라고 볼 수도 있다.

당국은 국립극장장의 첫 교체에서 연극인을 임명했다. 국립극장장을 꼭 연극인이 맡아야 된다는 조항은 없을 것이다. 왜냐하면 극장 산하에는 극단만 있는 것이 아니라 발레단도 있고 가무단등 여러 쟝르의 예술단체가 소속돼 있기 때문이다. 그러나 국립극장은 당초 무대예술, 그 중에서도 연극을 육성하기 위해서 설립된 것이고, 아직도 연극이 중심적 역할을 하고 있는 만큼 연극인의 극장장임명은 너무나 당연하고 잘한 일이라 생각한다. 외국의 경우에는 국립극장에 연극 외의 다른 것이 끼어들기 힘들고, 오페라나 발레도 큰 테두리에서 볼 때 연극 속에 포함해도 무리가 아닐 것이다.

마침 신임극장장 허규(許圭)는 현대극연출로 출발해서 고전극에까지 폭넓은 관심을 갖고 있는 연출가이므로 극단, 창극단, 가무단 등을 전속으로 갖는 국립극장으로서는 여러 면에서 적임자일 것 같다. 거기다가 민예라는 사설극단과 소극장을 매우 어려운 여건에서 운영해왔기 때문에 한국연극의 실정과 연극인의 고충을 잘 알고 있다.

따라서 그가 어떤 비젼을 갖고 국립극장을 이끌지는 두고 보아야겠지만 일단은 긍정적인 눈으로 보아도 무방할 것 같다. 그가 일선연극인들의 밑바닥까지를 너무나 잘 알고 있을 뿐만 아니라 한국연극의 고질이 어디에 있는가도 잘 알고 있기 때문이다. 그는 끝까지 관리인이 아닌 연극인으로 있을 것이고, 또 그래야만 한다. 바로 그것이 국립극장의 관주도 탈피와 활성화의 관건이 될 것이기 때문이다.

12. 변화 꾀하는 국립극장

유명무실하지만 그래도 우리나라 공연예술의 센터라 할 수 있는 국립극장이 오랜 침체의 늪을 벗어나기 위해서 몇 가지 개혁조치를 마련했다.

그 내용은 주로 운영문제로서 레퍼토리선정위원회와 운영위원회 구성, 전속단원들의 계약제 실시, 전속단체장의 3년임기제 및 겸직금지, 단장 안무 및 연출자의 독립성 보장, 그리고 국립극단 2원화 등이다. 좀더 구체적으로 살펴보면 이제까지 문공부의 입김을 강하게 받는 극장장의 독주를 일단 철회하고 레퍼토리선정위원회와 운영위원회 부활에 따른 광범위한 의견수렴에 의해서 운영상의 융통성을 꾀할 수 있게 했다.

단체장의 임기제라든가 단원계약제 같은 것은 전속단원들의 무사안일주의를 일소할 수 있는 것이어서 일단 긍정적으로 받아들여지지만 악용되면 예술인들을 말단관리처럼 왜소화시킬 수도 있다. 특히 실적에 따른 급여현실화 및 계약기간 연장이라든가 해약 등에서 횡포가 일어날 가능성이 있다. 그런 가운데서도 전속단체장과 연출자의 독립성 보장, 총감독제 등은 국립극장이 구조상으로 발전을 꾀해보려는 의욕적 구상이라 볼 수 있다.

그러나 이상과 같은 여러 개혁안 제시에도 불구하고 국립극장의 장래가 별로 밝지 않다. 예산이 늘어난다는 아무런 조짐이 없기 때문이다. 오늘날 국립극장의 연간 예산이 28억원 정도인데, 그 중에서 예술창조에 쓰이는 돈은 4억 정도라고 한다. 6개 전속단체들이 4억을 가지고 1년동안 작품을 만들어야 한다는 이야기다. 더구나 6개 단체가 한 여름과 겨울을 제외하고 두 군데 무대에서 공연날짜를 쪼개 쓰려니 한 작품을 10일 이상 할 수가 없다. 국립극장 전속단체들이 장기공연을 할 수 없는 것도 문제점 중의 하나이다. 예산 등 여러 가지 이유로 해서 모든 공연이 단기에 그치고 있다. 6개 단체가 있으면서도 무대가 비어 있는 날이 많은 것도 그 때문이다. 바로 그 점에서 전속단체의 분산도 고려해볼 필요가 있다. 즉 각 관립극장의 특성화를 위하여 오페라단은 세종문화회관으로, 무용단은 문예회관으로, 창극단은 국악당으로, 그리고 다른 단체는 새로 지을 극장으로 옮기는 식이다. 국립극장은 역시 연극중심이 되어야 하기 때문이다.

두 번째 문제점은 국립극장이 진입로에서부터 대중을 차단하고 있고 무대도 너무 커서 다목적 홀 이외에는 쓸모가 없다. 세 번째로는 국립극장 공연이 전혀 홍보가 되지 않고 있는 점이다.

그리고 개혁안에 보면 단원의 외부출연을 금지하면서 능력에 따라 급여와 계약기간이 좌우된다고 했다. 그렇다면 단원들은 어디서 능력을 키운다는 이야기인가. 우리나라에는 공연예술인들이 과학적으로 훈련받을만한 곳이 한 군데도 없다. 그러므로 국립극장은 능력측정에 앞서 단원들이 연구하고 훈련할 수 있는 제도를 먼저 만들어야 한다.

13. 국립극장의 실험무대 개관

국립극장에 소속되어 있던 교향악단이 KBS로 넘어가면서 연습실이 비게 되었고 이번에 그것을 실험무대로 사용케 되었다. 그리하여 10월 28일부터 31일까지 개관기념으로 제1회 전통예술특별초청공연을 가졌다. 장산도 썻김 굿을 시발로 하여 밀양(密陽)5북춤, 승무, 진도 다시라기, 판소리연창회, 봉산탈춤등이 열띤 반응속에 공연되었다. 물론 3일씩 하는 썻김굿을 한 장소에서 두세시간에 보여준다는 것은 무리이다. 그러나 그 지역사람들이나 민속학도 외에는 잘 알지 못하는 한 지역의 굿을 압축해서 보여주는 것도 큰 의미를 던지는 것이다. 이번에 장산도 썻김굿을 본 사람들은 적어도 남도굿이 소리(唱)를 주조로 하고 있음을 느낄 수 있었을 것이고, 판소리의 모태가 무엇인가를 어렴풋이나마 깨달았을 것이다. 그리고 밀양 5북춤과 승무에서는 한국춤의 멋과 가락을 맛보았을 것이고, 진도 다시라기에서는 한국인의 생사관(生死觀)과 서민들의 예능을 짐작할 수 있었으리라 생각된다.

그렇게 볼 때 국립극장 실험무대의 운영이 큰뜻을 지니고 있으며 앞으로도 적지 않은 기여를 할 것으로 생각된다. 민속예능이 도시로 들어올 때 아무래도 변질되고 또 상업화될 위험이 있는 것이지만, 그런 것을 미연에 방지만 해주면 민속예능전승에도 활력을 불어놓을 수 있을 것이다. 특히 전통에 대한 관심이 높은 오늘날 전국 곳곳에 산재해 있는 뛰어난 민속예능을 발굴하여 도시인들에게 보여준다면 서구화에서 오는 문화침식도 어느 정도는 방지할 수 있으리라 본다.

어느 나라나 국립극장은 자기 고유의 무대예술을 지키고 키우는 전당으로 사용하고 있는 만큼 우리의 국립극장이 민속예능쪽에 치중하는 것은 바람직한 일이라 생각한다. 앞으로도 계속 전국의 민속예능을 초치해서 공연을 시키되 단1회로 그치지 말고 2, 3회씩 했으면 좋을 것 같다.

14. 국립극장의 놀이마당 개장

장충동에 자리잡고 있는 국립극장이 작년말에 실험무대를 개설한데 이어 지난 달에는 북쪽 공간을 터서 야외극장을 또 하나 만들었다. 따라서 국립극장은 대극장, 소극장, 실험무대, 그리고 이번의 놀이마당까지 합쳐서 4개의 대소무대를 갖게 되었다. 「민족문화 전통을 계발, 육성하고 이를 창조적으로 계승하기 위하여 전통공연 예술의 원형보존과 현대적 수용에 적합한 공연공간을 확보하자는 데」그 목적이 두어져 있는 놀이마당은 총 2백44평인데, 그중 무대가 1백32평이고 관객석이 1백2평으로서 야외 스탠드식으로 되어 있다. 지난 3월 13일에 기공하여 꼭 두달만인 5월 15일에 준공과 함께 개장식까지 가진 이 놀이마당은 적어도 설계하여 만든 야외극장으로서는 우리나라 연극사상 최초가 될 것이다.

모든 시민과 연회단체, 그리고 연화자들에게 무료로 대관되는 이 놀이마당에서는 인형극 판소리, 탈춤, 무용등 모든 전통예술과 현대적인 마당극도 공연할 수 있도록 했다. 그리고 대학생 및 각 직장의 민속서클의 발표장으로서도 제공된다고 한다.

현대인들에게는 야외놀이마당이라는 것이 생소하게 들릴지 모르나 세계의 모든 민속예능과 연극은 당초 야외에서 시작되었고 아직도 상당수 민속예능은 야외에서 놀아지고 있다. 보통 연극이라고 하면 으레 옥내무대를 연상하지만 옥내극장의 전통을 갖고 있는 서양극도 처음에는 야외극장에서 출발했었다. 그리스의 야외극장이 그 본보기다. 그러다가 로마시대에 와서 옥내극장을 갖게되었고 그 전통이 지금까지 내려오게 된 것이다. 우리나라의 경우는 옥내극장의 전통이 극히 짧다. 왜냐하면 우리연극은 당초 극장예술로서가 아닌 민속예능으로서 전승되어왔기 때문이다 그래서 탈춤, 꼭두극, 그림자극, 판소리등 네 종류의 전통극은 공연하기 편하게 만들어진 임시 가설무대에서 연회되었고 조선 후기에 와서야 비로서 해서탈춤 등이 고정된 야외무대를 갖게 되었던 것이다. 이러한 무대공간 개념은 서양 문화의 수용과 함께 급격히 바뀌었고 드디어 1902년에 최초의 옥내극장인 협률사가 설치케 됐고 서양물결과 일본세에 따라 야외놀이마당을 본거로 해온 전통극은 급속한 퇴조를 보였다. 그러다가 해방이 되고 훨씬 뒤인 1960년대에 와서 전통극에 대한 새로운 관심과 함께 그 원형의 복원과 보존이 심각하게 논의되었고 전수회관도 생겼던 것이다. 그러나 전문적인 공연장이 설립되었던 것은 아니고 이번에 겨우 놀이마당이 개설된 셈이다. 그렇기 때문에 국립극장의 놀이마당은 역사적인 의미가 있는 것이다.

사실 그동안 제대로 설계된 야외무대가 없었기 때문에 전통예능은 서구식 푸로시니엄 아치형의 무대 위에서 공연되거나 아니면 운동장 같은 야외에서 그냥 공연되어 온 실정이다. 특히 현대적으로 꾸며진 마당극들마저 서구식 극장무대에서 공연된 것은 매우 아이로니칼한 일이다. 적어도 마당극이라고 한다면 극장의 제4벽을 깨트리는 형태로서 4면 8방에서 연극을 보고 참여할 수 있게 만든 작품을 일컫는다고 볼 수 있다. 국립극장에서 만든 놀이마당이 비록 정교한 구조를 갖춘 것은 못된다 하더라도 전통적인 민속예술과 현대적인 마당극의 보존 발전에 어느 정도 기여하리라 본다.

15. 국립극장의 배우해촉이 의미하는 것

우리사회 곳곳에는 아직도 연극발전을 저해하는 요인들이 많이 도사리고 있다. 그 중의 하나로서 배우천시(俳優賤視) 풍조를 들 수가 있을 것이다. 배우천시 풍조는 곧바로 연극경시로 이어지는 것이기 때문에 연극의 저해 요인 중에서도 악성(惡性)에 속한다. 물론 세계연극사를 훑어보아도 배우가 귀족계급에 속한 경우는 없었다. 가령 로마시대만 하더라도 배우는 노예들의 역할이었다. 그러나 그들은 박대받지는 않았고 사랑을 받았었다. 서양의 이런 경향은 그 후에도 계속 이어오면서 노예는 아니지만 서민계급이 대체로 직업배우를 했었다. 물론 王이나 귀족계급의 끊임없는 애호를 받으면서 말이다.

그런데 우리의 경우 배우천시 풍조는 너무 뿌리깊고 농도도 짙다. 문헌상에서 보면 직업배우가 등장한 것은 고려시대. 당시는 명칭을 배우라 하지 않고 才人 또는 양수척(揚水尺), 水尺 등으로 불렸는데, 이들은 호적에 등재되지 않음은 물론이거니와 국가의 부역(賦役)조차 면제될 정도로 사람대우를 받지 못했었다. 이러한 풍조는 조선시대까지 그대로 이어졌고 따라서 사회적 신분과 생활보장이 안되는 이들은 밑바닥 삶을 벗어날 수가 없었다. 이들 유랑의 무리들은 호구를 위해 절도, 매음까지 했고 그로인해 사회악의 대상으로 지탄받곤 했었다.

개화의 전반적 사회변화에 따라 배우의 인간대우는 회복되었지만 너무 오랫동안 뿌리박혀 내려온 천시사상은 좀처럼 가셔지지 않았다. 개화기 초에 여배우지망생이 없어 홍등가로 구하러 들어간 극단대표가 창녀로부터 사람 무시했다고 뺨만 얻어맞고 돌아왔다는 일화는 유명하다.

재능있는 젊은이들이 연극계에 뛰어들지 않는 상태에서 배우의 예술인 연극이 발전될 리가 만무하다. 여태까지 배우가 대우와 사랑을 못받는 사회에서 연극이 대중속에 뿌리를 내린 경우는 없다. 우리가 바로 그런 표본적인 경우라 할 수 있다. 우리사회에는 아직도 배우경시 폐습이 남아있어 재능있는 사람들이 지망하는 경우도 적지만 지망자들도 좌절을 겪다가 중도에 떠나곤 한다.

이번 국립극장의 전속배우 해촉사건도 우리사회에 아직도 도사리고 있는 배우홀대 폐습의 한 단면이 들어난 경우라 하겠다. 얼마전 국립극장에서는 중견배우 전무송(全茂松)과 김영회가 소정의 서류를 제출치 않고 다른 극단에 출연했다 하여 전속을 재위촉하지 않았다고 한다.

극장측에서 볼 때 이들이 행정상 재위촉 받지 못할 충분한 잘못이 있었는지는 알 수 없으나 문제는 예술가를 무슨 인부나 촉탁공무원 다루듯 하는데 있는 것이다. 연전에도 원로배우 고설봉(高雪峰)과 강계식(姜桂植), 이기홍(李起弘) 등을 해촉하여 연극계에 충격을 준 일이 있었다.

들리는 말에 의하면 이들의 고령(高齡)이 문제된 듯하지마는 연금이나 퇴직금도 없이 무대에서 한 평생을 보낸 이들을 연로하다는 이유 하나로 하루아침에 생계를 끊는다면 어떻게 되는 것인가. 더구나 예술가, 그것도 일생을 무대에서 산 원로배우에게 연령제한을 가한다는 것은 예술을 모르는 예술행정의 병폐에서 나온 결과라 하겠다.

만약에 연령제한을 창극단에까지 할 경우, 이제 정말 원숙한 판소리를 부를 名唱들이 국립극장을 떠나야 되는 처지에 놓일 것이 아닌가. 과거의 기라성 같은 명창들인 이동백(李東伯), 송만갑(宋萬甲) 등도 모두 늙어갈수록 정말 좋은 노래를 불렀음을 우리는 기억하고 있다. 다행히 全茂松 등 해촉당한 배우들을 재위촉한다는 이야기가 들리지만 이번 기회에 국립극장 내규(內規)를 전진적으로 뜯어고칠 필요가 있을 것 같다.

우선 전속단원의 1年制부터 고쳐야 한다. 선진국을 보더라도 1년마다 재위촉하는 경우는 없다. 보통 3년서부터 5년 정도거나 종신의 경우도 있다. 국립극장에서 당초 전속기한을 1년으로 잡은 이유는 단원들의 무사안일과 침체를 막으려는 뜻에서였던 것 같으나 그 조항이 자꾸 악용됨으로서 극장 관리가 예술인을 지배하고 그 위에 군림하는 관료풍토만을 조성하고 있다. 전속단원들의 안일이나 타성은 관객과 비평가들에게 맡기면 되는 일이다.

예술인들이 신분보장 때문에 관리의 눈치나 보고 자율적 활동이 너무 제약되어서는 곤란하다. 또 국립극장이 유능한 배우들을 수십 명 뽑아 연 4, 5회 공연으로 해를 넘긴다는 것은 그들의 발전에도 문제가 있는 만큼 그들의 활용방안도 강구해야 되리라 본다.

16. 신축 국립극장 10주년

민족문화의 전당임을 자처하는 국립극장이 세워진 지가 33년이나 되었다. 명동의 낡은 건물을 팔고 장충동에다 맘모스 극장을 새로 짓고 이사한 지도 10년이나 되었다. 신축 국립극장은 과거의 극장보다도 여러 가지 면에서 다르다.

우선 규모에 있어서 명동시절의 작은 극장과는 비교가 되지 않는다. 그럴 수밖에 없는 것이 명동에 있었던 구 국립극장은 1930년대에 일본인들이 영화전용의 메이지좌(明治座)로 지었던 것이므로 8백석 정도의 소규모 적산가옥 같은 것에 지나지 않았다. 반면에 신축 국립극장은 민족문화센터라는 원대한 비전을 갖고 수만평의 대지 위에 지은 극장이기 때문에 객석도 천석이 훨씬 넘고 시설도 매우 현대적이며 웅장하다.

두 번째는 위치상의 차이가 있다. 구 국립극장이 명동이라는 번화가 한가운데 자리잡고 있어서 극장이 생활공간 속으로 파고들어와 앉은 것 같은 인상을 주었던 데 반해서 장충동 야산 중턱에 외따로 우뚝 솟아 있는 신축 국립극장은 번잡과 소음을 피한 도심 속의 사찰처럼 외지고 적요해서 쾌적하기까지 하다.

그러나 특이한 진입로가 대중과 극장을 차단하고 또 극장 설계상의 미스로 인해서 국립극장은 좀처럼 시민의 휴식처가 못되고 있다.

세 번째의 차이점이라면 명동시절의 국립극장이 연극중심지였던 데 반해 신축 극장은 무대예술 전반의 중심지임을 자부하고 있는 것이다. 이러한 현상은 연극중심의 외국 국립극장과 비교할 때 차이가 있는 것이지만 우리로서는 본래 국립극장의 기능을 회복한 셈이 된다. 왜냐하면 당초 제대로 된 극장이 하나밖에 없었으므로 연극, 무용, 음악 등 무대예술 전반의 전용극장으로 쓰려고 지었는데, 무용과 음악연주가 활발하지 못하자 사설 극단들의 대관 중심으로 운영되어 왔었기 때문이다. 그렇게 되니까 사설극단들이 주로 국립극장을 이용했고 예산이 적어서 자체 공연은 줄어들었던 것이다.

네 번째의 차이점이라고 한다면 장충동 국립극장이 큰 규모만큼이나 공연이 대형화되고 화려해졌으며 자체 공연도 크게 늘었다는 사실이다. 실제로 대형공연을 할 수 있게끔 전속단체와 단원이 크게 보강되었다. 오히려 너무 커다란 무대공간을 채우느라 작품을 대형화하다 보니 연극의 경우는 앙상블이 안되고 따라서 대사전달의 막힘과 함께 밀도를 잃는 경우가 많았다. 그리고 목적물을 자주 하게 됨으로써 연극의 질을 떨어뜨리기도 했던 것이다.

이러한 외형적 변화 못지 않게 내용물에도 변화가 일고 있다. 우선 앞에서도 언급했듯이 공연회수의 증가와 대형화가 그 첫째이고 창극, 고전무용, 고전극, 민속예능 등 고전예술에 치중하고 있는 것이 두 번째이며, 우리 나름의 연극양식을 창조하려는 몸부림이 세 번째 변화이다.

사실 민족예술의 창조장소가 되어야 하는 국립극장이 서양예술의 소개에 그칠 수는 없고, 또 그렇다고 우리 고전의 단순한 보관소가 되어서도 안 될 것이다. 국립극장이 서양의 고전적 작품을 공연하는 이유는 대중의 안목확대와 지적·정서적 자극과 함양, 그리고 밖을 통한 자신의 발견을 위해서이며 우리 전통예술에 중점을 두는 것은 문화유산의 보전 전승과 그것을 창조원천으로 삼자는 데 있다.

어느 나라 국립극장이든 보수적으로 흐르는 이유가 거기에 있는 것이다. 다행히 신축 국립극장이 창극계발에 힘쓰는 것은 바람직한 일이라 생각한다.

필자의 개인적 견해이지만 고전극으로서 현대에서도 어필할 수 있는 것은 창극밖에 없다고 본다. 가면극과 인형극, 판소리 등은 이미 굳어진 형식의 고전극이지만 창극은 그 리듬만 굳어진 형태일 뿐 전체적 양식은 얼마든지 변형, 개조, 보완할 수 있다고 본다.

이는 이미 근대극 80여년 동안에 부단하게 시도해온 터이다. 창극은 우리의 민속음악, 무용, 설화, 풍속 등을 그대로 수렴하면서 서구화 되어가는 현대인들에게 주체성을 살릴 수 있도록 해주기도 한다. 이상과 같은 고전극 공연의 활성화와는 달리 창작극은 여전히 부진을 면치 못하고 있다. 소극장에서의 몇편 공연(吳泰錫의 작품)은 괜찮았으나 대극장에서 공연한 창작극들은 대부분 실패했다.

연극이 예술품으로서 성공하려면 현실의 궁극적 의미를 파헤쳐야 하는데, 그런 본질적인 것은 외면하고 의도적으로 어떤 이념만을 전달코자 하면 반드시 실패할 수밖에 없다. 대극장에서 공연한 그 동안의 목적극들이 실패한 이유도 그 때문이다.

국립극장에서는 그런 작품을 해야 한다는 생각부터 고쳐야 한다. 바로 여기서 官의 예술관여를 배격해야 하는 이유가 있는 것이다. 연전부터 문공부 관리가 아닌 연극인(許圭)이 극장장을 맡아 여러 가지로 변화를 시도하고 있는데, 긍정적인 측면이 많지만 우려스러운 면도 없지 않다. 몇 가지 우려스러운 것 중의 하나가 소위 마당극 양식의 지나친 존중이다. 물론 우리 나름의 연극양식과 존재양식을 무대를 통해 구현해보겠다는 의지는 좋지만 그것이 국수적이거나 편협해지면 곤란하다.

가령 과거 허규가 이끌었던 극단 민예(民藝)의 실험적 연극방식을 그대로 국립극장으로 끌어들일 경우, 국립극장은 보편적 예술의 창조장소가 아닌 고루하고 경직화된 실험무대가 될 가능성도 배제할 수 없다. 그것은 조심스럽고 신중하게 검토되어야 할 문제이다. 그러나 국립극장은 분명히 발전을 향해 몸부림치고 있는 것만은 확실하다.

그런데 과거 명동시절에 해결 못한 문제를 그대로 안고 있기도 하다. 그것은 당장 시급한 연기자 양성소 개설과 자료관 설치, 그리고 디렉터를 두는 일이다.

그동안 극작가의 질을 떨어뜨려온 현상희곡모집 중지는 잘한 일이나 배우의 훈련과 재교육기관을 살리지 못한 것은 문제이다. 그리고 30여명의 극단원과 다른 수십명의 전속단원을 갖고도 각각 연간 2, 3회 공연으로 그치는 것은 문제이다. 전속단원들의 부단한 수련과 공연활동은 너무나 당연한 것이 아니겠는가. 국립극장은 민족예술을 창조해보겠다고 안간힘하고 있는데, 너무 조급해서도 안되고 편협해서도 안 된다. 장기적인 안목을 갖고 이 땅의 사람들로 하여금 아이덴티티를 지니면서도 진실과 아름다움에 눈을 뜨도록 부단히 힘쓰면 그 사명은 끝나는 것이다.

17. 창우극장과 허규와 이만희

옛 풍정이 사라져만 가는 요즘 세상에 허규(許圭)와 같은 연극인이 존재한다는 것은 참으로 신기하면서도 뜻있는 사람들을 살맛나게 만든다. 일찍이 실험극장에서 「許生傳」과 같은 작품을 연출하더니 느닷없이 아현동 고개 다방 구석에다가 민예극장을 차려놓고 탈과 인형을 만들고 민요를 익히면서 굿판에 따라다니기도 했었다. 거기서 나온 작품들이 「서울말뚝이」니 「다시라기」니 「물도리동」 같은 것이었다. 그는 다시 국립극장에 올라가서 창극에 심혈을 쏟아붓다가 내려왔다.

그가 과연 어디로 갈까 주시하던 나에게 북촌(北村)창우극장이라는 것을 만들었다는 전갈을 해 온 것이다. 우선 극장이름부터 오늘을 사는 사람들에게 향수를 불러일으키고도 남음이 있다. 개화기 이후 청계천을 중심으로 한인들이 몰려 살던 북쪽이 北村이고 日人들이 많이 살던 남쪽이 南村임은 다 아는 사실이다. 게다가 창우(倡優)란 말은 조선시대에 배우를 가리키는 용어였다. 허규는 왜 굳이 진부하게 느껴질지도 모를 그런 명칭을 자기 극장에다가 붙였을까.

그것은 두말할 것도 없이 사라져감에 대한 아쉬움을 넘는 일종의 반역이랄 수 있다. 그는 고집스럽게 우리 것에 애착을 갖고 그것을 오늘에 살려보려고 한다. 그렇기 때문에 그는 남이 기피하는 것만 찾아서 한다. 나는 그런 그가 자랑스럽기까지 하다. 다 변해도 민족은 변하지 않을 것이기 때문이다. 그는 개관기념공연을 주로 전통예술로 채웠다. 굿놀이로부터 시작해서 판소리, 민속무용, 민요 등이 주 레퍼토리였다.

서울에 명물(名物)이 없어서 늘 아쉬워하던 차에 북촌 창우극장이 등장함으로써 서울다워진 것이다. 사실 서울은 너무나 개성 없는 거대 도시이다. 외국인들이 와서 저녁에 갈 곳이 없는 데가 바로 서울이다. 그런데 이제 명물이 생겨났다.

그런데 이번에는 이만희(李萬熙)가 쓴 창작극을 무대에 올린다는 것이다. 주지하다시피 李萬熙는 신예 극작가로서 요즘 가장 각광을 많이 받고 있다. 그동안 데뷔작과 함께 올린 또 하나의 작품도 인기를 끌고 있다. 이번에 올려진 「돼지와 오토바이」는 과거 작품과는 비교가 될 정도로 색다르다. 우선 실화가 바탕이 되었다는 것과 불교적(佛敎的)이던 그가 기독교 쪽으로 방향을 돌린 작품이 바로 「돼지와 오토바이」이기 때문이다. 그는 원죄문제를 건드려 보려고 한 것 같은데 그것을 종교극으로서가 아니라 세속극 또는 인간극으로 가져가보려 한 것 같다.

궁극적으로 기독교의 원죄로서 결말을 지으면서도 실존적 인간에 포커스를 맞춘 점에서 그렇다. 그런데 한 가지 이만희에게 바라고 싶은 것은 佛敎를 공부한 만큼 기독교도 공부를 해야 좋은 작품이 나올거라는 이야기이다. 결국 훌륭한 작품이란 그 높은 도덕성 때문으로 해서 종교적일 수 밖에 없다는 생각이다. 왜냐하면 예술이란 궁극적으로 인간이 과연 구원(救援)받을 수 있는가에 대한 의문제기라 생각하기 때문이다.

허규가 이런 성향의 창작극을 첫 번째 레퍼토리로 택한 것도 흥미롭다. 종래 그가 추구해오던 작품 계열과는 너무나 거리가 멀기 때문이다. 공연의 성공을 기대한다.

18. 성숙한 연극의 산실

― 산울림 소극장 9주년

극장사가 길지 않은 우리나라에서 산울림 9주년이 갖는 의미는 대단히 크다. 거의 10년 주기로 연극 침체의 기복이 있는 이땅에서 산울림은 분명히 한 시기를 담당한 극단이고 극장이기도 했다. 가령 1980년대초 서슬퍼런 군부정권이 위세를 발할 때 연극은 극도의 침체 속에서 방황했었다. 그 때 산울림은 「위기의 여자」라는 작품으로 연극위기를 극복해낸바 있는데, 이는 실험극장이 운니동소극장에서 일으킨 연극붐이 사그러질 무렵에 山울림이 그 횃불을 받아 연극계에 안착시킨 것이었다. 그런데 단순히 안착시키는데 그치지 않고 한국연극의 넓이로 확산시켰다는데 더 큰 공로가 있다는 생각이다. 그것도 우선 세 가지 측면에서 살펴볼 수 있다. 첫째 산울림 성인극장으로 격을 높인 것인데 그것은 우선 작품의 성숙도로서 중년 여성층을 대거 연극장으로 끌어낸 점이다. 이는 참으로 중요한 것이다. 한국연극사상 1930년대 東洋劇場에서 기생층(妓生層)을 극장에 끌어낸 적은 있지만 인테리 중년 여성층을 대거 극장으로 인도한 것은 산울림이 최초였다. 그런데 그것도 일시적 유행아닌 고정관객으로 엮은 것이 주목되는 사항이다. 중년 여성 인텔리층을 고정관객으로 만드는데는 완성도 높은 작품이 아니고서는 불가능하다. 일단 산울림연극이라면 안심하고 볼 수 있게끔 공신력을 쌓은 것도 연극계의 업적이다. 두 번째로는 산울림이 스타의 산실이 된 것이다. 朴正子, 尹石花 등이 스타로서 확고한 위치를 확보한 곳이 바로 산울림 소극장이다.

그뿐이 아니다. 신인도 일단 산울림에 들어가면 기본기(基本技)를 갖추고 나온다. 혹독한 연기교육장으로서의 산울림이 중요한 역할을 했다는 이야기가 된다. 이점은 연극교육이 제대로 없는 이땅에서 중요하다. 세 번째로는 민간차원의 국제교류의 장이 되었다는 사실이다. 아비뇽연극제 참가로부터 더블린의 베케트演劇祭에서의 호평. 그리고 금년에는 폴란드에 가는 것으로 알려졌다. 또 그들 극단도 와서 공연을 가진 바 있다.

그리고 근자 창작극시리즈 공연을 진행시키고 있는 것도 주목되는 사항이다.

이는 산울림이 연극사적으로 소임을 다하겠다는 의지로 보이기 때문이다. 특히 신인들의 희곡을 과감히 무대에 올리는 것도 눈여겨 볼만하다. 금년도 三星문예상 수상자인 정우숙의 「구멍의 둘레」 공연은 산울림이 우리 시대에 무엇을 연극무대에 올린 것인가 하는 목표의 일부를 보여주는 것이라고 말할 수 있지 않을까 싶다. 왜냐하면 한 기혼여성의 정신적 방황 같은 것을 이 작품이 내포하고 있기 때문이다. 풋풋한 신인의 문학성 높은 희곡이 산울림 무대에서 어떻게 정제(整齊)되어 나올지 자못 기대가 크다.

19. 국립극장 민간위탁의 문제점

새정부가 들어서면서 각분야의 개혁이 적잖은 부작용을 불러일으키면서 진행되고 있다. 수십년 동안의 적폐가 제거되고 상당한 구조조정이 이루어짐으로써 그 대상 기관이나 구성원들이 생존을 위한 저항과 몸부림을 치는 것은 극히 자연스런 일이라 할 것이다. 사실 환자도 그런 수술과 환부치료를 겪어내야 건강해 질 수 있는 만큼 오늘날의 국가 개혁은 일단 긍정적으로 보아야 할 것 같다.

그런데 의사도 신(神)이 아니므로 환자의 아픔을 다 알아낼 수 없고 또 수술도 잘못하면 환자를 아예 죽일 수도 있는 만큼 환자의 이야기도 조금은 들어보면서 치료를 해가야 하는 것이다.

필자가 서두에 이런 비유부터 드는 이유는 최근 진행되고 있는 정부의 문화기관 개혁방침에 상당한 문제가 야기될 수도 있다는 우려 때문이다. 그것은 다름아닌 기획예산위원회의 정부 산하 문화기관의 민간위탁 방침을 두고 하는 이야기이다. 기획위가 5월 25일에 발표한 민간위탁의 자세한 내용은 알 수 없지만 아마도 국립극장, 박물관 등의 민영화(民營化)를 골자로 한 것이 아닌가 싶다. 이러한 정부의 방침에 대해서 문화계가 즉각 반발하고 나선 것은 문화를 순전히 경제논리로만 재단하려는 게 아닌가 하는 의구심 때문이다.

사실 국립극장 폐지문제는 과거에도 두어 번 나온 적이 있었다. 문화 서비스는 보잘 것 없으면서 국고만 좀먹는다는 것이 그 이유였다. 그럼에도 불구하고 48년 동안 국립극장은 존속되고 있는 것이다. 그런데 이번에 그 문제가 민간위탁이라는 이름으로 부각되고 있다.

실제로 정부 쪽에서 바라보면 국립극장을 당장 민영화하고 싶을지도 모른다. 왜냐하면 연간 정부 예산 1백 70여억원을 곶감 빼어먹듯이 쓰면서 문화 서비스는 피부로 느껴지지 않으니 IMF시대에는 국립극장 같은 것은 애물 단지로 밖에 보이지 않을 것이기 때문이다. 정부의 기획위원회에서 일하는 관리 중 누구도 국립극장 예술에 감명받은 이는 거의 없을 것임은 자명하다. 그러니 국립극장이 무엇을 하는 곳이며 그 필요성이 절박한가 회의하는 것도 이해된다. 국립극장이 이처럼 기획위 관리나 일반 시민들에게 피부에 와 닿게 문화서비스를 제대로 못하고 있는 것은 전적으로 그들 책임이다. 도대체 국립극장이 어떻게 운영되기에 시민들의 관심 밖에 있는가. 국립극장이 공익상 별 도움이 안되는 것은 구조적인 문제를 안고 있기 때문이다. 동맥경화증에 걸려 있는 환자 같다.

우선 통계상으로 살펴볼 때, 국립극장을 움직이는 인력은 4백60명이다. 직원이 1백 45명이고 7개 전속단원이 3백 15명이다. 그런데 직원 중 공연예술 전문가는 아마도 20명을 넘지 못할 것이다. 전문가도 극장장 등 상층부가 아닌 기술직뿐이다. 따라서 3백 15명을 움직이는 사람들은 일반 행정요원이라는 이야기가 된다. 극장의 역동성을 기대하기 어려운 것은 그런 조직 구성원에서도 찾을 수 있다.

1백 70여 억원의 예산 중 인건비가 자그만치 1백 15억원(직원 급료 42억, 전속단원 급료 73억원)이다. 여기서 시설비에 쓰는 돈이 20억원이므로 실제 예술창조에 쓰는 돈은 35여억원에 불과하다. 35억원 정도를 가지고 7개 전속단체가 1년 동안 작품을 만들어 무대에 올리므로 공연횟수도 적고 작품의 질도 높을 리 만무하다. 이런 구조로는 국립극장이 제구실을 하기 어렵다.

서구에서도 한때 국립극장의 효율성 제고를 위해 민간에 위탁한 예는 있다. 가령 드골 정부 때 앙드레 말로 문화부장관이 파리에 있는 5개의 국립극장 중 오레온 극장을 명배우 장루이 바로에게 맡겼던 적이 있다. 그것이 계기가 되어 프랑스의 다른 국립극장들이 정신을 바짝 차리게 되었었다. 국립극장이 유럽에는 부지기수로 많지만 미국에는 없다. 미국문화의 영향을 절대적으로 받는 우리로서 국립극장을 민영화하려는 유혹을 받을 만도 하다. 그러나 그것은 대단히 위험한 발상이다. 왜냐하면 국립극장의 민영화는 곧 그것의 사라짐을 의미하기 때문이다. 어떻든 국립극장은 48년 동안 우리나라 현대문화에 커다란 족적을 남긴 문화기관인 것만은 분명하다. 따라서 국립극장이 구조적으로 문제가 있다면 변혁을 시키면 되는 것이지 민영화(民營化)라는 명분을 내걸고 폐지하려는 의도가 숨어 있다면 그것은 온당치 못하다.

국립극장이 1950년 봄에 개설될 때의 우리국민소득은 기십 달러에 불과했다. 세계의 최빈국에 속하는 나라였지만 당당히 국립극장을 가진 문화민족으로서의 자긍심을 가졌었다. 그것은 이웃 일본보다도 앞선 것이었다. 국립극장이 들어섬으로써 해방 직후의 혼란스럽던 공연문화가 정리되었음은 물론이고 민족문화가 굳건하게 자리잡는 계기도 되었다. 전란의 와중에서도 우리의 연극 등 무대예술이 명맥을 이을 수 있었던 것도 국립극장 덕택이다. 1960년대 말까지 명동이 문화의 중심지가 되었던 것도 그곳 한복판에 국립극장이 버티고 서있었기 때문이다. 그런 국립극장을 단 기십억원에 팔아치우고 장충동 외진 산 언덕에 외형만 큰 국립극장을 세운 것이 공화당 정권 때의 일이었다. 국립극장이 설립될 당시에는 대구와 부산에도 두기로 했었다. 그런데 어찌된 일인지 두 도시에서는 국립극장이 문을 열지 못했다. 만약 그때 지방도시에도 국립극장이 세워졌더라면 정권마다 단골 메뉴로 내세우는 지방문화 육성이란 것은 제외시켜도 될 만큼 지방문화는 발전되어 있을 것이다. 여하튼 국립극장이 있었기에 일정 수준의 연극도 있게 되었고, 오페라, 발레, 창극 등과 같은 고급문화가 존재케 된 것이다.

따라서 새 정부는 국립극장의 진흥책을 새로 시작하는 자세로 찾아야지 경제논리만 내세워서 예산 감축의 방향으로 나아가서는 안될 것이다. 주지하다시피 선진 문명국들도 연극, 오페라, 발레, 클래식 음악 등 고급문화는 정부 차원에서 육성 보존하고 있다. 그런 것을 시장원리에 전적으로 맡기면 존속이 어렵다. 가뜩이나 고급문화가 생활화되어 있지 않은 우리로서 시장 원리에만 의존시킨다면 국립극장은 존속이 거의 불가능할 것이다. 정부가 바라볼 때 국립극장이 문화서비스를 통한 공익에 별다른 기여를 못한다고 본 이상 근본적인 개혁으로 방향타를 잡을 필요는 있다고 본다.

현재 국립극장은 2개의 대소공연장에 7개의 전속단체를 두고 있다. 그래서 작품창조에 필요한 예산도 부족할뿐더러 7개 단체가 극장을 사용해야 되기 때문에 한 단체가 연간 80일 이상 공연하기가 힘들게 되어 있다. 전속 단원들이 연습이니 교육이니 하는 명목으로 2백50일 이상 허비하고 있는 이유도 바로 그런 여건 때문이다. 선진국의 국립예술단체들이 연간 2백여일 내외의 공연활동을 벌이고 있는 것과는 대조적이다. 그러므로 국립극장의 능률은 자연 떨어질 수 밖에 없다.

1950년 국립극장이 출범할 당시에는 그렇게 많은 전속 단체가 없었으나 시간이 흐르면서 여러 쟝르로 확대된 것이다. 1970년대까지만 해도 극장이 절대 부족한 상태에서 여러 쟝르의 공연예술을 고르게 육성하다보니 그렇게 된 것이다. 외국의 국립극장들의 경우 우리처럼 그렇게 다양한 쟝르의 예술단체를 갖고 있지 않다. 오늘날에는 문화부 산하에 극장이 국립극장 외에도 예술의 전당, 문예회관, 정동극장 등이 있으며 시(市)산하지만 세종문화회관이 있다. 그뿐만 아니라 20여개의 구민회관도 있다.

그러므로 국립극장에 대한 개혁의지가 강하면 각 극장의 특성화도 꾀할 겸 전속단체의 분산도 염두에 둘 필요가 있다. 이처럼 국립극장이 많은 전속단체를 갖고 있다 보니 성격도 애매하고 각 단체의 공연 횟수도 적게 되는 것이다. 현재와 같은 체제에서는 민간위탁이 이루어진다고 해도 크게 개선되기는 힘든 상황이다. 국립극장이 창설된 48년 전에 비해서 주변 여건이 많이 달라졌으므로 그 운영방식도 크게 바뀌어야 함은 당연하다.

따라서 국립극장의 개혁방향은 공법인화가 바람직하다. 소유(국가)와 경영(민간)을 분리하는 방식이다. 그러니까 국가가 일정수준(70% 내외) 예산을 대고 민간 전문가가 책임 경영을 하는 방식이다. 이러한 방식은 유럽의 국립극장들이 하고 있다. 외국의 국립극장들의 책임자는 모두가 경영과 예술을 아는 전문가들이다. 우리나라처럼 문화부의 순환보직 제도에 따라 아무나 일방적으로 발령받고 오는 것이 아니다.

일반 행정 공무원이 순전히 타의에 의해서 책임을 맡게 되기 때문에 의욕과 전문지식이 없고 그나마도 업무를 파악해서 무엇을 해보려고 할 때 교체되곤 한다. 국립극장 48년 동안 수십명의 극장장 중 전문가는 단 세 사람뿐이었다. 그나마 행정공무원들도 2년을 넘기기가 어려워서 국립극장은 항상 불안정한 상태에 놓이게 된다.

이번에 새 정부의 민간위탁 방침에 나타난 또하나 위험한 발상은 책임자의 1년 단위 계약제이다. 아무리 그 분야 전문가라 하더라도 어떻게 1년에 승부를 낸단 말인가. 국립극장 운영의 실패 원인 중의 한 가지가 다름아닌 책임자의 잦은 교체도 들어 있다는 것을 명심할 필요가 있다. 외국의 경우를 보면 대체로 3년이거나 그 이상 책임경영을 맡김은 물론이고 극장장이 절대로 정치적 바람을 타지 않는다. 그렇기 때문에 유능한 사람은 10년 이상 극장을 이끄는 경우도 적지 않다. 우리나라의 대표적 관립극장인 국립극장, 예술의 전당, 세종문화회관 책임자들의 평균 재임기간은 2년도 채 되지 않는다. 이들이 극장운영을 제대로 알고 장기발전 계획까지 만들어 시행하려면 아무리 짧아도 3년 이상의 기간이 필요하다.

한편 전속단원들은 오히려 본인이 하기 싫을 때까지 하고 있으며 형식은 1년 계약제지만 대체로 별 탈이 없으면 매년 재 계약되고 있다. 그 결과 십년 넘은 단원들이 대부분이고 스스로의 경쟁력도 없이 만네리즘에 빠져 있는 형편이다. 그리고 앞에서도 조금 언급한 바 있듯이 국립극장이나 세종문화회관의 전속단원은 3백명 이상으로서 그들에 제공되는 인건비가 1년 예산의 40%가까이나 된다.

물론 관립극장이 많은 전속단원을 두는 데는 그 분야 인재양성이라는 긍정적 측면도 없지는 않다. 다만 그들이 능력에 따른 엄격한 계약제의 적용을 받지 않기 때문에 경쟁력이 없고 공연 또한 절대 부족이어서 쉽게 만네리즘에 빠지는 것이 문제인 것이다. 그 결과 재능있는 예술가들이 입단해서 몇 년 지나면 오히려 퇴보되는 경우도 없지 않다.

특히 경영적 측면에서 보았을 때, 직원과 전속단원에 대한 인건비가 1년 예산의 60%이상 차지한다면 그런 조직의 효율성이 과연 있겠는가 하는 것이다. 그런데 이런 문제점은 국립극장이나 세종문화회관에만 국한되지 않는다. 지방의 경기도립문예회관, 인천시립문예회관, 대구시립문예회관, 광주시립문예회관, 부산시립문예회관 등도 비슷하지 않을까 싶다. 그 외의 중소도시의 시민회관들은 전속단체를 갖고 있지 않고 대관 위주로만 활용되니까 많이 다르리라 생각된다.

따라서 국립극장을 비롯한 관립 문예회관들을 특수법인화 하면 일단 전문가가 책임경영을 떠맡게 되고 이들에 의해 경영적 측면에서 일대 수술이 가해지리라 본다. 우선 전속단체의 분산을 통해 공연 횟수를 대폭 늘려서 극장에 활기를 불어넣고 단원들은 독일식 계약제를 도입하여 2년에 한 번씩 과감하게 털어 냄으로써 스스로 살기 위한 경쟁력을 높일 수 있을 것이다. 전속단체도 오케스트라와 같은 특수조직을 제외하고는 컴퍼니 형태를 도입해서 최소 단원으로 공연 때마다 새로운 인재를 빌어다 쓸 수 있도록 문호를 개방하는 것이 바람직하다.

국립극장이 출범할 당시에는 전진적 모델없이 주먹구구식으로 극장을 운영했기 때문에 48년이 지난 오늘에 와서는 환골탈태를 꾀할 때가 되었다. 도대체 어느 나라 관립극장이 국가예산에 1백% 의존하고 있으며 비전문 일반공무원들이 극장을 완전 장악하고 있단 말인가. 특수법인화 하면 법인 이사들이 각각 제 몫을 할 것이고 후원회도 구성하는 등 부족한 예산을 메꿔 갈 수가 있을 것이다.

차제에 국립극장을 지방으로까지 확대시킬 것을 제안코자 한다. 지방자치시대의 정신에 역행하는 것이긴 하지만 광역시도의 문예회관의 운영이 너무 미숙하므로 중앙국립극장과 연결시킬 경우 잇점이 많을 것이다. 우선 인적 교류를 이룰 수 있고 작품 교류도 할 수 있으며 공동제작도 가능하다. 특히 오랫동안 문화가 중앙에 집중되어 온 관계로 예술분야 인재들이 중앙에 몰려 있다. 이러한 중앙 편중 인재를 지방으로 분산시키는 효과를 얻을 수도 있을 것이다. 정부가 모처럼 벌이고 있는 개혁에 있어서 문화기관이라고 해서 예외일 수는 없다. 다만 그것을 얼마나 발전적으로 개혁하느냐가 과제일 뿐이다. 오늘날처럼 전문가의 시대에 비전문 공무원들이 국립극장 등 문화기관을 요지부동 장악해서는 곤란하며 특히 방만한 경영은 차제에

척결되어야 한다. 그렇다고 교각살우격(矯角殺牛格)으로 민간 위탁 운운해
서는 안된다. 국립극장은 오히려 지방으로 확대시켜야 고급문화가 균형적으
로 발전해 갈 것이다.

Ⅲ. 70년대 연극의 편린

1. 목적극과 극예술

새봄을 맞아 연극계는 다시 활기를 띠고 있다. 근자에 와서 우리 연극이 시즌을 깼다고 하지만 아직도 극장과 시설관계로 겨울과 여름은 공연하기에 어려움이 따른다. 2월 중순부터 서서히 막을 연 각 극단들은 3월 들어 시내에 있는 모든 극장에서 공연에 열중하고 있다. 민족극의 요람이라는 국립극장의 전속 국립극단도 금년 들어 첫 번째로 3월 3일부터 7일까지 5일간 창작극을 선보였다. 한로단(韓路壇) 작, 임영웅 연출로 공연한 「초립동」(草笠童)은 신라시대의 화랑 관창의 이야기다. 애국심에 불타는 소년 관창이 삼국통일의 꿈을 갖고 백제에 잠입하여 백제왕을 암살하려다가 계백장군에게 생포된다. 도량이 큰 계백장군이 어린 관창을 신라로 되돌려 보내려 하지만 관창이 이를 거부하고 죽음을 간청한다. 결국 관창은 목이 잘려 신라로 돌아온다. 이 소문이 퍼지자 신라인들의 사기가 충천한다는 것이 「초립동」의 경개다. 이 유명한 화랑정신과 소년 관창의 애사를 모르는 한국인은 거의 없다. 그만큼 관창의 이야기는 보편화된 역사적 사건이다. 한로단은 그 이야기를 거의 그대로 극화했다. 약간의 허구적인 것이 있다면 관창이 황산벌 싸움에서 죽지 않고 의자왕(義慈王)을 암살하려다 죽었다는 식으로 이야기를 엮으면서 백제공주와의 관계를 마치 낙랑공주와 好童王子와의 관계 비슷하게 가져간 것 정도였다. 그러니까 약간 변조된 평면적 역사이야기에 춤과 음악만이 곁들여진 것이다. 작가 한로단은 인간의 욕망과 운명을 묘사한 「교류」(交流) 등 몇 편의 희곡을 발표한 영문학자다. 그러나 이번 작품은 그의 작품세계에서 매우 뒤떨어지는 것이고 역사와 예술조차 구별하지 못하는 결과를 드러냈다. 사극의 본질에 대해서는 이미 ≪문학사상≫ 2월호에서 한번 다루었기 때문에 다시 언급하지 않겠거니와 작가는 역사극이 무엇인가를 숙고해야 될 것 같다. 애국적인 화랑 관창의 이야기는 영원토록 한국인의 가슴을 울릴 애화다. 따라서 예술작품의 소재로서도 누구나 한번 취급해 볼만한 것이다. 이와같이 잘 알려진 이야기를 작품으로 쓸 경우에는 적어도 작가의 높은 예술적인 의식의 눈이 필요하다. 그럼에도 불구하고 이번의 「초립동」은 전혀 드라마가 되지 못했다. 만약에 어떤 이념을 전달하려는 예술작품이 한 웅변가의 웅변만큼도 청중에게 감명을 못 준다면 그것은 논급할 만한 가치조차 없는 것이다. 「초립동」의 경우가 바로 그렇다. 드라마가 아닌 어떤 이야기에 무용과 음악이 곁들여진 것은 악극에 불과하다. 1920년대 말 막간극으로부터 출발하여 50년대까지 풍미했던 악극은 한국연극을 좀먹은 신파극의 아류였다. 물론 악극이라고 해서 무조건 저질극으로 본다든가, 또 이 시기에 악극이 되살아났다고 보는 것은 아니지만 「초립동」 같은 연극은 자칫 저질 악극으로 떨어질까 우려되는 작품이다. 연출가가 그 정도의 희곡으로 그래도 무슨 작품을 만들어 놓아야 할 때, 국립극장의 그 광활한 무대를 채우고, 관객을 즐겁게 하는 방법으로는 이번 「초립동」의 경우로 밖에 더 이상 해결할 수 없었으리라. 따라서 이번 국립극단 공연에서 가장 큰 문제점은 무엇보다도 원작희곡에 있었다. 작가가 그런 작품을 쓰도록 극장측으로부터 의뢰를 받은 것인지, 아니면 작가가 그냥 국립극장을 염두에 두고 쓴 작품인지는 알 수 없으나 여하튼 국립극단이 이런 작품으로 관객들에게 다가 가려는 것을 문제라 하겠다.

2. 두 비극작품의 미국상륙

한국연극 외국에 처음 선보인 것은 60년대초였다. 창극 「춘향전(春香傳)」이 프랑스에서 열렸던 민속 페스티벌에 참가하여 갈채를 받은 이후, 우리 연극은 유네스코를 통해 몇편의 희곡이 번역 소개되는 정도가 고작이었다. 그것도 우리 것을 서양에 알려야겠다는 자체PR에 따른 보잘 것 없는 것이었다.

그러다가 70년대에 들어서는 ITI회의에 참가하는 연극인들이 한국연극을 조금씩 소개했고, 연출가 유덕형이 제삼세계연극제에서 「알라망」을 연출하여 각광을 받음으로써 우리 연극에 대한 외국인의 인식이 약간 달라졌다. 그러나 「알라망」이란 것도 듀렌마트의 방송극을 번안한 작품이었기 때문에 한국연극의 진면목을 알리는 계기는 못되었다.

우리연극을 윤곽이나마 알릴 수 있었던 것은 76년도 미국의 각 주립대학을 순방한 민속가면극 봉산탈춤과 중앙일보후원으로 미국과 서구를 순회공연한 동랑 레퍼토리극단의 현대극 「태(胎)」, 「하멸태자」였다. 봉산탈춤이 한국전통극의 한면을 소개한 것이라면 「태」와 「하멸태자」는 우리 현대극의 기량과 수준을 보여준 것이었다. 그런데 전통극이 대단한 갈채를 받은데 비해 현대극은 큰 반응이 없었던 것으로 알려졌다.

서구연극을 모방한 우리 신극에 대해 본고장 사람들이 덤덤한 반응을 보인 것은 당연한 일인지도 모른다.

그럼에도 불구하고 이번에 또다시 두편의 현대극인 여인극장의 「산국(山菊)」(黃哲暎작 姜由楨연출)과 최인훈(崔仁勳)의 희곡 「옛날옛적에 훠어이 훠이」가 미국을 방문하게 된 것이다.

그런데 이들 두 작품이 과거의 경우와 다른 것은 여인극장의 「산국」이 재미교포를 위한 위문공연이라고 한다면, 최인훈의 희곡은 순전히 미국인들이 선택해서 그들에 의해 공연된다는 사실이다. 즉 한국일보 로스앤젤레스지사 초청으로 도미한 여인극장은 2월 2일부터 20일까지 뉴욕, 워싱턴, 시카고 등지에서 한국동포를 상대로 몇차례 공연을 갖고, 최인훈의 「옛날옛적에 훠어이 훠이」는 뉴욕주립대학에서 미국인들만으로 공연케 되어 있다.

물론 번역(趙午坤), 의상(駐美대사관협조), 대소도구, 셋팅 등에서 한국인의 도움을 받는다고 한다. 그러나 가장 중요한 연출(주임교수, 「케네드·존스」박사) 연기, 효과, 음악, 미술등 전부는 순전히 그들 힘으로 하고 극중에 나오는 우리 민속춤도 한국무용전문가인 「엘리노어·킹」여사가 맡는다.

그런데 문제는 이들 작품에 대한 반응과 성과가 어떻게 나타날 것이며, 한국연극사에 던지는 의미가 무엇인가에 있다.

주지하다시피 황석영의 「산국」은 개화기의 민족수난사를 다룬 비극으로서 제2회연극제에서 장관상을 탄 작품이다.

개화초 일제침략때 반외세(日本), 반양반의 기치를 들고 싸우다 왜군에 의하여 무참하게 죽어가는 두가족(班家와 庶民)의 비극을 통해서 민중의 저항의지를 표출한 「산국」은 아마도 두가지 반응을 불러일으킬 것 같다.

하나는 왜 우리는 저렇게 가난하고 수모당하며 억눌려 살아와야만 했던가 하는 자조(自嘲)이고, 다른 하나는 가난하고 불행했던 조국에 대한 사랑일 것이다.

在美한국동포의 대부분은 비교적 윤택하고 밝게 살아간다. 그런 이들에게 구태여 과거의 슬픈 얼굴을 되살려주는 것이 과연 바람직한 것이냐 하는 데는 한가닥 회의도 없지 않다. 왜냐하면 그들에게 진저리쳐지는 열등의식만을 조장할 우려마저 있기 때문이다. 그러나 다른 한편으로는, 간난신고를 겪어온 조국을 상기시켜줌으로써 민족 동질성의 확인과 조국애를 심는 계기가 될 수도 있을지 모른다.

앞으로는 좀더 고유의 풍정과 미의식을 만끽하면서도 향수를 달래고 또 긍지를 느낄 수 있는 작품이 갔으며 좋겠다. 반면 최인훈(崔仁勳)의 희곡은 매우 특수한 의미를 갖는다. 우선 이런 경우는 우리 연극사상 처음있는 일로서 적어도 우리 희곡이 연출을 전공하는 미국의 연극학교수에게 충격적으로 받아들여졌다는 사실은 한 작가 개인의 재능을 넘어 한국연극의 성숙을 의미하는 것이다.

평안도지방을 중심으로 전국에 퍼져 있는 아기장수 설화를 소재로 한 「옛날옛적에 훠어이 훠이」는 76년도에 공연되어 주목을 끌었던 작품이다. 전체주의사회에 사는 서민의 고통과 아기將師를 낳은 한 가족의 비극적 죽음을 묘사한 이 작품은 우리 전설이 소재지만 매우 보편성을 띠고 있다. 왜냐하면 구약성서 「바스카」祭도 동형의 신화구조를 갖고 있을뿐 아니라 약소민족의 수난은 세계 도처에서 벌여져 왔기 때문이다.

이처럼 「옛날옛적에...」는 전체주의 사회속에서 영웅의 몰락이란 차원을 넘어 약소민족의 고통과 비극을 상징적 수법으로 그린 탁월한 작품인 것이다. 그렇기 때문에 이 작품에는 연출자 「케너드·죤스」가 적절히 지적한 것처럼 상황변화에 대한 암시적 염원이 깔려있는 동시에 정치사회적 멧세지가 강하게 나타나 있다.

미국인이 이 작품을 공연하는 것도 실은 과거와 현 상황을 연결시켜서 약소민족의 문화와 의식구조를 탐색해 보자는 뜻이 아닌가 싶다. 뉴욕주립대 연극과와 미시간주립대 아시아연구소가 함께 이 공연을 천연색 비디오·테이프로 녹화해서 널리 보급하려는 이유도 그런데 있을 것이다. 그러나 우리의 바램은 제대로 작품을 만들어서 한국연극의 진면목과 수준을 널리 알려주었으면 하는 것뿐, 토속적이면서도 시적이며 상징적인 이 작품을 민족성이 다른 서양인이 어떻게 형상화할 것인지 궁금하다.

그래도 안심되는 것은 연출자 「죤스」는 서울에 반년동안 머물렀기 때문에 한국의 풍물과 정서에 그렇게 서툴지는 않을 것이고, 극단 산하가 공연한 「옛날옛적에...」도 직접 보았으므로 우리가 서양번역극을 하듯이 어설픈 것은 되지 않으리라 생각된다.

3. 1977년도 연극계 점묘

이제 정사년(丁巳年)도 황혼을 향해 치닫고 있다.

문화계의 조그만 모퉁이를 지키는 연극계의 한 해는 어떠했을까? 그런데 이상스럽게도 올해는 2년전부터 일기 시작한 연극 붐이 약간 가라앉는 듯 보였다. 아마도 이는 좋은 공연이 별로 없었던데 그 원인이 있지 않나 싶다. 리바이벌이 많았던 것도 이상과 같은 현상을 뒷받침해주는 증좌가 된다. 그러나 주요극단들의 활동은 예년 못지 않게 활발했다.

대극장에서 두 세 번 이상 막을 올린 것도 모두 중앙의 대극단들이었다.

대극단들이 그처럼 활발한 반면, 군소 극단들은 대부분 몰락했거나 아니면 소극장에서 겨우 명맥을 유지하는데 그쳤다. 왜냐하면 퇴계로에 있던 연극인회관 소극장이 연초에 문을 닫았기 때문이다. 공연장이 연극운동의 거점으로서 얼마나 중요한가를 보여준 하나의 본보기라 할 수 있다. 그동안 공연법 자체는 많이 완화된 듯 하지만 이번에는 느닷없이 건축법이 튀어나와 소극장 운영자들을 당황케 한다. 이 문제는 무대예술 육성이란 차원에서의 정책적 뒷받침만이 해결해 줄 수 있을 것이다.

전문극단이 이색적인 작업을 한 경우로는 극단 현대극장의 청소년극장, 어린이극장운동을 들 수 있다. 더욱이 어린이극장에 해태제과회사가 협찬한 것은 재벌의 예술지원이라는 점에서 매우 고무적이다.

또 극단활동으로서 예년에 두드러지지 않았던 모노드라마와 무언극이 갑자기 성행했다. 일인극이 전에도 없었던 것은 아니지만 올해처럼 붐을 형성했던 일은 일찍이 없었다. 연극배우 추송웅(秋松雄)이 혼자서 제작, 연출, 연기한 카프카의 「빠알간 피이터의 고백」(원제 「어느 學術院에 낸 보고」)은 1백50석의 소극장에서 한달 동안에 무려 1만명 이상의 경이적 관객을 모았고 부산, 대구, 광주 등에서 순회공연까지 가졌다. 극단 프라이에 뷔네에서 기획된 동일한 작품이 실험 소극장에서 역시 호평리에 공연되고 있다. 그리고 판토마임에 있어서 독자적인 세계를 구축해가고 있는 유진규가 봄 가을에 걸쳐 두 번의 공연을 가졌고, 김성구(金成九)도 11월초에 창고극장에서 침묵극을 공연했다. 그런데 모노드라마나 판토마임의 경우 관객의 호기심을 얼마나 끌었나 하는 것은 그렇게 문제가 되지 않는다. 이들도 하나의 독특한 연극양식인 이상 철저한 연구와 수련을 필요로 한다. 그렇지 못한 경우에는 한때 잠깐 나타났다가 사라지는 기현상에 불과할 것이다.

이렇게 볼 때 뭐니뭐니해도 가을 연극계의 중요한 일은 제1회 대한민국 연극제와 실험극장의 「에쿠우스」 열풍이라 할 수 있다. 연극제는 매우 중요한 연극행사이고 또 현재 공연 중에 있기 때문에 다음에 별도로 논하고자 한다.

「에쿠우스」는 1975년 7월초에 실험극장이 소극장을 마련, 개관공연으로 막을 올려 장장 3개월이라는 연극사상 최장기 공연기록을 세움과 동시 침체 속에 허덕이던 연극을 대중 앞에 다가서게 한 작품이었다. 즉 실험극장이 「에쿠우스」를 공연함으로써 연극계는 기지개를 켜고 서서히 변화를 가져오기 시작했다는 이야기다. 공연장 부족으로 고민하는 연극계에 영화관이던 명동 코리아극장이 半연극장으로 전신, 그 첫공연으로 올려진 「에쿠우스」가 또 다시 열풍을 일으킴으로써 공연장의 확대와 더불어 연극이 대중속으로 깊숙이 침투해 들어가는 획기적 계기가 마련될 수 있을 것으로 보인다.

금년에는 저명한 외국 연극인이 몇사람 다녀갔다. 지난 5월에는 현대 부조리극의 비조라 할 외젠느·이오네스코가 초청되어 오늘의 작가가 무엇을 쓸 것인가에 대해 귀중한 강연을 하고 갔다. 그런데 10월에는 세계적 연극학자인 빈대학의 킨더만교수와 디트리히교수가 다녀갔다. 하인츠·킨더만

박사는 빈대학의 연극학과 창설자이고 『유럽 연극사』라는 10권으로 된 방대한 책을 쓴 연극사학자이고, 마르그렛테 디트리히박사는 킨더만의 수제자로서 유럽의 드라마투르기, 그리피우스로부터 브레히트까지의 독일 드라마투르기 등의 저술과 수많은 논문을 쓴 여류 연극학자이다. 이들이 우리나라에 처음온 것은 아니고 두 번째의 방한이지만 독문과 학생을 상대로 한 외에 연극인이나 대중을 상대로 연극강연을 하지 않고 돌아가게 한 것은 아쉬운 일이다.

그리고 10월 31일과 11월 1일 양일간에 런던 셰익스피어 극단의 내한공연이 있었다.

이 극단은 셰익스피어극의 최고봉으로 외국 순회공연을 자주 다니며 우리나라에도 64년과 73년에 이어 세 번째의 방한 공연이었다. 첫 번째의 「한여름밤의 꿈」, 두 번째의 「맥베드」, 이번에는 「로미오와 줄리엣」을 완벽한 연기로 보여줌으로써 관객을 열광시켰다.

한편 우리 연극이 외국에 초청되어 절찬을 받은 해도 바로 금년이다. 전통극인 봉산탈춤은 미국에서, 동랑레퍼토리 극단은 미국과 유럽에서 실험극「태(胎)」와 「하멸太子」(安民洙연출)를 공연하여 한국연극의 기량과 수준을 과시하였다.

금년에도 예년과 비슷한 양의 창작희곡이 지상에 발표되거나 공연되었다. 지난해의 이현화(李鉉和)만한 신인은 등장하지 않았지만 차범석(車凡錫), 이근삼(李根三), 이재현 등이 수준작을 내었고, 소설가 최인훈이 작년의 「옛날 옛적에…」를 능가하는 탁월한 작품 「봄이 오면…」을 발표하였다. 아직도 식민지 잔재를 청산 못하고 몸부림하고 있는 우리 연극계에 한 가닥 서광이 보인다.

4. 새 푸대에는 새 술을

본란 독자를 위해 지난해의 연극상황과 그동안 소개 못한 몇 가지 사건들을 개략적으로나마 설명하고 넘어가야만 될 것 같다. 사실 날로 변해가는 우리 주변에서 물량의 팽창이야말로 눈에 띄는 현상이다.

연극계에서만 보더라도 70년대에 들어서 매년 공연물이 2,30편씩 늘어나고 관객의 확충으로 연극이 문화의 소외지대로부터 회생하는 듯이 보인다.

지난해만도 1백60여편의 작품이 공연되었고 동양최대라는 시민의 전당 세종문화회관(世宗文化會館)이 생겼으며 전국대학연극제라든가 대한민국연극제 등 푸짐한 예술행사가 있었다.

그러나 그런 속에서도 얻어진 것이 별로 없다면 이는 아이러니라 아니할 수 없다.

가령 대극장 개관경축기간, 3개월간의 다채로운 기념공연에도 불구하고 세종문화회관에서 펼쳐진 작품 중 기념비적 작품이 단 한편도 없었다는 것은 무엇을 의미하는 것인가. 이는 새 푸대는 마련되었으나 거기에 담을만한 새 술이 아직 마련되지 못했다는 증거이고 경제발전을 문화의식 내지 정신문화가 뒤따르지 못하는 오늘의 현상을 단적으로 나타내 주는 것이다.

각 단체의 공연물만 해도 그렇다. 연간 40여개의 극단들이 1백60편의 작품을 거의 쉬지 않고 공연했지만 그 예술성에 있어서나 성실성, 정직성이라는 기준으로 볼 때, 건질만한 작품은 10편을 넘지 못했다.

언뜻 기억나는 작품을 열거해 보더라도 상반기에서 국립극단의 「천사여 고향을 보라」(李海浪 연출)와 하반기에서의 「물보라」(吳泰錫작·연출), 그리고 연극제에서 얻어진 자유극장의 「무엇이 될고 하니」, 민중극장의 「카덴자」, 예외적인 것으로서 김동훈(金東勳)의 일인극 「롤라스케이트를 타는 오뚝이」 정도가 아닌가 싶다.

이상의 다섯 작품 중에서도 「天使여…」와 「오뚝이…」는 리바이벌이므로 새로운 것은 불과 세편에 지나지 않는다. 그러니까 외화내빈이란 말은 연극계에도 그대로 적용되는 것이다.

작품의 성향을 분석해보면 연극계의 병폐가 더 잘 드러난다. 즉 공연작품의 99%가 현대물이었다는 사실이다. 즉 희랍극으로부터 세익스피어까지는 단 한편도 없었고 입센이라든가, 체홉, 쇼오, 스트린드베리, 오닐 등 근대극마저 찾아볼 수가 없었다. 지난 시대의 것이라야 기껏 모리엘의 희극이라든가 빠뇰의 대중극, 아니면 소설번안물 정도였다.

이는 오늘날 연극인들이 진지하고 건강한 예술성보다는 표피적 감각이나 오락취미에 따라 레퍼토리를 선정하는 경향으로서 젊은 관객을 계산에 넣고 수입을 먼저 생각하는 결과에서 빚어지는 현상이라 볼 수 있다.

그렇기 때문에 화려한 선전과는 달리 현대라는 당의정을 입힌 전근대적이며 통속적인 오락물과 조악(粗惡)한 부실극이 범람하는 것이다.

해방직후 뜻있는 연극인들이 내 걸었던 첫 구호는 식민지잔재의 청산이었다. 이는 타락한 상업극, 이를테면 저속한 신파극이라든가 악극류의 배제였다. 그러나 대중의 정서적 수준의 저급으로 그들의 이상이 쉽게 실현되지 못하다가 분단과 전쟁이라는 외부적 충격으로 인해 서서히 정리가 되었었다. 저속한 대중극의 소멸로 관객은 잃었지만 그런대로 연극은 본도를 지키며 조금씩이나마 발전해왔다.

그러다가 70년대 중반에 접어들어 급속한 근대화에 따른 투기성 배금사상과 이기주의가 사회에 만연되면서 연극계 일각에서도 다시 상업주의 연극이라는 것이 고개를 들기 시작하였다.

연극계 일각에서 솟아나 이제 전 연극계로 확산된 대중극은 그 발상에 있어서 과거 신파극이나 악극의 발상과 맥(脈)이 닿는 것이고, 공연행태도

시대차이 이외는 별 것이 없다. 이는 지난해 극단 가교(架橋)가 공연한 신파극아류 「이수일과 심순애」의 히트와 연결이 된다고 볼 수가 있는 현상으로서 연극의식의 퇴보라 하겠다. 따라서 오늘의 우리연극에 투철한 시대정신이 나타나지 않음은 자명한 것이다.

예술양식이란 시대마다 표현기법이 있게 마련이다. 그러므로 각 시대의 낡은 것은 빨리 털어버리고 새 시대에 적합한 새로운 표현양식을 모색하고 창조해야 한다.

사실 양식있는 연극인들이 그동안 줄기차게 추구했던 것도 타락한 상업극의 극복을 통한 정통적 신극(新劇)의 수립이었다.

그럼에도 불구하고 돈벌이를 위해서 이미 지나간 시대의 연극양식을 새삼스레 되살린다는 것은 대중을 기만하는 것밖에 되지 않는다.

우리가 사는 시대를 다양한 표현양식을 빌어 무대위에서 대중에게 격조높은 정서적 체험을 충족시켜줄 수 있으면 그것이 바로 대중극인 것이다. 단 좋지 않은 예술은 대중감정을 타락시킨다는 것을 염두에 둘 필요가 있다.

당분간은 연극계가 혼탁 속에서 몸부림치겠지만 이를 염려하는 연극인들이 또 한편에 도사리고 있는 한 희망이 없지도 않다.

이번 연극제에서도 몇가지의 실험적인 희곡과 연출이라든가 젊은 연극인들의 진지한 작업에서 가능성을 찾아볼 수 있고 그 점은 대학극에서도 그러했다. 이렇게 볼 때, 작년에 새로 실시된 대학연극제는 커다란 의의를 갖는다.

그동안 대학극이 저조했기 때문에 많은 결함이 노출되었고 대체로 진부한 기성연극의 모방을 크게 벗어나지는 못했지만 몇 대학은 작품구성이나 연출 등에 있어서 기성연극을 능가하는 것이었다. 따라서 대학연극제는 연극의 저변확대라든가 대학문화의 활성화라는 차원을 넘어 연극계의 새 살이 되리라 믿는다.

새해에도 대중극이라는 가면을 쓴 저질연극이 판을 치겠지만 일부 양식있는 연극인들의 각성과 창작극의 확대조짐, 그리고 공연장(진흥원극장)이 하나 늘어나게 될 것이므로 우리 연극은 앞을 향해 힘찬 걸음을 내디디게 될 것이다.

5. 공연단체연합회의 건의문

연말 연초를 기해 사단법인 전국공연단체연합회에서는 자구책으로서 「연예인과 연예 공연에 관한 전반문제」라는 장문의 건의문을 당국에 낸 것으로 알려졌다.

공연단체연합회란 연예협회가 주측이 되는 것으로서 연극이라든가 음악, 미술, 무용등 순수예술 쪽이 아닌 대중예술인들, 이를테면 쇼단이라든가 대중가수, 코미디언 등으로 구성된 단체를 말하는 것이다. 그러나 역시 공연단체의 핵심을 이루는 연예인들은 과거 악극인(樂劇人)들임은 주지의 사실이다. 따라서 (1)연예공연사 요약 (2)연예공연의 고립과 위기 (3)연예계의 무질서와 그 양상 (4)연예공연의 是正的 당면과제등 네 부분으로 서술된 그 건의문 내용은 전체적으로 악극의 발자취와 몰락과정, 현황, 그리고 재생할 수 있는 방도가 무엇인가에 대한 그들의 고민과 타개책에 관한 것이다.

그런데 어느 누구든 우리 근대연극사를 모르면 이들의 호소라든가 고초를 이해 못함을 물론 당국에서도 이들의 진로를 재대로 잡아 주지 못할 것이다.

왜냐하면 악극이라는 연예물이 묘한 대중예술 쟝르인데다가 부침이 무상하여 그 정체를 파악하기가 꽤 어렵기 때문이다. 우리 근대연극사는 일찍이 네 가지 연극 쟝르가 그 줄기를 이루며 흘러 왔다. 즉, 판소리가 분창(分唱)(1908년 圓覺社에서)된 창극과 일본에서 직수입된 신파극, 서양의 근대

리얼리즘극을 수용한 정통적 신극, 그리고 악극이다.

우리 근대극을 정통과 비정통, 또는 순수와 비순수로 갈라 본다면 창극, 신파극, 악극은 비순수 무대예술로서 대중 연극이라 볼 수 있고 리얼리즘극은 지식층을 상대로 한 정통 연극이다. 그 중에서도 악극은 예술적 안목에서 보면 비교적 뒤떨어지는 형태였다.

1920년대 말에 출발한 악극은 발생부터 묘한 것이었다. 무대 메카니즘이 발달하지 못했던 당시, 긴 막간의 지루함을 달래 주기 위해 음악과 만담, 무용 등을 하던 것이 30년대에 와서 악극으로 발전된 것이다. 그래서 처음에는 레코드사에서 악극단을 전속으로 두고 운영하였다. 이처럼 악극은 대중가요의 무대적 표현 형태로서 악극에서 가장 필요한 존재는 가수, 만담가(「코미디언」), 무용수, 밴드·맨이었다.

이런 악극도 차차 연극화하여 극본을 필요로 했고 한때는 무대예술계를 좌우할만큼 발전했었다. 해방을 전후한 40년대가 그 전성기였고, 6·25직후까지도 꽤 재미를 보았다. 라미라(羅美羅)니, K·P·K니, 반도(半島), 조선, 백조악극단 등등 수십 개가 장안을 휩쓴 때도 바로 40-50년대였다. 오늘날 원로로 활약하는 연극계 인사들 중에도 여러 명이 한때는 악극에 깊이 관여할 정도였다. 정통적이지는 못하지만 뮤지컬 비슷하게 대중에 친근감을 주었던 이 악극이 몰락, 쇼 團化 했는데 그건 언제부터이며 그 이유는 무엇일까.

그들의 건의문에서는 악극이 설자리(공연장)가 없다는 것과 당국의 정책적 지원이 없었다는 두 가지 이유를 내세웠지만 더 중요한 것은 시대 추세였다고 봄이 타당할 것이다. 분단이라든가 6·25전쟁 같은 외적 여건도 무시할 수는 없지만 신파극과 창극이 몰락한 것도 시대 추세로서 그 하나의 예증이 될 수 있다. 발전하는 문화와 급변하는 시대 감각을 못 따르는 예술양식은 자연 도태되기 마련이다.

그들은 건의문에서 정부의 지원이 없어 악극이 몰락했고 公演法 개정시행령으로 무자격자들이 속출하여 쇼마저 타락시켰다고 주장하고 있다.

그러면서 그들은 세 가지 시정책을 제시하고 있다. 첫째는 연예공연(악극)도 중요한 대중예술이므로 조국에 기여할 수 있도록 정책적으로 배려해

달라는 것, 둘째 악극만은 公演法을 개정해서 연극과 동일시하지 말고 영화와 같이 문공부가 주관, 일원화해 달라는 것, 셋째 연예공연도 영화처럼 스크린·쿼터制에 포함시켜 공연장을 얻도록 해달라는 것 등이다. 만약 이상의 세가지만 해결해 준다면 현재 전국에서 공연되고 있는 저속한 대본은 모두 전폐시키고 일부 연예인들도 정화하여 명실공히 건전한 악극공연으로 발전시키겠다는 것이다. 이들의 호소와 주장은 일리가 있는 것으로 당국에서는 깊이 고려해야 될 것이다. 요즈음 가뜩이나 퇴폐풍조에 신경을 쓰고 있는 당국으로서 저질 쇼단들이 대중에 끼치는 해독을 생각지 않을 수 없을 것이기 때문이다.

막연하고 나쁜 예술은 대중 감정을 순화는 커녕 타락시킨다. 따라서 어차피 당국은 이들의 정화에 나설 필요가 있다 거기에 반드시 간과해서는 안될 것이 그들도 하나의 생업으로 하는 것인 만큼 설 자리를 마련해주어야 한다는 이야기다. 그들의 요구 중 최소한도 공연장 마련(현 영화관을 며칠씩 쓰도록 하면 된다)과 감세(減稅) 정도는 들어주어야 될 것이다. 저질 공연은 공연윤리위원회에서 걸을 수 있고 또 나쁜 것은 대중에 의해서 자연 도태될 것이다.

그러나 한편 그들의 주장대로 정부의 배려가 있으면 악극은 건전하게 발전될 수 있을까? 이는 의문이다. 앞서도 지적한 것처럼 그들의 능력으로서는 시대감각을 따르기가 힘겨울 것이다. 더욱이 악극인들은 그동안 생존에 허덕이느라 역량 있는 신진 인재를 기르지 못했다. 당국의 정책적 지원만 있으면 당장 옛날의 전성기를 되찾을 수 있다고 생각한다면 그것은 오산이다.

그것은 한낱 과거에 대한 향수에 불과하고 낭만적 회고에 불과하다. 現樂劇人중에 훌륭한 근본과 작곡을 할 수 있는 사람이 몇이나 있으며 연출가, 안무가 또 연극을 아는 가수가 있을까.

그러므로 악극이 살 수 있는 길은 당국의 지원도 받아야겠지만 연극과 제휴를 하는 길이다. 그리하여 과거의 악극 스타일을 벗어나 「살짜기 옵서예」와 같은 뮤지컬로 변혁, 발전의 길을 모색해보는 일이다. 마침 세계 연극의 추세가 뮤지컬쪽으로 기울고 있느니 만큼 잘만 발전시킬 수 있다면 악극도 반드시 과거의 예술만은 아니다.

6. 제1회 연극제의 교훈과 새해 연극계 전망

해방 후 정부가 주도하는 예술제전으로서 국전(國展)을 비롯한 민속제, 음악제 등이 매년 열림으로써 그 방면의 발전에 많은 성과를 올리고 있음은 주지의 사실이다. 금년부터는 기존의 예술제에 연극제가 하나 더 보태지게 되었다.

그동안 연극발전을 위해 사전지원 형식을 취해 오던 문예진흥원이 소기의 성과를 거두지 못하고 사후지원으로 전환하면서 들고 나온 것이 연극제였다.

역시 창작극 육성을 통한 민족극 수립이라는 기본목표 아래 연극제가 설정되었기 때문에 창작극 페스티벌이 됨은 당연한 귀결이었다. 따라서 연극제는 극단이 참가신청을 낸 후 작품과 극단이 심사를 거쳐 통과된 극단만 연극제 경연에 참가할 수가 있었다. 그리하여 첫해에 참가한 극단은 10개였고, 그중 한 극단은 작품문제로 도중 탈락되었던 것이다. 지난 9월 9일부터 11월 9일까지 만 두달 동안 세실극장(民藝는 시민회관 별관)에서 벌어진 연극제에 참가한 극단과 작품은, 광장의 「火鳥」(車凡錫작 李眞淳연출), 산하의 「誤判」(車凡錫작·연출), 성좌의 「빛은 멀어도」(朴賢淑작, 金學泉연출), 가교의 「아벨만의 裁判」(李根三작 李昇珪연출), 민예의 「물도리동」(許圭작·연출), 민중극장의 「死者와의 경주」(李御寧작 鄭鎭守연출), 에저또의 「참새와

機關車」(尹朝炳작 方泰守연출), 사계의 「이혼 파티」(柳甫相작 李昌九연출), 그리고 여인극장의 「비목」(碑木)(李載賢작 姜由楨연출) 등이었다. 그러니까 서울의 주요 극단들이 대부분 참여한 셈이다. 그러나 역사가 오랜 新協은 예심에서 탈락했다손 치더라도 일급 극단들인 실험극장, 자유극장, 동랑레 퍼토리, 山울림 등이 불참한 것은 사정은 여하간에 연극제의 문제점으로 부 각되었다. 이번 연극제에 나온 희곡들은 대체로 예년수준을 유지하는데 그 쳤고, 이색적인 작품은 있었어도 걸작은 없었다. 그렇기 때문에 경연과정에 서 희곡도 어느 만큼의 우열을 가리는 기준이 된 건 사실이지만, 그보다도 연출가들의 감각과 능력, 그리고 연기진의 열의와 진지성에 많이 좌우된 듯 싶다. 공정한 심사 끝에 민예극장의 「물도리동」이 대통령상을, 그리고 가교, 민중극장 에저또 사계등이 각각 문공부장관상을 받았다. 이번 연극제는 결 과적으로 작가와 연출가 더 나아가서는 극단의 잠재적 실력을 평가해보는 최초의 계기가 되었다. 그리하여 나타난 현상은 소장층이 소위 중진급을 압 도했다는 점이다. 중진층으로서는 유일하게 李根三의 작품이 돋보였는데, 이는 그의 번뜩이는 풍자성으로 해서 당연스레 보인다. 반면에 차범석, 이 진순씨 등 원로급이 썼거나 연출한 작품들은 신진들에 밀려 모두 탈락하고 말았다. 예술은 대저 이를 하는 예술가가 연륜을 쌓아갈수록 원숙해 가는 것이 당연지사이고 또 그런 경우를 세계의 위대한 예술가들에게서나 우리 의 문단, 화단에서 흔히 볼 수가 있다. 왜냐하면 예술을 한다는 것은 본래 끝없는 인간탐구과정이기 때문에, 匠人들은 시대를 호흡하고 진실을 추구하 기 위해 독서와 명상, 그리고 체험을 게을리 하지 않기 때문이다. 따라서 이와 같은 연구와 忍苦의 과정을 겪지 않은 원로들은 시대추세에 밀려 도 태되기 마련이다. 그런 경우가 이번 연극제에서 명료하게 드러난 것이다. 이는 또한 거역할 수 없는 예술사의 필연적 법칙인 동시에 자연스러운 연 극계의 세대교체 형상이기도 하다. 따라서 극계의 세력판도는 객관적인 척 도에 의해 재편될 전망이 짙다. 즉 새해부터는 여러 면에서 평가받아 지반 을 굳힌 실험극장, 자유극장, 동랑레퍼토리, 산울림, 가교, 민중극장, 민예, 산하 등이 무대를 좌우하고, 그 뒤를 젊은 극단들인 사계, 창고, 현대극장, 프라이에 뷔네, 에저또 등이 활기차게 추적할 것 같다. 연극도 실질적으로 삼 사십대의 젊은 층이 주도할 것이다. 시해에는 또한 전년의 해외공연 때문에 뜸했던 동랑레퍼토리 극단이 관객의 이목을 집중시킬 것으로 예상된다. 그 이유는 한국연극의 가능성으로 등장한 崔仁勳의 주목할 희곡 두 편이 동랑레퍼토리에 가 있기 때문이다. 거년의 창작극에 대한 갈증을 신년에는 충족시킬 수 있으리라. 추송웅(秋松雄)과 실험극장의 「에쿠우스」가 일으킨 하반기 연극 붐이 「아일랜드」로 이어지고, 일련의 창작극을 준비하고 있는 동랑, 자유, 산울림 등으로 옮겨 붙게 될 경우 연극은 커다란 향상의 계기를 마련케 될 것이다.

제2회 연극제에는 1회의 허점이 많이 보완되어짐으로써 연극발전에 지대한 기여를 할 것으로 보인다. 그런데 연극제는 창작극만 하는 경연제가 아니라 번역극도 곁들여야 하고, 외국의 저명한 극단이나 연출가를 불러들여서 국제적 교류는 물론 만네리즘에 빠지기 쉬운 연극계에 자극을 주는 구실을 하는 쪽으로 개선되어야 한다. 왜 그러냐하면 어느 나라나 연극제란 연극발전의 획기적 변화를 가져올 수 있도록 하는 축제이기 때문이다. 연극발전에 있어서 희곡은 절대적인 것이지만, 연기술이라든가, 연출술, 무대장치 등 연극전반이 고루 발전할 때에야 비로소 목적하는 바를 이룰 수 있는 것이다.

신년은 근대극이 시작된지 70주년이 되는 해다. 원각사(圓覺社) 명창들이 새 시대에 맞는 연극을 창조한다고 판소리를 분창, 창극을 만들었던 해다. 그리고 1911년에 신파극이 수입돼 한국 근대극의 3대 주류를 형성하였다. 따라서 새해는 근대극 70주년을 회고하고, 재평가하는 작업들이 벌어지리라 본다. 그 작업이란 물론 인물사적 측면과 공연사적 측면, 연극 의식사적 측면 등 다각도에서 검토되어야 할 것이다.

역사와 현실의 극복은 오로지 지난 역사의 냉철한 분석으로부터 출발하는 것이기에 그렇다. 이는 학문적 접근과 실제적 접근이라는 양면 접근이 바람직하다. 이상의 작업은 연극협회와 연극학회에서 추진할 수 있는 성질의 것이다. 이상에서 살펴본 바와 같이 신년은 여러 가지 면에서 연극계에 뜻 있는 해이고, 또 발전적 변화를 향해 활기가 넘칠 수 있는 해이기도 하다.

7. 창작극빈곤과 소설가의 희곡집필

우리 연극사를 면밀히 훑어보면 옛날부터 지금까지 뛰어난 희곡이 많지 않았다는 사실을 쉽게 발견할 수 있다.

전통극의 경우는 그 대본의 내용들이 광대들에 의해 자연발생적으로 형성된 것이니까 어쩔 수 없다손 치더라도 근대극의 경우에도 출중한 극작가가 적었다는 것은 이상한 일이다. 같은 문학의 다른 쟝르인 시와 소설만 보더라도 기라성같은 작가와 작품들이 문학사를 수놓고 있다. 그런데 희곡의 경우, 작품은 물론 작가의 절대수부터 부족하다. 개화 이후 60년대까지에 떠오르는 극작가들만 열거해 보아도 김우진(金祐鎭), 柳致眞, 함세덕(咸世德), 吳泳鎭, 임희재(任熙宰), 車凡錫, 이근삼(李根三) 등과 유망한 젊은 극작가 서너명 합쳐서 겨우 열 손가락에 꼽을 정도다.

그래서 신극 이후 언제나 되풀이되어온 연극침체의 네 가지 원인, 즉 극장부족·관객부족 창작극부재, 정책부재(政策不在) 등에 반드시 인재빈곤이 들어 있었다.

연극이 문학이라든가 미술, 음악 등 다른 예술분야보다 후진성을 면치 못하는 근본적 이유도 실은 극작가 빈곤에 있다고 해도 크게 잘못된 말은 아니리라. 연극은 배우나 연출가 또는 이론가보다도, 뛰어난 극작가가 출현해야만 급속히 향상된다. 그와 같은 것은 희랍시대로부터 셰익스피어, 입센 등으로 이어지는 세계연극사에서도 볼 수 있고, 미국의 경우만 보아도 1920

년대에 유진 오닐이 등장해서 유럽의 수준과 맞먹게 되었다는 것은 다 아
는 이야기다.

그만큼 연극에서 극작가의 위치는 절대적인 것이다.

희곡이 그만큼 중요하기 때문에 연극인들이 관심을 기울여 왔고 연극인
이 아닌 소설가 시인들까지도 일찍부터 관심을 쏟았었다. 1917년에 「閨恨」
이 라는 희곡을 발표했던 춘원으로부터 조명희, 홍로작(洪露雀), 채만식, 이
무영 등 식민지시대의 중요한 작가들도 여러 편의 희곡을 쓴 일이 있다. 그
러나 이들의 작품은 대부분 공연이 안 되었고, 공연되었어도 성공은 못했는
데, 그 이유는 작품들이 대부분 문학성은 있었어도 연극성이 부족한 데 있
었다.

이 말은 전대의 희곡을 썼던 소설가나 시인들이 무대에 익숙치 못했다는
이야기다. 그렇기 때문에 이들은 자연 연극계로부터 소외 받았고, 그로 인
해 이들은 희곡을 문학의 한 표현수단으로만 몇편 쓰다가 도중하차해 버리
고 말았다. 채만식같은 이가 연극을 조금만 공부했더라면 연극사에도 남을
만한 작가가 되었을 것이다.

그러므로 우리와 같은 환경에서는 재능있는 작가가 처음부터 연극계로
들어오거나 아니면 젊은 소설가들이 연극을 공부하도록 하는 것만이 바람
직할 것이다. 지금까지 재능있는 문인들이 연극쪽을 외면한 데는 서너가지
이유가 있을 것같다. 하나는 연극을 천시해 온 전통과 다른 한가지는 희곡
을 써서는 도저히 생활을 못하며 세 번째로는 희곡이 어렵다는 데 있었다.
그럼에도 불구하고 이즈음에는 유능한 소설가들이 희곡을 쓰고 있다. 이미
최인훈(崔仁勳), 최인호(崔仁浩), 조해일(趙海一) 등이 쓴 희곡은 한두 편이
공연되어 기존극작가들 이상으로 호평을 받았었다. 이중 최인훈은 「어디서
무엇이 되어 만나랴」에 이어 지난해에 「옛날 옛적에 훠어이 훠이」를 써서
작년도의 대표작으로서 연극상을 휩쓴 바 있다. 그는 금년에도 「봄이 오면
山에 들에」(≪世界의 文學≫, 가을호)라는 주목할 희곡을 발표하여 주목을
끌고 있다. 최인훈은 쓸수록 좋은 작품을 내고 있다. 그의 일련의 희곡들은
희곡사적으로 볼 때, 오영진(吳泳鎭)과 함께 신화문학의 세계를 이루고 있
다. 오영진이 신화문학의 희극적 비전에 든다면, 최인훈은 비극적 비전에

속한다고 볼 수 있다. 최인훈의 작품은 그것이 내포하고 있는 알레고리와 높은 상징성 그리고 무대기교상의 추상성 등으로 보아서 상당한 수준에 도달하고 있다.

얼마전 어느 창작극부진에 대한 논단석상에서 발제자들이 한결같이 그 원인을 「공연물에 대한 당국의 지나친 검열과 규제가 극작가들의 창작행위에 심리적인 저해작용이 된다」고 하여 현실적 여건에 돌린 바 있지만 이는 극작가들의 스스로 안일성에 대한 변명을 크게 넘어서지 못하는 말이다. 물론 작가들이 표현의 자유에 대해 신경을 쓰고 있음을 모르는 바 아니다. 단지 그 이유 때문만으로 좋은 창작극이 안 나온다는 말은 성립될 수 없을 것이다. 최인훈의 경우는 좋은 본보기가 될 만하다.

그러나 우리는 최인훈 한 사람으로는 만족할 수 없다. 질적인 것 못지 않게 양적인 것도 필요하기 때문이다. 마침 최인호, 조해일, 조선작, 이정환, 이청준, 김승옥, 이어령 등이 희곡을 쓰고 있다니 매우 반가운 일이다. 그들의 연극에의 관심으로 한국연극의 넓이와 높이가 불어날 것이다.

그런데 소설가들이 희곡을 쓰는 경우 유의해야 될 것이 드라마투루기 습득이다. 희곡은 일반 공연을 전제로 한 문학형태이기 때문에 소설과는 또 다른 어려움이 따른다. 작금 희곡을 쓰는 소설가들은 과거에 희곡을 쓰다 실패한 선배 소설가들의 전철을 밟아서는 안될 것이다. 그렇게 되면 그들의 노력은 연극사에 또 하나의 도로(徒勞)로 기록될 것이기 때문이다. 여하간 인기 소설가들의 희곡 집필은 창작극 부족으로 허덕이는 연극계를 살찌우는 자극제가 될 것임에 틀림없다.

8. 여성국극단의 재등장

텔리비젼이 아직 나오지 않고, 영화가 극장가를 완전히 석권 못했던 6·
25직후까지만 해도 한국인들이 즐겨 본 공연예술은 신파극과 악극, 창극 등
이었다. 이들 중 신파극과 창극의 인기가 대단했는데, 그 전성기는 역시 東
洋劇場시대였다. 그래서 50대 이상의 올드 팬들은 지난날의 동양극장을 잊
지 못한다. 그러나 30년대에 찬란하게 꽃피었던 신파극도 해방을 전후하여
타락해간 데다가 좌우 사상싸움으로 신파를 하던 상당수가 월북함으로써
신파극은 근대극의 한 쟝르로서의 역사적 사명을 끝냈던 것이다. 이와같이
신파극이 퇴조할 무렵에 대중에게 화려한 각광을 받기 시작한 것이 창극이
었고, 그중에서도 女唱들로만 구성된 여성국극단들이었다. 이런 여성국극은
창극의 한 지류이고, 창극의 모체는 판소리다.

1908년 원각사에서 판소리가 분창되면서 창극이란 새로운 연극 쟝르가
발생하였다. 창극은 신파극의 수입과 함께 개화기 이후 대중연극의 2대 주
류를 형성하면서 전쟁후까지 대중에게 큰 영향을 미쳐왔다.

그러다가 1948년에 여승국악동호회가 발족되어 「햇님 달님」을 공연함으
로써 여성국극단시대의 막을 열게 되었다. 여성국악동호회의 「햇님 달님」은
폭발적인 인기를 끌었고 그로부터 임춘행(林春鶯)을 비롯한 많은 여류 명창
들이 여성국극단을 조직하여 전국을 누볐다.

당초 창극은 신파극의 영향을 절대적으로 받았는데, 특히 무대장치와 아니리에서 심했고, 창(唱)도 판소리조에서 민요조와 육자배기조로 변질된 것이 사실이다.

그와 같은 창극을 여성들로만 할 경우, 더구나 사극을 전문으로 할 때 많은 문제점이 따르는 것은 당연하다. 그것은 권선징악적인 스토리에 오버액션의 미숙한 연기 등 유치하기 이를 데 없는 연극이었다. 그래도 대중들이 여성국극을 사랑한 것은 그런 것 외엔 별 볼만한 무대예술이 없기도 했지만 그보다도 국극이 우리 것이었다는 점과 그 속에 담겨 있는 한국적 생활감정과 페이소스 때문이었다.

그러나 이와 같은 여성국극도 역시 한때였고, 영화의 범람과 텔리비전등 서구문명 수단의 보급으로 몰락해가다가 결국 60년대말에 완전히 자취를 감추고 말았었다. 이처럼 우리 연극의 한 형태인 여성국극이 시대추세에 밀려 사라진 데는 그 자체가 갖고 있는 내적 결함과 시대변화라는 외적 여건이라는 두 가지 요인이 작용했다.

여성국극 자체의 결함이란 그들 구성원이 여성만이었다는 제약과 그것도 연극이나 일반에 대한 소양이 없는 명창들이 주도한 데 있다. 그러니까 그들의 연극내용이란 진부하고 천편일률적인 역사소재에다가 신파조의 어색한 연기와 무대장치 등이 시대감각에 뒤떨어진 것이었다. 거기다가 창을 한마디도 부를 줄 모르는 연기자들이 많이 끼어 듦으로써 창극의 질이 점점 떨어져간 데 있었다. 텔리비전, 라디오 등의 대중매체로 인한 급격한 시대변화와 정서의 서구화로 낡은 여성국극의 존속이 힘겨웠던 것은 자명하다.

그러다가 요즘 십여년만에 몇 사람의 집념으로 서울 여성국극단(女性國劇團)이 재기공연을 갖게 되었다. 여성국극의 재등장은 몇가지 의미로 분석해볼 수 있을 것 같다.

하나는 우리 것을 지켜야겠다는 전통 예능인들의 고집과 대중의 복고성, 다른 하나는 영화와 텔리비전에 대한 식상으로 무대예술이 다시 풍성해지는 경향에 따른 것으로 볼 수 있다. 이는 우리 연극이 단선적인 것을 벗어나서 다양화와 함께 양적으로도 팽창해가는 조짐이며 분명히 반가운 일이다. 왜냐하면 연극이 일부 젊은 지식인(그 중에서도 대학생층)만을 위해 있

는 것은 절대로 아니기 때문이다. 여러 형태의 연극이 있어서 광범한 대중
과 만날 때에야 비로소 연극이 대중 속에 뿌리를 내릴 수 있다. 예측한 대
로 여성국극단의 관객은 거의가 부녀자였고 올드팬들이었다. 국극내용도 구
태의연했다. 「白蘭宮에 오신 님」이란 극본 자체가 진부한 사극인 데다가 연
출과 연기의 미숙이었다. 여성국극단이 과거부터 지니고 있던 고질적인 결
함, 즉 작가와 연출가, 연기자가 없는 것이 역시 문제점으로 드러났다. 그렇
지만 몇 사람의 창과 무용은 공감을 불러 일으켰고, 신파조의(물론 정통적
신파는 아니지만) 연기투도 재미있게 보아 줄 수가 있었다. 그렇지만 여성
국극은 당국의 보호없이 독자적으로 존속할 수는 없을 것 같다. 왜냐하면
앞에서 지적한 대로 시대감각에 너무나 뒤져 있기도 하지만 십여년 가까이
여성국극이 없음으로 해서 새 관객을 개발 못했기 때문이다. 여성국극이 비
록 유치하고 낡은 형태의 것이라 해도 존속은 되어야 한다.

　요즘 우리 전통에 대한 관심의 증대에 비추어 보아도 여성국극의 보호는
필요하다.

　민속극과 현대극은 보호 육성하면서 창극에서 파생된 여성국극만을 홀대
할 아무런 이유가 없다. 여성국극이 정통적 판소리나 창극을 흐리게 할 우
려도 없는 것은 아니지만 이는 얼마든지 막을 수 있다. 여성국극이 단순히
우리 것이라는 점을 넘어 그 속에도 계발할 만한 요소가 충분히 들어 있기
때문이다. 여성국극을 마치 쇼단처럼 취급해서 행정적으로 규제를 가한다든
가 공연장마저 얻을 수 없게 된다면 그들은 완전히 소멸될 가능성이 농후
하다.

　물론 그들 스스로도 시대변천 속에서 도태되지 않도록 노력해야 함은 두
말할 것도 없다. 그들에게 우선 시급한 일은 신인양성과 기성 연극인들과의
교류다. 그리하여 연극의 기초를 알아야 하고, 좋은 희곡을 얻어야 할 것이
다. 그렇다고 해서 여성 국극이 재래적 양식을 완전히 털어 버리거나 고수
해서도 안되며, 훌륭한 여성창극으로 발전시켜야 된다는 이야기다.

　과거에 있었던 모든 형태의 연극의 복원과 보호는 한국연극의 장래뿐만
아니라 우리 문화재 보호라는 뜻에서도 중요하기 때문이다.

9. 공연법개정시행령과 소극장운동

삶 자체가 하나의 모순 덩어리이지만 우리 주변에서는 자가당착적인 일들이 너무도 자주 일어나고 있다. 권장과 억제라면 서로가 모순일진대, 이런 현상이 요즘 연극계에서 발생하고 있어 뜻있는 연극인들을 당혹케 하고 있다.

현재 정부에서 추진하고 있는 문예중흥(文藝中興)정책과 새 공연법 시행령과의 모순관계가 바로 그렇다. 당국은 73년부터 문예중흥 5개년 계획을 세워 문화예술 쪽에 막대한 투자를 하고 있다. 그 속에는 물론 무대예술의 대표적인 연극이 들어 있고, 그 연극부흥 5개년 계획 중에는 「演劇무대를 연차적으로 확장한다」는 조목도 들어 있다. 이 말은 연극장 수를 늘린다는 것이고, 또 실제로 연극인회관이란 소극장을 만들어 연극인들의 갈증을 어느 정도 해소시켜 줌과 아울러 연극 육성에 이바지하고 있음은 주지의 사실이다.

그러나 이번에 나온 공연법 시행규칙 개정령의 일부는 중흥계획과는 정반대의 것으로 스스로 일어나는 연극운동마저 저해하는 장벽이 될 충분한 소지가 있어 연극인들을 우울하게 하고 있는 것이다. 즉 이제까지 공연법에 묶이지 않고 있던 소극장들이 개정령에 따라 공연장으로서 설치허가를 받게 되어 있으며, 설치허가를 받으려면 관계법규에 규정된 시설기준을 완비해야 한다. 그런데 그 시설기준이란 것이 대체로 대극장과 영화관에 맞춘 것인 듯하다. 그래서 현재 사사로이 운영되고 있는 3·1로 창고극장, 공간 사랑, 실험극장, 중앙소극장 등 소극장들은 물론 진흥원에서 운영하는 세실 극장마저 시설기준에서 보면 미비점이 있다고 한다.

그러므로 만약에 이상의 소극장들에 대해 관계법규를 엄격하게 적용할 경우 살아 남을 극장은 하나도 없게 된다. 극장의 내부는 말할 것도 없고, 당장 학교와의 3백m(지방은 200m)거리 유지 규정에 거의가 저촉되고 있기 때문이다. 그런데 더 큰 문제는 설사 당국의 특별 배려로 소극장이 인가를 받는다해도 그 뒤에 따라올 애로점에 있다.

소극장이 양성화될 경우 당국에서는 언제든지 인가를 취소할 수 있게 됨은 물론 과세의 추적 대상이 된다는 것이다.

납세는 국민의 의무지만 가뜩이나 현상유지조차에도 허덕이는 소극장이 과세의 대상이 될 경우 小劇場運動은 난관에 봉착하게 될 공산이 크다. 관람료만 하더라도 1천5백원을 받으려면 한 편의 연극이 공연되는 데 3천1백만원의 제작비를 들여야 한다. 한 편의 연극 제작에 그만한 돈이 드는 것은 대극장의 화려한 상업극이나 대작에서 흔히 있는 일이다. 그러니까 소극장에서는 입장료를 받기 위해 허위 제작비를 꾸밀 수밖에 없을 것이고, 그것은 또 과세의 추적 대상이 된다.

원래 소극장이란 단순히 대극장의 반대말로서의 작은 극장이란 뜻만은 아니다. 소극장은 언제나 상업주의를 거부하고 기존의 사조에 반대해서 새로운 연극을 만들어 내는 곳이다. 따라서 소극장 연극은 실험성을 띠게 되고, 실험적 연극을 하려면 자연 극장구조 자체부터 대극장과는 근본적으로 다르게 설계되는 것이 상식이다. 선진 외국의 경우만 보더라도 이동식 의자라든가 또는 의자를 당초부터 없애기도 하며 무대와 객석과의 공간인 第四의 벽을 깨는 것은 예사고 심지어는 극장 밖의 아무데서나 공연하다. 이처럼 소극장은 새로운 극술과 연극 사조를 만들어 내고 극작가, 演出家, 배우를 발굴해 내면서 기성 연극의 타락을 막는 역할을 하기 때문에 그러하다. 소극장은 항상 안티테제로서 새로운 연극을 창조하는 산실이며 實驗室的인 사명을 지니고 있는 것이다. 대학에 소극장을 두는 이유도, 또한 소극장이 영리적으로 큰 소득을 얻을 수 없는 까닭도 소규모적이고 실험적인 속성에 있다. 그래서 서양에서는 대개 사회단체의 후원을 받게 된다. 소극장운동을 하는 연극인도 최소한의 생활비와 운용비는 절대 필요하기 때문이다. 어떤 예술사조도 영원할 수는 없는 것이므로 새로운 연극 창조를 위한 다양한 실험은 끊임없이 솟아나고 지속되어야 한다. 그러므로 영리목적의 영화관이나 자연주의 무대를 기준으로 한 소극장 규제는 재검토되어야 마땅하다.

한 나라의 연극은 언제나 대중과 호흡을 같이하는 대극장연극과 새로운 모럴과 새로운 형태, 감각을 찾는 소극장연극이 병존해야 바람직한 것이다. 실험성을 띤 소극장운동이 고갈되면 진부한 상업주의만이 난무할 것이며, 연극은 자꾸 낙후되고 타락해 갈 가능성이 많다. 예술이 창조력을 상실할 때는 정체만이 뒤따르게 마련이다. 가뜩이나 부족한 무대공간이 더욱 줄어들어서는 안된다. 당국은 소극장이 갖는 발전적 의미의 중요성을 참작해야 될 것이다.

소극장을 문화사업을 목적으로 하는 교육, 정서적 도장으로 인정해서 종래대로 공연장 설치허가의 예외로 해 주는 것이 연극 발전을 도와주는 최선의 방법이다. 관객이 많은 선진 국가에서조차 순수 무대예술은 자체적으로 유지가 어려워 정부의 지원을 받고 있는 실정이다. 사실 소극장들에 대해서 지원의 손이 못 미치는 지금 이들에 대한 보호만이라도 해 주어야 마땅하다. 이제가지 한국 연극이 제대로 발전 못한 이유는 좋은 소극장이 없었던 데도 있다. 소극장들이 없어지면 따라서 참신한 신진극단들이 거점을 잃음으로써 몰락하게 될 것이고 연극계에 끊임없이 새로운 물을 흘러보내는 창조의 샘은 고갈되고 말 것이다.

10. 이오네스코가 남긴 것

4월이 적어도 연극계에만은 잔인한 달이 아니고 희망의 달이었던 것 같다. 3·1로 창고극장(倉庫劇場)이 벌써 개관 일주년을 맞아 기념공연을 했고, 공간사가 아담한 소극장을 마련하여 다채로운 프로로 개관기념공연을 하고 있으니 말이다. 그러나 뭐니뭐니 해도 4월의 최대경사는 세계적인 극작가 외젠느이오네스코의 방한이리라. 한국 국제문화협회와 문학사상사 공동초청으로 17일 내한한 이오네스코는 10여일 가까이 머물고 떠나갔다.

이제까지 우리나라에는 여러 작가들이 초청으로 또는 자의로 다녀갔다. 펄벅을 비롯해서 평론가 알베레스 「25時」의 작가 게오르규 등등… 그러나 극작가가 초청된 경우는 이번이 처음이다. 이오네스코 자신도 다른 세계적 작가들이 많은데 어째서 자기가 초청되었는지 모르겠다는 의문을 표시했지만 그가 초청된 것은 확실히 획기적인 일이다. 더욱이 예술가는 이데올로기로부터 인간을 해방시켜야 한다는 견해를 가진 그가 兩大 이데올로기의 각축장(角逐場)이라 할 한국에 온 것은 중요한 의미를 내포한다. 바로 그 점이 그가 초청된 政治的 의미인지도 모르겠다.

1960년 1월 극단 실험극장이 창단 공연으로 이오네스코의 「授業」을 처음 공연한 이래 지금까지 「대머리 女歌手」, 「의자들」, 「王은 죽어가다」, 「막베트」, 「코뿔소」 등이 여러 극단에 의해 공연되었다. 특히 작년도에 그의 작품이 많이 공연되었다. 그 중엔 성공을 거둔 작품도 있고 그렇지 못한 것도 있다. 우리나라에서 공연된 그의 작품 중 관객의 호응을 많이 받은 것은 「대머리 女歌手」, 「王은 죽어가다」, 「의자들」 등이고 그렇지 못한 작품은 「막베트」, 「코뿔소」 등이다. 이와 같은 현상은 매우 중요한 것이다.

「막베트」나 「코뿔소」는 권력을 통한 인간의 근원악(根源惡)을 고발한 것으로 이오네스코가 쓰려는 작품주제의 일부이긴 하지만 「무엇 때문에 무대를 설교단으로 만들어야 하는가?」고 반문하는 그의 본질적 예술관에서는 예외적 작품이다. 그의 비관론적(悲觀論的) 인생관에서도 볼 수 있는 바와 같이 그의 작품 주제는 어디까지나 「無」인 것이다. 「의자들」이라든가 「王은 죽어가다」, 「갈증과 허기」, 「학살의 遊戱」같은 것들이 바로 그런 주제의 작품이다. 그런데 흥미로운 것은 우리나라 관객들도 메시지적인 것보다는 그 이 형이상학적인 작품들을 더 좋아했다는 사실이다. 그의 無사상은 결국 불교의 공사상과 만나는 것이므로 그의 철학적인 작품이 반응이 좋았다는 것은 아마도 한국인의 의식 깊숙히 깔려 있는 불교적 사상이 공감된 것이 아닌가 싶다.

이오네스코는 기자회견에서 자기 작품이 불교의 영향을 받았음을 분명하게 밝혔다. 그는 회견에서 「反演劇으로 지칭되는 내 작품의 밑바닥을 흐르는 무의미와 不條理는 동양의 禪佛敎사상을 수용했다고 볼 수 있다. 나는 침묵을 지키는 禪師가 아니지만 그들의 깨달음과 계시를 즐겨 笑劇의 주제로 삼고 있다」고 말했다. 또 선승(禪僧)들이 宇宙의 진리를 깨닫기 위해 한 평생 각고하지만 막상 그것을 깨닫고 난 다음에는 暴笑밖에 남지 않는다고 한 이오네스코의 말은 불교의 정곡을 찌른 것이다. 「대머리 女歌手」의 세계가 바로 깨달은 뒤의 삶의 유희(遊戱)를 그려본 것이다.

「의자들」과 「王은 죽어가다」는 生也一片浮雲起, 死也一片浮雲滅을 그린 것으로 볼 수 있다. 악과 번뇌를 깨달아 가는 과정을 그는 극으로 써가는 것같다. 물론 이오네스코가 생각하는 선관(禪觀)과 우리의 선관에 약간의 차이가 없는 것은 아니다. 우리는 보통 禪을 열반의 경지로 가기 위한 수도 과정으로 보지만 이오네스코는 적멸(寂滅)의 순간, 즉 열반(涅槃)을 곧 선으로 보고 있는 것 같다.

그래서 그는 침묵을 강조한다. 즉 그는 침묵을 갈망한다고도 했고 침묵 속에서만이 현대인간의 갈 길이 발견된다고 하였다. 이 이야기는 곧 번뇌, 망상이 다 끊어져 고요한 상태가 된 세계 곧 쾌적한 세계를 가리킨 것이다. 그의 작품이 난해할 수밖에 없는 것은 이처럼 그의 작품세계가 일상적 삶, 즉 세간(世間)을 해체해 놓은 세계이기 때문이다. 따라서 우리는 그의 방한 으로 두 가지를 깊이 생각하고 받아들이지 않을 수 없게 되었다. 하나는 작가가 대결하는 주제로서 교훈이니 이데올로기니 하는 것은 이제 유물(遺物)에 불과하고 작가의 관심은 언제나 인간존재의 근원에 조사(照射)되어야 한다는 것을 이오네스코를 통해 확인한 것이다. 또 한가지는 이제 그의 작품이 불교의 선과 닿고 있음을 안 이상 그이 작품을 공연할 경우 연출과정에서 불교적으로 해석해야 한다는 것이다. 그렇게 되면 이오네스코의 작품은 새로운 모습으로 형상화될 것이고 서양인들보다 우수한 작품을 만들어낼 수도 있을 것이다.

그러나 무엇보다도 그가 우리들에게 남김 교훈은 반연극은 전위(前衛)도 아닐뿐더러 예술작품은 적어도 대중적 오락물이나 이데올로기의 선전 방패물을 훨씬 뛰어넘어 있는 것이라는 사실을 강조해 준 점이다.

그는 우리 작가가 무엇에 도전해야 하며 무엇을 어떻게 쓸 것인가를 알려 주었다. 이오네스코는 두 개의 이데올로기가 첨예하게 맞부딪치고 있는 현장에서 무엇을 보고 무엇을 느꼈을까. 그는 아마도 미몽(迷夢)속에서 몸부림치고 있는 한국인들을 모델로 작품을 쓸지도 모른다. 그리고 그는 원초적인 한국 민속인형극과 가면극에서 새로운 극술을 발견했을 것이다.

11. 연극 속의 죽음

옛부터 한국 연극에서는 죽음을 별로 다루지 않은 것이 특징이다. 다만 가면극이 미얄할미 과장에서 본처 미얄이 젊은 妾인 덜머리집에게 패배당해서 죽는 경우가 있을 뿐이다. 이는 사실 승려과장, 양반과장과 함께 세 가지 주요 장면의 하나에 불과한 것이다. 그만한 장면도 가면극에서나 보일 뿐 꼭두각시 인형극이나 판소리에서는 찾아보기 힘들다.

그래서 전래의 한국 연극은 비극이 아니고 笑劇, 더 나아가서는 희극의 차원에 머물러 있었던 성싶다. 이러한 양상은 개화기 이후에도 별로 변하지 않았다. 개화기 이후의 신극에는 희극보다 비극작품이 압도적으로 많음에도 불구하고 죽음문제를 정면으로 다룬 작품은 찾아보기 힘들다. 그러니까 압제의 상황을 다루는 과정에서 죽음이 부분적으로 삽입되어 비극의 톤을 돋구는 정도로나 사용되었다는 이야기다. 따라서 신극에 있어서의 비극도 西洋悲劇과는 상당한 차이가 있고 오히려 멜로드라마에 가까웠다.

그러다가 1960년대부터 가끔 죽음을 다루는 작품들이 나오기 시작했다.

가령 車凡錫의 「갈매기떼」라든가 「山불」 등에서 죽음이 부분적으로 다루어지기 시작하면서부터 오태석(吳泰錫)·尹大星·이현화(李鉉和) 등 젊은 작가들도 조심스럽게 그들 작품 속에 죽음을 삽입했던 것이다.

그러나 이들이 취급한 죽음이란 것도 삶에 있어서 죽음이란 무엇인가라는 근원적 문제, 즉 形而上學的 의문으로서 다룬 것은 아니었다. 다만 어떤 메시지를 전달하는 데 있어서 강조의 효과로서 죽음이 원용되었을 뿐이다. 그러니까 죽음의 본질을 예술적으로 해명하려는 시도가 전혀 없었다는 이야기다.

극작가들이 그런 처지였기 때문에 연출가들도 예외일 수가 없었다. 극작가나 연출가들이 죽음이란 문제를 집요하게 추구해 보려는 생각을 전혀 안 했다고 해도 과언이 아니다. 연극사에 죽음을 테마로 한 흔적, 즉 전통이 없기 때문에 오늘의 연극인들이 그러한 문제를 거의 간과했던 것도 같다.

이는 우리 연극인들이 철학적이지 못하다는 이야기도 될 수 있는 것이고, 따라서 진지하기보다 설렁설렁 지나치는 한국인의 낙천적 단면을 보여준다고도 볼 수 있다.

그러나 1970년대 후반서부터는 상황이 조금 달라진 것 같다. 그동안의 여러 가지 사회상황이 사람들로 하여금 세상을 낙천적으로만 볼 수 없게 만든 것 같다. 바꾸어 말하면 거듭되는 否定的 현실이 연극인들로 하여금 현실을 한편으로 부정적이고 절망적으로 바라보게 만들어 갔다는 이야기다. 따라서 연극인들은 그 하나의 방편으로서 죽음의 본질문제를 조심스럽게 노크하기 시작했다. 그 첫 시도는 두말할 필요도 없이 70년대 말에 극단 자유극장이 막을 올린 「무엇이 될고하니」(朴牛春작, 金正鈺 연출)였다. 물론 이 작품은 작가 자신이 당초부터 죽음문제를 집요하게 물고 늘어진 것은 아니었다.

작가보다도 오히려 연출가인 김정옥(金正鈺)이 작품의 포커스를 죽음 쪽으로 몰고 간 것이었다. 그런데 이 작품은 죽음문제를 훌륭히 다루었대서 주목을 끈 것이 아니고 오히려 연출양식 때문이었다.

가령 집단창작을 처음으로 시도했다던가 전통과 현대를 자연스럽게 조화시켰다던가 어두운 현실을 어둡지 않게 풍자했다던가 하는 것 등으로 찬사를 받았던 것이다. 그러니까 당초 김정옥이 의도했던 죽음문제는 관객들이 작품의 민속놀이적 요소들 때문에 절절히 느끼지 못한 것이고, 관객의 가슴에 절실하게 닿을 수 있도록 죽음을 탁월하게 그려내지는 못했다는 이야기도 된다. 다만 金正鈺은 장승(長栍)의 유래를 천민의 애련(哀戀)한 죽음과 연결시켜서 한국인의 죽음을 喜劇的(?)으로 본다는 견해만은 뚜렷이 밝혀놓

왔다.

그리고 지난해에 유덕형이 이현화의 신작 「산 씻김」을 가지고 죽음문제를 정면으로 다룬 적이 있다. 극단 동랑레퍼토리에 의해 무대화된 「산 씻김」은 당초 작가가 의도했던 것과는 매우 다르게 갔었다. 그럴 수 밖에 없는 것이 이현화는 남도지방의 장례풍속으로 남아있는 씻김굿에서 소재원천을 얻어다가 한국인의 사령관(死靈觀)을 조심스럽게 타진해 본 것인데 유덕형은 기독교적 입장에서 죽음을 묘사했기 때문이다. 물론 유덕형은 기독교인도 아니고 기독교를 전혀 의식하고 작품에 접근한 것 같지는 않다. 그러나 작품에 표현된 것은 기독교적 죽음觀이었던 것이다. 죽음을 하나의 희망으로 본 점에서 그렇다. 죽음을 부활(復活), 즉 새로운 탄생으로 보는 것은 기독교적 죽음관이고 來世觀이며 우주관이다. 이 점은 김정옥이 그려낸 죽음관과는 많은 차이가 있는 것이다. 그렇다면 김정옥은 죽음을 종말로 보고 있는 것일까. 그런 것 같지도 않다.

한국인이 죽음을 희극적으로, 또는 가볍게 보고 있는 것 같다는 김정옥의 죽음관은 확고한 것이 못된다. 그것은 동서양을 넘어서 사람에 따라서 절망적으로, 또는 가볍게 볼 수도 있다. 분명한 것은 한국인은 내세관이 약하기 때문에 죽음을 하나의 종말로 본다는 사실이다. 그 점에서 죽음을 재생의 시발, 또는 희망으로 보는 서양의 기독교적 죽음관과 차이가 나는 것이다. 그런데 한국인은 장례습속에서 보이는 것처럼 자연법칙 내지 우주의 순리로 대범하게 받아들이기 때문에 절망감과 슬픔으로만 느끼지 않을 뿐이다. 김정옥은 한국인의 죽음을 감각적으로만 받아들인 것 같다. 그래서 희극적이니 뭐니하는 것이 아닌가 싶다. 이상과 같은 한국인의 죽음관과 서양인의 죽음관은 지난날에 공연된 두 극단의 작품에서도 그대로 나타났다.

즉 자유극장이 국립극장 소극장에서 공연한 「달맞이꽃」(金炳宗작, 金正鈺 연출)과 여인극장이 문예회관에서 공연한 「올페」(테네시 윌리암스작, 姜由楨 연출)가 바로 그것이다.

극단 自由의 「달맞이꽃」은 신진 김병종(金炳宗)의 작품으로서 동학혁명을 소재로 해서 민중의 저항과 패배를 그린 것이다. 그런데 김정옥이 연출의 변에서 「달맞이꽃」은 「원래의 희곡을 그대로 옮겨논 무대라고는 할 수 없다.(中略) 다만 외향적인 꾸밈이나 줄거리보다는 본질적인 것을 충실히 무대위에 추출하기 위해서 우리의 연극적 방법을 동원했다.」고 말한 것처럼 적어도 작가가 만들어놓은 희곡의 스트럭취는 거의 무시된 셈이다.

김정옥은 다만 그가 근자 추구하는 「무엇이 될고하니」流의 집단창작을 하는데 있어서 「달맞이꽃」의 소재와 의식을 차용했을 뿐이다. 즉 민중의 저항과 죽음을 하나의 회화(戱畵)라는 입장에서 희비극적으로 가져간 것이다.

그는 분명히 春園이나 동랑류(東朗流)의 계몽사극을 거부한다. 그러면서 역사를 넘어서 인간이 끈질기게 추구하는 것이 무엇이며, 그 결과가 한국의 상황에서는 어떻게 나타나는가를 표현해보려 한다.

따라서 그가 만든 동학이야기는 오늘의 연장선상 위에 있고, 오늘은 東學시대의 후미(後尾)라는 입장에서 역사를 본다.

그것은 곧 역사의식인 것이다. 작품 전체에서 은연중에 풍기는 「改善되지 않는 한국역사」도 바로 그런 맥락에서 짚을 수 있는 것이다. 적어도 김정옥이 바라보는 우리의 시대상황은 「美風은 사라지고 본질적 惡만이 반복된다」는 논리이다. 가령 한국인의 내공성(內空性)과 용기의 부재에 대한 통렬한 비판에서도 그것을 읽을 수 있다. 그렇기 때문에 그는 부단히 죽음문제를 추구하지 않을 수 없었던 것 같다.

그런데 문제는 「달맞이꽃」에서도 그의 뚜렷한 죽음관은 표출되지 않았다는 점이다. 그는 여전히 한국인의 죽음관이 희극적인 것 같다고 하면서 시종 해학적으로 작품을 끌고 갔지만 끝에 가서는 결국 적절한 판소리로 막음을 했던 것이다. 그러니까 죽음의 농도를 줄이기 위해서 웃음과 풍자가 사용된 것에 지나지 않았다는 이야기가 된다.

따라서 「달맞이꽃」도 「무엇이 될고하니」처럼 죽음의 본질을 다룬 작품이라고는 볼 수 없다. 작품을 다 보고나서 기억되는 장면이 겨우 마지막에 부르는 판소리 한토막밖에 없는 이유도 그 때문이 아닌가 싶다. 적어도 연극이 이미지의 연속일 수는 없다.

이는 金正鈺이 풀어나가야 할 숙제이다. 내세관(來世觀)이 미약한 한국인이 죽음을 어떻게 생각하고 맞는가를 「다시라기」와 같은 장례풍습 속에서 찾아보는 것도 좋을 듯싶다. 왜냐하면 우리의 민속에는 죽음은 모든 삶의 종말이고 다음 세대를 이어주는 필연적 운명으로서 적어도 우주의 섭리라는 생각이 나타나 있기 때문이다. 씻김굿이 존재하는 이유도 그 때문이리라.

이러한 종말론(終末論)과는 달리 서양의 죽음관은 매우 기독교적이다. 기독교이전의 희랍신화에서 따온 테네시 윌리암스의 「올페」도 재생설화(再生說話) 모티브란 점에서 흥미롭다.

이십여년 전에 자기집 과수원에 불이 붙고 그 불길 속에서 아버지마저 타죽고 애인에게 배반까지 당한 처녀 레이디는 돈에 팔려 마음에도 없는 늙은 병자(제이브)와 결혼생활을 한다.

그때에 한 젊은 방랑자가 등장함으로써 레이디는 죽어있던 마음속의 정념을 불태운다. 레이디는 임신까지 하여 생의 활기를 찾는다. 더구나 자기의 병든 남편이 과거 자기집에 불을 지르고 아버지마저 죽인 장본인이라는 사실을 안 뒤부터는 남편에 대한 복수심마저 일어난다. 이를 눈치챈 남편은 아내를 쏴 죽이고 아내의 정부를 살인자로 몰아 불타 죽게한다는 이야기가 「올페」다.

이야기는 비극이지만 이 작품이 지니는 상징은 죽음과 부활, 풍요와 재생이라 볼 수 있다.

그렇게 볼 수 있는 몇 가지 요소로서 임신한 아내의 죽음과 그녀의 정부인 방랑자가 추방(죽음)당하는 점이고 화재가 마지막을 장식하는 점 등을 꼽을 수 있다.

그러니까 속죄양(贖罪羊)을 통한 정화(淨化)와 우주 창조적 행위의 반복을 암시한다는 이야기다. 테네시 윌리암스는 올페神話에서 우주 창조의 반복을 통한 세상과 삶의 재생을 끄집어내 본 것 같다.

여인극장의 이번 공연에서 그 점이 잘 표현되었던 것이다. 특히 윤소정(尹小晶)의 관능적 연기가 작품을 그렇게 몰고가는 데 도움을 주었던 것이다.

우리의 극작가나 연출가들도 이제는 죽음을 막연히 그릴 것이 아니라 하나의 패턴으로 다루어 볼 때가 된 것 같다. 그러려면 신화(神話)에 대한 깊은 연구가 앞서야 함은 두말할 나위 없는 것이다.

12. 창작극과 번역극의 거리

실험극장에서 공연하고 있는 「그린 줄리아」는 영국작가인 폴 에이블맨이 60년대 중반에 쓴 첫 번째 장막극으로서 뉴욕과 런던에서 호평받은 두막짜리 코메디이다.

두 남자만이 등장하는 「그린 줄리아」는 식물학도인 봅과 경제학도인 제이크가 대학을 졸업하고 5년 동안 함께 지내온 하숙생활을 청산하며 서로 헤어지기 두 시간 전부터 시작된다. 두 사람은 제이크의 애인 줄리아가 오기를 기다려 야망을 찾아 홍콩으로 떠나는 제이크를 위해 송별연을 벌이려고 하나 그녀는 나타나지 않는다. 줄리아를 기다리면서 그들은 과거, 현재, 미래, 그리고 삶의 여러 문제를 이야기한다. 줄리아는 그들 대화의 핵심을 이루면서도 그들에게 쉽사리 잡히지 않는 존재이다. 그들은 대화와 유희중에 과거에 그들을 짓눌렀던 소위 기성적인 것, 이를테면 사제로부터 교수, 法官 등에 이르는 실로 다양한 풍자적 등장인물을 연출해 내면서 비판한다. 이 마지막 두 시간 동안에 두 사람은 서로의 관계와 인생에 대한 그들의 자세를 전혀 새롭게 체험하고 음미한다.

연극이 끝나는 시간은 곧 그들 인생의 중요 순간이 끝나는 시간이다. 가난한 농부의 아들로 인생을 오직 진실되게 살려는 식물학도 봅과 부유한 집안출신으로 매우 현실적이고 야심에 가득찬 경제학도 제이크는 현대 젊은이들의 두 전형이라 할 수 있다. 상아탑의 문을 나서 인생의 대해(大海)로 나서는 젊은이들은 사회의 격랑을 두려워하고 불안해 한다. 이는 동서양의 젊은이들이 다 마찬가지다. 이와 같이 대학을 나서는 젊은이들의 불안과 고독을 폴 에이블맨은 탁월한 작품 구성력과 뛰어난 대사처리로 하나의 드라마를 만들어 놓은 셈이다. 전혀 대조적인 두 젊은이가 엮어 내려가는 위트와 유머, 풍자가 넘치는 신선한 대사는 흥미진진하다. 「그린 줄리아」는 젊은이들의 연극으로서는 수작에 꼽힐 만하다. 더구나 이 작품을 같은 층의 유망한 연출가 윤호진(尹浩鎭)이 역시 동년배의 베스트 강태기(姜部起), 서인석(徐仁錫)과 만나서 아주 생기 넘치는 무대를 만들어 놓은 것이다. 姜部起는 이미 「에쿠우스」의 名 알런役으로 자리를 굳힌 연기자고, 서인석 역시 「돈키호테」 등에서 충분히 역량을 보인 촉망되는 배우이다. 이 작품이 그 정도의 좋은 연극이 될 수 있었던 것도 바로 이 두 좋은 배우를 쓴 데 있었다. 좋은 배우란 사람을 끌 수 있는 천성적인 분위기가 있어야 한다. 그 분위기란 성적인 마력이라 볼 수도 있다. 徐仁錫은 분명히 가장 배우적인 요소를 갖고 있다. 이를 계발하는 것이 연출가다. 尹浩鎭은 이런 서인석과 강태기의 특성을 간취하여 정확한 계산 위에 연출작업을 해낸 것이다. 이와 같은 두 배우의 신선한 감각이 연출가 윤호진의 감각과 만나 「그린 줄리아」에 용해되어 나타난다. 따라서 드라마의 매우 섬세한 부분까지도, 또 아주 미세한 감정까지도 표현해 내고 있다. 세 사람이 모두 작중 인물들과 비슷한 연령들이기 때문에 새로운 세계에 직면하는 젊은이들의 고뇌와 불안, 그리고 모험 앞에 선 이들의 인간적 고독을 매우 잘 표현해 주고 있다. 별 사건없이 진행되는 이 드라마가 강태기, 서인석같은 적역을 만나지 못했던들 매우 지루한 연극이 되었을 것이다. 1막에서의 모차르트 음악과 2막에서의 베토벤 음악도 매우 적절한 것이었다. 崔衍昊의 사실적인 장치도 괜찮았다.

우리 창작극이 서구의 번역극에 가장 뒤지는 것이 바로 이 감각이다. 「그린 줄리아」와 대조적인 작품으로 얼마전에 「민중극장」이 공연한 「大恨」을 들어보기로 한다. 이재현은 에이블맨 만큼이나 젊은 작가다. 작품력이 10년이 넘는 이재현(李載賢)은 에이블맨만큼이나 젊은 작가다. 작품력이 10년이 넘는 이재현이 그 동안에 쓴 작품들의 주된 테마는 향수의 미학이라

부를 수 있을만큼 원초에의 회귀가 주조를 이루었다. 그러나 근래부터 그는 사극에 기울었고 실제로 李舜臣을 필두로 해서 여러편의 역사를 소재로 한 작품들을 발표했다. 여말(麗末) 최영장군의 정명(征明)과 李成桂의 위화도회 군을 正史로 다룬 「北向墓」에 이어 임오화변(壬午禍變)을 그린 「大恨」을 발표한 것이다. 「大恨」은 혜경궁 洪氏의 「閑中錄」을 바탕으로 쓴 것이다. 「한중록」을 바탕으로 쓴 것이라기보다 거의 「한중록」 그대로라는 것이 적당한 표현이다. 이재현이 쓴 사극의 맹점은 사실을 작가로서의 탁월한 재해석 없이 그대로 극화한다는 데 있다. 이는 작가의 역사의식과 직결되는 문제다. 역사극이란 어떤 역사적 시대나 사건의 가장 대표적인 갈등을 포착하여 그 것을 관객에게 직접 어필할 수 있는 인간적 드라마로 제시하는 것이라고 볼 때 「대한」은 일단 정통사극의 계열에 드는 작품이다. 그러나 여기서 문제가 되는 것은 역사적 진실성이고 역사의식이다. 역사적 진실성이란 역사상의 갈등내지 충돌의 내면적 진실성을 그려내는 것이므로 새로운 인물의 창조가 필요하다. 그럼에도 불구하고 이재현은 인물창조를 못하고 있다. 그리고 역사의식이란 현대역사의 구체적 전신으로서의 과거를 제시하고, 과거를 현재의 전신으로 파악하는 정신이다. 그러니까 과거의 역사적 사건을 언제나 오늘의 각도에서 보는 것이 된다. 정적(靜的)사실로서가 아니고 동적(動的) 사실, 그것도 진보적 각도에서 붙잡아야 함은 더 말할 나위도 없다. 그럼에도 불구하고 이재현은 항상 역사적 사건을 그대로 극화하고 있다. 역사적 사건을 무대위에서 再顯하는 것이 어떤 의미가 있는가. 무대 상의 역사해설이나 역사교육 이상의 무슨 가치가 있겠는가. 劇이라고 할 때 그것은 이미 예술작품이다. 사극을 쓰는 작가는 단순히 역사속에 숨겨져 있는 비사(秘史)나 질서의 붕괴에서 오는 갈등만을 끄집어내는 것이 아니고 역사뒤에 깔려있는 인간의 내면적 진실을 파내는 작업을 해야 한다. 그렇게 볼 때 이재현이 역사를 바라보는 눈은 무엇이고, 인간을 바라보는 눈은 무엇인가에 대한 뚜렷한 관(觀)이 나타나지 않는다. 그래도 「대한」이 다른 사극보다 감동을 안겨주는 것은 당쟁 틈에 끼어 젊은 나이에 비극적 죽음을 맞아야 했던 사도세자(思悼世子)의 哀話와 이를 한스런 여인(惠慶宮 洪氏)의 눈으로 묘파한 「한중록」 자체가 감동적이기 때문이다. 즉 우리 민족의 커다란 정서의 줄기라 할 恨과의 만남에서 관객이 깊은 공감을 나타낸 것으로 볼 수 있다. 이제까지 이재현이 쓴 역사극을 보면 그는 사화에 관심이 있는 듯하다. 따라서 그는 초기 소설가나 극작가 이를테면 尹白南이나 유치진(柳致眞)에서 크게 진보하지 않았다. 그래도 유치진은 「마의태자」같은 작품을 통해 신라의 패망에서 조국의 패망을 확인하고, 마의태자의 슬픔에서 나라잃은 백성의 설움을 느껴보자는데 초점이 있었다. 그러니까 적어도 유치진은 좀 감상적이긴 해도 민족주의라는 각도에서 사극을 썼었다. 따라서 이재현은 그런 선배의 소박한 역사관이나 사극관을 극복했어야 마땅하다. 만약 이재현 역시 유치진과 같은 지점에서 출발한다거나 사화(士禍)에만 흥미를 갖게 된다면 그도 선배들이 범했던 오류, 즉 식민사관(植民史觀)이나 뒷받침해 주고 대중의 지적발전에는 아무런 도움도 못줄 것이다. 그러니까 이재현은 역사에 대한 지적파악과 냉철한 역사관을 기를 필요가 있을 것이다. 이재현이 쓴 다른 사극보다 월등히 우수한 「大恨」은 극적 구성에 있어서의 대사구사 등에 있어서 괜찮은 작품이다. 더욱이 최불암(崔佛岩)(英祖分), 고은하(惠慶宮 洪氏分), 박봉서(正祖分)의 열연이 작품을 수준급으로 끌어올렸다. 그러나 주역이 너무 작품에 몰입해서 대사처리에 차질이 생겼다. 高銀兒의 발성이 좋지 않았던 것도 바로 거기에 원인이 있었던 것이 아닌가 한다. 민중극장은 오랜만에 좋은 창작극을 공연했고 그런대로 수준작을 만들어 놓았다.

Ⅳ. 80년대 연극의 표정

1. 연극의 80년대가 열리다

지난 12월은 79년도뿐만 아니라 1970년대가 막을 내리는 달이었기 때문에 각 신문, 잡지마다 10년 동안에 걸친 연극운동의 발자취와 공과(功過)를 정리했다. 그런데 여러 사람들이 회고한 글에 나타난 공통점과 특징은 긍정적인 면보다는 부정적인 데로 기울어졌다는 것이었다.

긍정적인 지적이 양의 팽창과 직업화의 움직임, 또 「우리적 연극」의 탐색 정도라고 한다면 부정적으로 지적된 것은 연극과 연극인의 질저하 내지 추락, 그리고 연극환경개선의 답보 등이 아닌가 싶다.

그러니까 극장과 극단, 관객이 늘고 그에 따라 연극인들이 연극만으로 생활을 할 수 있게끔 되어가는 것은 획기적인 일이고 또 바람직한 것이라는 이야기다.

그러나 긍정적인 측면마저 냉철하게 분석해보면 많은 문제점을 안고 있다. 극장무대가 넓어졌다는 이야기만 하더라도 그렇다. 60년대까지 8백석의 구국립극장(明洞藝術劇場)과 5백석의 드라마센터에 의존하던 연극인들이 70년대에 와서는 1천석이 넘는 국립극장·세종문화회관·세종문화회관별관 등과 1백50석 내외의 소극장 너댓개를 확보했다. 외형적 숫자로는 대단한 증가이다. 그렇지만 그들 중에 연극인들이 수시로 사용할 수 있는 무대가 몇 개나 되느냐 하는 것이 문제. 여태까지 화려하고 웅장한 국립극장과 세종문화회관 무대를 활용한 사설극단이 있었던가?

실제로 70년대는 60년대의 까페떼아뜨르 하나에 비해 세실·창고·공
간·민예·중앙·76 등 소극장만이 연극인들의 자력에 의해 늘어난 정도에
불과하다. 극단이 20개 미만에서 40개 이상으로 급속팽창한 것에 비해 볼
때 무대공간은 여전히 비좁았던 것을 알 수 있다. 거기다가 전근대적 요소
가 남아 있는 공연법이 점점 경직화만 되어간 상황 때문에 70년대 연극은
처음부터 파행적일 수밖에 없었다.

극단의 급증도 그렇다. 74년의 연극인회관 설치와 75년 가을 「에쿠우스」
공연을 기점으로 극단이 우후죽순격으로 늘어났으나 인재양성이 없이 급팽
창함으로써 연극의 질저하를 초래하는 원인이 되었던 것이다.

연극관객도 60년대까지는 여대생 중심의 7, 8천명 정도이던 것이 70년대
후반에 와서는 5만명 정도로 늘어났고 관객구성원도 조금 넓혀진 것은 사
실이나 아직도 대학생층이 대다수를 이루고 있다. 그러니까 관객확대가 성
인층에서 이루어진 것은 결코 아니라는 이야기다. 바로 그 점이 연극의 직
업화를 못 이루는 외적 요인이다.

그런데 일반인들이 극장에는 가지 않아도 대중매체 등을 통해 연극의 중
요성을 조금씩 느끼고 관심을 갖게 된 시기가 바로 70년대였기 때문에 70
년대의 의미는 큰 것이다. 즉 동양극장시대 이후 20여년(50, 60년대) 동안의
연극과 비교할 때 대중과의 단절을 상당히 극복한 시기가 70년대였음을 아
무도 부인할 수 없다.

그러나 우리 연극은 여전히 대중에 대해서 아무런 영향력을 행사하지 못
하는 처지에 놓여 있다. 따라서 연극의 對社會기능확대가 바로 80년대의 숙
제중의 하나다. 30, 40년대의 동양극장시대에는 영화나 TV같은 대중문화가
미약하거나 없었으므로 연극밖에 볼거리가 없었지만, 오늘같은 영상시대에
연극이 제기능을 발휘할 수 있을까 하는 것이 문제라는 것이다. 바로 그 점
에서 연극의 고급예술로서의 순수성이 강조된다고 하겠다. 만일에 연극이
저급한 TV 드라마나 영화, 쇼와의 한계선이 모호해진다면 그 존재이유가
없어지는 것이므로 연극의 세속화는 계속 경계되어야 할 것이다.

따라서 80년대의 또 하나의 과제는 연극의 질향상과 자기목소리를 찾는
일이다. 이는 어디까지나 연극인들 자신의 손에 의해서 이뤄져야 할 일인데

거기에는 선행되어야 할 조건이 따른다. 그것은 두말할 것도 없이 건전한 연극환경의 조성이다. 거기에는 반드시 법적인 뒷받침과 물질적인 뒷받침이 수반된다. 법적 뒷받침이란 공연법의 현대화와 표현자유의 보장이다. 연극은 소설이나 시와 달라서 매우 직접적이고 강렬한 호소력을 지니기 때문에 항상 권력의 제재를 받아온 경험을 가지고 있다. 식민지시대에는 일제의 탄압에 의해, 자유당시대에는 권력에 의해 눌려왔다. 우리연극이 비틀거리거나 힘찬 발전을 못한 큰 원인중의 하나가 이와같은 역사적 상황의 짓눌림 때문이었다.

70년대 연극이 전후 20여년간의 공백을 깨고 대중에 가까이 다가갔으면서도 대중과의 연대의식이랄까 커다란 공감대를 형성 못한 것은 연극이 대중의 진정한 목소리를 지니지 못한 데서였다. 연극인들이 대중의 진정한 아픔과 슬픔이 무엇이었던지를 몰랐거나 외면해온 데서 70년대 관객은 홍수속의 기갈을 느꼈던 것이다. 70년대 연극이 한마디로 외화내빈이었다고 혹평받는 이유도 그런 데에 있다고 하겠다.

약간의 역사의식이 있다는 작가는 우화(寓話)적 기법을 빌거나 역사극을 통해서 우회적으로 모기소리만하게 외쳐보았지만 그것마저 거센 상업주의 태풍속에 묻히곤 했었다. 강력한 외부상황으로 주눅든 연극은 역사의 내적 흐름에 외면하거나 무감각함으로써 어느 의미로서나 역사진전에 아무런 기여도 못했던 것이다.

그러므로 상황의 변화에 따라 표현의 자유가 크게 신장될 80년대에는 연극도 이제까지의 소극적 자세를 버리고 역사에 힘차게 동참해야 될 것이다. 그것이 바로 진정한 연극대중화의 길이라 하겠다. 그렇게 되면 자연 연극정신과 장인의식도 되살아날 것이다.

그리고 표현자유는 표현장으로까지 확대되어야 할 것이다. 연극이 건전한 국민윤리와 이데올로기에만 어긋나지 않으면 무슨 작품이든지 또 어디서든지 공연할 수 있도록 해주어야 한다. 이는 곧 소극장의 발달과 직결되는 것이므로 연극계에 활기를 불어넣어 줄 것이다.

그동안 공연장이 공연법상의 여러 가지 제약으로 인해 크게 늘어나지 못했고 그로 말미암아 새 연극의 실험장보다는 흥행장 구실을 더 많이 하고

있는 것이 오늘의 실정이다. 그러므로 당국의 연극정책도 연극환경과 연극
조건 개선에 초점이 두어져야 할 것이다. 그것은 곧 원인적 처방이 될 것이
다. 극장도 쓸모가 적은 대극장보다는 5, 6백석의 중극장이 중앙과 지방에
고루 세워져야 한다.

그런데 연극조건 개선에 있어서 공연장이나 공연법 못지 않게 시급한 것
은 인재의 양성이다. 요즘에 와서는 연극이 광대의 소굴이 아니라는 것이
점차 널리 인식되어 가고는 있지만 여전히 배고프고 소외받는 직종으로 머
물러 있는 것이 사실이다. 그런 곳에 어떻게 뛰어난 인재를 끌어들여서 예
인으로 키울 것인가가 80년대의 또 하나의 숙제다. 아무리 좋은 시설과 환
경이 만들어져 있다손 치더라도 사람이 없으면 소용이 없다.

차제에 나는 국립예술학교 같은 특수기관설치를 제의하고 싶다. 근자 전
통예능인이라든가 무용수·배우·오페라가수 등 공연예술을 버티는 유능한
젊은 예술인의 부족이 큰 문제로 대두되고 있느니 만큼 장기적 안목을 갖
고 인재양성에 손을 쓸 때가 왔다고 생각한다. 그것이야말로 고급문화인 공
연예술의 기반을 다지는 첩경이 될 것이다.

80년대는 해방 이후 가장 중요한 시기가 될 것이다. 왜냐하면 이제까지
한국문화를 이끌어온 식민지의 마지막 세대가 물러나게 되는 시기가 될 것
이기 때문이다.

따라서 80년대 연극은 식민지 유산과 해방 뒤의 우여곡절 속에서 묻은
때를 완전히 청산하는 시기가 되어야 한다. 그 가능성은 마침 70년대에 일
기 시작한 「우리적 연극」(民族劇이라 칭할 수 있음)의 모색과 연결될 것이
므로 상당한 진척을 보일 것이다.

그리함으로써 연극계 내부의 일대 자각운동으로 번져나가야 될 것이다.
그것만이 연극이 주변상황 변화에 보조를 맞추는 일이고 진정한 인간탐구
자세로 돌아가는 길이 된다. 특히 최인훈(崔仁勳), 오태석(吳泰錫)같은 작가
들에 의해 시도되고 있는 한국인의 심성에 대한 형이상학적 접근태도는 민
족극 모색운동과 함께 연극을 급속히 향상시키는 요인이 될지도 모른다. 이
처럼 80년대의 한국연극은 여러가지 면에서 새로운 국면에 접어들고 있어
기대가 크다.

2. 분방과 위축의 불연속선
— 1980년도의 연극

아마도 해방이래 80년대만큼 정치 사회적으로 격동한 시기도 없었을 것이다. 한 시대가 끝나고 새로운 시대가 열리는 진통은 비단 정치 사회분야쪽만 겪은 것이 아니고 문화예술 쪽도 그에 못지 않을 만큼 격심했다. 특히현실에 민감한 연극이 어느 예술분야보다도 변화의 폭이 컸었던 것 같다. 79년 10월의 정변에 따른 자유화바람을 타고 연극계는 고루한 것을 탈피하려는 몸부림과 함께 80년도 초 연극협회장의 개선(金正鈺씨 당선)을 스타트로 40대의 중견들이 연극계의 지도부로 부상했다. 연극인들 스스로가 세대교체를 단행한 것이었다.

연극협회장의 개선은 단순한 세대교체가 아니라 연극계의 정풍운동(淨風運動)이었으며 끊임없는 파쟁(派爭)의 종식이기도 했다. 그러니까 연극계가화합된 상태에서 견실하게 출발하려는 의지의 표현이었던 것이다. 그리고곧이어 밀어닥친 자유화바람을 타고서 그동안 제약 속에 놓여 있던 연극계는 사회참여 쪽으로 시선을 돌리기 시작했다. 창작극을 통한 현실비판이라든가, 특히 대학가를 중심으로 활기를 띠었던 마당극운동은 연극의 사회참여의지를 보여준 경우였다.

그러나 문화예술계의 자유화바람이나 사회참여 의식같은 것이 갑자기 일어났기 때문에 사전준비 부족으로 좋은 작품을 내놓지 못한 것도 사실이다.

상반기의 자유화바람 속에 나온 꼽을 만한 작품이라고 한다면 실험극장 공연의 「사람의 아들」(李文烈작 尹浩鎭연출)과 오태석의 슈퍼리얼리즘 작품인 「1980년 5월」, 마당모임의 「兎先生傳」, 그리고 동랑레퍼토리의 「봄이 오면 山에 들에」(崔仁勳작 柳德馨연출) 정도가 아닐까 싶다. 尹浩鎭·吳泰錫·柳德馨·安鍾官 등은 삶의 고통과 구원의 문제를 리얼리즘 또는 슈퍼리얼리즘, 실험극 등 각기 다른 방법으로 접근하면서 연극의 개념과 내면공간을 확대시켜 갔다. 그러면서 우리 시대가 낳은 사회구조와 그 병리를 다각적으로 건드렸던 것이다.

그러나 5월의 정세급변에 따라서 연극계는 다시 70년대의 양상으로 되돌아가는 듯 싶었고 사회정화의 강풍에 따라 극단들은 준비했던 작품들을 리바이벌로 대체하는 고육지책을 쓰기에 바빴다. 가뜩이나 하한기였기 때문에 극단들은 재탕공연으로 적당히 넘어가려는 것 같았다. 따라서 희극물이 범람하고 복고적인 경향마저 보였다. 더구나 별로 달라지지 않은 당국의 연극정책으로 연극계는 더욱 어려움을 겪어야 했다. 우리의 예술행정은 아직도 방황상태이고 전근대적 차원에 머물러 있는 실정이다.

이상과 같은 상반기의 격동 침체와는 달리 하반기에 가서는 비교적 활기를 띠었다. 대부분의 문화행사가 가을에 몰리기도 하지만 그보다도 상반기의 외부적 충격을 차분히 가라앉히면서 연극이 나아갈 방향을 그런대로 모색했기 때문이다. 우선 제4회 대한민국 연극제라든가 운현극장 개관, 제4회 전국대학연극축전 같은 큼직큼직한 행사가 열렸는가 하면, 동랑레퍼토리의 활약, 오태석의 역작 「산수유」 공연 등이 있어서 풍성하고 다채로 왔다.

지난해로서 네번째를 맞은 연극제에 관해서는 본란을 통해 이미 소개했으므로 논급을 피하겠거니와 연극제 기간 동안 있었던 주요공연인 동낭레퍼토리의 「내·물·빛」(마이클 커비作 金雨玉연출)이라든가 안민수(安民洙)의 「招魂」 같은 것은 일단 주목될 만한 공연이 될 것이다. 당초 언어학에서 시발되어 문학 연극으로까지 확대된 구조주의연극은 이미 오래 전에 구미에서 시도되었는데 우리나라에는 김우옥이 지난해 처음 도입한 것이다. 연극의 새로운 사조를 도입 실험했다는 점에서 의미를 찾을 수 있었으나 실험극이 대중의 공감을 사려면 그 시대 사회문화의 내적 발전과 어느 정도

맞닿을 때만이 가능하다는 것을 가르쳐준 경우였다. 「내·물·빛」을 본 오늘의 관객들은 마치 1910년대 말의 연속극을 보는 느낌을 받은 것이 아닌가 싶다. 그러나 우리의 연극촉각이 무디지 않고 또 연극의 지평을 부단히 넓혀보려는 몸부림이 연극계 일각에서 그치지 않고 일어난다는 것은 매우 고무적인 일이다.

작년에는 극단의 부침이 별로 번잡하지 않았던 해이다. 급속한 관객의 이탈로 지속적 활동과 운영이 어려움에도 40개 가까운 극단이 그런대로 제가끔 막을 올렸다.

비교적 저조한 금년의 극단활동 중에서 단연 두각을 나타낸 극단은 뭐니뭐니해도 창단 20주년을 맞은 실험극장일 것이다. 창단 20주년기념으로 10개작품을 연속적으로 공연하고 있는 실험극장은 「사람의 아들」, 「브라드 낫트」(아돌후가드작 金東勳연출) 같은 역작을 무대에 올렸고 「李仲燮」(李載賢작·연출)을 가지고 미국공연을 다녀오기도 했다. 실험극장은 그것에 그치지 않고 시설이 완비된 3백석의 전용인 운현극장(11월 27일)을 개관하여 공연장이 부족한 연극계에 활력을 불어넣기도 했다.

개관작품 「세일즈맨의 죽음」(아더 밀러작 尹浩鎭연출)은 50년대부터 여러 차례 공연된 바 있지만 산업사회의 병리를 파헤친 작품이라서 이제 겨우 우리나라 관객의 공감을 사는 것 같았다. 특히 윤호진의 예리한 감각과 김인태 등의 열연으로 80년도의 좋은 번역극이었다.

그런데 금년에 실험극장보다도 더 큰 경사를 맞은 것은 국립극장이리라. 1950년 초에 개관한 국립극장이 우여곡절 속에 금년으로 만 30주년을 맞은 것이다. 따라서 국립극장은 30주년기념으로 전속단체들을 동원하여 다채로운 공연활동을 벌였다. 연극의 경우만 보더라도 「北間島」를 위시하여 여러 편을 무대에 올렸다. 전쟁 등 다난한 현대사 속에서 국립극장이 그나마 유지되어온 것은 다행한 일이다. 그리고 30주년기념으로 책자 『國立劇場 30年史』를 발간한 것은 획기적인 일이다.

80년으로 제3회째(11월 22일부터 진행)를 맞은 전국대학연극축전은 장기간의 휴교 때문이었는지 예년에 비해 반을 조금 상회하는 22개 대학만이 참가했다. 레퍼토리만 하더라도 번역극이 대부분이었고 창작극은 학생작품

2편을 포함하여 몇편 되지 않았다. 제3회 대학연극제는 학생들의 열기도 부족했고 새로움도 적었던 제전이었다.

1980년의 연극계는 파란도 많았지만 근래에 볼 수 없었던 다양한 시도가 감행된 해이기도 했다. 오태석의 슈퍼리얼리즘으로부터 김우옥의 구조주의, 그리고 창작인형극도 연극사상 처음으로 실험됐다. 꼭두놀음패 어릿광대(대표 李京姬)가 봄에 최초로 마리오넷 「楊州別山臺」를 공연하여 주목을 끌었는가 하면 가을에는 심우성(沈雨晟)이 창작인형극 「홍동지의 나들이」(尹大星극본)를 선보였다.

인형극의 여러 형태를 종합하면서도 마리오넷형식을 취해본 「홍동지의 나들이」는 기교가 부족하고 주제전달이 잘 안되긴 했지만 첫번 실험치고는 비교적 주목을 끌 만한 것이었다. 그것이 비록 서양보다 몇백년 뒤떨어진 것이긴 해도 현대에 있어서의 전통극의 창조적 수용 전승이라는 점에서 평가될 만하다.

81년 3월에 개최되는 제3회 세계연극제를 앞두고 문예진흥원 극장의 완성 등 부산한 움직임 속에서 다양한 시도가 잇달은 것은 고무적인 일이다. 그것은 한국연극을 세계연극과 연결시키는 일이기 때문이다. 거기에는 물론 우리 연극의 수준향상이 뒤따라야 할 것이다. 그런데 우리 연극의 수준향상이란 서구의 첨단적 연극을 수용하고 답습하는 것이 아니라 그것을 소화해서 우리 나름의 연극을 창조해냄을 말한다. 그렇게 볼 때 80년은 한국연극의 성숙을 보여준 해라 말할 수 있다. 왜냐하면 국립극단이 「산수유」(吳泰錫작 李海浪연출)라는 매우 뛰어난 작품을 공연했기 때문이다. 6·25전쟁 중의 한 조그만 산골마을을 무대로 하여 동족상잔을 높은 차원에서 조명한 「산수유」는 6·25문제극이면서도 새 국면을 보여준 수작이었다. 특히 원로 연출가 이해랑의 무르익은 리얼리즘기법과 젊은 오태석의 응어리가 만나서 한국인의 아픔이 드러난 것이다. 「산수유」는 분명히 종래의 겉핥기식 리얼리즘극을 극복하고, 한국연극의 성숙을 보여준 경우였다.

이상과 같이 1980년도의 연극은 정치사회의 격변에 따라 사회참여, 제약, 복고 등 불연속선(不連續線)을 그으면서도 한걸음 앞으로 내디뎠던 것이다.

3. 명암이 엇갈린 81년도 연극계

세계연극사를 돌이켜볼 때, 연극이 융성했던 것은 역시 정치 사회가 안정되고 경제적으로 부강을 누린 시기였다는 것을 쉽게 알 수 있다. 그만큼 연극뿐만 아니라 문화예술 일반은 사회변화에 민감할 수밖에 없는 것이다. 그러한 경우를 우리는 최근 2년에 걸쳐 실감하고 있다.

즉 79년 10월정변 이후 내외적으로 큰 변화가 있었고, 특히 경제와 어려움으로 고통을 겪은 것이 사실이다. 그리고 교육의 개혁으로 주 관객이라 할 대학생들의 호주머니사정에도 변화가 왔다고 볼 수 있다. 구태여 이러한 이야기를 하는 것은 관객의 급속한 감소로 각 극단들이 파산할 지경에 이르렀기 때문이다.

우선 외형적으로 보더라도 40여개의 극단들이 81년 한해 동안 공연한 작품이 고작 1백50여편에 불과한데, 이는 30여개의 극단들이 연간 2백여편 공연했던 70년대 후반에 비교해서 공연활동이 급속히 감소된 것을 나타내는 것이다. 그 1백50여편 가운데서도 태반이 리바이벌이 차지하고 있어 극단활동의 위축과 안일이 극에 달해 있음을 알 수 있다.

그렇다면 어째서 리바이벌이 많았느냐 하는 것이 문제가 된다. 그것은 두말할 필요도 없이 극단들이 모험을 피하고 안전판을 마련하려는 안일한 자세 때문이었다. 즉 기왕 공연한 것이니 제작비가 덜 들고 또 어느 정도의 관객도 확보되어 있다고 믿는 데서 출발한 것이다. 그럼에도 불구하고 대부

분의 리바이벌공연마저 관객동원에 실패했다는 데 심각한 문제가 있다. 공
연활동을 벌인 대부분의 극단들이 상당한 액수의 빚을 지고 있는 실정인데,
이는 60년대의 실정보다도 심각한 것이다.

그렇다면 썰물처럼 떠나간 관객을 어떻게 다시 부를 수 있을 것인가. 그
것은 간단히 말해서 좋은 작품을 만드는 방법 외에는 아무 것도 없다. 규모
는 비록 작지만 진지하게 예술작품을 창조하는 자세가 어느 때보다도 절실
하다. 리바이벌 안전판은 연극을 더욱더 침체의 늪으로 빠져들게만 했을 뿐
이다. 그럼에도 불구하고 상당수 연극인들은 정신적으로 위축되고, 새로운
상황에 따른 연극을 창조하려는 의지가 약한 것 같다. 즉 연극인들의 심리
적 위축과 정신적 침체가 가장 심각한 문제인 것이다.

물론 81년의 연극계가 부정적 양상만을 보인 것은 결코 아니다. 어떻게
보면 지나치게 무절제하고 방만했던 70년대의 상업성지향의 유산을 치르는
질환이기도 한 것이다. 그러한 것에 대한 반성이 연극계 일각에서 나타난
것이 바로 지난해의 경우였다. 곧 창작극의 팽창이 그것이다. 가령 연극이
한창 붐을 이루던 70년대만 하더라도 번역극과 창작극의 비율은 5대 1, 또
는 4대 1 정도였다. 그러나 81년의 경우는 번역극 84편 대 창작극 68편으로
거의 대등한 숫자가 됐다. 81년은 분명히 해방이후 가장 많은 창작극이 발
표되고 또 공연된 시기였던 것이다. 이처럼 연극인들도 이제는 우리의 이야
기를 해야겠다는 의지를 강력하게 보이기 시작한 것이다.

사실 우리의 현대극이 서구근대극의 직수입으로부터 시작된 것이긴 하지
만 그동안 너무 우리생활과 동떨어진 작품들을 많이 공연했다. 관객을 잃은
원인중의 하나로서 번역극 위주의 공연도 들어갈 것이다. 여하간 신극의 타
성을 극복해야 한다는 自省이 연극인들 내부로부터 일어나고 있는 것은 침
체연극가의 서광이라 보아도 무방할 것 같다. 이러한 긍정적 측면 외에도
81년의 연극계에는 중요한 일들이 꽤 있었다.

우선 공연장만 하더라도 현대시설의 빼어난 문예회관이 생겨나서 연극계
를 변화시켰다. 즉 7백여석의 대극장과 소극장을 갖춘 문예회관은 공연장으
로서는 우리 극장사상 최고의 설계와 시설로 되어 있다. 문예회관이 생겨남
으로써 무대난(舞臺難)이 상당히 해소되었고 비좁은 세실극장에 의존하던

극단들이 화려한 무대를 마음껏 사용할 수 있게 된 것이다. 문예회관은 특히 연출가들의 영역을 넓혀준 것이다.

그 밖에도 두 개의 소극장이 어려운 속에서도 늘어났다. 그 하나가 국립극장의 지하소극장이고 다른 하나는 소장연극인들이 자비로 세운 신촌의 서라벌 소극장이다. 국립극장의 지하소극장이 주로 전통 민속을 소개하는 데 쓰여지는데 반하여 서라벌소극장은 전속극단을 두고서 현대극을 공연한다.

연극계의 숙제로 내려오던 식민지 유산인 공연법이 시대추세에 맞게 개정됨으로써 소극장운동에 활기를 불어넣어주게 되었다.

주지하다시피 그동안 연극을 여러 모로 위축시켰던 공연법은 일제말엽에 제정된 조선총독부의 흥행물취체령(興行物取締令)이 그 모태였던 것이다. 시대가 몇번 바뀌어도 공연법은 언제나 일제가 우리 예술을 통제하려고 만든 것을 그대로 사용해왔던 것이다. 그것이 드디어 해방 36년 만에 청산된 것이다.

그리고 또 81년에는 대단히 큰 국제적 행사를 갖기도 했다. 즉 우리나라 연극사상 처음 치러본 국제행사인 제3세계 연극제가 서울에서 열렸던 것이다. 그리하여 국제연극협회(ITI) 간부들을 비롯한 세계적인 연극인들, 이를테면 얀 코트라든가 오스카 보로케트, 제임스 브랜든 등이 참석했고, 동구권(東歐圈) 연극인도 몇명 참가하여 주목을 끌었다. 극단만 하더라도 프랑스, 영국 등 선진국을 비롯하여 일본·인도·인도네시아·필리핀 등등 10여 개국에서 참가했고, 고전극과 현대극을 고르게 보여주었다. 회의의 주제도 개발도상국의 자존심을 살리고 또 그들에 대한 인식을 달리한다는 입장에서 제3세계의 연극이 서구연극에 미친 영향이었다.

그런데 우리나라에서도 이와 같은 국제적인 연극제가 열릴 수 있었던 것은 한국문화에 대한 세계의 인식이 그만큼 좋아진 것을 의미한다.

실제로 서울의 제3세계 연극제는 의의와 성과가 컸고, 참가자들도 모두 시인했던 것이다. 노력을 들인 만큼의 국위선양을 했고, 한국연근에 대한 새로운 인식을 세계에 심었던 것이다.

서울의 제3세계 연극제의 첫 성과는 우리 연극인들의 동독(東獨) 국제연극학회 참가로 나타났다고 볼 수가 있다. 물론 81년 9월 동독에서 열린 국제연극학회에 참가할 수 있었던 것은 79년 카나다에서 열린 회의에서 로마회장(東獨人)의 약속에 의한 것이기도 하다. 그러나 세 사람이나 쉽게 참가할 수 있었던 것은 아무래도 제3세계연극제 개최와도 무관한 것이 아니다.

제3세계 연극제의 개최는 연극인들에게도 상당한 자극제가 되어서 대한민국연극제를 활기차게 만들었다. 즉 81년 연극제에는 전례없이 27개 극단이 참가신청을 냈고, 장막희곡만도 28편이나 들어왔다. 특히 그동안 참가를 기피해오던 동랑레퍼토리라든가 실험극장 같은 유수한 극단들이 참가함으로써 연극제는 범연극인의 축제가 된 것이다. 유수한 극단들의 참가와 더불어 중견연기자들이 다수 출연하여 열연했던 것도 81년에 처음 있었던 일이다. 이는 아마도 수상자의 해외연수 혜택 때문에 더했던 것같다. 어떻든 그동안 반쪽의 官축제로 자리를 굳혀가던 연극제가 뿌리를 내려가는 조짐을 보인 것이다. 그리고 연극제를 외며하던 관객이 일반공연보다 연극제작품을 중요시하는 경향도 81년에는 뚜렷히 나타났다.

그런데 문제는 연극제를 국내 단체끼리의 행사로만 멈추게 하기보다 문호를 개방해야 한다는 데 있다. 왜냐하면 국내단체끼리의 경연은 도토리 키재기식으로서 연극인들의 상상력을 촉발시키지 못하기 때문이다. 연극제라는 것은 아무래도 연극발전을 위한 행사인 만큼 새로운 시도가 많이 나와야 하는 것이다. 그래서 외국의 경우, 예술제 때는 각 나라의 단체들을 많이 불러들이고 있는 것이다. 우리도 그렇게 해야 함은 당연지사로 그것은 앞으로의 과제이다.

이상에서 살펴본 바와 같이 81년도의 연극계는 여전히 깊은 침체 속에서 벗어나지 못하고 허덕였던 것이다. 그런 속에서도 발전의 싹이 여러 곳에서 나타난 한해였다. 그러니까 명암이 교차한 한해였다는 이야기다. 그래서 역사는 발전하는 것이 아니겠는가.

4. 1982년도의 연극

연극은 문학이나 미술처럼 개인작업이 아닌 합동작업의 종합예술이기 때문에 시세에 많이 좌우되고 또 정치·경제 등 주변환경의 영향을 많이 받는 운명을 지니고 있다. 연극이 이처럼 주변상황에 의해 많이 좌우된다는 사실은 79년도 이후의 침체된 연극실정이 잘 말해주고 있다.

지난해에 특히 독일에서 활동하고 있는 연출가 무세중(巫世中)이 잠시 귀국하여 충격적인 실험극 「통·막·살」의 공연으로 화제를 불러일으키는 것으로부터 연극활동이 시작되었다. 그러나 그동안 잠잠했던 실험연극인들에게 자극을 준 무세중의 선풍은 그가 다시 베를린으로 되돌아감으로써 가라앉고 말았다.

지난해에는 무세중의 선풍처럼 연극이 활성화될 것으로 예상했던 사람들이 많았다. 왜냐하면 그동안 연극을 음으로 양으로 제약했던 공연법이 현실에 맞게 개정되어 시행되는 첫번째 해였기 때문이다.

그런데 실제로 기존 소극장들은 살아났으나 새로운 소극장은 예상했던 것처럼 많이 생겨나지 않았다. 겨우 두 개가 생겨났는데, 그 하나가 장충동의 연극촌(演劇村)(대표 田玉柱)과 필동의 건넌방소극장(대표 장희용)이다. 역시 연극계가 얼마나 경제적으로 어려운가를 단적으로 보여주는 것이고, 또 일반의 연극에 대한 이해가 빈약하다는 것을 보여준 경우라 하겠다.

반면에 극단은 많이 생겨났다. 서강대 출신들이 만든 서강극단을 위시하

여, 대중극단(조민), 부활(李允榮), 황토(전옥숙), 도라(장희용) 뉴코아극단(김
종호), 太陽(최진택), 조형(손현석), 청암(이강렬), 집시(강준용) 그리고 서울
예전 출신들의 외인부락 등 20여개 가까이 된다.

극단들이 많이 생겨난 것은 줄어든 것보다는 나을지 모르나 결코 바람직
한 것만은 아니다. 왜냐하면 부실한 극단들이 마구잡이 공연을 하여 가뜩이
나 좋지 않은 연극의 질을 더욱 떨어뜨릴 가능성이 많기 때문이다. 실제로
신생극단들의 창립공연치고 문제작이 별로 눈에 띄지 않았다.

사실 우리 극단들의 가장 큰 문제점은 영세성이라 볼 수 있다. 그 영세
성이란 재정적인 데서 오는 것이지만 특히 구성원의 자질문제도 심각한 것
이다. 그동안 공연법에 따라 정극단이 되려면 연극경력 7,8년의 배우와 연
출가 등 10명을 단원으로 확보하고 있어야 했다. 따라서 협회에 등록되어
있는 기존 40여개의 극단들이 4백여명의 중견연극인들로 구성되어 있는 셈
이다.

그런데 실제로 무대 위의 배우들은 신인들이 대부분이고 중견연기자는
극히 드문 형편이다. 극단에 등록된 배우와 실제 무대배우와는 다르다는 이
야기다. 그럴 수밖에 없는 것이 중견연기자들은 거의가 TV탈랜트나 라디오
성우로 전신해 있기 때문이다. 수련받은 중견배우들이 빠진 신인만의 연극
이 어설픈 것은 당연한 것이 아니겠는가.

이러한 실정에서 신인들이 저마다 극단을 만든다면 그들이 엮어내는 연
극이 어떠하리라는 것은 짐작하고도 남는다. 차라리 이들이 극단을 운영할
여력을 갖고 기성극단에 가담해서 보강해주면 더 낫지 않을까도 생각된다.
몇개 안되는 연극장을 갖고 있는 처지로서 40여개 극단이면 족한 것으로
생각된다.

그런 가운데서도 지난해의 공연회수는 현상유지를 한 셈이다. 한 극단이
평균 3회 정도의 공연을 가졌으니까 2백여편 가량이 무대에 올려진 셈이다.
최근 추세에 따라 창작극을 하려는 의도는 여전했으나 역시 번역극이 많았
고 창작극은 연극제에 몰렸다. 소규모의 극단일수록 번역극 위주였고 내실
있는 극단들은 아무래도 창작극 선호의 경향이었다.

그런데 2백여편의 공연중에서 흥행적으로 성공한 경우는 극히 드물었다.

가령 유명 탈랜트를 주역으로 기용해서 관객을 끌었다든가 하는 변칙적 공
연을 제외하고는 대부분 적자를 본 것이다. 공연이 적자를 보았다는 것은
곧 관객이 적었다는 이야기다. 그리고 관객이 적었다는 것은 작품이 좋지
않았다는 이야기도 된다. 물론 대중의 연극에 대한 이해부족도 있겠지만 그
보다는 근본적으로 작품에 문제가 있다. 지난해에는 갖가지 자율화에 따라
관객이 늘어날 수 있는 조건이었다. 그럼에도 불구하고 관객은 해가 갈수록
감소현상을 보이고 있는 것이다. 연극의 존폐가 달려 있는 위기상황이라 하
지 않을 수 없다.

따라서 연극인들은 그 원인을 주변상황에만 돌리지 말고 깊이 분석해볼
때가 된 것이다. 왜 연극이 안되는가? 그것은 순전히 연극인들 자신에게 달
려 있다고 보아도 무방할 것이다. 영화와 칼라 텔리비전의 위협 속에서 연
극도 활로를 개척해야 생존할 수 있는 것이다. 官이 보호해준다고 해서 연
극이 존속할 수 있는 것은 아니다. 연극인의 재교육과 양성 등 밑바닥에서
부터 재검토 할 단계에 와 있다.

이와같은 기성연극의 침체 못지 않게 대학극(大學劇)도 부진을 면치 못
한 해였다. 그것은 해마다 가을에 열리는 전국대학연극축전이 잘 말해주었
다. 처음 시작할 때만 하더라도 40여개 대학에서 참가했으나 지난해에는 20
여개 대학만이 참가했다. 물론 많은 대학이 참가하지 않은 이유 중에는 주
관측(문교부)의 소극성에도 있겠지만 그보다도 대학극의 열기가 식은 데 더
큰 원인이 있는 것 같다. 실제 참가한 대학극의 수준이 그것을 잘 말해주고
있다. 근대극이 발달하는 과정에서 학생극의 영향력이 대단했던 것을 감안
할 때 대학극의 활성화도 시급한 문제라 하겠다.

지난해에도 해외공연은 여전히 외국과의 연계가 지속되었다. 극작가 오
태석이 개인자격으로 일본에 가서 어머니를 주제로 한 희곡을 발표했고, 극
단 여인극장이 12월초에 미주순회공연을 가졌다.

이상과 같이 지난해에는 연극계 내외의 여러가지 변화에도 불구하고 연
극은 여전히 답보했고 관객은 급속도로 감소되었다. 반면에 몇권의 창작희
곡집과 연극관계 저술이 많이 나온 해로서 특기할 만하다. 연극사상 최초로
『韓國現代戱曲』(柳敏榮저)와 『韓國劇場史』(柳敏榮저)가 나왔고, 『브로드웨

이』(李泰柱저), 『韓國演劇의 美學』(柳敏榮저), 그리고 여석기의 회갑연극론집 『幻覺과 現實』 등이 출판됨으로써 바야흐로 연극학의 정립기에 접어든 느낌이다. 사실 연극에 대한 학문적 접근은 장기적으로 볼 때 연극의 기반을 닦아주는 작업이다. 그리고 지난해에는 여류작가 강성희(姜誠姬)의 제2 희곡집 『이 세상만한 크기』와 박성재(朴星宰)의 『대문짝만한 勳章』, 그리고 문예진흥원에서 연극제 출품작을 묶어냈다.

이와같이 출판이 활발한 것은 연극도 하나의 중요한 학문대상으로서 또 예술쟝르로서 뿌리를 내려가고 있다는 증좌라 볼 수가 있다.

5. 가능성과 불가능성, 그 거리
— 남북한 무대예술교류의 문제

요즘 민주화 과정에서 나온 개방화와 북방정책은 통일을 갈망하는 다수 국민을 부풀게도 하고 더 나아가 희망으로 들뜨게도 만들고 있다. 이제 생전에 금강산 구경도 해볼 수 있을 것으로 생각하는 사람은 너무도 많다. 그것은 특히 경제계의 주요인물이 북한을 방문하여 금강산 개발계획 합의까지 하고 돌아온 다음부터 더욱 그렇다. 문화계도 덩달아 남북교류를 부르짖고 그 준비 또한 적잖이 진행되고 있는 느낌이다. 연극계도 뒤질세라 무엇인가 해보려 노력하는 듯싶다. 어쨌든 남북교류는 해야 되고 통일을 향한 민족 동질성 회복 노력은 그쳐서는 안될 것이다. 왜냐하면 분단 45년 동안 너무 다른 체제에서 문화예술도 다르게 발전되어 왔고 정서 또한 다르게 굳어져 왔기 때문이다. 같은 조상의 단일민족이면서도 정반대 되는 정치체제로 말미암아 남북의 국민은 이질화의 골이 깊은 상태에서 상호 불신과 증오심만을 키워온 것이다. 이것은 순전히 집권자들이 자기들의 정권유지를 위해서 그렇게 해온 것이다. 그렇기 때문에 통일에 앞서서 해야 할 우선적인 일이 다름아닌 문화교류이다. 왜냐하면 문화야말로 민족의 마음의 응결체이므로 이 문화교류를 통해서 굳어진 마음도 풀고 민족의 아이덴티티도 회복할 수 있기 때문이다. 그러니까 정치적으로 통일이 된다고 하더라도 언어와 생활풍습만 같을 뿐 마음속의 앙금이 서로 풀리지 않는다면 그것 또

한 커다란 문제이기 때문이다. 우리나라와 같은 작은 땅에서도 지역감정이라는 것이 있는데, 50여년 동안 키워온 불신과 증오의 벽이 쉽게 허물어지겠는가 하는 의문이다. 따라서 통일 준비작업으로서는 문화교류부터 촉진하는 것이 바람직하다고 생각한다. 문화의 여러 형태 중에서도 연극은 그 표현방식으로 해서 남북 국민의 정서소통의 첩경이라 볼 수 잇다.

즉 연극은 무대예술로서 언어와 동작을 표현매체로 하는데다가 그 안에 어떠한 생활과 민족정서도 담을 수 있기 때문이다. 또 남북이 같은 연극전통을 지니고 내려온데다가 다수 관중을 동시에 상대하는 예술형태라는 점에서 연극이야말로 가장 적합한 교류형태라 볼 수 있다. 문제는 역시 정권 담당자들의 정치적 비전과 문화적 안목이다. 교류가 아무리 좋은 것이라 하더라도 문호를 개방하지 않으면 불가능한 것이다. 따라서 여기서 연극교류라는 것은 어디까지나 정치적으로 그것이 허락될 때나 생각할 수 있을 것이다. 물론 정치적으로 교류가 가능해진다고 하더라도 문제는 뒤따른다. 그것은 1985년 남북이산가족 재회와 예술단교류 때 극명하게 드러난 일이 있었다. 즉 우리 예술단이 평양에서 공연을 가졌고 북한예술단도 국립극장에서 공연을 가졌었다. 그때 양쪽의 반응은 매우 냉담했던 것으로 기억된다. 왜 그랬을까. 그것은 한마디로 예술을 정치적 목적으로 악용했기 때문이다. 바꾸어 말하면 상호간에 화해하지 못했다는 이야기이다. 남북이 예술을 갖고 상호 우월 경쟁을 벌인다든가 상대를 어떤 음험한 정치적 목적 달성의 대상으로 삼으려 한다면 교류도 지속될 수 없을 뿐더러 그런 교류는 민족 동질성의 회복은커녕 불신과 경원감만 심화시킬 가능성이 있다. 바로 그 점에서 남북은 정치적으로 순수해야 하며 연극도 연극인들에게 전적으로 위임해야 하는 것이다.

물론 연극을 연극인들에게 전적으로 위임한다고 하더라도 문제는 계속 뒤따른다. 그것은 두말할 것도 없이 북한쪽에서 문제가 야기될 것이다. 왜냐하면 북한 연극단체는 거의 관립이다. 사설극장이나 단체는 거의 없는 것으로 알려져 있다. 그리고 연극은 당의 통제를 받고 있는 실정이다. 그런 상황에서 북한 연극인들이 정치적 목적성을 띠지 않은 작품을 만들 수 있느냐 하는 것이다. 그것은 거의 불가능하지 않을까 싶다. 그 점은 근대 이후 북한연극의 전통을 보아도 짐작할 수 있다. 사실 북한연극은 하루아침에 생겨난 것이 아니다. 그 뿌리를 찾아 올라가면 신극 초창기에 가 닿는다. 즉 20년대 중반 문단에서 카프(藝盟)가 생겨날 때 프롤레타리아연극단체도 한두개 생겼고 사회주의적 입장에서 희곡을 쓴 김영팔(金永八), 송영(宋影) 등도 모습을 드러냈다. 이러한 프롤레타리아극은 30년대초에 절정을 이루다가 일본제국주의 통제에 의하여 급속히 쇠퇴했고 주역들은 동양극장을 중심으로 하여 오히려 상업주의적인 연극을 했었다. 그러다가 45년 민족해방을 맞으면서 정치 사회상황에 좇아 연극계도 좌우익으로 양분되었고, 식민지시대 때 프롤레타리아극운동을 했던 좌익연극인들이 전면에 나서서 연극의 이념논쟁과 함께 사회주의 리얼리즘극을 기본노선으로 삼고 연극계를 주도했다. 따라서 해방 직후부터 47년초까지는 프롤레타리아연극단체 10여개가 연극계를 장악하여 정치색 짙은 활동을 전개했다. 그러다가 분단과 함께 정부가 수립되면서 프롤레타리아연극인들 대부분이 월북했는데 이때의 구성원들을 보면 송영, 박영호, 함세덕, 안영일, 신고송 등과 같이 철저한 이념론자들과 황철 등과 같이 동양극장에서 신파극이나 악(歌)극을 하던 대중연극인들이 주류를 이루었다.

46년부터 몇차에 걸쳐 월북한 프롤레타리아 연극인들은 평양에서 당의 강력한 지원과 통제하에 북한 연극을 형성하기 시작했다. 이들의 연극은 두말할 것도 없이 마르크스-레닌의 유물변증법에 입각하여 사회와 인생을 바라보는 작품만을 공연했다. 따라서 연극은 천편일률적으로 사회주의 리얼리즘에 바탕을 둔 목적극임은 두말할 나위 없었다. 6·25전쟁기간과 그 직후 주로 전쟁물을 만든 그들은 김일성의 교시에 따라 60년대 전후에는 혁명전통 계승과 천리마운동을 권장하는 연극만을 했다. 그들은 혁명적 작품을 창조하려면 먼저 혁명투사가 되어야 한다고 강조했다. 일찍부터 연극을 무기화해 버린 저들은 사회주의 리얼리즘 창작방법으로 소위 부르조아 미학사상 타파를 부르짖었고 60년대에 와서는 김일성의 교시에 따라 천리마기수의 전형창조로 두번째의 방향전환을 했다. 저들의 예술은 김일성의 상투적인 말처럼 '혁명의 이익과 당의 노선을 떠나서는 존재할 수 없으며, 소위 착취계급의 취미와 비위에 맞는 요소'는 일체 허용치 않았다. 오로지 '당의 노선과 정책에 철저하게 의거한 혁명적 문화예술만이 전정으로 그들 대중의 사랑을 받는다'고 생각했으며 '대중을 공산주의적 혁명정신으로 교양하는 힘만이 무기가 될 수 있다'고 믿는다. 그로부터 북한연극은 혁명적 대작시대로 들어갔다. 그러니까 60년대 들어서 김일성의 혁명사상이 주축이 되는 '당의 유일사상체계와 항일유격대의 활동사실을 모범화한 혁명전통 교양'을 체계화함으로써 김일성의 우상화를 결정적으로 심화시키는 계기를 마련한 것이다. 그들은 언제나 그래왔듯이 70년대의 문예정책방향도 노동당의 정책에 의해 움직여지는 것이고 그것을 선전 미화하는 수단이었다. 그렇기 때문에 저들의 작품소재는 항용 항일투쟁이 아니면 반봉건, 반미항쟁이다. 그러한 주제를 표현하는 방식으로 신파극과 악극이 원용되었고, 거기서 혁명가극이라는 것이 출현하기에 이르는 것이다. 혁명가극은 대체로 30년대가 시대배경이고 소작인과 지주 내지 일인과 상극 갈등으로 꾸며져서 항일 무장게릴라 활약상으로 이어지며, 다시 김일성의 등장으로 끝맺는다. 연극이 완전한 당의 통제하에 있기 때문에 사설극장이나 단체는 존재하기 어렵고 설사 존재한다고 하더라도 자유로운 작품창조는 불가능하다고 보아야 한다.

반면에 남쪽 연극은 세계의 연극사조와 언제나 흐름을 같이하면서 자유분방하게 발전되어 왔다. 가령 50년대는 신협(新協)을 중심으로 하여 미국 연극의 영향을 받았고 60년대 들어서는 유럽쪽의 영향을 적잖이 받았다. 그렇기 때문에 남쪽 연극은 자연히 번역극이 중심이 되고 연극사조도 리얼리즘을 기조로 하면서도 부조리극이라든가 기타 전위적인 실험극이 많았다. 특히 70년대 들어서는 전통의 현대 수용이라는 차원에서 민속적인 요소들이 창작극에 많이 수용되기도 했다.

연극계의 전체적 구조만 하더라도 국립극단 하나만 관립일뿐 전국에 산재한 백수십개의 극단들이 모두 사설이다. 따라서 연극이 내용상에 있어서 어느 정도 정부의 통제를 받은 것도 사실이지만 관이 마음대로 연극의 방향을 좌지우지한 것은 아니었다. 그러니까 연극인들이 자유로운 상황에서 독자적으로 작품을 선택했고 또 창조작업을 한 것이다. 바로 그 점에서 남북한 연극의 근본적 차이점이 있는 것이다.

그렇다면 철저한 정치이데올로기에 입각해서 남한에 적개심을 불러일으키고 특정지도자를 우상화하는 목적극 일변도의 북한연극과 자유분방한 남한 연극이 어떻게 교류의 길을 틀 수 있는가 하는 점이다. 그 지름길은 두 말할 것도 없이 북한 정치사회의 변화로부터 시작되어야 한다. 그러한 좋은 예로써 우리는 종교계의 변화조짐을 들 수 있다. 최근에 종교자유가 없던 북한에 교회가 세워지고 사원도 지어졌다고 한다. 그리하여 재미 목사들이 평양에 가서 예배를 드리고 한국 신부도 북한의 성당에서 미사를 드렸다고 한다. 이처럼 북한이 변화하면서 부분적으로나마 종교를 허용하니까 우리의 목회자들이 북한을 방문하게 되는 것이고, 또 북한 사회변화에 대하여도 희망을 갖게 되는 것이 아닌가. 이러한 측면에서 보았을 때, 남한에는 종교의 자유가 완전하게 보장되어 있는 것처럼 표현의 자유가 있는 상황에서 연극이 발전되어 왔으므로 통제사회인 북한의 변화만이 연극교류를 가능케 한다는 것을 알 수가 있다. 즉 북한도 연극을 정치수단으로 도구화만 해서는 안될 것이다. 사설극장이나 연극단체를 두어서 목적예술만이 아닌 인간의 보편적 진실을 추구하는 순수연극도 존재할 수 있도록 분위기를 조성해 주어야 한다. 그렇지 않은 상태에서 연극을 교류할 경우, 북한은 혁명가극만을 가져오려 할 것이고, 남한에서는 그런 정치목적극을 수용하려 하지 않을 것이다. 연극교류는 바로 거기서부터 막히기 시작한다. 그렇지만 우리는 끈질기게 북한의 변화를 촉진해야되고 또 인내를 갖고 기다려야 한다. 그러면서 교류준비도 해야 한다.

교류준비는 어떻게 해야 하는가. 교류도 두가지 측면에서 생각해 볼 수 있다. 그 첫째가 공연단체의 교류이다. 각자 작품을 만들어 가지고 교류하는 일이다. 그렇다면 어떤 작품을 가지고 가야 하는가. 그것은 두말할 것도 없이 민족 동질성을 회복할 수 있는 작품이 가장 이상적일 것이다. 개화기 이전의 민족사나 설화, 풍속 등을 소재 원천으로 한 작품이 그러한 계열에 속하는 작품이다. 좀더 구체적으로 말한다면 민족사에 빛나는 역사적 인물을 극화한 것이나 보편성을 지닌 설화를 극화한 작품이다. 가령 외세에 대항하는 화랑도 이야기인 유치진의 「원술랑」이라든가 오영진의 「맹진사댁경사」처럼 해학성 높은 희극, 또는 아기장수설화를 바탕으로 한 최인훈의 「옛날 옛적에 훠어이 훠이」 같은 작품들이 예가 될 듯싶다. 다음으로는 번역극도 생각해볼 수 있다. 이미 잘 알려진 고전은 인간의 보편적 진실을 담고 있기 때문에 북한 관중에게도 공감을 불러일으킬 수 있을 것이다. 희랍비극으로부터 세익스피어·입센·체홉에 이르는 세계명작을 가져가는 것도 괜찮으리라 본다. 북한 동포도 전혀 거부감을 갖지 않을 것이다. 두번째로는 공동작업을 생각할 수 있다. 희곡작품만을 교환하여 작업할 수도 있고 연출가나 다른 연극인이 교환방문 하여 극단들과 작업하는 일이다. 물론 이러한 연극인의 교류는 쉽지 않을 것이다. 우선 이데올로기로 무장된 북한 연출가를 우리가 수용하기 어려울 것이고 북한도 순수연극인을 받기는 쉽지 않을 것이다. 그렇다면 쉬운 것부터 해야 한다. 무대미술가나 의상가, 배우 등을 교류하는 일이다. 그런데 이런 작품이나 제작의 상호 교류에 못지 않게 연극학자들의 교환방문도 중요하다. 상호간 다른 연극관을 해소하고 공통분모를 찾기 위해서이다.

이상과 같이 연극의 남북교류는 쉽지가 않다. 우선 북한의 정치적 변화가 전제되어야 하는 큰 고비가 있는 것이다. 그러나 이데올로기가 불변의 진리는 아닌 만큼 변하게 마련이고 그것은 현재 동구권에서 목격되는 일이다. 따라서 우리는 북한의 변화를 기다리면서 조용히 교류를 준비해야 한다. 교류준비를 하되 정치적 목적을 배제하고 민간차원에서 어떻게 하면 순수하게 민족 동질성을 찾느냐 하는 것과 우리의 예술적 개성을 가식 없이 보여줄 수 있는가를 연구해야 한다.

6. 호암아트홀의 「아내란 직업」을 보고

전통윤리가 붕괴되는 자리에 경박한 서양문화가 들어앉으면서 성도덕의 혼란과 가정의 해체현상까지 나타나는 시기에 한번쯤 빠져들 만한 연극공연을 호암아트홀에서 제공하고 있다. 그것이 다름아닌 여인극장의 「아내란 직업의 여인」(모옴作 姜由楨연출)이다. 불가사의한 남녀의 사랑과 부부윤리를 연결, 매우 객관적이면서도 냉철하게 분석해내고 삶의 의미까지를 사유케 하는 이 작품은 비교적 영국적이지만 우리의 건강한 부부관과도 상통할 만큼 보편성을 지닌다. 특히 도덕관이 다른 세 층의 여인상(어머니 · 아내 · 친구)의 창조야말로 이 작품의 성공을 기약한 것인데, 중진 여류연출가 강유정의 예리한 심리분석을 장미자(어머니), 김미숙(아내), 정경순(친구)이 노련하면서도 세련된 연기로 뒷받침해줌으로써 아름다운 조화를 이룩해내고 있다. 즉 장미자는 인생에 대한 깊은 이해와 관용의 미학을 중후한 연기로 떠받침으로써 무대의 중심을 잡아주었고, 김미숙은 가정에서의 부부의 중요성을 화사하면서도 知的으로 창출함으로써 현부상(賢婦像)을 만들어냈으며 정경순은 절제력 없는 낭만적 여인상을 좀 과장되게 엮어냈다. 거기다가 실수의 주인공 이호재는 능청스러우리만치 의사남편역을 소화해냈고 늠름한 이승철은 멋진 영국신사상을 그럴 듯하게 부조해주었다. 전혀 개성이 다른 다섯 인물의 심리파악에 주안점을 둔 강유정의 성숙한 연출이 노련과 발랄성의 조화를 끌어내는 한편 속도를 조절해줌으로써 군더더기 없는 환상무대를 만들어낼 수 있었던 것이다.

이번 공연이 특히 아름다울 수 있었던 것은 작가의 빼어난 인생통찰과 인간관계 설정에서 비롯되는 위트 넘치는 대사의 묘미를 배우들이 세련되게 음미해준데다가 정통무대에 걸맞는 화려한 의상도 큰 몫을 해주었다. 그뿐만 아니라 효과음악을 잘 쓰기로 소문난 연출이 이번에도 장기를 발휘함으로써 극단의 고정 레퍼토리답게 전문극의 예범을 보여주었다고 하겠다. 첫날 공연이어서 연기가 무대에 배어나지 않는 감도 없지는 않았으나 그것은 시간이 해결해 줄 것이다. 미숙한 공연이 판치는 요즘 연극가에서 이번 작품은 드물게 만날 수 있는 성숙한 전문극으로서 관객은 부부의 진정한 의미가 무엇인가를 되새겨볼 기회를 가질 수 있을 것같다.

7. 오태석과 이승규의 해외연수 성과

　문예진흥원에서는 뒤늦게나마 지난해부터 연극계 인재양성에 신경을 쓰기 시작했다. 그것은 당연한 일이었다. 왜냐하면 우리 연극계의 가장 큰 문제가 인재난과 시설부족에 있었기 때문이다. 따라서 문예진흥원에서는 해마다 연극인 2명씩을 구미에 보내서 반년가량 연수받도록 한 것이다.

　그 첫 케이스가 극작가 오태석(吳泰錫)과 연출가 이승규(李昇珪)였다. 그들은 미국 뉴욕 브로드웨이에서 반년쯤 공부하고 지난해 여름에 귀국했다. 그들은 돌아오자마자 작품제작에 열중하여 오태석은 국립극단에서 「사추기(思秋期)」라는 희곡을 써서 연출까지 하였고, 이승규는 연극제 출품작 「개뿔」(李康白작)을 연출하였다. 그리하여 오태석은 79년도 최우수작품을 만들어냈고 이승규는 「개뿔」로 동아연극상을 받는 영광을 누렸다.

　물론 이 두 사람은 미국에 가기 전에도 역량 있는 작가와 연출가로 인정을 받고 있었다. 그러나 그들이 유학 후에 만들어놓은 작품은 매우 색달라지고 발전되어서 정부의 지원정책이 당장 성과를 거두고 있음을 실증적으로 보여주었던 것이다.

　오태석의 경우는 브로드웨이의 첨단적인 연극에 젖고 왔음이 이번 작품에서 증명되었다. 즉 이번에 주목을 끈 국립극단의 「사추기」공연은 이제까지 우리나라에서 보아온 어느 연극보다도 앞서가는 것이었다. 「사추기」가

비록 한국여인의 삶, 더 나아가서 한국인의 존재양상을 극히 사실적으로 그
린 것이라 하더라도 그 표현기법에 있어서만은 대단히 첨단적이고 이색적
인 작품이었다. 특히 반문명적인 금속성의 효과음의 활용이라든가 무대의
기계화 등에서 짐작할 수 있다. 그럼에도 불구하고 「사추기」가 모방의 냄새
가 적게 나는 이유는 오태석이 우리적(전통적) 바탕 위에서 서양의 극술을
응용했기 때문이다. 그리고 창과 현대화된 인형극의 도입이 극히 자연스러
워서 작품을 돋보이게 만든 것이었다.

　이승규도 예외가 아니었다. 그가 연출한 「개뿔」은 대사가 없는 완전한
판토마임극이었다. 그러나 그 판토마임극에서 아르또 류의 잔혹극적 수법이
도입되었는가 하면 표현기교에 있어서도 다양한 기교가 구사되었다. 그가
이러한 극술을 익힐 수 있었던 것도, 미국연수의 덕으로 보아야 할 것이다.
특히 전통적 방법을 견지해오던 그가 「개뿔」에서와 같이 많은 변화를 일으
킨 것은 해외수련의 성과가 아니고 무엇이겠는가. 이처럼 당국의 연극지원
은 상당기간 인재양성 쪽에 두어져야 할 것이다.

8. 원로배우 고설봉의 신파쇼

전술한 마당극운동에서 볼 수 있는 바와 같이 예술형태와 사조는 시대와 함께 생겨나서 시대와 함께 소멸하기 때문에 일찍이 브린띠엘 같은 문학이론가는 문학(예술)을 식물에 비교하기까지 했었다. 우리가 체험한 그런 경우로서 신파극을 예로 들 수 있을 것이다. 왜냐하면 해방직후까지만 해도 그렇게 번성했던 신파극이 6·25전쟁과 함께 씻은 듯이 무대에서 사라졌기 때문이다. 물론 그 잔재가 영화나 TV드라마에 아직도 남아 있긴 하지만 무대에서만은 일단 없어진 것이다.

그런데 며칠 전(4월 23일)에 원로배우 고설봉(高雪峰)씨가 신파쇼를 벌였다. 더욱이 마당극과 같은 새바람이 대학가를 중심으로 하여 강하게 불고 있는 이때 그가 옛것을 부분적으로나마 재현해 보였다는 것은 매우 흥미로운 일이라 아니 할 수 없다. 30년대말부터 신파극 무대에 섰던 고설봉이 구태여 없어진 신파극을 조금이나마 재현해 보여준 이유는 신파를 잘못 인식하고 있는 사람들이 많기 때문이었다고 한다.

그는 공간사랑에서 구파 일부분과 함께 신파인 「사랑에 속고 돈에 울고」(林仙圭 작), 「황금과 老僕」 등의 한 장면씩을 보여줘 갈채를 받았고 기회를 보아서 본격적인 신파극을 해보겠다는 포부를 밝혔다.

이는 매우 뜻깊은 일이다. 왜냐하면 우리가 잃어버린 신파극의 원형을 다시 볼 수 있겠기 때문이다. 많은 연극전문가들은 신파극을 일본문화의 유산이라도 매도한다. 실제로 신파는 일본에서 생겨서 우리 땅에 들어온 연극 형태이다(1911년).

비록 신파극이 담고 있는 내용이 가정비극이라든가 화류비련(花柳悲戀) 같은 권선징악과 감상주의를 짙게 풍기는 일본투의 멜로드라마 형태라 하더라고 40여년 동안이나 한국인을 사로잡은 연극쟝르라는 점을 간과해서는 안된다. 특히 신파가 30년대 동양극장에서부터 토착화되어 한국대중의 의식에 지대한 영향을 준 연극형태라는 점에서 일단 그것도 우리의 문화재로 보아야 할 것이다.

따라서 지난번의 신파쇼나 앞으로 공연할 예정이라는 고설봉씨의 신파극은 관심을 불러일으키기에 충분하다. 사실 신파극은 그 과장된 표현양식이라든가 권선징악적인 주제 등에서 보더라도 특수한 연극쟝르임에 틀림없다. 그렇기 때문에 잃어버린 예술양식을 다시 복원해본다는 것은 의미있는 일이다. 더욱이 식민지시대에 신파극을 했던 연극인들이 고설봉 등 몇 사람밖에 남지 않았기 때문에 그들이 생존해 있는 동안 신파원형을 되살려 보는 것은 매우 중요한 일이다. 젊은이들의 극단인 가교(架橋)가 연전에 「이수일과 심순애」라는 신파극을 공연한 적이 있었으나 그것은 원형이 아니었기 때문에 어슴푸레 짐작하고 있던 관객들에게는 매우 희화적으로 받아들여졌을 가능성마저 있다. 따라서 잊혀진 연극의 한 양식을 복원, 보존한다는 생각으로 임해야 할 것이다.

9. 저변확대 위한
연곡의 해변극장

  일찍이 프랑스의 명배우 장 루이 바로는 배우를 영원한 떠돌이라고 갈파한 적이 있다. 그만큼 배우와 연극은 방랑성을 띤 것 같다. 가령 인형극의 경우 인도북부에 살고 있던 집시족이 처음 시작했다든가, 최근까지도 인형극을 갖고 다니던 사람들은 예외없이 남사당패(男寺黨牌)와 같이 유랑예술인집단들이었다. 이는 비단 우리나라 뿐만 아니라 중국, 일본, 인도 등 아시아 일대가 그렇고 유럽의 경우도 예외가 아니었다. 민속적인 인형극단 말고 일반 극단들도 유랑극단이 많았는데, 이는 오히려 유럽이 더욱 그러했다. 따라서 동서양이 다같이 수도 같은 대도시 이외의 소도시나 시골 같은 데서는 오로지 유랑극단이 보여주는 연극만을 접할 수 있었던 것이다.
  더구나 우리처럼 일찍부터 중앙집권제로 내려오는 나라에서는 유랑극단의 역할이 컸고, 또 활발했었다. 가설무대가 발달한 것도 그 때문이다. 그자에 연극인들이 여름마다 주로 해변에서 연극을 하게 된 것도 그런 차원에서 볼 수 있다. 일부 연극인들이 해변극장을 처음 설치한 것은 1973년으로서 가교가 대천해수욕장에서 「철부지들」을 공영한 것이 효시였다. 그후 거의 매년 주요 해수욕장을 찾아 여름연극제를 벌이게 되었다. 금년에도 강원도 동해안 연곡에 해변극장을 설치하여 7월 17일부터 8월 10일까지 가교, 민예, 민중극장, 현대극장, 극단 76등 5개 극단이 「다섯」, 「춤추는 말뚝이」,

「스트립티스」, 「신데렐라」, 「우리들의 광대」, 「루브」 등을 연속적으로 공연했다. 해변천막극장 개설에 대해 기획자(孫振策)는 '연극인들이 하한기에 일정한 장소에서 관객을 기다리는 수동적 자세를 벗어나 관객을 찾아나서는 능동적 의지를 보이는 것'이라고 했지만 연극인들의 자체수련과 피서도 꾀한 일석이조의 효과를 얻는 것이다. 그러나 무엇보다도 큰 소득은 연극의 저변확대라 볼 수 있다.

사실 극장이나 극단이 없는 농어촌 사람, 또는 지방의 소도시 사람들은 연극을 접할 기회가 거의 없다. 따라서 해변극장은 주변의 관심 있는 주민들에게 기회를 준다. 또 평소 연극을 보지 않던 해수욕객들 중의 상당수가 호기심으로 해변극장을 찾아 연극에 대한 관심을 갖게 되는 경우가 많기 때문에 관객확대에 도움이 된다. 그러니까 해변극장은 서울의 전문적인 연극과는 달리 상당히 계몽적인 성격을 띠게 되는 것이다.

따라서 해변극장은 레퍼토리 선정의 신중은 물론 연극강연회 같은 것도 곁들여야 더 큰 성과를 거둘 수 있다. 금년의 레퍼토리를 보면 해변극장에 맞지 않는 작품이 여러개 끼어 있다. 물론 경제적으로 이득을 얻지 못하는 단기공연을 위해 무리한 제작을 한다는 것은 어려운 일이다. 그러나 적어도 한두 작품은 해변극장에 맞는 작품이 들어 있어야 했다.

다음으로는 천막극장에 대한 외부의 지원이다. 아직도 일부 지방에서는 연극과 서커스, 쇼를 구별 못하는 곳도 있어서 해변극장 운영에 어려움을 겪을 때가 있다. 공연허가문제라든가 입장료 문제 같은 것이 바로 그렇다. 금년에도 도시에서 받는 입장료를 못 받게 해서 1천원씩 받았다고 한다. 재개봉작품이라서 1천8백원을 받을 수 없다는 것이다. 무슨 영화나 쇼도 아닌데 재개봉 운운은 무엇인지 알 수 없다. 이는 바로 문화인식이 낮은 데서 오는 넌센스라 볼 수 있다.

이처럼 외부의 협조와 지원은 해변극장을 활발하게 하는 중요한 요소가 되는 것이다. 다음해부터는 연극인들도 좀더 연구하고 철저한 준비를 갖춤으로써 매너리즘에 빠지지 않도록 노력해야 될 것이다.

10. 연기자양성기관 배우예술원의 의미

지난해 11월초에 연극계 원로 세분이 창고극장에다 배우양성기관으로 배우예술원을 발족시킨 바 있다. 즉 일본대학 예술과 시절에 동경학생예술좌 (1934년)를 창립하고 배우로 입신했다가 연출가로 전향한 이해랑과 학생예술좌 시절부터 지금까지 배우로 일관해온 김동원, 그리고 동경미술학교를 나와 연출가로 활약해온 이원경 등 세 원로가 「배우양성과 연기술 연마를 위한 시스템」으로서 배우예술원을 출범시켰던 것이다.

사실 이상의 세분은 한국연극의 얼굴이라 해도 과언이 아니다. 왜냐하면 극연(劇硏)과 동양극장 세대라 할 유치진, 박진 등이 타계한 이후에 학생예술좌 세대가 최고의 원로로서 이상 세분은 명실상부 50여년 동안 무대를 지켜온 산증인들이기 때문이다. 특히 이들의 연극이념은 신극사의 주조가 그렇듯 리얼리즘이고 스타니슬라프스키 신봉자들이라는 점에서 공통성을 지닌다. 아르또의 충격적인 연극론이 나온 이후 '연출의 시대'라 할 오늘날 배우술을 중요시하는 이유도 바로 그 때문이다.

이들은 출범의 말에서도 분명하게 「과거의 꽤 오랜 연극생활에서 얻은 체험과 연극이념으로서 한국연극에 맞는 연기술을 펴는 데 남은 여생을 바치고, 이것이 밑거름이 되어 보다 나은 배우를 위한 교육기관이 우리 극단에서 나오기를 바라면서 배우예술원을 발족시키는 바,라고 못박았다. 여기서 과거의 체험과 연극이념이란 두말할 필요도 없이 신협(新協)과 민극(民

劇) 등을 이끌면서 체득한 스타니슬라프스키의 리얼리즘 연극론임을 두말
할 나위 없는 것이다.

그런데 서양의 일부 첨단적인 연극학과나 연극연구소에서는 스타니슬라
프스키의 배우술을 낡은 것이라 하여 커리큘럼에서조차 제외하는 경향도
없지는 않다. 그럼에도 불구하고 세 원로가 여생의 사업으로 만든 배우예술
원이 시의 적절한 의미를 지니는 것은 본격적 배우양성기관이 없는데다가
기초 소양없는 신진 연기자들이 무대를 점유하고 있는 실정 때문이다.

이들도 적절히 지적한 것처럼 연극과 방송드라마는 있는데 연기술을 올
바르게 가르치는 기구가 없는 상황이다. 몇개 대학에 연극학과가 있지만 연
기술을 가르칠 만한 교수가 없어서 이론가도 실기인도 아닌 어정쩡한 상태
에서 연극계에 나서는 경우가 적지 않은 것이다. 분명히 연기술의 기초를
닦아줄 양성기관이 절실히 필요한 실정이다.

세계의 조류가 배우술에서 연출술로 옮겨져 갔건 말건 우리가 필요한 것
은 배우들의 기초이므로 스타니슬라프스키의 연기론이 낡은 것만은 아니다.
물론 과거에도 배우학원이 없었던 것은 아니다. 1920년대초에 현철이 조선
배우학교를 1년 동안 개설한 적이 있었지만 뚜렷한 연극이념도 없이 초창
기에 복혜숙 등 몇몇 배우를 길러내고 문을 닫았다.

실제로 배우예술원은 채 1년도 안되어서 조금씩 성과를 나타내기 시작했
다. 그동안 3개월식 2회의 수료생을 냈는데, 그들 중에 유망주들이 하나 둘
보이기 시작한 것이다. 비록 재정적 어려움을 겪고는 있지만 그래도 배우예
술원은 매우 중요한 몫을 해내고 있다.

11. 원로여우 복혜숙의 죽음 .

지난 10월 5일에 세상을 떠난 복혜숙은 거의 전생애에 걸쳐서 연극 영화 방송극에 출연했었기 때문에 우리나라 근대문예사와 운명을 같이 했다고 해도 과언이 아닌 사람이다.

복혜숙은 목사의 딸로 태어나서 이화학당을 잠시 다니다가 도일, 橫濱技 藝學校에 입학했다. 자수라든가 가사 등을 가르치는 기예학교에 흥미를 못 느낀 그는 사와모리무용연구소에 들어가서 춤과 노래를 배웠다. 예술적 소 양이 많았던 그에게 무용연구소가 흥미있는 도장이 되었지만 완고한 부친 이 그냥 둘 리 만무했다. 부친에 의해 금성(金城)에 있는 집으로 붙잡혀와 서 아버지가 경영하는 사설학교에서 교편생활을 했지만 끼가 있던 그는 권 태롭기만 했다.

집을 나온 그가 1917년 말엽에 처음 찾아간 극단은 단성사에서 공연하고 있던 김도산의 유일단이었다. 단원들의 빨래시중으로부터 시작된 그의 연극 생활은 1918년 신극좌의 「嗚呼天命」의 단역이 첫 무대였다. 그보다 1년 앞 서서 김소진, 마호정이 여배우로 등장했으므로 복혜숙은 한국신극사장 세 번째 여배우가 되는 셈이다.

신극좌 때만 해도 전혀 무명이었던 그는 연기수업을 쌓기로 결심하고 현 철이 운영하던 조선배우학교에 들어갔다. 거기에서 입센의 「人形의 집」에 출연함으로써 서양 근대극을 처음 접할 수 있었다. 따라서 그녀가 본격적인 직업배우로 나선 것은 1925년 3월 토월회무대로부터였다. 광무대와 1년간의 전속계약을 맺고 한창 인기를 끌던 토월회에 석금성과 함께 가입한 그녀는 「춘향전(春香傳)」의 춘향역으로 일약 정상급 여배우로서 자리를 굳혔다.

토월회의 「춘향전」 성공과 함께 그를 영화스타로 만들어준 것은 1925년에 나운규(羅雲奎)와 공연한 영화 「籠中鳥」와 그에 이어진 「落花流水」, 「春風」 등이었다. 그의 강렬한 개성과 독특한 음성등으로 해서 젊어서부터 노역에 맞았다.

영화에 출연하면서도 연극무대에 대한 강렬한 사랑 때문으로 항상 유랑극단을 따라다녔는데, 유랑극단의 빈궁한 생활은 말이 아니었다. 연습할 때 수없이 얻어맞아야 하는 단장의 매와 배고픔은 초창기 스타들의 이면이었다. 그럼에도 불구하고 복혜숙은 연예계를 떠나지 않고 평생을 일선에서 활약했다.

반반한 얼굴 하나 가지고 일약 스타가 되어 예술이 무엇이고 연기의 어려움이 무엇인지도 미처 깨닫지 못하고 재력있는 남자를 만나면 미련없이 연예계를 버리고 떠나는 오늘의 세태를 놓고 볼 때 복혜숙 등 초창기 연예인들의 형극의 예도는 귀감이 될만 한다.

그런데 후배 연예인들의 대부, 또는 대모로서 정신적인 지주가 되어왔던 초창기 배우는 복혜숙의 죽음으로 일단 끝난 것이다. 한국신극 내지 영화계의 제1세대로서 1910년대에 데뷔한 배우로는 몇년 전에 작고한 변기종과 함께 두분이었는데, 복혜숙마저 타계함으로써 초창기세대가 종언을 고한 것이다. 이제 연극계와 영화계에는 1930, 40년대에 데뷔한 두세 사람을 제외하고는 모두 전후세대에 속하는 젊은 연예인들만 남고, 원로연극, 영화인들이 거의 사라져가면서 고집에 가까운 예도마저 흐려진다면 큰일이 아닐 수 없다.

12. 서울극작가그룹의 탄생

지난 6월 중순 아카데미 하우스에서는 주요 극작가들이 모여서 조촐한 회의를 연 일이 있었다. 서울극작가그룹이 탄생되는 회의였다. 모임에 참석한 차범석, 이근삼, 노경식, 윤대성, 이재현, 윤조병·김상열·이현화, 이강백 등과 참석을 희망한 김의경·박조열·오태석 등으로 보아 모두 중앙에서 활동하는 극작가들이고 인천에 살고 있는 윤조병을 제외하고는 생활근거지도 모두 서울이다.

따라서 명칭을 소박하게 서울극작가그룹으로 정한 것은 수긍이 가는 것이다.

이들 모임의 취지는 회칙 제2조에 '연극예술의 창달, 발전을 기하기 위해 안으로는 회원상호간의 친목을 도모하고, 밖으로는 회원의 권익을 옹호함을 목적으로 한다'고 뚜렷하게 못박았다. 그러니까 연극문화를 진흥시키면서 자기들의 친목도모와 권익을 지키겠다는 결의를 보인 것이다. 사실 극장주인들의 모임도 있는데 극작가들이라고 해서 단체를 만들지 말라는 법은 없다. 그러나 현재 대부분의 회원들이 가입하고 있는 한국극작가협회가 엄연히 있어서 친목도 도모하고 회원들의 권익도 옹호하고 있다. 그렇다면 희곡작가하고 극작가가 다르단 말인가.

바로 여기에서 문제가 파생된다. 서울극작가 그룹의 12명 멤버들은 명실상부하게 한국연극계를 대표하는 작가들이다. 적어도 그들이 편협하게 분파작용이나 일으킬만한 작가들은 아니다. 따라서 대표적인 극작가들이 연극예술의 창달과 권익을 내걸고 나온 데에는 기존 작가단체에 문제가 있다는 이야기밖에 되지 않을 것이다. 사실 기존 희곡작가협회도 당초에는 유치진이나 하유상 같은 순수 극작가들에 의해서 발족된 것이었다. 그로부터 희곡동인집(4권)을 해마다 펴내는 등 비교적 부지런한 활동을 벌여왔다.

그런데 그 단체가 점차 '극작가'라기보다는 '희곡작가'라 볼 수 있는 인사들에 의해서 좌지우지되는 인상을 주게 된 것 같다. 따라서 희곡작가협회는 문협의 산하단체 비슷하게 보이게 되었고, 이번의 '서울극작가그룹'도 그런 불만에서 나온 것이 아닌가 싶다. 구태여 여기서 희곡작가라는 표현을 쓴 것은 상당수 작가들이 무대보다는 잡지나 활자화된 단행본을 통해서 발표해왔기 때문이다. 필자는 여기서 어떤 쪽이 낫고 못하다는 평가를 내리고 싶지는 않다. 희곡은 분명히 시, 소설 등과 함께 문학의 한 쟝르이다. 그러나 희곡은 시나 소설처럼 읽히기보다는 무대 위에 형상화될 때 완성되는 문학쟝르라는 점에서 연극 쪽이다. 물론 괴테의 「파우스트」처럼 레제 드라마로서 위대한 작품이 없지는 않다.

그렇지만 상당수 레제 드라마는 무대 위에 형상화할 만한 가치가 없거나 하기 곤란한 작품들이다. 그런 각도에서 볼 때, 우리나라 문예지에 발표되는 희곡의 수준을 짐작할 수 있는 것이다. 그 중에서도 공연신청을 했다가 안된 작품이나 극단들이 외면하는 작가들의 작품은 말할 나위도 없다.

사실 그 동안의 기존 극작가단체는 연극계에 크게 기여 못한 것이 사실이고 또 자신들의 권익옹호에도 소홀했다고 볼 수 있다. 가령 희곡단체의 동인집에 실린 작품 중에서 무대 위에 오른 작품이 몇편 안되는 것으로 보아서도 그들의 기여가 적었다는 것을 지적할 수 있다.

그리고 극작가들 중에 소위 진흥원에서 실시하고 있는 해외연수에 몇 명이나 끼었었는지 헤아려봄직하다. 과문한 탓인지는 몰라도 두 사람을 넘지 못하는 것 같다. 연극은 종합예술이지만 희곡을 쓰는 일은 개인작업이다. 그룹이다 협회다 하는 것은 오히려 작가들에게는 거추장스런 일일 수도 있다. 그러므로 친목이니 뭐니 하는 것은 우습고 진정한 연극발전을 위해서 자료교환이라든가 토론회 같은 모임이 좋을 것이고, 또 참다운 권익을 찾아야 할 것이다. 그것도 개인적 이익보다는 연극창달에 보탬이 되는 권익을 찾도록 하는 것이 바람직하다.

13. 극단 산하의 해단선언 의미

극단 신협과 실험극장, 제작극회 다음으로 역사가 오랜 산하가 3월 31일 신춘 제52회 공연을 끝으로 해단, 연극사 속으로 사라졌다. 1963년 9월 28일 영문학자 오화섭(吳華燮)을 대표로 발족된 산하가 만 20년을 채우고 간판을 내린 것이다. 당시만 해도 유명무실했던 실험극장 민중극장 신무대실험극회의 일부 단원들인 오현경, 이낙훈, 김성옥 등과 주상현, 남성우, 김소원, 구민 등의 성우, 그리고 차범석, 하유상, 장종선, 任熙宰, 이기하, 表在淳 등의 작가 연출가 무대기술인이 거의 망라되어 '연극의 대중화'라는 가치를 들고 나온 산하의 실질적 리더는 차범석이었다.

동년 11월에 '높은 예술성을 지니면서도 대중과 호흡을 같이 할 수 있는 연극'을 보여주겠다면서 손창섭의 소설 「잉여인간」 공연으로 창단한 산하는 관객의 좋은 반응에도 불구하고 연극계로부터 감정적인 비판을 받았다. 그 비판의 첫째 이유는 산하가 단원들을 빼앗아 모았다는 것이고, 두번째의 이유는 '연극의 대중화'라는 비존에 대한 시비였다. 그럴 수밖에 없었던 것이 산하가 여러 군데에서 알맹이만 뽑아 모은데다가 신파극에 거부감을 느끼는 연극인들에게 '대중화'라는 상업성의 인상이 좋지 않게 보인 것 같다.

리얼리즘의 색조를 유지하고 창작극과 번역극을 조화시키면서 의욕을 보여준 산하는 차범석의 대표작인 「山불」을 갖고 호남지방을 돌아 크게 인기를 끌기도 했다. 창작극은 대부분 대표인 차범석의 작품을 무대에 올렸는데, 「열대어」라든가 「장미의 城」, 「대리인」 등이 그것이다. 그러나 산하는 60년대 후반의 연극불황을 이겨낼 수는 없었다. 산하는 스탕달의 유명소설 「적과 흑」을 무대에 올리는 등 안간힘을 썼으나 적자를 면치 못했다. 70년대에 들어서도 크게 달라진 것은 없었다. 다만 차범석 일변도 창작극에서 벗어나 가능성 있는 신인의 작품도 과감히 공연한다는 것이 조그만 변화였다고나 할까. 박양원의 「실종기」라든가 윤대성의 「노비문서」 등은 그래서 취택된 레퍼토리였다.

번역극의 경우도 셰익스피어로부터 입센, 손톤 와일더, 테네시 윌리암스, 아더 밀러, 장 아누이 등 고전 근대 현대극을 고르게 무대에 올리려고 노력했다.

산하는 전후의 불모지에서도 끊이지 않고 연극사의 맥을 잇는데 크게 기여한 극단이다. 수많은 신작 창작극의 소개와 외국의 번역극을 소개하여 연극의 폭을 넓혔고, 산하무대를 통해서 신인배우도 여러명 배출해냈다. 우리나라 신극사를 바꿔놓을 만큼의 업적을 남긴 것은 아니지만 조용히 역사의 한 모퉁이를 변함없이 지켜온 것만도 중요한 공로라 하겠다.

산하가 간판을 내린 데는 내외적으로 여러가지 이유가 있겠지만 그 핵심은 아무래도 역사적 사명이 끝났다는 데 있을 것이다. 확실히 산하의 역사적 사명은 이미 70년대 초반에 끝난 것이 아닐까. 그후로는 시대상황도 많이 변했고 새로운 극단들도 많이 생겨났다. '연극의 대중화'란 것도 이제는 너무 진부한 모토가 되었다. 따라서 산하가 적절한 시기에 간판을 내리고 사가의 평가를 기다리기로 한 용단은 잘한 일이다. 어느 단체든 영원할 수는 없는 것이므로 명분이 퇴색하고 역사적 사명을 다했다고 판단했을 때는 지체없이 해산하는 것이 바람직하다.

14. 제4회 대한민국 연극제의 결산

지난 9월 11부터 세실극장 국립극장 소극장에서 9개 극단이 열띤 경연을 벌인 제4회 대한민국연극제가 10월 29일로 그 대단원의 막을 내렸다. 과거 제3회까지 경연형식에서 초청페스티발형식으로 바뀌면서 문호를 개방했으나 역시 그동안 연극제를 외면해온 몇몇 주요 극단들은 금년에도 참여하지 않았다.

따라서 제4회 연극제도 지난번보다 별로 나아지지 않으리라는 예상 속에 극단 가교의 「산넘어 고개넘어」(鄭福根작 金英烈 연출)를 스타트로 원각사의 「뉘랑같이 먹고 살꼬?」(李河石작 雅聲 연출), 뿌리의 「황진이」(具常작 金道勳 연출), 연우무대의 「왕자」(申明淳작 정한용 연출), 현대극장의 「그대의 말일 뿐」(金相烈작 연출), 민예극장의 「애오라지」(許圭작 孫振策연출), 그리고 성좌의 「하얀집」(李載賢작 金學泉연출) 등 9개 작품이 일주일씩 공연되었다.

연극제라고 한다면 극작가, 연출가, 배우 그리고 무대장치가 등이 제주(祭主)가 되어 공연물이라는 제물를 제상(무다) 위에 올려놓고 관객이라는 참여자와 함께 지내는 연극제사다. 그러므로 제주는 옛날 부락제에서 볼 수 있는 것처럼 오래전부터 제사준비를 위해 금기를 지키는 등 온 정성을 기울여 제수를 준비해야 하는 것이다. 따라서 제상에 올려진 제수는 일년 동안 준비한 최상품이 되는 것이고, 제사 후 어울어져 벌이는 놀이는 그야말로 최고의 감동과 신명이 뒤범벅된 축제가 됨은 두말할 나위 없다.

연극제를 본 결과 그것은 분명히 연극제전이 아니라 무성의하고 잿밥에만 뜻을 둔 연극행사에 지나지 않았음을 피부로 느낄 수 있었다. 왜냐하면 제상(무대)에 올려진 제수(작품)가 최상품도 아니었을 뿐더러 각고의 정성이라 할 장인정신마저 보이지 않았기 때문이다. 제수가 보잘것없는 대신 정성이라도 지극했다면 대중에게 어떤 형태로든 감동이 전달되었을 것이다. 그러나 새로운 실험이랍시고 대충 만들어놓은 작품이란 것이 거의가 아마추어냄새가 푹푹 나는 타작(駄作)들이어서 대중에게 연극제전이라는 감흥을 전혀 불러일으키지 못했던 것이다.

열 편 작품 중에서 조금 문제가 될 만한 시민극장의 작품이 그나마 슬그머니 제외되어서 처음부터 김이 빠지는 연극제로 진행되었던 듯싶다.

아홉 편의 작품을 성격상으로 나누어보면 설화를 소재로 한 것이 과반수인 5편나 되어 개성없는 작가들의 성향과 창의성 결여를 느낄 수가 있었고 나머지 4작품 중 둘은 현실을, 둘은 체험기와 문명비판적 실험극이었다.

가령 첫번째로 막이 오른 「산넘어 고개넘어」만 해도 열두고개와 여우의 설화를 바탕으로 한 것이다. 작가는 열 사람의 등장인물의 실패를 통하여 인간의 희망에 대한 회의와 좌절을 묘사하려 했고, 연출가는 이것을 다시 현실상황에 대한 우회적 비판으로까지 끌고가려 했다. 그러나 작품구성이 너무 약한데다가 평면적이고 의식이 노출됨으로써 예(藝)로까지는 승화되지를 못했던 것이다. 다만 그와 같이 흐르는 이야기를 한 곳으로 모은 연출가와 장치가의 발상이 사줄 만했다.

두번째로 무대에 오른 「늬랑같이 먹고 살꼬?」는 유일한 지방극단(圓覺社)의 작품이라는 점에서 호기심을 끌었다. 「우렁閣氏」 설화를 소재로 한 이 작품은 순박한 서민의 삶과 이상이 권력의 비리와 횡포로 인해서 무참하게 깨지는 이야기로서 착안은 순수하고 좋았으나 역시 작품구성이 짜임새가 약하고 특히 연출의 미숙으로 출연자들의 열연에도 불구하고 소인극에 그쳤던 것이다. 그러나 지방에도 열성적으로 연극을 하려는 젊은 연기자들이 있다는 것을 발견할 수가 있어 흐뭇했다.

구상시인이 모처럼 쓴 「황진이」는 극단 뿌리가 세번째로 올린 연극제작품이었다. 잘 알려져 있는 명기 황진이의 일생을 에피소드식으로 엮은 이 작품은 (사실)史實이 되고 말았다. 작가 구상시인이 다른 작가들과는 달리 黃眞伊를 파토스적인 입장이 아닌 에토스적 관점에서 다루었다는 점에서 특이했고 시인다운 대사와 황진이의 내면적 실존을 부각하려 했다는 점에서 돋보였다. 희곡으로서 짜임새만 있었다면 매우 뛰어난 작품이 될 뻔했다.

연우무대의 「왕자」는 그동안 여러 작가들이 다룬 호동왕자와 낙랑공주에 얽힌 설화를 바탕으로 한 것이다. 다만 신명순(申明淳)은 권력이면에 도사리고 있는 추악함과 음모·시기·난폭성 등을 파헤치고 한 이상주의자의 좌절을 통해 무언가 이야기하려던 것이 「왕자」였다. 그러나 의식이 앞선데다가 연출의 미숙성으로 메시지가 감동으로까지 전달되지 못했다.

다섯번째의 「그대의 말일뿐」은 김상열의 장기인 수사물이었다. 두 젊은 강도범의 살인사건을 박진감 넘치게 극화한 이 작품은 실화를 바탕으로 했기에 현실감이 관객에게 와 닿았다. 그러나 존재의 문제와 사회상황까지 파고들지 못해서 사회와 개인의 괴리를 첨예하게 부각시키지는 못했다.

이번 연극제에서 가장 많은 관심을 불러일으킨 작품은 아무래도 오혜령의 암투병기 「일어나 비추어라」일 것이다. 이 작품은 희곡이 뛰어난다든가 연출감각이 예리하기보다는 한 여인의 기적적인 삶 때문으로 해서 더욱 화제가 되었던 것 같다. 이야기 자체가 이미 감동적인 드라마를 지니고 있기 때문에 그 작품은 가슴에 와 닿았다.

이번 연극제에서 가장 젊은 연극은 두말할 필요도 없이 민중극장의 「내가 말없는 방랑자라면…」이다. 그 작품은 우리 사회의 고질이었던 재수생들의 문제를 그들 자신의 언어와 몸짓을 빌려 그들의 고뇌와 아픔, 그리고 인간적인 측면과 내부를 진지하게 그려보임으로써 비뚤어진 눈으로만 보아온 기성인들에게 경각심을 불러일으키려는 작품이다. 일정한 줄거리를 무시하고 자유분방한 즉흥성에 토대를 두었을 뿐만 아니라 TV의 원용이라든가 극중극의 활용, 은어와 비속어의 사용 등이 재수생들의 문제를 적나라하게 드러내는 데 효과를 나타냈다. 그러나 이 작품도 너무 젊은이들만 등장시키는 등으로 인해 아마추어냄새를 씻어내지 못했다.

여덟번째의 작품은 민예의 「애오라지」. 강원도 정선지방의 전설과 민담을 극화한 작품으로서 허규가 추구하는 민속의 현대적 재현의 일환이다. 여기서 작가가 추구하는 것은 권선징악과 물욕의 초월, 그리고 순수(純粹)의 동경이다. 「애오라지」는 우리 설화에도 연극적 소재가 충분하다는 것을 단적으로 보여준 경우였다. 그러나 이제는 생동하는 설화를 한 단계 뛰어넘어 그것을 소재로 예술화하는 작업이 필요할 때인 것이다.

이번 연극제의 마지막 작품은 성좌의 「하얀집」이다. 당초 분단문제와 이상향에의 동경을 작품기조로 삼아온 이재현이 미주연수 후에 보여준 실험극이다. 인물의 성격을 배제하고 언어와 동작을 극도로 단순화, 양식화한 이 작품은 현대의 과학문명 속에서 인간이 어떻게 파멸해가는가를 보여준 작품이었다. 그러나 연기의 미숙성과 그에 뒤따르는 무대, 음향효과 등이 연출의도를 따라 주지 못함으로써 소인극이 되었다.

이상에서 대강 살펴본 바와 같이 이번 연극제에는 주목을 끌 만한 희곡이라든가 연출, 연기, 무대미술 등이 별로 없었다. 당초 참가극단들 중에 역사가 일천한 극단이 여럿 끼어 있더니 결국 노련미를 보여주지 못했던 것이다. 연극제가 신진극단과 신진연극인들이 등장하는 관문의 역할도 해야하지만 그보다도 중견연극인들이 자기의 연극철학과 기량을 최대로 발휘해서 관객에게 성찬을 베푸는 대제전이 되었으면 좋을 것 같다. 어차피 연극제란 연극중흥을 꾀하는 예술축제이기 때문이다. 진흥원 당국의 획기적 전환점의 마련을 기대한다.

시상결과는 다음과 같다. 연출상 李完浩, 남자연기상 梁在承(현대극장), 여자연기상 洪汝眞(제작극회), 무대미술상 宋관우(가교), 남자신인상 李회도(민중극장)과 金基燮(가교), 여자신인상 禹상민(민예극장)과 金경애(원각사), 희곡상 수상자 없음.

15. 구호뿐인 연극활성화

지난 한해의 연극계를 회고해 보면 외화내빈의 한 전형을 보는 듯해서 쓸쓸하다. 아시안게임이 걸려 있었기 때문에 官쪽뿐만 아니라 연극인들 쪽에서도 들떠 있을 정도로 화려한 계획을 짜는 등 야단법석을 떨었지만 막상 한해 동안 펼쳐진 무대에서는 건질 만한 것이 별로 없었다.

그 첫째의 이유는 연극계 내부에 있다. 천만의 수도 서울에 연극 종사자가 5백명도 안되는 것은 별도의 문제로 치더라도 소수 연극인이나마 영상시대에 대중을 붙잡을 만한 노력을 제대로 했느냐 하는 데 의문을 제기하지 않을 수 없다.

지난해의 경우 대중의 시선을 끈 작품은 둘 정도가 남는다. 극단 산울림의 「위기의 여자」와 연우무대의 「칠수와 만수」가 그것인 바 두 작품 모두 전용소극장을 가진 사설단체들이다. 두 작품은 지난해의 장기공연물로서 소극장에서나마 최대관객을 동원한 기록을 남겼다.

오늘날 우리 연극의 문제는 여러가지 부족한 가운데서도 배우부재가 무엇보다도 심각하다. 의식의 침체도 배우부족과 무관하지 않다. 스포츠선수들은 강훈을 하지만 배우들은 당초부터 매너리즘에 젖어 있다. 그러니까 의식의 낙후가 오고 영리추구의 상업주의만 발달할 수밖에 없는 것이다.

그렇기 때문에 두번째로 官의 인재에 대한 투자가 시급해진다. 이 말은 그동안 官쪽에서 장기적 안목을 갖고 연극을 키우지 않은 것이 이 분야의 답보를 초래케 했다는 이야기도 된다. 사실 官쪽에서 수준 높은 국립예술학교 정도는 벌써 세웠어야 했다.

당국에서는 현재 무대공간 확대에만 신경을 쓰고 있는 듯싶다. 수백억씩 들여서 서울에 예술의 전당을 짓고 있으며 각 지방도시에도 규모는 작지만 그와 유사한 종합문예회관을 짓고 있다. 그러나 수천석의 호화스런 공연장을 지은들 무엇하겠는가. 거기에 담을 만한 예술도 없고 또 보아줄 관중이 없을 것이니 말이다.

현재 국립극단 하나만을 제외하고는 이렇다 할 관립극단이 없다. 최근에 광주 등 지방도시에도 시립극단이 생겨났으나 재정지원을 제대로 받지 못해서 유명무실한 상태에 놓여 있다. 지방연극 육성도 근본적인 데서부터 시작해야 할 때가 되었다.

수년 전부터 지방연극 진흥을 위해 전국지방연극제를 실시하고 있으나 아마추어단체들의 경연에 그칠 뿐 근본적 변혁에까지는 이르지 못하고 있다. 도청소재지를 돌면서 일년에 한번씩 치르는 행사 성격의 연극제 가지고서는 지방연극이 수준에 오르기 어렵다.

바로 그 점에서 지방연극을 위한 획기적 지원책을 쓸 필요가 있는 것이다. 한 나라 연극의 뿌리로서의 지방연극을 생각해야 하리라 본다. 중앙연극과 지방연극의 균형적 발전이야말로 문화균형의 서막이 아닌가 싶다. 이것은 또한 한국연극이 근본적으로 진흥될 수 있는 길이기도 하다.

16. 추송웅과 살롱 떼아뜨르 추

연극배우 추송웅(秋松雄)이라고 하면 으레 원숭이역의 「빨간 피터」를 연상케 되고 또 희극을 생각게 한다. 1963년 5월 극단 민중극장 창립공연 때 페리시앙 마르소작 달걀로 데뷔한 추송웅은 지금까지 꼭 18년 동안 고된 연기생활을 해온 중견배우다. 그의 독특한 마스크, 즉 희극성과 주술성, 그리고 공포성이 조화된 그로데스크한 마스크가 희극뿐만 아니라 비극에도 걸맞게 하는 만능의 연기자로서 그의 자리를 확고하게 만들어주었다. 거기다가 관중의 감정흐름을 정확히 포착해서 즉각 대응할 줄 아는 그의 직관력과 순발력이 그의 매력을 상승케 했던 것이다. 그의 이와 같은 배우로서의 자질과 적극성이 상당수의 팬을 확보할 수 있게 했다.

그러나 그러한 재능에도 불구하고 그는 언제나 가난했고 생활은 찌들 수밖에 없었다. 추송웅뿐만 아니라 연극배우들의 가난은 바로 한국연극의 가난과 직결되는 것이다. 가령 그가 데뷔해서 1976년까지의 약 15년 동안의 수입이 20만원을 넘지 못했다는 사실이 이를 증명한다. 그러나 77년 가을부터는 상황이 달라졌다. 즉 그 스스로가 기획 제작하고 연출 주연한 모노드라마 「빨간 피터의 告白」(카프카 원작, 「어느 學術院에 드리는 報告」)이 공전절후의 인기를 모아 수만명의 관객을 동원했고 많은 돈도 벌었다. 자유극장에서 희극역만 하던 그가 면모를 일신하여 진지한 역을 해내기도 했다.

물론 그는 이미 「보이체크」, 「동물원이야기」 같은 데서 비극을 한 적이 있었다.

여하간 「빨간 피터의 고백」에서 흥행적 성공을 거둔 그는 다시 「우리들의 광대」로 인기를 지속해나갔다. 「우리들의 광대」가 비록 「빨간 피터의 고백」에 비해 뒤떨어지고 또 상업성이 짙은 작품이긴 했지만 그의 인기는 사그러들 줄 모르고 대중층으로 확대되어 갔다. 그리하여 두 작품이 신극사상 처음으로 2백회 공연을 돌파하기에 이른 것이다. 이러한 두 공연의 성공이 그로 하여금 생활 안정을 가져오도록 했음은 물론이다. 그는 연극배우로서 자수성가한 경우에 속할 것이다. 우리나라처럼 연극이 직업화되지 않는 상황에서 그가 그것을 극복했다는 점에서 개인적 능력으로도 평가될 만한 일이다.

그러한 그가 명동에 경양식을 곁들인 소극장 살롱 떼아뜨르를 꾸며놓은 것이다. 당초 그가 까페 떼아뜨르에서 많은 연극을 했던 것으로 미루어보아 살롱 떼아뜨르는 까페에서 키운 그의 꿈을 실현한 것이다.

다만 까페 떼아뜨르 실패의 전철을 밟지 않기 위해 수입을 생각하게 된 것 같고 경양식도 그러한 각도에서 보면 과히 빗나가지 않을 것이다. 지난 4월에 문을 연 살롱 떼아뜨르는 1백30석을 무대와 함께 소극장으로서 갖출만한 것은 모두 갖추고 있다. 당초 추송웅의 모노드라마 「빨간 피터의 고백」으로 막을 연 살롱 떼아뜨르는 「우리들의 광대」로 이어졌고, 세번째는 한여름밤의 잔치로서 「명창 판소리 감상대제전」(8월 11일-9월 13일)을 벌이고 있다. 공연예고로 보아서 가을에는 「타이피스트」와 「초콜렛 데이트」를 무대에 올릴 것으로 예상되는데 공연패턴으로 보아서 과거 까페 떼아뜨르를 그대로 모방하는 듯싶다. 그것은 분명히 잘하는 일이다.

그동안 살롱 떼아뜨르가 음식점이라는 점에서 연극계로부터 거부반응을 일으켰던 것이 아닌가 싶다. 그러나 소극장 유지를 위해서 불가피하게 음식을 곁들인 것으로 생각되고 또 음식을 극장에서 판다고 나쁠 것은 없다. 사실 예부터 연극공연과 음식물은 밀접한 관계가 있었다.

따라서 문제는 살롱 떼아뜨르가 연극과 음료판매 중 어느 쪽을 중시하느냐에 달려 있다. 연극에 치중한다면 추송웅에만 의존할 것이 아니라 개방할 필요가 있고 더 알찬 내용의 작품이 공연되어야 할 것이다. 지금까지로 보아서 살롱 뗴아뜨르는 소극장의 본도를 유지하려는 듯이 보여 안심된다. 영리를 떠난 소극장운동이 이제는 어려운 시대다.

17. 재공연붐에 대하여

각 극단들이 한여름을 맞아서 재공연을 많이 하고 있다. 연험극장의 「티타임의 정사」를 위시해서 고향(故鄕)의 「선샤인 보이즈」, 제3무대의 「쥐덫」, 오태석 그룹의 「胎」, 세실극장의 「난장이가 쏘아올린 작은 공」, 민중극장의 「선인장꽃」, 삼일로 창고극단의 「叛奴」, 조형극장의 「六穴砲强盜」 등 대강 꼽아보아도 한 달 사이에 8편 가량이 리바이벌 되고 있다.

재공연되는 것 중에는 금년에 무대에 올려졌던 작품이 세 편이나 있고 나머지는 요 수년 사이에 공연되었던 작품들이다. 요 몇년 사이에 공연되었던 작품중에도 실험극장의 「티타임의 정사」와 같이 연출자는 물론 배역진까지 완전히 바꾸고 작품도 새로이 해석된 경우가 있는가 하면 일부 배역만 바꾸어서 그대로 재공연되는 작품도 있다.

우리 연극계에 재공연이 자주 있었던 것은 어제오늘의 일이 아니지만 올 여름처럼 한 달 사이에 거의 십여편 가량이나 리바이벌 된 경우는 드문 일이다.

그렇다면 어째서 올 여름에는 그렇게 많은 리바이벌이 있는가. 이는 아마도 세가지 측면에서 그 원인을 찾아볼 수 있을 것 같다.

첫째 마땅한 창작희곡이 나오지 않은데다가 우리 상황과 조건에 맞는 번역극 구하기도 힘든 데 있다. 근자에 들어서는 신진극작가도 잘 배출되지 않는 상태인데다가 기성극작가들도 가을의 연극제에나 겨우 대비할 뿐 활발한 작품활동을 않고 있다. 따라서 관객은 점차 창작극에 물리는데도 그들의 정서적 욕구를 충족시킬 만한 작품은 좀처럼 나오지 않는다.

번역극의 경우도 문제인데 그 이유는 전문적인 번역문학자가 거의 없기 때문이다. 대학에 적을 두고 있는 한두 외국문학자와 연극인 두서너명이 英·佛·獨계통의 작품을 번역해서 제공하고 있지만 40여개의 극단을 충족시킬 수가 없다. 더욱이 우리 상황과 관객 성향을 감안하고 작품을 취택하는 데는 대단한 어려움이 따른다. 이와 같은 작품의 부족이 극단들로 하여금 무난한 재공연을 하게끔 만드는 것이다.

두번째로는 경비의 절약과 힘을 덜 들이고 극단을 유지하는 방편으로 재공연을 한다. 기왕에 만들어놓았던 작품이므로 연습 경비라든가, 장치 의상 등에 있어서 경비를 줄일 수가 있고 힘도 덜 든다. 인플레와 불황은 극단들에게도 똑같이 타격을 주고 극단유지도 날로 어려워지고 있다. 단원들에게 조그만 생계비라도 보태주려면 경비를 적게 들이고 수입을 올리는 작업도 하지 않을 수 없을 것이다. 연극을 무슨 의식운동으로 하려드는 연극인은 이제 많지 않은 것 같다. 그만큼 시대가 바뀐 것이다.

사실 재공연이 나쁜 것은 아니다. 극단이 항상 새 작품만 할 수는 없는 것이고, 또 명작은 늘 새롭게 해석되어 관객과 만나져야 한다. 가령 오태석 그룹의 「胎」공연이나, 실험극장의 「티타임의정사」 같은 리바이벌은 매우 바람직한 것이었다. 「태」의 경우 이번 재공연에서 새로운 연출수법을 도입하여 주목을 끌었다. 비교적 난해하고 산만했던 원작이 명료하게 압축한 것이라든가 실존적 자각을 엿보게 하는 작품해석, 그리고 사극의 현대적 접근 등은 리바이벌의 성가를 높여준 경우였다. 물론 필연성이 부족한 사건전개라든가 표현 등은 논란의 여지가 있다.

그리고 실험극장의 경우도 재공연의 가치가 있다. 비록 소품이긴 해도 40대의 김동훈이 자기의 인생체험과 연기생활을 바탕으로 중년부부의 권태로운 생활을 실감나게 그려주었던 것이다. 이번 「티타임의 정사」는 과거에 몇번 있었던 젊은 연출가들의 작품과는 많은 차이가 있었다. 이번 작품은 중년부부생활의 권태와 영국 중산층의 윤리의식을 잘 부각시킨 점에서 그러했다.

리바이벌도 그러한 측면에서 이루어져야 관객의 호응도 받고 연극발전에 도 기여하게 되는 것이다.

18. 소극장문제를 재론한다

몇 달 전 본란을 통해서 연극육성법제정을 제창한 바 있다. 현행의 공연법은 연극을 보호, 육성하는 진흥법이라기보다 오히려 연극발전을 저해하는 독소적 조항이 있어 그와같은 전근대적 공연법을 개정하기보다는 새로운 육성법이 나와서 연극발전을 도모해야 할 것이란 생각에서였다. 그렇게 되면 해마다 6월이면 맞게 되는 소극장 고민도 자동적으로 사라질 것이다.

소극장 고민이란 다름이 아니라 몇 안 되는 소극장들이 시설미비로 건축법 소방법에 저촉되어 문을 닫게 되는 처지를 말한다. 그런데 문공부 당국의 호의적 조처로 해마다 폐관을 유보조치 해줌으로써 항상 위기를 넘겨왔었다. 그런데 우리의 연극계 사정을 잘 모르는 사람들은 소극장 고민을 이해하기 어려울 것이다. 국외자들은 아마도 소극장들이 당국의 지시에 따라 개축하면 될 텐데 무엇 때문에 그렇게 고민을 하고 있는가 라는 의문과 소극장이 뭐 그리 필요한가라는 생각을 가질 수 있을지 모른다.

그러나 우리같이 무대공간이 절대적으로 부족하고 무대예술인을 양성하는 올바른 교육기관이 거의 없는 실정에서는 소극장은 너무나 필요한 것이다.

소극장이라면 흔히들 대극장의 축소판으로 알고 있을지 모르나 그 기능에 있어서는 대단히 큰 차이가 있다. 왜냐하면 소극장은 흥행장인 대극장과는 달리 연극의 실험실이고 또 새로운 연극인을 길러내는 훈련장이기 때문이다.

더욱이 사설대극장이 하나도 없는 우리 상황에서 소극장의 연극계에로의 기여는 대단한 것이다. 실제로 관립극장인 국립극장, 세종문화회관, 세실극장을 제외하고는 공연장이 소극장 너댓개 밖에 없다. 극단 40여개가 주로 소극장에서 명맥을 유지하고 있는 실정이다. 따라서 소극장이 몇개 더 늘어나도 시원찮은데 몇개 있는 극장마저 문을 닫게 된다면 큰 일이다. 극단들이 그들의 생명원으로 삼고 있는 근거지가 원천적으로 봉쇄당하는 꼴이 되기 때문이다.

새로운 연극양식뿐만 아니라 새로운 인물도 배출해낸다. 입센도, 스타니슬라프스키도 오닐도 모두가 소극장에서 성장한 세계적 연극인이었다. 우리의 소극장에서도 그동안 많은 배우·작가·연출가들이 탄생되었다. 대극장에 발을 붙일 수 없는 신인들이 소극장무대를 통해서 등장했다. 그뿐만 아니라 소극장들은 관객을 확대시켰고 연극이 대중 속에 뿌리를 내리는 데 결정적인 역할을 해왔다. 그러니까 우리의 소극장은 연극의 실험실과 수련장, 그리고 흥행장의 구실을 동시에 해왔다.

최근 수년 동안에 걸쳐서 연극사에 획기적 기록을 세운 「에쿠우스」 공연이라든가 추송웅의 모노드라마도 실험소극장과 창고극장에서 일어났던 사건이었다. 다행히 한두 개는 개축해서 허가를 받았지만 창고 엘칸토 민예소극장 등은 좀처럼 돈을 들여서는 법에 저촉되지 않는 극장을 만들 수가 없는 것 같다. 대개 기존건물을 개조해서 극장으로 꾸민 것이기 때문에 건축법이나 소방법 같은 조건을 충족시키기 어려울 것이다.

마침 당국에서 문예진흥에 힘을 쏟고 있는 처지이므로 연극계의 첨병이라 할 소극장 운동가들을 문예진흥의 차원에서 보호해주었으면 좋을 것이다.

그리고 새로운 헌법이 제정되고 있는 차제에 무대예술을 획기적으로 진흥시킬 수 있는 미래지향적 예술보호법이 나왔으면 좋을 것이다. 그렇게 되면 말썽많은 공연법이니 소극장문제니 하는 것도 자동적으로 해소될 것이다. 적어도 20세기 후반에 와서 순수한 목적으로 예술운동을 하는 사람들에게 법이 장애물이 되어서는 안될 것이다. 왜냐하면 예술운동이란 인간의 정서를 부단히 순화시켜주는 지고의 정신작업이기 때문이다.

19. 아동극붐과 그 문제점

　최근 연극계에서 아동극이 새롭게 부상하면서 여러가지 문제점을 노출하고 있다. 그럴수밖에 없는 것이 근자에 아동극을 전문으로 하는 극단이 몇 개 생겨난데다가 전문극장가지 두세 군데 문을 열었고, 기성극단들도 심심찮게 아동극을 공연하고 있기 때문이다. 이러한 아동극의 범람현상은 대체로 70년대 후반부터 그 조짐을 보이기 시작, 연극활성화의 일환으로 연극이 다양화되면서 현대적 성격의 인형극이 등장했고 이것이 아동극으로 연결된 것이다.

　그런데 흥미 있는 것은 인형극이 예술적으로 성공하지 못함으로써 성인층으로부터 아동 대상으로 하향선회했다는 점이다. 바로 여기서 우리나라 아동극의 수준을 짐작할 수 있는 것이다. 우리나라 아동극의 문제점은 질적 저하에만 있는 것은 아니다. 우선 가장 크게 문제가 되는 것은 아동극을 담당한 담당자들이 뚜렷한 목표를 갖고 있지 못한 데 있다. 그렇기 때문에 아동극은 쉽게 상업주의에 오염될 수밖에 없었던 것이다. 오늘날 아동극을 전문으로 하는 소극장들이 대체로 백화점 안에 설치된 무대공간이라는 것 하나만 보더라도 그 상업주의적 행태를 짐작할 수 있다. 결국 백화점에 오는 주부들을 먼저 염두에 두고 연극을 진행한다는 얘기와 다를 바가 없기 때문이다.

실제로 아동극을 보면 우선 그 레퍼토리 선정에서부터 철학부재를 알 수 있다. 대부분 서양의 명작동화 아니면 우리나라의 옛날이야기가 태반으로, 창의성을 찾아볼 수가 없다. 이 점은 아동문학과 상당한 차이점을 보여주고 있다. 아동문학은 소파 방정환 이후 상당히 발전했다. 동극(童劇)도 20년대부터 희곡으로서는 꾸준히 명맥을 이어왔다. 그러나 연극계의 취약성으로 인해서 아동극은 연극의 한 쟝르로서 자리를 잡지 못했다. 이 때문에 오늘날 아동극은 형편 없는 연극행위로서 문제를 야기시키고 있다고 하겠다. 아동극은 레퍼토리에만 문제가 있는 것이 아니다. 연출·연기·무대미술·음악 등이 모두 수준미달이다. 아동극을 전문적으로 연구한 연극인들도 찾기 힘들고 기성연극을 하기에는 기술이 부족한 사람들이 주로 작품제작에 임하기 때문에 조악한 작품이 양산되고 있지 않나 싶다.

사실 아동극을 제대로만 한다며 두가지 면에서 큰 기여를 할 수 있다. 첫째로 아동들의 상상력을 확대시켜 주는 한편 정서순화에 도움이 된다. 그만큼 아동극은 좋은 교육수단이 된다. 두번째로 연극의 저변확대를 꾀하는 것이므로 미래의 연극발전에 대단한 활력소가 될 수 있다. 그러나 오늘날 진행되고 있는 아동극을 보면 치졸하고 세련되지 못해서 오히려 어린이들의 정서를 해칠 가능성도 없지 않은 것이다.

따라서 적어도 레퍼토리에서부터 무대형상화 과정까지 철저하게 심사받을 필요가 있다. 오늘날 공룡이다 뭐다 해서 기성연극의 발전만 제약할 것이 아니라 각계각층의 양식있는 인사들로 하여금 아동극이 사도(邪道)로 빠지는 것을 막도록 해야 할 것이다.

20. 연극계의 정풍운동

작년 10월사태 이후 정치·사회 등 모든 분야에서 변혁이 일고 있다. 몇 정당에서 정풍운동이라는 새바람이 일어나더니 그것이 문화계에까지도 번져가는 듯싶다.

그런데 근자 해빙의 물결을 타고 연극계에서도 조금씩 꿈틀거리고 있는 것같다. 마침 3년마다 닥쳐오는 협회 이사장선거가 다가오면서 젊은 연극인들이 체질개선을 들고 나온 것이다. 물론 이들이 구체적으로 어떤 후보를 지지하고 나선 것은 아니나 이들이 내건 세가지 건의내용으로 보아서 새로운 인물을 갈망하고 있는 것이 사실이다. 왜냐하면 이들의 건의가 이제까지의 협회의 적폐를 지적한 것이고 그 적폐해소는 새 사람이나 할 수 있는 내용이기 때문이다.

세 가지 건의내용을 간단히 요약하면 첫째, 이사회의 기능강화와 이사장의 독주견제, 둘째, 공연법의 개정과 자유로운 공연활동 보장, 그리고 세 번째로 회원, 준회원의 차별철폐 등이다. 그러면서 부수적으로 선거의 음성적 작태라든가 연극계에 도사리고 있는 전근대적인 분파와 부패요소의 제거 등 수십년 동안 연극계와 협회가 안고 있는 문제들을 해결하자는 것이었다.

이상의 모든 문제는 연극인들 자신이 해결해야 될 문제로서 앞으로 어떻게 진행되어 갈지 알 수는 없으나 여하간 적시에 터져나온 정풍운동이라 하겠다. 사실 필자도 벌써 몇년 전부터 체질개선을 부르짖은 바 있었다. 적어도 협회만은 해방 후에 교육받은 인사들이 이끌어가야 한다는 것을 주장했었다. 왜냐하면 식민지세대가 연극협회를 이끌 경우, 식민지시대 말엽의 조선연극문화협회 같은 망령이 되살아날지도 모른다는 기우에서였다.

특히 70년대 중반의 협회장선거에서 50대의 차범석으로부터 동시대나 그 다음 세대로 넘어가지 않고 60대로 넘어간 것은 역사에 대한 역행으로서 일부 연극인들의 역사의식의 부재에서 온 결과였다. 아니나 다를까, 70년대 후반에 타락한 상업극붐이 일어났고 연극계는 혼탁을 면할 길이 없었다.

물론 협회가 전적으로 극예술계를 주도하는 것은 아니다. 그러나 협회가 연극계의 방향에 상당히 작용하는 만큼 이사장의 선택은 매우 중요한 의미를 지닌다. 이사장은 무슨 정치인처럼 지도력을 발휘하려고 들어서는 안된다. 연극인들의 친목과 인화를 도모하면서 교통순경처럼 연극의 원활한 움직임을 안내해 주면 되는 것이다. 그것을 무슨 굉장한 자리처럼 인식, 군림하려 들고 官과 밀착해서 명령이나 내리고 실제 연극인들의 문제에는 외면하는 것 같은 점은 지양해야 된다. 이사장을 고위직처럼 착각하는 데서 분파가 생기고 반목이 파생하며, 정치선거 못지 않게 혼탁해지는 것이다.

연극계는 바야흐로 중요한 고비에 와 있다. 연극계가 80년대에 헤쳐나가야 할 문제는 식민지 유산의 청산과 또 그것을 은연중에 답습한 전후 연극계의 장해요소, 이를테면 연극관이라든가 공연법, 협회운영개선 등등인데 이는 과감한 세대교체로부터 출발해야 할 것이다.

예술에는 연령이 없는 것이지만 아직도 우리 연극은 운동적 차원에 머물러 있기 때문에 연극계의 고삐를 잡는 선도그룹만은 시대감각에 뒤지지 않는 젊은 세대가 되어야 할 것이다. 따라서 근자의 연극정풍운동은 신극사상 처음 있는 일이므로 협회선거에 관계없이 그들의 숭고한 목표가 달성될 때까지 전개되어 나갔으면 좋을 것 같다. 연극처럼 언제나 신선한 물을 요구하는 예술도 흔치 않기 때문이다.

21. 꼭두놀음패의 인형극 공연

지난 달 20일부터 22일까지 3일간에 걸쳐 공간사랑에서는 매우 이색적인 공연이 있었다. 그것이 다름아닌 꼭두놀음패 어릿광대의 꼭두극 「양주별산대」 공연이었다.

그 공연을 가리켜 이색적이라고 한 것은 이제까지 우리나라에 없었던 인형극의 한 형태인 마리오넷(Marionette)이 처음으로 제작, 공연된 경우였기 때문이다.

일찌기 인도와 중국에서 인형극이 발생, 발전하는 동안 동서로 갈리어 퍼져나갔고 제작형태도 6가지나 생기게 되었다. 가령 중국 송대까지 전래되었던 6가지 종류인 현사괴뇌(縣絲傀儡), 走線괴뢰, 장두(杖頭)괴뢰, 약발(藥發)괴뢰, 육(肉)괴뢰, 수(水)괴뢰 등이 그것이다. 물론 이들 모두가 지금까지 전래되는 것은 아니고 이들 중 두가지 정도가 동서세계에서 놀이되고 있다. 즉 손으로 인형을 잡고서 조종하는 포대(布袋)괴뢰(指頭, Puppert)와 인형 몸 마디마디에 실을 매어서 무대 위나 뒤에 사람이 숨어서 그 실을 조종하여 인형을 움직이게 하는 현사괴뢰(Marionette)가 그것이다.

그런데 우리나라에는 손으로 인형을 거머쥐고 조종하는 일종의 포대괴뢰만이 전래되고 있다. 유랑예인집단인 남사당패의 꼭두각시놀음이 바로 그것, 그래서 꼭두각시놀음을 가리켜 덜미라고 부르기도 하는데, 이는 그 조종하는 모습을 본따서 지어진 이름이다. 이렇게 볼 때, 이번에 꼭두놀음패 어릿광대가 선보인 꼭두극 「양주별산대」는 인형극사상 최초의 현사괴뢰라는 데 큰 의미를 던진다고 하겠다.

사실 마리오넷은 동양에서 발생했음에도 근세 이후 서양에서 더 발전되었다. 특히 독일에서 많이 발전했는데 인형극단만도 수백종에 이른다. 그런 방법을 우리나라에서 처음으로 시도해 본 것이 이번의 꼭두극 양주별산대. 어릿광대의 마리오넷 「양주별산대」는 특히 우리의 고유 가면극을 인형극화했다는 점에서 주목을 끌었다.

그들이 전통 가면극을 인형극화함으로써 몇가지 문제점을 노출했는데 그 첫째가 너무 단조로운 점이었다. 왜냐하면 가면극 양주별산대놀이는 잘 알려져 있는 작품이기 때문에 꼭두극 「양주별산대」는 가면의 축소와 인형극화라는 점 외에는 별다른 특징이 없었다. 사실 인형극의 핵심은 판타지인데 이번 어릿광대의 마리오넷 「양주별산대」는 바로 그 판타지가 부족했던 것이다. 그 이유는 기왕에 잘 알려지고 또 놀이형태도 고정된 전통적인 가면극을 그대로 인형극화 했기 때문이다. 그러나 대외용으로서는 호기심을 줄 만하다. 왜냐하면 양주별산대놀이의 인형극화로 우리의 전래되는 가면극과 인형극을 동시에 보여줄 수 있기 때문이다. 정교한 조종술로 다듬어지기만 한다면 충분히 주목을 끌 수 있을 것이다.

앞으로의 인형극이 발전하려면 창작극이 나와야 하고 더욱 다양화되어야 한다. 가령 기존의 꼭두각시놀음만 하더라도 한가지 내용만 고수할 게 아니라 창작 꼭두각시놀음이 나와야 함은 물론, 마리오넷도 좀더 폭넓게 발전시켜야 되리라 본다. 연전에 우리가 구경했던 독일 인형극단 구스타프앙상블은 좋은 본보기가 될 것이다.

그렇게 볼 때 이번 꼭두놀음패 어릿광대의 「양주별산대」는 새로운 인형극 양식에의 도전이라는 데서 큰 의미를 지닌다. 즉 일찍이 동양에 있었던 마리오넷 형태를 부활시킴으로써 인형극의 종류를 늘리고 동시에 연극의 다양화를 꾀했다는 점에서 그렇다.

우리나라 연극의 문제점 중의 하나가 다양성의 부족이라고 볼 때 이번 꼭두놀음패의 마리오넷 공연은 매우 특별한 의미를 지니는 것이다. 따라서

꼭두놀음패의 다음 과제는 마리오넷 조종법의 세련과 아울러 내용의 확대
라 하겠다.

이제는 우리도 서양의 근대극을 모방한 무대극에만 매달려서는 안된다.
우리 나름대로의 연극의 표현양식과 내용을 넓혀갈 때가 된 것이다.

22. 대학가의 마당극 붐

지난해의 10월정변 이후 각계각층에서는 구각(舊殼)을 벗어버리려는 몸부림으로 소용돌이 치고 있다. 그런 가운데서도 지성의 산실인 대학이 가장 급진적으로 그 밑바닥에서부터 변화와 발전을 모색하고 있는 듯싶다.

그러한 변화를 추구하는 한가지 방편으로서 요즘에는 마당극이라는 풍자극이 크게 인기를 끌어가고 있다. 마당극이라는 것은 문자 그대로 넓은 뜰이나 마당(廣場)에서 놀이되는 연극을 일컫는다. 이를테면 우리의 전통극인 탈춤이라든가 판소리 등을 일컫고 그 중에서도 특히 탈춤을 곧잘 마당극이라 불러왔다. 동신제(洞神祭) 같은 굿을 원시적 연극형태로 볼 때 그와 같은 굿놀이도 모두가 마당극에 속한다고 할 수 있다.

일찍이 우리 나라에는 옥내극장이 없었으므로 전통극은 야외에서밖에 할 수 없었다. 그렇기 때문에 전통극은 자유분방하고 소박하며 멋스러운 반면에 양식화(樣式化)에까지 이르지 못함은 물론 세련되지 못한 상태에 머무르게 된 원인도 되었다고 볼 수 있다. 이 말은 우리 전통극이 정교한 예술로 승화되지 못했다는 이야기다. 이는 물론 억제와 제약을 싫어하는 활달한 서민의식과도 통한다. 그러나 마당극이 갖고 있는 현실고발의 신랄성이라든가 발랄, 무애(無碍)함은 어떤 놀이형태도 추종을 불허할 정도이다.

바로 그러한 점이 혈기방장하고 정의심이 강한 대학생들에게 어필한 것 같다. 즉 흥겨움과 신바람속에 감추어져 있는 현실매도의 비수가 그것이다. 따라서 70년대에 전국 각 대학에서 탈춤붐이 일어났던 것도 우연의 일이 아니다.

그렇다고 대학생들이 우리의 전통적인 민속극을 사회풍자의 수단으로 사용한 것은 아니다. 억눌림 속에서의 우회적 감정폭발과 사회고발 못지 않게 민족문화에 대한 탐구열이 강하게 작용했다고 볼 수 있다. 이상의 두 가지 이유가 맞아떨어져서 탈춤 내지 민속붐이 일었던 것이다.

그런데 근자에는 단순한 전통놀이의 재현이나 전승에 만족치 않고 형태화 내지 재창조에 쏠리고 있다. 그런 것 중의 하나가 바로 요즘의 마당극이라는 것인데, 오늘의 마당극은 전통적 민속놀이와 상당한 차이가 있어서 주목된다.

가령 대학가 마당극의 연장이라 볼 수 있는 극단 연우무대의 「장산곶 매」를 예로 들어보더라도 쉽게 알 수 있다. 그러니까 표현형식은 전통적인 민속놀이방식을 취하되 내용만은 현대를 담았다는 이야기다.

표현형식에 있어서도 고정된 전통민속을 그대로 취하지 않고 약간 현대화하는 동시에 하나의 작품 속에 몇 가지 형식을 혼융(混融)시킨다. 탈춤의 춤사위에 굿과 민요, 창 등을 혼합시키곤 한다.

사실 굿과 탈춤 창 등이 당초 별개의 것은 아니었다. 탈춤과 창은 본래 굿에 태반을 두고 있는 만큼 이들의 융합은 극히 자연스러운 것이다. 마당극에서 탈춤의 춤사위를 골간으로 하면서도 고정된 탈(假面)을 씌우지 않는 것도 하나의 특징으로서 민속놀이의 현대화조짐으로 볼 수 있다.

그렇다면 대학가의 마당극이 담고 있는 주제와 내용은 무엇인가? 그것은 두말할 필요도 없이 역사의 그늘에 가려져 있던 지나간 사건들이 대부분이다. 가령 노사(勞使)의 문제라든가 언론문제 같은 것이 대표적이고, 기타 정치·경제·사회적 비리와 비인간화로 치달았던 '지난 날'의 여러가지 사건들이 담겨진다. 그러니까 정의심에 불타는 젊은이들의 현실반응으로서 저항이 기본정신으로 되어 있는 것이다.

필자가 요즘의 마당극을 70년대 탈춤붐의 연장노선 위에 놓고 보는 이유도 그 점에 있다. 일단 발전적 형태로 볼 수 있을 것이라는 이야기다.

한 시대의 산물인 마당극을 연극사 내지는 문화적 측면에서는 어떻게 보아야 할 것인가? 우선 두가지의 가능성을 내다볼 수 있을 것이다. 첫째는 기성연극계를 변화시킬 수 있는 가능성을 생각해 볼 수 있다. 아직도 완전히 씻어버리지 못한 식민지유산(新派와 樂劇 등)의 청산에 따른 건강한 민족극 수립에 박차를 가할 수 있을 것 같다는 이야기다. 상업주의니 직업화니 하면서 현실외면의 통속적인 번역물로 퇴조시키고 민중의 아픔을 속시원히 표현해줄 수 있는 표현형태와 내용을 담은 창작극을 촉진할 수 있을지도 모른다. 그렇다고 요즘의 마당극 자체가 훌륭한 극예술이라는 것은 아니다. 그것이 옥내무대로 들어오려면 많이 다듬어져야 함은 물론 한층 승화 세련되어야 한다.

두번째로 대학가의 마당극붐은 젊은이들에게 민족의식을 고취시키는 데 기여하리라는 점이다. 당초 서양의 청년문화가 그들의 전통에서 무엇을 찾으려 했던 것을 상기해볼 때 근자의 마당극은 건전한 민족문화 형성에 어느 정도 기여를 할 것같이 보인다. 따라서 요즘 대학가의 마당극운동은 주목할 만한 사건임에 틀림없다.

23. 공간사랑의 희극제

서울에는 여러 개의 소극장들이 있지만 공간사랑만큼 특색을 가진 극장도 없는 것 같다. 공간사랑이 특색이 있다는 것은 극장내부 구조에서만 그렇다는 것이 아니라 기획면에서 그렇다는 이야기다.

공간사랑의 기획은 우선 다양한 것이 특징이다. 즉 연극만 하는 것이 아니고 음악·무용·문학(시랑독회), 무속 등 공연예술 전반을 위해 무대를 활용하고 있는 점이다. 두번째의 특징은 기획의 기본자세가 전통예술의 발굴 보존과 현대적 계승, 그리고 첨단적 실험을 시도함으로써 명실상부한 소극장운동을 전개하고 있는 점이다.

가령 지난해에 시도한 굿 시리즈라든가 공옥진의 병신춤 발표회, 그리고 인형극단 어릿광대의 한국 최초의 마리오넷 「양주별산대」 공연 등은 전통예술의 보존과 그 현대적 계승의 한 양태였던 것이다. 그리고 백병동(白秉東), 강석희(姜碩熙) 등의 현대음악발표회라든가 일련의 현대무용 공연 등은 전위음악과 무용발전에 크게 기여한 것이었다. 또한 시인들의 정기적인 시낭독회는 문학은 대중 가까이로 가져가는 좋은 행사로서 기록될 만한 기획이라 하겠다.

이처럼 공연예술 발전에 크게 기여하고 있는 공간사랑이 금년 들어서 이색적인 연극행사를 갖고 있다. 다름아닌 6월의 「신파극 시리즈」와 현재 진행중인 희극제(7월 1일~8월 24일)이다.

물론 이들 두 기획과 행사가 성공적이었다는 이야기는 아니다. 다만 이색적이었다는 것을 전제로 하고 이야기하는 것뿐이다.

그런데 이색적이란 말을 바꾸면 착안은 기발했지만 성과가 뒤따르지 못했다는 것을 뜻한다. 착안이 기발했다는 것은 우리나라 근대 대중예술의 핵심이었던 신파극을 오늘에 되살려보려는 시도와 함께 희극제를 계속함으로써 무덥고 지리한 여름을 웃어넘기려는 것이었는데, 이는 묘하게도 눈물과 웃음을 배합해왔던 선배 연극인들의 뜻과 우연히 일치한 경우였다.

그러나 「신파극 시리즈」의 경우 연구 고증의 불충분으로 인해서 신파극의 원형재현에 실패했고, 희극제는 레퍼토리 선정이 너무 안이하여 연극발전에 아무런 기여도 못하는 결과를 빚었던 것이다.

희극제에 올려진 작품을 보면 민예의 「서울말뚝이」(張笑賢작), 작업의 「벙어리마누라를가진판사」(A 프랑스 작), 가교의 「의자들」(이오네스코 작), 그리고 극단 에저또의 「이상한 부부」(닐 사이먼 작) 등인데, 이중 여러 차례 공연한 바 있는 「서울말뚝이」를 제외하곤 창작극은 없다.

이상과 같은 레퍼토리 선정은 장기적이고 치밀한 계획없이 즉흥적인 데서 온 결과라 볼 수 있다. 적어도 희극제라는 이름의 행사라면 희극, 더 나아가서 한국연극을 부흥시키는 한 계기를 마련한다는 차원에서 계획되었어야 했다.

단순히 무덥고 답답한 여름을 웃어넘기기 위해서 했다면 이는 너무나 안이한 자세인 것이다. 희극이라면 적어도 사회의 모순과 비리, 모랄의 전도 등 인간을 둘러싸고 있는 온갖 것을 풍자하고 까뒤집는 기능을 하는 것이다. 따라서 진정한 희극은 웃음이 아니라 눈물을 유발시키는 것이다.

이번 공간사랑의 희극제의 경우도 주로 창작희극을 통해서 이 사회를 뒤덮고 있는 사회의 비리와 구조적 모순을 조금이나마 드러내는 데 기여했더라면 좋았을 것이다. 현대 세계연극도 비극보다는 희비극이나 희극이 대체적 흐름으로 되어 있다. 우리나라 연극도 일찍부터 희극이 발전했었다. 전통적인 가면극이라든가 인형극 등도 희극밖에 없고 판소리의 경우도 멜로드라마틱한 「심청가」 등이 있으나 거의 희극적이다.

이는 전래적으로 비극을 거부해온 한국인의 성향과 관련된다. 희극은 비

극의 우위에 속한다. 일찍이 어느 연극학자가 지적했듯이 비극이 지상의 것
이라면 희극은 천상의 것이다. 그럼에도 불구하고 우리의 근대극이 비극에
가까운 눈물의 신파극이 우세했던 것은 순전히 일본정서와 함께 식민지 망
국치하의 대중의 심성에 기인한 것이었다. 다라서 이번 희극제는 어디까지
나 전통적인 희극정신을 되찾고, 드라마를 통해서 현대사회의 부조리를 파
헤치는 일련의 작업이 되었어야 그 의미가 컸을 것이다.

24. 제5회 대한민국 연극제 개막

'우수한 창작극공연을 통하여 우리나라 연극의 창작진흥과 발전을 도보하는 데 기어코자' 시행되는 대한민국 연극제가 올해로 벌서 5회째를 맞아 열띤 경연을 벌이고 있다. 당초 경연형태로 출발하여 제3회까지의 결과가 별로 좋지 않다고 해서 지난해부터 축제형식으로 바꾸었지만 수상단체나 수상자에게는 상금과 함께 해외연수의 특혜까지 주어짐으로써 여전히 경연 형식을 유지하고 있는 것이 사실이다. 순위를 매기고 상이 주어지는 한 경쟁은 피할 수 없을 것이다. 그동안 연극제는 시행착오도 많았고 그에 따라 비난도 많이 받았지만 계속 문제점을 개선해왔기 때문에 점점 자리를 잡아가고 있다.

따라서 올해에는 그동안 참가를 꺼려왔던 유수한 극단들의 거의가 참가한 것이 특징이다. 실험극장을 위시해서 동랑레퍼토리극단까지 참여하여 무려 27개 극단이 예선에서 경합했고, 거기서 8개 극단만이 선정되었다. 그러니까 19개 극단이 예선에서 탈락한 셈이다.

이것은 전례 없는 일로서 이는 연극제에 대한 연극인들의 인식이 달라진 것이고 연극제가 연극계의 중추적인 축제로서 자리를 잡아가고 있다는 것을 의미한다고 볼 수가 있다. 27개 극단이라면 연극협회에 등록된 극단의 거의 90%가 되는 것으로서 현재 활동중인 극단들은 일단 참가신청을 했다고 보아도 무방하다.

희곡작품도 한 극단(東朗레퍼토리)의 2개를 포함해서 28개가 들어 왔었으므로 현재 활동중인 극작가들이 대부분 작품을 냈다는 계산이 나온다. 왜냐하면 기성극작가가 40명 안팎이고 그 중에서도 계속 작품을 쓰고 있는 사람은 30명을 넘지 못하기 때문이다. 한 해에 그렇게 많은 극작가들이 희곡을 써낸 것은 놀라운 일이고, 이런 일은 아마도 해방 이후 처음이 아니었던가 싶다.

이 점은 극작가들의 연극제에 대한 인식이 좋아진 것이고 또한 연극제가 극작가들의 창작의욕을 자극하고 북돋은 결과로도 볼 수가 있겠다. 작품의 질은 그 다음 문제이고 우선은 많은 극작가들이 나와서 희곡을 계속 써주어야 우리 연극계가 바로 잡혀갈 것이므로 이번 경우와 같이 극작가들의 활발한 창작활동은 대단히 고무적인 일이다. 그것은 일반 연극제의 성과라 볼 수가 있다.

그런데 문제는 예심에서 탈락된 작품들이 어떻게 될 것이냐 하는 점이다. 심사기준이 작품수준과 신청극단의 경력이므로 선(選)에 들은 작품보다 좋은 작품이 일천한 극단경력 때문에 탈락된 경우도 없지 않을 것이다.

그러면 20개 작품은 그대로 사장(死藏)될 것인가? 물론 희곡은 문학작품이므로 공연이 안된다 하더라도 잡지게재나 단행본으로 햇빛을 볼 수 있을 것이다. 그러나 희곡은 역시 공연되었을 때 그 진가가 발휘되는 것이므로 무대형상화가 바람직하다. 그런데 어느 극단이 요즘 같은 불황기에 탈락된 창작극을 가지고 모험을 하려 들 것인가.

따라서 대부분의 창작극은 극작가들의 서랍 속에서 썩을 가능성이 많다. 여기서 창작극의 소화문제가 야기된다. 문예진흥원이 극작가들에게 계속해서 창작의욕을 돋구려면 쓴 작품의 소화문제도 깊이 생각해야 할 때가 되었다.

그리고 지방극단의 참여도 신중히 생각해야 될 것이다. 당초에는 지방연극육성을 위해서 의무적(?)으로 하나씩 끼워넣도록 했었고, 또 그렇게 진행되어 왔다. 그러나 올해부터는 예산도 문제지만 지방연극의 수준이 너무 떨어져서 아예 참가시키지를 않았다.

그렇다면 지방연극은 버려둘 것인가. 더욱이 문화의 지방분산화 방안을 강구하고 있는 이즈음 중앙의 연극제와 지방의 연극 육성과의 관계를 어떻게 정립해나갈 것인지 자못 궁금하다. 여기서 다시 연극에 대한 예산증액 필요성과 한국문화 전체를 내다보는 안목이 필요케 되는 것이다. 이 문제를 그대로 내버려둘 경우 중앙과 지방의 무대예술분야의 격차는 계속 심화될 것으로 보인다.

특히 올해부터 연극제 수상자들에게 해외연수특혜라는 것이 붙음으로써 경쟁은 더욱 치열하고 그에 따라 지방연극인들의 소외감도 더욱 커갈 가능성이 짙다. 또 요즘과 같은 연극불황이 언제까지 갈지는 알 수 없지만 불황이 계속되는 동안만은 적어도 연극인들의 관심은 모두가 연극제에 쏠릴 것이다. 그래서 문예진흥원의 연극지원이 중요한 것이다.

25. 제5회 대한민국 연극제 결산

지난 8월말부터 8개 극단이 경연을 벌였던 제5회 대한민국연극제가 10월 11일 에저또의 「농토」 공연을 끝으로 막을 내렸다. 그리하여 5명의 심사위원(李海浪 · 李原渽 · 呂石基 · 朴祚烈 · 柳敏榮)에 의해서 다음과 같이 수상이 결정되었다.

▲작품상 — 극단 에저또의 「農土」(尹朝炳작 方泰守연출) ▲희곡상 — 車凡錫작 「鶴이여, 사랑일레라」 ▲연출상 — 金箕柱(「自1122年」) ▲연기상 — 金鍾九(남 「農土」의 돌쇠役), 黃正雅(여 「들소」의 초원의 빛役) ▲신인상 — 權炳吉(남 「族譜」의 종소役) 李한나(여 「吉夢」의 타이피스트役) ▲무대미술상 — 해당자 없음.

연극제의 최고상이라 할 작품상이 극단 에저또의 「農土」에 돌아간 것은 윤조병이 쓴 탄탄한 희곡과 출연진이 오랜 연습 끝에 이룩한 앙상블 때문이었다. 「농토」는 제목 그대로 농민의 농토에 대한 애착을 다룬 작품이다. 한 지주의 3대와 그 집의 노비 3대를 통해서 동학운동 이후의 사회변동과 농촌의 몰락과정을 그린 「농토」는 특히 토속어의 발굴과 상통하는 언어의 구사가 뛰어났다. 특히 지주와 노비관계를 대립이 아닌 공존관계로 끌고간 것은 도식적 경향문학에 대한 작가의 알레르기를 나타내는 것이기도 하지만, 그보다도 특수한 상황 속에서의 한계와 한국인의 심성을 투시한 데서 온 것으로 볼 수 있다. 바로 그러한 시점에서 작품을 끌고갔기 때문에 주인공인 노비 돌쇠는 저항이 아닌 굴종의 표본으로 비쳤고, 극 구성을 절감시키기도 했다.

그럼에도 불구하고 연극제에서 그 작품이 돋보인 것은 작가가 근대화과정에서 농촌이 소외되고 또 급속히 변천하는 문제를 예리하게 포착하여 긍정적 측면으로 취급한 때문이다. 그렇지만 작품 속의 시간을 너무 길게 잡은 것과, 또 오늘의 농촌문제를 소홀히 한 것이 아쉬운 점이었다.

회곡상이 「학이여, 사랑일레라」를 쓴 차범석에게 돌아간 것은 밀도있는 작품보다는 한 중진작가의 변모와 인생을 보는 눈의 심도를 긍정적으로 평가한 때문이다. 사실 차범석은 사회문제를 주로 다룬 리얼리스트이다. 고향인 목포 주변사람들의 애환묘사를 출발지점으로 삼다가 점차 우리의 사회문제로 확대했고 다시 애정문제를 작품테마로 삼았었다. 그러다가 이번에 삼학도의 전설를 소재로 한국인의 생과 사, 숙명을 매우 회화적으로 다룬 작품이 이번의 「학이여, 사랑일레라」였다. 그러니까 작가가 이제 원숙해지면서 한국인의 원초적 심성에 귀를 기울였다는 이야기다. 물론 이 작품은 결함도 없지 않다. 소재주의의 극복이 앞으로의 과제이다.

연출상을 동랑레퍼토리의 소장연출가 김기주에게 준 것은 그의 대담한 실험성을 인정한 때문이었다. 비교적 난해한 오태석의 「自1122年」을 몽따쥬 수법으로 끌고가면서 입체적 연극으로 만든 것은 순전히 김기주의 노력에 의한 것이었다. 물론 그의 연출에도 문제가 있다. 가령 승화되지 않은데서 오는 난해성이라든가 혼란 같은 것이 바로 그점이다. 그러나 그의 실험성과 독창성은 앞으로 발전할 조짐을 보여주었다.

연기상의 경우 「농토」의 주역을 맡은 김종구는 나이에 걸맞지 않게 노역을 완벽하게 해냈다는 점에서 평가를 받았다. 그는 스타니슬라프스키의 극술에 들어맞는 사실적 연기를 해낸 것이었다. 여자연기상의 황정아도 비교적 괜찮은 연기를 보여준 경우였다. 사실 「들소」의 '초원의 빛'이라는 역은 구체성이 잘 보이지 않는 것이었다. 그럼에도 불구하고 황정아는 연기를 만들어 가면서 해낸 경우였다. 물론 황정아의 연기에도 문제가 없는 것은 아니었지만…….

신인상이 자유극장의 권병길에 돌아간 것은 그의 정확한 언어구사와 그

동안의 노력을 산 것이었고, 이한나는 마땅한 신인대상자가 적은 처지에서 신선한 마스크와 깜찍한 연기가 눈에 띄었던 때문이다. 이제 연극제는 국내 극단끼리의 경연보다는 문호를 개방, 해외의 우수한 극단들을 초청하여 발전적 축제형태로 바꿀 때가 된 것이다.

26. 다양화되어가는 우리연극

지난해 12월에는 몇가지 괄목할 만한 공연들이 있었다. 「산수유」, 「훼드라」, 「처용아바」, 「흥부놀부」 등이 바로 그것들이다. 그들 공연이 유독 뛰어나다든가 획기적이라서기보다 그들이 지닌 의미가 각각 컸었기 때문이다. 즉 국립극장이 제98회 공연으로 막을 올린 「산수유」는 오태석과 이해랑의 만남 때문에 중요한 의미가 있었고, 산하의 「훼드라」공연은 연극배우 강효실의 연기생활 30주년기념이라는 점에서 의미가 컸으며, 극단 우리극장의 「처용아바」는 마당극의 양식화시도 때문에, 그리고 인형극 「흥부 놀부」는 또 하나의 꼭두놀음패 초란이의 창단공연이었기 때문에 의미가 큰 사건들이었다.

하나의 희곡작품이 무대에 올려지기 위해서는 극작가와 연출가가 반드시 만나져야 되는 것이고, 그렇게 볼 때 오태석과 이해랑의 만남은 별스럽잖게 지나칠 수도 있는 일이다. 그러나 이들의 만남을 간과할 수 없는 이유는 오태석과 이해랑이 각각 한 연극세대를 대변하면서 극히 상반된 연극관을 지닌 인물들이기 때문이다. 연출가 이해랑이 동경학생예술좌로부터 출발하여 극연, 극협으로 이어져 내려오는 정통 리얼리즘 연극의 철저한 신봉자요 대변자라고 한다면, 오태석은 리얼리즘을 딛고서 새로운 아방가르드 연극을 추구하는 작가라는 점에서 두 사람은 매우 상반된 연극철학을 갖고 있었던 것이다.

특히 이해랑이 전전(戰前)세대의 대표적 연출가라고 할 때, 오태석은 전후세대의 대표적 극작가라는 점에서 두 사람의 만남은 두 세대의 만남 의미 이상이었던 것이다. 따라서 「산수유」라는 공동작품을 통해 오태석이 리얼리티즘의 진수를 깨달은 반면 이해랑은 전후세대의 감각과 고뇌, 방황을 충분히 느꼈으리라고 생각된다.

더욱이 민족의 지울 수 없는 상흔(傷痕)이라 할 6·25전쟁을 당시 소년과 청년으로 경험했던 두 사람이 만나서 어떻게 연극화할 것인가는 관심의 대상이 되지 않을 수 없었다. 결과는 만족할 만한 것이었는데, 그것은 작품의 결론이 이해랑의 인생관 쪽으로 기울어져서 용서와 화해로 맺어지는 동시에 리얼리즘의 심화를 보여주었기 때문이다. 「산수유」는 분명히 한국리얼리즘의 정수이며 더 나아가서는 한국연극의 성숙을 보여주는 것이었다.

이처럼 최근의 창작극은 내면탐구로 시각을 돌리고 있다. 79년의 「사추기」에서 한 중년여인의 자기확인으로부터 출발하여 지난해 봄 「1980년 5월」의 시민의 자기확인, 그리고 「山茱萸」의 민족의 자기확인으로 확대되어가고 있는 것이다. 그러니까 여인의 아픔이 우리의 아픔, 민족의 아픔으로까지 확산되었던 것이다. 동시에 恨, 절망·용서·화해를 통해서 민족의 아이덴티티를 확인하자는 것이리라. 이와같이 우리의 창작극이 내면성찰로 시각을 돌리는 것은 그만큼 성숙해간다는 것을 의미하는 것이기도 하다.

창작극만 성숙해가는 것이 아니다. 배우들도 원숙해가고 있다. 민족분단과 어려운 연극여건 등으로 끝까지 무대를 지키는 원로배우가 희귀한 우리 실정에서 한 여배우의 연기생활 30년은 소중하고 값진 것이다. 지금은 활동을 못하고 있는 복혜숙이라든가 중진여배우 백성희 등 말고는 정애란 강효실 정도가 역시 손꼽을 만한 중진여자연기자이다. 이번에 차범석이가 이끄는 산하가 강효실 연기생활 30년 기념공연 「훼드라」를 가졌던 것은 싸늘한 세모를 녹이는 매우 훈훈한 광경이었다.

신파극시대의 명우 강홍식·전옥 부부 사이에서 태어난 강효실은 전쟁중(51년)에 어린 나이로 신협에 입단하여 「오델로」출연을 시발점으로 지금까지 30년 동안을 무대에서 살아온 여배우. 더욱이 그녀가 불운했던 가정생활의 시련을 극복하면서 끝가지 무대를 버리지 않은 것은 높이 평가받을만한 일이다.

연극을 사랑하지 않고서는 좀처럼 솟아날 수 없는 그녀의 무대를 휘어잡은 정열과 진지성은 후배들이 본받아야 할 모범이다. 그녀가 동아연극상(72년), 한국연극영화예술상(74년) 등을 수상한 것은 너무나 당연한 귀결이었다.

그리고 그녀의 연기생활 30년 기념공연을 마련한 극단 산하의 기획도 높이 평가받을 만한 일이었다. 우리나라 연극계는 이상스럽게도 연극인들을 위한 기념행사가 드문 실정인데 한 여배우의 연기생활을 기념하는 공연을 마련한 것은 참으로 훈훈한 일이었다. 더구나 요즘처럼 사람들의 마음이 얼어붙고 연극계가 불황임에도 그런 모임을 감행한 것은 차범석과 산하단원들의 한국연극에 대한 뜨거운 사랑이 아니고는 생각할 수 없는 일이었다고 생각된다.

또 80년은 마당극과 꼭두극운동이 눈길을 끌었던 해였다. 마당극은 5월을 피크로 일단 주춤했으나 꼭두극만은 외국인형극전문가를 초청하는 등 계속 기술연마를 게을리 하지 않았다.

그런데 한해를 끝맺음하는 12월에 들어서 마당극이 다시 나타났고 꼭두극단도 새로 생겨났다. 즉 그동안 주로 독일작품만을 소개하던 프라이에 뷔네가 우리극장으로 이름을 바꾸면서 본격적인 활동을 해왔는데 지난번에 마당극「처용아바」를 세종문화회관 소강당에서 공연했다. 신진 김한영(金漢泳)이가 극본은 쓰고 마당극이론가 임진택이 직접 연출을 맡은「처용아바」는 신라시대의 처용설화를 극화한 것. 사실 마당극이 아마추어리즘을 극복하고 연극사의 주류로 진입하려면 어쩔 수 없이 옥내무대로 들어와야 되는데 지난번 작품이 그런 것을 시도한 공연이었다. 따라서 무대장치에서부터 출연자들의 분장·의상·연기 등이 상당히 양식화되어서 과거의 마당극보다 진일보의 세련미를 보여준 공연이었다. 특히 중국의 경극을 연상시키는 분장과 연기 등이 주목되었고, 우리의 독특한 연극양식을 정립해보려는 작가와 연출가의 의지가 엿보였다. 그러나 우리나름의 연극양식 정립이 얼마나 어려운가를 보여준 무대였다. 다음 작업을 기다려볼 필요가 있다.

지난해의 창작꼭두극은 꼭두놀음패어릿광대의 「양주별산대」를 비롯해서 주로 마리오넷의 실험이었다. 마리오넷 실험이 쉽지 않은 일이므로 어릿광대(대표 李京姬)는 일본 인형제작자와 프랑스 인형전문가 알랭 로제를 각각 초청하여 워크숍을 가졌다. 그리하여 워크숍공연을 갖는 등 대중의 꼭두극에 대한 관심을 높여가는 동시에 마리오넷의 제작기교의 수준을 향상시켰던 것이다.

지난 12월에 창단된 꼭두놀음패 초란이(대표 安正義)의 출현도 일련의 새로운 인형극운동의 소산이었다. 초란이를 출범시킨 안정의는 창단사에서 '우리가 마리오넷을 무대에 처음 올려놓은 것이 80년 2월 「양주별산대」였다. 「양주별산대」놀음을 제작하면서 어려운 점이 많았다. 앞으로 이런 문제점을 해결하기 위해 프랑스에서 알랭 로제를 초청하여 9월 15일부터 1개월 예정으로 꼭두놀음 워크숍을 가졌다. 「홍부 놀부」는 워크숍을 받은 수강생들을 중심으로 공연을 갖게 되었으며 이번 공연에는 꼭두극에 맞는 조명기재, 무대를 제작, 시도해보았다'고 했다.

여기서 초란이가 꼭두놀음패 어릿광대와 연결되는 것임을 느낄 수 있다. 꼭두극운동이 제대로 일어나려면 많은 인형극단체들이 나타나야 됨은 두말할 나위가 없다. 그런 뜻에서 초란이의 발족은 반가운 일이다. 초란이는 창단공연으로 우리의 고전 「홍부전」을 꼭두극화(許圭)했다. 꼭두극 「양주별산대」와는 달리 무대도 양식화를 시도한 것이 우선 눈에 드러났고 인형의 미학적 배려가 돋보였다. 그뿐만 아니라 조종술이라든가 인형 하나하나의 움직임도 장족의 발전을 한 것이었다.

그러나 아직도 아마추어 냄새가 여전했다. 인형의 고증이라든가 무대장치, 발성 등이 문제점으로 드러났다. 「홍부전」은 당초 판소리대본이므로 이를 꼭두극화할 때 창의 삽입도 좋을 것 같다. 그럼에도 불구하고 초란이의 「홍부 놀부」에는 그것이 배려되지 않았다. 초란이는 앞으로 계속 창작 마리오넷을 세련시켜가야 될 것이다.

이상과 같이 우리 연극은 점차 다양화되어가고 있다. 매우 바람직한 일이다.

27. 제3세계 연극제 개최의미

신춘 연극가의 모든 관심은 3월에 열리는 제3세계연극제에 쏠려 있다. 그럴수밖에 없는 것이 적어도 우리나라 연극계로서는 국제적인 페스티벌을 처음 열어보기 때문이다. 과거에도 외국극단이나 유명연극인이 몇명 다녀간 적은 있었다. 가령 영국의 유명한 셰익스피어극단이라든가 서독의 현대극단인 다리와 인형극단인 구스타프앙상블 등이 내한 공연한 적이 있었고 부조리 극작가 외젠 이오네스코 등 저명 연극인들이 다녀갔었다. 그러나 국제적인 연극행사를 공식적으로 가져본 적은 없었다.

물론 연극계에서도 그동안 국제교류가 없었던 것은 아니다. 벌써 50년대에 국제극예술협회(ITI)에 가입하여 ITI한국본부를 설치했고 그 회원들은 격년으로 국제회의에 참석해왔다. 다만 국제회의를 한국에 유치하지 못했을 뿐인 것이다. 그런데 다행히 ITI가 벌이는 제3세계연극제를 금년 봄에 우리나라에서 열게 된 것이다. 이는 한국이 국제적으로 크게 인정을 받은 경우로서 높이 평가할 만한 일이다.

제3세계연극제란 ITI 제3분과에 소속되어 있는 아시아·아프리카·中南美 등이 자국의 전통연극을 보호하고 또 세계에 과시하기 위해 만든 제전으로서 1971년부터 개최해 오고 있다. 사실 제3세계라는 말은 정치적인 용어이지 문화적인 용어는 아니다. 아시아·아프리카·중남미 등 서구 강대국의 식민지로서 오랫동안 내려오다가 뒤늦게 독립한 나라들을 보통 제3세계라고 부르고 있는데, 정치적 강점에 따라 문화예술도 많이 훼손되고 변질된 것이 사실이다. 그러니까 제3세계연극제란 개발도상국가들의 서구연극에 대한 일종의 자위책이라 볼 수 있다. 그동안 필리핀과 베네주엘라 등지에서 네번 열렸었고 이번이 제5회가 된다.

'동서연극의 상호방향'이란 주제를 내걸고 열리는 서울의 제3세계연극제 에는 당초 29개국에서 2백여명이 참가신청을 해왔고 참가 극단도 10여개가 되었다.

그러나 도중에 참가포기를 알려온 경우도 있어서 실제로는 규모의 폭이 줄 것 같다. 2월 19일 현재 극단을 보내기로 확정 통고해온 나라는 인도·방글라데시·인도네시아·일본·자유중국·튀니지·프랑스·영국 등 9개국 으로 알려졌다. 그런데 인도는 극단 PDA가 참가하고, 인도네시아는 그림자 극 와양 쿨리트를 선보이며, 중국은 경극(京劇), 일본은 전통가면극 노오 (能), 프랑스는 인형극, 방글라데시와 튀니지는 현대극을 각각 보여주게 되 었다.

이들 중 자유중국의 경극을 제외하고는 모두가 한국에 첫선을 보이는 작 품들이다. 특히 이웃나라이면서도 일본의 노오나 인도네시아의 그림자극을 한국대중이 처음으로 구경하게 될 것이다.

노오나 그림자극은 우리나라 전통극인 탈춤이나 꼭두각시놀음과 그 뿌리 에 있어서는 전혀 연관이 없는 것이 아니다. 다만 천수백년 동안 각자의 나 라와 문화, 사회적 배경 속에서 독특하게 발전했을 뿐이다. 정교하고 고도 로 세련된 노오와 그림자극 와양 쿨리트를 통해서 우리 전통극을 깊이 되 돌아볼 기회가 생기게 된 것이다. 즉 귀족층의 보호 밑에서 성장한 이웃나 라의 전통극과 서민 속에서 잡초처럼 자라온 우리 전통극의 비교는 우리의 연극정책과 연극인들에게 중요한 문제를 던져줄 것이다.

이러한 외국 극단과 연극인들을 맞아 우리 연극을 해외에 소개하는 것도 중요한 일이다. 따라서 우리측에서는 탈춤·판소리·인형극·진도굿 등 전 통예술을 위시하여 국립극단(「물보라」), 실험극장(「아일랜드」), 산하(「옛날 옛적에 훠어이 훠이」), 동랑레퍼토리(「봄이 오면 산에 들에」) 등의 공연과 창작인형극을 다채롭게 보여주게 된다. 고전과 현대, 그리고 실험극을 모두 보여주자는 계획. 「동서연극의 상호방향」이라는 주제로 대화도 벌이는 이번 제3세계연극제는 우리의 국위선양뿐만 아니라 한국연극발전에도 크게 도움을 줄 것임에 틀림없다.

28. 지방연극의 발전

— 통영예술제를 보고

    지난해 연말께 한반도 남단의 조그만 항도 통영에서 뜻깊은 예술제가 있었다. 통영이라고 하면 역사적으로도 유서 깊은 곳이지만 인물이 많이 배출된 곳으로도 유명하다. 가령 예술계만 보다라도 극작가 유치진을 비롯해서 시인 유치환, 음악가 윤이상 등 기라성 같은 대가들이 많이 배출되었다.

    따라서 통영시민들은 자기고장의 자랑스런 예술인들을 기리는 동시에 향토문화를 살리는 뜻으로서 통영예술제를 갖기로 하고, 제1회로 한국신극의 거목인 동랑 유치진을 추모하는 제전을 베풀었다. 제1부(追慕의 밤), 제2부(음악, 무연공연), 제3부(연극공연)로 나누어서 이틀동안 진행된 통영예술제에서 특히 감명적이었던 것은 통영시민들의 열성과 반응이었다.

    오늘날 우리나라에는 지방문화가 거의 없다시피하다. 있다면 그것은 수도문화의 여파이거나 아류를 크게 벗어나는 것이 아니다. 특히 고급문화의 경우가 더욱 심하다. 가령 연극의 경우를 놓고 볼 때, 지방도시에 제대로 된 전용 극장이 거의 없는 실정이고 극단이 있다손치더라도 소인극 수준을 크게 넘어서지 못한다. 이는 지난번 통영예술제 때 공연된 극단 벅수골의 「토막」(유치진작, 장현연출)을 보고서도 확인할 수 있었다. 문화예술에 대한 거시적 관심에도 불구하고 자생적인 단체의 예술수준이 시민의 갈망을 채워주지 못하는 것이었다.

    그럼에도 불구하고 통영예술제를 평가하고 주목하는 이유는 통영시민들이 향토문화예술 육성을 위해서 적극적으로 발벗고 나섰다는 데 있다. 사실 인구 5만 정도의 도시에서 그러한 문화운동을 하는 도시는 아직 없다. 각 지방도시에서 벌이는 예술제라는 것은 기껏 민속놀이수준을 크게 넘어서지 못하는 것이다. 적어도 현대문화예술의 진작을 위한 조직적 활동은 충무시가 최초라 해도 과언이 아니다. 통영예술제는 외부의 권유나 자극에서가 아닌 순수 자생적 예술운동이라는 데 그 의미가 큰 것이다. 충무시의 예술운동이 중앙과의 연계만 잘 지어진다면 급속한 향상을 보일 것 같다.

그런데 통영예술제를 보면서 느낀 또 한가지는 시설과 인재가 부족한 점이었다. 무용은 전승되는 「통영 오광대」의 기능보유자들이 나섰기 때문에 볼만했지만 음악과 연극은 그야말로 아마추어 수준을 넘지 못하는 것이었다. 그래도 음악의 경우는 외지대학에서 정통으로 음악수업을 받는 학도들의 연주였기 때문에 그런대로 구색만은 갖추었지만 연극은 그렇지가 못했다. 연극에 대한 기초가 전혀 없이 순전히 정열만 갖고 하는 공연이 좋을 리가 없는 것은 당연지사다.

사실 그동안 우리는 근대화라는 국가적 목표 아래 공장건설과 산업전사 양성에만 치중해왔다. 대학도 그에 맞춰 공상계학과와 외국어학과를 많이 증설해왔다. 예술계라야 기껏 미술과·음악과 정도가 조금 늘어난 셈이다. 무대와 TV 등을 통해서 막강한 영향력을 행사하는 연극인들을 별로 키워내지 못한 것이다. 수많은 대학 중에서 학과를 두고 극예술인을 양성하는 곳은 전국에 서너대학 밖에 없고 그것도 지방에는 최근에 생긴 청주대를 제외하고는 없다.

따라서 지방도시에서 연극이나 무용운동을 해보려 해도 인재가 없어 못하는 실정이다.

선진국이란 중앙문화와 지방문화에 별 차이가 없는 나라를 말한다고 해도 과언이 아니다. 그러나 우리의 경우는 모든 향토문화예술에 대해서 너무 무관심해온 감이 없지 않았다. 가령 국립극장만 하더라도 1950년초 설치 당시에는 부산·대구 등지에도 설치키로 되어 있었다. 그래서 서울의 국립극장이름을 아직도 중앙국립극장이라 부르고 있는 것이다.

정부에서는 인구의 서울집중을 막고 지방분산화를 꾀하는 듯싶다. 서울에서 한발짝만 나가도 문화혜택을 받기가 어렵다면 인구분산정책은 실효를 거두기가 어려울 것이다.

따라서 이제부터는 인구분산책의 하나로서 물리적 방법 못지 않게 문화적 접근방식을 꾀해보는 것이 좋지 않을까 싶다.

그러므로 지방연극, 더 나아가서 지방문화를 살리는 방법으로서는 우선 전문적인 공연장을 세워야 한다. 공연장이 세워지면 당장 중앙의 예술단체들이 활발한 지방순회공연을 벌여서 향토문화를 자극하고 문화에 대한 인식을 높일 것이다.

다음으로는 극장에 전속단체를 두는 일이다. 이미 광주에서는 시립극단이 생겨나서 활동을 벌이고 있다. 당장 많은 전속단체를 둘 필요도, 또 둘 수도 없다. 그러니까 극단 무용단 교향악단 정도를 두면 될 것이다. 이런 일은 물론 인재난·경영난으로 어려움을 겪을 것이다. 그러나 예술에만 전념할 수 있는 생활급을 제공한다면 서울에 몰려 있는 예술인들이 지방으로 분산될 것이다.

다음으로 각 지방대학에서도 예술계 인재들은 양성해야 될 것이다. 이제는 대학에서도 법·상·공업계열 학과 못지 않게 음악·연극·무용계통의 학과도 설치하고 인재를 조직적으로 키워내는 일을 할 때도 됐다. 현대는 산업교육 못지 않게 정서교육도 중요한 만큼 예술진흥은 매우 시급한 것이다.

다음에는 지방과 중앙과의 조직적인 교류다. 전술한 바도 있지만 지방에서는 수준 높은 예술과 접촉할 기회가 적다. 따라서 해마다 중앙에서만 열리고 있는 예술제의 지방도시 실시와 같은 교류가 잘 이루어진다면 지방예술도 급속도로 향상되리라 본다. 사실 오늘날 교육에 일어서는 중앙과 지방이 별 차이 없다고들 말한다. 그것은 활발한 교류와 정부의 끊임없는 노력의 결과일 것이다. 그러므로 예술에 있어서도 중앙과 지방을 균형적으로 발전시키는 것이 불가능한 것이 아니다. 바로 여기에 지방민의 문화적 자각이 요청되는 것이다.

아무리 정부에서 시책을 펴고, 또 일부 예술인들이 노력을 해도 지역주민들의 호응이 없다면 향토예술은 정립될 수 없는 것이다. 서두에 통영예술제를 거론한 이유도 바로 거기에 있는 것이다. 그러니까 통영시민들처럼 문화예술의 필요성을 절감하고 자생적인 몸부림이 일어날 때 지역문화예술이 소생한다는 이야기다.

따라서 각 지역에서는 문화예술 창달을 위한 후원회 같은 것이 먼저 생겨나야 한다. 시립극장이나 전속단체도 정부예산으로서만 뒷받침해줄 수 없을 것이다. 왜냐하면 그 막대한 예산을 감당할 수 없을 것이기 때문이다. 적어도 그 지역출신 재계인사들의 향토애에 따른 모금운동 같은 것도 일어날 수 있으리라 본다.

향토문화에 대한 투자는 곧 민족문화에의 기여라는 방향에서 전국적으로 향토문화 진흥운동이 벌어질 때 우리의 문화예술도 균형적 발전을 꾀할 수 있을 것이다.

29. 공연법개정에 따른
연극계의 기대

　그동안 논란의 대상이 되어왔던 전근대적 공연법이 정기국회에서 시대감
각에 맞도록 새롭게 개정되었다. 과거의 공연법이 문제시되어온 것은 그 바
탕이 일제말 총독부가 한국인의 연예활동을 억제키 위해 제정했던 흥행물
취체령을 모체로 한 것이기 때문이다.

　따라서 그 법령정신이 공연예술의 육성보다는 그 제재에 맞춰져 있음은
두말할 필요도 없는 것이다. 가령 공연장 뒤에 임검석(臨檢席)을 두어야 한
다는 것 등은 그 전형적인 예가 될 것이다. 이는 과거에 극장에서 공연물을
감시하기 위해 임검경찰을 두었던 식민지잔재. 또 영화관과 연극장을 함께
취급한 것이라든가. 심지어 연극장이 술집 쇼무대와 비슷한 취급을 받았었
다. 소극장도 순수 고급예술과 대중연예를 함께 묶어 취급했던 것이다.

　그런데 이번에 독소조항이 말끔이 씻어지고 발전적으로 개정되었다. 연
극계로서는 낡은 공연법 개정이 30여년간 앓던 고질병을 수술 받은 것과
같이 후련한 일이 아닐 수 없다. 앞으로 3백석 이내의 소극장은 자유롭게
개설, 연극·무용 등을 공연할 수 있다.

　소극장의 중요성은 다시 말할 필요가 없다. 우선 우리의 연극은 아직도
대중화가 안되어 있기 때문에 그 기반이 대단히 취약하다. 또 대중의 인식

도 되어 있지 않다. 따라서 대극장무대는 희소할뿐더러 대극장에서 마음껏 공연하기에는 역량이 따르지 못한다. 연극이 소극장 중심으로 전개될 수밖에 없다는 이야기다. 그럼에도 불구하고 우리 연극사의 맥을 잇는 소극장이 그동안 제재를 받고 위축되어 왔던 것이다.

소극장은 대극장의 단순한 축소판이 아니라 새 연극의 산실이다. 대극장에서 좀처럼 해내기 힘든 새 연극창조를 향해서 실험 실습하는 곳이 소극장이다. 대극장은 아무래도 많은 관객을 상대로 하기 때문에 대중성·상업성을 띠지 않을 수 없다. 소극장의 중요성이 바로 여기에 있는 것이다. 소극장운동이 어느 정도 활기를 띨 것 같다.

그러나 그동안 연극계가 워낙 위축되고 가난했기 때문에 당장의 변화는 기대하기 어려울 것이다. 정부나 사회단체, 혹은 뜻 있는 사람들의 후원만 있으면 연극계는 소극장 중심으로 활기를 띨 수 있을 것이다. 만약 연극인들이 좋은 작품만 계속 창조한다면 젊은층을 중심으로 관객확대를 쉽게 꾀할 수 있을 것이다. 그렇게 되면 연극이 청소년들의 정서순화와 감정훈련에 크게 기여할 수도 있을 것이다. 소극장 중심으로 관객이 확대되면 극단이 늘어나고 재편성될 가능성이 많다. 왜냐하면 공연법 개정으로 극단 조직의 제약이 철폐되었기 때문이다. PD시스템도 과거와는 다른 형태로 전개될 것이다. 특히 관람료의 자유화로 극장과 극단마다 가격이 달라질 수 있고, 작품에 따라 가격이 정해질 것이다. 관람료는 오를 것이 분명하다. 이것은 분명히 극단 재정에 도움을 줄 것이다.

이상과 같이 지난 연말의 공연법개정은 연극계의 앞날에 여러 변수와 함께 침체의 늪에서 헤어날 수 있는 통로를 마련해준 셈이 되었다. 그런데 문제는 그동안 우리 연극이 악조건과 영양부족에 따른 발육부진의 상태이기 때문에 혼자 일어설 수 있느냐 하는 점이다

30. 제1회 전국지방연극제에 대하여

지난 6월 27일부터 7월 8일까지 12일간에 걸쳐 항도 부산에서 제1회 전국지방연국제가 문예진흥원, 동아일보사, 한국연극협회 공동주최로 열렸다. 「지방연극인들의 창작의욕을 고취하고 지역간의 문화격차 해소와 지방연극의 진흥을 도모키 위하여」 마련된 제1회 연극제에는 충북 시민극장의 「철수야」(金相烈 작·장남수 연출)를 스타트로 하여 제주 극협 극단의 「파도야 어쩌란 말이냐」(장일홍 작·김태근 연출), 부산 극단 현장의 「일요일의 불청객」(李根三 작·송성엽 연출), 경남 극단 벅수골의 「알」(李康白 작·장현 연출), 강원 극단 예맥의 「둥둥낙랑둥」(崔仁勳 작·윤고성 연출), 인천 극단 극우회의 「도시의 나팔소리」(尹朝炳 작·박승인 연출), 경북 은하극장의 「바다로 나가는 사람들」(李盤 작·김삼일 연출), 전남 극단시민의 「소작지」(盧炅植 작·이상용 연출), 대구 극단공간의 「삼각파도」(이윤택 작·김관영 연출), 전북 창작극회의 「완산곡」(장성식 작·연출), 경기 극단예술극장의 「홀미의 씨앗」(金永茂 작·이재인 연출), 충남 동인극장의 「매화전」(李載賢 작·진규태 연출) 등이 차례로 무대에 올려졌다.

이제까지 전국규모의 대한민국연극제가 있으나 그동안 지방극단들의 참여가 부실함으로써 연구발전의 불균형만을 심화시켰던 것이 사실이다. 따라서 중앙과 지방이라는 연극제의 이원화는 불가피한 것 같다.

전국민속경연대회와 대한민국연극제를 절충한 듯한 대회진행과 시상규모로 해서 지방연극제의 비중이 대체로 가볍지는 않았으나 역시 극장주변은 쓸쓸했다. 우선 전국 직할시·도대표 극단들이 모여서 그 동안에 쌓은 기량을 겨루는 축제장소로서 5백석 규모의 시민회관 소강당은 너무 협소하고 시설이 나빴다.

다음은 관객의 부재현상이었다. 각 대학이 학기말 시험을 치르는 기간이라고는 하지만 하루 2회 공연의 5백석을 채우지 못했다는 것은 고정관객의 부재를 증명해주는 것.

그렇지만 지방에 연극관객이 없는 것은 오히려 당연할지 모른다. 왜냐하면 지방에는 직업극단이 거의 없는 상태이므로 훈련된 고정관객이 없음은 당연하기 때문이다.

다음에는 연극수준의 문제였다. 각 시도의 아마추어 연극인들이 자기 고장의 명예를 걸고 열심히 뛰었으나 의욕에 비해서 예술적 성과는 너무나 빈약한 것이었다. 12개 희곡 중 9개가 서울에서 활동하는 기성작가들의 작품이고 나머지 세 작품이 새로 얼굴을 내보이는 그 고장의 신진작가들의 것이었다. 따라서 각 지역의 특성을 연극으로 승화시킨 작품이 적은 것은 당연했다.

그보다 더 문제인 것이 전문적인 연출가·배우·무대장치가의 부재현상일 것이다. 지방연극이 아마추어리즘을 못 벗어나는 이유도 그 때문이다.

이번 제1회 전국지방연극제는 이상과 같은 지방문화의 불모현상을 그대로 보여준 경우였다.

그러므로 지방연극의 진흥은 앞으로 공연장·관객·전문연극인 부재현상을 어떻게 극복하느냐에 달려 있는 것이다. 여하간 이번에 새로 시작된 전국지방연극제는 연극사상 초유의 일이므로 문화발전에 중요한 첫걸음이 될 것만은 확실하다.

31. 전국연극인대회 개최의미

한국연극협회는 지난 8월 18일 문화예술진흥원과 공동주최로 문예회관에서 제1회 전국연극인대회를 개최했다. 전국에서 1천여명의 연극인들이 모인 자리에서 서항석 등 연극공로자들에게 감사패가 주어졌고, 손진책(극단 民藝), 김삼일(浦項 시립극단) 두 연출가에게는 한국연극예술상이 수여되었다.

김동훈 대회장은 연극인을 한데 모은 이유에 대해서 「제7회 연극제를 앞두고 창조의 열기를 잠시 식히면서 대화를 나누는 동시에 연극인들의 단합된 의지를 내외에 과시하고 연극인들의 결의를 천명하기 위해서」라면서 다음과 같은 결의문도 채택했다.

첫째, 인간이 보다 인간다와지는 사회를 위하여 연극은 존재한다. 따라서 연극은 인간의 비인간화를 가중케 하는 어떠한 세력도 이를 용납치 않을 것이며, 둘째, 연극의 예술적 성숙을 위하여 연극예술의 모든 분야에서의 전문성과 완전주의를 지향할 것이며, 세째, 연극예술의 자유로운 창의성을 바탕으로 한 다양성과 자율성을 더욱 소중하게 지켜나갈 것이며, 네째, 전체 국민의 이익과 화합을 저해하는 어떠한 반민족적 요소도 단호히 배격할 것이며, 다섯째, 연극인 상호간의 우의와 공연질서 확립 및 품위 있는 예술가적 긍지를 견지할 것이다.

이상에서 살펴볼 때, 전국연극인 대회를 갖게 된 동기는 당장 연극제 실시를 앞두고 연극인들끼리의 친목도 도모하면서 연극붐을 조성하는 한편, 연극인들의 존재를 시위하자는 것인 듯싶다. 그런데 그 연극인대회의 핵심이 되는 다섯 항목의 선언문을 읽어보면 무엇을 어쩌자는 것인지 진정한 의도를 쉽게 잡아낼 수가 없다.

가령 첫번째의 '연극이 인간의 비인간화를 가중케 하는 세력을 배격한다'는 것이라든가, 네 번째 항목의 '전체 국민의 이익과 화합을 저해하는 어떠한 반민주적 요소도 단호히 배격할 것' 등이 특히 그렇다. 즉 '인간의 비인간화를 가중케 하는 세력'이 무엇이며 '전체 국민의 이익과 화합을 저해하는 반민주적 요소'가 어떠한 것인지 구체적으로 밝혀져 있지가 않다.

물론 그 두 가지 귀절 속에 함축되어 있는 뜻은 클는지 모른다. 그러나 그 추상적이고 함축적이며 은유적인 말로 무엇을 어쩌자는 것인지 불분명하다. 그러한 연극인들의 추상적인 선언문과는 달리 정부측의 치사에는 다음과 같이 명료한 견해가 피력되어 있었다. 즉,

'(전략) 다시 말해서 우리의 연극이 오늘에 있어 그 자신의 국적을 찾고, 그리고 세계의 연극에 이바지하기 위해서는 그 자신의 민족적 현실에 대응하는 연극이어야 할 것입니다. 이러한 연극이란 곧 민족의 주체적 생존과 발전에 연관되며 따라서 그 대다수 구성원의 위기상황 속에서의 극복의 슬기와 의지를 담고 있어야 할 것…… 연극을 통한 국민적 일체감의 승화와 그 승화를 통해 새로운 국민적 의지와 생동감이 창출될 수 있어야 할 것입니다.'

이상과 같은 견해는 연극인들의 애매모호한 선언보다 훨씬 구체적이고 설득력이 있다. 필자는 연극이 예술의 본도를 떠나 목적성을 띠는 것을 반대한다. 또 그렇게 흘러서는 반드시 실패하게 마련이다. 그런데 문제는 모처럼 마련된 전국연극인대회에서 한국연극이 가야 될 방향에 대해서 언급이 미약했다는 것은 준비상의 허술함이나 연극인들의 비전이 없음을 보여준 단적인 예라는 데 있는 것이다. 적어도 상황진단이라도 제대로 되었어야 함은 두말할 것도 없고, 오늘날 침체되어 있는 연극의 여건개선을 위한 노력이 보였어야 했다. 바꾸어 말하면 연극인들이 적어도 연극의 환경개선에 대한 언급이라든가, 진로에 대해서만은 뚜렷하게 밝혔어야 했다.

사실 전국연극인대회는 처음 있었던 것이 아니다. 해방 직후인 1949년 1월 14일에 전국무대예술인대회라는 것이 처음 열려서 좌우 대립으로 혼란되었던 무대예술계를 청산하고 새로운 길을 모색했던 일이 있다.

그로부터 20여년이 지난 1970년대초에도 연극인대회가 두번 있었으나 이슈가 약해 아무런 성과도 올리지 못했었다. 그리고 나서 다시 10여년 후에 전국연극인대회가 열린 것이다. 그런데 이번 연극인대회도 연극제를 앞두고 그저 한번 모여 보았다는 것과 잔치를 벌여 친목을 도모했다는 것 이외에는 아무런 성과도 없었다.

따라서 「연극의 날」까지를 제정하고 연극인들의 존재를 부각시켜서 그들에게 긍지를 심어주려면 먼저 좌표부터 뚜렷이 설정해야 하는데, 그러려면 연극인들이 명료한 역사의식을 먼저 가져야 된다.

32. 1983년도 연극계의 회고

여전한 대중의 외면 속에서도 연극은 순수예술이라는 긍지를 잃지 않고 문화계의 한 모퉁이를 그런대로 1년 동안 지켜왔다.

우선 신년 벽두부터 연극협회에 선거바람이 불어서 젊고 의욕 있는 연기자 출신의 김동훈이 새 이사장이 되었고, 그런 여파로 해서 연극인들이 의욕을 불러일으키기도 했다. 그 하나의 예가 지난 8월에 있었던 전국연극인 대회의 개최라 볼 수 있다.

연전의 공연법개정 이후 연극계에는 조그만 변화가 일었다. 그것은 곧 극단의 족출(簇出)인데, 그것이 긍정적인 방향보다는 부정적인 방향으로 가고 있는 듯이 보인다. 왜냐하면 한정되고 수준이 높지 못한 젊은 연극인 중심의 집단이 핵분열을 해가는 듯이 보이기 때문이다. 몇 극단씩 연합 내지 통합을 해도 배우와 연출자가 부족한 상황에서 다시 쪼개져 나간다는 것은 연극의 질적 저하를 초래하고, 가뜩이나 없는 관객을 무대로부터 멀어지게 만들고 있는 것이다. 20년 동안이나 연극계의 일각을 지켜왔던 전통 있는 극단 산하가 연초에 해단 선언을 한 것도 그러한 연극상황과 무관하지 않을 것이다. 분명히 산하의 해산은 어떤 의미를 던져주었다. 어려움 속에서 산하를 이끌어온 차범석이 애정깃든 자기 극단을 과감히 해산시킨 것은 단순히 대학에 전념하기 위해서라기보다 무개성의 극단 족출에 무언의 경종을 울린 뜻도 될 성싶다.

이러한 연극계의 조그만 충격 속에 전국지방연극제가 실시된다는 문예진 흥원의 발표가 나왔었다. 서울중심의 대한민국연극제가 있지만 지방극단들 이 거의 참가하지 않음으로써 연극문화의 격차가 심화되는 경향이 나타났 기 때문에 균형 있는 발전을 꾀하기 위해 창안한 것이다.

6월말부터 7월초에 걸쳐 서울만 제외된 전국 12개 직할시와 도대표 극단 들이 경연을 벌인 제1회 대회는 부산에서 치러졌고 전남대표인 광주시민극 단이 「소작지」(노경식 작)로 대통령상을 수상했다. 전체적인 수준은 낮았지 만 의욕이 대단했고 역시 평소에도 꾸준히 공연을 갖는 지역이 우수했다. 전남팀이 수상할 수 있었던 것도 광주연극인들의 꾸준한 노력에 있었지만 그에 앞서 시립극단이 생겨났던 것이 큰 배경이 되었다고 볼 수 있다.

그리고 지방연극이 불모란 것은 변변한 공연장이 없다는 것에서도 즉각 적으로 확인할 수 있었다. 각 시와 도에 연극·무용 등을 공연할 수 있는 전용극장과 전속극단이 하루속히 생겨나야 되겠다는 것이 지방연극제를 참 관한 소감이었다. 그 외에도 지방에 상주하는 극작가라든가 전문적인 배우, 연출가, 무대장치가 등이 있어야 됨도 두말할 나위없는 것이다. 그렇지 못 할 때는 언제나 아마튜어리즘에서 맴돌 수밖에 없을 것이다.

상반기에는 지방연극제 말고도 몇가지 기록될 만한 공연들이 있었다. 그 것은 곧 인형극단 서낭당의 「만석중놀이」 공연이었는데, 이는 그동안 끊겼 던 고전극의 한 쟝르인 그림자극이 복원된 점에서 의의가 컸다.

그리고 집단창작을 꾸준히 해오고 있는 자유극장이 죽음의 3부작이라 하 여 로르카의 「피의 결혼」을 우리식으로 공연한 것도 기록될 만하다.

그 작품 자체가 성공했느냐 하는 것보다도 서양희곡의 틀을 과감히 파괴 하여 우리 방식으로 가져간 점과 죽음문제를 끈질기게 다룸으로써 한국연 극이 좀더 본질적인 주제에 접근해가고 있음을 보여주어 주목된 것이다. 결 국 자유극장은 제3세계 연극이 가야 될 방향을 제시했다고 하여 중앙문화 대상을 수상했다. 지난해에는 10주년을 맞은 극단과 극장이 있었다. 전통극 과 민속을 과감히 수용하여 민족연극을 정립해보겠다고 나선 극단 민예극 장이 지난 5월에 10주년 기념잔치로서 오영진의 「한네의 승천」을 공연했고,

장충동의 신축 국립극장이 10월로 개관 10주년을 맞았다.

그리고 문화예술지원의 산실인 문예진흥원이 10주년을 맞았던 것이다. 이들 10주년기념의 3개 기관·단체 중 민예극장만이 사설극단이고 2개 기관은 관립기관이다. 가난과 비판, 찬사가 엇갈린 속에서 소신을 굽히지 않고 꾸준히 전통의 현대적 계승 실험을 해온 민예극장은 이제 깊이 자아성찰과 비판을 해볼 필요가 있을 것 같다. 왜냐하면 그들은 너무 전통에 빠져서 그것의 현대적 재구(再構)나 외형적 계승에만 치중해왔기 때문이다. 그리고 2개의 관립기관도 그동안 무대예술진흥에 크게 이바지해온 것이 사실이나 이제 과감한 자기개혁을 시도해볼 때가 된 듯싶다. 왜냐하면 두 기관에 대한 경청해 볼만한 비판이 그동안 꾸준히 있어 왔기 때문이다.

지난해에도 많은 극단들의 경쟁을 뚫고 작업·민중극장·에저또·동랑레퍼토리·성좌·실험극장·민예극장·현대극장 등 8개 극단이 경연을 벌여서 성좌가 이재현 작 「적과백」(권오일 연출)으로 대통령상을 받았고, 부문상으로는 김우옥이 연출, 이재현이 희곡, 오현경이 연기상을 각각 차지했다.

그 외에도 동랑레퍼토리의 「자전차」(오태석 작, 김우옥 연출)와 실험극장의 「호모세파라투스」(李康白 작, 尹浩鎭 연출)가 수작으로 꼽혔다.

이제 제7회를 맞아오면서 대한민국연극제도 조금씩 결실을 맺어가는 듯싶다. 왜냐하면 「農民」을 쓴 윤조병이나 「적과 백」의 이재현 등이 3부작을 모두 연극제에서 마무리했기 때문이다.

우리 연극이 서양에서처럼 굉장한 관객을 확보하지는 못하지만 훌륭한 작품까지 대중의 외면을 받는 것은 아니다. 그 하나의 예가 실험극장이 4개월째 장기공연하고 있는 「신의아그네스」는 뉴욕 브로드웨이에서도 2년째 장기공연 중인 문제작이다.

원작에서부터 연출·연기 등이 모두 훌륭한 이 「신의 아그네스」는 가톨릭 수녀 이야기를 다룬 것임에도 불구하고 보편성을 지니고 있기 때문에 대중을 끌어당기고 있는 것이다. 특히 대학생 층이 많이 몰리는 것으로 보아서 오늘날 젊은이들이 얼마나 정신적 갈증을 느끼고 있는가를 잘 나타내주고 있다. 현대에도 기적은 일어나고 성녀도 생겨난다는 이 작품은 희곡구성이 단연 탁월하다.

아마도 이 작품은 과거 「에쿠우스」가 세웠던 연극사상 신기록들을 모두 깰 가능성이 많다. 분명히 「신의 아그네스」 공연은 오늘의 어둑한 연극계의 한 모퉁이에서 반짝이는 희망의 별빛이다.

33. 실험극장의 「신의 아그네스」 공연

서울 낙원동 천도교회관 건너편에 자리잡고 있는 실험극장 소극장은 1백 50석 남짓한 공연장이다. 그러나 그 초라한 소극장 앞에는 저녁 무렵이면 젊은이들이 언제나 장사진을 이루고 있다. 우리에게 전혀 낯선 미국의 신진 극작가 존 필미어가 쓴 「신의 아그네스」(尹浩鎭 연출)라는 연극공연을 보기 위해서이다.

지난해 여름에 막이 오른 이후 정초 닷새만을 제외하고 2월 현재까지 연속공연을 하고 있으니 7개월째가 되는 셈이다. 이는 수년 전 역시 실험극장 공연의 「아일랜드」가 세웠던 기록인 6개월 연속 2백 13회를 2월 10일로 깸으로써 신극사에 새 기록을 세운 것이다.

그리고 2월 현재, 4월까지 예매가 끝났다고 하니 표 산 사람까지만 본다 하더라도 연속 9개월이 되는 셈이고, 이 추세대로 간다면 몇 개월까지 연속공연이 될지 전혀 예측할 수 없다. 2월 현재 그 작은 극장에서 관객 4만명을 돌파했으니 연극 공연치고는 어지간한 인기를 끌고 있는 셈이다.

외국의 경우는 20년 이상 연속 공연한 작품도 있고 웬만한 작품이면 2, 3년 공연은 흔히 간다. 그러나 연극이 생활화되지 않은 우리나라의 경우, 「신의 아그네스」가 금년말까지 간다고 치면 신극사의 전무후무한 대기록이 될 공산이 크다.

순전히 세 여자배우가 7개월째 연속공연중이어서 건강상에 문제가 생기는 듯싶다. 즉 윤석화가 기관지 고장으로 하루 펑크를 낸 것이라든가 윤소정의 대사에 약간의 문제가 생기는 것도 체력이 달리기 때문이다.

연약한 여성들이 1주일에 단 한번 쉬고 연속 8회씩 공연을 한다는 것은 너무나 무리이다. 그것도 언제 막을 내릴지 모르는 무한정의 장기공연일 때, 도저히 버틸 수 없는 것이다. 하루빨리 더블 캐스트로 하든가, 완전 새 팀으로 교체해서 출연자들을 쉬도록 해야 할 것이다.

매우 종교성(가톨릭)이 강한 그 작품에 그렇게 많은 관객이 몰리는 것은 놀라운 일이다. 물론 「신의 아그네스」에 어떤 종파를 넘는 보편성이 있고 그 보편성이 감동으로 연결되며, 그 감동은 카타르시스를 일으키는 상승작용을 하는 것이 사실이다.

그러한 고도의 극예술성에 앞서 「신의 아그네스」는 희곡으로서는 매우 잘 짜여진 작품이기도 하다. 가령 한 수녀가 임신을 하고 아기를 낳아서 탯줄로 목을 감아 죽였다는 엽기적 사건만도 대중의 호기심을 끌 만한 소재인데다가 실제로 사건이 진행되면서 작품은 관중의 예상을 하나하나 뒤엎어간다. 그 과정에서 신성과 인성이 첨예한 대립을 보이는 동시에 성속(聖俗)갈등이 눈물겹도록 처절하게 전개된다. 그런데 그것이 단순한 수녀와 정신과 의사간의 갈등으로 그치는 것이 아니라 관객의 마음속에까지 가역반응을 일으키기 때문에 2시간 동안 손에 땀을 쥐게 한다.

윤소정, 이정희, 윤석화의 절묘한 3중연기도 탁월하다. 다만 윤소정의 명료치 못한 대사, 이정희의 연령의 갭, 윤석화의 매너리즘이 약간 염려스러울 뿐이다. 그럼에도 불구하고 「신의 아그네스」는 오랜만에 만날 수 있는 매우 좋은 연극이다.

34. 연극인 그룹의 족출

금년들어 연극계 일각에서는 작지만 희망적인 조짐들이 나타나고 있다. 그 하나가 다름 아닌 연극인 그룹들의 탄생이다. 즉 지난 1월 19일 김완수(대하), 정진수(민중극장), 김기주(동랑레퍼토리) 등 소장연출가 11명은 연장자인 방태수(에저또)를 초대회장으로 하여 '서울연출가그룹'을 출범시켰고, 비슷한 시기에 최종원을 회장으로 하여 무대배우 45명이 '서울연극연기자 그룹'을 탄생시켰던 것이다.

이들 두 단체의 공통점이자 특성이라고 한다면 연극경험 10년 내외의 30대 소장이 주축을 이룬다는 점이다.

실제로 40대 이상의 배우나 연출가들은 생활고로 인해서 방송국의 텔런트나 성우, PD 등으로 빠져나갔기 때문에 연극일선에는 극소수가 남아 있을 뿐이다. 따라서 30대 중반부터 40대초반에 이르는 연출가와 배우들은 한국연극을 실질적으로 이끌어가는 주체라 볼 수 있다. 먼저 연출가 그룹은 '친목도모와 한국연극의 발전적 방향을 모색하기 위한 세미나, 강연 등을 월 1회 이상 가지며, 서로의 작품평가와 그간의 인적 교류, 정보교환을 목적으로 한다'고 했고, 연기자그룹은 '척박한 문화풍토에서 외롭게 연극무대를 지켜나가는 연기자들 스스로가 연극의 질적 향상에 기여하고 권익옹호와 친목도모를 꾀하기 위해서' 결성한 모임이라고 각각 입장을 천명했다.

같은 소장연극인들의 모임이지만 연출가들과 배우들의 모임의 성격이 보여주는 것에는 약간의 거리가 있다. 즉 연출가들이 대체로 연구적 성격을 보인 반면 배우들은 다분히 감정적인 느낌을 주는 것 같다. 이는 이해할 만하다. 왜냐하면 배우가 연극무대에서 왕이 됨에도 불구하고 언제나 홀대의 대상이 되어왔기 때문이다. 그렇다고 해서 모처럼 결성한 배우그룹이 단순한 친목도모나 권익옹호에만 그쳐서는 안될 것이다. 적어도 어떻게 수련을 쌓아서 훌륭한 극예술을 창조할 것이냐 하는 데 지혜를 모아야 할 때인 것이다.

그런 면에서 연출가그룹의 연구적 자세는 좋은 대조를 이룬다. 물론 연기자들이 그동안 당해온 경제적·인격적·푸대접에 대해서 응분의 보상을 받아야겠다는 배우들의 결의를 이해하지 못하는 것은 아니다. 그러나 그들이 만들어내는 예술작품도 하나의 상품인데 상품을 만들어내는 장인이 창조행위 외에 무엇으로 보상을 받을 수 있단 말인가. 바로 그 점에서 연기자들은 권익옹호에 앞서 과학적이고도 조직적인 연수방법을 모색해나가야 할 것이다.

이제 연극인그룹이 4개가 되었다. 즉 1977년에 발족된 '서울극평가그룹'을 위시해서 지난해 봄에 탄생된 '서울극작가그룹' 등이 바로 그들이다. 그러나 연극은 서울의 독점물일 수는 없다.

이제는 각 지방에서 연극인그룹이 나와야 할 때가 되었다. 직할시와 도 단위가 합쳐져서 지방연극의 진흥을 내걸고 그룹이 탄생된다면 그런 단체가 없는 것보다는 훨씬 나을 것이다. 상호간의 인적 교류, 정보교환, 합동연수 같은 것이 가능하기 때문이다. 이제 중앙과 지방간의 문화의 균점도 먼저 인적 교류 균점으로부터 시작되어야 한다.

35. 동랑의 10주기 추모제

지난달 10일은 우리나라 근대극에 큰 족적을 남긴 동랑 유치진(1905~ 1974)의 10주기가 되는 날이었다. 동랑이 세운 서울예전과 드라마센터는 유족측과 함께 그의 10주기 추모제를 가졌다. 의례적인 행사와 함께 강연(柳敏榮), 추모영화상영, 그리고 생전에 그가 길러낸 제자들에 의한 추모공연(鳳山탈춤)이 곁들여져서 추모제로서는 비교적 색달랐다. 또 이 자리에서는 그의 동상건립에 대한 발표가 곁들여져 더 한층 추모의 뜻을 드높였다. 그리고 10주기를 맞아 그의 전집이 준비되었으나 발간이 지연되는 바람에 9권으로 된 책은 몇 개월을 더 기다려야 햇빛을 볼 것 같다.

사실 유치진이라고 하면 으례 극작가로만 이해하는 수가 많다. 그러나 그는 선구자답게 연극분야에 관한한 손대지 않은 곳이 거의 없다. 연극운동가로 출발하여 희곡을 쓰는 한편 연출에 있어서도 선구적이었고, 책 2권으로 묶어야 될 만큼 연극비평도 적잖게 썼다. 그는 초대국립극장장에다가 드라마센타라는 현대적 극장의 설립자이며 동국대학에 연극학과를 만든 연극교육가이기도 했다.

그러나 그러한 일 못지 않게 중요한 일을 한 것이 있다. 그것은 다름 아닌 우리 고유 전통극의 부활과 현대적 계승작업이다. 그는 해외문학파의 일원으로서 그들과 함께 서양근대극을 한창 이식할 때인 1930년대에 매몰되

다시피 했던 전통극에 눈을 돌렸다. 그는 「조선연극의 앞길」(「朝光」)이라는 글을 통해서 가면극, 판소리(唱劇 포함), 꼭두각시인형극 등의 계발과 함께 현대적 전승을 역설하면서 한국연극의 장래는 전통극과 서양근대극을 혼일(混一)하게 소화시키는 데서만 건강할 수 있다는 논지를 폈다. 30세의 그로서는 매우 혁명적인 발상으로서, 당시로서는 너무 앞선 생각이었기 때문에 아무도 이해하지 못했다.

그럼에도 불구하고 그는 자기의 원대한 포부를 하나하나 실천에 옮겨갔다. 그 첫번째 작업이 판소리 「춘향가」를 희곡으로 쓴 것이었다. 당시 극예술연구회회원들의 이해부족으로 공연되지는 못했지만 그로서는 일단 실천에 옮겨본 것이었다. 따라서 그의 포부는 해방 이후에야 착수되었다.

즉 6·25전쟁 피난 중에 창극대본으로 쓴 「가야금」을 무대에 올려 창작 창극의 가능성을 보여주었다. 그리고 1962년에 그의 평생의 꿈이었던 드라마센터를 세우자마자 가면극회를 만들었다. 자신이 대표를 맡은 드라마센터는 당시 최원로 연희자들인 김진옥, 김성대, 변용호, 남운용 등을 강사로 초빙하여 봉산탈춤, 양주별산대놀이 등 가면극과 민속인형극의 연구와 전수를 시작했다.

그로부터 전통극에 대한 일반의 인식이 달라져가기 시작했고 마침 주체성을 강조하는 제3공화국의 시책에 따라 전통극은 급속하게 우대를 받게 되었다. 그리하여 원로 연희자들이 인간문화재로 지정됨은 물론 드라마센터에서 전수되던 가면극과 인형극이 무형문화재로 지정받기까지 한 것이다. 또한 그동안 전수받은 젊은 연희자들(金璡洙, 巫世中, 申久, 金在權 등)이 많이 생겨나서 각종 가면극과 인형극은 독립할 수가 있게 되었다.

이후 유치진은 전통적 전승작업을 각기 사단법인으로 독립된 보존회(保存會)들에 넘기고 학교에서는 교과목으로만 강의케 했다. 가면극회를 해체했음은 물론이다. 그동안 드라마센터에서 길러낸 전통극의 이수자와 전수자는 적어도 중부에서 연희되는 봉산탈춤 등 수개는 약 90%를 드라마센터 출신들이 차지하고 있는 실정이다.

이처럼 유치진이 일찍부터 그런 발굴과 전승작업을 벌이지 않았던들 오늘날 전통극이 그 명맥이나 제대로 유지했을까 의문마저 든다고 하겠다. 그

는 또 가면극을 현대적 무대에서 공연할 수 있도록 재정리한 장본인이기도
하다. 그는 오영진·이두현 등과 함께 가면극본을 상연하기 쉽게 재구성했
던 것이다. 2부 10장으로 구성된 가면극본은 전국 3대 지역에 분포되어 있
는 것에서 파계승과장과 양반과장만을 재조립한 것이다.

그의 이러한 작업은 서양의 극술이 우리 고유의 연극에 얼마나 원용될
수 있느냐 하는 실험과 전통극의 극술이 서양적인 신극에 어떻게 이용되며
동시에 조상의 얼을 현대에 살릴 수 있느냐 하는 실험이었다. 그의 실험은
뒷날 오태석 등 젊은 작가들에게 많은 자극을 주었다.

그는 전통극의 발굴·보전·전승·현대화에만 그치지 않고 대중화에도
힘썼다. 즉 가면극회가 존속하던 1962년부터 1968년까지 만 6년 동안 1년에
한번씩 정규적으로 전통극의 대외공연을 가졌음은 물론, 일반인들을 위한
강습회도 열어서 전통극에 대한 대중의 인식을 넓혔다. 이밖에 외국인을 위
한 정기적 상설공연까지 가짐으로써 전통극에 대한 외국인의 관심을 불러
일으키기도 했다. 유치진은 우리의 전통극에 굉장한 자부심을 갖고 있었다.
가무기 노오 등 일본고전극과 경극 같은 중국고전극에 조금도 뒤지지 않는
다는 확신을 지니고 있었다. 그외 전통극에 대한 관심도 그러한 애착과 자
부심에 기초를 둔 것이었다.

따라서 그는 대만의 전통극 연수처럼 조기훈련을 염두에 두고서 1967년
부터 드라마센터에 어린이 가면극단까지 발족시켰다. 그러나 이 단체는 대
중의 이해부족으로 계속되지는 못했다. 그는 만년에 와서는 성인극 못지 않
게 어린이들을 위한 연극에 깊은 관심을 가졌다. 그는 어린이가면극단뿐 아
니라 어린이를 위한 인형극도 구상했다. 그것을 구체적으로 실천은 못했지
만 이론적인 토대는 마련했다. 즉 그는 별세 직전에 「가정과 학교를 위한
간단한 인형극」(「藝術論文集」)이라는 논문을 발표했다. 그 논문은 인형극의
역사에서부터 이론적 배경과 실제를 소상하게 논한 것이다. 유치진의 이러
한 발상도 순전히 전통적인 민속인형극의 전수과정에서 자연스럽게 우러나
온 것이다.

그로부터 10여년 뒤인 최근에 와서 어린이를 위한 인형극단뿐만 아니라
성인을 위한 마리오넷인형극단들도 많이 생겨나서 창작인형극을 실험하는

등 번창하고 있다. 조용수의 현대인형극회, 심우성의 서낭당, 이경희의 어릿
광대, 극단 민예의 인형극회, 안정의의 인형극회 등이 그런 예가 될 것이다.
아뭏든 동랑 유치진은 한국연극계의 선각자임에 틀림없다. 남이 미처 못하
는 것들을 시작했기 때문이다.

36. 향상되는 지방연극

전남 광주 남도예술회관에서 개최된 제2회 전국지방연극제는 매우 열띤
것이었다. 지난해의 제1회 지방연극제만 하더라도 갑자기 열려서 지방연극
인들이 별 준비없이 치렀지만 금년에 열린 지방연극제는 각 지방별로 치열
한 예선을 거친 때문인지 지난해에 비해 많이 향상된 수준을 보여주었다.
신작이 6편이나 되어 지방극 나름의 창작극 열기가 보였고, 작년과 달리 묻
혀 있던 작품도 3편이나 나와 그만큼 중앙의 일방적 모방이나 아류를 벗어
나 개성을 가져보려는 바람직한 모습을 보여주었다.

이같은 경향은 레퍼토리 선정뿐만 아니라 연출에서 더욱 뚜렷이 나타났
다. 지난해만 하더라도 토속성이나 서툰 실험성을 가미하여 국적불명의 작
품이 다수를 차지했으나 금년에는 전체적으로 오소독스한 것이었다. 이는
12편 희곡 중 10편이 리얼리즘 계열의 작품인 점에서도 확인된다. 또 자기
고장 출신 아마추어 작가의 희곡을 선택해서 자기 고장의 짙은 방언을 구
사한 점에서도 잘 나타났다. 물론 지나치게 남발한 방언이 대사전달의 어려
움을 가져오기도 했지만 토속성을 살리려는 의욕만은 평가해줄 만했다.

지난해보다 전체적으로 정리되고 향상된 작품들 중에서도 우열의 차는
심하게 드러났다. 우수한 작품 한두 편은 중앙의 직업연극수준을 능가했는
가 하면 상당수 작품들은 1930년대의 신파극 수준에 머물렀다. 지역간의 이
와 같은 격차는 대체로 중앙과의 교류에 좌우된 듯싶다.

지방연극이 아마추어라 하더라도 궁극적으로는 프로화해야 하므로 질적인 향상을 꾀해야 함은 두말할 나위가 없다. 질적인 향상을 꾀하려면 연기자와 연출가의 교육이 필요하다. 그러려면 서울에 와서 훈련을 받던가, 아니면 유능한 연출가를 초빙해서라도 연극이 어떤 것인가 하는 것을 기초부터 배워야 하리라 본다. 이번 제2회 연극제에서 연출이나 연기 이상으로 성패를 좌우한 것은 희곡이었는데 수준 이하의 작품을 선정한 것도 결국 그 지역 연극인들의 문제이다.

맨처음 공연한 충북 시민극단의 「잃었던 고향」은 6·25전쟁 직후를 배경삼은 양부인의 이야기다. 대체로 양부인의 문제를 감상적으로 다룬 작품들이 통속적이었듯이 이 작품도 그러한 전형이었다. 소재에서 감각에 이르기까지 시대착오적일 만큼 진부했다. 다만 아버지역의 민병인이 작품을 그런대로 버텨주었다.

두번째 올려진 경기도 수원예술극장의 「망나니」는 몇 가지 점에서 주목을 끌 만했다. 시공을 초월한 노장(老長)과 고석할미라는 두 인물이 서사극 스타일로 이끌어가는 이 작품은 분명한 대사전달과 앙상블이 이루어져서 지방연극으로서는 상당한 수준을 보여주었다. 특히 세련된 가면극의 춤사위 도입과 클라이맥스의 극적인 장면은 연출가 이재인의 저력과 가능성을 보여주었는데, 그는 스펙타클한 것만 추구할 것이 아니라 오소독스한 연출로 지나치게 동적인 자신을 가라앉혀야 하리라 본다.

강원도 극단 혼성의 「정선아리랑」은 민요 정선 아리랑에 얽힌 전설을 극화한 매우 시적인 작품으로 이상향에의 동경을 밑에 깐 애틋한 이별의 이야기다. 이 작품은 작자가 전설에 너무 얽매인 나머지 구성이 미흡했다. 가령 총각을 사랑하면서도 떠나간 신랑을 그리워하는 각시의 심리추이라든가 어린 신랑의 출분 등의 개연성이 약한 것 등에서 보여주는 뼈대의 허약성이 문제였다. 그러나 설산을 배경으로 한 무대는 신비스런 효과음과 함께 시적 상상력을 자극해주었다. 시적 상징성이 좀더 살았더라면 하는 아쉬움이 뒤따랐다. 이 작품의 경우 지역에 전해져오는 설화의 작품화라는 점에서 바람직한 것이었으나 재창조가 미흡했다. 이러한 경우는 부산레퍼토리시스템의 「박수 바람을 타다」에서도 똑같이 나타났다. 개화기 항일 의병투쟁을 천민의 시각에서 조명한 이 작품은 희곡·연출·연기·장치 모두가 결함을 지니고 있었다. 우선 구성에 무리가 있었고 전설적 인물인 신돌석(申乭錫)이 너무 가볍게 처리되었으며, 형사 앞잡이의 연기가 신파적이었다. 그리고 실제 무당을 등장시킨 것도 문제였는데 무가는 좋았으나 재창조가 아닌 점에서 민속경연대회 같은 인상을 남겼다.

대구 극단 황토의 「귀향」은 매우 깔끔하게 다듬어진 작품이었다. 이 작품은 연출에 힘입은 바 큰데 배우들의 고른 연기력과 그에 따른 앙상블에서 잘 나타났다. 특히 시장터 장면은 압권이었다. 그러나 이 작품은 희곡에 문제가 있었다. 즉 봉은교 발굴과 복원이 어떻게 상처받은 호스티스의 귀향과 동질성을 이루느냐는 것이다. 두 줄기의 이야기가 서로 조화를 이루지 못한 데서 오는 견강부회가 문제였다. 그러나 대구연극은 지난해보다 놀랄 만큼 발전한 점에서 높이 평가될 만하다.

전남 극단 예후의 「만선」은 너무나 잘 알려진 희곡을 무대에 올린 점에서 우선 신선감을 잃었다. 그런만큼 연출가의 새로운 해석이 기대되었는데, 그것도 충족시키지 못했고, 리얼리즘극으로서의 버텨주는 기둥(주연)이 없어 산만하고 들뜬 공연이었다. 충남 극단 갈채의 「그 소리 바람에 지다」는 전체적으로 연극의 기초가 안된 작품이었다.

예상외로 돋보인 공연이 경남극단 현장의 「상방(喪房)」이었다. 원작 자체는 비교적 진부했으나 세련된 연출로 뛰어난 앙상블을 창출해냈다. 그 중에서도 정대영(성출 역)의 연기력은 기성배우들에 손색이 없는 것이었다. 그러나 인천극우회의 「휘파람새」가 워낙 탁월해서 좋은 작품들도 그늘에 가릴 수밖에 없었다. 통과의례(通過儀體) 중에서도 결혼문제를 취급한 이 작품은 빡빡한 리얼리스트 윤조병의 다른 측면을 보여주었다. 청춘회상기와도 같은 이 작품이 관객의 공감을 산 것은 작가의 자연에의 친화력 때문이 아닌가 싶다. 문명에 대한 짙은 우수를 던지는 이 작품은 이데올로기 지향적인 한국연극에 새로운 가능성을 제시한 경우가 될 것이다.

그리고 윤조병이 연출가로서도 뛰어난 솜씨를 보여주었고 정주희의 앞날이 기대된다고 하겠다. 제주도의 「이어이어 이어도 사나」와 마지막 작품 경북의 「신의 원죄」는 연극의 기초가 전혀 되어 있지 않았고, 전북의 「달집」

도 간난이의 열연에도 불구하고 전체가 들뜨고 지리했다.

37. 배우들만의 만남

지난 7월 15일부터 17일까지 3일 동안 수원에 있는 크리스찬아카데미에서는 매우 뜻있는 모임이 열렸다. 각 극단의 젊은 배우들만이 모여 '한국연극의 발전과 연극연기자의 역할'이라는 주제로 열띤 토론을 벌였던 것이다. 첫날 '연기자의 역할에 대한 연극사적 고찰'(柳敏榮)이라는 주제강연을 필두로 '현대독일연극의 흐름'(李源洋), '연극과 사회교육'(朴圭彩), 그리고 '연극인의 의료보험제도'(유용환) 등의 발제가 있었는데, 배우들의 관심은 역시 좌표모색에 있었다.

그럴수밖에 없는 것이 오늘날 무대배우들은 대중문화의 홍수 속에서 점차 설 자리를 잃어가고 있기 때문이다. 배우가 공연예술의 주역인데도 어찌된 일인지 하나의 직업조차도 제대로 되지 못하고 있는 실정이다. 따라서 그들은 자연 과거를 돌아보면서 오늘의 좌표와 내일의 비전을 찾지 않을 수 없었던 것이다. 여태까지 배우들만이 모여서 그런 문제를 갖고 진지한 토론을 가져본 것은 우리 연극사상 처음 있는 일이었다.

사실 연극은 배우의 예술이다. 물론 희곡이라든가 연출도 중요한 연극의 요소지만 그런 것이 없었을 때도 연극은 존립했으므로 배우야말로 연극의 기본이 되는 것이다. 그럼에도 불구하고 배우예술은 막이 내려짐과 함께 끝나는 순간의 예술이기 때문에 덧없고 허무하기 이를데없는 것이다. 그래서 안톤 체홉은 일찍이 배우예술의 순간성을 가리켜 백조의 노래로 비유하기도 했다. 배우는 작가와 달리 자기 몸이 곧 창작의 매체가 된다. 작곡가가 오선지 위에 악보를 그리고, 작가가 원고지에 글을 쓰듯이 배우는 자기 몸에다 그림을 그려야 하며 자기 몸을 연주하여 노래를 불러야 된다. 그 점에서 배우는 자신을 불태우는 고된 작업을 해내야 하는 아픔을 지니고 있다. 그리고 배우가 몸을 매체로 삼아온 것이 천대와 억압을 받아온 원인도 되었다.

세계배우사 2천5백여년 동안에 존중과 박대가 엇갈렸는데 희랍시대를 제외하고는 대체로 소외와 천대를 당해온 것이 사실이다. 세계 최초로 직업배우가 등장한 기원전 4세기경의 희랍시대는 연극이 국가제전이었기 때문에 배우는 국가고용제였고 사회의 존경은 대단했었다. 그들은 법률상으로 병역문제, 인신보호라는 특권을 누렸었다.

그러던 것이 로마시대에 와서는 하루아침에 천민으로 전락당하고 말았다. 로마에서는 연극이 국가제전은커녕 노예들의 예능정도로 취급당했다. 그럴수밖에 없었던 것이 당초 로마연극은 변방노예들에 의해서 이루어졌기 때문이다. 따라서 로마인들이 배우가 될 경우에는 시민권까지를 포기해야만 했던 것이다. 그만큼 로마에서는 연극을 예술로 보지 않았고 배우도 예술가 아닌 연예인(entertainer)으로 취급받았다.

그런 속에서도 위대한 두 배우가 탄생되었는데, 희극배우 로스키어스와 비극배우 아에소퍼스가 그들이다. 그들은 돈에 욕심을 내지 않고 배우의 사회적 지위향상에 기여했다.

로마멸망 이후의 기독교시대에도 배우의 사회적 지위는 여전히 바닥을 헤맸다. 배우들이 조금씩 인정되기 시작한 것은 17세기 엘리자베드조에 와서였다. 물론 이때도 배우가 '무뢰한과 유랑자'들이라는 인식이 바뀐 것은 아니었다. 그러나 배우들은 극단에 주식회사제도를 도입하여 생계를 꾸려갔고 귀족의 후원을 받아 극장까지 소유할 수가 있었다. 그들은 로마의 위대한 두 배우처럼 예풍까지 만들어갔다. 결국 이들은 18세기에 와서 명배우시대를 열 수가 있었다.

그렇다면 우리나라의 배우들은 어떠했는가. 「고려사」에 의하면 직업배우가 생긴 것은 고려시대로 이들은 태악서(太樂署) 등 관에 소속되어 일정액의 급료를 받았다. 그러나 이들은 천역으로서 노비정도로 취급되었고, 이러한 것은 조선시대까지 연장되었다. 고려말에 와서 광대로 불리운 이들은 상당수가 나례도감(儺禮都監)에 소속되어 있다가 임란(壬亂) 이후 각지방에 흩어져서 집단거주하거나 유랑예인으로 떠돌았다. 이들은 호적에도 올라있지 않았기 때문에 부역과 군복무는 물론 조세조차 부담하지 않았다. 이들은 생계수단으로 매음과 절도까지 저질렀다. 단종때와 숙종때 관극금지령까지 내렸던 것도 그 때문이었다. 그러나 로마시대처럼 반가에서 과거급제 등 경사가 있으면 경축연에 배우들을 불러 놀이판을 벌이곤 했다.

우리나라 전통극이 제대로 세련되지 못한 이유 중에는 배우천대가 그 첫째가 된다고 볼 수 있다. 그러나 19세기에 와서는 아전 같은 하급관리나 중인도 배우를 했고, 판소리광대는 명성도 얻어 고종때는 판소리배우가 상당한 우대를 받기까지 했다. 그런 속에서 판소리배우들은 하나의 유파까지 만들 수가 있었다. 그렇다고 전체 배우에 대한 인식이 크게 향상된 것은 아니었다. 1920년대까지 여배우 난을 겪은 것도 우연의 일이 아니었다. 그러나 연극배우들은 과거와 달리 일반인들이 했고 사회의 개혁자로서 자부심도 조금씩 갖기 시작했다.

그런데 해방 이후에는 영화라든가 텔레비전 같은 대중매체가 발달하면서 연극관객은 줄어들었고 배우가 직업으로 존립하기 어려워졌다. 사명감을 갖고 뛰어든 배우들도 곧 생계곤란으로 텔레비전이나 영화 쪽으로 옮겨갔다.

바로 여기서 배우들은 예술이냐 생활이냐의 갈림길에서 갈등을 겪게 되는 것이다. 지난번 크리스챤 아카데미의 대화도 바로 그러한 예술과 생활 사이에서 방황하는 배우들이 좌표를 찾아보자는 모임이었다. 대화에서 시원한 결론을 얻은 것은 아니지만 공통의 고민을 털어놓고 진로를 모색해보았다는 것만으로도 의미는 컸다.

그러면서 몇가지로 뜻을 같이 한 것이 있었는데 첫째, 관이나 기업지원으로라도 직업극단이 많이 생겨나야 한다는 것, 둘째, 배우양성과 재교육의 교육기관이 있어야겠다는 것, 그리고 끝으로 배우조합 같은 것이 생겨나서 순수연극 보호와 배우 스스로의 권익을 옹호하는 조직적 운동이 전개되어야 한다는 것 등이었다.

38. 연우무대의 공연정지

마당극운동을 내걸고 79년도부터 활동해온 극단 연우무대(演友舞臺)가 지난달 공해풍자극 「나의 살던 고향은」을 드라마센터에서 공연하고 6개월 간 공연정지처분을 받았다. 그리하여 제8회 대한민국연극제에 작품을 내놓고도 참가조차 못하게 되었다. 6개월간이나 공연정지처분을 받게 된 동기는 공연내용이 검열대본과 차이가 많이 났기 때문인 것으로 알려졌다(불행하게도 필자는 원작과 공연을 못 보았다). 공연법에는 검열대본과 실제공연내용에 차이가 날 경우 공연정지를 시킬 수 있도록 규정되어 있다.

보도에 따르면 연우무대가 공연 중에 유행하는 대중가요를 삽입, 개사(改詞)해서 부르는 등 관중을 흥분시킬 만한 놀이를 벌였다는 것이다. 그러나 공연 한참 뒤에 내려진 극단의 공연정지처분은 연극계뿐만 아니라 문화예술계 전체에 적잖은 파문을 던진 것이 사실이다. 특히 LA올림픽이 끝나고 다음 바톤을 받은 입장에서 그런 사건이 벌어짐으로써 예술의 위축이 있지 않나 하는 걱정들이 있었다. 게다가 몇 개월 전에는 영화 「비구니」가 불교계의 반발로 제작포기한 일도 있었으니까 예술인들은 착잡하지 않을 수 없는 것이다.

그런데 이번 연우무대사건은 당국과 극단측에서 한걸음만 뒤로 물러서서 생각했더라면 그렇게까지 극단적인 일까지는 벌어지지 않았을 것 같다. 70

년대 대학가의 마당극을 주도했던 소장연극인들이 연우무대를 결성하고 나온 것은 1978년이었다. 그들은 연극의 사회참여를 외치면서 주로 마당극을 공연했다.

즉 탈춤이라든가 판소리 등 각종 민속예술을 현대적으로 재창조하면서 우리 사회가 안고 있는 구조적 병리를 신랄히 비판하여 젊은 관객을 열광시켰다. 따라서 창작극으로서는 황석영(黃晳暎)의 작품들이 자주 취택되었고, 이번 연극제에도 그의 「한씨연대기」로 참가할 예정이었다. 대체로 마당극이라는 것은 실내무대 없이 야외에서 공연해온 우리의 전통극이라든가 민속예능을 가리킨 용어로 볼 수 있다. 가령 조선시대 유득공(柳得恭)의 경도잡지(京都雜志)」에 표현된 야희(野戲)는 바로 마당극의 한문표기인 것이다.

당초 우리의 민속예능이 신장(神場)에서 시발되어 민중 속에서 자연적으로 형성되었듯이 마당극도 공연과정에서 대본과 많이 달라질 수밖에 없는 것이다. 이는 마당극뿐만 아니라 정통적인 연극의 경우도 마찬가지다. 왜냐하면 완벽한 극본이란 있을 수 없고 그것이 무대형상화과정에서 연출가와 배우에 의해서 고쳐지게 마련이다.

바로 그 점에서 공연법의 공연정지규정은 연극의 본질을 전혀 모르거나 탄압을 위해서 만들어진 것이라는 사실을 알 수 있다. 그럴수밖에 없는 것이 공연법은 일제말엽(1944년)에 한국문화를 탄압하기 위해 만든 조선흥행취체규칙(韓鮮興行取締規則)을 근거로 한 것이기 때문이다. 그만큼 공연법의 한구석에는 예술진흥보다 억제효과를 노릴 수 있는 전근대적 요소가 남아 있는 것이다. 2년 전에 대폭 고쳐졌어도 그런 잔재가 조금 남아 있다고 보겠다.

그런데 연우무대에도 문제가 없는 것은 아니다. 연우무대의 작품들은 그동안 평론가들에 의해서 비판을 적지 아니 받았다. 그것은 먼저 연극예술이 되어야 한다는 충고였다. 관중의 감성과 직관에만 호소한답시고 예술적 여과를 거치지 않고 마구잡이로 놀이판을 벌인다면 그것은 전문극단이 가야 될 길은 아니라고 생각한다. 이번의 경우도 작품의 전체적 흐름에서 그렇게 중요하지도 않은 유행가를 삽입하고 또 개사(改詞)까지 해서 부름으로써 평론가로부터 비판을 받기도 했던 것이다.

마당극의 생리가 즉흥성이라 해도 일단 작품은 승화되어야 한다. 사실 연극의 사회참여는 예술의 교시적 기능에 속하므로 마땅한 것이다. 연극이란 궁극적으로 인간실존을 탐구하는 것이므로 사회개선을 생각하지 않을 수 없다. 그러나 그것은 어디까지나 예술이란 미학적 표현수단을 통해서 가능하다. 그렇기 때문에 일찍부터 예술의 비판기능이 중요시되고 또 묵시적으로 용인되어 온 것이다.

이는 셰익스피어의 사극들을 보면 즉각 알 수 있다. 그의 사극에 으레 등장하는 어릿광대의 기능이 바로 그것이다. 실제로 이 어릿광대는 작품의 줄거리는 물론 주요인물들과도 무관한 인물이다. 그러나 매우 중요한 장면에 등장하여 어리석은 주인공을 향해 욕설을 퍼붓고 야유도 하며 충고를 한다. 그는 왕을 향해서도 무슨 이야기든 하고 싶은 대로 거침없이 한다. 광대는 바보가 아닌 현인인 것이다. 셰익스피어가 자기 작품에 바보 어릿광대를 등장시킨 것은 두말할 것도 없이 비판적 기능과 희극성을 살리기 위해서였다.

이상과 같은 이야기는 연극의 기능과 그것을 받아들이는 수용자측, 양편에 중요한 암시를 던져준다. 그것은 연극, 더 나아가 예술에 있어서의 비판적 기능과 그것이 예술이라는 미학매체이기 때문에 어느 시대 사회에서도 용인되어 온 점이다. 우리의 경우 조선시대에 있어서 탈춤이나 판소리가 바로 그러한 기능을 부분적으로나마 해왔던 것이다.

인간은 사회적 존재이므로 예술이 미적 표현수단을 통해 사회개선을 향해서 비틀린 현실을 풍자하는 것은 어떻게 보면 예술의 본도일 수도 있는 것이다. 그것은 사회와 인간감정에 누적된 찌꺼기를 걸러주는 역할을 하기 때문이다. 그렇게 볼 때, 헌법에까지 명시된 표현의 자유는 창조기능의 생명원천이고 예술가의 권리이기도 한 것이다. 물론 특수상황하에서의 부분적 제한은 어쩔 수 없다고 하더라도 대단치 않은 예술의 풍자기능에까지 과민하게 반응하는 것은 바람직스럽지 않다.

연우무대가 스스로를 반성하면서 예술에 대한 관권배제를 외친 것이 무슨 의미인지 깊이 생각해볼 문제이다. 연극은 다양한 것이고 또 그런 속에서 창의성도 계발되는 것이다. 연극이 생활화되지 않은 우리의 경우, 그 힘이란 보잘것없다. 따라서 예술행위는 어디까지나 예술로서 보아주는 성숙된 도량이 필요하다. 예술행위는 마치 더러운 물을 걸러주는 하수도와 비교될 수 있는 것이다. 하수도가 막히면 물은 넘치게 마련이다. 그리고 비판적 기능이 차단된 사회는 정체하고 만다는 것을 명심할 필요가 있다.

39. 바뀌어야 할 연극제방식

지난 8월 중순부터 시작되었던 제8회 대한민국연극제가 10월 10일 막을 내렸다. 극단 연우무대가 연극제 직전에 공연한 공해(公害)마당극으로 6개월 정지를 당함과 함께 참가단체에서 제외되는가 하면, 창고극장이 공연 몇 주일을 남기고 출연진이 몽땅 바뀌는 등 연극제 운영에 이상신호가 울리는 가운데 가까스로 끝맺음을 했다. 7개 참가 단체 중 성좌의 「봄날」(李康白 작, 權五鎰 연출)이 대상을 받았고, 희곡상은 윤조병(「모닥불 아침이슬」), 연출상은 권오일, 연기상은 오승명(민예의 「그 찬란한 여름을 위하여」), 심양홍(여인극장의 「모닥불 아침이슬」), 그리고 무대미술상은 최보경(「봄날」의 의상)이 각각 받았다.

이번의 연극제도 과거와 별 차이가 없었다. 특히 연출의 문학적 차원에서 작품을 만들어가는 연출의 타성은 좀처럼 벗겨지지 않았고, 연기나 무대미술도 언제나 그 타령이었다. 다만 오페라를 공부한 문호근의 신선한 연출이 눈에 띄었고, 작곡가 김정길의 음악(여인극장)이 돋보였을 뿐이다. 이처럼 우리 연극은 항상 소설적 차원에 머물러 있는 느낌이었다. 연극의 본질이 놀이라는 것을 잊어버렸는지 아니면 아직도 깨닫지 못했는지 알 수가 없다.

그러한 문학적 측면에서 보면 이번 연극제에서는 짭짤한 소득이 있었다고 보겠다. 왜냐하면 과거에 드물었던 무거운 창작극들은 여러 편 얻어냈기 때문이다. 7개 작품 중에서 식민지역사를 다룬 민예의 「그 찬란한 여름을 위하여」(崔仁碩 작)와 민중극장의 「식민지에서 온 아나키스트」(金義卿 작), 실험극장의 「破壁」(尹大星 작) 등이 우선 관심을 끌었다. 이들 작품이 관심을 끈 것은 시대극의 경우 과거처럼 인물을 유형화하지 않은 때문이다. 즉 식민지시대를 묘사할 경우는 악인(日人)과 선인(韓人)은 고정되어 있었는데, 이번 작품에서는 포악한 일본인들에게도 지적 사유와 함께 고뇌를 시켰고, 반대로 우리 자신을 가혹하게 다룬 것이 특징이다.

그러나 이들 작가가 너무 일본적 시각에서 식민지시대를 성찰한 점에 문제가 있었다. 자칫 식민지사관에 입각한 것으로 비칠 수 있는 그런 유형의 작품은 예술이 이념의 차원을 넘는 것이라 하더라도 일단 신중하게 볼 필요가 있다. 물론 작가의 관점에 따라서 여러 각도에서 볼 수 있고 해석할 수도 있는 것이지만, 픽션 아닌 실화를 소재로 할 경우 인물에 대한 다각적 검토는 매우 중요한 것이다.

이번 연극제에서 희곡상을 받은 「모닥불 아침이슬」과 대상의 「봄날」은 몇 가지 점에서 주목되는 작품이었다. 충청도 농촌을 주로 그리던 윤조병이 탄광촌으로 무대를 옮겼다는 것보다도 그가 근자에 와서 죽음의 문제에 도전하고 있는 점에서 그렇다. 아직 그가 한국인의 죽음관에 대해서 뚜렷하게 어떤 입장을 세운 것은 아니지만 그런대로 극작가가 상황을 넘어 근원적인 것으로 시선을 돌렸다는 점에서 의미가 크다. 반면에 이강백의 경우는 그의 일관된 방법인 우화극을 신화문학적 차원에서 접근하고 있다. 그러면서도 정치권력의 문제를 끈질기게 다루고 있다. 그 점에서 독선적인 아버지와 그에 저항하는 자식간의 갈등을 신화문화적 입장에서 묘사한 「봄날」은 주목할 만한 작품이라 하겠다. 이처럼 제8회 연극제는 연출·연기·무대기술의 답보상태 속에서도 기록될 만한 창작극을 얻어냈다.

40. 1984년도 연극의
회고와 전망

　연초까지만 해도 「신의 아그네스」공연(實驗劇場)으로 뜨거웠던 연극가가
5월 이후에는 갑자기 냉각되었다. 연극이 생활화되지 않은 상태에서 특수한
공연이 있으면 빤짝했다가 사라지곤 하는 것이다. 과거 「에쿠우스」가 그랬
고 「빠알간 피터의 고백」이 또한 그러했다.

　지난 해에 시작된 전국지방연극제(광주)는 윤조병의 「휘파람새」(인천극
단)를 대상으로 뽑고 6월에 제2회의 막을 내렸다. 지방에 변변한 전용극장
이 없고 시립극단이라든가 도립극단들이 생겨나지 않은 불모상태에서 치러
지는 지방연극제라서 아마추어 경연대회를 벗어나지 못했지만 지방문화 활
성화에는 자극제가 될 만했다. 진정으로 지방문화를 육성하려면 주요도시에
전용공연장을 세움과 동시에 시도립극단을 설립해야 할 것이다. 그리하여
지방연극제를 전국규모로 끌어올리고 현행 대한민국연극제를 서울연극제로
축소하여 2원화시키는 것도 좋을 듯싶다.

　상반기에는 이렇다 할 만한 것이 없었으나 해외초청공연은 두번이나 있
었다. 즉 자유극장이 프랑스에 초청받아 「바람부는 날에도 꽃은 피네」(金正
鈺연출)로 주목을 끌었고, 추송웅이 개인적으로 일본공연초청을 받아서 「빠
알간 피터의 고백」으로 개성을 인정받았다. 그런 속에서 마당극 전문의 연
우무대가 공해풍자극을 공연하여 6개월간의 공연정지처분을 받음으로써 문

화계에 파문을 일으키기도 했다. 마침 차기 올림픽 개최국으로서 그런 문화
통제가 가해졌기 때문에 문화계를 더욱 긴장시킨 것이다.

이데올로기를 초월해서 전세계 스포츠맨뿐만 아니라 예술가들도 참여해
서 각종 기예를 겨뤄야 할 입장이므로 각종 전근대적 문화관계 법령들도
차제에 재정비되어야 할 것 같다.

가을 들어서는 대한민국연극제 이외에도 공연은 많았다. 두 작고 원로
유치진·오영진의 10주기추모공연과 황정순 연기생활 45주년기념공연이 있
었고, 한독수교 1백주년기념공연도 있었다. 이처럼 지난 가을은 회고행사가
많았다.

그러한 회고공연과는 대조적으로 신생공연도 있었다. 오태석사단으로 불
리어지던 드라마센터출신 소장그룹이 11월에 극단 목화(木花)란 이름으로
창립공연을 가졌고, 민중극장이 재기10주년 기념공연을 12월초에 가졌다.
목화는 오태석의 「아프리카」로 선을 보였는데, 연출감각이 뛰어났고 젊은
배우들로서는 매우 열정적이고 신선한 연기를 보여주었다. 비자시효가 지난
여권을 갖고 아프리카대륙을 방황하는 어느 기능공의 참담한 이야기는 우
리시대를 상징적으로 표현해주는 것.

카프카의 「심판」으로 재기 10주년기념공연을 가진 민중극장은 지도부의
영문학 지식으로 해서 해외번역을 많이 소개한 극단이다. 비교적 사회성이
짙은 민중극장이지만 융통성이 있어서 창작극과 번역극을 적절히 조화시켜
나가고 있다. 그러나 창립 22주년을 맞는 민중극장이지만 다른 극단들과 마
찬가지로 작품난, 연기자난, 재정난 등을 해결 못하고 겨우 지속해 가고 있
는 실정이다. 사설극단들의 영세성은 우리 연극의 빈혈증상으로서 연극장래
에 암영을 던지는 것이기도 하다.

우리의 무대기술은 다른 분야, 이를테면 과학이라든가 산업 등에 비해 너
무 낙후되어 있다. 구태의연한 극술을 가지고서는 오늘의 감각적인 대중을
붙잡을 수 없는 것이다. 철학의 정립도 시급하지만 표현술의 개발은 더욱 시
급하다. 1년여 남은 아시안게임과 88올림픽을 앞둔 터라서 서울예술제 등이
생겨날 가능성이 많고 뮤지컬 등 연극의 대형화가 많이 시도될 성싶다. 지난
연말의 대형 뮤지컬 「메밀꽃 필 무렵」은 그런 예증이라 볼 수가 있다.

41. 인도의 카타칼리 내한공연

지난 10월 22일부터 3일 동안 인천공설운동장에서 벌어진 제22회 전국민속예술경연대회를 겸해서 정부는 인도와 일본의 민속예술단을 초청했다. 마침 연전에 국제민속예술제 조직위원회 한국위원회가 조직되었기 때문에 정부와 공동초청형식으로 취해진 것이다. 그리하여 인도의 고전극의 일종인 카타칼리와 일본의 민요가 국립극장에서 선을 보이게 되었던 것이다. 그런데 일본민요는 식민지시대에 많이 들었던 것이고 또 몇년 전에도 내한공연한 바 있어 별 신기한 것이 없었지만 인도의 카타칼리는 흥미로왔다.

물론 인도의 예술단체가 그동안 한두번 내한공연한 적은 있었다. 지난 봄 제3세계 연극제에 현대극단이 참가하기도 했던 것이다. 그러나 그들의 대표적인 고전극을 접한 기회는 없었다. 그런데 마침 이번에 카타칼리가 온 것이다. 주지하다시피 카타칼리는 인도의 대표적인 산스크리트극이다. 대사가 거의 없고 휘파람 같은 기성과 독특한 분장, 춤, 그리고 판토마임으로 이루어진 카타칼리는 16세기경부터 인도 남서쪽 코랄라지역에서 유래한 민속무용극이다.

본래 카타칼리에는 남성만이 등장했다. 그리고 밤에만 공연한 것도 특징인데 이것은 우리나라 민속극을 포함한 아시아 여러나라의 제의적 전통극의 공통점이기도 하다. 카타칼리는 묵극(默劇)인 점에서 이색적이고, 특별한 의미를 내포하고 있는 분장 또한 색다르다. 고대 인도 건국 서사신화(敍事

神話)인 「마하바라타」와 「라마야나」가 주제로 되어 있는 카타칼리는 인도의 전통적 심성을 가장 잘 나타내주는 예능이라 하겠다. 이웃나라의 예술단을 초청할 경우에는 현대 것보다 고대예능을 초청해서 우리 것과 비교해보고 또 그들이 전통을 어떻게 보존 전승하고 있는가를 배우는 것이 좋을 것이다.

42. 제6회 대한민국연극제 결산

우리 연극계의 최대잔치라 할 대한민국연극제도 서서히 막을 내리고 있다. 이 연극제는 지난 여름부터 실험극장의 「신화 1900」(尹大星작 金東勳연출)을 필두로 8개 극단이 참가하여 열띤 경연을 벌이고 있다.

참가공연 작품 8편을 팜플렛을 통해서 살펴보면 역사극이거나 역사극에 가까운 것이 5편, 오늘의 생활을 그린 작품은 3편밖에 되지 않았다. 현재를 그렸다는 3편도 실험극장과 대하의 작품만이 생동하는 오늘의 삶을 그렸을 뿐이다. 에저또의 「農女」는 비교적 특수인물을 묘사한 작품, 그만큼 보편적이지 못하다는 이야기다.

작가들이 택한 역사소재만 하더라도 정확하게 시대를 짚을 수 없는 까마득한 옛날에서부터(산울림의 「쥬라紀의 사람들」), 백제멸망(「언챙이 곡마단」), 조선의 연산군시대(「사슴나비」), 그리고 개화기(「멈춰선 저 상여는 상주도 없다더냐」)등으로서 개화기만이 시사성을 띨 뿐 모두가 옛날 이야기들이었다. 신협의 「터」 역시 그런 부류에 들 것이다.

작가가 역사를 소재로서 많이 취택하는 이유는 대체로 두가지 이유 때문으로 볼 수 있다. 첫째 현실적인 제약, 즉 외부상황에 의한 작가의 현실도피적 자세에서 비롯되는 것이고, 두번째로는 현실을 작품으로 환치할 수 있는 능력의 부족 때문이다. 따라서 이번 연극제는 그러한 우리 극작가들의 현실을 단적으로 보여준 경우라 볼 수 있다.

물론 역사극이라 해서 뒤떨어지는 작품이라는 이야기는 아니다. 문제는 역사를 얼마나 감동적인 현실로 극화시키느냐에 있는데, 이번의 역사극들은 40여년 전의 계몽사극만도 못하다는 데 문제가 있다.

이번 연극제에 올려진 역사극들은 야사의 범주를 못 벗어나지 못했거나(河有祥 작「사슴나비」), 너무 교과서적이거나(吳鍾佑 작「멈춰선 저……」) 아니면 너무 곡해한 것으로 나타났다(金相烈 작「언쳉이 곡마단」). 그리고 성격 자체가 애매모호한 경우까지 있었다.(金正律 작「터」)

그런데 이상의 작품들이 하나같이 30여편 가까운 희곡에서 선발된 사실이라는 점이 충격적이다. 그만큼 창작극이 여전히 부진한 상태인 것이다. 다행히 농촌문제를 전통적 리얼리즘 수법으로 그리고 있는 윤조병과 서사극적 기법과 사이코드라마의 형식으로 현실을 부조하는 윤대성 등이 버텨줘서 그런대로 창작극 제전의 면목을 세워준다.

이번 연극제에서 드러나 문제점은 희곡쪽만이 아니다. 연출쪽의 경우가 더욱 심했다. 7편 작품 중 적어도 3편 작품은 연출의 기초가 전혀 없는 것이었다. 배우들에게 대사만 암기시켜서 무대에 올리는 것은 연출이 아닌 것이다.

연기쪽도 마찬가지, 언제나 신인들이 무대를 채우기 때문에 앙상블은 찾아볼 수 없고 잘 들리지도 않는 대사를 쫓느라고 관객만 피로할 뿐이다.

이번의 제6회 연극제도 창작·연출·연기·무대미술의 서투름으로 한국 연극의 취약성만을 다시 한번 확인시킨 행사였다.

43. 서울극평가그룹상

상금이 없는 명예연극상으로 서울극평가그룹상이라는 것이 있다. 외국에도 그와 유사한 상이 있어서 화려한 상보다 더욱 권위를 인정받기도 한다. 뉴욕비평가그룹상이 바로 그러한 예이다. 작품의 좋고 나쁨만을 분별하는 평론가들이 모여 정하는 것이므로 비교적 객관성을 유지하고, 또 박하다는 평을 받는 서울극평가그룹상의 지난해 수상자는 이강백(희곡), 정진수(연출), 김정길(음악), 극단 자유극장의 「바람부는 날에도 꽃은 피네」(작품) 등이었다. 이상에서 볼 수 있는 것처럼 연극상의 꽃이라 할 연기상이 빠져 있는 데 이는 시사하는 바가 큰 것이다. 연극은 아무래도 배우의 예술인 바, 배우에게 상이 돌아가지 않았기 때문이다.

따라서 연기상을 받을 만한 배우가 없다는 것은 1년 동안 제대로 된 작품이 별로 없었다는 이야기와 통한다. 이강백에게 희곡상이 돌아간 것은 그의 투철한 역사의식과 극술이 인정된 때문이다. 70년대초에 극작가로 모습을 보인 이래 그는 우화극이라는 독특한 방법을 꾸준히 밀고 오면서 권력의 비리와 횡포를 은유적으로 비판했던 것이다. 「내마」를 비롯해서 「알」, 「미술관에서의 혼돈과 비판」 등이 그렇고, 수상대상이 되었던 「봄날」도 예외가 아니다. 또한 그는 분단문제에까지 관심범위를 넓혀서 「호모세파라투스」라는 작품을 내기도 했다.

연출상을 받은 정진수도 정력적으로 활동하는 소장연극인이다. 번역과 연출을 겸하는 정진수는 지난해에 무려 세 작품이나 연출했다. 즉 「착한 사람」을 비롯해서 「식민지에서 온 아나키스트」, 「진짜 서부극」 등 세 작품을 연출했고 「심판」 등을 번역하기도 했다. 그런데 세 작품 모두가 상당한 수준을 유지함으로써 우리 연극의 격을 높이는데 기여한 공로를 인정받은 셈이다. 효과음악으로 상을 받은 김정길의 경우는 특이하다. 그는 정통적인 작곡가로서 확고한 자리를 굳히고 있는 중견음악가인데 연극에도 남다른 관심을 가져왔다. 그동안 여러 편의 연극작품에 음악을 작곡해서 호평을 받은 바 있는데, 지난번에는 대한민국연극제 출품작 「모닥불 아침이슬」(여인극장)의 음악을 맡아서 주목을 끌었던 것이다. 그랑프리라 할 수 있는 작품상은 자유극장이 그동안 추구해온 집단창작의 「바람부는 날에도 꽃은 피네」(김정옥 구성·연출)에 돌아갔다. 「무엇이 될고 하니」 이후 소위 집단창작이라는 것을 끈질기게 시행해오고 있는 자유극장은 외국에 나가서도 호평을 받았다. 거의 희곡을 무시하다시피 하면서 연출가가 배우들로 하여금 창의성을 최대한 살리게끔 하는 집단작업의 궁극적 목적은 한국인의 죽음관을 표현하는 데 있다. 이들의 작업이 아직 확고한 평가를 받고 있는 것은 아니지만 서양적인 부조리극이라든가 잔혹극 방법과도 전혀 다른 각도에서 전위적인 실험을 하고 있는데다가 형이상학적 측면에서 한국연극을 심화시키고 있고 동시에 표현의 다양화를 시도하고 있기 때문에 일단 주목할 필요가 있는 것이다.

44. 제7회 연극제 개막

해마다 가을이면 실시되는 대한민국연극제가 일곱번째를 맞아 8월 16일부터 문예회관에서 열띤 경연을 벌이고 있다. 지난 초여름에 있었던 제1회 전국지방연극제에서 대상을 받은 전남 광주 시민극단의 「소작지」(초청공연)를 스타트로 하여 서서히 불이 붙어가고 있다. 23개 극단이 신청한 23편중에서 뽑힌 작품은 「안개의 성」(崔明姬 작)을 비롯해서 「게사니」(李根三 작), 「자전거」(吳泰錫 작), 「농민」(尹朝炳 작), 「적과 백」(李載賢 작), 「오돌또기」(盧炅植 작), 「호모세파라투스」(李康白 작), 「까치교의 우화」(金相烈 작) 등 8편이다.

현역 극작가들이 신청한 작품들 중에서 엄선된 희곡이므로 금년에 나온 대표작들이라 볼 수 있고, 실제로 수준이 향상되어 가고 있음을 확인할 수 있었다. 지난해보다 훨씬 다양하고 수준이 높았다.

특히 이번 희곡에서 주목을 끄는 것은 이데올로기문제를 다룬 3편의 작품이다. 즉 전쟁의 후유증을 포로수용소와 현대인의 가슴속에서 찾아보려한 「적과 백」, 「자전거」 두 작품은 그 전혀 다른 시각과 구조에서 흥미를 불러일으킬만 하고, 분단문제를 다룬 「호모세파라투스」는 과거의 분단문제의 작품화와 전혀 다른 방법적 접근이라는 점에서 주목을 끌 만하다.

그러나 이러한 희곡들을 어떻게 무대 위에 형상화하느냐에 따라 분위기가 달라질 것이다. 다행히 참가한 극단들이 대부분 10년 이상의 연륜을 가진데다가 연출가들도 소장·중견들이므로 근래에 보기드문 무대가 되리라 본다.

문제는 얼마나 많은 관객들이 연극인들의 축제에 참여해주느냐에 달려 있다. 마침 지방연극제의 열기가 아직도 식지 않았으므로 그러한 연극에의 관심이 다시 중앙으로 역류했으면 하는 바람뿐이다.

45. 종교연극 붐에 대하여

금년은 종교의 해라 할 만큼 큰 행사가 많다. 가톨릭 200주년에다가 개신교 100주년이 되는 해이고 역사상 처음으로 교황까지 방한했다.

이러한 종교축제에 발맞추어 문화예술계에서도 적잖은 행사가 뒤따르고 있다. 우선 가톨릭 200주년과 교황방한을 맞아 순교극(殉敎劇)과 교황이 직접 쓴 작품이 무대에 올려졌다. 즉 지금부터 1백80여년 전인 신유박해 때 동정부부(童貞夫婦)로서 순교한 李누갈다(순이)와 유요한(중철)의 애절한 이야기를 극화한 「하늘에 꽃 피우리」(백일성 작, 전세권 연출)가 극단 사조에 의해서 4월 27일부터 5월 1일까지 국립극장에서 공연되었고, 교황 요한 바오로 2세가 문학청년시절에 쓴 희곡 「보석상」이 젊은 연극인들에 의해서 5월초부터 공연되고 있다.

그런데 이상 두가지의 천주교극은 이미 지난해부터 열기를 뿜고 있는 실험극장의 「신의 아그네스」와 무관하지 않을 것이다. 이 작품은 종교를 예술작품에서 어떻게 다루어야 하는가를 잘 보여주고 있다. 대체로 종교극이라고 하면 작가가 일방적으로 종교를 미화하거나 교리를 선전하기 위해 억지 이야기를 만드는 경우가 많다.

그렇기 때문에 드라마의 핵이 되는 갈등이 전혀 없는 진부한 선교극으로 전락하기 일쑤다. 극단 사조가 공연한 「하늘에 꽃피우리」도 그런 실패의 범주에 드는 작품이었다. 왜냐하면 신의 침묵을 그린다면서 오히려 신의 외침을 여과되지 않은 채 묘사했기 때문이다. 초두의 이벽(李蘗)의 장황한 대사는 그 점을 잘 나타내는 것이었고, 사료나열적인 구성도 마찬가지였다.

이러한 천주교극 못지 않게 불교극도 두 편이나 공연되었다. 즉 부처님 오신날을 맞아 극단 여인극장이 「탑」(盧炅植작, 姜由楨연출)을 세종문화회관 별관(5월 10일~14일)에서 공연했고, 극단 탈이 봉은사(奉恩寺) 후원으로 「아제아제바라아제」(위기철 작, 동범 연출)를 영동의 삼성전자전시관(5월 25일~31일)에서 공연케 된다. 여인극장이 무대에 올리는 「탑」은 역사극에 능한 노경식이 과거에 썼던 작품을 손질한 것으로서 신라시대의 지귀설화(志鬼說話)가 소재로 되어 있다. 선덕여왕을 짝사랑했던 역리(驛吏)인 지귀의 사랑을 통해서 인간의 삶과 죽음의 문제까지 그려보려 한 것이 「탑」이다.

이상과 같이 지난 5월 한달 동안에 종교극만 네편이 새로 만들어져 무대에 올려졌고 「神의 아그네스」와 만해 한용운의 일대기를 뮤지컬화한 극단 마당의 「님의 침묵」(金相烈 작, 연출)까지 합치면 장막극만 6편이 공연된 셈이다. 이러한 현상은 한국연극사상 처음 있는 일로서 종교열과 함께 연극의 활기를 단적으로 나타내주는 것이라 볼 수 있다. 문제는 그러한 종교극 공연이 단순히 종교행사의 일부로서만 그쳐서는 안된다는 점이다. 인간의 최대관심사인 신의 문제를 어떻게 예술작품으로 형상화하는가가 중요하다.

따라서 연극인들은 이번 일을 계기로 상황검토의 차원을 그릴 때 비로소 한국연극의 새 지평이 열리리라 본다.

46. 기념공연의 유행

이번 가을에는 그 어느 해보다도 기념공연이 많았다. 10월 한달 동안 네 편의 기념공연이 있었는데, 그 하나가 여배우 황정순의 연기생활 45주년 기념공연이었고, 두번째는 극작가겸 시나리오작가 오영진의 10주기 추모기념공연, 그리고 한·독수교 1백주년 기념공연과 동랑 유치진 10주기 추모공연이 있었다. 극단 신협의 「안네의 일기」, 마당의 「살아있는 이중생각하」, 국립극단의 「파우스트」, 드라마센터의 「춘향전」(유치진 작) 등이 그렇게 해서 이루어진 공연들.

그런데 이들 네가지 공연들 중 국립극단의 「파우스트」만 관객이 몰렸고 세 군데는 대체로 한산했다. 물론 기념공연이 영리를 위한 것은 아니고 작고 또는 원로연극인을 기리기 위해서 갖는 공연인 만큼 엄숙하고 진지해야 함은 두말할 나위없다. 그러나 그러한 기념공연도 보아주는 사람이 없다면 손님 없는 잔치와 같아서 쓸쓸할 수밖에 없고 기념공연의 의의도 감소되는 것이다.

그렇다면 독일연출가(기징)가 만든 국립극단의 「파우스트」 공연을 제외한 다른 기념공연들에는 왜 관객이 몰리지 않았을까. 그 이유는 여러 가지로 분석될 수 있겠으나 한가지 확실한 것은 연극의 재미가 없었기 때문이었다고 볼 수 있겠다. 그러니까 「파우스트」는 무대예술로서 그런대로 볼거리가 되었으나 다른 공연들은 그렇지가 못했다는 이야기이다.

　네 작품은 모두가 익히 알려진 것이고 우리 무대 위에서 여러 번 공연되었던 것들이다. 원작의 무게에 있어서는 「파우스트」를 따라 갈 작품이 없겠지만 무대극으로서의 「파우스트」는 진부한 것이다. 그 점에서 이번 가을의 기념공연 레퍼토리는 대체로 잘못 선정되었다. 연극인들의 감각이 대중을 따라 가지 못한다고 볼 수 있다.

　그러나 이번 기념공연의 가장 큰 문제점은 연출상의 감각이었다. 연극을 놀이로 풀어가려는 독일인 기징의 연출과 연극을 얘기(문학)로서만 풀어가려는 우리 연출가들과의 접근상의 차이가 바로 그것이다. 기징은 연극을 즐거운 놀이로 풀어갔기 때문에 무대를 시청각화했다. 즉 무대의 적절한 활용과 배우들의 끊일새 없는 움직임, 그리고 뛰어난 음악과 함께 조명은 선악, 미추, 죄와 구원을 투명하게 구별해 놓았던 것이다. 연극에서 음악과 조명, 무대활용이 얼마나 중요한가를 보여준 것이 이번 「파우스트」 공연이었다. 물론 가면극의 어색한 춤사위 도입이라든가, 비디오 사용은 치기를 보여준 것이지만, 전체적으로 새로운 「파우스트」 해석이라는 점에서 일단 의의있는 공연이었다고 보겠다.

47. 총체연극의 등장

근자 우리 연극의 흐름은 대체로 세 줄기를 이루고 있다. 그 첫째가 서구 근대극을 우리 나름대로 수용한 소위 리얼리즘방식이고, 두번째는 그런 리얼리즘극이 고루하다 생각해서 부조리극이라든가 서사극 또는 토탈디어터(總體演劇) 등을 실험하는 경향이며, 세번째는 마당극이라는 일련의 고유 전통극의 현대적 수용방식이라 하겠다. 그런데 이상 세가지 흐름을 압축해 보면 결국 보수와 진보가 병존한다는 이야기가 된다. 사실 어느 나라 예술이든 현상을 지키려는 보수와 그것을 극복해 가려는 진보적 자세가 상충 공존하는 것은 당연하다.

그렇게 볼 때 최근의 몇몇 공연, 가령 호암아트홀의 「햄릿」(李海浪연출), 실험극장의 「삼시랑」(盧炅植작, 金東勳연출), 연우무대의 「한씨연대기」(黃晳暎작, 金錫滿연출), 연희광대패의 「밥」(김지하작, 임진택연출) 등은 그 표본적인 작품들이라 하겠다. 왜냐하면 「햄릿」의 경우 근대극은 아니라 하더라도 대표적인 리얼리스트 이해랑이 전통적인 입장에서 연출한 점에서 그렇고, 「삼시랑」은 명실상부 토탈 티어터를 실험한 점에서 그러하며, 「한씨연대기」와 「밥」은 마당극을 대표하는 공연이라는 점에서 하나의 예가 될 수 있기 때문이다.

이들 중 「삼시랑」을 주목하는 것은 그 작품이 뛰어나서라기보다 실험극장이라는 매우 보수적이면서도 정통적인 극단이 총체연극을 시도했기 때문이다. 그것도 과거 다른 극단들이 했던 것처럼 연극내면의 단순한 확대가 아닌 문학·미술·음악 등 전혀 다른 예술쟝르를 통합한 점에서 이색적이었다.

지리산 속의 쌍바위(三神할미와 마마바위)전설을 소재로 해서 생사·선악·쟁투·화합의 문제를 묘사한 희곡「삼시랑」은 그 형상화 과정에서 음악(姜碩熙), 미술(李滿益), 무용(曺恩美), 판소리(金京淑) 등이 연극의 중요 요소로 끼어들어 하나의 독특한 작품을 만들어냈던 것이다.

물론 미술이나 음악, 무용 등은 모두가 처음부터 종합예술인 연극의 한 요소로 있어온 것이 사실이다. 그러나 이번 경우는 연극과 전혀 관련없이 그동안 각기 다른 쟝르에서 뚜렷한 세계를 구축한 첨단적 예술가들(강석회·이만익·조은미 등)이 연극이라는 하나의 공동광장에 뛰어들어 작업을 했다는 점에서 주목되는 것이다. 과거 이질적인 예술가들이 연극에 참여할 경우 용해되지 못하고 생경한 채 작품과 유리되는 게 상례였는데, 이번에는 그것이 어느 정도 극복됨으로써 총체연극의 가능성을 던져주었다.

어차피 세계연극의 흐름이 반언어, 무브먼트로 가고 있는 만큼 「삼시랑」과 같은 총체연극의 실험은 중요한 의미를 지니고도 남는다. 문제는 그러한 총체연극이 무분별, 무궤도하게 남발됨으로써 연극만이 갖고 있는 정제된 진실이 파괴당하지나 않을까 하는 기우라 하겠다.

48. 급성장하는 지방연극

청주에서 열렸던 제3회 전국지방연극제(5월 24일~6월 4일)가 대단원의 막을 내렸다. 그 결과 경북대표인 포항 은하극장이 「大地의 딸」(車凡錫작, 金森一연출)로 최우수상을 받았고, 강원도가 극단 굴레의 「그대의 말일 뿐」(金相烈작, 李寧哲연출)으로 우수상을 차지했다. 그 외에도 전북의 극단 황토(「너덜강 돌무덤」), 인천의 극단 엘칸토(「참새와 기관차」), 충북의 청년극장(「滿船」) 등이 단체장려상을 받았으며, 박환용(희곡), 이영철(연출), 이휘향(연기), 이화진(연기), 임영주(연기), 안상철(미술) 등이 각각 개인부문상을 받았다.

매년 눈에 뜨일 정도로 급속하게 발전하는 지방연극이 금년에 특징적으로 보여준 것은 아직도 중앙연극의 변두리임을 다시 확인시켜 준 점이었다. 그것은 우선 중앙작가들의 작품이 태반이었던 점에서 알 수 있다. 12개 희곡 중 김상열 작 3편, 차범석, 윤조병 작이 각각 두 편 그리고 천승세~최인훈 작이 각각 한편씩으로서 중앙의 유명작가의 것이 9편을 차지했다. 따라서 신작은 겨우 4편뿐이었다. 이들 4편 중 3편이 신인들의 작품이었으므로 그 수준이 형편없었음은 두말할 나위없다.

전체적인 연극방식도 리얼리즘기법과 서사적 형식, 그리고 마당극적 방법이었으므로 중앙의 연극흐름과 궤를 같이 함을 알 수 있다. 다만 정통 리얼리즘이 주류를 이루었는데 그것은 당분간 지방연극이 가야 될 방향이기도 하다. 그래서 주요한 상도 그런 쪽으로 주어져 왔고 금년도 예외가 아니어서 포항의 「대지의 딸」로 가게 된 것이다.

「대지의 딸」은 정통파 리얼리스트 차범석의 작품인 바 연출 김삼일의 정통적 자세와 일치하는 것이었다. 감각적으로 진부한 느낌도 없지는 않으나 최선을 기울여 우리 시대 삶의 한 부분을 진지하게 묘파하려 노력한 점이 돋보였다. 그렇기 때문에 그 작품이 계몽성을 띤다든가 하는 것은 연극적 진실에 덮여서 큰 흠이 되지 않았던 것이다. 서사기법을 응용한 강원도의 「그대의 말일 뿐」도 리얼리즘의 범주를 넘어선 것은 아니었다. 따라서 짙은 토속성의 「징소리」(경남)와 「樂浪人嘉羅田」(충남)의 탈락은 지방연극인들에게 교훈을 던지는 것이다. 즉 지방연극이 향토성을 띠는 것은 바람직하지만 너무 지나치게 그것만을 의식해서 정리 여과되지 않은 것을 보여주는 것은 스스로 촌스러움만을 노출하게 마련이다.

지방연극은 인재에서부터 공연조건 등 모두가 취약해서 기반이 다져지려면 상당한 시간이 흘러야 할 것 같다. 그러나 희망적인 면이 엿보였는데, 그것은 대중의 연극에 대한 갈망과 아직 닦이지 않은 인재들이 곳곳에 산재되어 있는 점이라 하겠다. 이번 제3회 연극제에서 두드러지게 향상된 것이 바로 배우들의 연기력이었고 연출솜씨였다. 전혀 기초교육이나 훈련을 받은 바 없는 그들에게 만약 교육과 훈련의 기회를 부여한다면 괄목할 진전을 보일 것임은 두말할 나위없다.

지방연극 육성의 길은 연극기반 구축에 있다. 전용극장을 위시해서 시도립극단 같은 전문단체 창단, 그리고 인재양성 등이다. 지역단위로 프로스포츠가 생기면서 스포츠가 눈부시게 향상되고 있는 것은 하나의 타산지석이 될 것 같다.

49. 역사극 지향의 문제

대체로 현실상황이 경직화되거나 혼란기 또는 작가들이 역량부족으로 소재빈곤을 느낄 때, 역사극이 범람한다. 식민지시대와 해방 직후에 시대극이 번창했던 것은 그 단적인 예이다. 그런데 그러한 현상이 70년대 이후 다시 벌어지고 있어 주목된다. TV드라마는 물론이고 무대에서도 역사극들이 판을 치고 있다. 금년만 하더라도 연우무대의 「한씨연대기」를 필두로 해서 극단 세실의 「카덴자」 그리고 대한민국연극제에 오른 8작품 중 5편이 역사극이다.

왜 그럴까. 그것은 무언가 표현의 자유에 문제가 있다는 이야기가 될 것이고, 또 하나는 작가들의 역량에 한계가 있다는 이야기도 됨은 물론 오늘에 와서도 정신적으로 여과되지 못한 역사적인 찌꺼기가 많이 남아 있다는 증거이다. 가령 작품의 소재로 등장한 것만 보아도 혁명성을 띤 사건들이라 할 이징옥(李澄玉)의 난(「검은 새」), 수양대군의 왕위찬탈문제(「카덴자」), 의병운동(「쌀」) 그리고 식민지시대(이광수의 친일, 관동대진재)와 해방전후사(「한씨연대기」) 등을 다룬 것이 주조를 이루고 있는 것이다.

그런데 흥미로운 것은 과거에 역사극을 썼던 구세대작가들과 근자에 역사극을 쓰는 신세대작가들과는 상당한 거리가 있다는 점이다. 즉 구세대작가들은 우리 역사를 공부할 수 없었던 시대에 역사극을 썼기 때문에 역사재현에 역점을 두었다. 그것은 교육을 염두에 두고 작품을 썼기 때문이다.

그리고 역사가 제대로 체계화되지 못한 상태였으므로 자연히 야사쪽으로 흘렀다. 그러나 근자에 와서 젊은 작가들은 적관점에 입각해서 역사를 재구하는 경향이 강해지고 있다. 과거에 반란으로 기록되었던 사건을 혁명 비슷하게 묘사한다든가 식민사관 쪽에서 묻어두었던 사건들을 들추어내는 등 자못 역동적으로 역사를 재구하고 있는 것이다.

물론 그런 작품들 사이에는 매우 애매모호한 작품도 끼어 있었다. 그것이 다름 아닌 「선구자여」(이재현 작)였다. 해방직후 반민특위 재판과정을 통해서 이광수의 친일행각을 들추어낸 작품인데, 의외로 그의 변명의 소리가 높았다. 민족을 위해서 친일을 했다는 목소리였다. 그러나 민족의 정통성과 정기(正氣)의 입장에서 나약한 지식인의 허상을 과감하게 까뒤집었어야 했다. 그렇지 못한 가장 큰 원인은 작가가 인생이나 역사에 대한 뚜렷한 시각을 갖지 못했기 때문이다. 따라서 「선각자여」는 그동안 중구난방으로 나온 이광수 사료를 대강대강 정리해서 무대에 올린 것밖에 되지 못한 것이다.

민중의 입장에서 역사를 재구한 작품들 중에는 너무 의도성이 강하게 드러남으로써 거칠고 아마추어적인 냄새가 강한 것도 있었다. 적어도 역사를 작품화하는 데 있어서는 예리한 통찰력을 갖고 역사의 내적 갈등을 포착, 예술로 승화시켜야 할 것이다. 그렇게 볼 때 최근의 역사극들은 구세대의 시대극을 한 차원 넘어서고는 있지만 뛰어난 예술작품으로까지는 이르지 못하고 있다고 할 수 있다.

50. 검열강화와 연극위축

일제의 한국병탄과 함께 시작된 우리나라 근대극이 제대로 발전하지 못한 원인중의 하나는 두말할것도 없이 일제의 탄압에 있었다. 일제는 병탄 직전에 이미 우리나라 연극을 여러 측면에서 규제하기 시작했는데, 공연시간제한, 세금징수, 극단강제해산, 극본검열 그리고 연극인 체포 등 다양하다.

이러한 일제의 한국연극 탄압은 식민지시대 말엽에 공포된 조선흥행취체규칙에서 절정에 이르렀다. 그러나 해방과 함께 이러한 연극탄압은 사라졌고 대신 국립극장이 설치되는 등 연극진흥정책이 실시되었다. 특히 70년대 초 문예진흥원의 설립과 함께 극예술진흥정책은 획기적인 전환점을 마련하기도 했다.

다만 전후에 되살아난 공연법의 전근대적인 요소가 문제였다. 게다가 공연전 극본의 사전검열을 하는 공연윤리위원회의 심의가 때때로 연극을 위축시킨 것도 문제였다.

그런데 그런 문제가 금년 들어 심각히 대두되고 있어 주목되고 있다. 가령 금년에 몇몇 극단이 제출한 희곡이 심의에서 반려되어 공연에 차질을 빚은 경우가 그런 예이다. 극단 민예가 제출한 최인석(崔仁碩)의 「우리들의 방울」이라든가 예술세대 어울림이 낸 백형의 「지진」, 그리고 「운수대통이요」같은 작품들이 공윤에서 반려된 것이다. 반려된 작품중 「우리들의 방울」은 고전인 「춘향전」이라든가 「배비장전」 그리고 오영진의 「맹진사댁 경사」 등의 희극적 요소를 참작해서 마당극 형식으로 가볍게 끌고간 작품이고, 「지진」의 경우는 피란델로의 「옳다면 옳아」를 연상시킬 정도로 상징적 기법으로 오늘의 대화단절 상황과 진실의 부재 등을 추적한 소품에 지나지 않는다.

이처럼 두 작품 모두 딱 집어서 어떤 문제나 사건을 리얼하게 비판한 것은 아니다. 또 작품이란 상상력의 산물이므로 독자나 청중이 각자 나름대로 생각할 수도 있는 것이다. 그리고 진실을 향한 끊임없는 작가의 탐구에 좇아 청중은 공감하고 감정적 충족감도 느끼는 것이다. 이러한 예술기능을 가리켜 대중감정을 여과시켜 주는 하수구니 통풍구니 하는 것이다. 바로 그 점에서 예술의 풍자적 기능이 살아 있어야 사회 전체도 건강해진다.

금년과 88년 양대 국제행사를 앞두고 당국에서는 거족적으로 문화행사를 준비하고 있다. 즉 공연예술활성화를 위해서 창작극을 진흥하고 있다. 그런데 다른 한쪽에서는 지나치게 과민하게 창작희곡을 규제하고 있는 것이다. 사실 공연예술이라는 것은 대단한 힘을 발휘하지 못한다. 특히 연극이 생활화되지 못한 우리 상황에서는 더욱 그렇다.

따라서 예술을 정치적 관점에서만 볼 것이 아니라 문화적 측면에서 대범하게 볼 필요가 있다. 사회 전반의 분위기와 발맞춰 과민하게만 본다면 문화예술이 정체될 우려도 없지 않다. 이 점에서 공윤의 검열강화는 연극계로 하여금 번역극 위주로 가게 함으로써 다시 과거로 퇴보하지나 않을까 하는 우려를 갖게 한다.

51. 제작극회 30주년

근대사의 소용돌이 속에서 한 극단이 30년의 연륜을 쌓았다는 것은 일단 높이 평가받을 만하다. 극단 신협과 제작극회가 바로 그러한 경우에 속한 다. 식민지치하에서 교육을 받은 연극인들의 집합체인 신협은 1947년에 발 족되어 리얼리즘극의 정립에 혼신의 노력을 경주한 데 반해, 해방 후에 대 학극을 주도했던 신진세대의 집합체인 제작극회는 현대극양식을 내걸고 1956년에 출범했다.

그렇게 볼 때, 이들 두 극단은 해방 이후 연극사의 두 기둥이 된다고 말 할 수 있다. 다만 이러한 빛나는 역사에 부응할 만큼의 공적이 있었는가가 문제이다. 가령 신협의 경우 6·25전쟁을 전후해서 독주한 나머지 국립극장 을 드나들면서 진지성을 잃었고, 드라마센터가 생긴 뒤에는 전후세대에 밀 려 실질적인 영향력을 상실함으로써 70년대까지만 해도 유명무실했다. 근자 에는 신협이 창극까지 할 정도로 그 정신은 완전히 퇴색한 것이다. 실제로 신협의 역사적 사명은 50년대로 끝난 것이었다.

그 점에서는 제작극회도 예외가 아니다. 제작극회가 반신협(反新協)의 기 치를 힘차게 들어올렸을 때는 근대연극사의 분기점이 될 만큼 신선한 것이 었다. 즉 과거엔 좀처럼 찾아볼 수 없었던 선언문을 통해서 그들이 '관객의 관능과 애상에 야합하는, 관객에게 독선적 인상과 미의 향수(享受)를 강요하는, 또는 피상의 지성으로써 관객을 현혹하는, 그리고 관념의 고성(孤城)에서 독존하는 일제 극양식을 거부'하고 현대극양식을 추구한다고 했을 때, 그것은 하나의 혁명이었다. 그리고 이 땅에서 실험적 소극장운동을 제대로 시작한 것도 제작극회였다. 그만큼 전후에 있어서 제작극회의 역할은 눈부신 것이었다.

그러나 60년대에 들어 동인제 극단시대가 열리면서 제작극회는 초기의 정신과 힘을 상실했고, 60년대말까지 거의 활동을 못했다. 70년대 들어 재기했으나 창립정신은 퇴색했고 당시 풍미했던 상업주의에 말려들기까지 했다. 그것도 여의치 않았던지 두번째의 장기공백을 거치고 나서 겨우 명맥을 잇고 있다. 그만큼 제작극회는 당초의 실험정신을 상실한 것이다. 바로 그 점에서 볼 때, 제작극회의 역사적 사명도 이미 60년대초로 끝난 셈이 된다고 하겠다.

제작극회도 신협과 똑같이 시대변화에 부응해서 새로운 진로를 못 찾은 꼴이 되었다. 그 이유는 무엇일까. 그것은 첫째, 창립멤버들이 그 정신을 시대에 맞춰 계승할 후계자들을 제대로 키우지 못했고, 두번째는 제작극회가 본격 전문극단으로 탈바꿈하지 못한 데 있다.

다행히 이번에 30주년을 맞아 흩어졌던 옛 동지들이 모여서 제작극회의 처지를 상징적으로 표현한 「탱자꽃」(鄭夏淵 작, 李完浩 연출)을 공연했다. 시정이 넘치는 이 작품은 제작극회의 저력을 보여준 공연이었다. 그러나 제작극회가 간판을 내리지 않을 것이라면 이번처럼 어쩌다가 회고성 기념공연이나 갖지 말고 과감히 변신하여 본격 전문극단으로 가야 할 것이다. 이는 신협에도 충고하고 싶은 말이다.

52. 제9회 연극제의 성과

포항 은하극장 초청공연 「대지의 딸」로 시작된 제9회 대한민국연극제는 두달 동안 8개 단체의 열띤 경연 끝에 지난 8일 그 대단원의 막을 내렸다.

첫번째 작품은 민중극장의 「선각자여」(李載賢 작, 鄭鎭守 연출)였던 바, 이광수의 훼절(毁節)문제를 극화한 것이었다. 이광수의 친일행각에 대해서는 많은 논란이 있었고 그 오점은 씻어질 수 없는 것임에도, 이 작품에서는 그의 자기변호가 주조를 이루었다. 그러니까 역사적 과오를 예술적으로 극복해 보려는 의지가 전혀 보이지 않은 것이다. 이 작품의 핵심은 우리 민족이 진정 자유와 독립을 구가할 만한 자격이 있는 것인지에 대하여 오늘 이 시대를 돌아보아도 확신을 가질 수 없다는 데 맞춰져 있었다.

두번째 작품은 성좌의 「검은 새」(鄭福根 작, 權五鎰 연출)였는데, 조선초기 반란자 이징옥을 혁명가 비슷하게 묘사한 내용이다. 이 작품도 이징옥이라는 인물을 정면으로 분석하기는커녕 지나치게 미화했고, 연출과정에서도 의미 불명한 군무와 노래를 활용했으나 주제를 선명하게 만드는 데 도움을 주지 못했던 것이다.

세번째 작품인 민예의 「쌀」(崔仁碩 작, 孫振策 연출)의 경우 작품구성은 매우 치밀했다. 그러나 일제의 침략과정보다 반상(班常)의 대립 갈등을 지나치게 첨예화시킴으로써 목적성 강한 민중연극이라는 것이 되고 말았다. 여기서 동학운동까지 연결시킨 것은 욕심이었고 작품을 멜로드라마로 이완시키는 계기를 만들어 주었다. 그럼에도 불구하고 극단 성좌의 이승철과 함께 양반역의 곽동철이 신인배우로서 두각을 나타낸 무대였다.

네번째 작품은 가교의 세태풍자극인 「제3스튜디오」(金相烈작, 李昇珪연출)였다. 한 미모의 탤런트의 죽음을 수사극 스타일로 구성하여 매스컴의 허위조작을 폭로한 이 작품은 인물설정과 스토리 전개에서 매우 통속적이었다. 칙칙한 시대극이 아니어서 볼거리는 되었으나 차원 높은 극예술로서는 미흡하기 이를데 없었다.

다섯번째는 이산가족 문제를 다룬 산울림의 「하늘만큼 먼 나라」(盧炅植작, 林英雄 연출) 공연이었다. 부부이별과 재회라는 비극적 이야기를 골조로 한 이 작품은 인물설정에서부터 멜로드라마틱했고 스토리 전개도 마찬가지였다. 특히 헤어진 부부에게 신분차이를 주어 그것이 비극적 결말의 계기가 되게 한 것이 문제였다. 그만큼 작가가 너무 안이하고 평면적으로 문제에 접근했고 결말도 부인의 자살로 가볍게 처리했던 것이다.

그러나 여섯번째 작품 목화의 「匹夫의 꿈」(吳泰錫 작·연출)은 우선 무대장치부터 이채로웠다. 화투장을 그린 무대미술은 초현실주의적 몽환극인 이 작품을 돋보이게 만들었다. 머슴부부의 이별과 만남을 꿈의 세계로 표현한 이 작품은 부부가 꿈속에서 처용으로부터 심청·춘향·흥부 등의 설화세계를 방황한다.

그런데 작가가 여러가지 설화를 너무 이미지로서만 포착하여 관객들로 하여금 의미의 혼란을 일으키게 했다. 오태석의 장기가 잘 나타난 창의성 짙은 실험극으로서 신선한 충격을 안겨주었다.

일곱번째 작품은 여인극장의 「풍금소리」(尹朝炳 작, 姜由楨 연출)였는데, 한국 리얼리즘극의 성숙을 보여준 공연이었다. 특히 윤조병의 리얼리즘은 30년대 유치진이 열어놓은 리얼리즘을 최대한 심화시킨 것이다. 즉 일제말엽의 정신대로부터 월남참전에 이르기까지 숱한 역사의 굴곡과 아픔을 두 노파(길녀와 분이)에 용해시켜 안으로 삭이고 극복하여 해원상생(解寃相生)을 촉구한 작품인 것이다. 루카치가 지적한 것처럼 진정한 리얼리즘은 현실과 가능의 변증법이다. 고통을 딛고 개선하여 밝은 삶을 찾으려는 노력이 리얼리즘의 세계라 볼 때, 윤조병의 작품은 빼어나다고 하겠다. 특히 우리가 잃어가는 민요라든가 이언(俚言) 등을 작품 속에 생생히 살린 것은 탁월하다고 하겠다. 한국 리얼리즘극이 본궤도에 진입한 것이다. 다만 여인극장의 신인급 배우들이 제대로 표출하지 못했고 장치가 작품을 방해하여 공연 성과를 올리지 못한 것이 아쉬움이었다.

마지막 작품인 현대극장의 「잃어버린 역사를 찾아서」(金義卿작, 金相烈연출)는 1923년의 관동대진재 사건을 재현한 것이었다. 르뽀 형식으로 쓴 이 작품은 인물설정에서부터 문제가 있었다. 즉 일본인(공장장)을 주인공으로 삼은데다가 그에 대립될 만한 한국인 안타고니스타가 지나치게 약화된 점이다. 따라서 주제는 일본의 이상과 현실, 그들의 정신과 악랄성에 끼어서 한국인이 좌절하는 것으로 되어 있다.

이 작품은 지난해의 「식민지에서 온 아나키스트」와 동궤의 작품으로 보이는데 다만 서사극 기법이 활용된 것이 달랐다. 그렇지만 서사극도 삶을 있는 그대로 표현하는 것이 아니라 철학적으로 실증한다는 것을 잊어서는 안될 것이다. 공항터미날을 무대모형으로 한 장치는 돋보였고 스케일도 컸지만 예술적으로 농축되지는 못했던 것이다.

이상과 같이 제9회 연극제의 작품들은 시대극이 압도적인 가운데 암울한 현실만큼이나 무겁고 답답스런 내용이었다. 대부분 40대 작가들인 이들은 식민지 말엽부터 고통을 직접적으로 겪은 세대여서 좀처럼 역사의 멍에에서 벗어나지 못하고 있다. 문제는 그러한 역사의 응어리를 예술적으로 어떻게 풀고 극복하느냐에 있는 것이다. 우리 작가들이 너무 어둑한 역사의 골짜기만을 방황할 게 아니라 일단 거기서 벗어나 객관화시키고 철학적으로 조명해야 하지 않을까 싶다. 대중이 구태여 어두웠던 과거를 거듭 확인만 해야 한다면 극장에 찾아갈 이유가 어디 있겠는가. 그런 것은 역사서에 많이 나와 있지 않은가. 연극이 사론(史論)이나 기사가 되어서는 안되는 이유도 바로 거기에 있는 것이다.

연극제의 심사결과 대상은 산울림의 「하늘만큼 먼 나라」가 받았고, 희곡상은 윤조병(「풍금소리」), 연출상 임영웅(林英雄)(「하늘만큼 먼 나라」), 연기상 백성희, 조명남(趙明男)(「하늘만큼 먼 나라」), 그리고 미술상은 송관우(宋寬祐)(「잃어버린 역사를 찾아서」)가 각각 수상했다.

53. 극단 자유의 신광대판

연극계가 다양화되면서 특이한 공연방식과 흥미있는 양식도 대두되곤 한
다. 그런 예 중의 하나가 바로 극단 자유의 「이름없는 꽃은 바람에 지고」
(金正鈺 작·연출) 공연이 아닌가 싶다. 왜냐하면 이 작품은 양식도 특이할
뿐더러 외국(일본)공연을 먼저하고 지금 국내(문예회관)에서 공연하고 있기
때문이다.

연극양식도 그동안 극단 자유가 추구해온 집단창작 방법을 더욱 심화시
켜 보여줌으로써 주목을 끌 만했다. 연출자 김정옥은 불문과 출신으로서 시
와 영화에 심취한 바 있는 서구적 정서의 소유자였다. 그래서 70년대 초반
까지만 해도 프랑스 계통의 경쾌한 코미디 연출에서 장기를 나타냈었다.

그러다가 70년대 후반에 와서 소위 집단창작이라는 색다름을 내세워 전
통민속에 접근하기 시작했다. 그래서 나온 작품들이 「무엇이 될고 하니」,
「피의 결혼」, 「바람부는 날에도 꽃은 피네」 등이었다. 그런데 김정옥의 변
화에서 특히 주목되는 것은 집단창작이라든가 민속적 표현방식보다도 '한
국인의 생과 사' 문제에 집착하고 있는 점이다. 그가 초기에 주력했던 것은
희극을 통해서 사회를 풍자하고 사는 재미를 표현하는 일이었다.

그러다가 집단창작으로 바꾸면서 삶과 죽음의 문제로 시선을 돌린 것이
다. 그가 갑자기 왜 그런 방향으로 전환했는지 알 수는 없으나 예술가가 궁
극적으로 추구해야 하는 것이 그런 생사문제가 아니겠는가. 그러나 그보다

도 더 주목되는 것은 한국인의 삶과 죽음을 연극적으로 표현해 보겠다는 의지를 보여준 점이라 하겠다. 이 점은 그의 전반기 연출세계와는 180도 바뀐 것이라 볼 수 있다.

김정옥의 이러한 변신은 어떻게 보면 사필귀정으로 보인다. 일찌기 판소리 고장에서 성장하여 시를 쓰고 영화에 심취했던 생체험이 그의 후반기 작품을 화려하게 수놓아가고 있지 않나 싶다. 그가 최근 연출방법론으로 내세우고 있는 5가지 집단창작·몽타지·제3의 연극·총체극·生과 죽음 등 이야말로 그의 생체험의 구체적 표현 이상은 아니다.

김정옥은 매우 특이한 연출가이다. 그의 생리대로 답답한 자연주의극을 싫어한 그가 활달한 민속의 세계를 만나 변화무쌍한 표현수단을 한껏 발휘할 수 있게 된 것, 판소리를 전면에 깔면서 탈춤·꼭두각시놀음·무속 등을 고르게 몽타지 함으로써 민속의 시화(詩化)에 성공하고 있다.

그러나 문제는 이제부터 생겨난다고 볼 수 있다. 왜냐하면 오늘의 우리 사회에는 전통사회의 환영(幻影)만 남았을 뿐 삶의 구조가 서구화되었기 때문이다.

더욱이 산업사회로 이행하면서 합리적 사고와 실증주의, 과학사상이 지배하는 오늘날 전통사회의 연희방식이 얼마나 발을 붙일 수 있느냐 하는 것이다.

그러니까 김정옥이 추구하는 것은 잠재적으로 지니고 있던 자신의 내면세계를 전통적 방식으로 표출함으로써 자족할 수 있을지 모르지만 현대극으로 강력하게 대중을 휘어잡기는 어려울 듯 싶다. 그러나 그의 일련의 작업은 연극계에 신선한 자극을 던지고 있는 것만은 사실이다.

54. 새로운 제작 · 기획팀 예니와 기국서의
「햄릿」

정치 사회의 변화는 연극계에도 적잖은 문제를 일으키고 있다. 관객의 급속한 감소현상이다. 연전의 사태 이후 경제침체가 있었고, 대학생을 주측으로 했던 종래의 연극관객층이 붕괴된 것이다. 따라서 어느 극장이고 객석은 한산하다.

이러한 시기에 예니라는 새로운 제작 기획팀이 등장했다. 신문사 문화부 기자 출신의 신영철(申暎澈)이 주도하는 예니는 '진정한 창작의지를 키우면서도 대관료나 기획비조차 없어 공연을 못하고 있는 작품을 찾아 그 제작과 기획 일체를 맡아주고 흥행여부에 관계없이 연기자와 스탭의 사례금을 지불해주는' 제작팀이다.

새로운 연극운동이라 자부하고 나선 예니는 그동안 '유진규 · 김성구 2인의 판토마임 콘서트'로 서울 · 대구 · 부산 등지를 돌면서 이 땅에 판토마임의 착근(着根)을 시도했고, 단막극(李康白 작 「결혼」)을 1일 3~4회 공연함으로써 연극의 일상화를 꾀하기도 했다. 그러한 예니가 지난달에는 76소극장의 실험극 기국서의 「햄릿」을 무대에 올렸다.

기국서의 「햄릿」이 화제가 된 것은 대체로 그 연극의 외형적인 것에 있었지 않나 싶다. 가령 70여명의 인원이 무대에 등장한다든가 또는 여러개의 인형이 즐비하게 나타난다든가 하는 것 등이다. 그러나 기국서의 「햄릿」이 주목받을 만했던 것은 오히려 셰익스피어 「햄릿」의 파괴와 재구(再構)라는 내면적 변화에 있었던 것이다.

사실 셰익스피어 작품에 대한 해석은 다양하다. 연구가들 못지 않게 연출가들의 작품해석도 가지각색임은 물론이다. 또 「햄릿」에 관해서도 가지각색이다.

그런데 기국서의 「햄릿」 해석도 매우 독특하다. 기국서는 정치적 음모극 내지 모반극으로 가져가면서도 왕비와 햄릿과의 관계는 오이디푸스 콤플렉스 이론을 적용한 것처럼 보이기도 했다.

그러나 무엇보다도 기국서의 「햄릿」이 충격적이었던 것은 오늘의 상황에다 햄릿을 접목시킨 점이었다. 즉 배우들은 일상적인 옷을 그대로 입고 나왔으며, 무대장치도 인형들이 널려 있는 것과 방관·침묵하는 군중(?)밖에는 별 것이 없었다. 왕의 복장도 평상복이었다. 육군장교복장을 한 길덴스턴이 특히 눈에 띄었다. 연출자가 나와서 극진행을 지시하는 등 마치 리허설과 같은 기국서의 「햄릿」은 '황량한 현대' 바로 그것이었다.

이야기는 셰익스피어의 「햄릿」대로 진행되어간다. 왕비와 햄릿과의 관계 같은 한두 장면을 제의하고는 지리한 연극이었다 그런데 막판에 와서 기국서의 장기가 나타나서 관객을 압도한다. 그것은 두말할 것도 없이 햄릿과 복수심에 불타는 폴로니우스의 아들 레어티즈와의 결투장면이다. 결투는 왕 앞에서 칼싸움으로 진행된다. 삼판승부에서 레어티즈는 햄릿에게 패배하여 죽지만 독약을 바른 칼 끝에 햄릿도 죽어가면서 왕을 살해한다. 왕비는 이미 독배(毒杯)를 마시고 숨져 있었다. 정석대로 간 비극이었다.

그러나 이야기는 여기서 끝난 것이 아니다. 조명이 밝아지면서 결투는 다시 시작된다. 이번에는 햄릿이 레어티즈의 칼에 찔려 죽는다. 그때 구경하고 있던 호레이쇼, 길덴스턴, 로렌크렌스 등 햄릿의 친구들이 달려들어서 왕과 레어티즈를 칼로 난자한다. 셰익스피어의 「햄릿」을 뒤집어 놓은 장면이다.

그와 같은 끝장면은 또다시 반복된다 역시 「햄릿」이 레어티즈에게 패배하여 쓰러져 죽게 된다. 그때 주위에서 서성이던 호레이쇼, 길덴스턴 등 햄릿의 동료들이 권총을 빼어들고 왕에게 달려들어 사살한다. 철저한 모반극으로 가져간 이 끝 장면의 새로운 해석이야말로 매우 충격적인 것이었다.

　그동안 76소극장을 중심으로 꾸준히 실험극을 해온 기국서는 이번 「햄릿」으로 자기의 진면목을 어느 정도 보인 것이다. 이탈리아의 스트렐러를 연상시키는 기국서는 분명히 주목할 만한 신인임에 틀림없다.

55. 지방연극제 4년의 결산

지역간의 문화격차 해소와 연극예술의 균형을 내걸고 3년 전에 시작한 전국지방연극제가 금년에 네번째로서 지난 6월 대구에서 그 막을 내렸다.

금년에는 전북대표 극단 황토의 「물보라」(吳泰錫 작, 박병도 연출)가 대상을 받았고, 대구무대의 「서풍이 불어오면」(金相烈 작, 박갑용 연출)이 차상을 받는 것으로 끝났지만 언제나 그렇듯이 작품수준에 있어서는 아쉬움이 남았다. 가령 1등이라 할 대상작품이나 2등의 문공장관상이 하나같이 중앙 극단들이 여러번 공연한 구작들이라는 점에서 연극제다운 신선미가 없었는데다가 당초 창작극 진흥이라는 의도에도 전혀 미치지 못했다. 이번 각 시도대표 12극단이 내놓은 작품을 볼 때, 새로 무대에 올려진 것이 5편인데, 이들 중에서도 한두 작품은 각종 희곡응모에도 들지 못한 것이고 또 한 편은 출간된 희곡집에 실려 있으므로 실제 연극제를 위해 쓴 작품은 2 편 정도에 불과하다.

그리고 중앙의 기성작가들의 경우도 김동리·윤조병·오태석·김상렬·김용낙, 유보상 등의 작품들이 취택되었다. 한마디로 희곡의 흉작이라 볼 수 있다. 특히 지방작가들이 쓴 희곡들은 제재나 감각에 있어서 너무나 진부하고 치졸했다. 다행히 지방작가 육성을 위해서 금년부터 지원금(150만원)이 나가므로 장래를 기대해 보지만 지방 극작가들은 연극 공부를 제대로 해야 될 것이다.

　연출도 진전이 별로 보이지 않았다. 연출의 핵을 작품해석이라 볼 때, 대상과 차상을 받은 작품에서조차 창의성을 거의 발견할 수 없었다. 가령 「물보라」의 경우 대사 전달에 실패했고 「서풍이 불어오면」은 중앙공연의 재판이었다.

　여기서 지적하고 싶은 것은 「물보라」에서 두드러지게 나타났지만 로컬리즘의 지나친 노출이다. 지방색을 나타내기 위해서 사투리를 적절히 구사하는 것은 바람직하지만 그것이 지나쳐서 작품에 균열이 생긴다면 문제라 아니할 수 없다. 지방극단의 작품이라고 유별날 수는 없는 것이다. 보편성을 띤 연극이라야 좋은 예술이 되는 것이다. 물론 지방작가들은 자기 고장의 풍정(風情)을 작품에 담기 위해서 표현에서부터 색다를 수 있다. 그러나 그것이 상징의 차원을 넘어서서는 곤란할 듯싶다. 연기부문에서는 눈에 띄게 달라지고 있음이 확인되었다. 대체로 다듬어지지는 않았지만 감수성에 있어서나 신체적 조건 등에 있어서 가능성 있는 배우들이 각 지역에 많았다.

　사실 지방연극은 그 기반 자체가 취약하기 때문에 그것을 문화의 차원에서 진흥시키려면 우선 내실있는 관립극단이나 기업지원의 직업극단을 두는 일부터 시작해야 되리라 본다. 그리고 중앙과의 활발한 교류를 가져야 될 것이다. 그렇지 않고 지방연극제가 하나의 장식용 행사로 머물다가 사라진다면 성과가 많지 않을 것이다. 그리고 창작극에만 머물 필요도 없을뿐더러 경연적 성격이 강해지는 것도 지양되어야 하리라 본다.

56. 정체 속의 몸부림

― 1985년도 연극회고

지난 한 해의 연극은 적어도 외형적으로는 떠들썩하고 화려했다. 왜냐하면 공연장이 대폭 늘어난데다가 기념공연들이 많아서 그 어느 해보다도 잔치 기분을 가장 많이 낸 해였기 때문이다. 그렇기 때문에 전체적으로 연극이 크게 진전되지는 못했지만 긍정적으로 평가해 줄 만한 것도 있었던 것이다. 그 중에서 공연장의 확대가 가장 돋보인 경우였다. 최신시설의 화려한 호암 아트홀의 개관을 필두로 해서 산울림소극장, 신선 소극장 등이 상반기에 문을 열었고, 하반기에도 민중 소극장을 위시해 강남에 예공간 385, 예술극장 등이 문을 열었으므로 지난 한 해에 전문극장이 무려 6개나 생겨난 셈이다.

이는 근래에 없었던 일로서 한국연극의 장래를 밝게 하는 것이다. 공연장 확대에서 특히 눈길을 끄는 것은 기업의 예술에의 가려진 개안(開眼)이다. 가령 호암 아트홀을 만든 삼성의 경우라든가 예술극장을 지원한 현대 재벌이 그러한 예인 것이다. 그 동안 자본 독점으로 비판을 받기도 한 대기업이 예술에 관심을 기울이기 시작했다는 것은 행정당국의 문화에의 형식적 관심 이상으로 큰 의미를 지닌다고 볼 수 있다.

연극·무용 등 고급예술은 오늘에 있어서 자립하기 어려운 쟝르이기 때문에 기업의 뒷받침은 매우 중요한 것이다. 문제는 그들이 영리만을 목적으로 하는 데 있고, 또 서울에만 집중시킨 것이다. 이 두 가지 문제는 그대로 나타나고 있다. 즉 셰익스피어의 「햄릿」으로 개관공연을 가진 호암 아트홀이 명작 위주로 레퍼토리를 선정하는데다가 자체극단을 갖지 않고 탤런트만 모아 기획공연만 하고 있는 안일성을 노출한 데서 그렇고, 대기업들이 지방에 그러한 전문공연장을 세울 생각을 전혀 보여주지 않는 점에서도 그렇다. 따라서 공연장으로부터 중앙과 지방의 불균형이 더욱 심화되고 있다.

지난해는 해방 40주년이 되는데다가 연륜이 쌓인 극단들이 자축공연을 많이 갖기도 했다. 가령 창단 25주년에다가 소극장 개관 10주년을 맞은 실험극장이 기념공연 시리즈를 가지면서 「아메리카의 이브」 같은 수작도 내놓았고, 민중극장이 100회 기념으로 「꿀맛」을 공연하여 많은 관객을 동원하기도 했다. 이러한 기성극단들의 자축공연 사이에 우리나라 양대 사학이라 할 연세대와 고려대가 각각 개교 100주년과 80주년 기념으로 「한 여름밤의 꿈」과 「시련」(아더 밀러)을 공연하여 연극계를 자극하기도 했다.

많은 인재를 배출한 두 대학의 연극 공연은 기성극단 이상으로 신선감을 주었던 것이다. 상반기에 기념공연에 이채로움을 불어넣기 위해서 토우탈 디어터(총체연극)의 실험도 있었던 바, 그것이 다름아닌 아카데미 창립 20주년 기념의 「말」(이강백 작)과 실험극장의 「삼시랑」(노경식 작, 김동훈 연출) 공연이었다. 전에도 그와 유사한 작업이 없었던 것은 아니다. 문학·미술·무용·음악 등 분화된 다른 쟝르가 연극에서 만나 하나의 작품을 만들어 보았다는 데서 의미를 찾아봄직하다.

이 말은 기존 연극의 흐름을 극복할 만한 예술적 성과에까지는 이르지 못했다는 이야기이다. 그러나 자연주의를 탈피한 세계 연극의 흐름과 보조를 맞춰 보려는 하나의 시도로서 의미를 부여할 만하다고 보겠다. 이는 자유극장이 그 동안 작업해 온 집단창작이라는 것과도 맥락을 같이 하는 것이기도 하다. 자유극장은 그러한 작업으로 프랑스에까지 초청되어 주목을 끈 바 있다. 이것은 일종의 연극의 국제교류인 바, 상반기에는 일본 고전인 형극 분라꾸(文樂)가 해방 후 처음 내한 공연하기도 했다.

그러나 무엇보다도 상반기의 큰 행사는 전국 지방연극제였다. 청주에서 열린 제3회 지방연극제에서는 포항의 은하극장이 농촌 계몽극 「대지의 딸」

(차범석 작, 김삼일 연출)로 대상을 받았는데 초기 스타일의 사실극이었다. 아마추어 단체들로서는 깜짝 놀랄 만큼 진지하고 세련된 공연이 많았는데, 이는 연극제 실시 이후 지방연극이 급속도로 신장되고 있음을 단적으로 보여주는 것이었다. 이러한 것은 순전히 재능있는 지방연극인들의 열정의 산물이다. 전문극장도 훈련된 관객도 없는 불모지에서 연극교육을 거의 받아보지 못한 지방연극인들이 그만한 성과를 올린 것은 하나의 기적이다. 거기서 지방민들이 얼마나 고급예술에 굶주려 있는가도 확인할 수 있는 것이다.

이러한 상반기 연극의 다양성 속에서 청소년 연극이라는 것이 갑자기 각광을 받았다. 드라마센터가 의도적으로 기획한 청소년극 「방황하는 별들」(윤대성 작, 김우옥 연출)은 중등학생의 큰 공감을 샀고, 지방공연까지 가졌다. 우리 연극이 좀더 다변화되고 특히 청소년들의 정서문제에 관심을 기울여야 한다는 과제를 남겨주었다.

연극이 사회적 기능을 제대로 하려면 우리가 안고 있는 사회문제를 정면으로 파고들어 무대화해야 된다는 교훈도 남겨주었던 것이다.

한여름에는 이렇다 할 움직임이 없었으나 초가을에 접어들면서 남북예술교류가 핫이슈로 떠올랐다. 비록 연극이나 무용 등 단일 종목은 아니었으나 무대예술이 분단 40여년 만에 교류를 가졌다는 것은 획기적인 일이었다. 그런데 북한예술은 그들의 경직된 체제만큼이나 이데올로기 선전물로 변질되어 있어서 분단이 정서의 이질화까지 초래했음을 확인할 수 있었다.

사실 예술은 자유로움 속에서 창조력을 발휘하는 것이다. 예술이 정치목적에 이용되면 그 순수성은 상실되고 만다. 그 예를 북한예술이 보여준 것이다. 그리고 정치는 자기 체질에 맞지 않는 예술을 거부하는 속성을 지니고 있다. 그러니까 목적으로서 이용하거나 거부한다는 이야기이다. 근자 마당극 형식의 「밥」이라는 작품이 지방에서 공연이 제대로 이루어지지 않은 사건도 그런 맥락에서 주목해야 할 일이다.

이러한 가운데서도 제9회 대한민국연극제가 10월초까지 두달 동안 진행되었다. 관주도 연극행사가 깊은 매너리즘에 빠진 느낌을 주기도 했지만 몇 개 공연은 가능성을 던져주었다. 그 하나가 극단 목화(木花)의 「필부의 꿈」이었던바, 이것은 오태석 사단의 실험극으로서 신선한 충격을 주었다. 즉 비천한 부부의 이별과 재회를 몽환극으로 꾸미고 꿈의 세계를 고대설화와 매치시킴으로써 현실과 초현실을 자유자재로 오가는 드라마를 창출해 냈던 것이다. 이처럼 오태석의 창의력이 도보였으나 정리되지 않은 상태에서 의미의 혼란을 야기시키기도 했다.

다행히 주연을 맡은 최형인이 빼어난 연기력으로 작품의 불투명성을 많이 보완해 주었다. 연기술이 돋보인 경우로서는 극단 산울림의 「하늘만큼 먼 나라」(노경식 작, 임영웅 연출)도 빼놓을 수 없는 공연이었다. 이산가족 이야기를 다룬 이 작품에서 백성희·조명남·박정자 트리오에 이주실·전무성 등이 가세하여 뛰어난 앙상블을 만들어 냈던 것이다.

그러나 이번 연극제에서 가장 큰 수확은 뭐니뭐니해도 극단 여인극장이 공연한 윤조병의 「풍금소리」(강유정 연출)가 아닐까 싶다. 공연으로서는 큰 성과를 올리지 못했지만 희곡만은 타의 추종을 불허하는 것이었다. 두 노파를 통해서 현대사의 아픔을 내면화하고 극복하려는 의지를 보여줌으로써 관객의 공감을 샀지만 그보다도 한국 리얼리즘극의 심화와 성숙을 이룩했다는 점에서 높이 평가될 만하다.

지난해에 발표한 「모닥불 아침이슬」과 연결되는 이 작품도 광산촌을 배경으로 하는 것에서부터 매우 상징적이다. 그러니까 30년대에 유치진이 시작한 현실복사적 초기 리얼리즘으로부터 벗어나 시적 리얼리즘으로까지 상승된 것이다. 루카치가 일찍이 갈파한 것처럼 리얼리즘이란 현실과 가능의 변증법이다. 이 말은 현실의 어두움을 딛고 그 개선의 비전을 제시해야 한다는 이야기다. 그 점에서 윤조병의 「풍금소리」는 풍부한 상상력으로서 성숙된 리얼리즘의 경지를 보여준 것이었다.

이상과 같이 지난 한 해의 연극계는 몇가지 측면에서 가능성을 향한 몸부림이 있었던 것이다. 즉 공연장 확대로 인해서 극단들이 활기를 찾았고, 비록 관주도 행사이긴 하지만 연극이 재정적 뒷받침을 받음으로써 빈사의 처지만은 벗어날 수 있었다. 그런 가운데 비록 소수이긴 하지만 윤조병 같은 극작가가 나타나 창작극의 수준을 크게 끌어올렸고 윤대성·김우옥 콤비가 만들어낸 청소년 연극도 연극의 다변화와 저변확대를 위해서 크게 기여한 것이었다.

그런데 아직도 당국자들이 극예술에 대한 인식이 부족한 것은 문제라 아니 할 수 없다. 그것은 지방으로 갈수록 심한데 하루 빨리 시정되어야 할 것 같다. 그리고 우리 연극이 너무 정체상태에서 못 벗어나고 있는 점이다. 실험정신이 퇴색했고 따라서 모험이 부족하다. 대작 아닌 소품 위주로 흐르는 것도 현실 안주의 타성을 단적으로 보여주는 예이다. 사회 각 분야가 눈부시게 발전하고 있는데 연극만은 아직도 확실한 방향 설정을 못하고 제자리 뛰기만을 거듭하고 있는 것이다. 좀더 창의력을 발휘할 때라 하겠다.

57. 한국연극계의 딜레마

한국연극은 지금 중대한 딜레마에 빠져 있는 느낌이다. 그러한 작은 징후의 한 가지가 바로 전통있는 신협의 창극공연이다. 지난달 말 문예회관 소극장에서 신협이 창극공연을 하고 있는 것을 보면서 매우 착잡한 생각이 들었다. 왜냐하면 오늘날 젊은 연극인들이 방향감각을 잃은 것이 아닌가 하는 의구심마저 들었기 때문이다. 더욱이 놀라운 것은 신협이 창극을 공연하게 된 동기에 대해서 이렇다 할 선언도 없이 단지 '86아시안게임이 열리는 해라는 점을 감안하여 극히 한국적인 레퍼토리를 찾던 중 계획적으로 정해졌다'(대표의 말)는 말 때문이었다.

물론 극단은 어떤 양식의 작품도 할 수 있다. 그것은 극단의 자유에 속한다. 그러나 개성없는 신흥 극단도 아니고 40여 년이라는 뚜렷한 이념적 전통을 갖고 있는 예술단체가 아무런 궤도수정의 명분도 없이 어느날 갑자기 엉뚱한 양식의 작품을 무대에 올린다고 할 때, 그것은 문제가 된다고 볼수 있다. 주지하다시피 신협은 1947년 봄에 극예술협회란 이름으로 창단된 연극사상 최장수 극단이다. 한창 좌익극단들이 판을 칠 때 우익민족극 수립을 내걸고 출범했는데 그 지표는 두말할 것도 없이 리얼리즘극 정립에 있었다. 실제로 극예술협회는 이 땅에 진정한 리얼리즘극을 이식시키는 데 기여한 30년대 극예술연구회의 정신을 그대로 계승한 극단이었다.

이것이 국립극장 설치와 함께 신협으로 개편 개칭된 것이다. 신협은 그

후 리얼리즘을 기조로 해서 꾸준히 연극사의 맥을 이었고 전쟁 중에 몇번 셰익스피어 작품을 공연한 것 외는 대체로 리얼리즘의 노선에서 크게 이탈하지 않았었다. 단지 창립 멤버들이 손을 뗀 직후인 70년대에 와서 슬럼프에 빠지면서 약간의 외도(?)를 한 것뿐이었다. 그것은 70년대 중반의 상업주의에 잠시 편승한 것일 뿐 신협의 기본철학을 저버린 것은 아니었다.

그런 신협이 오늘에 와서 갑자기 창극을 공연한 것이다. 물론 「사랑보쌈」(沈會萬 구성·연출)이라는 공연 프로그램을 보면 겉장에 신협창극단 창단이라는 것을 명시하고는 있다. 그러나 신협이 하나의 브랜치로서 창극단을 두게 된 배경이나 필연성에 대해서는 아무런 설명이 없다. 이는 실험뿐만 아니라 오늘날 우리나라 극단들이 얼마나 즉흥적이고 주먹구구식으로 운영되고 있나를 단적으로 보여주는 것이다.

신협이 창극단을 두고 창극을 공연한 것이 놀라운 것은 그 극단이 철저한 근대성을 추구하는 데 두어져 왔기 때문이다. 즉 저급 신파극을 극복하자는 것이 신협의 이념일진대 연극사적으로 보면 신파는 구파(唱劇)를 지양하자는 데 목표가 두어졌었다.

그렇게 볼 때 신협의 창극공연은 역사의 역행으로까지 확대 해석될 수 있는 것이다. 더구나 신협이 추구해온 리얼리즘은 다분히 민속적인 창극과는 본질적으로 다른 연극양식임에랴. 창극은 서구의 오페레타처럼 '좋았던 옛시절을 만가식(挽歌式)'으로 하는 우리 고유의 극형식이다.

다행히 이번 신협의 창극은 전통적 형식을 크게 변모시켜서 그런대로 변명의 여지를 남겨놓고 있다. 즉 오늘날 유행하는 마당극 형식을 가미시켰다는 이야기이다. 사실 원각사(1908년 설립) 시절에 판소리로부터 분화된 창극은 철저한 무대극 양식으로 굳어져 왔다. 그런데 이번에 신협이 그것을 마당놀이식으로 바꾸는 실험을 해 본 것이다. 이번에 신협이 공연한 창극 「사랑보쌈」은 전래의 판소리 「장끼타령」을 기본바탕으로 재구성한 작품이다. 그러니까 재래의 판소리를 현대적인 마당놀이식 창극으로 다시 꾸몄다는 이야기이다. 따라서 남편 장끼를 잃은 까투리가 수절을 하다가 개가해서 행복하게 산다는 줄거리를 그대로 가져가면서도 현실풍자(現實諷刺)의 대사를 간간이 삽입해서 오늘의 관중과 만나려 애썼다. 우선 무대만 하더라도 자연주의의 틀을 완전히 깨고 들어갔다.

소극장의 한가운데에 악사들을 앉히고 관중이 무대를 삥 둘러싸게 꾸몄다. 그러니까 무대장치가 완전히 생략된 것이다. 배우들의 의상도 각양각색이어서 양복에 하이힐을 신은 블루진 차림도 나온다. 과거에 뛰어난 명창으로 날렸던 박봉술이 양복차림에 안경까지 끼고 나와서 도창을 하는데 창보다는 아니리가 객적을 정도로 길었고, 그 내용도 작품내용과 동떨어진 극히 사사로운 것이 대부분이었다.

여기서부터 연극은 이완되기 시작한 것이다. 사설이 지리하다 보니 출연자들이 가로채고 나와서 연극은 진행되었다. 재야(在野) 창극인들이 주축이 되었기 때문에 창극이 갖는 흥과 멋의 화음은 되었으나 전체적으로 짜임새가 없고 거칠었다. 즉 어느 경우에는 창이 너무 과다하고 또 다른 경우에는 현대적 극성이 너무 강해서 전체적 톤이 일정치 않고 들쑥날쑥하는 제멋대로였다. 긍정적 시각에서 보면 마당놀이의 특성을 살린 것이라 생각할 수도 있으나 일단 창극이라 표방한 이상 톤은 살았어야 했다.

바로 여기서 신협의 창극은 창극도 마당놀이도 아닌 어중간한 작품이 되었다고 하겠다. 연극을 갖고 관중만 즐겁게 한다면 그것은 이미 예술은 아니다. 그 즐거움이 과장된 몸짓이나 천박된 대사에 의한 것이면 그것은 이미 예술 이전의 잡기에 불과할 수밖에 없다. 극예술에서 절제가 중요한 이유도 거기에 있는 것이다. 그런데 이번 공연에서는 절제원칙이 전혀 무시되었던 것이다.

우리의 마당극들이 공통적으로 지닌 그러한 풀어짐의 결함이 신협의 창극공연에서도 그대로 드러났다. 사실 창극은 창극대로의 원리가 있고, 마당극은 또 그대로의 원리를 지니고 있는 것이다. 이러한 원리를 거의 무시한 채 관객의 흥미에만 영합한다면 그것은 이미 연극행위라 보기 어렵다. 가령 작품 중에서 까투리 앞에 나서는 여러 동물 가운데 제비가 등장하는데, 연출가는 날짐승이 아닌 캬바레의 제비족을 등장시켜서 관객을 웃기는 장면이 있다. 이는 매우 기발한 아이디어로 볼 수도 있으나 작품 본래의 이미지와 맞지 않는 것이다.

물론 마당극은 즉흥성과 기발함을 중요한 특성으로 갖고 있는 것도 사실

이다. 그러나 작품의 기본구조와 전혀 이질적인 것이 무궤도하게 가감되어
서는 안된다. 그 점에서 신협의 이번 「사랑보쌈」 공연은 여러가지 해결해야
할 문제점을 낳았다고 하겠다. 다행히 신협이 본래의 이념을 퇴색시키지 않
으면서 부설 창극단이라든가 기타 몇개의 단체를 두고 본격 직업극단으로
전신한다니까 긍정적 시각으로 일단 지켜볼 작정이다. 예술단체는 시대에
따라 궤도수정이나 방향전환을 할 수도 있는 것이니까.

58. 극단 사조의 창단공연과 기대

지난 5월 14일부터 20일까지 1주일 동안 문예회관대극장에서는 매우 감동적인 공연이 있었다. 그것은 다름 아닌 극단 사조의 창립공연으로서 이해랑 연출의 「라인강의 감시」(릴리안 헬만 작)였다.

그 공연이 감동적이었던 것은 원작 이상으로 그러한 무대를 만들어주는 원로연출가가 아직도 건재하다는 것과 주로 방송에서 활약하는 배우들이 좋은 뜻을 갖고 극단을 발족시켰다는 점에서 더욱 그랬다. 사실 「라인강의 감시」는 새로운 작품은 아니다. 1940년에 발표된 것이고 우리나라에서도 49년에 여인소극장이 박노경 연출로 공연한 바 있었다. 그럼에도 불구하고 그 작품이 감동적으로 다가왔던 것은 뭐니뭐니해도 이해랑의 인생관조(人生觀照)적인 원숙한 작품해석과 그것을 충실하게 따라준 배우들의 맞부딪침 때문이었다.

무엇보다도 방송쪽에서 활약하는 그들이 이해랑을 창립공연 연출자로 선정한 것은 매우 잘한 일이었다. 왜냐하면 연기수련기회가 별로 없는데다가 그동안 무대를 멀리 했던 배우들로서 이해랑같은 오소독스한 리얼리스트를 맞은 것은 교육적으로도 좋은 기회이기 때문이다. 물론 사조단원들은 거의가 중견 배우들로서 과거에 연극을 많이 했고 또 인정을 받았던 사람들이다. 그러나 그동안 방송에서 활동하다보니 무대와 약간 소원해 있었던 것도 무시할 수는 없을 것이다. 따라서 그들의 야심만만한 무대복귀는 그들 자신의 재훈련으로서도 의의가 있지만 한국연극발전에도 큰 보탬이 될 것이라는 점에서 주목된다.

극단 사조가 발족된 것은 지난 초봄이었다. 김인태를 중심으로 남일우·민지환·송재호·이종만·박근형·이신재·김홍승·이정길·민욱·김용림·나문희·김미숙·김병기·이한수 등 중견배우 15명으로만 구성된 사조는 70년대 연극사조에 반기를 들고 등장했다는 점에서 이색적이다. 사실 70년대 연극계는 연출가들이 주도함으로써 실험이 성한 반면에 연극이 가지는 문학성과 배우술이 움츠러들었던 시기였다. 물론 이것은 세계연극의 한 추세이기도 했다.

극단 사조는 바로 그러한 경향에 반기를 든 것이다. 즉 우리 연극을 본래의 배우예술로 되돌리는 운동을 연극계 일각에서 펴보자는 것이다. 그들이 비록 전체적인 연극의 흐름을 바꾸어 놓을 수는 없다고 하더라도 그와 같은 목표를 갖고 출발한 것은 매우 중요한 의미를 지니는 것이다.

실제로 70년대의 우리 연극이 연출가들 손에 너무 좌우됨으로써 연극양식이라든가 연극의 내면공간의 확대같은 득도 있었지만 연극의 견고한 짜임새라든가 향취 높은 문학성, 그리고 무대를 채우는 배우의 연기술은 상당히 무너졌던 것이 사실이다. 따라서 '한 사람의 배우를 만나기 위해서 관객이 극장을 찾는 선배들의 전통을 다시 만들고 싶다'면서 중년으로 들어선 동인들이 자기들이 '살아온 인생만큼의 중량으로 무대를 채우고자 한다'는 사조대표의 의미심장한 창단사는 공감을 살 만한 것이었다. 그리하여 그들은 최고의 리얼리스트인 이해랑을 창립공연 연출자로 영입했던 것이다. 3개월의 고된 연습 끝에 올린 「라인강의 감시」는 기대했던 대로 감동적인 무대였다.

이처럼 극단 사조는 매우 성공적인 공연으로 연극계에 좋은 인상을 심으면서 순조로운 출발을 한 셈이다. 연극계가 심한 불황을 겪고 있는 터에 발족된 사조가 재정적으로 잘 견뎌나갈지 걱정이다. 이제까지 방송연기자들을 중심으로 했던 극단들이 여러개 생겨났으나 대부분 별다른 공헌을 못하고 흐지부지된 경우를 상기할 필요가 있다. 극단 사조는 바로 그들을 타산지석으로 삼아야 할 것같다. 별 이념도 없이 동호인들이 모여 만드는 무성격의 극단들은 단명하거나 지지부진하게 마련이다. 그런데 배우술의 회복이라는 뚜렷한 목표를 내걸고 출발한 사조니 만큼 재정의 어려움만 극복해나간다면 연극계에 큰 공헌을 하리라 예상된다.

V. 90년대의 무대

1. 이해랑 연극상의 의미

우리 신극은 압제하에서 생성 발전된데다가 해방·분단·전쟁·혁명 등으로 점철된 현대사 속을 헤쳐오느라 예술의 본도라 보기 어려운 계몽성과 이념성을 주된 체질로 삼을 수밖에 없었다. 게다가 궁핍과 혼돈의 현실 속에서 신파와 영화라는 상업예술이 극장을 석권함으로써 건강한 극예술은 형극의 길을 걸어오게 된 것이다. 우리 연극이 세계연극의 한모퉁이에서 고군분투한 것도 바로 그런 연유 때문이었다. 이러한 혼란과 답보의 한가운데를 가로지르면서 연극이 사도(邪道)로 흐르지 않도록 방패막이 노릇한 대표적 연극인이 바로 이해랑(李海浪)(1916~1989)이다. 그런데 그가 지키려 한 연극정신은 어디까지나 리얼리즘으로서 연극을 흥행의 수단이나 이념의 도구로부터 해방시키자는 것이었다. 예술인으로서는 드물게 명문가 출신의 맏이로서 연극이 박대받던 시절에 내외의 악조건을 극복하고 배우의 길을 걸었던 그는 유학시절의 학생극운동으로부터 시작하여 해방이후 극협·신협 국립극단으로 이어지는 신극의 정통노선을 꿋꿋하게 지켜왔다. 물론 특수한 정치상황 속에서 잠시 정계에 발을 들여놓은 때도 있었으나 그것은 예술계 지도자로서 어쩔 수 없이 겪어야 했던 참여의 고통이었다. 그는 연극을 한시도 저버리지 않았고 또 그것을 입신의 수단으로 삼은 적도 없었다.

그가 연출현장에서 그의 연극생애를 마친 것이 그 단적인 예라 하겠다. 이처럼 그는 생애의 반은 연기자로서, 그리고 나머지 반은 연출가로서 자기 인생을 창조작업에 소진했다. 그는 특히 저급한 상업극과 무궤도한 실험행위를 경계하면서 스타니슬라프스키의 근대극술을 이땅에 토착화시킨 탁월한 배우요 연출가였다. 그런데 그의 탁월성은 「밤으로의 긴 여로」나 「황금연못」 등에서 보여주었듯이 심오한 연극관에 입각한 생애의 통찰과 음미에 있었다고 하겠다. 그는 드물게 한국연극을 철학의 경지에까지 끌어올린 인물이었다. 유치진의 신극기반을 그가 이어받아 더 한층 심화, 성숙시켜 놓았기 때문에 우리는 미래 연극을 낙관할 수가 있는 것이다. 바로 그 점에서 이해랑연극상이 갖는 의미는 대단히 크다. 왜냐하면 이 상은 음지에서도 변함없이 장인정신에 입각하여 연극정도를 지키고 가꾸는 연극인에게만 주어지는 것이기 때문이다. 또한 공로보다는 지속적이면서도 열정적인 창조작업에만 주어지는 것도 특징이다. 이해랑연극상이 이처럼 정도에 입각한 연극정신에 격려를 해준다는 의미에서 한국연극의 잣대이며 동시에 지렛대 역할도 하리라 본다.

2. 도약하는 실험극장 되기를

지난 가을 운니동 소극장 폐관행사에서의 참담한 광경이 뇌리에서 사라지지 않는 것은, 실험극장이 현대연극사에서 차지하는 커다란 비중 때문이기도 하지만 그보다도 실험극장에 대한 남다른 애정도 큰 몫을 차지한다고 말할 수 있다. 1960년 가을 소위 동인제극단 시스템이라는 새로운 극단운영의 마스터플랜을 갖고 화려하게 등장한 실험극장이 그동안 우여곡절을 겪으면서도 꿋꿋하게 이 땅의 극장문화의 일각을 버텨준 것은 단원들의 투철한 예술정신과 뜨거운 동지애로 말미암은 것이라 볼 수 있다. 특히 지난 가을의 최악의 위기를 거뜬히 극복해내고 문화 불모지 강남에서 제2기를 맞이할 수 있었던 것은 실험극장이 30년동안 쌓아온 빛나는 전통과 실험극장을 사랑하는 팬들의 합작품이 아닐까 싶다. 사실 근자 내외적으로 여러가지 어려움이 중첩해 있음에도 실험극장만은 그것을 전화위복으로 삼은 것은 역시 대표를 비롯한 단원들의 집념과 비전에 입각한 것임을 알 수 있다. 현자는 언제나 위기를 도약의 디딤돌로 삼게 마련이다.

실험극장이 이번에 보여준 쾌거야말로 그 점을 단적으로 보여준 것이라 하겠다. 사실 대중문화가 범람하는 시대에 연극문화를 지킨다는 것은 참으로 어려운 일이다. 그러나 연극은 있어야 되고 단 어려움 속에서도 수천년 동안 연극은 존재해왔다. 그것이 바로 연극의 끈질긴 생명력이라 하겠다. 연극은 아무리 사회가 변해도 그 본질을 외면해서는 안된다. 최근 연극계

일각에서 타락의 소리가 들리기도 한다.

이는 물론 개방화시대 초기에 겪을 수 있는 진통으로 볼 수도 있지만 또 한편으로는 연극의 진정한 가치를 외면하는 데서 비롯되는 것이 아닌가도 싶다. 문화의 다원주의시대에 살고 있는 연극인들로서는 어떤 제약도 받아서는 안될 것이다. 그것은 오로지 스스로의 품위와 절제, 그리고 가치를 지키려는 노력에 위임해야 함은 두말할 나위없는 것이다. 실험극장은 30여년 동안 가장 모범적 극단으로서 연극의 정(正)을 한치도 벗어나지 않으려 혼신의 노력을 해온 단체이다. 강남에서 제2도약기를 어떻게 맞을지 궁금하지만 기대하는 바가 크다. 제발 어떠한 난관에도 굴하지 않고 연극의 정을 걸을 극단이라는 것을 다시한번 내외에 과시하길 바란다. 귀 단체의 무궁한 발전을 축원한다.

3. 연극제 재검토할 때

창작극 육성을 통한 민족극 진흥이라는 명분을 내걸고 출발한 대한민국 연극제가 몇번의 궤도수정을 거쳐 오늘의 서울연극제로 굳어진 지도 벌써 10여년이 되어 간다. 그동안 유수한 극작가와 이정표가 될 만한 창작극을 발굴하는 한편 독창적 연출기법도 등장케 한 공로가 없지 않지만 시간이 지날수록 서울연극제는 깊은 만네리즘의 수렁에 빠져들어가는 느낌이다. 당초 축제의 진정한 의미가 일상에서 오는 타성의 때를 털어 버리고 발전의 새로움을 모색하는 창조의 진통이 마치 난장의 소용돌이와 같은 것이라 볼 때 연극제가 어떠해야 하는가는 설명을 붙일 필요성조차 없는 것이다. 적어도 연극제는 단순한 기존연극의 집합장이 아니라 미래연극의 가능성을 타진하고 제시하는 실험극장이 되어야 한다는 이야기이다.

그럼에도 불구하고 근자 서울연극제는 어떠한 지경에 이르렀는가. 결론부터 말한다면 한국연극의 위기 증상을 한곳에 집합시켜 놓은 것 같다는 생각이다. 위기증상의 심각성은 연극제에 임하는 연극인들의 자세에서 가장 극명하게 드러난다. 하잘것없는 관의 지원금을 받아 창작극 한편 무대에 올림으로써 참여의 의미를 찾는 안일성이 연극제를 퇴색시키고 있다. 가령 연극제의 제일 목표가 창작극 발굴이라고 할 때 희곡이 갖는 비중은 대단히 큰 것이다. 그러나 연극제의 반이 지나가는 지금까지 단 한편의 희곡도 건질 만한 것이 없다. 우선 소재의 진부함은 말할 것도 없고 이상과 사회

에 대한 통찰력은 마비된 상태이며 창조의 고뇌와 문학적 상상력이 아예
고갈된 것이 아닌가 싶을 정도이다. 제출된 희곡이 연극제에 대비해서 새
롭게 쓴 작품들인지 아니면 수십년전에 써놓았다가 먼지만 털어 내놓은 것
인지 분간키 어렵다. 그렇다면 연출이나 연기에서는 신선함이 보이는가.
신선함커녕 상업성 짙은 통속취미마저 나타남으로써 관중을 아연케 하고
있다. 그러니까 소극장을 중심으로 널리 퍼져 있는 저질 상업주의가 신성
한 연극제마저 오염시키고 있는 것이 아닌가 하는 우려마저 하게 된다. 왜
냐하면 타성과 침체에 빠져 있는 연극계에 신선한 충격을 가할 만한 독창
성이 조금도 보이지 않고 오히려 연극제가 나태와 안일성만을 보여주고 있
기 때문이다. 물론 다음 작품들이 기다리고 있으므로 좀더 지켜보아야 되
겠지만 중간 지점에서 느낀 점은 이번 연극제가 진보 아닌 답보이고 후퇴
의 모습이라는 사실이다. 한국연극을 도약시키겠다는 의욕과 도전이 전혀
보이지 않는 서울연극제가 본래의 의미를 상실한 이상 그 틀을 근본적으로
바꿀 때를 맞은 것이다. 이제 우리 연극인들을 자극시키고 고무시킬 수 있
는 연극제로 새롭게 전환시킬 절박한 시점에 와 있다.

　실제로 창작극에 국한해서 연극제를 처음 만들 때와는 지금의 시대가 많
이 달라졌다. 자체에서 창조의 샘이 솟지 않을 때는 외부에서 끌어들여야
한다. 그것은 곧 국제적 성격을 띠는 연극제로 격상시키는 방법밖에는 없을
것 같다. 다원화시대의 연극진흥책이 단순한 창작극 발굴차원으로 머물러서
는 안된다. 연극인들의 자성과 함께 정부에서도 진지하게 생각해 볼 때이
다.

4. 연극환경의 변화

신극사 이후 뜻있는 사람들은 한결같이 연극침체의 원인으로 공연장 부족, 관객부족, 연극인 부족 그리고 창작극 부족 등을 지적해 왔었다. 거기다가 검열까지 첨가시켜서 5대 침체요인을 들먹여 왔었다. 그런데 근자에 와서 연극침체의 다섯가지 요인이 어느 정도 해소되었다고 말할 수 있다. 이처럼 열악한 환경이 개선된 반면에 또 다른 위협요인이 생겨났다. 다원화시대의 다양한 대중오락적의 범람이 바로 그것이다. 가령 영상매체로부터 시작해서 스포츠, 관광산업 같은 것이 바로 그러한 위협요인이라 말할 수 있다.

이처럼 한국연극은 내외적으로 대단한 변화 속에 들어 있는 것이다. 그럼에도 불구하고 특별히 변하지 않고 있는 것이 연극 자체가 아닌가 싶다. 구멍가게로 시작해서 중소기업 내지 대기업을 이룬 것이 우리 산업사회인데 연극만은 언제나 구멍가게와 같은 영세성으로 가난함을 면치 못하고 있다. 변한 것이라곤 극단원들간의 동지애와 끈끈한 연대감 실종 같은 것이 아닐까. 왜냐하면 연극단원들도 생계를 위해서 텔레비젼이라든가 영화 또는 다른 극단들을 찾아다녀야 하기 때문이다. 현실이 또한 동지애나 연대감만으로 연극창조를 허용하지 않고 있다. 더구나 개방화·국제화로 인해서 우리 연극이 알몸으로 내팽개쳐질 운명에 직면하고 있다. 벌써 외국의 저명한 뮤지컬 단체가 공연을 하러 오지 않았는가.

우리 연극도 살 길을 찾아야 한다. 그렇다면 어떻게 해야 사나? 우선 연극행태의 구조부터 달라져야 할 것 같다. 이제 구멍가게식, 또는 보따리 행상식 연극행태부터 바꾸어가야 할 것 같다.

우선 신극운동사의 아마추어리즘으로부터 과감히 벗어나야 한다. 그리하여 우리 연극은 대체로 세 가지 패턴으로 가야 될 것 같다. 한 가지는 역시 성숙도 높은 정통연극을 하는 것이다. 저질 대중예술에서 충족시킬 수 없는 인간의 진실을 추구하는 연극을 말한다. 고전과 근현대극을 아주 세련되게 만들어서 고급문화를 지켜가는 일이다. 두번째로는 세계추세에 맞춰서 대형 뮤지컬과 같은 상업극을 하는 일이다. 연극은 우선 연극인들의 안전한 생업이 되지 않으면 안된다. 그런 것이 전문화이고 직업화가 아니겠는가. 세 번째로는 소극장을 중심으로 한 실험극운동이다. 이것은 기성 연극에 신선한 피를 공급하는 것이므로 반드시 있어야 되는 것이다. 그럼에도 불구하고 오늘날 소극장들은 대부분 대극장의 축소판이거나 그보다도 못한 변형된 상업극의 온상 비슷하게 되어 가는 추세이다.

흔히 21세기를 문화시대라고 말한다. 문화시대는 저절로 오는 것이 아니다. 또 고급문화, 이를테면 연극·무용·미술·교향악 등 공연예술이 취약한 곳에서 문화시대가 열릴 수 없다. 돈 있는 기업과 정부가 나서서 대중문화 속에서 시들어가고 있는 고급문화를 조직적이고 장기적으로 키워가야할 때이다. 특히 언제나 홀대만 되어온 연극을 육성할 때이다. 이는 기업이 나서지 않고는 불가능하다. 당장 기업과 유수한 극단들이 자매결연 형식이라도 맺어서 연극인들이 생활을 걱정하지 않고 창조작업에 열중하도록 환경을 만들어줄 때가 된 것이다.

5. 호암아트홀의 「안토니오와 클레오파트라」

극작가 셰익스피어가 무대 위에서 살아 움직이는 나라는 연극이 번성하고 문화수준 또한 높은 나라이다. 왜냐하면 셰익스피어를 무대에 올리려면 우선 시설이 잘된 극장과 노련한 배우, 그리고 엄청난 재정이 뒷받침되어야 하기 때문이다. 그런데 전통 있는 실험극장이 《중앙일보》(中央日報)와 손잡고 30주년 기념공연으로 무대화가 어렵기로 유명한 「안토니와 클레오파트라」(尹浩鎭 연출)를 선보여 관중의 갈채를 받고 있다. 이 작품을 공연키 어려운 이유는 많은 장면(42개)전환과 두 주인공의 복잡한 성격을 소화해낼 배우가 마땅치 않아서이다. 그뿐이 아니다. 우리의 경우 제작기술이 거의 없는 것이거나 마찬가지 상태에서 영세한 극단이 그 장대한 작품을 무대에 올리는 일은 한 단체의 운명이 걸린 것이나 마찬가지이다. 그런 모험을 실험극장이 해냄으로써 호암 아트홀은 모처럼 연극다운 연극으로 감동이 넘치고 있다.

로마역사 중 제2기 삼두정치(三頭政治)시대를 배경으로 한 이 작품은 역사 속의 전설적 영웅들을 적나라한 인간으로 묘사한 셰익스피어史劇의 하나이다. 따라서 두 주인공인 위대한 장군과 미인 여왕의 정치적 야망과 인간적 욕망이 교차되면서 권력과 사랑, 그리고 인생 그 자체에 대한 허망함이 전편에 흐르게 된다.

이번 공연이 성과를 거둘 수 있었던 것은 첫째로 복잡한 작품해석의 명료성에서 찾을 수 있을 것 같다. 일세를 풍미한 영웅과 절세의 미인 여왕간의 사랑에 초점을 맞춰놓음으로써 역사기록의 허구가 드러나고 동시에 어처구니없는 인간의 우매성과 성격파탄이 노출되어 무대는 웃음과 비장미로 가득찬다. 명석하고 힘넘치는 윤호진연출을 능숙한 배우들이 떠받쳐줌으로써 자칫 늘어지기 쉬운 무대를 절묘한 긴장과 이완으로 조율해 주고 있다. 즉 노련한 이호재 (안토니 역)가 영웅과 범인 사이를 넘나드는 변신을 훌륭히 해주고 있고, 타고난 기(氣)의 이혜영(클레오파트라)이 농염한 연기로 분위기를 잡아준다. 오랜만에 무대에선 노장 홍계일(폼페이어스)의 중후한 연기도 돋보였으며, 이승호(촌뜨기) 이필훈(점술가) 반석진(레피더스) 여무영(아그리파) 등의 뒷받침과 장기용과 손봉숙(孫鳳淑)도 호연이었다. 다만 정보석(시이저 扮)과 서학(이노바아버스 분)이 좀더 잘 해주었더라면 싶었다. 그러나 이번 무대의 정연한 앙상블에서도 30년 전통의 실험극장의 저력이 나타났다. 두번째로 이번 작품이 셰익스피어극의 장중함과 시적 아름다움을 충분히 표출해줄 수 있게 해준 것은 뭐니뭐니해도 압들카더 화라의 빼어난 무대미술이었다.

로마와 이집트, 육지와 바다, 옥내외의 변화무쌍한 장치전환을 신속하고 과학적으로 해주고 있을 뿐만 아니라 두 나라의 고풍의상, 대소도구 등에 이르기까지 디테일이 어떠해야 하는가를 이번 공연이 훌륭하게 보여주고 있다. 역시 셰익스피어 본고장에서 익힌 화라의 무대장치 미학은 우리 연극이 어떻게 가야 하는가를 웅변으로 보여준다고 하겠다. 그리고 우주의 대질서 속에서 인간의 운명이란 무엇인가 하는 범신적 관점에서의 인생조명이 셰익스피어극의 한 주제라고 볼 때, 배우들이 던지는 한마디 한마디의 시구(詩句)는 관중을 감동으로 몰아가면서 동시에 깊은 사념에 빠지게 한다. 실험극장 배우들이 혼신의 열정으로 관객을 끌어당기려 안간힘하고 있다.

6. 지방연극의 명암

— 부산연극 「오구」와 관련하여

　서울에서는 수십 군데의 대소극장에서 여러 형태의 연극작품이 매일 공연되고 있지만 한국 제2의 대도시라고 자랑하는 인구 4백만의 부산에서는 겨우 창작극 한편이 공연되고 있었다.　그것도 물품창고로나 쓸 만한 시설부재의 소극장으로서 30여평 남짓한 비좁은 공연이었다.　무대와 객석의 구분이 없는 이 가마골 소극장에는 30여명이 관극하면 알맞을 공간에 20여명의 등장인물과 1백50여명의 관중이 들어차서 그야말로 발디딜 틈조차 없었다.　따라서 난방시설도 안된 방이었음에도 출연자와 관객이 내뿜는 열기로 한증막을 방불케 했고 먼지와 땀으로 뒤범벅될 수밖에 없었다.　굿을 제재로 한 작품이었기 때문에 출연자들은 수시로 뛰었고 관중이 참여자의 일원으로 호응함으로써 열띤 분위기를 더욱 고조시켰다.　부산의 신예작가 이윤택이 그 지역에 존속되고 있는 산오구굿의 일부를 해체하여 현대적으로 재구한 「오구—죽음의 형식」은 지난 가을 서울연극제에서도 호평을 받은 창작극이다.　공간뿐만 아니라 연출·배우·제작진 등 모두가 바뀌어서 새롭게 만들어진 이 작품은 매우 색다른 맛을 풍겨주었다. 서울에서의 공연은 연출가(蔡允一)의 성향에 의해서 가급적 굿성을 배제하고 무대극으로 가져간 데다가 배우들 또한 세련미를 보여줌으로써 한편의 잘 다듬어진 작품으로 비쳐졌었다.　그러나 원작자의 손에 의해서 본고장 배우들이 만든 「오구 —」

는 매우 특이했다. 그러니까 원형연극이라 할 산오구굿의 거리 극적 특성을 극대화시키면서 그 속에 뒤틀린 현실을 자연스럽게 삽입한 이색적 작품을 창출한 것이다. 그 결과 형태와 내용 양면에서 전통과 현대가 혼용될 수 있었고, 병든 현실이 풍자의 도마 위에 올려져 난타당한 것이다. 도덕성을 상실한 정치사회의 어두운 측면을 드러내어 혹독한 비판을 가하는데도 불구하고 시종 객석이 폭소로 가득찰 수 있었던 것은 굿이 갖는 희극성과 한국인의 낙관주의를 교묘하게 배합시킨 때문으로 볼 수 있다. 그러나 그것을 하나의 극예술로 볼 때, 미숙한 점이 적지 않았다. 우선 연출에서 문제점이 보였다. 비록 굿을 현대극으로 자연스럽게 끌어올리면서 포스트모더니즘의 실험기법까지 활용하는 등 아이디어와 재기가 넘치긴 했지만 의식과잉에 따른 군더더기가 많았다. 예술에서 유의해야 할 절제원칙이 제대로 지켜지지 않았다는 이야기이다. 이는 특히 작가가 자기 작품을 연출할 때 범하기 쉬운 우(愚)라 하겠다. 다음으로는 연기의 미숙함이다. 소위 절제 원칙은 연기에도 그대로 적용되는 것으로서 배우들의 훈련과 경험부족이 너무나 적나라하게 드러났다. 사투리의 남용이 곧 모국어에 대한 사랑이 아닌 것은 대중에의 전달에 장애가 될 수 있기 때문이다. 물론 극단명칭 자체가 거리패이므로 진솔한 삶을 꾸밈없이 보여주는 것을 목표로 한다면 별 문제일지 모른다. 그리고 기둥배우는 무가(巫歌)와 무무(巫舞)를 어느 정도 익혔어야 했다. 대소도구도 예외가 아니다. 이러한 몇 가지 결함에도 불구하고 중앙의 기성연극계에서 찾아보기 힘든 번뜩이는 아이디어와 넘치는 열정은 지방연극의 가능성을 보여주는 것이었다. 특히 연일 소극장을 메우는 진지한 관객은 지방시민들의 고급문화에 대한 갈증을 잘 표현하는 것이다. 지방 대도시에 전문극단 하나 없는 것은 부끄러운 일이다. 문화부가 할 일은 공허한 말장난이 아니고 지방도시에 관립극단 하나라도 만드는 일이다.

당초 국립극장 창설 때 대구·부산·광주 등에도 설치키로 했었다. 금년에 국립극장이 40주년을 맞지만 아직도 실천되지 않고 있다. 그것 한가지만 실천해도 문화부의 큰 업적이 될 것이다. 지방무대예술인들에게도 꿈을 주어야 한다.

7. 극예술 본도로의 진입
— 1992년도 연극계 전망

　금년도의 연극계는 어떻게 전개될 것인가? 결론부터 이야기한다면 참으로 흥미롭게 전개될 것이라는 이야기이다. 왜냐하면 세계 정세뿐만 아니라 우리의 정치·사회 상황 역시 급변하고 있기 때문이다. 가령 지난 해의 소연방 해체는 사실상 20세기를 내내 긴장시켰던 소위 냉전체제의 종식을 의미하는 것이며 그에 따른 남북관계 개선이라든가 민주화의 진척같은 것도 우리의 주변환경을 급속히 변화시킨 것으로 볼 수 있다.

　이런 정치 사회문제를 먼저 꺼내는 것은 연극이야말로 그러한 정치 사회 환경과 가장 밀접한 관계를 가진 예술쟝르이기 때문이다. 연극은 종합예술일뿐더러 집단예술이고 또 대중을 모아놓고 직접적으로 호소하는 예술양식이기 때문에 대단히 행동적이고 자극적이며 선동적이기까지 하다. 게다가 근대극 이후 연극은 사회의 기록이라는 사명감까지 부여받음으로써 현실문제를 많이 무대위에 올려놓고 있는 것이다.

　어떻게 보면 이러한 연극의 현실참여의 지나침이 연극의 生命을 위축시킨다는 비난을 사게된 원인도 되었다고 볼 수 있는 것이다. 더욱이 우리나라의 경우 신극이 일본제국주의 침략과 동시에 시작됨으로써 항상 저항을 그 생명으로 해온 것이 사실이다. 그러니까 연극이 인간을 탐구한다든가 진실을 통한 구원을 제시하는 것과 같은 연극의 본래의 의미를 외면해왔다고도 볼 수 있는 것이다.

한국연극이 대체로 거칠고 목적성이 강하며 따라서 재미가 없는 이유도 바로 그런 역사적 배경 때문으로 볼 수 있다. 이러한 우리 연극의 특성은 참으로 극복되기 어려운 멍에이기도 하다.

서두에서 국제정세와 우리의 정치상황을 말한 것은 우리 연극의 지나친 이데올로기 편향과 연관시켜 연극전망을 말하고자에서였다. 사실 1980년대 까지의 연극 흐름을 되돌아볼 때, 상업주의 연극과 이데올로기 연극이 양대 산맥을 이루었다고 해도 과언이 아니다. 그러나 88서울국제올림픽 이후의 국제정세 변화와 국내정치의 변화로 인해서 이데올로기 성향의 연극작품들이 급격하게 쇠퇴하기 시작했고, 그것이 지난해(1991년)에 와서는 거의 관중의 시선을 끌지 못하는 경우에까지 이르렀다고 볼 수 있다.

그것은 우선 연극 단체들의 행동양상에서 나타났다. 비근한 예로 197,80 년대에 걸쳐서 정치 사회변혁에 절대적인 영향을 미쳤던 소위 마당극운동이 눈에 띄게 움직이지 않는다는 점이다. 마당극 단체들은 대학가와 공단, 그리고 각도시에서 대단히 활발하게 공연활동을 벌였었다. 그러면서 국민적 각성을 불러일으키는 데 있어서 적잖은 역할을 했었다.

그러나 88서울국제올림픽 이후 그러한 마당극운동이 그 열기를 잃어가기 시작한 것이다. 물론 민족극 한마당이라는 전국적인 마당극 단체들의 공연 축제가 해마다 열리고는 있지만 7,80년대에 비할 바가 아니다. 마당극이 지나치게 이념지향적인 약점이 있긴 하지만 사회에 대한 냉철한 비판이라든가 열린 형태의 연극이라는 점에서 정치 사회뿐만 아니라 공연예술 전반에 걸쳐서 많은 변화를 불러일으킨 바 있다. 사회가 긍정적으로 진척되어 가더라도 마당극 양식도 하나의 특수한 연극형태로서 존속되었으면 하는 것이 필자의 바램이다.

이처럼 이념성 짙은 연극의 쇠퇴는 작가들의 의식변화에서도 두드러지게 나타나고 있다. 가령 지난 해 히트한 창작극들만 보더라도 매우 보편적 주제들이었던 것이다. 즉 수작이라 꼽혀서 많은 관객을 동원하고 여러 가지 상을 휩쓴 작품들을 열거하면 국립극단의「사로잡힌 영혼」(이상현 작)「물 거품」(李康白 작)「심청이는 왜 두번 인당수에 몸을 던졌나」(오태석 작)「

길 떠나는 가족」(김의경 작) 「그것은 목탁구멍 속의 작은 어둠이었습니다」
(이만희 작) 등이었다. 이들 작품들의 공통점은 인간의 보편적 진실탐구라
볼 수 있다. 불도수행의 어려움을 위시하여 예술혼 탐구, 동양적 사유세계,
그리고 도덕성 붕괴 등이 주제였던 것이다.

그러니까 요 몇해 전까지 주목을 끌었던 분단문제라든가 이데올로기 갈
등, 폭력정치 비판 같은 사회문제를 다룬 작품들이 드물어진 것이다. 그러
한 경향은 금년도 신춘문예 응모작품들에서도 확연히 드러났다.

이러한 경향은 觀衆의 성향에서도 나타났다. 지난해에 가장 많은 관객을
동원한 작품들은 역시 대중성 짙은 뮤지컬이라든가 아니면 일상적 삶을 다
룬 번역극들이었다. 가령 극단 산울림이 7개월 동안 장기공연하고 있는 「엄
마는 오십에 바다를 보았다」를 위시하여 「웨스트 사이드 스토리」 「캣츠」 「
욕탕의 女人들」 같은 작품이 바로 그런 계통이다. 따라서 금년 연극의 흐름
도 지난해의 대세를 바탕으로 전개될 것임은 두말할 나위없는 것이다. 역사
라는 것은 과거와 현재가 잇닿아 있는 것이고 다시 미래와 연결되는 것이
다.

그러므로 금년 연극제는 대체로 다섯가지 방향으로 전개될 것으로 예상
된다.

첫째는 이념지향적인 작품들은 찾아보기 힘들 만큼 희소할 것 같다. 물
론 이것은 마당극 단체들의 움직임과 직결되는 문제이기는 하다. 그러나 극
작가들이 그러한 테마에 별로 관심을 기울이지 않는데다가 관중 또한 특별
한 흥미를 느끼지 못하기 때문이다. 물론 금년은 선거의 해이므로 그런 유
형의 선동연극이 어떤 역할을 할 수도 있을지 모른다. 그러나 전반적 흐름
이 인간 보편의 진실추구를 연극의 기본으로 삼으려는 경향이 강한 사실에
주목할 필요가 있다고 본다.

두번째로는 역시 진지한 연극, 이를테면 삶과 죽음, 종교적 구원, 사랑
등을 다룬 창작극과 번역극이 주조를 이룰 것 같다. 이는 이념성의 작품 퇴
조와 상관관계가 있는 것이기도 하다. 또한 이는 세번째 특성이라 할 상업
주의극의 번창과도 직결되는 것이기도 하다. 즉 금년에는 미국 브로드웨이
풍의 뮤지컬이 대단히 세력을 펼 것 같다. 벌써 지난해 롯데월드에서 수개

월 동안 관중을 끌어모았던 뮤지컬 「웨스트사이드스토리」가 지방공연에 나서서 지방관객을 매료시키고 있지 않은가. 아마도 지난해 서울에서 인기를 끌었던 뮤지컬 작품들이 지방순회공연에 나설 것이고 새 작품들도 적잖이 올려질 것이다.

이것은 다시 청소년연극, 어린이극과도 직결되는 것이기도 하다.

그러니까 네번째로는 뮤지컬 형태의 어린이극과 청소년연극이 지난해 이상으로 번창할 것으로 예상된다. 이것은 어린이와 청소년의 정서함양에도 좋다. 문제는 지나치게 상업적으로 흐름으로써 저질 작품이 양산될 때, 역기능을 할 가능성도 없지는 않다. 다섯번째로는 지방연극이 괄목할 진전을 보일 것으로 예상된다. 벌써 인천시립극단은 자리를 잡았고 경기도립극단도 재정비되었으므로 금년에는 새로운 면모를 보여줄 것이다. 그리고 전주에도 도립극단이 생겨날 것으로 보이며 다른 도시들에도 전문적인 관립극단이 움트리라 본다. 결국 지방연극을 시도립극단들이 생겨나야 뿌리를 내릴 수 있는 것이다. 그런 측면에서 금년이 어떤 전기를 마련하는 해가 될 가능성이 높다.

이상과 같이 금년에는 연극이 좀더 긍정적 측면에서 진전될 것으로 전망된다고 하겠다.

8. 불량연극의 범람과 문제점

— 1992년도 연극을 점검해본다

한 나라의 연극은 창작극이 주조를 이루어야 함은 두말할 나위없는 것이다. 물론 국수적으로 창작극만 해도 연극은 발전이 없다. 그러나 적어도 우리가 흔히 쓰는 민족극이라는 말도 민족의 생활과 풍정, 정서가 배어 있는 창작극을 가리키는 것이다. 그런 측면에서 보았을 때 금년 한 해의 연극은 그야말로 위기국면에 직면해 있다고 해도 과언이 아니다. 왜냐하면 무대를 지배한 것은 대부분 번역극인데다가 어쩌다가 공연된 창작극도 너무나 저질이어서 차마 눈뜨고 볼 수 없을 정도였기 때문이다. 이것은 참으로 심각한 문제로서 그냥 지나칠 일이 아니다.

금년 한 해도 역시 연극은 소극장 중심으로 이루어졌다. 장기공연도 소극장에서 이루어졌고 히트작도 물론 소극장에서 나왔다. 가령 연초부터 최근까지 공연되고 있는 작품들만 하더라도 산울림소극장의 「딸에게 보내는 편지」로부터 시작해서 실험소극장의 「신의 아그네스」 대학로 소극장의 「불 좀 꺼주세요」, 왕과 시의 「품바」 등이 바로 그러한 예이다. 이중 두 작품이 창작극이지만 「품바」는 재탕 삼탕 수없이 리바이벌 된 것이고 「불 좀 꺼주세요」 한 편만이 신작이다. 우리 연극이 근자 소극장 중심으로 공연되고 있는 것은 1980년대초 공연법 개정에 따른 것이다. 즉 소극장 개설과 극단조직의 자유화에 의해서이다. 그런데 장기공연에 따라 잘 익은 작품을 관람할 수 있고 또 연극인들이 하고 싶은 작품을 무대에 올려서 자립할 수 있는 장점도 낳았지만, 반면에 작품의 왜소화와 연극인들의 핵분열에 따른 조악한 작품의 범람으로 연극계가 혼탁해진 단점도 낳았던 것이다. 특히 소극장이 그 본래의 기능이라 할 실험적 탐구정신을 망각한 채 대극장의 축소판으로 타락의 온상으로 바뀌는 듯한 조짐을 보여주고 있는 것은 대단히 위험스런 일이기도 하다. 가령 무자격 신인들이 건강한 예술정신 아닌 이 시대 대중예술의 상업성에만 물들었다고 할 때 과연 어떤 작품들이 나올 것인가는 명약관화한 것이 아닌가.

최근 대중문화에 널리 번져 있는 외설이 소극장무대까지 침범하여 사회적 관심의 대상이 되고 있는 것도 그 때문이다. 이제 무대 위에서 옷을 벗는 것은 예사이고 키스신이라든가 농염 짙은 성애(性愛)표현은 사회통념을 훨씬 넘어서고 있어서 문제라 아니할 수 없다. 물론 작품이 탐미의 극대화를 위해서 부득이 성애표현이 불가피할 수도 있다. 그러나 근자 무대 위에서 벌어지고 있는 것은 순전히 상업성을 노린 점에서 예술 아닌 외설에 가깝다는 데 심각성이 있는 것이다. 연극은 역시 품위를 중요시하는 고급예술에 속한다. 만약 연극이 영상매체를 통해서 쏟아져 나오는 대중예술과 같은 것이라면 그 존재가치를 상실할 것이다. 이러한 경향이 창작극에서 두드러지게 나타나고 있어서 더욱 심각하다.

장기공연 창작극이 대체로 그러한 점에서 대중의 연극인식에도 문제가 있는 것이다. 이런 외설작품 외에 기성극작가들이 내놓은 창작극들은 그 소재 취택에서부터 형상화에 이르기까지 너무나 진부하다. 식민지시대 이야기 아니면 분단 또는 산업화 과정에서 빚어진 갈등의 문제가 전부이다. 그러니까 우리들의 현재적 삶과 동떨어진 이야기들만 공허하게 이야기하고 있는 것이다. 극작가들에게서 공통적으로 느껴지는 것은 역사와 인생을 바라보는 분석적 눈이 없는 점이다. 그러니까 시대변화에 둔감하고 삶에 대한 통찰력이 마비되었다는 이야기이다. 그뿐만 아니라 상상력이 고갈됨으로써 일상과 환상의 구별조차 못하는 실정이다. 극작가들이 체험과 사색의 축적이 없기 때문에 천박한 관념만을 쏟아내고 있는 것이다.

이는 대단히 심각한 문제이다. 좋은 창작극이 나오지 않는데 연극의 발

전이 가능하겠는가. 그렇기 때문에 이 시대의 상업주의만이 연극무대를 뒤
덮고 있는 것이다. 가령 대형백화점의 공연장을 중심으로 해서 번성하고 있
는 뮤지컬 공연이 바로 그러한 예이다. 그러나 절망 뒤에는 희망이 있듯이
연극계에 가능성도 부분적으로 나타나고 있다. 위성도시들에 극단이 생겨나
고 있는 것이나 의식있는 신인들이 간간이 나타나고 있는 것 등이 바로 그
러한 가능성 중의 하나이다.

9. 풍요 속의 빈곤과 퇴행

— 1992년도 연극의 회고

우리 연극은 위기에 봉착했는가? 그렇다. 그것도 매우 심각한 위기에 처해 있다. 왜냐하면 가능성의 싹보다는 부정적 요인이 연극계를 뒤덮고 있기 때문이다. 인간의 병에 비유한다면 거의 암환자와 같은 증상을 보이고 있다고 해도 과언이 아니다. 그것은 특히 연극인들의 의식상태가 그렇고 창작극 분야에서 더욱 두드러지게 나타나고 있다. 조상의 유산을 몽땅 털어넣으면서 또는 일신의 영달을 헌신짝처럼 내던지면서 무대 위에서 자신의 인생을 불태웠던 선구연극인들의 치열한 예술정신은 온데간데없고, 오직 부패한 상업주의만이 만연되고 있는 것이 오늘의 한국연극이 아닌가 싶다. 타락한 대중예술이 고급문화라 할 수 있는 연극무대까지 오염시켜서 앞으로 연극이 어떠한 방향으로 나아가야 할 것인가조차 가름할 수 없게 만드는 혼돈이 오늘의 우리 연극계의 나상(裸像)이 아닌가 싶다.

이러한 연극계의 중병을, 지난 1년을 회고하면서 짚어보는 것도 의미있는 일의 하나일 것이다. 지난 1년의 연극은 한마디로 소극장 중심의 연극활동이었다고 말할 수 있다. 그것은 대형극장인 국립극장과 문예회관 대극장 공연이 보잘것없었던 데 비해 몇몇 소극장을 중심으로 활발한 연극공연이 이루어졌고 거기서 또한 지난 한해 우리 연극의 모습도 보여주었기 때문이다. 가령 연초부터 화제를 모으면서 거의 1년간 경쟁적으로 공연을 가진 바 있는 4편의 작품이 그 좋은 예가 되리라 본다. 즉 산울림소극장의 「딸에

게 보내는 편지」와 실험극장 소극장의 「신의 아그네스」, 대학로 소극장의
「불 좀 꺼주세요」 그리고 극단 왕과시의 「품바」가 바로 그것이다. 거기에
또 하나 이색적인 경우로서 신촌로타리의 한 소극장에서 공연되고 있는 「
퍼포먼스와 콜걸」도 장기공연의 예로서는 추가될 수 있을 것이다.

우리 연극, 특히 최근의 연극이 소극장중심으로 이루어지고 잇는 이유는
대체로 두가지 측면에서 살펴볼 수 있을 것 같다. 첫째는 1980년대 초반 공
연법개정으로 소극장개설과 극단조직이 자유로와짐에 따라 제작비가 많이
드는 대극장보다 소극장을 선호하게 된 것, 둘째는 소극장중심으로 공연을
갖게 되면 관객의 다과에 신경을 덜 쓸 수 있고, '실험'을 내세워서 모험적
공연도 해볼 수 있으며 기획공연 같은 것도 해볼 수 있는 것 등을 꼽을 수
있다. 특히 그 중에서도 제작비를 적게 들여서 장기공연을 할 수 있는 편
리함이 소극장을 선호하는 경향을 낳은 것이라 볼 수 있다.

그런 경향은 몇가지 장단점의 결과를 낳았다. 장점으로는 능력 있는 연
극인이나 극단이 자기 극장을 갖고 마음껏 작품을 제작할 수 있는 점인데
그 성공 케이스가 산울림소극장과 실험극장소극장이다. 그러나 단점도 적지
않다. 그 가장 큰 단점은 역시 연극의 왜소화이다. 그리고 더 큰 문제점으
로 부각된 것이 저질 무능연극인들이 작품 창조와 제작에 뛰어 들음으로써
예술이전의 조악한 작품을 양산한다는 점이다. 그것이 바로 요즘 연극의 타
락현상으로 나타나고 있는 점이기도 하다. 가령 소극장중심으로 나체연극의
등장이라든가 성애의 과다한 표현 등으로 사회적 물의를 빚고 있는 현상을
우리가 목도하고 있지 않는가.

게다가 연극인들의 핵분열로 말미암아 어느 극단이고 대작을 만들어내기
가 힘들어졌다. 사실 소극장의 본래의 기능은 창조를 위한 실험에 있는 것
임에도 우리의 소극장들은 대극장의 축소판이거나 아니면 그보다도 못한
처지에 놓여 있다. 오히려 상업성만을 노려서 연극타락의 온상이 되고 있는
소극장들이 적지 않다. 1970년대까지만 해도 상업주의연극은 대극장에서 간
헐적으로 이루어졌으나 최근에 와서는 소극장이 더욱 심한 상태라 해도 과
언이 아니다. 그것이 오늘날 우리 연극의 가장 큰 문제 중의 하나이다. 더
욱이 그동안 이 분야 인재양성에 소홀한 나머지 우리 연극은 재정 이상으
로 인재고갈에 직면해 있다. 좋은 작품을 만들 수 있는 재목이 태부족인 상

태이다. 몇 대학에서 연극인을 길러냈지만 쓸 만한 인재들은 방송국이나 영화 쪽으로 빠져나갔기 때문에 우리 연극은 스타빈곤 상태에서 고전하고 있다. 그것은 비단 배우만이 아니고 연출, 무대미술 등 모든 분야에서 마찬가지이다. 그 중에서도 극작가들의 태부족과 기성작가들의 침체가 심각성을 더해가고 있다.

우선 번역극에 비해 절대 열세에 놓여 있는 창작극 공연의 경우 금년에는 완전히 흉작이다. 창작극은 대체로 연극제에 몰리게 되는데 지난 한해에는 단 한편도 건질 만한 것이 없었다는 점에서 연극의 미래를 어둡게 한다. 서울연극제와 전국연극제, 그리고 국립극장과 삼성문화재단 등에서 창작극 개발을 하고 있음에도 이렇다할 수작이 나오지 않고 있는 것은 정말 큰 문제라 아니할 수 없다. 창작극에 대한 지원이 크게 강화되었음에도 문제작이 나오지 않고 있는 것은 순전히 작가들의 역량부족에 따른 것이라 볼 수 없다. 과거에는 표현의 제약이라든가 지원부족 등에 원인을 돌렸지만 지금은 그런 변명이 통하지 않는다. 왜냐하면 작가들이 좋은 작품만 내놓으면 생활에도 지장이 없을 만큼 뒷받침을 받고 있기 때문이다. 그럼에도 불구하고 창작극은 최대의 위기를 맞고 있다. 그것은 창작극이 없어서가 아니고 발표되는 작품들이 모두 수준 이하여서 그렇다. 지난 한해만도 창작극은 소개된 번역극의 4분의 1가량이 된다. 창작극을 발표한 작가들도 신인만이 아니고 원로극작가로부터 중견, 신인들에 이르기까지 고르게 분포되어 있다. 그런데 창작극 전체에 나타난 공통적 경함은 소재 취택에 있어서나 아니면 시대와 삶을 분석해내는 데 있어서 진부하고 무감각하다는 사실이다. 이 말은 곧 극작가들의 밑천이 몽땅 드러났다는 이야기도 되고 체험과 사색의 축적이 되지 않은 상태에서 작품을 남발하고 있다는 이야기도 된다. 그러니 세계변화와 대중감각을 작가들이 앞서 가기는커녕 뒤따라도 못 가는 처지일 수밖에 없다.

오늘의 극작가들은 역사와 삶에 대한 통찰력은 마비되고 상상력은 고갈된 것 같다. 우선 극작가들 개개인의 비전이 없는 것이 문제이다. 그런 가운데서도 금년 창작극의 특색은 부부문제를 다루어나가는 조짐이 보여서 지난 시대의 창작경향과 약간의 차이를 보이고 있다. 장기공연 중인 「불 좀 꺼주세요」를 비롯해서 현대예술극장의 「두 남자 두 여자」 같은 작품이 그런 대표적 경우였다. 산울림소극장이 「위기의 여자」를 공연한 이래 부부(夫婦)문제를 다룬 작품들이 번역과 창작을 막론하고 큰 흐름을 형성하고 있는 것은 우리 사회에서도 전통적인 부부상(夫婦象)이 무너져가고 있음을 연극무대가 포착한 것으로 볼 수 있다.

그리고 앞에서도 언급했지만 우리 연극의 전체적 상업주의 경향에서 두드러지게 나타나고 있는 현상은 소극장연극과 대조적인 대극장의 뮤지컬 공연붐이라 하겠다. 그런데 뮤지컬이 대체로 대형백화점(롯데와 미도파) 중심으로 이루어지고 있는 것이 주목된다. 이는 곧 연극대중화의 한 현상으로 볼 수 있는데 그것은 종래의 극장개념을 깨고 연극이 재미라는 무기를 갖고 대중 속으로 파고드는 것이기 때문이다. 뮤지컬이 성행하는 것은 세계적 경향이지만 우리나라에서의 붐은 특별한 의미를 지닌다. 과거의 신극은 계몽과 저항을 기조로 해왔기 때문이다.

다행히 근자에 와서 연극에 노래가 가미되어 연극의 재미를 극대화시키는 뮤지컬도 조금씩 자리잡아 가고 있다. 그런 점에서 중견연극인 최형인이 한양레퍼토리 창단 공연으로 「핏줄」을 올린 것은 매우 바람직한 것이었다. 그 외에도 긍정적인 측면도 조금 있었는데 문화불모지라 할 위성도시들에서 극단들이 생겨난 것이라든가 인천과 수원의 관립극단이 자리잡아 가고 있는 것도 한국연극의 장래를 위해서 매우 고무적이라 아니 할 수 없다. 그러나 여전히 지방연극은 열악한 조건 속에서 몸부림치고 있는 실정이다. 전체적으로 상업주의가 풍미하는 가운데 의욕적인 젊은이들이 푸른연극제를 개최한 것도 지켜볼 만하다. 그들이 순수한 실험을 내걸었기 때문이다. 그리고 연극계에 소위 페미니즘 연극이라는 것이 등장한 것도 이색적이다. 그것이 일회성으로 끝나지 않고 지속되었으면 좋겠다.

한해를 되돌아보면서 또 하나 특기하고 싶은 것은 멀리 카자크스탄의 수도 알마타 조선국립극장이 60주년을 맞아 국내연극계의 주목을 끈 것이다. 연극계 밖에서의 긍정적 사건 한가지는 문예진흥원이 무대예술전문가양성에 나선 점이다. 이는 분명히 희망적인 일 중의 하나이다.

10. 나락으로 추락하는 우리 연극

지난 가을부터 올 연초까지 몇군데서 연극상 심사를 맡아하면서 가장 고심한 것은 상을 줄 만한 작품을 찾아내기가 힘든 점이었다. 오늘도 수십 군데가 막이 오르내리고 있고 다음 날 다음 달도 변함없을 만큼 많은 작품들이 무대를 채울 것이지만 연말 결산을 해보면 참으로 허전할이만큼 수확이 없는 쭉정이다. 근 4백여편의 작품이 공연되는 속에서 문제작 한두 편 골라내기 어렵다고 한다면 정말 문제가 아닐 수 없다. 최근의 우리 연극은 한마디로 '속 빈 강정'이고 외화내빈으로 요약해서 말할 수 있다. 이처럼 우리 연극이 과거에 비해서 양적으로 대단한 팽창을 했음에도 불구하고 질적인 면에서 답보 내지 후퇴의 모습을 보여주는 까닭은 어디에서 찾아야 할 것인가.

그것은 일차적으로 연극인들 자신에게 책임이 있다고 보아야 할 것이다. 왜냐하면 작품의 창조자는 역시 사람이기 때문이다. 그러니까 결국 연극인들이 작품을 제대로 만들어 내지 못하고 있다는 이야기가 된다. 그럼에도 불구하고 연간 수백편의 작품이 공연되고 있다는 사실이 신기하기까지 하다. 사실 요즘에는 웬만한 작품 하나 만드는 데도 수천만원 내지 수억원씩이나 든다. 그렇다면 영세한 극단들이 타작이나마 작품을 자주 무대에 올린다는 것은 무엇을 의미하는가. 그것은 한마디로 관객이 들고 제작비라도 건진다는 이야기가 된다. 수작 한편 만들어내지 못하는 데도 수십개 극단들이 매일 공연활동을 활발하게 벌이고 있는 것이다. 더욱 신기한 것은 전혀 무명극단의 무명연극인들이 소극장에서 수억원의 수익을 올린 경우까지 있는 점이라 하겠다.

그런데 제대로 공부를 하고 올바른 정신을 갖고 하는 극단은 적자를 면치 못한다고 울쌍이다. 결국 오늘날 연극 중심가라는 대학로의 소극장들에서는 저질 외설물만 관중의 볼거리가 되어 있다는 이야기가 된다. 한마디로 우리 연극은 큰 위기에 봉착한 것이다. 물론 저질 외설연극이 범람한다고 반드시 연극의 위기로까지 몰아서 걱정할 필요가 있겠느냐고 의문을 제기하는 사람들도 없지는 않을 것이다. 그러나 문제는 외설연극이 일부 구석진 소극장에서 실험으로 하고 있는 것이 아니라는 점과 또 하나는 외설연극을 압도할만한 감동적 정극(正劇)을 찾아보기 어렵다는 데 있다.

사실 근자 대학로의 연극은 타락 그 자체라 해도 과언이 아닐 만큼 병들어 있다. 일부 연극인들은 이제 내놓고 외설연극만을 제작하면서도 아무런 거리낌이나 수치심을 느끼지 않고 있다. 연극의 말기 현상이다. 포스터에서부터 극장분위기, 무대 전체가 야간업소 이상으로 타락해 있는 것이다. 벗는 것이 아니면 억지 웃음으로 무대를 가득 채우고 있다. 연극의 품격은 이제 떨쳐버린 지 오래 되었고 작품의 논리나 연기의 기본 같은 것도 집어던진 지 오래된 듯싶다. 어떻게든 관중을 끌어 모아 수지타산만 맞추면 그만이라는 의도로 연극이라는 이름을 빌리는 것 같다.

그렇다면 저질 외설연극이나 경박스런 코메디를 경멸하면서 만든 소위 정극이란 작품들은 괜찮은가. 그렇지 않다. 오늘날 우리 연극의 문제점은 대체로 세 측면에서 취약점을 지적할 수 있다. 첫째 요즘의 연극의 가장 큰 문제점은 역시 깊은 타성의 늪에 빠져 있는 것이고 연극인들이 그 점을 인식하지 못하고 있는 데 있다. 침체의 늪에서 헤어나지 못하는 증거는 1년에 단 한편의 문제작도 건지기 어려운 점에서 극명하게 드러나고 있는 것이다. 그저 관성에 따라 안이하게 작품을 쓰거나 번역해서 무대를 올리고 내리는 것이 요즘의 우리 연극현실이다. 그렇기 때문에 아무런 감동도 재미도 없다. 극작가들이나 연출가들이 별로 고뇌하는 기색이 보이지 않는다. 서두에서도 언급한 것처럼 해마다 연말이나 연초에 몇몇 연극상을 시상하지만 작품상 골라내기가 여간 어려운 것이 아니다. 문단에서는 이따금 「토지」(박경리 작)라든가 「혼불」(崔明姬 작) 같은 충격적 대작이 나와서 화제가 되고 문학사를 빛내지만, 연극계는 예나 지금이나 깜짝 놀랄 만한 문제작이 잘 나오지 않고 있다. 그 이유는 극작가나 연출가들이 공부를 덜 하고 치열한 예술정신이 부족한 때문이다. 사실 연극이 우리 사회에서 오랫동안 홀대되어 와서 그렇겠지만 유능한 인재들이 여전히 연극계를 외면하고 있는 실정이다. 가령 시인이나 소설가들은 수천명 수백명에 달하지만 희곡을 쓰는 작가는 전체 기십명이고 그 중에서도 꾸준히 작품을 내놓는 극작가는 열 손가락으로 꼽을 정도이다. 연극이 발전하려면 뛰어난 희곡이 출현해야 되고 그런 작품을 시인이나 소설가들도 쟝르의 벽을 허물고 써주어야 한다.

두번째로는 연출가와 배우의 부족을 지적할 수 있다. 연출가의 절대수도 부족하지만 제대로 연출을 공부한 사람도 희소하다. 그런데 배우는 많다. 문제는 기초가 전혀 되어 있지 않은 신인들이 주종을 이루고 있는 점이다. 쓸 만한 중견배우가 절대부족하다는 데 심각한 문제가 있다. 그럴 수 밖에 없는 것이 대학 연극학과 연기수업이 부실한데다가 조금 재능이 있는 배우들은 수익 좋은 텔레비젼, 영화 등으로 빠져나가기 때문에 연극무대는 아마추어리즘에다가 나쁜 상업주의만 추가된 셈이다. 그것은 비단 젊은 배우들에만 해당되는 것도 아니다. 유능한 중견배우들도 대부분 텔레비젼 등에 차출되어 무대를 거의 외면하고 있는 실정이다. 그러니 연극무대에서 심도 있고 익은 연기를 만나기 어려울 수 밖에 없다.

세번째로는 연극비평과 관중에게도 책임의 일단이 있다. 요즘에는 1970, 80년대에 형성되었던 연극평단도 없어 보인다. 월간 잡지나 일간지에 있었던 연극리뷰난도 거의 사라졌고 또 열성을 갖고 연극비평을 본격적으로 써보겠다는 평론가도 드물다. 연극평단이 형성되지 않음으로써 대중의 작품선택 준거를 못 만들어주게 되는 것이다. 그뿐만 아니라 간헐적인 연극리뷰는 공연과 대중의 가교가 될 수 없다. 결국 대중은 연극에 관심을 기울일 기회도 드물고 좋은 작품과 나쁜 작품의 판별도 못하게 되는 것이다.

이처럼 요즘의 우리 연극은 총체적 부실에 빠져있고 차마 눈 뜨고 볼 수 없는 저질 상업극만 범람하고 있는 실정이다. 이것은 결국 무대극의 쇠락으로 이어지지 않을까 우려된다.

11. 전국연극제 10년을 돌아보며

전국연극제 10년을 되돌아보니 새삼스레 착잡한 감회에 빠지게 된다. 왜 냐하면 강산도 변한다는 10년 동안 지방연극에 참으로 많은 변화가 실제로 있었기 때문이다. 나는 본래 농촌 출신이어서 개인적으로 지방문화에 특별한 관심과 애착이 강했고 따라서 지방연극, 더 나아가 지방문화를 육성해야 한다는 것을 일찍부터 부르짖어 왔었다. 내 전문분야가 연극이므로 자연히 지방연극 육성책을 여러가지 제시하는 가운데 연극제 실시도 개최되었고 나는 마치 대한민국 연극제 창설 때 참여했던 것처럼 흔쾌하게 지방연극제 창설에 참여했다. 1983년 부산에서 개최된 제1회 때 나는 원로연출가 이진 순과 원로극작가 차범석 등 셋이서 심사를 했는데, 당시 문예진흥원장은 소설가 출신의 언론인 송지영이었다. 또 제2회 연극제는 광주에서였는데 원로 연출가 이해랑 선생과 함께 갔다. 그런데 10년이 지난 오늘 초창기에 나와 함께 지방연극을 위해 고생하신 이해랑(李海浪)·이진순·송지영 등 세 분이 모두 타계한 것이다. 참으로 세월의 무상을 되씹지 않을 수 없었다.

부산에서 처음 지방연극제가 개최되었을 때는 12개 팀이 참가했었다. 왜 냐하면 광주와 대전이 광역시가 아니었기 때문이다. 정치적으로 암울했던 5 공 초기였던데다가 문화적 풍토가 제대로 조성되어 있지 못한 부산에서의 제1회 전국연극제는 지방연극의 황량한 나상(裸像)을 꾸밈없이 보여준 경우 였다. 우선 공연장문제가 가장 심각했다. 시민들의 집회장소로 오래 전에 세워진 부산시민회관은 전혀 연극공연장으로서 부적합한 강당이었다. 무대 구조는 말할 것도 없고 조명·음향·객석 등 단 한가지도 사줄 만한 구석이 없었다. 제대로 된 공연물을 접해보지 못한 시민들의 관심도가 좋을 리 만무했다. 겨우 중등학생 동원과 각 지역 향우회의 후원으로 마치긴 했지만 지방연극을 과연 살릴 수 있을까 하는 회의를 안겨주었다. 왜냐하면 연극이 될 만한 충분조건을 어디에서도 찾아보기 힘들었기 때문이다.

앞에서 지적한 연극의 기본인 극장이 우선 없었다는 것과 전문연극인들, 이를테면 극작가·연출가·배우·무대미술가·의상조명 기술자 등이 부재한 상태였기 때문이다. 10년이 지난 지금도 그렇지만 그래도 연극이 될 만한 작품은 모두가 중앙의 이름있는 작가들의 것이다. 우선 극작가가 전무한 상태였다. 정식 데뷔하지 못한 아마추어 작가들이 쓴 작품이 한두편씩 무대에 올려졌지만 희곡의 기본이 되어 있지 못해서 소인극 그 자체였다. 상당 기간 중견작가 윤조병이 희곡상 작품상을 휩쓴 것도 그 때문이었다. 10년 동안 지방작가가 쓴 작품을 가지고 대상을 받은 경우가 단 한번 있었던 것이 단적인 예이다.

전국연극제가 시작되고 상당 기간 지방연극은 한두 곳만 제외하고 중앙의 연극과는 비교도 안될 만큼 수십년의 격차를 보여주었다. 그래서 나는 연극오지(演劇奧地)란 말을 처음 만들어내기도 했다. 지방연극은 오지 그 자체였다. 세계연극은 말할 것도 없고 한국연극이 어느 만큼 와 있는지조차 전혀 분간 못하는 암흑 속의 방황 그 자체였다. 신파극도 아니고 그렇다고 사실주의 극도 아닌 해괴한 작품들이 과반수였다. 그러니까 연극이 무엇인지 어떻게 하는 것인지조차 모르는 것 같았다. 따라서 무대 위에서는 이상한 그림과 형체없는 배우 비슷한 사람들이 악만 쓰는 경우였다. 게다가 지방색을 보여준답시고 자기 고장의 전설을 아무런 승화없이 생경한 상태로 보여주는 경우가 적지 않았다. 그보다 더 우스웠던 것은 실험적인 것을 한답시고 중앙에서도 실패한 작품을 또다시 어설프게 모방해서 조악하고 해괴한 공연물을 만들어 내놓는 경우였다.

전체적으로 중앙연극의 아류였지만 그것도 기본정신을 배운 것이 아니라 지엽적인 테크닉만을 모방해서 그런 결과를 빚은 것이었다. 그러니까 극작가 못지 않게 연출가도 없었던 것이다. 제대로 연극을 공부한 연출가가 없음으로써 두 가지 결과를 가져왔다. 그 첫째가 잘못된 작품선택이다. 희곡은 마치 건축물의 설계도와 같은 것이다. 아무리 재료가 좋아도 설계도 자체가 잘못되어 있으면 좋은 건축물이 만들어질 수가 없는 것이다. 지방연출가들은 우선 희곡을 볼 줄 아는 안목을 키워야 한다. 두번째로는 요상한 작품의 양산이다. 연극에 대한 기본지식이나 철학도 없이 서투른 기교만 배워가지고 작품을 만들다 보니 결과는 요상한 가짜만 양산되는 것이다.

그러나 다행히 흙 속에 묻혀 있는 진주와 같은 덜 닦여진 배우들이 있어서 작품은 그런대로 만들어질 수가 있었다. 나는 지방연극을 보면서 한국인들은 배우로서는 천부적 기질을 타고난 것 같다는 생각을 여러번 했었다. 다만 제대로 연기교육을 받지 못했을 뿐이지 재질만은 어느 민족에 뒤지지 않을 것이란 확신을 갖곤 했다. 이것이야말로 한국연극의 장래를 밝게 하는 요인 중의 하나가 아니고 무엇이겠는가.

또 하나 지방연극의 어려운 점은 훈련된 관객이 없다는 사실이다. 물론 최근 유행에 좇아 중앙에서 인기가 있었던 작품이 내려가면 일시적으로 관객이 몰리는 경우가 없지는 않다. 그렇지만 그들이 자기 고장의 연극을 아끼고 키워주는 관객은 아닌 것이다. 연극을 좋아하는 고정 팬이 생겨나야 되는 것이다. 지방에는 또 전문적인 무대미술가나 의상전문가, 조명기술자 등이 전무한 상태이다. 그렇기 때문에 지방연극은 아마추어리즘을 벗어나지 못하는 것이다.

그렇다면 10년 동안에 변화된 것은 무엇일까. 첫째 공연장의 확충이다. 웬만한 도시에는 이제 거대하게 지어진 종합문화회관이 들어섰거나 건축중이다. 앞으로 2, 3년 후면 문예회관을 다 갖게 된다. 다만 그것들이 덩치만 컸지 쓸모가 없는 것이 문제일 뿐이다. 그러나 무대공간이 없어서 연극을 못한다는 이야기는 이제 할 수 없게 되었다. 하루빨리 지방자치제가 제대로 되어서 경직된 관 주도로부터 민 주도로 옮겨져야 되리라 본다.

두번째로는 극단이 급속히 팽창한 점을 꼽을 수 있다. 사실 제1회 때만 하더라도 중소도시에는 극단이 거의 없는 상태였다. 그래서 연극제에 참가하기 위해 극단을 급조한 도시도 있고 협회지부 형식으로 참여하기도 했었다. 그러나 오늘날 읍규모의 소도시에도 극단들이 생겨났고, 중·대도시에는 난립할 정도로 극단이 우후죽순처럼 늘어난 것이다. 따라서 각 시와 도별로 예선까지 치르고 있는 실정이다. 이것이야말로 연극제가 생겨난 이후 가장 괄목할 진전인 것이다. 물론 극단이 많다고 해서 좋은 것만은 아니다. 왜냐하면 중앙에서도 극단이 핵분열해서 연극의 질을 떨어뜨리고 있는 처지인데 하물며 전문연극인도 별로 없는 지방에서 극단이 난립한다는 것은 오히려 문제를 배태시킬 수 있기 때문이다. 여하튼 지방연극도 외형적으로는 많이 변했고 또 발전도 했다. 그동안 극작가도 몇 명 탄생했고, 중앙수준의 연출가와 배우는 여러 명 탄생했다. 인천의 시립극단과 경기에 도립극단이 생겨난 것도 전국연극제의 긍정적 여파라 말할 수 있다.

그렇다면 지방연극은 장차 어떻게 가야 할 것인가? 가장 우선하는 것은 직업연극의 정착인데 그것은 두말할 것도 없이 각 시·도별로 제대로 된 관립극단이 생겨나야 한다. 이제 아마추어시대는 끝나야 한다. 다만 지방에 연극인재가 절대부족인 것이 문제이긴 해도 관립극단은 생겨나야 한다. 상당기간 인재를 양성해가면서 중앙의 연극인들을 끌어들이면 되지 않겠는가. 지방에서 사설 극단이 자립하기는 요원한 일이니까.

다음으로 오늘의 지방연극인들은 공부를 더 해야 할 것 같다. 연극의 기초이론은 물론이고 더 나아가 문화예술을 제대로 파악할 줄 아는 능력이 부족한 것이다. 그러한 단적인 예로 레퍼토리 선정의 미숙성을 지적할 수 있다. 희곡의 수준을 파악하는 안목이 부족하고 시대감각 등에 있어서 너무 낙후되어 있다. 우리 연극인들 특히 지방 연극인들은 식민지시대에 형성된 신극정신을 아직도 비판없이 계승하고 있기 때문에 세계의 변화에 둔감하고 따라서 높은 예술성보다는 메시지에 매달려 있는 느낌이다. 이제는 좀 낡은 것으로부터 벗어날 때가 되지 않았는가.

지방연극인들은 중앙연극과 긴밀한 관계를 유지하면서 세계연극의 흐름에 신경을 써야 한다. 당장 연극기반 자체가 취약하므로 막 올리기에도 힘겹겠지만 그렇다고 비젼마저 갖지 않는다면 발전이 있겠는가. 지방연극의 독특한 개성과 세계연극의 보편성을 동시에 지닐 때 우리 연극은 발전될 수 있을 것이다.

12. 제12회 전국연극제 총평

전국연극제를 12년 치르는 동안 지역 연극이 완만하나마 한발짝씩 앞으로 진전되어 가고 있음을 확인할 수 있었던 것만으로도 이번 연극축제에 참여한 모두의 행복이라 생각한다. 각지역마다 정서와 감각에는 차이도 없지 않지만 역시 공통점이라고 한다면 연극에 대한 이해와 관심이 증폭되고 있다는 사실이다. 바로 그 점에서 전국연극제가 국민적 축제로 자리잡아가고 있다고 말해도 무방할 것이다. 경기도 수원에서 보름 동안 열린 이번 연극제를 외형과 내용으로 나누어 평가해 보는 것은 지방연극, 더 나아가 한국연극의 미래지향을 점검하는 것도 되기 때문에 매우 중요하다고 하겠다.

우선 외형적인 면에서 보면 대단히 성공적인 행사였다고 말할 수 있다. 즉 조직력과 기획력이 돋보였는데 그것은 이 지역 연극인과 관(官) 그리고 지역민이 혼연일체가 되어 일사불란하게 움직임으로써 거도적 연극축제가 될 수 있었다. 문민정부 들어서서 공무원의 복지부동(伏地不動)을 이야기하지만 그것은 사실이 아님을 이번 경기도에서 극명하게 보여주었다. 관에서 전적으로 뒷받침해주면서도 전혀 표면에 나타나지 않은 것도 문화지원의 좋은 예범을 보여준 것이라 하겠다.

두번째로 행사의 경우도 장내와 장외가 멋진 조화를 만들어냈다고 말할 수 있다. 무대에서 공연이 벌어지고 있는 동안 무대 밖에서는 전통과 현대를 연계시켜 미래, 즉 21세기 연극으로 나아가려는 문화행사가 계속 진행되었다. 가령 민속예술과 전위예술을 한마당에서 용해시켜 보려 한 것이라든 가 2천년대 세계연극을 주제로 한 학술심포지움 등을 연 것은 뜻 있는 기획이었다고 말할 수 있다.

그렇다면 내용은 어떠했는가 하는 것이다. 치열한 지역예선을 거쳤기 때문에 이번 연극제에 참가한 극단들도 과거에 참여했던 극단들과 달랐다. 그만큼 지방에서 새로운 극단들과 새 사람들이 많이 생겨나고 또 전국연극제에 대한 관심 역시 높아감을 알 수 있다. 희곡만 하더라도 신작이 8편이나 될 만큼 압도적으로 많았고 소극장연극이 2편이나 되는 것도 과거보다 색다른 점이었다. 물론 소설각색극은 지방작가의 부족을 단적으로 보여주는 것이지만 뭔가 새로운 것을 찾고 만들어보려는 연극인들의 의지 또한 보여주는 것이어서 고무적이라 하겠다. 게다가 순수 지방작가의 신작이 6편이나 되는 것은 많지 않은 지방극작가들의 정력적 창작활동을 보여주는 것이다. 연출가도 신진이 꽤 있었고 배우의 경우는 신진이 더 많았다. 그것은 무대미술이나 조명, 음향 등 기술적 측면에서도 마찬가지였다. 그만큼 지방연극이 해를 거듭할수록 중앙에 의존하지 않고 독자적으로 작품을 창조해가고 있음을 말해주는 것이다. 따라서 무대 위에 표현된 작품들이 미숙한 부분이 많았음에도 불구하고 순수하고 신선감이 넘쳤으며 역동적이었다. 이러한 긍정적 측면과는 달리 지방연극인들의 개선점 역시 눈이 띄었다.

그 첫째가 지나친 경쟁의식이었다. 물론 큰 상과 명예가 따르는 것이므로 연극인들도 인간으로서 자연스런 태도라고 볼 수도 있으나 지나치게 상에만 연연할 경우 자기 주장의 연극육성이라는 본래의 취지가 희석될 우려는 없지 않다. 근자 연극제 참가용 작품이라는 말도 심심치 않게 나오는데 이는 결코 바람직한 것이 아니고 평소에 꾸준히 갈고 닦은 작품을 가식없이 보여주는 자세야말로 지역연극의 나아갈 방향이라 하겠다. 평소에 지지부진하다가 연극제를 맞춰서 벼락치기로 급조해내는 작품이 훌륭할 수는 없는 것이다.

물론 경쟁 없는 사회는 발전할 수가 없다. 그러나 예술창조에 대한 집념이나 숙의보다 상에 더욱 신경 쓰는 일은 없어야 한다. 두 번째 고루한 연극의식이다. 한국신극이 일제하에 발아되고 성장했기 때문에 초창기 연극인들은 계몽주의와 저항정신을 기조로 한 민족극을 지향했었다. 특히 한국현대사가 식민통치의 억압과 저항, 굴절, 해방과 분단, 전쟁과 혁명 등의 소용돌이로 전철되었기 때문에 연극은 자연히 이념적인데로 기울었던 것도 사실이다. 물론 연극이 사회병리를 고발하고 부패한 세력에 맞서는 각성적 역할도 기능임에는 틀림없다.

그러나 그보다 더 중요한 기능이 바로 연극의 놀이적 기능이며 더 나아가 영혼을 일깨우는 감동적 기능이라 하겠다. 그것을 가리켜 보편성이라 말한다. 즉 이 강대무변한 우주 속에서 인간존재란 과연 무엇인가를 사유하고 음미하는 인문학적 탐구야말로 예술이 도달해야 하는 궁극적 목표라 하겠다.

그럼에도 불구하고 이번에 출품한 14편의 작품을 분석해 볼 때 식민지 상혼, 분단 이데올로기와 동족상잔, 동학혁명과 민주화운동 등 과거사를 다룬 사회문제극이 압도적으로 많았기 때문에 오늘의 삶과 동떨어지는 것이었다. 따라서 무대는 대체로 어둡고 무거웠으며 가슴을 짓누르는 답답증을 안겨주는 경우가 많았다. 즉 무대 위에서는 승화되지 않을 메시지들이 난무했고 삶의 즐거움이나 인생의 환희 같은 것은 느낄 수가 없었다. 연극이 歷史를 반복하는 사회기록으로 끝나서도 안되고 미학을 저버린 시대정신의 토론여서도 안된다.

무대는 아름다와야 하는데 그러기 위해서는 줄거리 못지않게 세련된 배우술이라든가 효과음악·조명·무대미술·의상·분장들이 조화를 이루어야 하는 것이다. 인생을 관조하고 무대 위에 형상화함에 있어서는 투철한 장인정신이 요구되는 것이고, 거기서 창조된 예술품이 관객들에게 꿈과 희망, 행복감을 안겨주게 되는 것이다. 재미없는 연극을 누가 보러 오겠는가. 오늘날처럼 각종 스포츠와 영상매체들이 대중의 혼을 앗아가는 시대에 연극이 살아남으려면 어떠해야 하는가를 깊이 생각해야 한다. 연극도 하나의 상품에 지나지 않는다는 것을 지역 연극인들이 인식해야 한다.

세상은 하루가 다르게 변해가고 있으며 민주정부가 들어선 요즘 백화제방의 자유 속에서 각 분야가 생존의 용트림을 하고 있다. 그럼에도 불구하고 적지 않은 연극인들이 식민지적 신극정신의 멍에로부터 벗어나지 못하고 있는 것같이 안타깝다. 바로 그 점에서 연극인들은 본질적으로 발상의 전환을 할 필요가 있는 것이다. 그렇지 못하면 연극은 대중으로부터 외면당하고 결국 박제품으로서 박물관에 유폐될 위험성마저 없지 않다.

이번 심사과정에서는 평가기준을 오로지 예술적 완성도 내지 성숙도에 두었기 때문에 그럴싸한 메시지나 새로운 시도를 꾀했다고 하더라도 연극 문법에 어긋나거나 완성도에 있어서 미흡하면 감점 당할 수밖에 없었다. 몇 작품을 예를 들어볼 때 빨치산 문제와 수몰지구 이야기를 다룬 두 작품은 탄탄한 무대와 좋은 앙상블에도 불구하고 새롭게 해석해내는 신선감이 부족했고 새로운 한일관계와 정신대문제를 다룬 작품은 힘이 넘쳤음에도 불구하고 하룻밤 선상에서 이루어지는 과정에서의 개연성 부족과 작위성이 눈에 띄었으며 老人문제를 다룬 작품의 경우는 구성이 약한 데서 비롯되는 센터멘탈리즘이 문제였다. 그러나 가능하면 지방작가의 신작에 비중을 두었다. 해마다 느끼는 것이지만 결국 지방에는 갈고닦아 쓸만한 배우는 많은데 출중한 연출가가 없는 것이 큰 문제로 부각됨으로서 아쉬움과 과제를 남겼다.

13. 지방연극사는 한국연극사의 뿌리

―「대구연극사」상재에 부쳐

연극학(Theaterwissenschaft)이란 학술용어는 독일에서 처음 나왔다. 대체로 19세기 중엽 무렵으로서 그것도 중앙이 아닌 지방에서 발생한 것이다. 그 이유는 간단한 것이었다. 즉 연극학의 단초가 다름아닌 지방연극사의 정리로부터 출발한 것이다. 그만큼 연극사, 특히 지방극사 정리는 연극학의 기본이 될 만큼 중요한 것이다. 그런데 우리나라에서 지방연극사 정리가 본격적으로 시작되어 기반 약한 한국연극학의 장래를 밝게 한다. 가령 연전에 충남연극사가 발간되었고, 금년 봄에는 광주전남연극사가 출간되었으며 세번째로 이필동(李必東)의 「대구연극사」가 상재되기에 이르른 것이다.

주지하다시피 대구는 영남문화권의 거점 도시일 뿐만 아니라 우리나라 삼대도시의 하나이다. 조선시대부터 학술과 예술이 번창했고 수많은 인재들이 나와서 이 땅을 빛나게 한 곳이다. 현대에 와서도 그러한 전통이 그대로 계승되었음은 두말할 나위없다. 연극의 경우만 해도 주변에 고려시대 이후 전승된 하회가면극이 있고 일제시대에는 몇 개의 영화관에서 연극공연이 끊이지 않을 만큼 번창했었다. 해방직후에는 대구키네마가 국립극장이 될 뻔도 했다. 대구는 그만큼 극예술의 전통이 깊은 도시이다. 이런 대구에서 1960년대 이후 현대극을 이끌어온 인물이 바로 이필동이다. 그는 연출가로서 때때로 무대에도 섰으며 가산을 탕진해가면서 극단을 운영한 바도 있다.

대학에서 학생들에게 연극을 가르치는 일에도 게을리 하지 않았다. 대구연극 하면 이필동을 연상할 만큼 그는 전천후 연극인이다.

그런 그가 이번에 「대구연극사」를 쓰게 된 것이다. 필자가 대충 훑어본 그의 「대구연극사」는 세 가지 측면에서 높이 평가할 만하다. 첫째로 그의 魂이 들어 있어서 좋았다. 이는 아무래도 연극사 속에 체험이 실려있는데서 비롯되는 것이 아닌가 싶다. 사실 「대구연극사」는 그가 청소년시절에 구경 했거나 아니면 직접 스스로 참여해서 창조작업을 한 것이 태반을 이룬다고 말할 수 있다. 그렇기 때문에 깊은 애정을 갖고 기술했음을 곳곳에서 확인 할 수 있었다. 두번째로는 고증의 정확성을 꼽을 수 있다. 그는 자신의 기 억의 범주를 넘어서는 것은 신문 잡지를 들추어서 확인하는 작업을 해낸 것이다. 사실 역사의 일차 자료는 기록이다. 이 점을 그가 잘 간파한 것이 다. 세 번째로는 문장의 정확성을 평가할 수 있다. 그는 학자나 작가이기보 다는 연출가, 더 나아가 연극운동가임에도 문장이 비교적 논리정연했다. 문 장이 제대로 되지 않으면 아무리 훌륭한 내용을 내포한다고 하더라도 독자 에게 전달되는데는 한계를 지니게 마련이다. 이필동은 그것을 잘 극복한 것 이다.

다만 한두가지 주문하고 싶은 것은 첫째 아무리 범위가 넓지 못한 지역 연극사 기술이라 하더라도 역사는 엄연히 역사인 만큼 저자의 뚜렷한 사관 이 보여야 한다는 점이다. 두번째로는 대구연극사도 한국연극사의 한 지류 이므로 전체 한국연극사의 틀 속에서 객관적으로 바라보는 눈은 중요하다 는 사실이다. 이필동이 이상 두 가지 점을 어느 정도 인식한 흔적은 보이나 저서 속에서는 명료하게 드러나지 않았다. 그것은 다음 증보판을 낼 때 유 념하면 될 것이다. 여하튼 훌륭한 「대구연극사」를 정리한 이필동에게 축하 와 함께 박수를 보낸다.

이 책을 계기로 이필동이 연출가로서 뿐만 아니라 연극교육자로서의 활 약도 기대하며 대구연극의 무궁한 발전을 기원한다.

14. 다양한 연극쟝르의 필요성

사람 개개인 모두가 각각 입맛이 다르듯이 민족마다 독특한 미각을 갖고 있다. 따라서 전세계에 음식은 수백종 수천종이 되는 것이다. 세계적인 프랑스 요리라고 해서 우리나라 촌로(村老)의 입맛에 딱 들어맞는 것이 아니고 오히려 얼큰한 생선찌개가 더 맛있게 느껴질 것이다. 공연예술도 마찬가지이다. 우리나라 촌로들에게는 테너가수 도밍고의 오페라 아리아보다는 박동진(朴東鎭)의 걸쩍한 판소리 가락이 더욱 흥겹다. 이처럼 예술이라는 것도 음식처럼 사람마다 좋아하는 것이 있게 마련이다.

근자 사라졌던 악극이라든가 여성국극을 재현시키는 것에 대해서 논란이 있는 듯 싶다. 소위 식자층에서는 그것이 저질연극이라는 것이다. 그렇다면 그들은 씨래기국이나 된장찌개를 저질음식이라고 해서 먹지 않는가 묻고 싶다. 일찍이 어느 저명한 일본영화감독은 자기 모친이 이해하는 영화를 만든다고 말한 바 있다. 우리 예술인들이 귀담아들어야 할 이야기라 생각한다. 대중이 이해하지 못하고 좋아하지 않는 예술은 살아남을 수 없다. 물론 나는 악극이나 여성국극을 무조건 찬양만 하는 것은 아니다. 그러나 한가지 악극과 여성국극도 우리의 근대문화재들이라는 것을 상기할 필요가 있다. 따라서 문제는 악극과 여성국극을 어떻게 현대에 재현하느냐에 포커스가 맞춰져야 하리라 본다.

여기서 먼저 유의할 것은 왜 과거에 그처럼 인기 있던 악극과 여성국극이 소멸했었던가를 알아야 한다. 그것은 물론 영화와 TV의 발전 등 여러 가지 요인이 있었지만 그에 못지않게 그 자체에 더 큰 문제가 있었다. 즉 시대감각을 좇지 못한 레퍼토리(극본, 연출 등)와 후진양성에 소홀했던 것이 더 큰 원인이었다.

결론적으로 말해서 음식의 다양한 종류처럼 무대예술도 다양할 필요가 있는 것이다. 지적인 사람이 좋아하는 것과 일반 대중이 좋아할 수 있는 무대예술이 있어야 하는 것이다. 우리 연극의 맥도 사실은 구수한 판소리의 맥과 동양극장의 대중극의 맥이 본류인 것이다. 오늘날 그 맥은 TV드라마가 잇고 있다. 극장 객석에 앉아 있어야 할 관객이 모두 안방극장에서 꼼짝 않고 있음에 유의할 필요가 있다. 그들을 끌어내려면 좀더 세련되고 고급화된 대중극이 있어야 한다. 그것이 무엇일까? 그것은 두말할 필요도 없이 잘 만들어진 악극이라든가 여성국극 같은 것이 아닐까 싶다. 그 점에서 중견연출가 김상렬(金相烈)의 작업에 주목할 필요가 있다는 생각이다.

15. 오늘의 연극과 에로티시즘

―「퍼포먼스와 콜걸」을 중심으로

　연극이 오랫동안 침체의 늪에 빠져 있게 되면 기발한 발상도 나오게 되고 이따금 해프닝도 일어나곤 한다. 관중의 시선을 끌어보기 위한 고육지책으로서이다. 그런데 그러한 해프닝이 연극인들에 의해서만이 아니라 외부의 압력에 대해서도 일어난다. 그 좋은 예가 다름아닌 지난 시절 극단 실험극장의 「에쿠우스」 공연 중지사건이었다고 하겠다. 연극계가 장기 침체기에 빠져 있던 1976년 여름, 공연이 막 달아오르던 실험극장의 「에쿠우스」 공연이 돌연 공연윤리위원회로부터 중지명령을 받았던 것이다. 그 표면적 이유는 극단의 공연절차상의 조그만 하자라고 했지만 실제로는 등장 여주인공의 팬티가 너무 짧은 것이 주원인이었다.

　극단측은 처음에 항의도 해보았지만 결국 당국에 굴복, 핫팬티를 짧은 즈봉으로 갈아입혀 가지고 다시 막을 올릴 수가 있었고, 그 작품은 반년이라는 연극사상 최장기 공연기록을 세우는 한편 침체했던 연극에 다시 불을 붙이는 계기를 만든 바 있다. 그후 시대는 급변했고 개방정책과 이데올로기의 벽마저 무너짐으로써 연극계도 자유의 바람을 한껏 구가하기 시작했다. 물론 그 후에도 상당기간 표현자유의 한계는 풀리지 않았고 1988년 바탕골 소극장의 「매춘」 사건도 터진 것이다.

　그럼에도 불구하고 1980년대 중반에 극단 자유극장이 「엘레판트맨」 공연 때 여주인공의 웃통을 벗기는 대담성도 보여주었고(물론 여주인공이 돌아

앉아 있었다.) 브래지어만 걸치고 등장하는 것은 예사가 될 정도로 표현의 자유를 누리고 있다. 연극인들이 표현자유를 누리는 데 있어서 용기를 얻은 것은 아무래도 외국작품들에서 영향을 받은 것으로, 보이고 또 현대감각에 맞추기 위한 젊은 연극인들의 강한 충동이 여배우들의 옷을 벗기는 것도 같다.

그런데 무대 위에서 배우들이 옷을 벗는 일은 그렇게 대단한 것이 못된다. 왜냐하면 사람 사는 일이 곧 옷을 걸치고 벗는 일상의 연속이라 해도 과언이 아니기 때문이다. 따라서 무대 위에서 배우들이 자연스럽게 옷을 벗는 것 가지고 외설이다 에로티시즘이다 말할 수는 없다. 적어도 외설적이라거나 에로티시즘이라고 말할 수 있으려면 벗기기 위한 벗기기 행위라든가 아니면 탐미의 극대화로서 성애(性愛)를 표현할 때라야 그렇게 부를 수 있는 것이다. 그러니까 어딘가 부자연스럽거나 너무나 노골적인 내용이나 장면을 가리켜 외설이나 에로티시즘이라 칭한다고 볼 수 있다.

그런데 예술에서 외설과 에로티시즘은 인류의 역사와 함께 발전해왔다고 해도 과언이 아니다. 성애의 서투른 표현이 외설이고 완벽한 표현이 에로티시즘이라고 볼 때 양편을 왔다갔다한 것이 바로 예술사라고 말할 수 있다. 우리의 연극사만 되돌아보더라도 풍부한 에로티시즘의 전통을 갖고 있다. 가령 전통극 중 봉산탈춤에서는 둘째마당 8목중춤에서 첫째목의 성행위 춤사위로부터 서민의 상징이라 할 말뚝이가 양반을 희롱하는 장면에서도 걸쩍한 표현들이 적잖이 나온다. 그런데도 그러한 것들이 별로 외설스럽게 느껴지지 않는 것은 역시 당시의 서민생활을 가식없이 표현한 것인데다가 해학(諧謔)이라는 장치로 포장했기 때문이다.

이러한 경우는 민속인형극 꼭두각시놀음에서 빨가벗고 나와서 객석을 향해 소변을 보는 홍동지의 경우는 예외도 아닐 것이다. 판소리도 에로티시즘에 관한한 둘째 가라면 서러워할 정도로 노골적이다. 「춘향전」이라든가 「심청전」도 그렇지만 「변강쇠타령」은 아예 처음부터 끝날 때까지 외설적인 재담과 몸짓으로 일관되어 있다. 그런데도 그 내용들이 천박하거나 혐오감을 주지 않는 이유는 우리의 삶을 극히 자연스럽게 또 해학이라든가 은유, 아이러니 같은 표현방법을 능숙하게 활용하기 때문이다.

이러한 각도에서 오늘날 자주 입에 오르내리는 연극공연에서의 에로티시즘을 한번 검토해 보기로 하자. 결론부터 말한다면 오늘날 우리 연극인들이 보여주는 것은 에로티시즘 이전의 경우가 태반이다. 가장 크게 두드러지는 것은 첫째로 오염된 상업주의 발상에서 온 점이라 볼 수 있다. 그 단적인 예가 작품의 흐름과 특별한 관계없이 여배우의 옷을 벗기는 경우이고 다음으로는 적어도 에로티시즘을 표현하려면 작품주제가 인간의 성애(性愛)여야 하는데 그렇지 못한 경우라 하겠다.

우선 최근 가장 관객의 시선을 끄는 작품으로 예당소극장이 장기공연 중인 「퍼포먼스와 콜걸」(이병도 작, 황병도 연출)을 놓고 검토해 볼 필요가 있을 것 같다. 제목이 나타내주듯이 이 작품은 한 예술가와 창녀 이야기이다. 프로그램에 설명되어 있는 줄거리는 대체로 이러하다. "탄생과 죽음의 복합적 관계가 가져다주는 인생의 참의미를 자신의 작품세계를 통해 규명해보기 위해 혼신을 다하는 한 예술가의 창작행위가 진행되는 도중 화려한 도시의 여인이 찾아온다. 그는 그녀에게 자신의 작품세계를 설명하며 그러한 자신의 작품세계가 자신이 기르고 있던 앵무새 리코한테 부정당해 그만 화가 나 그 앵무새의 혀를 잘라 죽여버린 이야기를 하며 자신의 지금까지 방황해왔던 작품세계가 결코 탄생과 죽음의 함수관계 외에도 플러스 알파의 존재가치가 있음을 그 앵무새 리코의 죽음을 통해 새롭게 터득하여 캔버스를 벗어난 자유로운 몸짓으로 플러스 알파의 새로운 작품세계를 온몸으로 펼쳐보이는 행위를 도시의 여인에게 보여준다. 그러나 행위예술을 실천하려는 그에게 그녀는 시종일관 도시의 여자답게 동상이몽 신데렐라를 꿈꾸며 돈 많은 물질만능의 환상에만 젖어 있다가 끝내 예술가의 고독과는 아무 상관없다는 듯 새로운 돈많은 애인을 찾아 떠난다. 또다시 혼자 남게 된 그는 도시 여인이 등장하기 전보다 더 큰 허무와 절망을 느끼며 막이 내린다."(프로그램 참조)

이상과 같은 애매모호한 줄거리 소개처럼 공연내용도 애매모호하다. 우선 막이 열리면 비뚤어진 창문이 보이고 반추상화의 여인나상과 그 앞의 안락의자 한 개와 화구, 그리고 양 옆에 드럼통과 무거운 철사줄이 놓여 있다. 우선 화실치고는 너무 살벌할이만큼 고문실 같은 분위기이다. 전위화가

인 주인공은 누군가를 기다리면서 고독 속에 새로운 작품세계를 모색하느라 고통스러워하고 또 몸부림친다. 그럴 때. 부르지도 않은 창녀가 들어와서 두 사람이 수작을 벌인다. 창녀는 차이코프스키의 발레 「백조의 호수」를 추고 화가와 뜨거운 정사를 갖고 유유히 사라진다. 이 작품은 처음에서부터 끝까지 음산한 분위기 속에서 진행된다. 그런데 이 작품에서는 네 가지의 문제점이 드러난다.

그 첫째가 개연성의 문제이다. 개연성 부재는 인물설정, 플롯, 배경 설정 등 여러 곳에서 드러난다. 이 작품이 애매모호하고 무언가 석연치 않은 것도 그 때문이다. 두번째로는 구태여 등장인물을 왜 새디스트나 마조히스트 비슷하게 성격을 구축했느냐고 하는 점이다. 드럼통과 쇠사슬 묶기가 그 단적인 예이다. 세번째로는 인물설정의 억지를 성애로 커버하려 한 연출의 미숙성이다. 창녀와 고전 발레 「백조의 호수」는 걸맞지도 않으며 발성의 무절제는 더욱 작품을 괴기적으로 흐르게 만들었다.

물론 창작극의 무대배경을 반드시 한국으로 하지 않아도 된다. 그러나 이번 작품처럼 분장, 발성, 행위 등 모두가 국적불명의 애매모호성으로 몰아가는 것은 결코 바람직스럽지 못할 것이다. 그러나 결론적으로 과감성에도 불구하고 이 작품이 실패한 데는 두 가지에 있다. 첫째는 예술창조의 고통과 창녀의 성적 공격이 전혀 들어맞지 않기 때문에 관중에게는 벗기기 위한 벗기기로 비칠 가능성이 많다. 정말로 남녀의 성애를 승화시켜 보여주려면 주제가 사랑이 되어야 한다. 그럴 때 비로소 나체도 아름답고 작품도 자연스러운 것이다. 그런데 이번 작품은 정반대로 갔다. 그것은 포스트모더니즘도 아니다. 추(醜)함 그 자체일 뿐이다. 두번째로 이 작품을 더욱 끌어내리는 데 공헌한 것은 예술에서 가장 중요한 소위 '절제의 원칙'을 잃은 점이었다.

다만 평가할 만한 것은 젊은 연극인들의 열정과 용기이며 이민재의 집중력이 보여주는 가능성이다. 예술은 자유를 먹고 자라는 나무이다. 극단 서울무대와 예당은 이번 공연을 통해서 많은 것을 배워야 할 것 같다. 특히 연극, 더 나아가 예술이 추구해야 되는 궁극적 목적이 무엇인가를 배워야 한다. 그들은 모험을 통해 성장할 것이다. 특히 한국인들의 고독성에 충격

을 가하는 행위예술(?)로 뭔가 정체의 늪에 빠져 있는 연극계에 변화의 바
람을 일으킬 것 같다. 비록 찻잔 속의 미풍이라 할지라도……

16. 생동하는 국립극단
— '오늘의 연극시리즈 I'과 관련하여

근자 들어서 국립극장이 크게 달라지고 있음을 피부로 느낄 수 있다. 우선 진입로에서부터 거대한 극장건물 외관에서 봄기운이 돌 만큼 뭔가 열기에 가득찬 느낌을 준다. 그것은 아무래도 내부에서부터 넘쳐나는 의욕의 표징이 아닌가 싶다. 국악관현악단이 생겨서 풍악이 울려나오고 몇몇 단체들의 감독들이 새얼굴로 바뀌고 후원회들의 참여로 오랜만에 국립극장이 희망에 넘치는 것같이 보인다. 가령 국립극단만 하더라도 45년 역사상 창작극, 그것도 신인들이 창작극을 세편이나 한꺼번에 공연한 적이 없었다. 이것은 하나의 모험이고 동시에 파격적인 것이라 말할 수 있다. 왜냐하면 어느 나라나 국립극장은 보수성을 지니는데 그것은 국립극장이 항상 일정수준의 성숙된 작품을 보여주어야 하기 때문이다. 적어도 상당수준의 성숙된 공연을 보여주려면 이미 평가된 희곡들이 레퍼토리로 취택될 수밖에 없는 것이고 따라서 국립극장은 고전(현대고전도 포함)이 자연스럽게 주가 되는 것이다.

우리 국립극장도 대체로 그러한 길을 걸어왔다고 말할 수 있다. 예를 들어서 '세계명작무대'라든가 '우리명작만들기'같은 것이 바로 그런 모습이라 하겠다. 그런데 이번에 모험에 가까운 공연을 갖기에 이른 것이다. 물론 이번 공연은 단순히 의욕만으로 설명되는 것은 아니다. 이것은 멀리 한국연극진흥이라는 차원에서 설명되어야 할 것이다. 결국 창작극은 우리의 우수한 극작가 양성에서만이 가능하다. 그런데 극작가를 전문적으로 양성하는 전문적인 학교가 있어도 작품이 잘 나오지 않았다. 거기에 착안한 국립극장이 파격적 상금을 내걸고 극작가 찾기에 나섰고 그것이 벌써 10여년 가까이 된다. 그 결과 우수한 희곡이 몇편 나왔고 장래가 촉망되는 신인들이 여러 명 등장했다.

이번에 무대에 올려지는 세편의 작품을 쓴 정우숙·최현묵·오은희 등은 이미 신춘문예 등을 통해서 가능성을 공인받은 극작가들이다. 이들 중 정우숙은 체험을 바탕으로 여성의 삶을 가식없이 진솔하게 묘파해내는 작가이고, 최현묵은 역사를 통해 권력의 악적인 속성과 민중의 아픈 삶을 그려내는 장기를 지녔고, 오은희는 여류답지 않게 스케일이 큰 작품을 쓰는 신인이다.

이번 세편의 무대를 보면 오늘의 극작가들이 무엇에 가위 눌리고 또 무엇에 관심을 갖고 있는지를 투명하게 들여다볼 수 있으리라 생각한다. 이들의 작품은 구조도 탄탄할 뿐만 아니라 주제가 선명하고 언어 역시 신선감을 줄 것이다. 더욱이 극작가들 못지 않게 지적이고 감각적인 신진 연출가 세 사람(박상현·박은희·김태수)이 무대형상화에 나섰기 때문에 공연은 대단히 감칠맛날 것임에 틀림없다. 국립극단의 젊은 단원들 역시 능력이나 의욕이 작가나 연출가들에 못지 않기 때문에 불꽃 튀는 경쟁마저 벌어질 것으로 예상된다.

그런데 국립극단이 절대로 지난 시대 실패의 전철을 밟지 말아야 한다는 것이다. 이 말은 곧 1960년대 이후 창작극 개발이라고 해서 여러 명의 극작가를 배출했지만 그것이 국립극단의 관객을 쫓아버리는 한 요인이 되었다는 사실을 기억해야 한다는 것이다. 미숙하고 조잡한 창작극을 뽑아 의무적으로 무대에 올림으로써 국립극장 연극의 질을 떨어뜨린 선례가 있었던 것이다. 만일 이번 공연도 단순히 그 동안 뽑아놓은 희곡을 소화하기 위해서 마지못해 무대에 올리는 것이라면 바람직하지 않다. 적어도 국립극장이 상업주의로 찌들고 의기소침한 연극계에 신선한 충격을 가하겠다는 자세로 공연에 임할 때 '오늘의 연극 시리즈'도 성공할 수 있다는 이야기이다. 또한 이번 공연이 성공을 거두어야 시리즈도 생명력을 얻을 수 있고 우수한 극작가도 배출될 수 있으리라 본다. 아뭏든 대성공을 기대한다.

17. 원숙기에 들어선 리얼리스트

— 국립극단의 「안네 프랑크의 장미」와 관련하여

6·25전쟁 체험을 안고 등장한 차범석은 처음부터 끝까지 리얼리즘을 신봉하며 자기가 산 시대와 처한 현실을 무대 위에 옮겨놓는 것을 사명으로 삼았다. 가령 그의 작품들 중에서 봉우리를 이루는 「산불」「껍질이 째지는 아픔없이는」「갈매기떼」 등만 보더라도 전쟁시대와 그후의 곤혹스런 삶을 묘사한 점에서도 그것은 확인된다고 하겠다. 그러나 후반에 와서 그는 자기가 겪지 않은 시대, 이를테면 개화기로까지 거슬러 올라가려는 듯한 모습을 보여주었다. 「손탁호텔」이라든가 「꿈하늘」 같은 작품과 동학혁명을 다룬 일련의 작품이 바로 그런 것이다.

그런 그가 이번에는 다시 식민지시대로 내려와서 일제패망기의 어두운 골짜기를 더듬기 시작했다. 실화로 알려진 마스시로 지하 땅굴을 소재로 일제 패망기에 징용당한 한국인들에 대한 저들의 학대와 그에 대한 저항, 그리고 친일 기회주의자 등 세 측면을 천착한 작품이 다름아닌 「안네프랑크의 장미」라 하겠다. 그런데 차범석은 일제의 비인간성과 그에 대한 저항에 포커스를 맞춘 것이 아니라 피해자의 2, 3세와 친일 기회주의와의 관계에 맞추고 있는 점이 색다르다. 그러니까 피해자의 2세가 아버지 실종의 진상을 밝혀가는 과정에서 민족마저 외면한 채 개인의 이익만을 추구한 파렴치한 친일사업가의 나상을 벗기는 내용이다. 친일행각을 영원히 숨기기 위해서 이름은 말할 것도 없고 태어난 본적까지 고친 뒤 대기업회장으로 군림하고 있던 친일파는 끝까지 자선의 행적을 위장변명한다. 피해자 2세의 집요한 추적은 연극의 재미를 돋구어주면서 결국 진실은 밝혀지고 만다는 진리를 보여준다. 이 작품은 해방 50년이 될 때까지 아직도 청산, 정리되지 않은 일제의 만행과 매국적인 일부 한국인들에 대한 준엄한 고발과 질책, 자책의 의미를 내포하고 있는 점에서 차범석의 또 다른 면모를 보여준다고 하겠다.

그런데 더욱 주목되는 부분은 그가 지난 시대를 새로운 시각으로 파헤치고 고발하는 데 무게를 두기보다는 화해와 관용에 더 큰 비중을 싣고 있다는 점이다. 참으로 흥미로운 것은 차범석의 주된 명제가 없다는 사실이다. 이 작품에서도 파렴치한 친일사업가는 결국 회개하고 죽는다. 그에게도 일말의 양심을 부여했던 것이다. 그리고 어떤 복수로도 여한을 풀 수 없을 피해자 2세들도 마지막에 가서는 그를 용서한다. 피해자 2세(후미에)가 반항적이고 냉소적인 딸에게 '상관 말아라! 나는 내가 하고 싶은 일을 할 뿐이니까. 세상이 삭막한 사막으로 변하면 그 하늘에는 또 말없이 오아시스 물을 길어 나르는 사람과 온순한 낙타는 남을 테니까'라고 말하면서 마스시로에서 죽은 원혼을 달래줄 장미동산 조성계획을 말한다. 실제로 그녀는 가해자가 죽으면서 참회의 뜻으로 남긴 돈을 받아 가지고 장미밭을 실제로 만든다.

이처럼 차범석의 인물들은 거의가 선인들이고 만년에 올수록 그 농도가 짙어간다. 그는 모든 것을 용서하고 싶어한다. 역사로 용서하고 악인도 용서하며 삶 자체를 관용의 눈으로 바라보려 한다. 이러한 면은 적어도 그의 초기작품에서는 좀처럼 볼 수 없는 것이다. 그가 성선설에 바탕을 두고 삶을 바라보는 긍정론자이긴 하지만 악에 대해서는 언제나 준엄했었다. 그러나 만년에 들어서면서 그는 관용의 미학을 보여준다. 그가 원숙기에 접어들었음을 단적으로 보여주는 것이다. 그리고 척박한 현실을 환상의 눈으로 보려고도 한다. 그 점도 원숙함에서 나오는 것이 아닌가 싶다.

18. 동양적 사유세계
— 이강백의 「물거품」과 관련하여

　결론부터 이야기한다면 나는 최근에 이강백이 쓰는 작품을 좋아한다. 그 이유는 단 두 가지에 있다. 첫째 우리의 회곡작품들이 대체로 지나치게 현실인식이 강한 나머지 깊이가 부족한 것이 아쉬운 점이었는데 이강백은 최근 그러한 경향으로부터 벗어나려는 것 같은 조짐을 보여주는 점에서이고, 두번째로는 그가 동양적 사유세계를 매우 명징하게 보여주려 노력하고 있다는 점에서이다. 70년대 작가군에 속하는 이강백이 당초 추구했던 것은 으레 한국극작가들이 마치 숙명적 멍에처럼 느끼는 현실과 역사의 오류지적이었다.

　「내마」라든가 「호모세파라투스」 같은 것이 그 단적인 예이다. 물론 그는 그후에도 분단문제라든가 독재정치, 이념적 갈등 같은 것을 집요하게 천착했었다. 따라서 우화극이라는 특수형식도 유행시키기도 했었다. 그러나 그는 「봄날」 이후 설화세계에 심취하는 듯했고, 거기서 동양적 정신세계에 눈을 떠간 것이 아닌가 싶다. 「비옹사옹」 같은 작품도 바로 그러한 계열로 볼 수가 있을 것이다.

　당초 이강백은 매우 서구적 논리에 젖어 있었다. 그것은 우리의 교육제도 아래서 어쩔 수 없는 것인지도 모른다. 그러나 그런 사고에서 나온 작품들은 매우 시니컬하고 풍자적인 특징이 있었다. 마치 뒤렌마트에서 느껴지는 맛 같은 것이라 할까. 그러나 그도 나이를 먹으면서 변모하기 시작한 것이다. 그는 결국 보편성이란 무엇인가에 대해서 많이 고민한 성싶다. 그가 찾은 보편성은 다름아닌 가장 '민족적인 것'인 점을 알아차린 것이다. 그런데 민족적인 것은 곧바로 동양적 뿌리에 닿아 있다는 것을 감지한 그는 불교의 세계관에서 무엇인가 찾아보려는 것 같다.

가령 그가 허상과 실상의 세계를 대비시키면서 인간존재의 허망함을 무대 위에 펼쳐 보이려고 하는 것도 바로 불교세계에서 착안한 것으로 보이기 때문이다. 이번에 그가 야심적으로 내놓은 「물거품」만 하더라도 그러한 동양적 사유세계를 구체화시킨 것이라 하겠다.

그는 서양적 의미의 리얼리스트와는 거리가 먼 동양적 허무세계로 가라앉은 것이 아닌가 싶다. 그렇기 때문에 그의 일련의 작품들에 대해서 지나치게 관념적이라고 비판하는 사람들이 적지 않다. 그럴수밖에 없는 것이 이 작품의 소재 자체가 매우 환상적일 수 있는 설화세계에서 가져온데다가 이강백 자신의 연극개념이 반드시 리얼리즘적인 것만은 아니라고 믿기 때문이다. 즉 인간의 심리적 갈등관계로서 연극이 형성된다고 보기보다는 어떤 '물체적인 것'으로서의 연극을 그는 생각한다.

따라서 이 작품에서 그는 불꽃 튀기는 인간의 자연에 상당한 비중을 두려 했다. 가령 자연의 표징이라 할 빛깔, 소리, 거기다가 리듬, 율동을 복잡적으로 가미함으로써 우주현상의 기묘하고 아름다운 조화를 형상화해보려는 것이다. 어떻게 보면 스토아 철학에서 우주관을 빌어온 것 같기도 하고, 불교의 색시공에서 힌트를 얻어온 것 같기도 하지만 궁극적으로 이강백의 세계는 동양적 사유라 보아야 할 것이다. 존재와 무, 존재하는 것의 덧없음을 일단 무대극으로 꾸미려 한 그를 우리는 지켜보아야 할 것이다. 물론 모두가 한갓 그림자 같아서 손에 잘 잡히지는 않겠지만 자세히 들여다보면 허상 속에 진실이 있음을 발견케 될 것이다.

19. 「시집가는 날」 공연에 부쳐

최근 국립극장은 새로운 모습을 보여주고 있다. 그것은 무엇보다도 창작극개발과 외국고전극공연에서 두드러지게 나타난다. 지난해만 하더라도 「넋씨」(李鉉和작 강영걸연출)를 시작으로 「사로잡힌 영혼」(李相鉉작 김보라연출) 「물거품」(李康白작 李炳勳연출) 등 수작들을 선보인 바 있으며 번역극도 좋은 공연이었다.

국립극장의 활성화와 신선미는 곧 한국연극의 발전을 의미하는 것이기도 하다. 왜냐하면 국립극단은 뭐니뭐니해도 한국연극의 자존심이고 얼굴이기 때문이다. 그런 측면에서 보았을 때 국립극장의 창작극개발과 과감한 신진연출가 기용 등은 몇 가지 시행착오에도 불구하고 국립극단의 장래를 밝게 한다.

이번에 신춘무대를 장식하는 「시집가는 날」(吳泳鎭작 金相烈연출)공연도 그런 국립극장 기획의 일환으로 볼 수 있다.

물론 레퍼토리 선정과정에서 논란이 있었던 것도 사실이지만 누가 뭐래도 이 작품은 현대희곡사에서 대표작의 하나로 꼽히고 있다. 원작은 식민지 말엽에 「맹진사댁 경사」라는 시나리오로 발표된 것이지만 해방 이후 희곡과 시나리오로서 수없이 무대와 영상을 수놓은 명작인 것이다. 오영진은 이 작품을 쓰게 된 배경에 대하여 일찍이 '새로운 히로이즘을 노래함과 동시에 이제까지의 전통적인 것, 도덕적인 것, 민족적인 것에 대해서 이제 한번

더 고쳐 생각하지 않으면 안된다'고 생각해서 착수했다는 것이다. 주지하다 시피 이 작품은 그의 다른 작품인 「배뱅이굿」「한네의 승천」과 함께 3부작으로 씌어진 것이다. 그러니까 문화인류학에서 말하는 통과의례, 즉 관혼상제에서 별다른 사건이 없는 관례만 뺀 혼례, 상례, 제례 중 이 작품은 혼례기라 하겠다.

그런데 이 작품은 전래 민담인 뱀서방 이야기에서 소재를 취택하여 구습결혼제도의 모순과 양반의 권력지향성, 허욕, 어리석음 등을 회화화한 것이다. 물론 뱀서방설화와 이 작품의 구조에는 많은 차이가 있다. 즉 뱀서방설화가 여성의 남성에 대한 순종과 진심을 내용으로 하고 있는 데 비하여, 이 작품은 양반의 위선과 횡포를 묘사한 점에서 그렇다. 그렇지만 뱀서방 설화도 한국민담의 보편적 구조, 즉 두 갈래의 인물이 싸움을 벌이는데 그 싸움은 정과 사, 진과 위, 서민과 양반, 인간과 비인간의 대결로서 이루어지고 결말에 가서 선한 주인공이 승리하는 것으로 되어 있다.

그 점에서 「시집 가는 날」은 민담의 구조를 갖추고 있는 것이다. 왜냐하면 마지못해 다리 불구자에게 시집가는 몸종이 종국에 가서는 승리자가 되기 때문이다.

그러니까 오영진은 순직하고 질박한 전통적 한국인의 건강한 마음씨를 부각시키면서 해학과 풍자로 인간 속에 내재된 욕망과 위선을 매도하는 한편, 선악의 대결에서 민담의 주인공 같이 선 쪽에 손을 들어주는 것이다. 작가는 거기에 만족하지 않고 한국의 토속적 생활 풍정을 독특한 미학으로 구현함으로써 무비판적 서양화, 일본화를 배격한다. 그는 신화문학에서 이야기하는 희극적 비젼의 작가로서 전통적 해학정신의 계승자로서 만족하지 않는다. 그는 영아(嬰兒)를 이상적 인간상으로 삼는 노자의 세계관과도 상통하며 그의 문학적 도정은 민담세계가 그러하듯 진실과 선, 무욕(無慾)에 이르는 이상이며, 그 구현인 것이다.

그러한 오영진이 중견연출가 김상렬을 만났다는 것은 매우 중요하다. 왜냐하면 불교를 통한 한국적 미학과 민족정신을 추구해온 김상렬이야말로 오영진 세계를 가장 잘 형상화할 수 있겠기 때문이다. 그는 일찍이 만해(萬海)를 뮤지컬화한 적이 있고, 오영진을 극화한 적도 있다. 오영진의 작품이 비교적 운문적이라 볼 때 뮤지컬에 능한 김상렬은 매우 장중하면서도 경쾌하게 작품을 만들 것 같다. 문제는 그가 이 작품을 갖고 얼마나 강렬한 한국적 미학을 창출해 낼 수 있느냐 하는 것이다.

한국적 미학은 우선 무대미술에서 나와야 되고 의상과 대·소도구에서 풍겨야 하며 음악에서 우러나야 한다. 그 다음에는 율동으로부터 솟아나야 할 것이다. 그에 못지 않게 중요한 것이 전통혼례식을 어떻게 예술화하느냐 하는 점이다. 만일 앞에서 제기한 몇 가지 사항만 해결한다면 그는 우리의 창작명작을 하나 만들어내는 것이며, 그것은 그의 축적된 역량으로 볼 때 가능하다고 본다.

20. 국립극단의 신기운

─ 김영수의 「혈맥」과 관련하여

  한국연극의 평균을 항상 유지하면서 진로까지 제시해 온 국립극단이 그 동안 했던 정기공연과 명작극장 같은 기획은 사실 혼란스런 연극계를 진정시키는 요인도 되었다. 바람직한 레퍼토리 선정과 안정되고 수준 높은 앙상블 등은 분명히 우리 연극의 척도가 되었다고 해도 과언이 아니다. 그런 국립극단이 또다시 '한국연극의 재발견'이라는 새로운 기획으로 연극계의 구조조정에 나선 것은 참신하면서도 전진적이어서 주목을 끌 만하다. 더욱이 그 첫번째 연출가로 원숙기에 접어든 중진연출가 임영웅을 택했다는 점에서 국립극장의 의욕을 읽게 만든다.

  국립극단 연출로 데뷔한 그가 상당기간 국립극단을 멀리했다는 것은 개인적인 분주함 못지않게 어떤 거리감 같은 것을 느낀 탓이 아니었을까 싶다. 즉 임영웅이 바라본 국립극단이 어딘가 이상스럽게 흘러감으로써 고의적(?)으로 외면한 듯싶다는 이야기이다. 그러나 우리나라에 유일한 국립극단이 건강해야 한국연극 전체가 건강할 수 있다는 생각으로 그는 다시 국립극단의 '한국연극재발견'시리즈의 첫번 연출자로 나선 것 같다. 항상 새 작품만 좋아하고 외국 번역극만 선호하는 우리 연극계 풍토에서 사장되어 있는 희곡유산을 발굴, 재창조하는 일은 국립극단이 아니면 할 수 없는 최상의 일이라 아니할 수 없다. 그런 취지에 걸맞게 김영수의 대표작 「혈맥」

을 첫번 작품으로 취택한 것은 임영웅의 혜안에 의한 것으로 볼 수 있다.
왜냐하면 이 작품이 현대희곡사에서 드물게 찾을 수 있는 수작이라는 점이
첫번째 이유이고, 두번째로는 그 작품이 내포하고 있는 시대정신이 I.M.F
고통으로 몸살을 앓고 있는 우리 현실과 시의성에서 들어맞으며, 세번째로
는 원숙기에 들어선 임영웅 연출이 한번쯤 진면목을 보여줄 수 있는 작품
이라 생각되기 때문이다.

이미 잊혀진 작가 김영수는 와세다대학에서 영문학을 전공하면서 서구희
곡에 심취했다. 그가 특히 영향받은 서구작가들로는 하우프트만, 막심 고르
키, 안톤 체홉 등인데 성향이 각기 다른 세 작가에게서 필요한 장점만 배웠
다는 점에서 김영수의 재능을 읽을 수 있다. 가령 하우프트만에게서는 환경
극적인 방법을 배우고 고르키에게서는 빈궁한 삶을 문학으로 형상화시키는
상상력을 터득했다고 한다면, 안톤 체홉에게서는 인생의 슬픔과 기쁨을 희
곡으로 어떻게 승화시키는가를 알아냈다고 말할 수 있다.

근대희곡사상 이처럼 현명한 극작가는 극히 드문데 그런 김영수가 대중
으로부터 잊혀진 것은 대체로 두 가지 이유 때문이 아닌가 싶다. 즉 한가지
는 그가 후반기에는 주로 방송작가로만 활동하면서 해외로 떠돌았다는 것
과 해방직후에 펴낸 희곡집 한권 밖에 없는 것이 또 다른 이유가 아닐까
싶다.

일제 말엽부터 소설과 희곡 두 쟝르에 걸쳐서 6·25직후까지 왕성한 활
동을 벌였던 그는 1950년대에 일본에서 8년여간 방송요원으로 근무하고 귀
국한 후에는 방송드라마만 썼다. 따라서 대중은 그를 방송작가로만 알고 있
다. 그러나 그는 주목받는 소설가이자 극작가로서 주옥같은 작품을 여러 편
남겼다. 그의 대표작으로서 자타가 공인하는 「혈맥」은 해방직후 5년여간에
나온 수많은 극작가들의 작품들 중에서 단연 가편(佳篇)으로 꼽힌다. 하우
프트만, 고리키, 체홉 등의 영향을 받았지만 확고한 자기세계를 구축했던
그는 사회주의는 철저히 혐오하고 정통 리얼리즘기법으로 식민지치하의 민
중의 곤궁한 삶을 형상해 내는 것을 그의 작품의 화두로 삼았다. 데뷔작인
「광풍」으로부터 시작하여 「동맥(動脈)」「단층」「총」 등으로 이어지는 그의
작품은 식민지 말엽 한국인의 곤비에 찬 삶 그 자체였다. 그러한 작품계열

의 결정체가 다름아닌 「혈맥」인 것이다. 그의 작품은 모두가 '집'으로부터 시작된다. 「광풍」으로부터 「혈맥」에 이르기까지 황폐한 집이 드러남으로써 작품 전체를 어둠으로 뒤덮는다. 그러나 주목되는 것은 그 어둠과 절망의 집에는 언제나 한 가닥의 서광이 비친다는 점이다.

바로 여기서 그가 임영웅의 세계관과 상통한다. 사실 반세기 가까이 일제에 의해서 철저하게 착취 수탈 당한 우리 민족의 광복직후 생활이란 묘사하기 어려운 삶이었다. 이 작품에 등장하는 거간꾼·땜쟁이·담배장수·댄서·지게꾼·기생·야미장수·노무자 등 뿌리뽑힌 군상은 그대로 해방직후 우리들의 소상이었다. 겨우 방공호를 안식처로 삼고 있는 이들은 그마저 지주에게 추방당할 지경에 이른다. 이들은 생존을 위해 저항할 수밖에 없다. 그런데 흥미로운 것은 김영수가 외골수는 아니라는 사실이다. 그는 작품에서 대체로 현실주의자와 이상주의자를 동시에 등장시킴으로써 절망 속에서도 언제나 희망의 빛을 던져준다는 사실이다. 그것은 곧 작자가 현실과 미래를 동시에 묘사해낸다는 것을 의미한다.

이 작품에서도 그 내부를 투시해보면 주인공들이 부단히 절망을 딛고 미래로 나가려고 몸부림치는 것을 발견할 수 있다. 가령 여주인공(월필의 처)의 죽음과 동시에 새집터를 다지는 지경소리가 무대에 울려퍼지는 것은 그 점을 상징적으로 보여주는 것이다. 김영수는 단순히 거기서 끝나지 않고 식민지시대의 종막과 새로운 시대의 도래까지를 예시한다. 그 점에서 그는 안톤 체홉을 많이 닮은 면이 보이기도 한다. 김영수의 비극적 낙관주의는 보수주의 진보정신의 소유자라 할 임영웅의 세계관과 절묘하게 맞닿고 있지 않나 싶다. 임영웅이 베케트를 좋아하는 이유도 거기에 있지 않나 하는 생각이다.

그동안 서양희곡 연출에 몰두해 있었던 그가 이번 「혈맥」에서는 어떤 세계를 그려낼지 자못 궁금하고 또 기대가 크다. 왜냐하면 서구연극에서 무르익은 그의 높은 기량과 원숙한 예술철학이 토속성 짙은 창작극에서 더욱 빛날 것이기 때문이다.

오랜만에 임영웅을 맞은 국립극단이 한국연극을 한단계 끌어올리는 또 하나의 빛나는 금자탑을 쌓기를 기대한다.

21. 신극의 고정관념 혁파

— 임영웅과 「고도를 기다리며」

아무리 이념의 혼란시대라고는 하지만 역사의 굵은 골격이야 변할 수 있겠는가. 최근의 독불장군식 극장이나 비견없는 연극행위들을 보면서 느껴지는 소회이다. 해방 이후 한국신극의 건전한 방향을 제시하고 지킨 이해랑의 정통적 연극정신을 계승한 임영웅의 창조작업은 주목의 대상이 되지 않을 수 없다. 왜냐하면 그는 신극전통을 계승하면서도 고정관념에 사로잡히지 않고 과감하게 혁파, 새로운 세계를 열어가려는 의지를 보여주었기 때문이다. 언젠가 필자는 임영웅의 연극세계를 '보수 속의 진보정신'으로 규정한 바 있지만 그는 분명히 시대감각에 매우 민감한 연출가이다. 즉 그는 철저한 리얼리스트임에도 불구하고 부조리극에 과감히 도전하여 매우 관념적이고 추상적인 연극세계를 구체화시켜 놓은 대담성을 보여주었던 것이다.

가령 전후의 답보하던 우리 연극상황에서 그는 베케트의 부조리극을 연출함으로써 연극계, 더 나아가 문화예술계에 신선한 충격을 던져주었던 것이다. 적어도 1960년대말까지만 하더라도 상당수 연극인들이 식민지시대 연극관념을 탈각하지는 못했었다. 그런 때에 임영웅이 나서서 벽처럼 두터운 식민지적 연극관념을 혁파하고 나선 것이다. 그는 베케트의 작품을 통해서 한국연극의 새지평을 열어젖힌 것이다. 그는 한국연극을 외면에서 내면으로 돌려놓는 역할을 했다. 이는 문예사적인 면에서 보면 근대로부터 현대로 바꾸는 터닝 포인트도 된다고 말할 수 있다. 그렇다면 베케트의 작품을 통해서 보여준 임영웅의 장기는 무엇일까.

첫째 그는 매우 아카데믹하다고 말할 수 있다. 그는 작품을 철저하고 연구하는 연출가이다. 그는 적어도 연출에 관한한 대강대강이란 없다. 사실 베케트의 작품은 형상화하기에는 너무 난해하다. 극히 추상적이고 상징적이며 철학적이기 때문이다. 그럼에도 불구하고 임영웅의 손에 의해 극히 평이한 일제의 구체적 삶으로 관객에게 다가서도록 만든 것이다.

나는 그것을 '상징세계의 현재화(顯在化)'라 부르고 싶은 것이다. 그는 적어도 작품에 자기의 인생을 투사한다. 이 말은 곧 작가가 그려놓은 삶을 자신의 경험세계 속으로 끌어들여서 구체적 인생으로 표출해 놓는다는 이야기이다. 이는 그가 연륜을 더해갈수록 성숙한 작품으로 나타나는 데서 확인할 수 있다고 하겠다.

두번째로 그는 외모와는 달리 매우 감성적이고 섬세하다. 그는 등장인물의 심리파악에 남다른 재능을 갖고 있다. 그렇기 때문에 그는 주인공의 감정의 세로(細路)를 끝없이 좇아다닌다. 주도면밀한 계산과 처리로 그의 작품에는 군더더기가 없다. 가령 그 많은 요설의 「고도를 기다리며」를 구체적 삶으로 엮을 수 있었던 것도 거기에 연유한다고 볼 수 있다.

세번째로 그는 음악을 아는 연출가라는 점이다. 과거의 연출가들이 대체로 음치 내지 음맹이었는데 그는 음악을 잘 안다. 따라서 그의 작품은 일단 아름답고 삼빡하다. 「고도를 기다리며」도 예외가 아니다.

결론적으로 그가 이 작품을 통해서 보여주는 것은 총체적으로 삶을 응시 내지 관조한다는 점이고 다음으로는 매우 긍정적 세계관을 지니고 있다는 사실이다. 주지하다시피 베케트의 세계는 비관적이다. 그러나 그에 손에 의해서 희망의 등불이 달린 것이다. 그만큼 임영웅은 동양적 사유세계 속에 침잠해 있다는 것을 알 수 있다. 여덟번째 만들어진 동양적 사유세계의 「고도를 기다리며」가 폴랜드의 관중에게 어떻게 투영될지 궁금하다.

22. 연극, 그 증류된 인생

— 산울림의 「딸에게 보내는 편지」

잘하는 연극과 잘못하는 연극의 차이는 작품이 관중과의 감정교류가 이루어지느냐 그렇지 않느냐의 차이라고 말할 수 있다. 가령 시시한 연극은 무대 위에서 자기들끼리만 하는 것이고 좋은 연극은 관중과 호흡을 같이 하는 것이다. 그래서 관중은 한편의 작품을 감상한 후에 내면 속에서 조그마나마 변화의 소리가 들려옴을 느끼게 되는 것이다.

그 변화란 무엇인가. 일상의 타성으로부터 잠시나마 벗어나는 것이고 경직된 관성이 깨어지는 소리를 듣는 것을 의미한다. 많은 사람들, 그것도 대부분 중년여성들이 신촌에 있는 소극장 산울림을 찾는 이유도 바로 그러한 그들 자신의 저 깊숙한 내면에서 어떤 변화의 소리가 들려오는 것 같은 심정에서이리라.

오늘도 산울림소극장 앞에는 많은 사람들이 줄을 서서 연극을 보려고 망연히 기다리고 있다. 마치 산울림의 훌륭한 레퍼토리 「고도를 기다리며」처럼 주로 여성의 삶의 문제를 집중적으로 조명한 작품을 취택하여온 산울림극단은 이번에는 여성취향의 작품으로 관중과 만나고 있다. 이름하여 「딸에게 보내는 편지」라 했다. 내용은 아버지 아닌 어머니, 그것도 홀어머니가 열한 살된 딸에게 편지를 쓰는 것으로 되어 있다. 이것은 우선 제목부터 한국의 어머니들에게 호기심을 끌 만하다. 왜냐하면 한국의 어머니들은 딸에게 뿐만 아니라 누구에게도 편지를 잘 쓰지 않기 때문에 이 작품 제목은 흥미를 끌 만하고 또 한가지 더욱 중요한 것은 한국의 부모들이 자녀의 인간교육에 등한하기 때문에 이 작품은 하나의 마력이 될 만하다고 보겠다.

사실 영국의 현존 극작가인 아놀드 웨스커는 연극이 생활과 유리된 한국의 중년층 관객에게는 생소한 이름일 뿐만 아니라 그 작품도 처음 알려지는 것이어서 대중의 시선을 끌 수 있는 게재는 될 수가 없었다. 그럼에도 불구하고 관객이 장사진을 이루고 있는 것은 앞에 말한 독특하면서도 극히 평범한 삶의 편린을 느끼게 하는 제목의 마력이 첫번째 요인이라고 말할 수 있다. 자녀를 학교에 넣고 자가용을 태워 보내며 좋은 대학, 좋은 학과에 입학시키기 위해 과외공부다 학원수강이다 하면서 극성을 떠는 것은 인생교육과는 별개의 것이다. 그것은 극히 공리적이고 자녀에 대한 부모의 욕망의 일부일 수 있다. 어린 자녀들이 하나의 인격체로서 어떻게 성장해야 하는가의 문제를 깊이 생각하고 조언, 배려하는 것이야말로 진정한 자녀교육이고 가정교육인 것이다.

그런데 한국의 부모, 특히 어머니들에게서는 그런 면이 약해 보인다고 말할 수 있다. 그런 면에서 웨스커의 「딸에게 보내는 편지」는 연극작품으로서는 더없이 훌륭한 것이라 아니할 수 없다.

우선 극작가 웨스커의 특출난 점을 지적해야 할 것 같다. 유독 자녀들의 가정교육, 그것도 민족의 정신교육에 남다른 유태인 출신답게 웨스커는 극히 범용한 모녀간의 인간적 교류를 유별나지 않게 묘사해서 관중을 감동시킨다. 주인공은 딸 하나를 낳고 남편으로부터 버림받아 가수로 활동하는 35세의 여성이다. 그녀는 11살된 딸에게 자기 인생의 여러 측면을 편지 형식을 빌어 이야기해준다. 마치 동화책을 읽어주듯이 말이다. 11살의 딸은 조숙해서 가슴도 나오고 감수성이 예민한 나머지 인생에 조금씩 눈이 떠간다.

그런 딸에게 어머니가 여러가지 조언을 해주는 내용인 것이다. 그런데 이 희곡의 매력은 그런 교훈적인 데 있다기보다는 오히려 35살된 한 이혼녀의 인생이 솔직히 토로되는 데 있다. 한 여자가 별다른 이유없이 한 남자로부터 버림받는다는 것은 슬프고 충격적인 일이다. 그리고 혼자서 대중가수로 험난한 삶을 헤쳐나간다는 것도 커다란 고통을 수반하지 않을 수 없다. 이 작품에서는 여자가 세상을 살아나간다는 것이 얼마나 고달픈가를 고백형식으로 담담하게 이야기되어 간다. 그러한 여주인공의 고백에서 반복되는 이야기

'인간관계는 하나의 지뢰밭'이라고 하는 것이야말로 작가의 인생관의 일단이 기도 하다. 세상을 꿰뚫어보는 안목은 사실 작가 자신의 고통에 찬 체험에서 우러나온 것이라 볼 수 있다. 그러나 이 희곡이 관객의 가슴에 와닿는 것은 생체험이 바탕이 된 작가의 통찰력과 함께 솔직성에 있다고 하겠다.

대체로 부모 자식간에도 말할 수 없고, 또 말하지 않는 이야기가 많다. 권위주의·체면·위선 등이 뒤섞여서 부모 자식간에는 높은 장벽이 가로 놓여 있는 경우가 많다. 그럼에도 불구하고 웨스커는 모든 가식을 벗겨내고 솔직 담박하게 여주인공으로 하여금 자기 인생을 토로케 한 것이다. 특히 어머니, 더 나아가 부모에게 있어서 자식이란 무엇인가를 솔직히 토로하는 데서 중년관객들은 커다란 공감을 느끼게 되는 것 같다. 여주인공은 참으로 말하기 어려운 것까지도 모두 이야기한다. 거기에 이 희곡의 리얼리티가 있 는 것이다.

그렇다면 두번째로 이 공연이 성공을 거둘 수 있는 원인은 무엇일까. 그 것은 두말할 것도 없이 중진연출가 임영웅이 극작가와 배우를 절묘하게 접 목시킨 데 있다. 35살의 여주인공 멜라니는 스타 윤석화와 닮은 데가 많다. 우선 연령에서 그렇고 예술가로서 살아온 과정도 비슷하다. 배우가 한 작품 에서 성공하려면 자기와 비슷한 주인공을 만나는 일이다. 그 점에서 임영웅 이 윤석화라는 여배우를 멜라니로 만드는 솜씨가 탁월했다. 결국 연출이라 는 것은 희곡에 자신의 체험을 실어 해석하는 것인 만큼 장년기의 임영웅 연출이 「딸에게 보내는 편지」에서 보여주는 원숙성은 어떻게 보면 당연한 지도 모른다. 자식을 어렵사리 키워본 사람만이 작가가 제시한 세계를 실감 나게 형상화해내는 수가 있기 때문이다.

또 하나 극작가와 연출가의 비슷한 인생관이 작품을 활력 넘치게 만든 큰 원인이 되었다. 웨스커는 어려운 삶을 겪었지만 낙관주의자이다. 그것은 일종의 유태주의라고도 볼 수 있다. 어떠한 시련과 절망 속에서도 인생을 긍정적으로 바라보는 웨스커의 자세야말로 한국적인 낙천주의와도 상통하 며 임영웅도 그런 측면이 강한 연출가이다. 진지하게 인간을 탐구하되 결코 이상을 저버리지 않는 자세가 바로 임영웅 연출의 핵이라 말할 수가 있다. 이번 작품에서 그것이 적나라하게 나타나고 있는 것이다. 모노드라마는 단 조롭기 때문에 성공하기가 쉽지 않다. 그럼에도 불구하고 이 작품을 입체적이면서도 볼륨 넘치게 만든 것도 연기 못지 않은 연출의 힘인 것이다.

세번째로 이 작품이 히트할 수 있었던 것은 윤석화라는 스타의 혼신의 열연에 있다. 이 작품이 무대에 올려지기 전에 이미 표가 불티나게 팔린 것은 윤석화의 개인적 인기 때문이다. 윤석화는 「신의 아그네스」로 명성을 떨치기 시작한 이래 계속해서 빼어난 연기력을 보여주었다. 그는 청순형으로부터 끈끈한 중년여성의 분위기 창조까지 매우 연기 폭이 넓다. 윤석화는 이미 수천명의 고정팬을 갖고 있다. 물론 그녀의 연기투를 싫어하는 사람들도 없지 않지만 좋아하는 사람들이 훨씬 더 많다. 그는 언제나 전신으로 연기를 한다. 그는 어떤 작품에 나와도 자신을 모두 던져서 연기를 한다. 그리고 노래를 부를 수 있는 몇 안되는 여배우이기도 하다.

그러나 이번 공연에서 그녀가 각광을 받을 수 있었던 것은 앞에서도 언급한 바와 같이 극작가가 창조해 놓은 인물과 배우 윤석화가 여러 면에서 유사점을 지녔다는 사실이다. 따라서 그녀는 그 어떤 작품에서보다도 열정의 연기를 보여주고 있는 것이다. 아니 연기라기보다는 마치 자신의 인생고백처럼 실감나게 연극을 하고 있는 것이다. 거기에 관중이 빨려 들어가고 있다. 게다가 자작시 등 다섯 곡을 직접 부름으로써 생동감을 더해주고 있다. 연극을 보고 있노라면 윤석화라는 열정적인 한 여성이 자기의 삶을 어린 딸에게 연결시켜 털어놓고 있는 것처럼 친밀하게 느껴진다. 연극이 아니라 실생활 그 자체처럼 느껴진다는 이야기다. 더구나 노래까지 직접 불러주고 있기 때문에 작품처럼 느껴지지 않는다는 이야기다.

윤석화는 연극을 하지 않고 자기 인생을 이야기한다. 가수의 집답게 무대를 꾸민 것도 이 연극이 관중을 낯설지 않게 하는 요인의 하나이다. 신진 무대미술가 박동우도 이제 노련해지고 있다. 극단 산울림의 식구들이 주인 임영웅을 닮아서 하나가 되어 가고 있는 느낌이다. 한국 연극계에 소극장이나마 산울림이 있다는 것은 하나의 성숙을 의미하는 것이고 연극팬들에게 사는 즐거움을 안겨주는 것이기도 하다. 산울림은 예술의 힘이 얼마나 큰 것인가를 속삭여 주고 있다.

23. 중년여성과 사랑의 비극

— 산울림의 「남자 죽이기」

언제나 변함없이 한국연극의 표준을 지켜주는 신촌 산울림소극장이 요즘 매우 개성이 강한 러시아 현대극으로 중년여성팬들을 감동시키고 있다. 중년여성팬을 감동시키는 요인은 크게 두 가지로 요약 설명될 수 있을 것 같다. 즉 우리 귀에 생소한 에드바르드 라드진스키라는 극작가의 탁월한 여성심리 천착과 그것을 온몸으로 받아들여서 혼신의 열정으로 뿜어내는 중견 여배우 김은지의 농축된 연기력이 바로 그것이다. 제목부터 「남자 죽이기! 결혼하기엔 늦고, 죽기엔 이르고」라 하여 상징과 은유를 가득 담고 있는데 이는 곧 적령기를 놓치고 사랑의 쓴맛까지 본 중년여성의 진퇴유곡과 고독 그리고 사랑에의 갈망을 함축한다고 볼 수 있다.

공산주의의 거친 사회를 거쳐오면서 내외로 상처만 받은 섬세한 중년여성이 좌절에서 오는 깊은 절망과 고독을 견뎌내지 못하고 화석화된 남성에의 복수로 보상받으려는 최후의 몸부림은 여성팬들에게 대단한 공감대를 불러일으키고 있다. 그런 여성의 복잡미묘한 심리를 예리하게 파헤친 작가 라드진스키는 결국 러시아적인 비극으로 몰아간다. 모든 것으로부터 차단되고 햇빛조차 사라진 골방에서 희망 잃은 중년여성이 정신적 파탄에 직면해서 출구를 마지막 연인살해에서 찾아보려는 몸부림은 섬뜩할 정도다. 희곡형식 또한 현대적이어서 극중극 수법을 기조로 하고 현재와 과거, 현실과 환각이 교차되어 나타난다.

그런데 이와같이 복잡기묘한 희곡을 김은지가 정통파 연출가 임영웅을 만나 완벽하게 해석하고 더 나아가 자기화해냄으로써 작품의 성숙도를 높여 놓았다고 하겠다.

정통파 배우이면서도 그동안 풀어진(?) 연극만을 주로 해온 김은지가 오랜만에 적역을 얻어 '연기의 꽃'을 만개하고 있다. 감수성이 예민하고 성격분석에 뛰어난 그녀가 30년 이상의 연기경험을 이 작품에 쏟아부으려는 듯 온몸을 사르고 있어서 여성관객을 눈물짓게 한다.

풀어짐과 헤침으로 시작하는 그의 연기는 노련한 상대역 전무송을 만나 절정에 다다르고 연인 전무송이 죽어가는 과정에서 애증을 절제함은 물론 그것을 다시 한 단계 승화시킴으로써 그녀 자신이 새롭게 변신되어 관객 앞에 아름답게 다가온다. 그녀의 대단한 열연을 접하면서 역시 그녀가 여러 형태의 작품편력으로부터 얻어진 소산임을 알게 한다.

그녀는 자신의 인생까지를 작품에 투영함으로써 전편에 우수를 깃들이게 만들고 있다. 물론 그러한 페이소스는 무대미술도 뒷받침하고 있다. 묵은 사진과 가면, 자잘구레한 가재도구는 지적인 러시아 독신녀의 일상을 잘 표현해주고 있다.

게다가 환상적 조명과 절약된 음향도 화음을 만들어 준다. 이런 무대는 아무래도 노련한 연출가 임영웅의 창조력에 돌려야 될 것 같다. 오랜만에 만나는 진지한 산울림의 공연이 관객을 상쾌하게 하리라 본다.

24. 진지한 여성주의 연극

— 산울림의 「러브 차일드」를 보고

감각적이고 미숙한 공연이 판을 치는 요즘 신촌 산울림소극장에서 만난 「러브 차일드」(조안나 M. 스미스 작 蔡允一 연출)는 마치 진흙탕 속에서 진주를 찾은 기쁨이었다. 그 이유는 세가지에 있었다. 첫째는 시류를 거부하고 연극의 본도를 지키겠다는 산울림의 고집에 있고, 두번째는 형식의 잔재주를 배제한 채 여성의 진면목을 천착해내겠다는 연출 의지, 그리고 끝으로 젊은 여류작가의 무서울 정도로 예리하면서도 정직한 여성심리파악 등에 있었다.

17세 소녀가 여행중 순간적 풋사랑으로 얻은 딸을 입양형태로 버린 지 25년 만에 다시 만나 일어나는 갈등과 화해의 이야기가 바로 「러브 차일드(私生兒)」이다. 매우 비극적일 수 있는 이 작품에서 어머니는 결국 모성을 회복하고 딸 역시 어머니를 용서하는 것으로 종결되는데 여기서 극복되는 것은 호주인의 동양적 심성구조라 할 수 있다. 즉 현실과 동양적 온정주의의 대립 더 나아가 화해와 초월사상이 중심을 이룬다는 점에서 호주는 동양에 가깝다는 생각이다.

그러나 그보다 더 이 작품이 우리에게 공감을 불러일으킬 수 있는 것은 전쟁·빈곤·성개방 등에 따른 기아(棄兒)·입양·미혼모 문제가 근자 사회문제로 떠오르고 있기 때문이다. 작가는 매우 미묘한 문제를 섬세한 심리묘사로서 매우 하나의 견고한 문학작품으로 형상화시키는 데 성공하고 있다. 연출 역시 극히 단조로울 수 있는 대화극에 생명력을 불어넣음으로써 관객으로 하여금 진지하게 자신을 성찰케 하고 있다.

다만 등장인물의 심리를 통한 변화되는 동작을 끄집어내는 힘의 부족이 아쉬웠지만 모처럼 적역을 만난 중견 이승옥의 중후한 연기력과 신예 박근숙의 열정이 조화를 이룸으로써 연출을 보완해 주고 있다. 매우 단순하면서도 암시적인 장치, 조명, 의상, 음향, 대소도구는 적요와 명상의 분위기를 자아내는데 이는 아무래도 박동우 미술이 점차 성숙되어 감을 보여주는 것이라 하겠다.

25. 극단 산울림의 조용한 반란

— 「불의 가면-권력의 형식」을 보고

가정에 있어서 아내는 무엇이고 또 어머니는 누구인가라는 일관된 주제의 서양 여성물로 그동안 많은 관객을 확보한 소극장 산울림이 특별기획으로 7월 1일부터 연말까지 창작극 시리즈를 보여주고 있다. 창작보다는 번역극에 치중했던 산울림이 한국연극의 전환점을 마련해보겠다는 야심찬 기획을 시작한 첫무대가 그동안 자신들이 해왔던 완성도 높은 작품들과는 너무나 다른 실험적 작품이라는 점에서 충격적 반란으로까지 보이는 것이다. 특히 첨단을 걷는 두 젊은이 이윤택(희곡)과 채윤일(연출)의 만남은 처음부터 우리 연극의 고정관념과 정통적 연극문법을 파괴하는 것으로부터 시작하고 있다.

그동안 군사독재자들에 대한 풍자극이 없었던 것은 아니지만 이윤택처럼 정공법으로 독재자의 세계를 파헤치는 작업은 일찍이 없었다.

박정희장군을 모델로 하여 독재자의 황폐한 정신세계를 제의와 정신분석적 방법으로 파고든 「불의 가면」은 권력의 부도덕성과 허망함을 매우 시적으로 묘사한 작품이다.

작가 자신도 밝혔듯이 이 작품이 완성되는 데는 까뮈의 「깔리귤라」를 비롯하여 박상륭의 소설과 이형기의 시를 원용했고 불의 신화와 융의 원형심성을 하나의 모티프로 끌어들임으로써 독재자의 황폐한 내면세계를 하나의 광기로 부각시키는 뛰어난 직관력을 보여준 점이 돋보인다. 특히 이번 작품에서는 권력과 지식의 한계를 대비시키면서 시적 본능을 징검다리로 삼고 시적 상징과 사회과학적 분석을 가미시킴으로써 정치권력의 추악상과 허망함을 낭만적으로 표출한 듯이 보인다.

반면에 잔혹극적 수법을 즐겨 구사하는 채윤일의 연출은 작가의 의도를 충격적일 정도로 살리긴 했지만 전체적으로 혼란스럽고 거친 표현으로 일관되었다는 점에서 관객으로 하여금 놀라게 하면서도 어리둥절케 한다.

이 작품이 문제를 던질 수 있는 것은 작가와 연출가가 고정관념을 흔들어놓는 한편 대담한 사회병리에 대한 분석력과 비판력에도 불구하고 과욕으로 인한 예술의 절제원칙을 깨고 있는 점이라 하겠다.

가령 하나의 작품에 너무 잡다한 사상과 기법을 투입함으로써 세련미가 부족한 것이라든가 배우들의 지나친 노출이 단순히 표현의 한계를 무너뜨리기 위한 저항으로 보일 수도 있다는 사실이다.

이러한 과잉노출은 까딱하면 근자 유행하는 연극무대에서의 상업주의적 에로티시즘으로 비칠 수도 있다는 점에서 우려스럽기도 하다.

26. 민족극 양식의 확대

— 창극 「아리랑」을 보고

지난 7월 소련에 갔을 때, 동아일보사가 야심적으로 추진하고 있는 창작 창극운동에 대해서 묻는 사람들이 많았고, 알마타의 유일한 조선인 국립극장 사람들은 창극 「아리랑」의 포스터를 여기저기 분주히 돌리고 있었다. 이는 곧 9월초부터 소련을 순회공연 할 창극 「아리랑」에 대한 재소동포들의 가다림의 한 징표인 것이다. 동아일보가 창사 70주년기념으로 소련에 가져갈 창극 「아리랑」이 드디어 세종문화회관에서 그 역사적인 막을 올렸다.

「아리랑」이 역사상 최초로 소련에 상륙한다는 것 자체가 우선 주목을 끌지만 그에 앞서서 세 가지 의문점이 제기되지 않을 수 없었다. 첫째는 동아일보사가 국악의 대중화와 민족극 양식의 확대를 위해서 모험적으로 추진하고 있는 창작 창극운동이 5년째를 맞아 어느 정도 궤도에 올랐느냐 하는 것과 둘째로는 전통극 양식으로서 현대적 소재를 얼마나 소화해볼 수 있느냐는 것, 그리고 정치 문화적으로 거의 1세기 가까이 단절되어온 다민족의 소련인들에게 광범위하게 공감대를 형성할 수 있는 작품을 만들어낼 수 있을까 하는 것이었다.

이러한 세 가지 의문점은 공연이 거의 끝나갈 무렵에 어느 정도 풀렸다. 우선 동아일보사의 성의가 무대 전체에서 나타났는데 그것은 호화 제작진에서 가장 극명하게 드러났다. 즉 창작 창극을 만들어낼 수 있는 베스트를 동원함으로써 현대적 창극도 얼마든지 대중에게 감동을 줄 수 있는 양식이라는 것을 이번 공연이 보여주었다고 하겠다. 사실 재소동포의 유민사는 남의 이야기가 아니라 우리 현대사의 한 부분이기 때문에 한국인들에게 뿐만아니라 소련 관중들에게도 관심을 불러일으키기에 충분하다.

특히 무명의 한 민초(民草)를 주인공으로 선택함으로써 역사의 진실이 피부에 와 닿도록 만든 것이 좋았다. 즉 근대사의 굴절 속에 빈궁과 압제, 죽음과 이별로 점철된 우리의 삶이야말로 창극으로 표현하기에 가장 적절한 소재라 아니 할 수 없다. 왜냐하면 창의 가락은 절절할이만큼 한과 원이 굽이굽이 맺히고 서려 있기 때문이다. 따라서 무대전체는 개화기로부터 오늘에 이르기까지 민초들의 비극적 삶으로 가득찼고 마지막 극복과정은 한국인의 강건한 의지를 보여준 것이어서 극적이다.

물론 너무 긴 역사를 한 무대에 압축시킴으로써 빚어지는 결함도 적지는 않다. 가령 창으로 충분히 표현할 수 있는 이야기를 서술형식으로 가져간데서 오는 반복과 이완, 그리고 잦은 장면전환이 흐름을 끊음과 동시에 지리함을 준 것이 가장 큰 흠이었다. 그리고 고개와 같은 상징성의 고정된 무대와 지나치게 설명적인 슬라이드 활용이 소련인들에게는 우리 역사를 알려주는 이점이 있을지 모르나 한마디로 비예술적이었다.

창도 비극적 삶을 지나치게 강조하는 애조로만 가져가서 전체가 감상적으로 흐르지 않았나 하는 생각이다. 중창과 합창 및 율동을 더 많이 살려서 무대 전체가 절망을 극복해가는 끈기와 의지를 나타내는 신명과 힘으로 넘치도록 했으면 하는 생각이다. 그리고 혼례와 장례의식을 삽입한 것은 잃어가는 통과의례를 보여준 것이어서 좋았으나 그것을 좀더 예술적으로 화려하게 꾸몄더라면 하는 아쉬움이다. 역시 조상현이 돋보였고 김일영, 김영자콤비도 열연이었다. 거기다 강영주가 가담하여 창극의 맛을 돋구어주는 데큰 역할을 했다.

창극은 앞으로 좀더 소리와 율동을 살려서 밀도있는 구성을 해야 할 것이며, 옛시절의 풍정을 예술적으로 조탁해서 표출할 수만 있다면 훌륭한 민족극의 한 양식으로서 오늘의 대중 속에 뿌리를 내릴 수 있을 것이다. 그 가능성을 이번에 「아리랑」이 보여 주었다.

27. 전통예술의 총화
─ 국립창극단의 「심청가」를 보고

일본에 문화통신사로 가기 위해 창극 「심청가」가 새롭게 만들어져서 국립극장무대에서 현란한 모습을 드러냈다. 사실 「심청가」는 「춘향가」와 함께 대표적인 판소리일뿐만 아니라 그의 변형인 창극으로도 수없이 새롭게 만들어지곤 했었다.

그러나 이번 무대는 과거의 실패를 거울로 삼아 또 다른 실험을 했다는 점에서 색달랐다. 우선 창극이 양식화라 할까 아니면 그 정형화를 모색키 위해 부단히 실험하는 과정에서 놓여 있다는 것을 인식해야 될 것 같다. 이번 공연도 그런 실험적 작업의 일환이었던 것이다.

가령 새롭게 시도된 몇 가지를 지적한다면 무대구조부터가 달라진 것부터 이야기되어야 할 것이다. 이번 무대는 종래 한번도 시도된 적이 없는 악청이라는 것이 양 옆에 2층으로 세워진 점이다. 이는 어떻게 보면 일본 고전극적 발상이란 오해를 불러일으킬 수도 있으나, 창극무대의 양식화시도라는 점에서 일단 긍정적 시선도 필요하다는 생각이다. 사실 창극무대는 정형화된 것이 없었기 때문에 공연할 때마다 몇 가지 배경화로 때우곤 했었다. 그리고 악사석이 없어서 서양식 오페라 연극석을 그대로 사용했었다. 그런 저간의 창극무대와 비교해볼 때 일단 발전된 시도로 볼 수가 있다. 그런데 문제는 악청 때문에 본무대가 죽는다는 점과 악청을 설치했어도 여전히 한국적 색채가 물씬 풍기지 않는다는 점이다.

두번째로는 용궁장면의 확대를 지적할 수 있다. 이 장면은 매우 몽환적인데다가 서민적 판소리에 아악이라든가 궁중무와 같은 상류층 가무까지 접목시킨 것이 되므로 창극이 전통예술의 총화가 될 수 있도록 만들었다는 의미가 된다. 그리고 현실과 환상을 적절히 조화시켜 극적 환상을 창출해낸 것이기도 하다.

세번째로는 무속 및 여러가지 민속적 군무와 합창을 삽입함으로써 시청각적 즐거움을 듬뿍 안겨주는 동시에 연극의 볼륨을 확대한 것이 되는 만큼 창극이 주는 지루함을 한결 덜어주었다고 하겠다. 중간지점에 진도 씻김굿의 한 장면을 삽입한 것은 비명에 간 심청의 억원을 달래는 의식이라 볼 때 적절한 것이었다. 다만 논리상 그 장면은 용궁장면 직전으로 옮겨져야 할 것 같다.

네번째로는 대본의 압축으로 군더더기가 줄어들었고 의상도 화려해짐으로써 창극이 한국 전통극의 표본이 될 수 있도록 한 점을 꼽을 수 있다.

끝으로 안숙선(심청역)과 은희진(심봉사역)의 수준 높은 창과 연기력도 사줄 만했다. 다만 아쉬운 점이라고 한다면 새로운 실험들, 이를테면 악청 설치라든가 씻김굿 장면 삽입 등이 극적 유기성에 어딘가 구멍이 나 있는 점과 장면전환의 껄끄러움이 작품 전체를 느슨하게 한다는 사실이라 하겠다. 그러나 전체적으로 창극의 진일보를 보여준 공연이었다는 점에는 이론의 여지가 없을 것이다.

28. 현란한 완판 창극 「춘향전」

이번에 세종문화회관에서 막이 오르는 완판 창극 「춘향전」이 왜 장안의 화제가 되고 있나. 그 이유는 세 가지에 있을 것 같다. 첫째 창극시작 90주년을 맞아서 전과는 아주 다른 진짜 완판 창극을 감상할 수 있다는 것과 두 번째로는 요즘 활약하고 있는 당대 명창들이 총동원된다는 점이며, 세번째로는 조선후기의 사회 풍정을 무대 위에서 생동감 있게 구경할 수 있는 점 때문이다.

사실 개화기에 판소리로부터 분화된 창극이 나름대로 정립된 것 1930년대 후반 동양극장에서였다. 그런데 개화기 때까지만 해도 서투르나마 창극은 너댓시간을 제대로 보여주려 애썼다. 그러나 동양극장에 와서 신극인들이 창극에 간여하면서 서양의 연극시간이라 할 2시간 내외로 맞추느라 압축됨으로써 창극의 주요 장면들이 모두 생략되었던 것이다. 그런 불완전한 창극이 지금까지 60여년 동안 흘러왔다. 그로 인해서 창극의 묘미가 사라졌음은 두말할 나위없다.

이에 원형찾기에 나섰고 1년여 만에 오늘의 완판 창극을 만들어낸 것이다. 당초 주최측이 가장 걱정한 것은 2시간에 익숙한 관객들이 6시간을 버틸 수 있을까였다. 그러나 놀라울 정도로 관객들은 6시간도 너무 짧다는 것이었다. 6시간도 지루하지 않은 이유는 두 가지에 있는 성싶다. 그 한가지는 잠시도 눈을 뗄 수 없는 풍성한 볼거리라고 한다면 다른 한가지는 1시간여 중간휴식시간에 마음껏 음식을 즐길 수 있는 여유라 하겠다. 주지하다시피 창극은 판소리와 민속무용, 그리고 극이 절묘하게 조화를 이룬 한국판 오페레타라 말할 수 있다.

따라서 관객들은 6시간 동안 안숙선, 오정숙, 조통달 등 당대 최고의 명창들의 판소리를 마음껏 감상할 수 있게 된다. 그뿐만 아니라 현란한 민속의상으로 치장한 80여명의 국립창극단, 무용단원들의 독무·군무 등 각종 멋들어진 춤들을 한껏 즐길 수 있다. 게다가 애간장이 녹아나는 이별의 슬픔 뒤에 허리가 끊어질 정도의 포복절도할 해학이 넘침으로써 객석은 눈물과 웃음으로 아수라장이 되곤 한다.

관객의 흥취를 돋구는 또 하나의 요인은 역시 60여명으로 구성된 국립관현악단의 생음악연주라 할 것이다. 그것이 비록 수성가락이라 하더라도 무대 위에서 진행되는 가무극을 생동감 있게 뒷받침해주기 때문에 녹음된 음악반주하고는 하늘과 땅 차이라 말할 수 있다. 또한 이번 완판 「춘향전」을 흥겹게 감상할 수 있는 것은 긴장을 하지 않아도 된다는 점이다. 우선 생략되지 않았기 때문에 작품 흐름이 물 흐르듯 자연스럽고, 이어지는 장면마다 장쾌하기 때문에 눈을 뗄래야 뗄 수가 없다.

특히 사또 부임행사 등 조선시대 관과 민의 생활양태를 거의 그대로 복원해놓았기 때문에 잃어버린 민속을 다시 구경할 수 있는 이점도 있다. 아마도 대부분의 관객들은 우리의 창극이 그렇게 웅장하고 재미있고 아름다운 것인가 하는 것을 새삼 발견하고 놀라와하리라 본다.

29. 창극의 원형찾기운동

그동안 창극에 대해서 이러쿵저러쿵 말이 많았다. 그 이유는 근자에 하고 있는 창극이 원형이 아니라는 것이다. 그러나 창극의 원형이 어디 있었나. 원형은 처음부터 없었다. 굳이 그 모태를 찾자면 조선후기의 판소리가 아닌가. 개화기의 변혁물결에 휩쓸려 옛것은 모두 낡은 것이라는 인식 밑에서 판소리를 조금 바꿔본다고 해서 만든 것이 창극이다.

그런 초창기 창극이 1930년대 후반 동양극장에 와서 신극인들이 손을 대서 오늘에 이르는 것이 바로 창극이다. 그러니까 판소리에 서양적인 근대극술이 가미되어 이룩된 것이 창극이라는 이야기다. 우선 판소리가 옥내무대로 들어오면 역이 분화되고 무대 메카니즘에 적응해야 했으며, 공연시간도 2시간 내외의 서양 연극시간에 맞춰졌다. 그러다보니 당초 판소리가 가지고 있던 여러가지 연극적 내용이 삭제될 수밖에 없었다.

이번 시도야말로 바로 그런 아쉬움을 단번에 극복해보자는 복원운동이라 말할 수 있는 것이다. 아마도 관객들은 두 가지 점에서 당혹감을 가지면서도 만족할 것이라 본다. 첫째 2시간이라는 서양연극시간에 익숙해 있던 관객들이 5시간을 객석에 앉아 있어야 하는 데서 오는 지루함과 동시에 한국적 여유를 맛볼 것이다. 두번째로는 창극이 이렇게 재미있고 볼거리가 많은 연극이냐 하는 새로운 발견의 즐거움을 느낄 것이다.

사실 우리나라 창극은 중국이나 일본의 그 어떤 전통극보다도 다양하고 풍부한 오락성과 예술성을 지니고 있다. 이번 작업에서 바로 그런 부분이 모두 복원되는 것이다. 새로운 모험적 시도이기 때문에 예상하지 못했던 문제점이 나타날지도 모른다. 그러나 그것은 우리가 당초 의도했던 목표에 비하면 하찮은 것일 게다. 문제점은 다음 작업에서 보완하면 되는 것이다. 따뜻한 시선으로 보아주었으면 정말 고맙겠다.

극장장을 비롯한 창극단장, 대본작성자, 음악감독, 연출 등 모두가 새 사람들이고 순수한 마음을 갖고 작업을 한 것이기 때문에 무대 위에 그런 노력들이 나타날 것이다. 우리 모두는 정말 열심히 했고, 특히 창극단 가족의 열정은 치하해 주어야 한다.

30. 독창성 넘치는 총체무대
─자유의 「바람 타오르는 불길」

극단 자유극장이 색다른 작품 「바람 타오르는 불길」(김정옥작 연출)로 동숭동 연극가에 예술적 상상력의 불길을 일으키고 있다. 대체로 앞서가는 작품이나 문제작들이 당대에는 찬반의 반응을 보이듯 자유극장의 이번 작품도 그런 조짐을 보이고 있는것 같다. 그러니까 적어도 서구적 연극논리에 젖어 있는 이들에게는 특이하게만 비칠 수 있을 것이고, 그렇지 않은 관객들은 흠뻑 빠져들 것이다.

결론부터 말한다면 작품을 만든 김정옥은 탁월한 무대의 시인이고 그 시적 상상력을 유감없이 펼쳐보인 것이 바로 이번 작품이라 하겠다. 그가 좋아하는 부조리작가 이오네스코는 일찍이 작품을 유년시절의 체험의 형상화라 말한 바 있다. 김정옥의 작품 바탕에도 유년시절의 인생체험이 독특하게 변용되어 펄럭인다. 어떻게 보면 중국 경극의 무대를 연상시킬 수도 있지만 그것은 오히려 지난날 우리 조상의 절박한 삶의 현장인 것이다. 시간과 공간을 자유롭게 넘나드는 그는 창작세계와 작품세계의 경계를 무너뜨리고 더 나아가 고루한 서구적 연극문법을 과감하게 해체 파괴하는 것으로 자신의 예술적 사유를 이미지화 하고 있다.

남도의 서정적 소리와 담백한 색채, 그리고 민속적인 예능은 분명히 죽음을 초월한 한의 정서로 비쳐지고, 거기에 현대적인 리듬과 율동이 가미됨으로써 정적 세계를 역동화 시키고 있다.

그가 창작의도에서 자신의 과거 작품과 서양 뮤지컬 「헤너」를 접목시켰다고 밝히고 있지만 실제로는 1980년과 그 직후 어두운 정치악을 드러내는 데 초점을 맞추고 있다. 그런데 그의 장기는 풍부한 시적 상상력이고 그것이 삶과 예술의 자유로운 표현으로 나타난다. 그뿐만 아니라 표현방식 또한 그의 시인다운 성향대로 직설적이지 않은 것이 특징이다. 그가 특별히 음악극을 좋아해서라기보다는 연극의 놀이적 본바탕으로 회귀하다 보니 자연스럽게 한국적 뮤지컬이 되는 것이라 말할 수 있다.

그는 근자 한국인의 죽음은 무엇인가라는 난제에 도전하고 있는 듯이 보인다. 「무엇이 될고 하니」 이후 줄기차게 추구하고 있는 것이 한국인의 죽음문제 해명이다. 따라서 그의 무대는 철학적으로 되어간다. 표현은 자유분방하지만 그것을 떠받치는 세계는 극히 형이상학적일 수밖에 없다. 그러나 그가 시청각의 입체적이면서도 4차원의 정신세계를 놀이로 풀어 보이고 있기 때문에 흥이 나고 재미있으며 슬프다. 인생을 느끼는 시인이 엮은 무대라서 그렇다.

31. 여성삶의 성찰과 죽음에의 명상
― 여인극장의 「키 큰 세 여자」를 보고

　뮤지컬과 날림연극이 판치는 요즘 진지한 연극 한편이 장충동 국립극장 소극장에서 공연되고 있어 연극팬들을 감동시키고 있다. 페미니즘이란 용어가 아직 유행하지 않던 1960년대 중반에 여권(女權)을 내세우고 등장한 이색극단 여인극장이 30주년기념의 첫번째로 선보인 「키 큰 세 여자」(올비作 姜由楨연출)가 바로 그 작품이다. 에드워드 올비가 브로드웨이에서 히트를 쳤다 해서 이 작품이 훌륭하다는 이야기가 아니다. 이 작품이 관객에게 커다란 공감대를 불러일으키는 이유는 단 두 가지에 있다. 그 첫번째는 원숙기에 들어선 올비 작품의 탁월성에서 찾을 수 있다.

　이미 「동물원 이야기」로 잘 알려진 올비가 노년기에 접어들어서 자전적인 이 작품을 통해서 여성의 삶은 과연 무엇인가라는 의문에 답을 내놓은 것이 바로 이 「키 큰 세 여자」인 것이다. 따라서 스토리, 등장인물, 그리고 구성 역시 매우 단조로울 수밖에 없다. 양모(養母)가 모델인 이 작품에는 20대·50대·90대의 세 여자와 대사 없는 젊은 남자 등 네 명만이 등장한다.그런데 세 여자 중 두 여자도 실은 죽음을 앞에 둔 노파의 젊은 날의 신분에 불과하다. 그래서 이야기는 순전히 노파에 의해서 주도되고 또 노파에 의해서 종결된다. 그만큼 이야기는 별다른 사건도 없이 치매증 노파의 간헐적인 과거 회상과 회한·불만·공포·불안·고독으로 시종한다.

더욱이 주인공이 극히 범용한 노파이기 때문에 그녀가 토해내는 과거 회상이라는 것도 극히 일상적이다. 가령 처녀시절의 사랑과 결혼, 이웃과의 관계, 승마, 여행담, 아들과의 관계 등 진부할 정도로 일상적이다. 그러나 아무렇게나 내뱉는 노파의 대사 속에는 올비가 생각하는 인생과 죽음관이 명료하게 나타나 있어 관객을 깊은 사색 속에 빠뜨린다. 즉 부조리극으로 출발하여 철학적이고 반항적인 작가로 발전하고 노년에 접어들어서 다시 비관주의에서 해방되어 기독교 세계관으로 이행하는 올비의 생애와 작품력이 그대로 무대에 드러나 있는 것이다.

다양한 극적 기법을 절제와 상징, 단순함 속에 응축시킨 이 작품에서 외과의사 같은 올비의 예리한 여성분석은 섬뜩할 정도이다. 올비는 이 작품을 통해서 인간상호간의 의사소통의 어려움과 사랑의 부재, 이기주의, 자기보호, 그리고 절대고독을 보여준다.

이러한 형이상학적 몽상극을 역시 원숙기에 들어선 강유정이 실타래처럼 담담하게 무대 위에 풀어놓았다. 화려, 단아하면서도 어딘가 죽음의 그림자가 드리운 듯한 무대 위에서 장년기의 백수련(노파역)이 오랜만에 열연을 하고 역시 능란한 중견 이정희가 잘 받쳐줌으로써 언어극의 묘미를 한껏 곱씹게 만들어준다. 이처럼 대사를 가지고 인물의 성격을 잘 묘사하는 올비의 진면목이 여실히 드러난 무대가 바로 여인극장의 「키 큰 세 여자」 공연이라 하겠다.

정극(正劇)이란 바로 이런 작품이 아닐까……

32. 한국문화의 정체성 추구

─ 극단 미추의 특성

한국에는 대단히 많은 극단이 있다. 그런데 대부분의 극단들이 서양극장의 형태를 외형적으로 모방, 답습한다고 볼 수 있다. 왜냐하면 이들 극단들이 창조하고 있는 연극양식이나 극단들이 지향하고 있는 이상 등이 서양근대극을 이 땅에서 실현하는 것을 목표로 삼아왔기 때문이다. 따라서 한국현대극은 우선 레퍼토리부터 서양작품이 주류를 이루게 되었고 배우술이라든가 무대정서조차 서양적으로 되었다. 진정한 한국현대극은 무엇인가라는 자성이 1970년대부터 일기 시작했고, 그것은 극작으로부터 배우술, 효과음악, 무대미학 전반에서 일어났다. 그것은 곧바로 극단운동으로 확산되었고 민예라는 전문극단이 발족되기에 이르렀다.

이때 허규·손진책 등 연출가와 이들과 뜻을 같이 하는 배우들이 모였다. 이들은 전통예술에서 극적 요소를 추출 사상하여 한국적·현대적 창조에 정진하기 시작했고, 궁극적으로 변화하는 세계 속에서의 한국연극을 정립시키려 한 것이다. 그런 정신과 작업의 연장선상에서 1986년 극단 미추가 창단된 것이다. 그러니까 15년여 동안 전통예술의 현대적 변용 내지 재창조에 심혈을 기울여온 중견연출가 손진책을 중심으로 그와 뜻을 같이 하는 연극인들 30여명이 미추를 출범시킨 것이다.

이들은 극단정신에 부합되는 「지킴이」로 창단공연을 가졌는데, 이 작품

은 제목이 나타내주듯이 한국 고유의 생활관습, 논리, 생존양태 등을 견지
하되 답습은 혁파하고 정신을 뽑아 오늘에 계승한다는 내용이다. 이러한 목
표 아래 미추는 몇가지 방계활동도 벌여나갔다. 그것이 다름아닌 문화방송
과 함께 벌이는 '마당놀이 시리즈'이고 또한 동아일보사와 공동으로 진행시
키고 있는 신창극운동이다.

한국은 옛부터 농경사회였기 때문에 민중의 예능은 모두 야외에서 실행
되었다. 가면극을 위시하여 인형극·창극 등 전통연극과 농악 등 각종 민속
예능이 모두 그러하다. 그 중에서 창극만은 개화기에 중국 경극에서 힌트를
얻어 판소리가 옥내연극으로 정착한 것이다.

극단 미추는 바로 그것을 현대적으로 재창조하는 작업을 양각으로 삼고
본격적 극단운동은 세계 속의 한국무대예술창조에 두고 있다. 가령 셰익스
피어의 「맥베드」라든가 인형극 「죽음과 소녀」(A. 드르프만 작) 등 극에서
알 수 있는 바와 같이 항상 현대세계를 호흡하면서 「오장군의 발톱」이나
「영웅만들기」와 같은 현대감각의 종합무대창조, 그리고 「남사당의 하늘」(윤
대성작)에서 볼 수 있는 개성적 한국현대극창조 등 다양한 면을 보여주고
있는 것이 극단 미추이다. 민족성이 강하고 기량이 뛰어난 배우들로 조직된
미추는 수많은 한국극단들과 차이가 나는 개성적 특성이며 민족문화창조라
는 자부심을 가진 현대예술단이라 말할 수 있다.

33. 미추의 「남사당의 하늘」을 보고

왜소하거나 아니면 상업주의가 만연해 있는 우리 연극계에서 오랜만에 진지하면서도 역동적인 무대를 접할 수 있어서 새로운 감회에 젖을 수 있었다. 요즘 국립극장에서 판을 벌이고 있는 극단 미추의 「남사당의 하늘」 (윤대성 작 손진책 연출)이 바로 그 작품이다. 개화기를 배경으로 하여 전래의 유랑예인집단의 하나인 남사당패의 소멸과정을 처연하게 그린 이 작품은 시각에 따라서 평가가 엇갈릴 수 있을 것이다.

가령 서양연극의 개념으로 보면 이 작품은 분명 극적이지 못한 데서 성공작으로 보아주기 어렵다. 즉 남사당패거리들의 삶을 나열식으로 펼쳤다든가 주인공(박우덕이)의 성격 구축이 미흡할 뿐 아니라 너무 평면적으로 묘사한 데서 오는 허전함이 바로 그것이다. 그러나 이는 어디까지나 우리나라 희곡이 알고 있는 높은 문학성의 결여에서 비롯되는 것일 뿐 연출이나 연기 등에 의한 것은 아니다. 우선 이번 공연에서 높이 사주고 싶은 부분은 진지하면서도 뚜렷한 연출철학을 보여준 것과 힘차고 슬플이만큼 노련한 젊은 배우들의 연기력이다. 사실 남사당패는 연극단이 아닌 놀이패이므로 어정쩡하게 연극으로 만들기보다는 놀이판으로 짠 것은 잘한 일이다.

따라서 남사당패의 여섯마당인 풍물·살판·버나·어름(줄타기)·덧뵈기·꼭두극이 뒤바뀌고 반복되면서 작품을 이끌어가기도 하고 또 분위기를 고조시키기도 한다. 그런데 여기서 만일 배우들이 어려운 여섯마당의 기예를 익히지 않았으면 판은 이루어지지도 않았을 뿐더러 재미도 없고 신명도 나지 않을 것임은 명약관화한 것이다. 그러나 미추단원들은 고된 훈련을 통해서 전문인들에 버금갈 만큼 해냈다. 요즘의 해이한 연극판에서 그들은 돋보였고 박수를 보내줄 만하다.

그리고 우리 것을 고집스럽게 추구해온 연출가 손진책이 중년기에 접어들어 예술가로서 성숙함을 보여준 것은 이번 작품에 대한 깊은 해석에서이다. 그가 남사당패들이 하늘에서 죄를 짓고 하방되어 속죄를 통해 승천한다는 전설에 주안점을 두었다는 것은 곧 인문학적 접근으로서 우리 연극의 가장 취약부분을 메꿔주는 의미가 있는 것이다. 삶의 의미는 무엇이고 이 우주 속에서 인생은 무엇인가라는 질문의 인문학적 토대 없이 연극을 해왔기 때문에 우리 연극에 철학이 없다고 말하는 것이다.

이번 무대는 바로 그러한 접근이었기 때문에 윤정섭의 장치도 빛날 수 있었고, 남사당의 예인정신도 살릴 수 있었던 것이다. 어차피 예술작품은 특수성과 보편성을 조화시킬 때 빛나는 것이 아닌가. 그동안 우리 연극이 특수성에만 매달려온 데서 소재주의작품들이 진부하다는 비판을 받은 것이다. 우리가 잃어버린 지나간 삶의 한 조각을 재현한 이번 작품이 관중에게 단순한 흥미거리가 아니라 생까지를 음미케 하는 것도 바로 그 보편성에 무게를 두었기 때문이다. 바로 그런 점에서 이번 작품은 창작극의 새 지평을 열어준다고 볼 수 있는 것이다.

34. 아름다운 극적 환상의 창출

— 미추의 「맥베드」의 공연

졸속과 미숙의 공연이 판치는 연극가에서 장인정신이 돋보이는 극단 미추(美醜)의 「맥베드」(바비츠키 연출 다드반 음악)는 관객들에게 잔잔한 감동을 안겨주기에 충분했다.

이번 공연이 훌륭했던 첫번째 요인은 아무래도 연출력과 효과음악에서 찾아야 할 것 같다. 이미 「칼리큘라」와 「줄리앙」으로 실력을 보여준 바 있는 바비츠키는 셰익스피어 작품의 현대적 해석에 뛰어났고 그것을 연극적 환상으로 형상화해내는 데 성공했다. 그가 당초 내건 보편성·현대성·한국성이 모두 성취되지는 않았다고 하더라도 한국관객들에게는 무대예술의 진수를 보여주었고, 연극에 있어서 미적 탐구가 얼마나 중요한가를 가르쳐 주었다. 즉 그는 영국고전을 시공을 초월한 인류의 보편적 삶으로 표현해내는 데 그것은 초현실세계를 제의화(마녀활용)한 것이라든가 무대미술·의상·음악·대소도구 등에서 현대적이면서도 조화롭게 나타났다.

바비츠키의 장점은 구석구석에서 나타났는데, 가령 인간심리의 세로를 좇도록 배우들을 조련한 점에서 돋보였고, 인간의 욕망과 근원적 공포로 말미암은 스스로의 파멸과정을 정치(精緻)하게 묘파해낸 것이다. 가령 등장인물의 심리추이와 분위기의 변이를 적절한 음악과 조명으로 뒷받침한 것이라든가 상징과 암시, 메타포를 동물인형과 어항 등 오브제로서 활용함으로써 현대극이 추구하는 현실과 환상의 갈등을 잘 창출했다.

다만 무대장치가 의욕만큼 연극 속에 녹아들지 않은 것이라든가 김성녀·윤문식 등 몇을 제외하고는 대사전달이 제대로 되지 않은 흠도 없지는 않았지만 전체적으로 우리 연극인들에게 극예술창조의 예법을 보여준 공연이었던 것만은 분명하다.

35. 신극운동과 「맥베드」 공연

한 나라의 연극수준을 알려면 그 나라 극단들이 셰익스피어 작품을 얼마나 제대로 무대에 형상화시키고 있는가를 보면 짐작할 수 있다. 우리나라의 경우 신극운동 80년사에 있어서 아직까지도 셰익스피어를 제대로 소화해내고 있는가를 의심할 정도로 셰익스피어에 약하다는 생각이다. 가령 1921년 현철이 「햄릿」을 중역으로나마 이 땅에 소개한 이래 30여년 뒤에나 겨우 셰익스피어 희곡이 무대에 올려졌다는 사실에서 우리 신극운동의 어려움을 단적으로 말해준다고 하겠다. 그러니까 셰익스피어 작품이 1930년대까지만 하더라도 희곡의 일부(「베니스의 상인」의 재판장면, 「햄릿」의 묘지장면)가 형상화되었을 뿐이다. 해방직후에 대학극에서 경우 무대에 올려지는 단초를 마련했고, 6·25전쟁 중에 신협이 4대비극 중심으로 본격 공연을 하기에 이르른 것이다.

전쟁중이라는 것은 여러가지로 악조건을 수반하게 마련이다. 그 첫째가 재정적 문제이고 두번째가 극장조건이라 볼 수 있다. 극단 신협이 부산에서 1952년 「햄릿」을 처음으로 무대에 올려서 흥행상으로는 대성공을 거두었다. 그러나 4대비극 중 두번째 무대인 「맥베드」(1952년) 공연은 여러 면에서 대실패였다. 「햄릿」에서 솜씨를 보인 이해랑이 연출을 했음에도 실패한 첫번째 원인은 극장시설에서 찾을 수 있다. 가령 작품의 주요부분을 이루는 마녀들의 환상장면을 대구키네마의 무대시설 가지고서는 도저히 살릴 수가 없었던 것이다. 그리고 두번째로는 「햄릿」 공연이 끝나자마자 한달 뒤에 대구키네마에 가서 「맥베드」를 공연한 신협의 졸속기획이 실패의 주요인이었다. 그만큼 「맥베드」는 상당한 시설과 준비를 필요로 하는 작품이다.

신협 공연이 실패한 이후 웬만한 극단은 「맥베드」 공연을 엄두를 못내었다. 그 7년 뒤(1959년)에 대학극(慶熙大)에서 「맥베드」(정건우 연출)를 무대에 올렸지만 그것은 어디까지나 아마추어였기 때문에 일반 연극팬에게는 알려지지 않았다. 그러다가 신협 공연 이후 17년 만인 1969년에 실험극장이 야심적으로 국립극장 무대에서 「맥베드」를 공연한 것이다. 역동적이면서도 섬세한 나영세 연출로 호화 연기진이 총출동된 무대였기 때문에 「맥베드」는 비로소 한국연극에서 그 모습을 제대로 보여주게 된 것이다. 신극운동이 시작된 지 60여년만의 일이었다.

실험극장 공연 이후에도 각 극단들은 「맥베드」를 레퍼토리를 취택하기를 꺼려 했다. 거기에는 세 가지 이유가 있었던 것으로 추정해 볼 수 있다. 물론 첫번째는 극단들의 역량이고, 두번째로는 극장무대의 시설이었으며, 세번째로는 권력찬탈이라는 주제가 권위주의시대에 좀처럼 손대기 어려웠다고 하겠다. 적어도 「맥베드」는 식민지시대나 1970년대 이후 군사정치 시대에 레퍼토리로 삼을 만한 작품이었지만 시대상황이 그것을 허용키 어려웠다고 볼 수 있다.

따라서 대학극에서도 「맥베드」만은 엄두를 못냈던 것 같다. 실험극장 이후 기성극단이 「맥베드」를 무대에 올린 것은 12년 만인 1981년에 극단 우리 극장(김승수 연출)에서였다. 주지하다시피 우리극장은 불문학도들이 중심이 된 학구적 극단이다. 적어도 상업주의를 철저하게 배격해온 극단인 것이다. 그리고 2년 뒤(1983년) 서강대 출신들이 하는 극단 서강이 「맥베드」를 각색(박준영)해서 무대에 올린 바 있다.

이상이 1980년대까지의 「맥베드」 일지이다. 1990년대 들어서도 전문극단들이 「맥베드」를 선호하는 기색이 나타나지 않았다. 1990년에 직장연극동료회라는 아마추어 모임이 「맥베드」를 무대에 올린 적이 있으나 일반에게 알려지지 않았고 1991년에 극단 여인극장이 야심적으로 「맥베드」(강유정 연출)를 문예회관 무대에 올림으로써 이 작품의 진가가 비로소 나타났던 것이다. 이는 실험극장공연 이후 무려 22년 만의 일이다. 그만큼 「맥베드」는 신극사 이후 본격적인 전문극단들에 의해서는 겨우 3번 공연된 셈이다. 그것도 1952년 이후 17년 만에 두번째이고 22년 만에 세번째 무대에 올려진 셈이다. 물론 그 사이에 「맥베드」를 가지고 군소극단에 의해 실험도 없었던 것은 아니다.

그러나 「맥베드」를 제대로 공연한 것은 그만큼 드물었음을 알 수 있다. 셰익스피어의 4대비극 중 취택하기 어려웠던 작품이 「맥베드」였던 터라서 대중에게도 익숙치 않음은 두말할 나위없다. 이번에 극단 미추가 외국의 저명한 연출가를 초빙해서 현대적으로 해석해서 무대에 올리는 「맥베드」 공연을 기대하는 소이도 거기에 있다고 하겠다.

36. 종교극의 진일보
— 신시와 민예의 공연을 보고

　　동서를 막론하고 종교와 연극은 하나라고 말할 수 있을 정도로 옛부터
매우 밀접한 관계를 맺어왔다. 학자들에 따라서는 종교로부터 연극이 싹텄
다고 말하는가 하면 원시종교 그 자체를 원초적 연극형태라고도 말한다.
그만큼 연극은 종교행위와 뗄 수 없는 관계를 지니고 있다. 중세의 종교극
이라든가 우리 전통극 속의 종교적 잔재 같은 것도 그러한 극장을 뒷받침
할 만한 예라 볼 수가 있다. 그런데 서구연극을 수용한 이후의 현대극에서
는 종교적인 색채도 미약하거니와 본격 종교극도 별반 나온 것이 없다. 우
리 현대극이 메마른 이유 중에 연극이 종교와 멀어진 것도 한 요소가 되지
않나 싶다.

　　그러던 차에 두 편의 불교극이 동시에 공연됨으로써 진부한 멜로드라마
와 생경한 사회문제극에 식상한 연극팬들에게 예술을 통한 종교의 깊이를
감동적으로 느끼게 해주었다. 극단 신시의 구룡소극장 개관 「싯달타」(金相
烈 작·연출) 공연과 민예극장의 「그것은 목탁구멍 속의 작은 어둠이 었습
니다」(이만희 작 강영걸 연출) 문예회관 공연(4월 27일~5월 10일)이 바로
그것이다.

　　그런데 이상의 두 공연이 연극팬들에게 전달한 감동은 그 성격에 있어서
조금 다른 바가 있었다. 가령 전자가 작품 외적인 것에서 주목을 끌었다면

후자는 작품 그 자체가 던져준 감동이었던 것이다. 이 말은 무슨 뜻인고 하
니 전자의 경우는 불교계의 노력이 연극인들과 관중을 감복시켰다는 이야
기이고 후자의 경우는 연극인들이 종교를 예술적으로 깊숙히 들여다 보는
안목을 키워줘서 흐뭇했다는 이야기다. 1960년대 이후 불탄(佛誕)을 맞을
때, 몇번 포교용으로 불교극을 무대에 올린 적은 있었다. 그러나 불교측에
서의 지원도 미약했을 뿐만 아니라 작품수준 또한 형편없었다.

그러나 이번 경우 우리나라 여러 종파 중 불교계에서 최초로 전용소극장
을 만들어서 종교와 예술의 만남을 꾀한 것이다.

강남구 양재동의 구룡소극장이 바로 그러한 예술공간이다. 첫 작품「싯
달타」는 여러가지 여건을 감안하더라도 재래의 포교성 공연의 수준을 넘지
못하는 상식적 작품이었다. 불운한 한가족 구성원간의 갈등과 고뇌를 석가
모니의 성불과정과 병치시킨 것은 불교야말로 훌륭한 종교라는 것을 미리
예시하고 출발한 것이기 때문에 매우 범용하고 안이한 포교극이 될 수밖에
없었다. 가령 그림자극 방식을 썼다든가 하는 것도 단순히 표현기교일 뿐
작품의 깊이나 무게를 더하는 것은 아니었다.

반면에 극단 민예의「그것은 목탁구멍 ……」은 신인의 작품임에도 불교
극의 차원을 한 단계 높여주었다는 점에서 주목을 끌 만했다. 이 작품이 성
공할 수 있었던 것은 작가의 불교에 대한 만만찮은 식견과 그것의 예술적
승화 및 민예배우들의 열연에 있었다. 이 작품이 주제상에서 화제영화「달
마가 동쪽으로 간 뜻은」에 조금도 뒤지지 않는 것은 작가가 일단 회의를
전제로 해서 한 인간의 득도란항(得道難航)을 정면으로 파고든 데 있다. 수
행과정에 있는 도법스님(이도련)의 자아를 분리시켜 성속(聖俗) 갈등적이었
고 승방장(윤주일)의 설정과 그가 가볍게 던지는 몇 마디 화두는 불교의 요
체를 표현한 것이어서 압권이었다. 그것이 또한 과거 포교극의 수준을 훨씬
뛰어넘는 요인도 된 것이다.

이러한 수준의 희곡을 뒷받침해 준 이도련, 욱영환, 윤주일, 공호석 등의
열연도 근래에 보기드문 것이었다. 전통예능을 현대극으로 수용하는 실험을
수년간 해온 민예가 그동안의 방황을 말끔히 씻고 긍정적 변모를 보여준
것은 신춘 연극계의 한 수확이라 볼 수 있다. 다만 연출과정에서 조명의 활

용 등 몇가지 문제가 옥의 티였다. 현실과 환상의 구별이 애매했고 자아의 행위가 지나쳤으며 종결부분이 흐지브지된 것이 흠이었다.

여하튼 불교계에서 어떤 종교보다도 앞장서서 공연예술을 적극적으로 뒷받침하고 나선 것이라든가 불교극다운 것이 처음으로 선을 보인 것 등은 종교극의 진일보를 기록했다는 점에서 우리 연극의 앞날을 밝게 해주는 한 부분이라 보겠다.

37. 한국적 뮤지컬의 가능성

― 신시의 「무애가」를 보고

최근 뮤지컬이 대중의 관심을 끌고 있다. 아마도 경쾌하고 빠른 속도감과 음악에 따른 율동이 대중의 흥미를 유발하는 것 같다. 뮤지컬은 그 어떤 무대예술 쟝르보다도 산업사회에 걸맞는 양식이 아닌가 싶다. 따라서 본고장 뉴욕 뮤지컬의 직수입 번역극과 창작뮤지컬이 경쟁이나 하듯이 연달아 무대에 올려지고 있다.

그런 가운데 관중의 열띤 호응을 받고 있는 극단 신시의 「무애가」(김상열작·연출)는 여러 측면에서 평가받을 만하다. 이 작품이 주목을 끄는 첫번째 이유는 아무래도 한국적 뮤지컬은 어떠해야 하는가를 나름대로 제시한 데 있을 것 같다. 당초 뮤지컬의 세 가지 요소는 희곡·음악·율동이지만 관중을 매혹하는 것은 역시 음악과 춤이다. 연극성이 노래와 춤으로 인해 약화되어 있다는 이야기이다.

그런데 이번 공연에서는 리듬이나 율동보다 연극성을 기조로 한 점에서 미국풍의 뮤지컬과 구별을 두었던 것이다. 이러한 시도는 옳다. 왜냐하면 우리 관중은 아직도 무대예술에 익숙치 못해서 우선 줄거리를 좇는 경향이 있기 때문이다. 더구나 원효라는 신라시대의 위대한 인물의 종교 정치사상을 주제로 삼았기 때문에 이야기 전개는 매우 중요한 것이다. 아마도 상당 기간 이러한 방식이 창작 뮤지컬의 주조를 이루고 또 한국적 뮤지컬의 형태로 굳어질 가능성도 없지 않다.

두번째로는 너무 방대한 이야기를 하나의 작품으로 엮어놓으려는 과잉의 욕도 눈에 띄긴 했지만 그런 가운데서도 대선사 원효의 세계관을 무대 위에서 간명하게 전달할 수 있었던 것은 작가 김상렬의 역량에 따른 것이다. 그 심오하고 원대한 원효의 사상을 하나의 무대위에서 극적으로 전달하는 일은 쉽지 않다. 그럼에도 불구하고 삼국통일의 배경과 과정을 원효라는 거울을 통해서 오늘의 관중에게 극적으로 전달할 수 있었던 것은 대단한 능력이었다고 아니할 수 없다. 특히 통일이데올로기를 권력자들의 무모한 욕망으로 보는 한편 진정한 통일은 어떠해야 하는가를 불교적 차원에서 제시한 것은 깊은 공감을 안겨주고도 남음이 있었다.

세번째로는 뮤지컬의 핵심이 되는 음악과 무용이 별로 낯설지 않았다는 점이다. 승리와 패배, 희망과 절망이 반복되는 기조 위에 적절히 배합한 음악과 율동이 관중을 끌어당겨 주었다. 아쉬움이라면 삼국시대의 음악과 춤사위를 좀더 깊이 연구해서 현대적으로 재창조했더라면 하는 것이었다.

그런 가운데서도 돋보인 것은 무대미술(송관우)이었다. 사실 삼국의 궁정과 전장을 빠른 템포로 진행되어야 하는 뮤지컬에서 장치로서 어떻게 꾸며질 것인가는 의문이었다. 그런데 노란 색조의 깃발로 둘러친 것과 그 안팎을 적절히 활용케 한 것은 괜찮은 착안이었다. 의상에 있어서도 꽤나 고증한 흔적이 보였다. 다만 분장에 있어서 여성들의 머리형이 어떠했는가를 좀더 연구했더라면 좋았을 것이다. 뮤지컬의 또 하나 특징은 역시 스펙타클이라 볼 때 격렬한 전쟁으로부터 시작해서 원효의 덧없는 방랑으로 끝맺음한 연출이 인상적이었다.

네번째로는 연기의 문제인데 너무 젊은 배우들로만 구성된 데서 오는 아마추어 냄새가 난 것도 사실이지만 다른 면에서는 뮤지컬이 갖는 역동성을 십분 살려줌으로써 시종일관 박진감이 넘쳤다. 특히 원효(金甲洙분)와 요석공주(한보경분) 콤비가 주목을 끌었는데 김갑수의 중후함과 한보경의 미숙하지만 대담한 연기가 괜찮았고 이용녀(李龍女)도 미화역을 통해서 연기의 깊이를 더해가고 있었다.

끝으로 음악의 활용이었는데 녹음과 색음악(사물놀이)을 적절히 사용한 것이 좋았다. 공연을 보면서 우리도 이제는 뮤지컬을 시도해도 되겠구나 하는 확신을 갖게 되었는데 그 이유는 배우들의 재능과 열정 때문이다. 한국인은 옛부터 가무를 좋아한 민족이어서인지는 몰라도 신진배우들의 노래와 춤의 소화능력이 대단했다. 이번 「무애가」에서 열연하고 있는 극단 신시 단원들에서 그 점이 확인되었던 것이다. 극단 신시의 이번 공연은 아무리 무겁고 깊은 주제라도 뮤지컬로 충분히 형상화 해낼 수 있다는 것과 우리의 창작 뮤지컬이 가야 할 진로를 시범적으로 보여준 무대였다고 하겠다.

38. 에이콤의 뮤지컬「스타가 될거야」

요즘 유행하는 음악극도 따지고 보면 브로드웨이류 뮤지컬과 토착적인 악극류의 두 흐름이 혼재하고 있다. 전자는 춤과 음악이 템포 빠른 서양 것이고 후자는 완만한 대중가요풍이다. 때로는 두 흐름이 종합되어 나타나기도 한다. 당초 뮤지컬이 고전작품의 페러디를 그 장기로 삼았듯이 근자 우리의 음악극들도 고전의 페러디가 유행한다. 그 페러디도 대체로 고전의 재현과 재창조의 두 흐름인데 극단 에이콤은 후자, 즉 현대감각에 맞도록 재창조한 경우여서 우선 주목된다고 하겠다.

19세기 후반의 일본 대중소설 「金色夜叉」는 배금사상 풍자와 사랑의 존귀함을 주제로 한 작품이기 때문에 오늘날 천민 자본주의 행태 속의 우리들에게 설득력을 지닐 만하다.

그에 착안한 극단 에이콤은 젊은 극단답게 각색에서부터 참신성을 보여준다. 그러니까 오늘의 세태를 허영의 시대로 파악하고 주인공 세 사람(수일, 순애, 중배)을 거기에 맞춰 캐릭터의 부정적 측면을 극대화 내지 희화화시켜 놓은 것이다. 따라서 원작의 비극성이 자연스럽게 희극성으로 바뀔 수밖에 없었다.

이는 분명히 고전 패러디의 바람직한 방향이다. 왜냐하면 시대가 바뀌면 정신도 감각도 변하기 때문이다. 물론 지나치게 주제를 강조하다 보니 문학성이나 극성이 감소된 것도 사실이지만 여하튼 진부한 고전의 재현적 패러디보다 한발 앞선 것이 사실이다. 그러나 무엇보다도 이번 작품에서 돋보이는 부분은 넘치는 힘과 열정과 여주인공 나현희의 매력이라 볼 수 있다. 잘 훈련되고 재능 넘치는 코러스의 화음과 율동은 무대로부터 객석까지 압도하고 그들의 힘과 열기는 관중을 열광시켰다. 원작의 주인공과 너무나 다른 현대판 순애, 나현희는 대형 배우의 가능성을 극적으로 보여준 경우였다. 그녀는 배우로서, 특히 뮤지컬 배우의 소질을 모두 갖춘 인재이다. 선이 뚜렷한 이목구비와 유연한 몸매, 작품의 소화능력, 특히 사람을 끌어당기는 매력까지 갖추고 있다. 춤과 노래 솜씨도 뒤지지 않는다.

그녀는 분명히 이번 작품이 만들어낸 스타라고 해도 과언이 아니다. 단순화시킨 무대장치를 이동조명이 살려주기 때문에 목포와 서울의 홍행계도 그런대로 살려주었다. 음악이 좀더 좋았더라면 하는 욕심과 김중배를 지나치게 카리카춰한 것이 아쉬움으로 남았다. 여하튼 경쾌하고 박력 넘치는 젊은 뮤지컬로서 젊은 관중을 홍분시킬 것 같다.

39. 뮤지컬의 현황과 그 가능성

─ 에이콤의 「겨울 나그네」와 관련하여

뮤지컬은 음악과 무용이 주가 되는 일종의 음악극을 가리키는 용어이다. 십여년 전까지만 해도 뮤지컬은 대중에게 생소한 용어였다. 그러나 지금은 무대예술의 어떤 용어보다도 친숙해져 있다. 그만큼 뮤지컬이 단 몇년 사이에 대중 깊숙이 파고들었다는 이야기가 된다. 사실 우리 대중은 악극이라는 말에는 대단한 향수를 갖고 있다. 그 좋은 예가 어느 극단의 악극 「울고 넘는 박달재」 공연에 대한 열띤 반응이라 하겠다.

이처럼 우리는 이미 대중이 좋아하는 나름의 뮤지컬을 갖고 있었던 것이다. 그런데 악극이 생겨난 1920년대 이전에도 우리는 음악과 춤이 주가 되어 있는 연극을 갖고 있었다. 탈춤이 그렇고 판소리(唱劇)가 또한 그렇다. 그 이전의 무당굿놀이는 또 어떤가. 그것이 원시적 형태의 뮤지컬이 아니고 무엇인가.

사실 우리의 고유한 공연예술은 뮤지컬에 가깝다. 음악과 무용이 주가 되고 연극성은 그 다음이기 때문이다. 그렇기 때문에 서양 뮤지컬이 들어오자마자 쉽게 대중을 사로잡을 수 있었던 것이다. 그만큼 우리는 본능적으로 뮤지컬을 받아들이는 흡인력을 지니고 있었다고 보아야 한다.

물론 우리가 1960년대 말엽부터 서양식 뮤지컬을 몇번 실험했고 창작 뮤지컬도 시도해보았다. 그렇지만 뮤지컬 전문극단이 생겨난 것은 1980년대

들어서이다. 일찍부터 있었던 시립가무단은 근대적인 악극을 발전적으로 계승한 단체인만큼 서양뮤지컬과는 거리가 있다. 따라서 현재는 너댓개의 전문뮤지컬 극단들이 활발하게 공연활동을 벌이고 있다. 이런 공연예술계의 추세에 발맞춰서 스포츠조선에서는 뮤지컬상까지 제정하여 세번째 시상식을 끝낸 바 있다. 아마도 요즘 몇개 극단의 뮤지컬공연에서 동원하는 관객수는 수십개 극단이 수백편의 작품에서 동원하는 관객수보다 별로 적지 않을 것이다. 왜냐하면 뮤지컬은 대형인데다가 인기 또한 정극보다 훨씬 높기 때문이다.

연전 영국 뮤지컬 「레미제라블」은 30억원 이상의 수익을 올린 것으로 알려질 만큼 그 흥행성은 대단하다. 이런 흥행성은 앞서 말한 바와 같이 옛부터 우리의 정서성향이 음악과 무용에 친숙한데다가 최근 영상시대로 인한 대중의 경박성이 겹쳐지는 데서 비롯되는 것이 아닌가 싶다. 그럼에도 불구하고 국내 전문극단의 뮤지컬은 이런 추세나 성향에 부흥하지 못하고 있다. 가령 스포츠조선에서 시행하고 있는 뮤지컬상의 그랑프리를 극단 에이콤이 3년 연속 수상했다는 것은 우리 뮤지컬의 수준을 단적으로 보여주는 예가 될 수 있다. 왜냐하면 에이콤이 그동안 만든 작품들이 어느 수준에 올라 있지 못하고 상대적으로 다른 극단들의 작품수준이 그만큼 낮다는 의미가 되기 때문이다.

가령 지난번의 대상작품 「겨울 나그네」(崔仁浩 원작 윤호진 연출)만 하더라도 많은 결함을 안고 있는 것이다. 우선 뮤지컬의 핵이라 할 수 있는 음악이 좋지 않았다. 젊은층이 좋아한다고 하지만 뮤지컬은 20대만 관극하는 것이 아니다. 공연이 끝나도 주제가가 관중의 뇌리에 남아 있지 않다면 그 뮤지컬은 성공했다고 보기 어렵다. 두번째로는 극본에 문제가 있었다. 1970, 80년대 젊은이들의 낭만적 사랑이 주제인 이 원작의 시의성도 문제가 있었지만 그보다도 평면적이고 나열적인 극 구성은 더욱 문제였다. 관객 누구나가 다음 장면을 예측할 수 있는 극 구성은 너무나 초보적이고 미숙하다.

세번째로는 연기상의 문제였다. 두 남녀 주인공의 연기력과 가창력은 작품을 전혀 살리지 못했던 것이다. 특히 여주인공의 가창력이 작품을 죽였다고 말할 수 있다. 멜로드라마에서 여주인공의 소프라노음이 관중의 심금을 울리고 동시에 누선을 자극하는 법인데 그 여주인공은 도대체 소리가 나오지 않았다. 네번째로는 춤에도 문제가 있었다. 군무의 율동성이나 역동성은 오랜 훈련의 양을 보여주는 것이었지만 그 춤의 정체성이 문제였다. 끝으로 장치에도 허점이 보였다. 뮤지컬의 특성 중 무대미술이 차지하는 비중이 크다. 뮤지컬은 우선 스펙타클하고 현란해야 하기 때문에 장치가 좋아야 하는 것은 상식이다. 그런데 이 작품의 장치는 과잉이었다. 하나의 예가 철공장 부분이다. 그 한 장면 자체만으로는 훌륭할 수 있었다. 그러나 장치가 과대하기 때문에 극의 흐름을 차단했고 너무 압도한 나머지 등장인물이 약화되는 결과를 빚었던 것이다.

물론 이러한 뮤지컬에 열정을 쏟고 있는 극단 에이콤의 노력이 가상하고 작품 전체를 그런대로 다듬어내는 능력은 평가할 만하다.

어떻든 뮤지컬이 점차 공연예술계를 주도해갈 것은 명약관화하다. 그것은 전술한 바 있듯이 뮤지컬에 몰리는 관중을 보아도 쉽게 짐작할 수 있다. 문제는 이런 뮤지컬을 어떻게 발전시키느냐 하는 점이다. 우선 가장 시급한 것이 뮤지컬 전문작곡가의 양성이다. 물론 예술가를 하루아침에 길러 낼 수 있는 것은 아니다. 그러나 뮤지컬이 우리의 대표적인 무대예술로 정착되고 있음에도 불구하고 어느 대학 음악과에서도 그것에 관심을 기울이는 곳이 없다는 사실이다. 오늘날 몇몇 뮤지컬 작곡자들은 거의가 대중음악 작곡가들이다. 그들은 뮤지컬을 어느 곳에서도 수업 받은 일이 없다.

다음으로 뮤지컬 극본을 제대로 쓸 수 있는 극작가가 희소하다는 점이다. 극단 에이콤이 3번 수상한 작품의 원작이 모두 소설작품이었거나 소설가의 극본이었다는 사실에 주목할 필요가 있다. 즉 첫번째 작품은 19세기말 일본 대중소설 「금색야차」(오자끼고오요 원작)의 패러디였고, 두번째 작품은 이문열의 것이며, 세번째 작품은 최인호의 지난 시대 소설이었다. 끝으로 전문배우의 절대적 부족인데 이것은 대학에서 키워낼 수 밖에 없다. 그러니까 대학에 뮤지컬학과가 빨리 생겨나서 노래·춤·연기를 할 수 있는 전문배우를 길러내야 한다. 이것은 매우 시급하다. 그러나 대학 당국자들이 뮤지컬에 대한 인식이 없기 때문에 당분간 실현되기는 어려우리라 본다.

시대는 빨리, 그리고 쉽게 변해간다. 감각적인 공연예술은 더욱 그렇다. 연극계도 그에 대처해야 하지만 음악계, 무용계도 방관만 할 수 없게 되었다. 뮤지컬은 좋든 싫든 우리시대의 대표적인 무대예술로 다가와 있기 때문이다.

40. 조화·현란한 무대

— 「아가씨와 건달들」을 보고

뮤지컬의 묘미는 음악과 춤과 극성의 조화에서 나온다. 그 주제음악이 대중화되는 것도 그 때문이다. 요즘 예술의 전당 오페라극장을 뜨겁게 달구고 있는 「아가씨와 건달들」은 그런 전형적 작품이다. 뉴욕 도박꾼들의 삶의 애환을 통해서 세속과 구원 부정과 의리, 사랑과 결혼 행복을 묘사한 이 뮤지컬은 음악과 극예술성에서 이미 세계적 고전으로 정평 나 있는 작품이다. 이것이 서울에서도 대성공을 거둘 수 있었던 것은 역시 극장조건, 대담한 기획(鄭鎭守), 조화로운 연출(尹浩鎭) 등이 절묘하게 들어맞은 데서 비롯된다고 말할 수 있다.

아마도 작년 2월에 개관해서 오페라극장이 제구실을 한 것이 처음일 성싶도록 무대미를 극대화 시켜놓은 작품이 바로 「아가씨와 건달들」이다. 공연에서 두드러지는 것은 연출의 초점이 조화에 두어져 있는 점이었다. 즉 젊은 뮤지컬배우들과 노련한 연기파 배우들, 그리고 외모 및 성격이 대조적인 배우들을 대결시킨 것, 더 나아가 일류급 배우(孫淑, 朴雄)를 조연으로 배치한 것 등이 첫번째 조화의 극치였다.

그로인해 노래와 춤이 살아나면서도 연기의 기량과 함께 극적 긴장이 지속되었다. 그 뿐만 아니라 원작이 표현하려는 거칠음 속의 아름다움, 위선 뒤에 가려져 있는 진실이 잘 표현되었고, 경박함과 진지함, 웃음과 페이소스가 무대를 가득 채웠던 것이다. 더욱이 감미로운 음악과 경쾌한 군무가 어울어짐으로써 뮤지컬의 진수를 유감없이 보여주었다. 두번째로 작품을 살리는 것은 색채의 조화와 유행의 조화였다. 단순하면서도 회화적인 무대미술(朴동우)과 화려한 의상(河용수) 및 대소도구를 첨단적인 조명이 받쳐줌으로써 무대 전체가 장중하면서도 현란했다. 거기다가 생음악반주에 손색없는 윤석화(尹石花)의 춤과 노래 등이 곁들여져서 예술성을 한층 높여주었으며, 특히 템포 빠른 군무까지 가미되어 무대를 더욱 충만하게 만들었다.

사실 뮤지컬의 재미는 스펙타클 쇼적이면서도 그 밑에 잔잔하게 흐르는 음악과 고달픈 삶을 쓰다듬는 휴머니즘에 있을 것이다. 뮤지컬이 대중성과 오락성을 강조하는 것도 거기에 연유한다고 볼 수 있다.

현재 공연 중인 「아가씨와 건달들」은 그것을 십분 성취한 무대였다. 특히 조화와 균형, 그리고 연극의 절제원칙까지 저버리지 않음으로써 끝까지 품격을 잃지 않고 예술성과 오락성을 극대화시키고 있다. 긍정적 인생관과 미국식 낙관주의가 저변에 흐르지만 주인공들이 하층민이어서 친근함과 공감을 불러일으킨다.

분명히 「아가씨와 건달들」은 잔재미와 낭만적 아름다움까지 풍기도록 만들어서 관중에게 풍성함을 안겨준다. 구세군 선교사무실의 고백장면이 특히 인상적이었다. 이번 「아가씨와 건달들」공연은 전문화를 모색해 온 한국연극의 숙제를 푼 경우였다. 왜소함과 아마추어리즘을 탈피하지 못해온 우리 연극에서 전문화의 거보(巨步)를 내딛는 하나의 이정표가 될 것 같다. 분명히 한국연극의 새 지평을 여는 기상나팔이다.

41. 본격 뮤지컬의 새 장을 열다
─ 세종문화회관의 「웨스트사이드스토리」 공연

요즘 세계연극제의 와중에서 뮤지컬의 본고장인 브로드웨이에 내놓아도 손색없을 완성도 높은 작품 한편이 관중을 열광시키고 있다. 세종문화회관에서 절찬리에 공연중인 삼성(三星)영상사업단 제작의 「웨스트 사이드 스토리」가 바로 그런 작품이다.

이번 공연이 특히 주목을 끄는 이유의 두 가지로서 첫째 10여년 동안의 아마추어 수준의 뮤지컬 실험을 단번에 뛰어넘어 국제수준의 본격 프로무대를 만들어냈다는 것과, 두번째로는 최주희(마리아역)라는 차세대의 뮤지컬 스타를 탄생시킨 점을 들 수 있다. 고전 「로미오와 쥴리엣」을 패러디화한 이 작품의 특색은 두 집안의 갈등을 뉴욕에 이주한 이민족간(異民族間)의 첨예한 대립으로 환치시켜 인간의 애증과 구원이라는 예술의 궁극적 목표로까지 끌어올린 데 있지만, 그보다도 그런 깊은 주제를 뛰어난 가무극으로 완성시킨데 있을 것이다.

뮤지컬의 묘미는 역시 음악·무용·스펙타클인바 그동안의 우리 수준은 도저히 그에 미칠 수가 없었다. 그런데 이번 공연에서 그런 한계와 장애를 단번에 극복할 수 있었던 것은 그동안 키워진 자체 역량에다가 본고장의 저명한 연출가(키이스 베르나도)와 안무가(페지나알그린)의 초빙 및 최주희의 발견, 그리고 과감한 투자에서 찾을 수 있다.

 따라서 작품은 대단히 세련되고 에너지가 충만한 완성품으로 관중에게
다가올 수가 있었다. 번스타인의 음악과 제롬 로빈스의 파격적인 율동미는
이미 정평이 나 있는 것이지만 그것을 소화해내서 무대 위에 하나의 조화
된 예술미로 형상화해내는 일을 훌륭히 성취한 이번 공연은 칭찬에 인색할
필요가 없을 것 같다. 그것은 아무래도 소질있고 기초가 탄탄한 배우들을
정교하게 훈련시킨 연출과 안무의 공으로 돌려야 되리라 본다.

 특히 돋보이는 것은 일약 주역으로 발탁된 최주희의 중심축이 작품 전체
를 힘에 넘치면서도 애연한 비장미(悲壯美)를 창출할 수 있도록 했다는 점
이라 하겠다. 최주희는 미성에다가 성량도 풍부하고 하이톤으로 비극미를
극대화시킬 수 있는 재능과 열정을 마음껏 발휘하고 있었다. 그녀는 깊고도
높은 가창력만 뛰어난 것이 아니고 무대감각과 관중을 압도하는 마력같은
외모도 갖춘 대형 뮤지컬 스타로서 손색이 없었다.

 윤복희이후 차세대의 뮤지컬 스타가 이번에 혜성처럼 등장한 것이다.
최주희와 연기대결을 벌인 토착배우 최정원의 연기도 과거보다 더한층 완
숙미를 보여주었다. 그뿐만이 아니라 남성 주역, 이를테면 주성중(토니역)의
노래도 좋았으며 전체 코러스가 고난도 춤을 소화해낸 것도 이번 공연의
수준을 드높여준 경우였다. 최주희와 주성중이 적개심과 증오를 뛰어넘고
영원한 사랑을 다짐하는 이중창 「오늘밤」은 압권이었다.

 사실 10여년 동안 서양뮤지컬을 실험하면서 알게 모르게 묻은 때를 벗는
다는 것은 쉬운 일이 아니었는데, 이번에 그것을 해낸 것도 큰 수확이다.
그리고 뮤지컬에 있어서 스펙타클은 빼놓을 수 없는 극적 요소인데, 이번의
무대미술·의상·조명 등의 조화도 작품의 분위기를 살리는 데 절대적 기
여를 했다. 마치 뉴욕의 뒷골목 웨스트사이드를 옮겨놓은 듯한 사실적이면
서도 스케일이 큰 무대장치도 인상적이었지만 세련된 생음악 반주야말로
이번 공연의 예술미를 살려준 협조자였다.

 이는 아무래도 뮤지컬을 잘 아는 정치용 지휘자의 능력에 돌려야 될 것
같다. 생음악 반주는 연극의 고저장단의 흐름을 조화롭게 받쳐주어야 하기
때문에 지휘자가 뮤지컬이라든가 오페라에 정통하지 못하면 불가능하다. 그
런 점에서 이번 정치용 오케스트라는 앞으로도 기대를 걸어도 좋을만하다.

끝으로 부연하고 싶은 것은 뮤지컬 제작에 과감한 투자를 한 삼성영상사업단의 용단이다. 우리 연극이 침체의 늪에서 헤어나지 못하고 있는 터에 기업이 나서서 제작에 참여하는 것은 바람직한 일이고 특히 미래의 무대예술 뮤지컬에 대한 투자는 시급하다.

42. 역동적인 토착뮤지컬

— 시립가무단의 「서울 사람들」

　서울 정도 6백년 기념행사의 하나로 세종문화회관 무대에 올려진 「서울
사람들」(金貞淑 작 金相烈 연출)은 한마디로 토착뮤지컬의 실험적 작업이었
다. 그런데 실험은 성공률보다는 실패율이 더 많다는 데 유의할 필요가 있
다. 다행히 이번 공연은 부분적인 결합에도 불구하고 전체적으로는 일단 소
기의 목적만은 달성된 것이었다고 보아도 무방하다. 사실 6백년이라는 시공
을 한 무대에서 예술적으로 소화해낸다는 것은 쉬운 일이 아니다.

　그럼에도 불구하고 2시간 관극 후에 많은 사람들이 흡족한 표정을 지으
면서 극장문을 나섰다는 것은 일단 노력과 열정이 그대로 무대 위에 표출
되었음을 의미한다고 보아도 될 것 같다. 우선 극본부터 살펴볼 때, 정도에
얽힌 설화로부터 시작하여 조선시대의 주요 고비를 한 줄로 엮었고, 개화기
이후 미래까지를 제 2 부로 곁들임으로써 과거·현재·미래를 고통과 희망
이라는 주제로 압축한 것이 행사극을 뛰어넘게 만든 요인이 되게 했다.

　어차피 뮤지컬의 핵심은 음악과 춤, 그리고 스펙타클이므로 이번 작품의
성패도 거기에 있는 것이다. 따라서 뮤지컬은 연출가의 솜씨에 좌우되는 것
은 두말할 나위없다. 주지하다시피 김상렬은 전통도 알고 첨단도 익혔을뿐
만 아니라 무대를 가장 재미있게 꾸미는 연출가이다.

　그는 잘 훈련된 가무단 단원들을 자유자재로 활용하여 긴 역사를 응축시

키면서도 지리하지 않게 주체적으로 형상화했고 고설봉(高雪峰) 같은 원로 배우까지 등장시켜서 무대가 경박하게 흐르지 않도록 제동장치를 만드는 배려까지 했다.

이번 무대에서 특히 돋보인 것은 朴明의 안무였고 춤을 뒷받침하는 음악도 괜찮았다. 오랜만에 무대미술을 맡은 조영래도 심혈을 기울인 흔적이 보였으며 홍윤희(서우리) 이홍구(태조) 등의 연기력도 김성원과 충분히 조화를 이룰 만큼 수준 높은 것이었다. 사실 시립가무단원들의 기량은 어디에 내놓아도 손색없을 만큼 상당한 수준에 와 있다. 노래와 춤은 말할 것도 없고 연기력도 뒤지지 않는다.

특히 그들은 고전과 현대를 모두 섭렵했다. 문제는 이들이 능력을 최대한 발휘할 수 있도록 해주는 예산과 공연횟수, 그리고 좋은 극본이 없다는 데 있다. 이번 공연에서 나타난 전통과 최첨단의 조화도 극본의 미흡으로 말미암아 효과의 극대화를 성취하지는 못했지만 토착뮤지컬의 가능성만은 여러 측면에서 보여주었다. 해방 직후장면에서 어색한 대중가요가 삽입되어 작품을 通俗으로 흐르게 만든 것은 하나의 아쉬움이었다.

그러나 6백년 서울의 역사를 한국역사로 압축하여 관중에게 밀도 있으면서도 비장, 경쾌하게 전달한 것은 일단 평가받을 만하다.

43. 한국적 음악극의 한 전형

　신극의 선구자 유치진이 「가야금」이라는 희곡을 쓴 것은 전쟁이 한창 중인 부산 피난지에서였다. 동족상잔을 누구보다도 혐오했던 그는 무기보다는 민족악기 가야금이야말로 화평의 상징이며 동시에 민족의 아이덴티티를 찾을 수 있는 것이라 믿었던 것이다. 그러한 주제를 예리한 중견작가 이강백이 현대적으로 재구성한 것이 「님을 찾는 하늘 소리」(김효경 연출)이다.

　우선 전체적으로 보았을 때, 장중하고 템포도 빨랐으며 음악극임에도 불구하고 전달하고자 하는 메시지를 분명하게 표현했다는 점에서 괜찮았다. 대체로 음악극이 빠지기 쉬운 산만함을 정제하여 짜임새 있는 극적 구성을 보여 주었다. 다만 조명이라든가 장치이동이 제대로 되지 않아서 극적 흐름을 차단하곤 한 것이 흠이었으며, 역시 우려했던 대로 기술진이 문제점을 여실히 드러낸 무대였다.

　그러나 음악극의 특징은 이름 그대로 음악이 좋아야 되고 그에 따르는 춤이 아름다와야 한다고 볼 때, 「님을 찾는 하늘 소리」는 일단 우리 여건에서 수준작은 되는 것이다. 창작음악극이 언제나 그렇듯 두드러진 아리아가 떠오르지 않아서 아쉬웠지만 전통적인 리듬을 바탕으로 고아하고 장엄한 음악(김희조곡)이 관중을 압도했다. 춤(정재만 안무)도 전통 춤사위를 다양하게 현대적으로 변용시켜서 경쾌하고 발랄했으며 전쟁장면이라든가 화평의 즐거움을 멋지게 표출해 냈다. 무대장치(송관우)와 의상(장명숙)도 화려하고 이색적이었다.

특히 그동안 보기 드물었던 중층(重層)무대가 작품의 입체성을 살려주어 좋았다. 연기나 춤 등은 서울예술단의 훈련강도를 여실히 보여주었는데, 특히 송용태(가실왕역)와 박철호(진흥왕역)가 주역다운 호연이었다. 활달한 군무가 일품이었다. 그러나 무엇보다도 이 작품이 갖는 의미를 되새겨야 되리라 본다. 즉 전쟁보다는 평화가 중요하고 무기보다는 악기(예술)가 더욱 강하고 소중하며 민족적 주체성을 되살려야 한다는 작품주제는 탈냉전의 문민정부에게 전달하는 메시지이기도 하다는 이야기이다.

그런 측면에서 「님을 찾는 하늘 소리」는 예술의 전당 개관프로 가운데 가장 행사적 의미가 강한 작품이고 또 축제적 성격이 강했다. 특히 새 시대를 염두에 두고 화해와 희망에 무게를 실은 작품구성이 괜찮았는데, 이는 음악극의 보편적 주제와도 일치하는 것이다. 이만하면 경축무대로서는 수준작이었다.

44. 견실한 소극장무대
― 동숭동소극장의 「쟁기와 별」

　우후죽순 부실한 소극장 바람이 간 뒤 한동안 잠잠하더니 근자에 와서 제대로 설계된 소극장들이 등장하여 성격화를 추구하고 있어서 연극장래를 밝게 하고 있다. 그 중의 하나가 바로 지난 연말 개관하여 그 첫 작품「쟁기와 별」(숀.오케이시 작 권오일 연출)을 공연하고 있는 동숭동 소극장이라 하겠다. 동숭동소극장이 주목을 끌게 하는 이유는 세 가지에 있다. 그 첫째 가 기업인과 연극인이 제대로 만나서 적합한 소극장을 만들었다는 것이고, 두번째는 상반기에 공연일정을 미리 발표한 기획성이며, 세번째는 레퍼토리 선정의 견실성이라 하겠다. 이러한 소극장의 출범은 우리 연극운동을 진일 보시키는 경우로 볼 수 있다. 튼튼한 재정적 뒷받침과 연극운동의 바른 자 세가 있어야 소극장의 생명이 길어지고 연극계에도 기여할 수 있는 것이다. 지난 시대에 단명했던 소극장들이 바로 이러한 의식과 배경의 결여에 있었 다.

　동숭동 소극장이 창립공연 작품으로 선택한 숀.오케이시의「쟁기와 별」 이 요즘의 연극팬들에게는 매우 생소하게 비칠지 모른다. 그러나 식민지 약 소민족이었다는 역사적 배경과 열정적이고 예술적인 민족성에 있어서 한국 과 비슷한 愛蘭의 대표적 극작가와 그의 작품이라는 것을 떠올리면 금방 친숙해질 수 있다.「쟁기와 별」은 문예부흥기에 애란의 독립운동을 묘사한 작품으로서 한국근대극의 기초를 닦은 유치진의 창작모델이 되었다. 유치진 뿐만 아니라 30년대 작가들에게 절대적인 영향을 미쳤던 숀.오케이시의 작품은 日帝의 검열로 공연되지 못했었다. 만약 오케이시가 30년대에 그리고 브레히트가 60년대 무대에서 제대로 걸려졌다면 우리의 근대극과 현대극은 커다란 진전이 있었을 것이다. 그만큼 오케이시는 우리가 주목해야 할 근대 작가 중의 하나인 것이다. 그의 시대가 지났음에도 아직까지 설득력을 지니고 있는 것은 작가가 시대와 인간을 상상력이라는 장치를 통해서 어떻게 포착하여 형상화하는가를 매우 명징하게 보여주기 때문이다.

특히 우리나라처럼 정치적 격동과 민중의 곤혹스런 삶이 끊임없이 이어지는 사회에서 작가가 엄청난 현실을 어떻게 예술로 승화시켜야 할 것인가를 오케이시는 하나의 전범으로서 보여주고 있다. 따라서 독립전쟁이라는 생사의 소용돌이도 무대위에서는 적나라하면서도 진솔하고 서정적으로 표출된다. 그러니까 오케이시는 정치적 사건에 근접해있으면 서로 냉엄하리만치 객관적인 눈을 갖고 분석하며 자기 시대를 존재의 측면에서 묘사한 것이다.

그 결과 위기 속의 아일랜드인의 실존이 투명하게 드러나고 있다. 결국 가난과 핍박 속에서 애국적 독립을 부르짖는 남성과 행복한 삶을 추구하려는 여성은 누구인가를 아일랜드의 역사와 민족성이라는 차원에서 드러내었던 것이다. 그리고 중요한 사건을 뒤로 돌려서 커튼 뒤에 또 하나의 인생을 설정한 사실주의 기법이 돋보였다. 연출자도 그 점에 유의했고 장치도 소극장에 맞도록 꾸몄으나 전체적으로 정돈이 되지 않은 공연이었다. 꿈과 현실, 위선과 진실이 극명하게 드러나면서 웃음 속에 짙은 페이소스가 묻어나는 무대가 되어야 관중이 강한 메시지를 전달받을 수 있음에도 어수선하기만 했던 이유는 두 가지에 있었다.

그 하나는 연출자의 명철한 작품 분석력 부족이고 다른 한 가지는 젊은 배우들이 연륜의 벽을 뛰어넘지 못한데 있다. 목소리만 높고 대사전달이 제대로 안된 것이 그 하나의 예이다. 그럼에도 불구하고 동숭동소극장 공연은 서두에서 밝힌대로 금년 연극의 견실한 출발의 한 무대임에 틀림없다.

45. 창작창극의 새 지평
— 동아일보사 주관의 「아리랑」 공연

　최근 소련에서 화제를 뿌린 창극 「아리랑」(유현종 원작 孫振策 연출)은 동아일보사가 그동안 야심적으로 벌이고 있는 국악대중화와 창작창극운동의 일환으로 마련된 무대였다. 9월초부터 소련의 주요 도시 순회공연을 벌인 「아리랑」의 막이 올랐을 때, 관객은 몇 가지 점에서 종래와 다른 새로움을 발견할 수가 있었다.

　그 첫째는 무대의 새로움이었다. 한 인물보다는 민요 아리랑의 상징을 무대이미지로 표현하기 위한 언덕형태의 장치와 근대사를 압축해서 설명해 주기 위한 슬라이드의 활용에서 그 점이 두드러진 것이다. 두번째로는 주인공이 과거와 달리 영웅으로부터 평범한 인물로 바뀐 점이었다. 그리고 세번째는 우리의 전통적 풍정을 의도적이라 할만큼 많이 담은 점이라 하겠다. 이상과 같은 세 가지 사실로 해서 작품이 우선 볼거리가 되었고 우리의 현대사를 비극적으로 인식케 되는 계기까지 마련해 준 공연으로서 손색이 없었던 것이다. 그 만큼 이번 공연은 긍정적으로 검토할 만한 가치가 있는 것이고, 이는 곧 동아일보의 창작창극운동이 5년여 만에 일단 정착단계에 접어들었음을 의미하는 것이기도 했다.

　물론 이번 공연은 동아일보사가 창사70주년기념으로 소련순회공연을 염두에 두고 제작했다는 점에서 제약도 없지 않았다. 왜냐하면 재소동포 위문

공연형식이 되었기 때문에 가급적이면 그들의 삶을 소재로 삼을 수밖에 없었고 다음으로는 타지에서 잃어버린 고유 민족정서를 생활 속에 농축시켜야 했기 때문이다.

재소동포의 한 가정이 모델이 됨으로써 그들의 유민사(流民史)가 되었고, 그것은 곧 한민족 현대사의 부분이기도 했기 때문에 리얼리티가 있었다. 특히 그동안 극화되었던 영웅적 인물이 아닌 범용한 가족사인데다가 그것을 오늘의 통일의지로까지 끌어올림으로써 광범위한 공감을 불러일으킬 수가 있었다.

현대이야기가 전통적 표현형태로 얼마나 매끄럽고 신선하게 전달될 수 있을까하는 것이 하나의 의문이었는데, 그것은 기우였고 창(唱)은 현대적 감각에도 얼마든지 맞출 수 있다는 것을 이번 공연이 보여주었다고 하겠다.

그런데 문제는 작창(趙相賢)의 단조로움과 그에 따른 소리의 단조로움이라 하겠다. 가령 이번 「아리랑」의 창을 보면 전체 흐름이 비극적이긴 하지만 애조로만 짜여져서 감상적인 분위기만을 조성한 느낌이다. 후반에 가서 이야기는 극적 반전을 이루고 한국인의 강인한 의지에 의해서 참담한 상황을 극복해가는데도 창은 여전히 애연하게 흘렀다. 따라서 이야기의 흐름과 唱의 흐름이 어긋나는 감도 주었다. 게다가 합창과 중창보다는 대체로 독창이 주가 됨으로써 장중하지 못했고 율동 또한 단조롭게 흘렀다. 힘찬 군무와 장중한 창으로 이야기를 엮어갈 때 창극도 제 맛을 낼 수 있으리라 본다. 창과 단조로운 율동으로 인해서 설명 부분이 많아졌고 그것이 작품의 밀도를 엷게도 했다.

그리고 장례를 삽입한 것은 우리가 잃어버린 고유한 통과의례를 보여주는 것이어서 좋았으나 너무 간략하게 했기 때문에 아쉬움이 있었다. 통과의례를 극적으로 표현하는 것도 훌륭한 연극기법이라 말할 수가 있다. 앞으로 좀더 보완하면 창작창극도 훌륭한 연극양식으로 정착될 수 있다는 것을 이번의 「아리랑」 공연이 시범적으로 보여주었다고 하겠다.

46. 환 포퍼먼스의 「'96 고래사냥」

요즘 예술의 전당에서는 '젊은 뮤지컬' 「'96 고래사냥」이 연일 극장 안을 뜨겁게 달구고 있다. 즉 우리적인 뮤지컬 창조를 목표로 삼고 출범한 환퍼 포먼스가 두번째 작품으로 자신있게 내놓은 「'96 고래사냥」이 바로 그런 이색적인 작품이다. 이 작품을 '젊은 뮤지컬'이라고 부른 데는 두 가지 이 유에서이다. 우선 감각과 의식이 싱싱하고 제작 출연진 전체가 젊다는 점에 서 그렇다. 지난 암울한 시대의 한복판을 헤쳐 나오면서 겪은 한 젊은 이상 주의 청년의 꿈과 낭만과 좌절을 높은 문학적 감수성으로 형상화낸 최인호 의 소설 「고래사냥」이 오페라극장 무대에서 화려하게 부활되면서 새로운 모습을 보여주었다는 점에서 신선하다.

사실 이 작품에서 주목해야 될 것은 뭐니뭐니해도 원작의 시의성이었다. 군사 폭압과 이데올로기 멍에로부터 일탈(逸脫)하려 몸부림치는 젊은이의 방황이 오늘의 시점에서 과연 들어맞느냐 하는 것인데, 각색자(박용재)와 연출자(이윤택)는 그것을 젊은날의 보편적 통과의례로 바꿔놓는 데 성공했 다고 말할 수 있다. 젊은 관객들이 극장에 몰려들고 커다란 공감대를 형성 하는 것도 단순한 시대반영을 넘어선 삶의 보편성 때문이 아닐까 싶다.

재기 넘치는 이윤택의 뮤지컬 처녀연출에서 특히 시선을 끄는 것은 가장 한국적인 토착 뮤지컬을 창조해보겠다는 의욕이라 하겠다. 즉 품바와 같은 지난 시대의 풍정을 도입했다든가 민족적인 가락과 율동의 응용, 1920년대를 전후해 유행했던 영상의 무대도입(連鎖劇) 등이 주목할 만한 것이었다. 연쇄극 형식은 극히 진부한 것이지만 이상을 좇는 젊은이의 환상을 무대에 구체화시키는 데 있어서 영상은 적절한 표현수단이 될만 했다.

그런데 궁극적으로 뮤지컬을 성공시키는 요인은 아무래도 음악에 달렸다. 김수철 음악에서의 아쉬움은 그가 과거에 작곡해서 유행시킨 인기가요 「고래사냥」을 한층 끌어올릴 만한 새 곡을 창조해내지 못한 점이라 하겠다. 물론 그는 이번 무대를 위해서 15개 정도의 새 곡을 작곡했다. 그러나 그들 중 과거의 「고래사냥」을 압도할 만한 곡이 있는가는 의문이다. 음악이 약하다 보니 연극성이 확대될 수밖에 없었다. 다행히 가창력까지 갖춘 중견 배우 장두이가 뮤지컬 전문배우 남경주를 받쳐주고 또 신예 송채환의 돋보이는 연기력이 조화를 만들어 줌으로써 지루하지 않는 음악극이 될 수 있었던 것이다. 게다가 잘 훈련된 신진 연기자들의 열정이 무대의 구석구석을 메꿰 주기 때문에 활력 넘치는 공연이 되었다. 정적(靜的)이긴 하지만 무대미술 (이학순)이라든가 조명(최형오)이 작품을 살리는 데 큰 기여를 하고 있다. 가장 토착적인 뮤지컬을 창조해보겠다고 나선 환퍼포먼스의 「'96 고래사냥」 은 우리 시대의 젊은 음악극이라 부를 만하다.

47. 지적이고 미래 지향적인 민중극

근대연극이 시작된 이후 이 땅에서 수천개의 극단들이 부침명멸했다. 어떤 극단은 수십년 동안 공연활동을 벌였는가 하면 또 어떤 극단은 단 한 번의 공연도 해보지 못하고 사라진 바도 있다. 대체로 극단의 공연활동은 그 극단이 처한 시대적 상황과 직접적 연관이 없지 않지만 아무래도 극단의 이념과 리더 및 단원들의 확고한 철학과 결속력이 극단운영을 좌우하는 것이 아닌가 싶다. 1960년대 소위 동인제극단 시대 이후에도 사라진 극단들은 수십개가 넘는다.

그럼에도 불구하고 민중극장이 35년의 긴 역사를 가질 수 있었던 것은 그 극단의 뚜렷한 연극이념과 대단히 미래지향적인 성향에 기인하는 것이라 말할 수 있다. 우선 민중극장의 창단선언문을 한번 살펴보자. 첫째 우리는 민중속에 뛰어들어가 민중과 더불어 호흡할 수 있는 연극을 모색한다. 둘째 우리는 위대한 연극의 유산을 계승하고 새로운 미래의 연극을 추구한다. 세째 우리는 기성극계의 고식적인 자세를 거부하고 진정한 무대예술인의 주장을 옹호한다.

이상 세 가지 항목에서 그 핵심적인 것을 추출해보면 극단 목표가 깨어 있는 대중의 뜻인'민중'에 포커스가 맞춰져 있고, 그 다음은 미래연극추구이며 그러기 위해서 기성극계의 고식성을 혁파하겠다는 의지가 나타나 있는 점이라 하겠다. 이처럼 민중극장은 당대의 그 어떤 극단들보다도 진취적이었음을 알 수 있다.

그 점은 창립구성원들에게서도 잘 나타난다. 영미연극을 전공한 해외유학파 극작가 이근삼을 리더로 해서 역시 불문학을 전공하고 빠리에서 영화를 공부한 연출가 김정옥을 전담 연출가로 삼았고 양광남 등 유학파가 중추를 이루어 출발한 극단이 바로 민중극장이었다. 이 말은 곧 민중극장이 지적이면서도 대단히 열린 의식과 감각을 지닌 극단이라는 이야기가 된다. 따라서 초기의 레퍼토리를 보면 무겁고 칙칙한 비극류보다는 발랄, 경쾌하면서도 예리하게 사회를 분석 비판하는 희극류가 주조를 이룬다.

이러한 민중극장의 기조는 정진수(鄭鎭守) 등 다음 세대로 넘겨진 뒤에도 거의 그대로 유지되었다고 보아도 무방하다. 물론 시대상황이 점차 나쁘게 바뀌어갔기 때문에 단순한 풍자나 냉소로 그칠 수가 없었고 따라서 고발과 저항쪽으로 기울은 감도 없지 않다. 그것은 1970년대 이후 막스 프리쉬나 뒤렌마트, 브레히트 등의 번역극과 이현화(李鉉和)의 창작극을 선호했던 데서 어느 정도 드러난다고 보겠다.

이처럼 민중극장은 지적이면서도 미래지향적인 극단으로부터 사회성이 강한 극단으로 조금씩 궤도수정을 해온 것이 사실이다. 그렇다고 민중극장이 스스로의 도그마에 빠진 것은 아니다. 민중극장은 연극의 오락적 기능도 간과하지 않는 매우 민감하고 열린 의식의 극단답게 뮤지컬도 무대에 올린 바 있다. 이렇게 개성이 강한 민중극장이 오랜만에 전용극장을 마련하여 연중무휴 공연을 선언하고 나선 것이다. 민중극장이 활발하게 움직인다는 것은 곧 한국연극이 역동성을 발휘한다는 이야기도 된다고 볼 때, 그 기대가 자못 크다고 아니할 수 없다. 한번 지켜보기로 하자.

48. 비장감 넘치는 역동의 무대
— 서울예술단의 「징게맹게너른들」

잘 알려져 있는 역사적 사건을 작품화하는 일은 힘들다. 더욱이 무겁고 어두운 역사를 오락성 짙은 뮤지컬로 승화시키는 일은 더욱 어렵다. 금년에 동학백주년을 맞아 여기저기서 펼치고 있는 각종 전시·공연들이 단순히 행사로 그치고 있는 이유도 바로 거기에 있다. 그러나 상반기 동학축제를 마무리할만한 서울예술단의 「징게맹개너른들」(노경식 극본 김효경 연출)이 오페라극장 관중을 감동의 도가니로 몰아넣고 있다.

민족시인 신동엽의 장시 「錦江」을 제재로 해서 극작가·시인 등이 가세하여 극본을 만들고 최창권의 음악과 임학선의 안무, 그리고 송관우의 미술을 김효경의 연출이 조합해서 장엄하면서도 현란한 한편의 수채화를 만들어내고 있다. 장기간의 동학혁명을 정사(正史)에 입각해서 무대극으로 압축한 시인의 직관이 돋보였고 황량하면서도 처절한 농민의 생존권지키기 투쟁을 예술로서 승화시키는데는 웅장하면서도 서정적인 음악과 율동, 미술이 절대적 기여를 했다. 그만큼 이번 작품에서는 최창권의 음악이 좋았다는 이야기이고 임학선의 안무와 송관우의 미술이 뒷받침해주었다고 보는 것이다. 특히 검은 막의 활용과 중층무대는 입체감과 함께 공간확대를 꾀함으로써 호남벌에서의 장렬한 전투장면을 극대화시키는 효과를 거두고 있다.

뮤지컬 전문 작곡가 최창권음악이 연륜을 더해가면서 심금을 울릴 정도로 비장미를 더해주고 있으며 가면극의 춤사위를 변용한 군무는 매우 드라마틱하다. 그러나 무엇보다도 이번 무대를 역동적으로 만든 것은 젊은 단원들의 노래와 춤의 기량에 있다고 하겠다. 조직적이고 다양한 프로그램에 입각한 평소의 고된 훈련이 서울예술단원들로 하여금 어떠한 작품도 소화해낼 수 있도록 만들었으며 젊은이들의 에너지가 작품 속에 녹아들음으로써 무대는 언제나 박진감에 넘친다. 따라서 2막 6장의 혁명드라마가 장엄한 심포니처럼 아름답고 경쾌하며 비장하게 관객의 가슴속에 파고든다. 김효경의 새로운 연출시도가 일단 관객에게 신선감을 준 공연이라 하겠다.

49. 토착 뮤지컬의 표본

— 뮤지컬 「애랑과 배비장」을 보고

풍류와 해학이 넘치는 화려한 뮤지컬이 차가운 겨울밤을 녹이고 있다. 서울예술단이 창단 10주년기념으로 예술의 전당에서 공연중인 신년뮤지컬 「애랑과 배비장」이 바로 그런 작품이다. 이미 20여년 전에 「살짜기 옵서예」라는 제명으로 무대에 올려져서 주제가가 대중의 애창곡으로 정착된 이 작품의 제재는 대표적인 고전 해학극인 「배비장전」이다. 양반의 위선과 서민의 기지, 남성의 도량과 여성의 현명함을 멋스럽고 시정 넘치게 조화시킨 이 작품은 언제 보아도 즐겁고 아름답다.

이번 공연이 특히 관중을 사로잡는 것은 다섯 가지 요인에 의해서이다. 첫째는 역시 시종 관중을 압도하는 힘과 미의 조화로운 예술성을 꼽을 수 있다. 고전에다가 현대성을 가미시킴으로써 작품 전체에 힘이 넘치고, 잘 훈련된 단원들이 만들어내는 앙상블은 관중의 혼을 빼놓을 정도로 아름답고 환상적이다. 두번째로는 무대미술이 돋보인다. 제주도의 풍광을 사실적으로 재현한 무대장치가 관중의 시선을 끌었고, 특히 1930년대말 동양극장 무대에서 시도했던 금강산 폭포를 60여년만에 제주도 폭포로 옮겨 재현한 것이 관중의 감탄을 불러일으켰다.

세번째로는 단원들의 고른 연기력, 특히 이정화(애랑역)의 빼어난 연기력과 가창력이 주목을 끌 만했다. 과거 대형가수들이 맡았던 애랑역을 새로운 성격의 인물로 재창조해낸 것도 순전히 이정화의 잠재적 재능에 의한 것이다. 거기다가 중후하고 노련한 송용태(목사역)와 뮤지컬 배우로서 부동의 위치를 굳힌 박철호(배비장역)의 힘이 뒷받침이 되어 균형잡힌 무대를 만들어 주었다. 네번째로는 역시 고전적 우아함과 현대적 역동성이 가미된 안무 정재만을 꼽을 수 있다. 그것은 민속무용에다가 발레적면에서도 속도감과 환상미를 뿜어낼 수 있게 한 것이다.

끝으로 정초에 경쾌한 신년 뮤지컬을 레퍼토리로 선택한 기획에도 박수를 보낼 만하다. 연극은 고급오락물이고 특히 뮤지컬의 첫번째 기능은 대중을 즐겁게 하는 것이다. 그 점에서 우리의 대표적 고전 회극물로서 지배층의 위선을 풍자하면서도 상하, 남녀가 관용과 화합 사랑으로 더불어 사는 모습을 보여주는 레퍼토리를 택한 것이 좋았다.

특히 토속적인 풍정을 현대적으로 재창조해낸 이 작품은 서양 뮤지컬의 아류가 범람하는 때에 무대예술의 정체성을 지키겠다는 의지로 받아들여진다. 뮤지컬의 세계화는 바로 이런 작품이 아니겠는가. 사족으로 아름답고 환상적인 의상도 돋보였다.

50. 유토피아는 어디에

— 1998년도 신춘희곡 개관

희곡작품의 경향이 크게 바뀌어가고 있다. 이것은 분명 신극사의 전통이 계승보다는 극복이라고 볼 수 있을 만큼 변하고 있는 것이다. 사실 우리 신극은 외국침략이라는 억압상태에서 시작되었기 때문에 저항을 그 기조로 삼았었고 그것은 어느 사이에 체질화되어 있었다. 게다가 리얼리즘을 극술의 기본으로 삼았기 때문에 극작가들은 언제나 외면적 현실을 타겟으로 할 수밖에 없었다. 풍자야말로 그런 비정상적 현실 속에서 창안한 최선의 기법이었던 것이다. 우리 연극은 거의 1990년대초까지 그런 기조를 유지했다고 보아야 한다. 신극운동 1세기 동안 근대성에서 벗어나지 못한 이유도 그런 전통에 연유한다고 말할 수 있다.

그런데 그런 연극의 외형파괴(?) 현상이 최근 신진 극작가들에서 나타나고 있다. 즉 극작가들의 시선이 인간의 내면으로 향하고 있다는 이야기이다. 존재에 대한 성찰이라 볼 수가 있는데, 이는 우리 희곡이 비로소 현대성을 띠어가는 것이기도 해서 주목된다. 사실 우리 신극은 근 1세기 동안 너무 큰 주제만을 좇아왔다. 조국·정치·이데올로기 등 모두가 이념적인 것이었고 존재에 대한 인문학적 고뇌는 거의 없었다고 보아야 한다.

따라서 근자에 나타나고 있는 신진 극작가들의 작품세계는 신극전통으로부터 일탈이라 할 만큼 신선감마저 준다. 올해에도 중앙일간지 일곱 군데서 좋은 작가들이 등장했다. 이들의 공통점은 서두에서 밝힌 바 있듯이 지극히 일상적인 소재들이다. 어떻게 보면 신변잡기적인 이야기들이지만 좀더 들여다 보면 예사롭지 않은 사유세계가 드러나고 있다.

우선 잡지기자 출신 주유미의 「꿈, 잠, 꿈꿈, 잠」(조선일보)이라는 작품을 보자. 작품 전체가 몽환적이다. 특별한 목적도 없이 떠도는 두 남자의 이야기를 열차 안에 넣어놓고 이야기를 엮어간다. 한 남자는 그냥 여행 그 자체가 목적인 사람이고 다른 사람도 비슷하다. 이들은 모두 하나의 유토피아를 찾고 있다. 유토피아를 찾는다는 것은 가정의 붕괴라든가 사회의 붕괴 같은 배경을 깔고 있다고 보아야 한다. 이 말은 곧 주유미가 고단한 현실을 한 차원 높여서 형상화한 것이라는 이야기이다. 이는 「무진기행」(김승옥 소설)이나 「삼포 가는 길」(황석영 소설)보다 한 차원 높은 각도에서 일상적 삶을 응시한 것이라 볼 수 있다. 사실 이 작품의 기조가 되는 현실과 환각의 갈등은 현대극의 한 경향이기도 한 것이다.

반면에 김영학의 「나는 홍도로 간다」(서울신문)는 전자와 비슷한 주제임에도 불구하고 대단히 현실적이다. 대학교수가 되려는 한 젊은 대학강사 부부의 막막한 일상을 정면으로 묘사한 이 작품에는 비뚤어진 정치 사회 문화가 배경으로 깔려 있다. 강사 부부의 복잡한 심리상태를 자살자라든가 홍도를 꿈꾸는 실의의 화가 등 실패자들을 조연으로 내세워 부각시키고 있다. 확실히 광주민주화운동은 수많은 사람들에게 깊은 상처를 남긴 것이 사실인데 그 점이 왜곡된 현실과 대비됨으로써 아픔이 더욱 확대될 수밖에 없다.

물론 김영학이 묘사하려는 것은 광주민주화운동의 상처가 아니다. 다만 시련을 겪었음에도 현실은 여전히 부패의 늪에서 허덕이고 일상은 절망의 바다에서 허우적대는 모습을 냉소적으로 묘사했을 뿐이다. 이상과 같은 작품의 공통점과 상이점에도 불구하고 다함께 비관론적인 분위기를 지니고 있는 것이 특징이다. 그러니까 왜곡된 현실에 분노하기보다는 우수에 찬 시선으로 바라보고 있다는 사실이다.

그런 작품으로는 김나영의 「대역배우」(문화일보)라든가 송호준의 「실족」

(세계일보) 같은 것이 있다. 김나영의 작품은 제목 그대로 대역배우가 진정으로 자기 역을 하고 싶어서 자살장면을 실연으로써 참담한 죽음을 맞는 이야기이다. 이 작품 뒤에는 암담한 현실에 대한 알레고리가 숨겨져 있다. 명예와 권력, 물신에 대한 맹목적 추구로 인해서 인성이 마비되고 황폐화된 현실에 대한 통렬한 고발을 페이소스틱하게 묘사한 이 작품에서 대역배우는 순수와 열정의 상징이라 말할 수 있다. 그러니까 황폐한 현실에 의해서 스스로 패배를 자초하는 주인공이야말로 이 시대의 희생제물이라 말할 수가 있는 것이다.

송호준의 「실족」만 하더라도 허름한 취객(40대), 부랑자(30대), 스트립댄서(20대) 등 세 사람이 초겨울밤 도심의 지하상가에서 벌이는 한바탕의 무의미한 작희에 지나지 않는다. 그런데 이 작품의 뒤에도 뒤틀린 현실과 희망을 잃어버린 사람들의 삶이 감추어져 있다. 두 작품 모두 욕설과 메타포, 상징으로 뒤얽혀 있어 비극성이 가려져 있지만 관객에게 던지는 메시지는 충격적이다.

뉘앙스는 조금 다르지만 이향희의 「알레르기 알레고리」(동아일보) 역시 어두운 현실과 일상의 권태, 그리고 유토피아에 대한 막연한 동경을 묘사한 점에서 동궤의 작품으로 볼 수 있다. 등장인물만 보더라도 기호로 표시된 슈퍼마켓 주인(40대 남자) 그리고 평범한 30대 주부 두 사람, 경찰 한 사람이다. 무대 역시 물건들이 가득 찬 슈퍼마켓 내부이기 때문에 대단히 답답한 분위기를 풍긴다.

이처럼 인물설정과 무대분위기에서 일상의 답답스러움과 삶의 권태랄까 무의미함 같은 것이 투명하게 나타나고 있다. 두 남자가 이따금씩 내뱉는 전원으로 돌아가야겠다는 말은 곧 도시의 번거로움으로부터 일탈하여 하나의 이상향에 안착하고 싶은 갈망을 표현한 것이다.

그런데 이 작품이 다른 작품들과 비교되는 것은 작가의 삶에 대한 객관적 관찰이라 하겠다. 일상의 권태를 개인적 넋두리가 아니고 객관화시켜 냉철하게 투시했다는 점에서 앞의 작품들과 구분된다고 말할 수 있다. 그렇기 때문에 작품의 살아 있는 구체적 언어들이 구질구질하지 않고 생동하는 것이 아니겠는가. 이처럼 금년의 대부분 희곡들이 일상에서 벗어나 유토피아를 찾는 작품들이다.

그런데 노동혁의 「만행」(한국일보)는 조금 다르다. 다른 점은 작가의 냉철성에서 나온 것이다. 그는 이미 이 작품에서 유토피아는 없다고 결론짓고 있다. 사이비 종교의 희생물로 범죄까지 저지르고 승려로 변장하여 도피중인 두 젊은이가 우연히 동물원에 가서 고교생 미혼모와 그녀의 어린아이를 놓고 벌이는 이야기가 바로 「만행」이다. 그런데 주목되는 것은 사이비 종교를 소재로 한 작품에 불교를 접목시킨 점이라 하겠다. 즉 두 희생자 중 한 명은 진도라는 유토피아를 찾아가겠다는 것이고 다른 한 명은 탁세와 정면으로 부딪혀서 깨달음에 도달하겠다는 것이다. 그런데 작가는 후자에 무게를 실었다. 아마도 작가는 대승불교의 입장에 선 듯싶다. 만행(萬行)이란 용어자체가 속세를 헤치면서 수행하는 자세를 일컫는 것이다. 마지막 장면에서 주인공이 극적으로 유토피아가 아닌 탁세쪽으로 자신의 행로를 정한 것이야말로 작가의 입장을 극명하게 보여주는 것이라 하겠다.

조금 예외의 작품으로 이은주의 「시청각실」(중앙일보)이 있다. 이 작품은 젊은 여성 작가답게 사이버 커뮤니케이션 시대의 젊은이들의 애증과 인간성 상실을 묘사한 작품이다. 물론 포커스는 젊은 남녀의 사랑에 맞춰져 있다. 무생물인 컴퓨터를 생명체처럼 느낄 정도로 빠져 있는 남자로 하여금 인간각성을 촉구하는 내용이다. 따라서 무대도 전자기구들로 가득찬 방이어서 산만하면서도 동화적이며 환상적이기까지 하다. 우선 무대자체가 매우 현대적이며 주인공들이 벌이는 작희 역시 지극히 문명적이다. 분명히 「시청각실」은 사이버시대 희곡의 한 전형이라 말할 수 있을 것 같다.

이상에서 살펴본 바와 같이 금년도 희곡은 IMF시대의 도래를 예견이라도 한 듯이 어두운 현실을 벗어나 이상향을 찾는 이야기가 주조를 이루고 있다. 이 말은 곧 신진 극작가들이 역사나 시대를 타고 오르기보다는 내면세계로의 여정에 올랐다는 이야기가 된다. 환언하면 신진작가들은 사회적 삶보다는 개인적 삶의 탐구로 방향을 잡은 것이다.

이번에 당선된 희곡 중에서 가족문제를 제대로 다룬 작품이 한편도 없었다는 것이 사실을 증명하는 것이다. 정치 사회문제에만 매달렸던 선배극작가들과 달리 갑자기 개인문제, 특히 자신의 문제에만 관심을 기울이는 경향을 보이는 것도 예사롭지만은 않다. 그러나 인간존재의 성찰이라는 점에서는 우리 희곡이 성숙을 향해가고 있는 것만은 분명하다.

51. 현대 뮤지컬의 진수

― 예술의 전당 공연 「레미제라블」

영·불합작 뮤지컬 「레미제라블」이 예술의 전당에서 연일 우리의 연극관객들을 열광시키고 있다. 그럴 수밖에 없는 것이 「레미제라블」이야말로 문학·연극·음악·미술 등 여러 예술쟝르를 결합시켜서 빼어난 뮤지컬로 만들어냈기 때문이다. 인간에 대한 열정적 사랑과 구원의 메시지를 담은 빅톨위고의 소설을 빼어난 뮤지컬 극본으로 재구성하고 거기에 웅장하면서도 甘味로운 음악을 실어서 관중에게 전달하는 무대구성이야말로 낙후된 우리 연극인들이 배울 만한 것이라 하겠다. 그러니까 이번 공연은 문학작품을 어떻게 뮤지컬 대본으로 재구성하느냐 하는 본보기를 보여주고 있다.

복잡다단하고 장대한 소설원작을 훼손하지 않으면서도 시적이고 생동하는 무대극본으로 재창조해낸 솜씨가 우선 눈에 띄었다. 그러나 그에 못지않은 것이 섬세하고 아름다운 음악성이었으며 그것을 뒷받침해준 시적 언어였다. 물론 음악이 아무리 아름다워도 오케스트라나 주연배우의 가창력이 없으면 그 효과가 나타나지 않을 것이다.

그러나 이번 작품에서는 작곡을 완벽하게 연주해준 존 카메론의 환상적인 오케스트라와 스티그 로센(장발장 扮)을 비롯한 고른 연기진의 빼어난 가창력이 작품을 돋보이게 하고 있다. 록 오페라 성격의 현대뮤지컬 「레미제라블」이 관중을 감동시키는 요인은 무엇보다도 복잡하고 무거운 주제를 쉽게 전달되도록 단순화시키고 그것을 다시 아름다운 藝術品으로 세련, 승화시킨 데 있었다.

특히 고전을 오늘의 모든 사람들의 문제로 다가오도록 현실성 있게 만들어낸 연출 솜씨 또한 사줄만하다. 그러니까 연출가가 장발장의 장대한 생애를 시공을 초월해서 인류 보편적인 삶과 죽음, 구원으로 끌어올렸다는 이야기이다. 게다가 무대미술·조명·의상·대소도구 등도 작품의 격조를 뒷받침해 주었다. 그 숱한 장면의 신속한 전환으로부터 막과 막, 장과 장들 간의 정교한 이음새를 음악과 조명이 해주었으며 파리 한복판의 시가전까지 박진감 넘치게 만들어낸 솜씨는 대단히 인상적이었다.

밤하늘의 반짝이는 별빛을 만들어낸 조명기술도 좋았지만 배우들의 숨소리까지 전달시켜준 음향예술은 더욱 일품이었다. 추한 것을 아름답게 변용시키고 거친 것을 세련되게 표현하는 것이 예술이라고 볼 때, 이번 작품은 좋은 본보기가 될 만하다. 인간에 대한 열정과 신뢰로 해서 절망 속에서도 꿈을 잃지 않고 미래를 위해 살아야 한다는 메시지는 분명 기독교적인 세계관이지만 관중에게는 깊은 감동으로 다가왔다. 매우 장엄하고 아름다운 무대였다.

52. 세계연극과 우리연극의 격차

― 세계연극제를 보고

연극인들의 친목모임 성격을 띤 국제기구 ITI 제 27차 총회와 함께 열린 세계연극제와 마당극 큰잔치가 달포만에 그 화려한 막을 내렸다. 외국의 연극, 무용단 50여개와 국내 단체 50여개 등 1백여개 예술단들이 다양한 공연예술을 펼쳐 보임으로써 모처럼 우리 연극인과 연극팬들을 즐겁게 했다. 조금 방만하고 관객서비스 측면에서 미흡한 점도 없지 않았지만 대체로 성공적인 행사였고 몇몇 탁월한 외국작품들이 장기 침체에 빠져있는 연극계에 상당한 충격을 안겨주었을 것이다.

외국작품들은 선별에 문제가 있었겠지만 실험극이 주조를 이룸으로써 진부한 언어극에서 벗어나지 못하고 있는 우리 연극과 좋은 대비가 되기도 했다. 외국작품들을 일별하면서 느낀 몇 가지는 첫째 연극의 무용화와 무용의 연극화 경향이 뚜렷했다는 사실이다. 두번째로는 실험을 하되 각자 자기 민족의 원초적 미학에서 원소를 추출하여 현대적으로 재창조함으로써 하나의 정체성을 확보하고 있다는 점을 꼽을 수 있다. 이는 우리 주변에서 때때로 만나는 국적불명의 실험공연과 대조를 이루는 것인데, 바로 그렇기 때문에 외국실험작품들이 자국의 공연예술을 이끈다고 볼 수가 있는 것이다. 세번째로는 무대예술의 탁월한 음악성(音樂性)을 꼽을 수 있다. 이 또한 무대음악 전문가가 희소한 우리가 부러워할 부분이다. 저들의 공연을 보면 무대 주제에 맞도록 현대음악을 작곡해서 작품전체를 이끌어가곤 했다.

네번째로는 불굴의 장인의식(匠人意識)이 무대 구석구석에 배어 있는 점을 지적할 수 있다. 훈련 잘된 배우들이 신체미학을 극화시키기 위해 전라(全裸)도 서슴치 않는 혼신의 연기를 하고 있었고 무대미술과 조명·음향, 그리고 대소도구 등에 이르기까지 세심한 손질이 가해져 있었다.

따라서 저들이 추구하는 것은 메시지 차원을 훨씬 뛰어넘어 예술의 본질에 다가서려는 모습 그 자체였다. 이런 차원에서 창조행위에 임하기 때문에 작품들은 상징·추상화·절제될 수밖에 없으며, 고정된 극장무대에 구애받지 않고 그것을 자유자재로 활용할 수 있었던 것이다.

가령 라마마극단의 「트로이의 여인들」을 보면 관객과 배우가 함께 입장해서 배우들이 관중을 마치 전쟁터에서처럼 이리저리 밀고 다닌다. 희랍어로 연극을 했지만 인간의 폭력성을 제의(祭儀)에 연결시킴으로써 비장미를 더해주었던 것이다. 특히 우리(동양)의 민속타악기를 반주음악으로 씀으로써 희랍의 고대비극이 오늘의 우리 관객에게 감성적으로 와 닿을 수 있었다.

인상적인 또 하나의 예로서는 루마니아 극단의 「페드라」를 들 수 있다. 희랍극 「히폴리투스」와 세네카의 「페드라」를 통합한 이 작품은 한마디로 이미지의 연극이었다. 흑백 두 가지 색만 쓴 이 작품을 연출가는 우주 속의 인간의 원초적 비극으로 끌어올렸다. 단 하나의 조명을 달로 활용하여 시간의 흐름으로 잡고 지상과 천상을 신비스럽게 연결시킨 것은 대단히 인상적이었다. 그리고 희랍극단의 「안띠고네」는 델피의 고대조형예술과 고대언어의 리듬을 현대적으로 차용해서 역시 인상적이었다.

일본극단의 「명의야부하라」 역시 그들 고유의 조루리 스타일의 현대극을 만들어 선보였다.

외국연극이 이런 수준에 와 있는데 반해서 우리연극은 여전히 전근대적 언어극의 미망에서 벗어나지 못하고 있어 안타깝기 이를데 없다. 각성이 필요하다.

찾아보기

ㄴ

◆유 민 영(柳 敏 榮)

서울대 및 대학원 국문과 졸
비엔나대학 연극학과 수학
문학박사, 인문학원사(러시아학술원)
한양대국문학과 교수
한국연극학회 회장
방송위원회 위원
예술의전당 이사장
단국대 예술대학장, (현)국문학과 교수.

◆저서

한국연극산고(문예비평사, 1979)
한국연극의 미학(단대출판부, 1982)
한국극장사(한길사, 1982)
한국현대희곡사(홍성사, 1982)
전통극과 현대극(단대출판부, 1984)
현해탄에 핀 석중화(안암문화사, 1985)
개화기연극사회사(새문사, 1987)
우리시대연극운동사(단대출판부, 1990)
상실의 계절(윤성, 1990)
한국연극의 위상(단대출판부, 1991)
유치진자서전(서울예대출판부, 1993)
한국근대연극사(단대출판부, 1996)
한국근대극장변천사(태학사, 1998)
이해랑평전(태학사, 1999)
작지만 큰 정동극장이야기(마루, 2000)
격동사회의 문화비평(단대출판부, 2000)

20세기 후반의 연극문화

인쇄일 초판 1쇄 2000년 03월 10일
         2쇄 2015년 04월 25일
발행일 초판 1쇄 2000년 03월 20일
         2쇄 2015년 04월 30일

지은이 유 민 영
발행인 정 찬 용
발행처 **국학자료원**
등록일 1987.12.21, 제17-270호
서울시 강동구 암사동 463-25 2층
Tel : 442-4623~4 Fax : 442-4625
www. kookhak.co.kr
E- mail : kookhak2001@hanmail.net

ISBN 978-89-8206-473-9 *03810
가 격 33,000원